T0274612

Penguin
Random House
Grupo Editorial

Primera edición: marzo de 2023

© 2022, Violeta Boyd
© 2022, Penguin Random House Grupo Editorial, S. A. U.
Travessera de Gràcia, 47-49. 08021 Barcelona
© 2022, Valentina García Torres, por la ilustración de interior

Impreso en Colombia - *Printed in Colombia*

ISBN: 978-84-19-24182-5

Depósito legal: B-16.722-2022

Violeta Boyd

DÍSELO A LA LUNA

Si estás leyendo esto, significa que todavía existo.
No te asustes. No lo tires. No lo regales.
Por favor, solo busca.
Búscame.

1

¿Sabes qué es lo más complicado de contar una historia? Saber cómo empezarla. Al menos, para mí.

Mi historia no tiene un inicio ni tampoco tiene un final. No comienza cuando nací ni termina con mi muerte.

Soy de quienes creen que nuestra existencia no acaba hasta que quedamos sumidos en el olvido, cuando ya nadie nos recuerda y nuestro nombre, nuestra imagen y nuestro pensamiento es solo polvo. Mientras alguien te recuerde, tu existencia continúa en esta tierra y, tal vez, en muchos otros sitios.

Con esa convicción, puedo creer que algo de mí quedará en este mundo. ¿Dónde? Eso tienes que averiguarlo tú.

Conserva esto, puede ser de ayuda más adelante. Según mis cálculos, lo habrás encontrado en el parque Freig Russell, tirado en la papelera junto al banco que no tiene respaldo. Si necesitas más detalles, el banco tiene un corazón grabado como este:

Si eso no basta para convencerte, podría describirte el día exacto en que tengo previsto que lo encuentres: será el último día de lluvia en la ciudad; después de ese día, está pronosticado que no lloverá hasta al cabo de un año.

Si confías en mis palabras y pretendes conservar esto, por favor, cumple tu propósito y no lo pierdas. Aquí te revelaré algo que, durante mucho tiempo, oculté solo para mi disgusto, hasta ese peculiar día en que decidí confesarlo todo. Y ya que acabo de mencionar la palabra «decidí», debo advertirte que el mundo está lleno de eso. De decisiones. A muchos les aterran las consecuencias de sus actos; a mí me asusta tener que decidir. Las elecciones determinan el camino que hemos de seguir, y las mías acabaron desencadenando una magnitud de problemas. Pero, oye, no te asustes, eso no ocurrirá contigo... espero.

Para que eso no pase, solo has de tomarme como ejemplo de lo que no tienes que hacer.

Mi amiga Rowin me dijo una vez que hay cinco cosas de las que no podemos escapar:

1. Las obligaciones.
2. Los pensamientos.
3. Las canciones que se nos meten en la cabeza y tarareamos sin percatarnos.
4. Las llamadas de una compañía telefónica.
5. El amor.

Claro, hay muchas cosas más, pero esas cinco, según ella, son las más importantes que afectan a un adolescente común y corriente.

Lamentablemente, yo no soy una adolescente de los que Rowin describe, pertenezco a esa minoría de chicos diferentes que ves en la televisión, que destacan por sus habilidades, que son chicos prodigios. Soy de la clase de adolescente que fue maldita por no decidir correctamente.

Al contarte esto, sin duda creerás que perdí un tornillo, o bien te estás preguntando qué es lo que quiero decir con tantas palabras sin sentido.

Sé paciente, por favor.

Mi historia comienza a inicios de agosto. Volvimos a Los Ángeles por una cuestión familiar, como suele ocurrir. Mamá necesitaba un respiro de su numerosa familia, los Reedus, y retomar su trabajo tras el largo verano. No podíamos vivir solo de aire.

La situación era complicada por muchas razones. Cada rincón de nuestro hogar conserva retazos llenos de melancolía, de nostalgia, de amor y de dolor. No podíamos escapar de ello, pero tampoco queríamos hacerlo. Intentábamos almacenar los buenos momentos, no quedarnos con esos espacios vacíos que delataban la ausencia de papá desde hacía ya años.

¿No te ha pasado que vives situaciones repetidas y piensas: «Esto ya lo viví»?

Bueno, yo ya había estado allí, en mi habitación, consciente de que volveríamos a vernos una vez más. Siempre pasaba, pero cada vez que yo cambiaba algo, también lo hacía nuestro primer encuentro.

Sumida en la añoranza, busqué en las cajas mis objetos más queridos, entre los cuales se encontraba el diario de papá. Al tenerlo entre mis manos, lo abracé con nostalgia sin tener en cuenta que iba a producirse el inminente primer encuentro.

Unos gruñidos llenos de cólera invadieron mi cuarto. Me volví con la duda taladrando mi sien y vi la figura masculina que estaba entrando por mi ventana.

Era él.

—Mierda —rezongó entre dientes al verme pálida e inmóvil como una estatua.

Lo siguiente fue su rápido movimiento estudiado; dio un par de pasos hasta mí, me tomó con la mano izquierda y con la derecha me tapó la boca mientras siseaba que guardara silencio. Fue un sonido silbante muy prolongado que concluyó con sus ásperas palabras:

—Si dices algo, alguna palabra, algún grito, quejido, gruñido... o si haces cualquier intento por abrir la boca, considérate acabada —advirtió tras clavar sus ojos azules en los míos. Tenía las mejillas teñidas de rojo y de la nariz le manaba un hilillo de sangre.

Pese a la perplejidad que sentía, mi mente asimiló con felicidad su imagen. Lo estaba viendo otra vez.

Una vez más.

Parecía una eternidad desde la última...

Volvió a reafirmar su mano sobre mis labios y bajó los ojos para ver qué estaba sujetando. Aferré el diario con fuerza y temí que, para garantizar mi silencio, se lo llevase.

Por suerte no fue así.

Subió su mirada hacia mis ojos arrasados en lágrimas.

—No importa quién seas —insistió—. No me importa. Si te atreves a hacer cualquier gesto o pretendes escribir algo en tu libreta, considérate muerta. Te encontraré como sea y te haré callar, ¿entiendes?

Tragué saliva y asentí más enérgicamente.

—Perfecto.

Siniester es el apodo que se puso para cumplir los trabajos sucios de los niñatos sin agallas que no se atreven a dar la cara y a solucionar los problemas por sí mismos. Fracciona su tiempo entre los estudios, entrenar, ver series y dar palizas pagadas por niños ricos de los colegios anglosajones. Aunque la palabra «seriedad» no siempre encuentra cabida en su vocabulario, él entiende que el dinero es dinero, por eso nunca decepciona a sus clientes.

Pero todo trabajo sucio tiene una consecuencia.

La consecuencia de tanta paliza llegó en su momento más oportuno, porque todos sabemos que esa fuerza tan peculiar que nos ata unos a otros ocurrirá. No podemos escapar de ella.

¿Sabes cuál es la fuerza que perdura en el tiempo?

El amor. Es inevitable, el amor viaja en el tiempo y permanece. La creencia de que todos estamos predestinados a alguien, nuestra media naranja, es totalmente acertada. Puedo decirlo.

No; lo afirmo por seis.

«¿Ocurrirá otra vez?», me pregunté al observar cómo recorría con total descaro mi cuarto una vez que me dejó libre.

Si apareció en mi cuarto, atado a mí una vez más, la respuesta era clara: ocurría de nuevo porque, como dije antes, algunas personas están predestinadas y su amor viaja más allá del tiempo.

—Basura, basura, basura... ¿No tienes nada bueno en estas cajas?

El descaro y esa manía de decir todo lo que se le cruza por la cabeza son su sello personal, lo que define y acompaña a Siniester. La timidez y la prudencia no forman parte de él. Él no conoce tales cosas, y el afecto hacia el prójimo... Eso es un cuento que no se atrevía a recitar.

Lo vi meter las manos en mis cosas, en la caja abierta, mirando los pósters que colgué para darle un poco de vida y ambiente personal a mi vieja habitación.

—¿Qué haces aquí?

Mi pregunta salió disparada con cierto tono de rutina, como si estuviera hablando con un amigo, con alguien de la familia. Alivié la tensión del momento con aquella interrogación, pero el efecto no duró mucho; sus ojos volvieron a mí como los del gato que mira a su presa.

—Eso no te incumbe, niña. No molestes.

Emití un jadeo de incredulidad aun sabiendo con qué tipo de chico estaba tratando. Dejé el diario sobre mi escritorio y me acerqué para arrebatar de sus manos la fotografía de papá.

—Claro que me incumbe, estás en mi habitación.

—¿No te dije que estuvieras callada? No me gusta hacer callar a las niñas, prefiero...

—Hacerles gritar —concluí por él—. Qué grosero.

Quedó estático, con las palabras sujetas al borde de sus labios entreabiertos. Contuve una sonrisa al ver que un hilo de sangre se deslizaba hacia su boca. Se pasó el dorso de una mano bajo la nariz y se manchó la mejilla de rojo.

Deduje que estaba huyendo de una paliza. Típico.

—Mierda —masculló.

Rebusqué en mis bolsillos un pañuelo de papel, en vano.

—¿Con quién peleabas esta vez, Rust?

El silencio fue el mejor complemento para la recriminatoria mirada que me dedicó. Un atisbo entre la sorpresa, el miedo y el recelo se debatió en ese diminuto instante. Nadie, absolutamente nadie, conocía su nombre real, siempre lo llamaban por su connotado e irónico apodo.

Siniester y Rust son personas completamente diferentes.

—¿Cómo sabes mi nombre? ¿Quién te dijo mi nombre? —exigió saber.

No supe qué responder.

¿Cómo decirle que él mismo me había dicho su nombre en una situación completamente diferente, que él y yo nos habíamos conocido antes, que en un momento dado nos enamoramos y que conocía cada parte de él?

Acorralada y con las lágrimas escapando de mis ojos, por toda respuesta me limité a levantar una mano temblorosa y me debatí entre contarle mi secreto o acariciarle la mejilla. Lo tenía tan cerca, como las veces anteriores... Sus ojos azules me miraban solo a mí.

Mi debate mental concluyó con mi mano estampada en su mejilla manchada de sangre. El golpe, junto con su exclamación de dolor, produjeron un leve eco entre las paredes de mi cuarto. Esta vez debía actuar de forma distinta, seguir mi estrategia y alejarme de él, aunque eso ya era imposible.

—No vuelvas a ponerme una mano encima —amenacé entre dientes—, y si vuelves aquí, yo misma me ocuparé de decirle a Claus dónde vives.

Tal vez debí evitar nuestro encuentro, basarme en la experiencia de lo espeluznante e irónico que resulta ser el destino para prever lo que ocurriría. O más simple, dejar las cosas como estaban, asumir los caminos y no forzar nada. Demandar a la vida no era una cuestión favorable porque, como dije antes, conocernos era inevitable.

—Ahora, largo de aquí.

Debes de suponer que mi advertencia fue el diálogo cómico de una chica que intenta ser ruda. Tengo que decirte que así fue... aparentemente.

—No te incendies más, Cerilla. Me iré.

Rust se marchó por la ventana y me dejó en un rincón del cuarto, con una sonrisa que no podría describirte. ¿Cuántas veces lo había visto salir por esa ventana? Demasiadas para contarlas, esa era la primera de muchas. Te lo aseguro.

Haré un recuento:

En primer lugar, lo vi en el colegio. Yo intentaba recorrer «el Túnel de Sandberg» en mi primer día de clases, un pasillo largo donde un grupo de chicos se divertían sacándoles dinero o cualquier objeto que les llamara la atención a los desdichados que tenían que pasar por ahí. La idea era de Rust, y él cobraba.

Por supuesto, cuando pasé tuvimos una pequeña discusión que al final acabé ganando.

El segundo encuentro tuvo lugar en el terreno baldío detrás del colegio, la segunda semana de clases. Rust y Claus arreglarían sus cuentas en una pelea y todos los estudiantes de Sandberg querían saber quién sería el vencedor. Me bastó con oír su nombre para que yo también fuese a ver la pelea.

Nuestro tercer encuentro ocurrió cuando entró a la cafetería del centro y fingió estar tomando un café junto a mí. Tuve que pagar uno para él, porque, por algún motivo, no quiso marcharse cuando el camarero preguntó si todo iba bien. Después de tomarse su café, me dijo que la próxima vez pagaría él y luego se marchó. Cumplió con su promesa.

El cuarto primer encuentro fue en clase; tuvimos que hacer un grupo y, entre los chicos, estaba él. Uno de los encuentros más normales —cabe resaltar—, porque por primera vez Rust actuaba como un estudiante y yo también.

Finalmente, pasó el quinto encuentro. Nuestra quinta primera vez, en un lugar donde la idea de que él llegara parecía imposible.

Te estarás preguntando cómo es posible conocer a la misma persona cinco veces antes. Y de seguro deseas hacer más preguntas. Muchas más. Sé que necesitas explicaciones urgentes y un argumento contundente para reforzar mi petición, mi búsqueda.

Aquí, en todo lo que estás leyendo, encontrarás las respuestas.

Todos tenemos algo que nos motiva a seguir nuestras metas, sueños o la vida misma, ya sea por venganza, por superación o por... No sé, ¿demostrar algo más de nosotros? La cuestión es qué te motivaría a ti seguir leyendo esto. Probablemente nada, y es que solo digo palabras sin sentido.

Entonces, responde lo siguiente:

¿Alguna vez soñaste con tener un superpoder? Ya sabes, leer los pensamientos de otros, mover objetos con la mente, volar, escupir fuego... Tantas cosas. Yo también. Yo también quise ser especial, pero mi deseo no salió como esperaba.

¿La consecuencia? El peso de una decisión.

¿El resultado? Esto.

Si te lo cuento todo de golpe no entenderás nada, como probablemente te ocurre ahora. Debería decirte que esta no es la típica historia de adolescentes con problemas que superan los hechos de la vida. Quítale la cuota del realismo y espera. Ya te comenté que no soy una adolescente como el resto ni pretendo ser la chica única y diferente que todos dicen.

Yo no pedí el peso que llevo encima, ni el precio que implica.

Mi nombre es Yionne O'Haggan y en tu mundo soy la chica que la luna maldijo, condenada a tomar una decisión que podría cambiarlo todo.

2

Empezaré por mi primer día de clases.

El lunes temprano por la mañana, solté un bufido que casi logra empañar el espejo de cuerpo entero que se presentaba ante mis ojos. En él podía ver, una vez más, que el uniforme de Sandberg me sentaba ridículamente bien.

—¿Estás lista?

Mamá se asomó por la puerta de mi cuarto. Todavía no me acostumbraba al nuevo corte de cabello que se hizo antes de volver aquí. Siempre oí que, cuando una mujer se cortaba el cabello, significaba una determinación. ¿Es eso cierto? Yo simplemente me cortaba el cabello cuando el peine se enredaba y mis rizos formaban un nudo horrible.

—Más o menos —confesé bajando los hombros y volví a mirar al espejo.

Estaba nerviosa, como las veces anteriores. No sabía qué cambio traerían mis anteriores decisiones. Mamá lo notó.

—Mi Onne —pronunció con dulzura—, sé que volver es difícil y Sandberg es un pozo de chicos que se ahogan en dinero, pero estarás bien. Es un colegio bueno... ¡Tiene muchas actividades extracurriculares! Tú diviértete, y si alguien quiere pasarse de listo contigo, recuerda cuál es tu apellido.

Las otras veces, excepto la quinta, también me había dado esa charla.

—¿No te molestarás conmigo?

—No la primera vez que ocurra —aclaró al abrazarme por la espalda y colocar su barbilla en mi hombro, admirando mi reflejo—. Si me llegan a llamar por segunda vez, es porque estás haciendo mal tu trabajo.

Mamá seguía siendo la misma, incluso después de la muerte de papá, con su actitud defensora y las palabras precisas para mantener en silencio hasta al más pedante.

Terminó sus estudios y se convirtió en actriz, pero finalmente se inclinó más por la creación de obras dramáticas y la dirección. Su obra más reconocida se llama *La antología de un amor condenado*, historia que empezó a escribir cuando salía con papá. No puedo ni imaginar cómo habrá sido para ella oírla constantemente después de perder a su fiel consejero y amigo. Si su muerte tuvo una repercusión en mí, en ella... «Difícil» es la palabra que describe cómo es saber lo que pensaba y sentía al respecto. La actuación existe dentro y fuera de la pantalla, por eso siempre me aseguré de verla reír. Reír de verdad. No simples sonrisas como las que formaba cada mañana que me dejaba frente a las puertas de Sandberg, mientras acomodaba el lazo de mi uniforme. Ese gesto siempre me incomodaba, sobre todo, cuando lo hacía durante minutos.

Mi impaciencia por saber qué ocurriría en el primer día de clases siempre aumentaba cuando estaba a solo unos metros de la entrada. Lo bueno es que no reaccionaba como una madre ofendida, sino más bien como una amiga ofendida. Tenernos la una a la otra afianzó nuestra relación, sin embargo, seguía habiendo muchas cosas que no le había contado aún.

—Ya, mamá, deja el lazo.

—Perdón, perdón. Ven, dame un abrazo. —Extendió los brazos para establecer el contacto físico entre madre e hija, y por supuesto, no me negué. Estaba tan nerviosa como yo—. Te amo, mi Onne.

—Yo también —musité y cerré los ojos, pensando en papá.

La bocina del auto que aguardaba detrás rompió la armonía de nuestro abrazo. Mamá miró por el retrovisor y no contuvo el impulso de levantarle el dedo corazón a la conductora. Sentí que debía reprenderla y apaciguar sus intenciones de bajar a discutir, pero preferí decirle que ya me marchaba y me despedí de ella con un beso en la mejilla.

Oficialmente ya me encontraba en los terrenos de Sandberg, la prisión para los hijos de personas ocupadas y ricas. Cada segundo que pasaba, me envolvía el familiar ambiente escolar, con chicos y sus uniformes, celulares último modelo, relojes creados exclusivamente para ellos, charlas sobre las compras del fin de mes, fiestas con invitaciones restringidas, drogas, más fiestas, encuentros con famosos, desfiles y más. Parecía que la importancia y la popularidad de cada uno se medía por la cantidad de dinero que sus padres tenían en el banco. Y, al final de toda esa cadena de banalidades, en la base de aquella pirámide de dinero, me encontraba yo: la chica nueva.

La fachada de Sandberg habla por sí sola. El venerable edificio transmite el peso de la antigüedad y la reputación, los dos valores en que se basa la institución. Por su estructura, Sandberg parece un castillo, con muchas ventanas con marcos de mármol, como en los cuentos. Sus vastos terrenos se dividen en tres campus: humanista, científico y matemático. Cada actividad extracurricular tiene su correspondiente sala bien equipada, todo para la satisfacción de los estudiantes y sus padres. En el patio central, cuyas dimensiones podrían compararse con las de un parque, destaca la fuente con la estatua de Vincent Sandberg, el fundador del colegio. En el comedor, donde se sirven menús de lunes a viernes, se pueden reservar los asientos aportando una suma extra de dinero. En resumen, es un lugar donde la riqueza se demuestra ofreciendo la mejor apariencia, y por ello sus estudiantes reciben la mejor calidad.

El colegio no es problema; muchos de sus estudiantes, sí. Las personas conforman una comunidad y, en un lugar donde la toxicidad y el dinero mandan, no todos me caen bien. Ni yo a ellos.

Una de esas personas es Tracy, amiga de la chica que, el primer día de clases, siempre me recibe con una embestida en el brazo.

—Muévete —ordenó con repulsión Sylvanna tras hacerme tambalear.

Tracy pasó por mi lado con su habitual expresión burlona.

—Ten cuidado —le dijo a Sylvanna—, quizá tenga los mismos modales que su vulgar madre.

Bueno, después de soportar lo mismo cinco veces, su diálogo cambió esta vez; aunque siempre preferiré su «deja que se deslumbre con tan poco».

Acomodé la correa de mi bolso y emprendí el paso hacia el interior de la prisión juvenil. El vestíbulo sería la envidia de cualquier hotel de lujo, con sofás de cuero, lámparas de araña, plantas para que el ambiente sea más cálido, cuadros de los rectores anteriores... Allí se conectan las escaleras y los pasillos. En el primer piso, se encuentran las taquillas; las oficinas de profesores, asistentes, consejeros y el director; también el centro de alumnos, lugar donde recogí mi horario.

En mi nuevo horario del lunes, vi que la primera clase era Lenguaje.

Corrí hacia el edificio, esquivando a otros estudiantes y, de paso, vi algunas caras que ya me resultaban familiares. Al llegar al aula, algunos chicos ya se habían instalado en sus asientos y parecían los reyes del lugar. Entre ellos, justo en el asiento central, Claus Gilbertson estaba apoyado en las patas traseras de su silla, se mecía sin ningún temor y se reía de sus lacayos mientras sostenía una extraña libreta al que no le presté demasiada atención.

«Por favor, que no sea con él... Por favor, que no sea con él», repetí para mis adentros.

Todas las veces anteriores, el profesor Wahl nos puso un trabajo de investigación sobre los géneros literarios. Rogué por que esta fuera la excepción. Que, obedeciendo a los pequeños cambios, al menos se modificara el trabajo o que mi compañero fuese otra persona, no Claus Gilbertson: imbécil y flojo.

Una de esas risas que no sabes si van dirigidas a ti o alguien más caló en lo más profundo de mi oído, como chillidos de cerdos en un matadero. Tracy entraba por la puerta del aula en compañía de Sylvanna y, más atrás, iba María cargando sus bolsos.

La última de las chicas, que llevaba una barra de chocolate por la mitad, tuvo que sentarse junto a mí después de entregarles las pertenencias a sus «amigas». No había asientos, los disponibles estaban cerca de Claus y su grupo, lo que no funcionaba como una alternativa válida para una chica como ella.

María se convierte en alguien especial el primer día de clases, pero aquella sexta vez fue por algo diferente.

El profesor Wahl entró en el aula y se hizo el silencio. Me pareció el momento ideal para hablarle.

—¿Por qué les llevas sus cosas?

—No pesaban —adujo, sacudiendo los hombros—. No me cuesta nada hacerlo.

—Ya te costará más adelan... Es decir..., no es correcto, luego tendrás que hacerlo todo el tiempo. Ellas se acostumbrarán a que lo hagas, pero tú no. No eres su burro de carga, díselo antes de que agarren confianza.

—Dudo que se lo tomen bien.

—Inténtalo —la animé.

¿Sabes?, es impresionante que una mirada, acompañada de una palabra, pueda significar tantas cosas. La palabra es un don que los humanos tenemos: muchas veces lo aprovechamos; otras, no. A veces la usamos como defensa y, en otras ocasiones, como ofensa. Después de esa clase, entendí que una palabra tiene el poder de influir en los demás. Un simple «anímate» puede determinar las decisiones de otra persona. Por eso siempre hay que pensar y luego hablar, cuidar lo que decimos. Una palabra es como un paso, damos uno en falso y caemos.

Como me temía, el profesor Wahl formó parejas para investigar los géneros literarios y Claus Gilbertson quedó conmigo. Amasé mis planes para enfrentarlo, algo que fuera corto y no me vinculara más con él. Nada más que un trabajo. Todo lejos de los alumnos de Sandberg.

Agarré mis cosas y salí del aula casi corriendo. El patio principal del colegio comenzaba a llenarse.

—¡Eh! —le escuché decir a Claus. Me detuve en busca de paciencia dentro de mis pensamientos. Algo así como «pensar en cosas bonitas» y no darle un puñetazo en la cara—. Yionne, ¿verdad?

—O'Haggan para los desconocidos. Te veré el sábado a las tres de la tarde, en la biblioteca pública.

Me miró desconcertado y formó una sonrisa.

—¿No preguntarás si estoy disponible?

—Mi instinto me dice que lo estarás y que, después de las seis, su alteza no está disponible.

—¿Quién te dijo eso? ¿Acaso lees la mente?

«Casi», pensé.

No le respondí y reanudé el paso sin hacerle caso.

El recreo duraba quince minutos, pero yo ya iba de camino a Historia por el patio principal. No tenía a nadie con quien hablar, la mayoría de los estudiantes se conocían y hacerme la simpática amistosa con las chicas que serían mis amigas no era una opción favorable.

Las estaba buscando —solo para darme el gusto de verlas—, cuando se produjo el segundo encuentro destinado entre Rust y yo, para desencadenar los hechos que marcarían los días siguientes. El hilo del destino comenzaba a anudarse; ya no lo podía evitar.

—Pero si es la novia de Santa —soltó—. Ven conmigo.

Me tomó del brazo para llevarme a la fuerza.

—¿Qué?

—Que vienes conmigo, Zanahoria —contestó, lo cual hizo que envidiara su facilidad para poner apodos... una vez más.

—Espera... —Me resistí—. ¡Rust!

Me lanzó una mirada de pocos amigos.

—No me llames así.

—No lo haré si...

Un golpe detuvo el mundo por un instante, acalló mis palabras e interrumpió los forcejeos. La tormenta vino tras una larga pausa, con gritos de chicas que no podían creer lo que había ocurrido ante ellas. Rust y yo nos esforzamos por comprender qué sucedía justo bajo el campanario de Sandberg. Dentro del remolino de estudiantes, logré divisar a mi compañera de pupitre. María estaba tirada en el suelo: le sangraba la cabeza, tenía un brazo roto y una rodilla dislocada.

Había saltado.

3

Las primeras veces nunca se olvidan, sean buenas o malas. Es extraño, pero si son malas, las recordamos con mayor detalle. Créeme: jamás podré olvidar la primera vez que vi morir a una persona. Mi conocimiento de la muerte se remonta más allá del fallecimiento de papá. No fue con una persona, sino con un animal. Uno de los niños con los que jugaba había encontrado a un pajarito caído de su nido que ni siquiera tenía plumas ni había abierto aún los ojos. La única evidencia de que vivía era el leve movimiento de su pecho al respirar. Tan pequeño e indefenso... El hermano mayor del niño que halló al pajarito coleccionaba arañas de todo tipo. Horribles arañas. A la mayoría de los niños les emocionó saber cómo moriría el indefenso pájaro entre las mandíbulas de uno de los arácnidos.

Yo no pude hacer nada para salvarlo.

Este hecho marcó parte de mi vida; el rechazo a la crueldad del mundo que las personas formamos y que se forma en nuestro interior mientras crecemos, porque si al ir evolucionando aprendemos a discernir lo bueno de lo malo, yo no quería inclinarme por lo malo. Si tenía la oportunidad, quería salvarlos a todos.

Después de llegar a esta heroica decisión, la muerte se burló de mí y se llevó a papá en un accidente de tránsito cuando regresábamos de un paseo. Bastó un parpadeo para que todo cambiara. Fue la primera vez que vi morir a una persona. Después de eso, jamás me acostumbré a la muerte de alguien. Ni siquiera a la de personas que no conozco. Por eso, ver a María en el suelo tras haber intercambiado un par de palabras con ella..., no podía asimilarlo. Mucho menos con los estudiantes aglomerados a su alrededor. Los gritos desesperados y los llantos atrajeron a más estudiantes. Ninguno lograba asimilar lo que presenciaban sus ojos. Los profesores llegaron a la escena para controlar lo incontrolable. A medida que transcurrían los minutos, más alumnos se unían a la multitud para observar pálidos lo que ya todos murmuraban. Tracy rompió a llorar cuando la muchedumbre le hizo un espacio para ver a su supuesta amiga. Era razonable que lo hicieran, todos sabían que Tracy iba siempre en compañía de María y Sylvanna .

Cuando Rust —que había permanecido a mi lado— vio que Tracy lloraba desconsoladamente, fue a su encuentro y la rodeó en un abrazo para consolarla. Ella le devolvió el abrazo entre sollozos que pusieron de peor ánimo a todos, incluyéndome a mí. En cuestión de minutos, ambos desaparecieron de la escena.

Tuvieron que llamar a la plana mayor del colegio y a algunos guardias para despejar la zona de ojos curiosos. Anunciaron que las clases quedaban suspendidas el resto de la semana y que ya estaban llamando a nuestros padres para regresar a casa y explicar formalmente la situación. Sandberg parecía más sombrío que de costumbre.

Al menos, así lo percibí yo.

Con las clases suspendidas, los autos de lujo llegaron en busca de los estudiantes. Mi impotencia subió como un cohete al cielo al escuchar los rumores de los motivos por los que María había saltado. Todas y cada una de las especulaciones era más morbosa y desconsiderada que la anterior. Me pareció una falta de respeto, pero no dije nada..., aunque ganas no me faltaron.

Mi dilema emergía mientras veía la hora en mi teléfono. Contemplaba la pantalla y repetía para mis adentros una y otra vez: «Deja que pase, así se dieron las cosas», «Deja que pase, no lo eches a perder». Sin embargo, esa parte que me pedía ser fiel a la promesa de salvarlos a todos no me dejaba en paz.

—¡Es terrible! —murmuraba mamá una y otra vez, de camino a casa. Estaba muy conmocionada con la noticia, tanto que no podía pensar en otra cosa—. Sus padres deben de estar destruidos.

Por supuesto que lo estarían... si es que estuvieran vivos.

No solo conocí a Rust cinco veces antes, también a María. Habíamos llegado a entablar una sólida amistad, y estaba segura de que esta sexta vez también lo haríamos. Un cambio mínimo lo había arruinado todo.

—¿Estás bien? —dijo mamá. Ya me lo había preguntado antes, en Sandberg.

—Sí.

Mi respuesta no sonó convincente y es que era una mentira. Mamá lo notó y, al detenerse frente a un semáforo, insistió:

—¿De verdad?

—Que sí, mamá. Es solo que... hablé con ella esta mañana. Desde luego. Le dije que intentara decirle a Tracy sobre cargar su bolso, que no cargara las cosas de los demás. Deduje que María pudo haberle recriminado esto a Tracy y bastaron unas palabras de ella para mutilar la confianza de María. De ser así, solo bastaba un clic.

—Dios... —continuó mamá—. Cómo cambian las cosas en unas horas.

«Ni te lo imaginas», pensé.

Me guardé mis pensamientos para mí, como hacía con la pesada responsabilidad que sobrellevaba. Entonces comenté de pronto:

—No pasa nada. Dejaré que transcurra el día y volveré.

Mamá se volvió para mirarme, confundida, y el resto del camino no dijo nada más.

23.56 horas

Mi dilema aumentaba con cada segundo que seguía observando la pantalla de mi celular. Estaba en la cama, preguntándome cómo lo haría, si realmente mi teoría era cierta y qué haría en caso de que no lo fuera.

¿Sabes? Diría que presenciar la muerte de papá fue lo más terrible, pero te estaría mintiendo. Lo que vino después de su fallecimiento fue lo peor. Una pérdida siempre deja marcas. Mamá y yo nos quedamos solas, sin que nada pudiera llenar el espacio que papá dejó al morir. Para entonces tenía ocho años, serios problemas en los colegios, un odio irracional al mundo y al nefasto Día del Padre. Odiaba a los niños que podían gozar de sus padres, los programas en la televisión sobre familias felices, las películas infantiles, y me odiaba a mí misma porque, de alguna forma, me sentía responsable de su muerte. Si hubiese hecho algo distinto, aunque fuera solo un detalle, podría seguir teniendo a mi papá. Pero nada lo haría volver.

Extrañaba a papá, demasiado.

Una noche, mamá me dijo que a veces buscaba consuelo hablándole a la luna. Me dijo que la luna podía escuchar, que era un medio entre los vivos y los muertos. Que la luna sería lo único que me uniría a papá. «¿Tienes algo que decirle a papá? Díselo a la luna, ella le enviará el mensaje».

Sonaba absurdo, un consuelo para niños pequeños. Mucho más pequeños que yo. A mi edad, ya era una niña resentida que no creía en nada, que había perdido la fe. No creía en ninguna cosa, mucho menos en que la luna pudiera escucharme. Pero lo hice. A pesar de todo el arrepentimiento que podía conllevar —y consciente de que no ocurriría nada—, decidí intentar hablar con la luna. Le pedí que me dejara retroceder al día del accidente, para así evitar la muerte de papá, que me concediera el poder de retroceder al momento en que él vivía. Una, dos, tres veces. Lo hice cada noche sin obtener respuestas, como ocurría con todo lo demás. Mis intentos fallidos aumentaron la desesperación por mi pérdida y el rencor hacia todo. De modo que una noche no supliqué ni hablé con palabras sutiles, quise hacer algo diferente. Descargué mi odio contra la luna. La insulté y ella me devolvió las ofensas concediéndome mi deseo.

Lo hizo, mas no de la forma en que yo deseaba.

No. No estoy loca. Sí, ya sé que suena absurdo que la luna cumpliera mi deseo. Yo tampoco lo pude creer cuando, al despertar, sentí que todo ya lo había vivido. Reviví mi día antes de volver a la noche en que la insulté. Como un *déjà vu*.

Podía viajar al pasado, retroceder en el tiempo a la fecha que quisiera, excepto al día del accidente. O a algún momento que me permitiera evitarlo.

Me fui adaptando al nuevo estilo de vida, cambiando cosas mínimas que daban pie a grandes cambios. Comencé a sobrellevar un don que podía convertirme en la heroína de la ciudad, pero que me hizo sentir todo lo contrario. Los retos y las decisiones que tomaba cada vez que retrocedía a un hecho de mi vida cada vez tomaban mayor peso.

Cada cambio conllevaba una consecuencia.

Cada acto heroico implicaba una muestra de cobardía.

Cada muerte frustrada traía como consecuencia la muerte de otra persona. Si salvaba una vida, otra debía ocupar su lugar.

Es un intercambio equivalente.

Si volvía al primer día de clases e impedía que María saltara, alguien más debía morir en su lugar. Pero... ¿quién?

4

Sexta primera vez.

El día empezaba igual, con la clase de Lenguaje.

En el aula, Claus hablaba con sus amigos y se mecía apoyándose en las patas traseras de la silla con la libreta en la mano. La idea de volver en el tiempo y hacer algo para que se cayera de esa jodida silla me provocó una sonrisa. Para mi disgusto, el mismísimo Claus descubrió mi gesto y su ego se manifestó en un guiño dirigido a mí. Mi mueca de asco quedó disimulada al sentarme y darle la espalda. Durante los minutos en los que esperé al profesor Wahl, supliqué que esta vez mi compañero de trabajo fuese otra persona. Cerré los ojos con fuerza, pero volví a abrirlos cuando sentí el aroma dulce que María siempre lleva consigo. La miré con deseos de abrazarla y decirle cuánto me alegraba de verla. No lo hice. Me mordí la lengua para fingir que su presencia no me importaba.

Wahl entró y la clase empezó en silencio. Nada de presentaciones para los nuevos estudiantes ni un informe de las materias que veríamos el resto del año. Comenzó hablando sobre el lenguaje y su importancia, luego lo condujo todo a la vida y de la vida a los libros; así concluyó con la investigación sobre los géneros literarios en pareja.

No podía dejar de vincularme con Claus, aunque lo intentara con todas mis fuerzas. No quería verlo ni en pintura, pero siempre aparecía. Estaba tan ligada a él como a Rust.

Si tuviera que describir mi opinión sobre Claus, sería algo así:

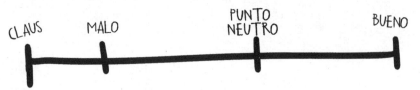

Así de jodido.

Lamentablemente, y recordando las palabras de Rowin, hay cosas inevitables de las que no podemos escapar. Si tuviese que comparar a Claus con algo, sería con el olor a caca de perro cuando la pisas y se te queda en el zapato durante horas.

Eso sí le hace justicia.

Y tú estarás de acuerdo conmigo más adelante.

Al salir de Lenguaje, esperé que mi teoría fuese correcta y que la pequeña conversación que había tenido con María (antes) fuese la causa de que saltara. Me dirigí al campanario de Sandberg y me detuve ahí mientras hacía oídos sordos a las llamadas de Claus... otra vez.

—Yionne, ¿verdad? —preguntó al llegar a mi lado.

Lo miré con aire despectivo y volví a centrarme en el campanario.

—O'Haggan —corregí.

Antes de continuar hablando, él me interrumpió.

—Nena —dijo, y me rechinaron los dientes—, seremos compañeros de trabajo y de clase, ¿no crees que deberíamos..., no sé, tenernos más confianza?

—No lo creo. —Di un paso al costado, lo tenía demasiado cerca como para querer darle un golpe—. Y no me apetece. O'Haggan está perfecto. Te veré el sábado a las tres de la tarde, en la biblioteca pública.

Esbozó una sonrisa torcida y procedió a preguntarme lo de su «disponibilidad». Preferí ahorrarme el tiempo de escucharlo y verlo gastando saliva.

—No preguntaré nada, sé que estás disponible —agregué—. Ah, y no leo mentes. En el caso de que lo hiciera, créeme que la tuya sería la última que querría leer.

Fue un error tratarlo de forma tan despreciativa, eso definitivamente lo transformaría en una garrapata. No obstante, no podía contener mi odio hacia su persona, de la misma forma que no podía ignorar a Rust cada vez que aparecía en mi campo visual.

Lo vi aparecer desde el otro lado de la fuente en el centro del patio principal, caminando con su paso ligero y despreocupado, el cuello de su camisa desabrochado y la corbata desajustada. El cabello corto le sentaba genial, pero lo ocultaba bajo una gorra de béisbol con la visera hacia atrás.

Nuestro encuentro fortuito en Sandberg se rompió con una inesperada sorpresa: el «nuevo cambio».

Rust no caminaba solo, estaba en compañía de la silenciosa Shanelle Eaton, quien se arrimaba a su brazo.

—¿Están saliendo? —pregunté de inmediato, sin intención de obtener respuesta.

Claus, que apresaba su interés en Rust, lanzó una seca carcajada que contenía solo odio.

—Hace más de un año —farfulló.

Rust pasó frente a nosotros intercambiando una mirada desafiante con Claus, antes de reparar unos segundos en mí.

No lo entendí.

Entre ellos hubo algo, sin embargo, las veces anteriores ya solo eran una pareja que había roto. ¿Por qué continuaban juntos? ¿Qué desorden de acontecimientos estaba ocurriendo?

Me alarmé más de lo necesario. No sabía qué otra cosa había cambiado como para que Rust y Shanelle siguieran juntos. Las cinco veces anteriores, Rust no había mostrado interés por ninguna chica que no fuera yo, y mucho menos por Shanelle. Si el cambio era así, entonces aquella realidad sería impredecible. Además de no saber quién sería la persona que ocuparía el lugar de María, qué ocurriría entre Rust y yo.

—Entonces el sábado a las tres, nena.

Aterricé. Claus seguía conmigo.

—O'Haggan —corregí de nuevo con inquina.

El descubrimiento que acababa de hacer me afectó más de lo que quisiera admitir. Llámalo celos, llámalo despecho. Me da igual. Al verlo con Shanelle, me quedé con el corazón roto, y el curso apenas comenzaba.

Ignoré a Claus. Preferí esconderme en el último cubículo del baño a la espera de que el recreo acabara sin malas noticias. Que la pesadilla anterior no ocurriera y María no decidiera saltar.

Me mantuve oculta, con los pies recogidos sobre el váter, mientras meditaba las posibilidades que el destino había cerrado para mí al burlarse de mi credulidad y confianza. Ahogué mis pensamientos pesimistas sobre el futuro y me repetí una y otra vez que hiciera lo correcto. Observé la pantalla de mi celular, la fotografía de fondo de pantalla. Entré a la sección de «alarmas» y comencé a borrar todas hasta dejar solo la primera en caso de que la melancolía me atacara.

A veces, cuando me sentía sola y apenada, olvidaba la carga que mi «habilidad» conllevaba y regresaba a los días en que papá seguía con vida solo para disfrutar de su compañía junto a mamá. Sentir su abrazo, escuchar su voz..., o incluso que me regañara, todo me hacía feliz de él. Me conformaba con lo mínimo solo para sentirlo vivo.

Aunque, en ocasiones, el tiempo se volvía segundos, lo que significaba problemas. He aquí una lección:

El tiempo es demasiado extraño.

El tiempo permanece.

El tiempo es dañino.

La gestora de mi maldición me había penado con un tiempo limitado si me refería a una vivencia con papá. Es decir, podía retroceder el tiempo a un momento en que estuviese con él, pero no podía vivir desde allí, excepto si se trataba del maldito bucle que empezaba en nuestro regreso a Los Ángeles.

Al principio yo tampoco lo comprendía, tuve que darme cuenta de esto lentamente. ¿Vas entendiendo por qué lo llamo una maldición? Tuve que aprender con el dolor de no poder estar con papá, o solo estar con él por un tiempo corto. Cuanto más alejado el recuerdo, peor. Así, cada vez que volvía, lo hacía acompañada de mi celular y alarmas que funcionaban para que volviese al presente.

O, en su defecto, al futuro. (Sí, como en la peli).

Me hice un ovillo dentro de mi cubículo preferido, esperando cualquier desgracia, cuando oí que alguien más entraba en el baño. Oí el agua correr y un bufido que evidenciaba nerviosismo. De pronto, oí un carraspeo familiar y supuse de quién podía tratarse. Luego, la persona al otro lado del cubículo empezó una charla consigo misma y mis conjeturas se confirmaron.

—Tú puedes hacerlo, Sindy —se decía con voz inquieta—. Eres una mujer valiente y decidida. Esto es algo que quieres desde hace mucho.

Sonreí para mis adentros. Bajé los pies del váter procurando no hacer ruido y me aventuré a abrir la puerta lo suficiente para verla apoyada en dos lavamanos, inclinada hacia el espejo.

—Ay, Dios... Un desastre. ¡Soy un desastre! —exclamó mientras intentaba arreglar un rizo rebelde que asomaba de su flequillo—. ¿Cómo rayos voy a ser de la directiva estudiantil con este mal aspecto? Soy un fracaso.

Oh, Sindy, siempre tan ciega sobre sus capacidades y su aspecto. Siempre buscando un paso más de la perfección. Tan estricta consigo misma. Cielos, cómo la extrañaba.

Seguí sonriendo como una boba. Vi que se arreglaba el rizo rebelde durante unos segundos más, hasta que me descubrió espiándola dentro del baño. No debió de ser la mejor de las imágenes para que saltara de esa forma y se girara hacia mí, pero tampoco motivo para que gritara así. Pero si había algo que caracterizaba a Sindy Morris, era que lo exageraba todo... de una forma buena y cómica.

—¡¿Qué *mierdcoles*?!

Ah, sí. También tiene una lengua demasiado suelta, tanto como para escupir groserías que harían llorar a cualquier monja de la parroquia de Sandberg. No obstante, trata de contenerse porque, según ella, dan mala imagen de las personas. Cada casigrosería que se le escapa, es anotada en una libreta.

—Algo me dice que con esa actitud pesimista no ganarás. Y si estás pensando en prohibir los celulares..., terminarán odiándote.

Frunció el ceño. Adoptó una posición defensiva, apretando los puños como si fuera a pegarme.

—No vas a golpearme —canturreé mientras salía de mi escondite—, algo me dice que repartir golpes no es lo tuyo.

—Me... ¿Me estabas espiando?

—No, no —negué y me apoyé en el lavabo continuo—. Solo quería ver a la persona que se prepara mentalmente para anunciar su candidatura como presidenta del consejo estudiantil. Insisto: no prohíbas los aparatos electrónicos, te odiarán por eso.

La extrañeza se acentuó en su rostro. Hizo un gesto esquivo hacia el costado, luego me miró con más detalle.

—¿Tú crees? Justamente eso pretendía hacer, dis...

—Distraen a las personas de las cosas importantes, sí —concluí con una sonrisa—. Pero somos una sociedad que ya no vive sin tecnología. Es nuestro escape. —Agité mi celular para enseñarlo.

—Tienes razón —admitió con desgana—, la tecnología nos está consumiendo...

—Nosotros mismos nos estamos consumiendo mediante la tecnología. Por cierto, soy Yionne y tienes mi voto.

—Sindy —se presentó.

El timbre para volver a clases sonó. Sindy y yo nos despedimos en el baño; ella tenía clase de Arte, yo de Historia. Al salir al pasillo, no había incidentes, tampoco rumores o malas noticias. Cuando sacaba mi cuaderno de dibujo, Tracy pasó por detrás de mí en compañía de Sylvanna, quien me dio un empujón que casi me hace estampar la nariz contra la puerta de la taquilla contigua. Las seguía María.

Pese al golpe que acababa de recibir, sonreí porque lo había logrado: María estaba viva.

Me dirigí a la siguiente clase cuando dos chicos se colocaron frente a mi camino y otros dos detrás. Los conocía bien, y a su cabecilla todavía más. Rust se abrió paso hacia mí con una sonrisa que describía a la perfección su seudónimo: Siniester.

5

«Hay golpes que duelen, pero miradas que matan».

La mirada de Siniester podría encajar perfectamente en aquella frase. No preguntes de dónde la saqué, solo puedo decirte que la recordaré siempre. Si existe una forma en descifrar a quién me enfrentaba, si a Rust o Siniester, es a través de sus ojos y su semblante.

Rust casi siempre es un impúdico que asegura obtener todo lo que desea con sus malos modales, su horrible sentido del humor y la entrega total de sí mismo a quienes quiere. Siniester, por otro lado, emite un aura fría que evoca una preocupación por no recibir una patada de su parte. Se lo toma todo muy en serio, incluido su trabajo.

Nunca me ha gustado esa faceta suya, pero aprendí a amarla porque pertenece a Rust.

Y sigo haciéndolo. Por esta razón verlo con Shanelle Eaton me estremeció tanto. Es duro saber que alguien más hace feliz a la persona que te hace feliz —valga la redundancia—, porque... no sé, tal vez la misma realidad te golpea y te grita: «Eh, baja de esa nube, tú eres igual que el resto».

¿Sabes qué es lo peor de todo? Que por él volví una sexta vez, para repetir todo lo que ya viví.

El 25 de diciembre Rust murió por primera vez.

Aún puedo oler el chocolate recalentado, recordar la taza con el dibujo de un reno sobre la mesa, oír la música navideña que sonaba por la radio. Movía mi cuerpo al contagioso ritmo de «Let It Snow! Let It Snow! Let It Snow!» cantada por el magnífico Frank Sinatra. No conocía la canción del todo, pero su ritmo pegadizo me llevó a tararearla mientras me maquillaba.

Rust pretendía enseñarme a patinar en la pista de hielo de LA Live. Estaba dispuesto a arreglar la enemistad que había entre los patines, el hielo y yo. Para ser franca, yo sabía que, muy en el fondo, le entusiasmaba la idea de arruinar alguna foto familiar o de parejas. Su expresión facial sufrió un extraño cambio durante el momento en el que bromeé al decir lo gracioso que sería aparecer por casualidad en alguna fotografía romántica, pues para Navidad siempre se producía alguna propuesta de matrimonio. Después, nos iríamos al sitio de siempre, la quebrada elevada que nos regalaba una maravillosa vista del mar.

O eso creí.

No había terminado la canción cuando recibí una llamada de Brendon, el mejor amigo de Rust y su principal cómplice. Me informó de que uno de los lacayos de Snake había disparado a Rust.

¡Bang! Mi cabeza se hizo añicos días después. Los doctores no pudieron hacer gran cosa, la bala impactó en su cabeza. Todo muy... impensado. Créeme, ni siquiera podía imaginar lo que sucedía, me sentía inmersa en una pesadilla. Me pareció una tragedia tan repentina que no digerí la noticia en un mes. Reaccioné el 28 de enero.

Y comencé de nuevo.

El 25 de diciembre ocurrió su segunda muerte. La quinta vez, reinicié para mí. Creo que me explayé demasiado.

El punto es que Rust comenzó mi ajetreado viaje, mis reinicios y mis delirios en todos ellos. Si estás creyendo que por su causa empecé esta especie de bucle, te estás equivocando. Las decisiones aquí siempre las he tomado yo, eso me hace responsable de toda la mierda y las cosas buenas que aprendí de cada marcha a la salvación.

Es mi culpa; no puedo dejar ir a nadie. Pero ese no era el mayor de mis problemas.

Tampoco lo era estar rodeada de cinco chicos de dudoso aspecto.

El silencio se apoderó de todo aquel que pasara a nuestro alrededor. La tensión se acopló al frío que embalsamó el pasillo.

Siniester ya tenía cierta fama dentro de Sandberg y, al parecer, algunos sabían a qué dedicaba sus horas después de clases, incluso muchos de ellos le habían pagado para dar palizas por encargo. Yo también lo sabía. Entendía que la intimidación silenciosa formaba parte de su crudo juego, no obstante, su presencia me era tan familiar... No podía ser seria. Mucho menos cuando ya estaba demostrado que en esta realidad algo me ata a su mundo.

Solo me restaba evitar a toda costa la noche del 14 de noviembre para no seguir involucrándome más.

Frente a Siniester y sus amigos, busqué una nueva forma de huida. Una que no salió muy bien.

—Qué linda bienvenida —empecé—. No esperaba ser recibida así en mi primer día en Sandberg. ¡Gracias!, son muy tiernos, chicos, peeero tengo que ir a clases.

Di mi primer paso hacia mi posible libertad, que parecía diminuta entre Brendon y Fabriccio, y ahí me quedé: de pie frente a ambos chicos que me negaban el paso.

—¿No dejarán que me marche?

—No, niña —respondió Siniester—, no puedes pasar.

Olvidé decir que tampoco me gustaba el tono serio que Siniester usaba para hablar. Todo lo que pronunciaba tenía un toque de disgusto que, en definitiva, me hacía preferir a Rust y su tono más socarrón.

—¿Por qué?

—Dejé pasar la bofetada, me debes un favor.

Medí la distancia que nos separaba. En nuestro sexto primer encuentro la intimidación fue más efectiva y Siniester se mostró más rudo. Estábamos en un lugar público y bajo vigilancia, no le convenía ser un bruto. De seguro no quería que su padre visitara la oficina del director.

—¿Te debo un favor por ponerte en tu lugar? —solté—. No lo creo, Rust Wilson.

Di un paso y me obligué a levantar la cabeza para mirarlo a sus ojos azules.

—No me provoques, niña —advirtió—. Y no estoy para juegos.

—Qué coincidencia, tampoco yo. ¿Por qué mejor no dejas que me marche a clase?

En ese momento me reveló su consabido gesto de hacer crujir los dedos. Siniester tenía la manía de hacerlo siempre. Ni hablar de cómo sonaba su cuello al flexionarlo a los lados. Auch.

—Creo que no entiendes la gravedad de la situación —explicó en un tono más calmado—. Ahora mismo, tu única opción es escucharme con la boca cerrada. Nada de sarcasmo, nada de falsa empatía, nada de darme órdenes. Callada.

Sí, iba en serio.

Mi lado tranquilo tomó el control.

—Bien, ¿qué quieres?

—Envíale un mensaje a tu novio.

Estuve a punto de replicar, pero dejé morir mis palabras antes incluso de que cobraran vida. Su dedo índice sobre mis labios fue del todo innecesario.

—No he terminado —prosiguió—. Dile a ese bastardo que no se meta con Shanelle y que los bohemios hablarán, pero solamente si...

—Pisan terreno neutral —acabé en un susurro, tan desconcertada como Siniester.

—¿Ya lo sabían?

No respondí. Estaba más concentrada en calcular los días que faltaban para que ese acuerdo se llevara a cabo basándome en las veces anteriores. Lo que significaba que una cantidad ingente de problemas ocurrirían más pronto de lo esperado y, sabiendo esto, la vida que sería arrebatada a cambio de la de María se ejecutaría un mes después.

—¿Cómo podrían saberlo? —preguntó Brendon—. Roma dijo que no tuvo contacto con ellos.

—Entonces mintió —siguió Matt.

—No lo hizo —intervine antes de oír más suposiciones—. Roma no miente, Snake sí. Lo que pueden hacer es no ir a esa reunión, traerá muchos problemas. —Me volví hacia Siniester—. No le daré tu mensaje a Claus.

Molesto, contraatacó de nuevo.

—Hazlo —me ordenó a medio paso de pisar mis zapatos.

—No lo haré —insistí—. No tienes nada con qué amenazarme. Y si tienen un poco de sentido común, no aparezcan en esa reunión: es una trampa.

Bien, pausa.

Sé que estás preguntándote de qué rayos hablábamos. ¿Bohemios? ¿Reunión? ¿Trampa? Nada te parecerá conocido, pero pronto sí. Es imposible no incluirlos en todo esto.

En los terrenos oscuros de Los Ángeles, donde el pensamiento humano se limita al miedo, existe un lugar al que algunos llamaron Catarsis. Un simbolismo a la liberación del espíritu. Catarsis tuvo su origen como un «juego»: peleas clandestinas con el fin de descargar la tensión de la semana. Cualquiera que tuviese edad suficiente podía asistir. Sin embargo, con el tiempo, se fueron añadiendo tantas personas como reglas, lo que llevó a crear tres bandos que representaban el pensamiento y oficio de cada participante: Bohemia, Legión y Monarquía. Con el pasar del tiempo, lo que antes era una forma de liberar tensiones, se convirtió en la tensión misma. Surgieron líderes de los bandos y generaron enemistad entre los demás. Las peleas clandestinas pasaron a ser enfrentamientos de armas y tomas de territorios para ventas de drogas. Empezaron a reclutar a jóvenes como guerrilleros y futuros mandos que seguirían sus pasos. El poder los consumió a todos, incluyendo al líder de Legión, Ramslo, lo que le causó la muerte en un intenso tiroteo. Su sucesor, la persona en la que más confiaba, se quedó a cargo: Shanelle. Y todos los demás actuaron bajo su apodo. En el caso de Rust, el suyo es Siniester, por este motivo, se exaltó tanto al decir su nombre.

Resumiendo, la situación sería así:

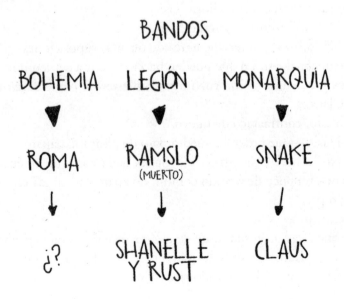

BANDOS

BOHEMIA   LEGIÓN   MONARQUÍA

▼   ▼   ▼

ROMA   RAMSLO   SNAKE
(MUERTO)

↓   ↓   ↓

¿?   SHANELLE   CLAUS
Y RUST

No podía fijarme en una persona normal, tenía que ser el sujeto perseguido por una banda que quería verlo muerto. Sin mencionar que el sucesor de dicha banda enemiga conocía su nombre real, a su familia y dónde estudiaba. Su personaje y forma de pensar me recordaba mucho al Joker de Batman. Ya sabes de quién hablo.

Claus se divierte al atormentar a Siniester y también a Rust, aprovechándose de las cosas que conoce de él. Pero, por otro lado, Rust también conoce cosas de Claus. Ambos viven en una presión constante sin acabar con el otro.

Quiero aclarar algo: no odio a Gilbertson por el simple hecho de llamarme «nena» y poseer una personalidad megalómana. Tengo razones suficientes:

1. Matar a Rust.
2. Su deslealtad.
3. Lo que pasó y ocurriría el 14 de noviembre.

Suma y sigue.

Lo peor es que no podía decir nada sobre cómo era realmente, solo limitarme a advertencias e intentos de impedir los hechos que yo misma provoqué.

De regreso a mi sexto primer día de clases, rodeada por cuatro chicos y frente a quien tenía todos los dominios de mi corazón, las cosas no iban a mejorar sin que diera una explicación.

—¿Por qué dices que es una trampa?

—No lo es, lo será —corregí—. Jamás podrán firmar un tratado de paz con tanta ambición de por medio. La reunión que pretenden llevar a cabo será una masacre.

«Y uno de ustedes morirá en ella», concluí en mis entristecidos pensamientos, mirando con disimulo al cuarto y más silencioso de los chicos, Morgan.

—¿Cómo lo sabes? —preguntó él.

Teniendo en cuenta mi maldición, dicha pregunta me hizo sonreír con amargura. Sentí la tentación de explicárselo todo, absolutamente todo. Sin embargo, procuré buscar una respuesta que no guardase relación con mis múltiples viajes y acabé encontrando una bastante absurda, pero que los dejaría satisfechos.

—Lo oí del mismísimo Claus.

—Eres parte del juego —afirmó Siniester.

No pude mirarlo a la cara. Opté por centrarme en mis zapatos.

—Yo no juego por ningún bando, yo juego por una persona.

—¿Y quién es esa persona? —preguntó Brendon.

En ese instante, algo debió golpear mi corazón. Todo lo que hice fue elevar la cabeza y buscar el rostro de Siniester.

Después de este encuentro, empezó mi verdadera y única historia.

6

Luego de un tranquilo martes, llegó mi tercer día en Sandberg. Me despedí de mamá deseándole un buen día, como de costumbre. Detrás, Tracy y Sylvanna esperaban a que saliéramos. Su impaciencia siempre se reflejaba en los insistentes bocinazos que rompían cualquier momento emotivo entre mamá y yo. Mi querida madre aún no se acostumbraba a la imprudencia de la rubia y su amiga, en cambio yo pasaba de ella y de todo lo demás. De lo que no pude escapar fue de notar que, en la puerta principal del colegio, Sindy les entregaba un folleto a todas las personas que pasaban por su lado.

—Mamá, voy a bajar.

—Pórtate bien —dijo y me acomodó el cuello de la camisa—. Y no vayas a saltarte ninguna clase.

—No, mamá —solté en tono aburrido. Me hubiese encantado decirle que podría hacerlo y eso no afectaría a mi rendimiento, pero pensé que era preferible callarme el comentario—. Te quiero.

—Y yo a ti, mi Onne.

Bajé del auto y oí que Tracy se quejaba de lo lenta que era mi mamá. Cerré los ojos rogando que se me concediera paciencia, tal vez podría irme al reino divino de esta para no responder. De no ser por María, que me distrajo con su voz apacible, le hubiera deseado una y mil cosas. En lugar de eso, preferí continuar mi camino en dirección a la entrada.

—Buenos días —saludé a Sindy, que parecía esconderse detrás de su enorme melena. Giró con sobresalto y estuvo a punto de tirar el montón de hojas que tenía en las manos. Me reconoció del baño y sonrió—. ¿Haciendo campaña publicitaria?

—Estos hijos de... del emprendimiento no me prestan atención —dijo y me pasó uno de los folletos—. Y los que recibieron la hoja, la han hecho una pelota para lanzarla. La profesora Electra vendrá a regañarme.

Solté una risilla que traté ocultar.

—Necesitarás algo más que simples folletos para llamar la atención.

Sindy rezongó.

—Así parece... ¡Oh!, por cierto, ¿puedes sostener todo?

Colocó los folletos sobre mi pecho y los soltó, de modo que no me quedó otra que agarrar los papeles soltando un gimoteo al notar que varios cayeron al suelo. Sindy, por su lado, buscaba en el bolso su libreta para las groserías.

Empecé una corta misión en busca de las hojas caídas y me desesperé porque muchas de ellas estaban siendo pisadas por los estudiantes. Todo empeoró cuando el timbre sonó; estaba en cuclillas a centímetros de alcanzar un último folleto cuando Tracy apareció en compañía de su amiga y, más atrás, María las seguía cargando sus cosas. No te describiré la mirada de víbora que Tracy me dirigió. Tampoco su forma taaan singular de sonreír. Con suerte pude verla después del empujón que Sylvanna me propinó y que causó que me cayera de rodillas.

—¿Estás bien? —me preguntó Sindy mientras me ayudaba a levantarme.

—Sí —respondí sin quitar la mirada de la rubia que ya iba a mitad del pasillo—. Toma tus hojas.

No lo estaba.

Mi paraíso de la paciencia comenzaba a derrumbarse. Un encuentro en los vestidores haría descargar todo lo que sentía hacia Tracy.

—¿Qué clase te toca?

Sindy y yo empezamos a caminar.

—Deporte.

A Sindy también. Lo recordaba de viajes anteriores.

—¡A mí también! —gritó dando un salto—. ¿Con el profesor Cardellini?

—No hay ninguno más —afirmé para luego darme un golpe mental.

—Tienes razón. Bueno, ven conmigo, te presentaré a mis amigas.

¿Sabes lo que significaba esto? Que ya no andaría sola por la vida ni añoraría las viejas amistades, porque esas amistades volverían a pasar.

Y lo mejor de todo es que yo no había forzado nada, excepto quizás meterle un poco de prisa a mamá en la despedida. Sindy fue la que me ofreció unirme al grupo. Todo estaba hecho, solo faltaba que se nos uniera María para ser el quinteto de oro. O algo así.

En los vestidores, mientras nos poníamos el uniforme de deporte, Sindy me arrastró entre taquillas y taquillas hacia mi sexto primer encuentro con Aldana Holloway y Rowin Morris.

—¿Ya repartiste los...? Oh.

Rowin se desabotonaba la camisa cuando se encontró con mi sonriente rostro listo para presentarme. No sé qué clase de expresión puse, pero la suya bastó para decirme que era terrible. En lugar de continuar, buscó a Sindy detrás, cubriéndose.

—¿Recuerdan a la chica que me habló en el baño? Es ella —Me presentó como a un producto de limpieza de teletienda—. Se llama Yionne.

—Hola —saludé y agité la mano de forma casi mecánica.

Una morena con el cabello recogido en un moño se asomó detrás de una taquilla y sonrió.

—Oh, eres la chica nueva —dijo Aldi—. Había escuchado rumores sobre ti, pero no tuve el privilegio de verte. Soy Aldana Holloway.

—Y yo soy la casi hermana de Sindy —se presentó más relajada la castaña que estaba frente a mí.

Aunque ya conocía la respuesta, quise volver a preguntar por qué siempre se presentaba como la «casi hermana» de Sindy.

—Porque es mi linda prima y nos parecemos bastante, ¿verdad?

Ese «casi» era mucho decir. La verdad es que no se parecían mucho, pero a las primas les gustaba soñar con eso y nosotras no les decíamos nada.

Oímos el silbato del profesor Cardellini y las chicas se apresuraron en el vestuario. Apenas nos estábamos desvistiendo. Sindy era la que más se preocupó, no quería llegar tarde. A su lado, Rowin abría una barra pequeña de chocolate. Nos disponíamos a salir cuando nos interrumpió el despectivo comentario de Sylvanna.

—¿Por qué Rowin se cambia de uniforme? —dijo—. Ella no hace deporte.

41

Evidentemente, el comentario llevaba una dosis maliciosa que pretendía herir.

—Cállate, Sylvanna —reprendió Aldana, y tomó a Rowin por la espalda para que continuara caminando.

—¿Qué? —preguntó con falsa inocencia la amiga de Tracy—. Solo remarco lo obvio.

—Eximida de Deporte —siguió la rubia—, ¡qué fortuna! Oh, espera... ¿acaso es porque se acompleja de... «eso»?

Tuve que morderme la lengua para no responder.

Alrededor de Rowin corren muchos rumores sobre por qué la eximen de todo lo que tenga que ver con esfuerzo físico. Algunas chicas dicen que se debe a su complexión, otras a una horrible cicatriz en el estómago que se le abre cada vez que hace deporte. Claro, nada de eso es cierto. Rowin puede hacer ejercicio: correr, saltar, lanzar cualquier mísero balón, pero no en exceso, ya que una enfermedad se lo impide. Solo los profesores y el personal de Sandberg lo saben.

—Sigan avanzando —les sugerí y extendí los brazos para que no se detuvieran.

Pero perdí la cordura al oír otro comentario sin sentido de parte de Tracy. No te repetiré qué demonios dijo, solo diré que no tuvo relación con ninguna de las chicas, sino con mi mamá. Me abalancé sobre la rubia y arremetí con arañazos y golpes que la llevaron al suelo. Yo estaba encima de ella, descargándome mientras le exigía que nunca más hablase de mi madre ni interrumpiera nuestra despedida matutina porque si ella no tenía una madre no era mi maldito problema. Todo se tornó tan dramático que posiblemente haría de mi vida una película taquillera, ya sabes, con mi «maldición» y eso.

A Tracy le gusta tirar comentarios y luego hacerse la desentendida, cosa que no pega conmigo ni con su fiel subordinada. En un par de segundos, entre gritos de Sindy, Rowin, Aldana y María, la pelea se vio inclinada a favor de Tracy, pues Sylvanna se lanzó en su ayuda.

La pelea llamó la atención de más chicos y, pronto, la del profesor Cardellini. Resultado: a la oficina del inspector general como castigo.

Veredicto del inspector general: suspensión por el resto del día y trabajos de ayuda en la biblioteca.

Mientras los demás chicos hacían deporte, Tracy, Sylvanna y yo esperábamos a nuestros padres en el lúgubre pasillo de las oficinas de Inspección.

¿Alguna vez le has rogado al cielo que cumpla un deseo con tantas fuerzas? Yo estaba así en medio del pasillo, queriendo que mamá llegase lo antes posible. No solo estaba harta de la pareja que me había dejado más de un rasguño en la cara y los brazos, también deseaba volver a ese día para controlar mis impulsos sin dejar que mi instinto agresivo surgiera. No me mires como si fuera una salvaje, yo no soy así. En general, siempre pienso antes de actuar, pero a veces las emociones son demasiado fuertes, incluso para una persona que conoce lo que ocurriría luego.

—¡Onne! —exclamó mamá en la puerta de la dirección. Me levanté del asiento pronunciando en un susurro que se apurara—. ¿Qué pasó?

El inspector general salió de su oficina para explicarle todo. Tras llenar un formulario, nos tomó por la espalda y nos invitó a salir de la oficina.

Mamá no hizo ningún comentario, ni tampoco hubo tiempo de hacerlo. Una figura más alta que nosotros intervino en nuestra salida.

Se trataba de un hombre alto, bien parecido, rubio; sus ojos azules se presentaron frente a nosotras. Te sería fácil reconocerlo de varias películas famosas y algunas controversias publicadas en revistas de cotilleos. Sin embargo, yo lo reconocí por su parecido con Rust.

Bueno, después de todo, se trataba de su padre.

7

¿Recuerdas cuando te pregunté sobre la fuerza que viaja a través del tiempo? No solo me refería al amor predestinado entre Rust y yo, también al de todos los demás. Esto incluye el extraño romance que se presentó en la vida de mamá. Pero ¿qué rayos tiene que ver esto ahora? La respuesta: mucho.

De hecho, creo que es el inicio de todo lo que ocurrió.

Sabes que puedo viajar por el tiempo, a cualquier fecha dentro de la existencia de mis padres, excepto al día en que papá falleció. Es decir, podía estar en el nacimiento de papá si quería o ver la graduación de mamá. Un privilegio que una maldición tan extraña como la mía podía traer. Lo único que necesitaba era experimentar, fijarme en la fecha y programar mi alarma para que las cosas no se torcieran.

El día en que le pregunté a mamá cómo empezó su creencia sobre la luna, respondió que una persona especial le dijo que, si estaba molesta o quería insultarlo, se lo dijera a la luna, porque sería ella lo único que tendrían en común.

Esa persona no fue mi padre, sino el padre de Rust, Jax Wilson.

Mamá trabajaba en una cafetería de la ciudad —la misma en donde vives— con dos amigas suyas. Dado que era una lectora empedernida, conocía las intenciones de un rubio de ojos azules que cada domingo, religiosamente, invitaba a tomar café a chicas diferentes. Su reputación siempre fue dudosa, y mi madre sabía que involucrarse en el camino de ese hombre traería problemas: su nombre es Jax Amadeus Wilson.

Intentar mantenerse al margen de él no dio resultado, una fuerza continuaba uniéndolos en diferentes aspectos de la vida. De forma inevitable, entablaron una amistad que no tardó en dar pie a sentimientos más intensos, pero por lo visto solo en ella. Cuando las cosas parecían marchar bien, él tomó la decisión de responsabilizarse y ser el padre de una niña pequeña de ojos azules y convivir con su madre, una mujer que pronto moriría.

Al final, mi mamá acabó con el corazón roto.

Sin embargo, quedaban muchas cosas pendientes y una historia como la que tuvieron no podía terminar así. Necesitaban cerrar el ciclo, tal vez solo un indicio de que estaban bien. Debía suceder algo que no llegó a ocurrir.

La aparición de una persona más forzó las cosas para que se produjera un desenlace diferente.

Esa persona lo dispuso todo para que mis padres se conocieran una tarde después de la universidad. Sabía que era un 13 de marzo a las 14.56. Yo conocía a mamá en su totalidad, conocía sus horarios y dónde esperaba el autobús para ir a su casa. Y, cuando menos lo esperaba, empujó a papá y provocó que los dos chocaran con tal impacto que todas sus pertenencias quedaron mezcladas. Papá, entonces, confundió su diario con el de mamá y se lo llevó a casa. Tuvieron una justificación para verse una segunda vez. Lo que vino después fue una amistad que terminó en romance.

Yo ignoraba quién había sido el responsable del encontronazo, solo sabía que mi vida entera era consecuencia de dicho acto, aunque la verdad es que me debatía entre considerarlo un plan muy macabro o darle las gracias, pues si el encuentro no se hubiese producido, Rust y yo no existiríamos. Ni siquiera seríamos un recuerdo.

Dejé que las cosas permanecieran tal cual, y nunca me atreví a indagar quién estaba detrás del cambio.

Evidentemente, esa fuerza sobrenatural que mantiene a las personas unidas debía desenmarañarse y lograr su cometido. Por más que intentemos forzar algo, siempre resultará como está predispuesto.

El reencuentro entre mamá y el padre de Rust tendría que darse, pero ¿cómo terminaría este ciclo que no había cerrado?

La aparición del padre de Rust y Tracy frente a nosotras lo definiría.

8

Los segundos se volvieron minutos en el encuentro de sus miradas. El asombro no se hizo esperar. Tampoco la palidez de sus rostros o el deseo de entender si realmente se habían encontrado de manera tan inesperada.

Yo, que reaccioné ante Rust con unos deseos incontrolables de abrazarlo y llorar, me pregunté en ese momento qué pasaba por la cabeza de mamá al reencontrarse con su viejo amor. No podía describirlo desde mi perspectiva, me limité a observar tan atónita como ellos, esperando a que alguno se animara a decir algo.

—Wilson —llamó el inspector general.

Esto nos distrajo, pero el padre de Rust ni siquiera hizo caso al llamado. En su lugar, movió sus labios de una forma que anticipaba alguna palabra. Iba a hablarle a mamá.

—Permiso —dijo ella y adoptó una expresión más seria.

El padre de Rust reaccionó y se hizo a un lado para permitirnos el paso. Mamá actuaba como si no lo conociera, aunque yo ya lo sabía todo.

Caminamos por el pasillo en dirección al vestíbulo de Sandberg. El silencio era horriblemente incómodo.

—Mamá, ¿estás molesta? —pregunté para hacerla hablar. Me preocupaba no llevarme ni siquiera un regaño.

Antes de que respondiera, el padre de Rust gritó el apellido de soltera de mamá.

La palabra «Reedus» retumbó hasta en el último rincón del enorme vestíbulo, y al oírlo mamá se detuvo en seco y se dio la vuelta. Yo hice lo mismo y descubrí que el padre de Rust se encontraba solo y algo agitado.

Tomó aire, tal vez para tranquilizarse, y con pasos firmes, el actor retirado se encaminó hacia nosotras. Sus ojos azules y cansados se alternaron entre mamá y yo. Cuando estuvo lo suficientemente cerca, quien tomó la palabra fue ella otra vez.

—Ahora es O'Haggan —lo corrigió. Con una sonrisa, él bajó la cabeza.

—No pierdo la costumbre —se excusó.

—Nunca fuiste de costumbres —soltó mamá y formó una diminuta sonrisa.

Otra pausa.

Para mis adentros rogaba que mamá no dijera las cinco palabras que me dejarían en una duda permanente, pero las pronunció con tanta autoridad que no me quedó de otra que obedecer.

—Onne —dijo, y sacó de un bolsillo las llaves—, espérame en el auto.

Regresó pocos minutos después, seria y sin ganas de hablar. Dijo con la voz cargada y acelerando a tope: «Quiero comprarme una pizza familiar».

Llegamos a una pizzería del centro, pedimos un combo familiar, buscamos una mesa lejos del baño y nos sentamos a esperar.

—¿Quién era él? —pregunté mientras trataba de sonar indiferente—. Es decir, ¿de qué lo conoces?

Creí que mamá se haría la desentendida sobre el tema, pero no, respondió con el mismo tono despreocupado que yo.

—Un amigo de la universidad, coincidimos en la clase de Expresión Vocal.

—Oh, y... ¿hace mucho no se veían?

—Sí, mucho.

La miré a los ojos para descubrir si mentía o qué sentía al reencontrarse otra vez con Jax Wilson, la persona que había influido para que cambiaran sus reglas. ¿El problema? Mamá estaba haciendo lo mismo conmigo.

—¿Está soltero? Digo, tú sabes que...

—Onne, si te preocupa que tenga un nuevo novio o tener un padrastro, no es el caso —se apresuró en explicar—. Él no es mi tipo y tampoco quiero reemplazar a tu padre.

Una madre siempre lleva años de ventaja. No podía actuar sin que la curiosidad me despedazara.

—No me estoy poniendo en plan hija celosa, no me parece mal que salgas con hombres. Hace mucho tiempo que papá ya no está, comprendo que tienes que rehacer tu vida.

—Entonces lo tendré presente para futuras citas —bromeó—. Hablando en serio: dime qué te preocupa.

—Nada.

Claramente no era la respuesta que ella esperaba; lo demostró con su inclinación de cabeza y apoyando la espalda en el respaldo de la silla.

—No me digas que estás en la etapa adolescente de «no quiero contarle nada a mis padres».

—Tal vez lo estoy —sonreí con malicia y recordé una charla similar en otro de mis viajes.

—Mejor, dime qué hizo esa chiquilla para que reaccionaras así. ¿Te está intimidando o algo?

—Se burló de una persona —respondí—. Además, alguien tenía que darle una lección para que deje de interrumpir nuestra despedida mañanera.

—Aunque estoy de acuerdo con lo último, no apoyaré tu acto, Onne —aclaró mamá—. No estuvo bien que la atacaras.

Mi oportunidad de preguntar más sobre la charla que había tenido con el padre de Rust vio la luz una última vez.

—¿Su padre te dijo algo por la pelea?

—Algo así, se disculpó por cualquier acto que hubiera cometido su hija, y yo le dije que también lo sentía.

Mamá había actuado y seguía actuando. La conocía tan bien como para darme cuenta de que el diálogo entre ella y el padre de Rust fue más allá.

Decidí no preguntar más.

Regresamos a casa sobre las siete de la tarde, tras un recorrido por el teatro donde mamá se preparaba para trabajar. Llegué y me arrastré a mi habitación tan cansada como para dormir una eternidad.

¿Conoces el cuento de *Ricitos de Oro y los tres ositos*? La verdad, yo no parecía un oso, y mucho menos esperaba encontrar a la versión masculina de Ricitos de Oro en mi cama. Pero ahí estaba Rust, durmiendo con aspecto de no haber roto un plato en su vida.

El muy descarado había forzado la ventana para entrar, ya ni siquiera podía ponerle pestillo o dejarla levantada, siempre se caía.

Antes de lanzar un grito por el descubrimiento, callé todo deseo de hacerlo trizas. Si gritaba y mamá llegaba a encontrarse con Rust en mi cuarto, no terminaría bien. Y no me refiero a los típicos problemas de madre sobreprotectora que no le deja tener novio a su hija, sino porque en mi cama estaba el hijo del sujeto con quien se había reencontrado hacía unas horas. Ni hablar de las explicaciones sobre qué pretendía Rust al estar en mi cuarto.

Opté por despertarlo. Rust inspiró hondo mientras giraba y arrugaba las cejas y la nariz. De forma lenta, abrió sus ojos para mirarme con confusión. No lo vi asustado, más bien pasó de mi existencia y volvió a acomodarse.

—¿Qué intentabas al romper mi ventana?

—Eso es obvio, quería entrar —respondió y colocó una almohada bajo su cabeza. Le arrebaté la almohada y lo obligué a levantarse.

—¿Qué haces aquí? —insistí.

—Eso no es de tu incumbencia, Rojita.

Se zafó de mí y se levantó de la cama. ¡Qué ganas tenía de ponerlo en su lugar!

—Es mi cuarto —argumenté.

—Y el lugar que yo usaba para esconderme antes de que llegaras —contraatacó con altivez. Una lucha interna por saber quién de los dos apartaría la vista empezó. El perdedor fue él—. ¿Todavía no ordenas el jodido cuarto? A ver... —empezó a revisar las cajas—. ¿Qué tienes aquí...? —De la primera, sacó un oso blanco con un gorro—. ¿Un peluche? Desperdicio de espacio.

—Dame eso —gruñí. Le quité el oso y de paso la caja. No tardó en encontrar otra para ponerse a fisgonear.

—¿Una caja de música? Basura.

—Tú tienes el gen intruso, ¿eh? —Dejé la caja a un lado y, prácticamente, corrí a arrebatarle un pequeño vaso que almacenaba una vela roja en su interior—. ¡No toques eso!

Emitió un chasquido de disgusto y avanzó por otro lado del cuarto. Su interés cayó en una caja con esmaltes de uñas de todos los colores que pillé antes de volver a Los Ángeles. Me gustaba coleccionarlos y hacerme diseños en las uñas... aunque, según las normas de Sandberg, ya no podía pintármelas.

Rust sacó un esmalte rojo y tiró la caja sobre la cama. Su descuidado gesto me puso los pelos de punta, pero el olor me distrajo.

—Esto huele bien —comentó Rust tras oler el esmalte. Inconscientemente, sonreí. Ya estaba perdida en las vidas anteriores.

Agarré la brocha del esmalte, busqué la mano de Rust y empecé a pintarle de rojo la uña del meñique. Me gustó tomar su mano de nuevo, pero me gustó más el silencioso momento que se dio.

—¿Por qué haces esto? —preguntó, sin oponerse a mi acción. En el instante en que dejé de pintarlo, apartó la mano con cuidado.

—Es una vieja costumbre —confesé y a continuación pinté mi meñique.

Tuve su mirada sobre mí más tiempo del que creí posible. Me estudiaba en silencio, quería saciar la curiosidad que había despertado en él. Ya no teníamos escapatoria del otro, seguíamos enlazados.

—¿Quién eres?

—Soy Yionne, hola.

Una extensa presentación se ocultaba detrás de mi burlona respuesta.

—No. —Su severa expresión se acentuó. Siniester quería aparecer—. Quién es la persona detrás de... esto. ¿Cómo sabes de todo, pero nunca te vi en nada? ¿Por qué me miras y actúas con tanta confianza? ¿Qué ocultas?

—No estás en posición de preguntar algo así ni yo estoy en posición para responder, Rust.

—Siniester —amonestó.

Una risa altanera salió disparada de mi boca:

—Para mí eres Rust.

Siguió paseándose por mi cuarto. Lo oí preguntar en plena inspección de fotografías:

—¿Qué más sabes? De mí, de todos.

—Te sorprendería todo lo que sé.

Dejó a un lado la fotografía de papá y se giró para exigir que hablara, pero me negué a hacerlo. No insistió; en lugar de ello, se detuvo ante una fotografía enmarcada de mi mamá. En ella aparece con un traje de época porque estaba interpretando a Laura de *El Perfume*.

—¿Ella es tu madre?

«Recuerdo esto», pensé para mis adentros.

—Sí. ¿Por qué?

—Por nada.

—¿Eres tímido ahora? No te servirá conmigo.

Mi incitación sedujo su interés para volver adoptar esa faceta cautelosa sobre mi persona.

—Si lo sabes, ¿a qué viene la pregunta?

Quizá te impresione que Rust se mostrara tan confiado y me creyera al hablar sobre lo que sé de él como si fuera normal. Tal vez se debía al trato que le daba, aunque creo que principalmente era porque en el fondo es su forma de autodefensa ante cualquier cosa. Mostrarse cercano a alguien de quien desconfías funciona a veces.

—Quería saber si mentías.

Se humedeció los labios y miró una vez más la fotografía de mi madre.

—Mi viejo tiene una fotografía de su hija y ella —señaló a mamá—. Es de hace un tiempo, pero la sigue conservando en su billetera —confesó.

—Y lo descubriste cuando la abriste para quitarle dinero.

—No creas que estaba robando... —comenzó a defenderse.

—Buscabas algún rastro de tu madre —me adelanté a su explicación.

Me observó en silencio por unos segundos y, de pronto, soltó una carcajada que combinó perfectamente con su sonrisa torcida.

—Qué interesante eres.

¿Sabes qué es lo más irónico? He dicho que nunca me atreví a averiguar quién era la persona que había producido el cambio, la que llevó a papá a recrear las reglas y chocar con mamá a propósito. Pero después de un tiempo, en mi quinto regreso cuando todo me importaba una mierda y ya no sabía qué hacer con tantas líneas vividas, antes de conocer a Rust y él impidiera que saltara de un puente, viajé a «ese» día y supe quién fue el responsable.

La persona que lo forzó todo fui yo.

Como consecuencia de ello siempre tenía que decidir: vivir y saber que perdería a otro ser querido a causa de forzar el amor entre mis padres, víctima de un bucle constante, o hacer lo correcto y dejar que el amor entre mamá y el padre de Rust volviera, como se suponía que debería haber ocurrido.

9

Mamá y yo nos inclinamos hacia atrás en espera los bocinazos impetuosos de Tracy, pero en lugar de encontrarnos con ella, vimos otro auto.

Sí, al final dejé que todo saliera como estaba.

—Algo bueno tenía que sacar de la pelea —comenté al volverme hacia mamá, quien me atrapó con su mirada acompañada de una sonrisa que describía la victoria en su totalidad. Elevé una comisura para devolverle el gesto.

—Espero que sea la última pelea en la que te metes, Onne. ¿Te quedarás después de clases?

—Ese es el lado malo de la pelea, tengo que ayudar en la biblioteca.

—Qué daría yo por estar en tu lugar —soltó mamá en medio de un bufido.

Siempre le gustaron los libros, desde que era niña más o menos, y amaba oler sus páginas, ya fueran antiguos y nuevos. Papá también tenía esa inclinación, siempre tomaba uno de la estantería para olerlo. Nunca entendí mucho ese fetiche compartido, por alguna razón aparente, siempre que intentaba oler un libro me picaba la nariz. Era de las que preferían leer en dispositivos electrónicos, más económico y accesible.

—Si tuviese la habilidad de intercambiar cuerpos y no la de... —me corté en seco. La confusión se delató en las facciones de mamá, ya más arrugadas por la edad—, de tener puños de acero.

—Ajá, Puños de acero, podrías pedir esa habilidad y reemplazarme en el trabajo de vez en cuando —me agarró y me besó en la cabeza.

—¡Oye, que me despeinas! —me quejé al liberarme de sus brazos, sofocada.

En un gesto de niño pequeño, mamá me sacó la lengua. Antes de responder con lo mismo, vi que sus ojos se desviaban hacia el exterior del auto. Tuve que darme la vuelta sobre el asiento para descubrir a quién miraba y pegué un grito enlazado con un salto: Rowin Morris saludaba de manera animada desde el exterior de su vehículo.

—¿Y ella quién es? —curioseó mamá, batiendo sus manos a modo de saludo, el cual ni siquiera iba dirigido a ella.

—Es una amiga. Voy a entrar con ella —decidí tras estampar un beso en su mejilla—. Te quiero, mamá.

—Cuídate, cariño.

La abracé, abrí la puerta del auto y me encontré con la sonrisa resplandeciente de Rowin.

—¡Hola! —me saludó—. Creí que te habían expulsado o algo por el estilo.

—Creo que tuve suerte.

—Supongo que sí, sobre todo porque te abalanzaste contra Tracy Wilson. Ella y su amiga son lo peor. Es como... ¡comer pizza con piña! ¿Sabes?, todas estuvimos muy preocupadas por ti. Y también impresionadas. Intentamos contener los rumores sobre la pelea, pero aquí todo vuela a la velocidad de un avión, lo siento.

Me lo esperaba.

—Ya puedo imaginar lo que dicen de mí: «La chica nueva se ha metido en una pelea en los vestidores. Sandberg deberá estudiar con severidad a los próximos estudiantes que pretendan entrar a la institución».

Rowin se echó a reír y se cubrió la boca para no enseñar los dientes, que siempre la avergonzaron.

—No exageres. Los rumores no son taaan así. —Se acercó con aire confidencial. Dado que era mucho más baja que yo, tuve que agacharme para que me hablara al oído—. De hecho, muchos querrían felicitarte por lo que hiciste, sé de algunos. —Me dio un codazo—. Ya te lo dije, aquí Tracy se considera lo peor, aunque su hermano no se queda atrás.

Oír lo último me estremeció el cuerpo. Y es que así me siento al pensar en Rust. O más. Me provoca tantas cosas que solo una persona enamorada podría entenderme.

¿Alguna vez te has enamorado? En ese caso, es probable que conozcas las dramáticas sensaciones que invaden al ser humano en esas circunstancias. Bueno, yo no me pondría en la fase de enamorada, más bien en la de idiotizada. Llevaba cinco viajes enamorada de la misma persona, y la cuenta iba ascendiendo...

—¿Su hermano?

—Sí, sí. —De pronto, Rowin pareció asustada, casi paranoica. Miraba de lado a lado en busca de la persona que había nombrado—. Nadie puede llamarlo por su nombre y se dice que trafica con drogas. También que ha matado personas, que no lo han expulsado porque su padre soborna al director.

Patrañas, los rumores son pura basura. Rust nunca mató a nadie, tampoco traficaba con drogas ni su padre sobornaba al director para que no lo expulsaran. Simplemente se dejaban influir por su apariencia de chico malo, como suele suceder. ¿Quieres una prueba sobre el dicho «las apariencias engañan»? Rust lo es. Aunque confieso que yo también di demasiadas cosas por supuestas en nuestro primer encuentro.

Suena muy fantasioso, ¿no?

—Tal vez, ya sabes que a todos les gusta decir lo que se les venga en gana... —Hizo una pausa—. Este es mi casillero. —Rowin se detuvo en una taquilla que tenía una pegatina de un chocolate que comía chocolate—. ¿Te gusta? —preguntó antes de introducir la clave para abrir la puerta—. Aún no la acusan de canibalismo, así que puedo darte muchas más.

La calcomanía sí era un asco, pero la recibí.

—La pondré en mi casillero —aseguré, y retrocedí por el pasillo dando pasitos de espaldas.

Un golpe sordo detuvo mis tontos pasos. Entre todas las personas con las que hubiese deseado chocar, Claus era la última de ellas. Lamentablemente, la realidad se presentó de una forma diferente, y la odié con toda mi alma por ello.

—Cariño, ten cuidado.

Su sonrisa pedante desafiaba a mi paciencia para no poner la peor de mis expresiones ante él. Era inevitable, con cada día que pasaba, se avecinaba el 14 de noviembre, lo que me hacía poner de malas. A pesar de ello, conservaba un atisbo de esperanza de poder cambiar el deplorable hecho.

Qué ingenua era.

—Lo tendré más adelante —farfullé, y apreté los puños. Pretendí seguir caminando a mi casillero, el cual se veía cada vez más y más lejano.

—¿Sigue en pie lo del sábado?

Lo dijo como si fuésemos a tener una cita. Detrás, su grupo de amigos soltaron los típicos alaridos para fastidiarnos. No, para fastidiarme a mí, porque Claus esbozó una sonrisa y les devolvió los alaridos con una mirada que decía: «El sábado follaremos».

No respondí.

El timbre no tardó en sonar de nuevo. Me apresuré hacia la taquilla y vi con tristeza que la pegatina de Rowin había quedado arrugada de tanto apretar el puño. Me quejé en silencio y traté de estirarla, pegándola en la puerta. Me preparé para una aburrida clase de Química.

La hora del recreo se volvió una locura. Todos los estudiantes parecían zombis hambrientos dispuestos a hacer lo posible para comprar algo en la cafetería de Sandberg. Yo no me quedaba atrás, quería comprarme una bolsa de muffins porque mis antojos de embarazada estaban aflorando con la ansiedad y la incertidumbre de no saber qué pasaría. O saberlo, pero no en su orden original.

Mientras yo gritaba «quiero un muffin», cincuenta más pedían lo mismo. Mis esperanzas de conseguirlo se desvanecían cada vez más. Solo quedaba uno y mi fe cayó en picado cuando un silbido de Siniester provocó un súbito silencio.

—Qué revuelo —se quejó con evidente fastidio, mientras fruncía el ceño con una pizca de desconcierto—. ¿Qué son? ¿Animales? —Me reí para mis adentros. Era totalmente descarado de su parte formular dicha pregunta—. Sus padres no estarían orgullosos, para nada. Formen una fila y pidan las cosas como personas civilizadas.

Esto lo dijo mientras avanzaba hacia la barra, por supuesto. El muy astuto disimulaba que se estaba colando. Se aprovechó de su semblante intimidante para llegar antes a los vendedores y pasar entre todos los estudiantes. Yo estaba detrás de dos chicos que apenas me dejaban ver por encima de sus hombros, pero eso no impidió que lograse ver y oír que pedía «mi» muffin.

Salí del tumulto, sabiendo que ya no tenía nada que hacer ahí, y eché a andar por el patio para alcanzar al ladrón del muffin. Carraspeé a su espalda y, al ver que ni siquiera me oía, me desanimé. Me recompuse y le toqué el hombro. Un Rust con complejo de comediante se dio la vuelta y miró hacia todos lados antes de reemprender el paso, como si no me hubiera visto.

—Te compro el muffin —dije en un tono más alto para que se detuviera y se dejara de bromas. Yo quería el bollo, tanto que miraba alrededor en busca de alguien a quien hacerle la misma oferta que a él.

—Voy a comer, no fastidies.

—Te daré el doble de dinero por él.

—¿Tanto quieres el muffin o estás aquí por esta razón? —espetó y se ajustó la gorra de béisbol.

—Puedo responder como tú y decir «qué te importa», pero prefiero decir la verdad: quiero ese muffin.

Agrandó sus ojos con sorpresa:

—¿De verdad estás aquí por eso? —Enseñó el pastelito. Por instinto, mis ojos se fueron a su mano: ya no tenía el meñique pintado, lo que me decepcionó porque ese gesto era nuestra forma de decir que algo nos unía.

—Lo quiero.

—Bien, dame el doble.

Busqué el dinero en mi bolsillo y se lo entregué. Rust esbozó una sonrisa traviesa, se guardó el dinero y, antes de entregarme el muffin, le dio un mordisco que lo dejó por la mitad.

—Buen provecho, Weasley.

Omitiré lo horrible que fue verlo hablar con la boca llena —modales a los que ya estaba más que acostumbrada—, y preferí relamerme los labios para disfrutar con un anhelo frustrado mi muffin. En pleno acto, Sindy me interceptó y me tomó por los hombros.

—¡Yioooooooooonne, estás viva! —Examinó mi rostro con escepticismo—. ¿No te hizo daño?

Se refería a Siniester, por supuesto.

—¿Por qué me haría daño? No tiene motivos. Solo teníamos una negociación por este muffin.

—Es un alivio. —Dejó escapar un suspiro y colocó su mano en el pecho—. No te involucres demasiado con él, es algo... extraño.

—Descuida, Rowin ya me lo advirtió.

«Aunque en otra línea», pensé.

—Oh. Bueno, repetirlo nunca está de más. ¿Por qué no vienes con nosotras?

A continuación, las chicas me hablaron sobre una fiesta que se haría el viernes y me invitaron a ir con ellas. Poco recordaba sobre esa fiesta, pues nada interesante pasaba allí. Respondí que lo pensaría.

Me disponía a salir de Sandberg cuando el inspector general, con su cara de aguilucho y expresión severa, me detuvo del hombro.

—¿A dónde cree que va, O'Haggan? —preguntó inexorable—. Tiene un castigo que cumplir.

Y lo había olvidado.

Mi «colaboración voluntaria» consistía en ordenar los libros, ponerlos en su lugar, limpiar las mesas y tirar los papeles. De todo lo que tuviese que ver con tecnología, se apropiaba la encargada de la biblioteca. Yo no podía «meter mi nariz en esos asuntos», palabras textuales de ella. Su aspecto no era el de una mujer estirada que odia a medio mundo y sisea marcando demasiado la «s» como siempre se muestra a las bibliotecarias, pero una parte de ella resultaba extrañamente intimidante.

Fui llevando un canasto con libros de estante a estante procurando no emitir ningún jadeo ni estornudar por el polvo. Hacía falta una sacudida de la que yo no deseaba encargarme. En el centro de la biblioteca, divisé la melena rubia de Shanelle Eaton detrás de un enorme libro.

Estaba sola.

Nunca había hablado con ella antes, solo cruzamos miradas. Se trataba de la ex de Rust y yo era su novia. Esta vez era diferente: ella era la novia, y yo la tonta que sentía amor por él.

Dime, ¿socializar con la novia de la persona que amas es absurdo? Porque si lo es, probablemente estés riéndote de mí. ¿O me dirás unas cuantas cosas por acercarme a ella con la mejor de mis intenciones?

Quizá quería sacarle un poco de información, o estaba lo suficientemente aburrida como para buscar conversación con alguien que no fuese la bibliotecaria.

—¿Es bueno ese libro?

Sí, esa soy yo intentando socializar.

Su respuesta se resumió en un movimiento de hombros, nada más. ¿Ya entiendes por qué la llamé silenciosa al verla en compañía de Rust? La chica pocas veces hablaba.

—¿Es un libro de la biblioteca? Sabes que...

—Lo siento —me interrumpió con la voz tan apagada como su aspecto adormilado—. No quiero ser maleducada, pero me advirtieron que no hablara contigo.

Al oír su respuesta, me quedé boquiabierta.

—Ru... Siniester, ¿verdad? —Ella volvió a asentir con la cabeza—. Porque cree que tengo algo con Claus.

—Más o menos —murmuró y se escondió detrás del libro.

—Entiendo.

No lo entendía, a decir verdad.

¿Cómo podía ser que alguien como Shanelle pareciera tan de bajo perfil cuando su padre había sido el líder de una banda? ¿Por qué actuaba tan retraída teniendo en cuenta todo lo que ocultaba?

Opté volver a mis deberes.

Dieron las siete de la tarde, hora en que la mayoría del personal de Sandberg se había marchado. En la entrada del colegio, mientras el crepúsculo se adueñaba del horizonte de Los Ángeles, Shanelle y yo aguardamos en silencio a que nos vinieran a buscar. Mamá llegaría en un par de minutos y, dado que no podía hablar con la novia del chico que entró por mi ventana, no me quedó otra que entretenerme con mi celular. En medio del silencio, ya con algunas estrellas en el cielo, el rugido de un motor captó mi atención. La moto se estacionó frente a la entrada de Sandberg. Rust descolgó del maletero un segundo casco. Hizo un gesto con la cabeza, preparado para recibir a su acompañante.

Esbocé una sonrisa y estuve a punto de dar el primer paso, olvidando que no se dirigía a mí.

Él ya no estaba allí por mí, sino por Shanelle.

Los vi marcharse a una rapidez alucinante, la misma velocidad con la que mi corazón volvía a romperse en un tortuoso silencio.

10

¿Alguna vez escuchaste el impactante sonido de un disparo? ¿Ese ruido tan distintivo que pone alerta a cualquiera que lo oiga? Ahora, imagina oírlo desde el otro lado de una puerta.

Es un dolor de cabeza, y algo más.

El viernes por la mañana, me despedí de mamá en el auto, como de costumbre. Lo diferente a los días anteriores fue que Aldana y las primas Morris quisieron acercarse para saludar y conocer a mi mamá.

Aldana y Rowin agitaban una mano fuera del auto; Sindy, por su parte, las empujó a un lado y golpeó la ventana para luego hacer un gesto que logré interpretar como: «Baja la ventana o la romperé». No me quedó más opción que hacerlo.

En cuanto lo hice, la risotada que soltó la chica de cabello castaño levantó la comisura de sus labios, de manera que nos concedió una sonrisa tan radiante como el sol mañanero. Sin embargo, no hubo ni buenos días ni hola.

—Usted es la madre de Yionne, ¿verdad? —dijo y casi se metió por la ventanilla. Mamá logró encaramar una ceja en la mitad de su frente arrugada. Su ademán lo decía todo: no entendía nada. Aun así, respondió con una sacudida de asentimiento—. Tome un folleto de mi campaña.

Extendió uno de sus folletos para la presidencia en el consejo estudiantil. Mamá lo recibió sin muchas ganas y fingió interés.

—¿De qué le servirá a ella, si no votará? —espetó Aldana, acaparando un lado de la ventana.

—He pensado que influenciar a los padres es un medio para llegar a los hijos —declaró en tono solemne—. Es estrategia.

Rowin se unió a la ventana para observar el montón de hojas.

—¿Cuánto gastaste en esto? —le preguntó a su prima.

—Lo suficiente como para quejarme de los imbé... imprudentes que las tiran al suelo.

—Creí que tus padres te daban dinero para esto —comentó Rowin en un tono más serio y pensativo. Al parecer, ni siquiera había prestado mucha atención a la hoja de su prima, pues sacó una y empezó a leerla.

—No les he dicho que pretendo postularme —confesó Sindy—. Me da vergüenza.

—Son tus padres, ¿dónde está la confianza? —repuso mamá, quien se unió a la conversación—. Mi Onne y yo tenemos muchísima confianza —soltó con la máxima expresión del orgullo, de una forma en que solo ella podía decirlo—. No hay nada que nos ocultemos —acabó, pasando un brazo por mi espalda, y me apretujé contra ella.

—Así es —declaré, con las mejillas rojas, abochornada—. Más que mi madre, parece mi hermana.

—Ya me gustará verlo cuando se eche de novio a un chico malo que ande en cosas ilegales —desdeñó Rowin.

—De hecho —le siguió el juego Sindy—, ayer tuvo un encuentro con...

—Con nadie —las frenó Aldana—. Son muy mentirosas —le dijo a mamá, y dirigió una mirada fulminante contra las chicas Morris.

Pero ya era demasiado tarde para arreglar el revuelo.

—No, no, no. —Mamá ya se había puesto la armadura de madre dramática. Depositó una mirada sobre mí—. Onne, no quiero romances con chicos malos. Ni mujeriegos. Todo menos esa clase de chicos.

Unas risillas traviesas sonaron unos segundos. De pronto, la curiosidad de Rowin se despertó y la manifestó con una pregunta:

—¿Tiene alguna mala experiencia con ellos, señora?

—Ignórela —volvió a intervenir Aldana, tratando de cubrirle la boca, sin importarle que su brazo casi ahorcara a Sindy, que estaba entre ambas.

—¿Puede darle permiso a Yionne para salir con nosotras e ir una fiesta? —preguntó ella tras esquivar los manotazos que se daban sus dos amigas—. Será en la casa de un compañero, podemos darle la dirección. Todo muy tranquilo.

—No te pases de lista conmigo... —replicó mamá, que me dirigió una miradilla rápida para que la ayudara con el nombre. Le susurré «Sindy» y continúo—: Sindy. Más sabe el diablo por viejo que por diablo. Son ricos, una fiesta de ricos nunca es tranquila, y algo me dice que no jugarán al golf y darán clases de etiqueta.

Esa zanjante respuesta trajo la paz en el auto. Rowin se arrimó mucho más al interior del auto, con las mejillas rojas y mordisqueándose el labio inferior.

—La adoro —lanzó de pronto—. ¿Quiere adoptarme?

—¡Oye! Se lo diré a tu madre.

Eso dio pie a una nueva discusión entre las primas, lo que le permitió a Aldana volver al tema principal. Con su rostro serio y lleno de confianza, se dirigió a mamá tras acercarse más a la ventana.

—¿La dejará ir a la fiesta? —preguntó a mamá.

—Tú te ves responsable. ¿Cuál es tu nombre?

—Aldana Holloway.

Al oír el poderoso apellido familiar de Aldana, los ojos de mamá se agrandaron sin disimulo. Sorpresa, interés y respeto: los tres atributos que su apellido inspiraban en todo aquel que supiera de él. Estar frente a un Holloway era algo así como un privilegio.

—¿Eres la hija del bufete que ganó la demanda contra M. A. N.?

—Sí, señora.

—Vaya... —masculló mamá, todavía sorprendida—. Bueno, Aldana, si mi Onne va a la fiesta, tú te harás responsable de ella. Nada de excesos.

—Claro.

Con la advertencia hecha y un permiso bien ganado, me despedí de mamá y entré a Sandberg en compañía de las chicas Morris y Aldana. Esta última se acopló a mi distraído paso.

—Tu madre es agradable —comentó en un tono apacible y una sonrisa adornó su rostro—. Se nota que se llevan bien, eso es admirable.

La relación de Aldana y sus padres podría definirse como la de un elástico que se extendía metros y metros a sabiendas de que en cualquier momento se rompería y acabaría dañando al más indefenso. Los Holloway se entregaban a la abogacía al cien por cien, pero Aldi tenía otros planes a futuro, diferentes a las ambiciones tradicionales de la tan conocida familia.

—Por cierto —agregó y cambió notablemente de tema—, ayer hice muffins. —Se quitó la mochila y sacó un pastelito envuelto en papel de seda—. Ya no tendrás que luchar por ellos en la cafetería.

Lo recibí con una sonrisa.

No había muffins como los de Aldi.

La noche de la fiesta, el anfitrión nos recibió en persona, actuando como si se tratara de una celebridad. Omitiré decir más; a esas alturas de la noche, la lengua se le enredaba y el exceso de emes y erres se notaba.

—Hay más personas de lo que recordaba... —formulé casi anonadada por ello. Mi error no consistió en decir que lo «recordaba», sino hacerlo en voz alta.

—¿Recordabas? —preguntó Rowin y elevó un tono más su voz.

—Es... es decir, de lo que «esperaba».

—Sí —afirmó Sindy. Entonces una carcajada, como la de un villano de dibujos animados, emergió desde sus entrañas—. ¡Aquí se irán todos mis folletos!

—¿Los trajiste aquí? —dijo a su lado Rowin—. ¡Dios! Relájate un poco y olvídate de la campaña por un segundo.

Sindy, quien ya sacaba el taco de hojas de su cartera, dirigió una mirada amenazante a su prima.

—Déjame en paz y ve a buscar chocolates por ahí —soltó, despectiva. Rowin la imitó en silencio, haciendo una mueca.

—¡Eso haré! —refunfuñó y se marchó hacia el interior de la enorme casa. Detrás, una resignada Sindy le siguió el paso.

«Olvidé esta discusión», pensé en el instante preciso que alguien se tropezaba con Aldana.

Era Brendon, con un gesto de culpabilidad por haber chocado. Su boca se colocó de tal forma que sus dientes podían verse a la perfección.

—Lo siento —se disculpó y se llevó una mano a la frente mientras negaba con vehemencia.

—Descuida, solo son gotas de cerveza.

No eran solo gotas, Aldana tenía casi todo el brazo cubierto de bebida.

—Es vodka —corrigió Brendon—. No sabes mucho de estas cosas, ¿verdad?

Con un gesto tímido, porque sin duda su puntualización no hablaba muy bien de él, empezó a acariciarse la nuca en busca de alguna otra excusa para arreglar el desastre. Hay que perdonar al pobre chico, las palabras y él nunca tuvieron muy buena relación. Y mucho menos cuando trataba con alguien que le pusiera nervioso.

—No, y dudo mucho que saberlo me ayude a salvar el mundo —replicó Aldana tras enrollar la manga. Brendon quedó boquiabierto durante unos segundos. En vez de ahuyentarlo, la respuesta siguió despertando su interés en Aldana.

—Tal vez no, pero te puede servir para otras cosas...

No me quedé a escuchar más. Recorrí el patio, la piscina, los dormitorios ocupados, los baños y, al final, llegué a la segunda sala de estar. Un grupo de chicos, entre los que solo conocía a Rust y Shanelle, estaba reunido en torno a una mesa con expresiones de aburrimiento. Bebían cerveza y buscaban en qué perder el rato.

Mi sonrisa se manifestó al notar que mi presencia en el umbral de la sala lograba llamar la atención de Rust. Aunque después la omitió, como si no existiera.

—... El juego se llama cita a ciegas, pero lo combinaremos con otro —explicaba una chica con cuatro antifaces para dormir—. Consiste en vendar los ojos de una persona y formar parejas. La persona vendada tendrá que averiguar cuál es su pareja. Si lo hacen correctamente, felicidades; si se equivoca, tendrá que pasar cinco minutos dentro de un cuarto oscuro con la persona que eligió por error. ¿Entendido?

Los demás asintieron con una desgana casi contagiosa.

—Escojan pareja y pónganse esto. —Empezaron a repartir los antifaces, pero sobraba uno.

—Yo quiero jugar —me adelanté a decir antes de remarcar lo obvio.

Mi pareja resultó ser un chico de tercero llamado Abel, de cabello corto y nariz aguileña. Debatimos unos segundos sobre cuál de los dos debería ponerse el antifaz hasta que decidimos que yo lo haría.

—Antes de empezar, recuerden que pueden tocar lo que sea, menos ahí abajo.

—Quien me toque los huevos lo pagará caro —advirtió Rust tras darle un trago a su cerveza. La tensión se plasmó en el ambiente con ese comentario tan serio.

Ya puedes imaginar lo que sucedió, ¿no?

En mi turno, no lo dudé dos veces. Si iba estar en un cuarto oscuro, no lo haría con cualquiera, lo haría con Rust. Lo conocía demasiado bien, por lo que aproveché ese momento para tocar su rostro como no me habría permitido hacerlo en otra ocasión. El silencio se forjó en una batalla contra la música del exterior y la tensión de la sala. Llegué a Rust como si llevase los ojos descubiertos. Primero, coloqué las manos sobre sus mejillas, llevé los dedos más arriba, aventurándome en sus ojos, las envidiables pestañas, sus cejas, su cabello húmedo y volví a bajar a sus labios. Una línea recta se formaba en ellos, pero se deshizo creando un espacio por el que su aliento chocó con mi índice.

Aparté las manos y dije:

—Este es.

Rust no parecía muy contento de estar encerrado en el armario de la casa junto a mí. Podía entrar a la fuerza a mi habitación y dormir en mi cama, pero estar encerrados en un cuarto no le parecía correcto.

Un halo de luz lograba romper la oscuridad del armario y permitía discernir la distancia entre nuestros cuerpos y lo que nos rodeaba.

Cinco minutos juntos que planeaba de forma diferente.

—¿Estás cómodo ahí?

—Mira toda esta ropa —murmuró, impresionado, y empezó a tocar los atuendos colgados.

—No toques nada —lo reprendí a punto de golpear su mano.

—¿Qué? —espetó—. No voy a ponérmela, la estoy viendo.

—Puede haber algo privado.

—Solo hay trajes... —protestó. Su mano se deslizaba de bolsillo en bolsillo—. Y ni siquiera tienen dinero. Bah...

Con la simbología de una derrota impuesta por unos inertes trajes, volvió a retomar su postura inicial. Se puso serio y se cruzó de brazos.

Esos minutos en el cuarto serían eternos sin decir nada. Pero ¿qué más podía decir? ¿Qué jugada podía hacer? Ni siquiera me miraba. Su postura demostraba su desagrado al estar ahí.

Tomé el camino afable.

—¿Sabes? Perdí a propósito.

Sí, tampoco se me da muy bien eso. No con él.

Esbozó una sonrisa torcida. No de esas que son conocidas por causar un flechazo casi inmediato, sino el tipo de sonrisa torcida rebosante de escepticismo.

—¿Querías estar así? —interrogó—. Ten presente que no haré nada contigo.

—No se trata de eso —mentí y soné lo más convincente posible—. Si voy a perder, prefiero hacerlo con alguien que ya conozco.

—Seguro, *Sprawberry*.

Bajó sus brazos, ya más relajado. Otro silencio se formó entre ambos. Tragué saliva y sentí que me ahogaba en mis propios pensamientos y deseos. Di un paso, deambulaba por un terreno desconocido. No sabía cómo reaccionaría. Yo tomaba la iniciativa.

—Y... ¿si te dijera que perdí a propósito porque realmente deseaba esto? Estar aquí, tú y yo.

—Te diría que pierdes el tiempo. —Existía una posibilidad diminuta de que mi desafío funcionara, si se ponía a la defensiva no era porque sí—. Ya lo estás haciendo, pero me refiero al sentido de «tú y yo teniendo algo más». Ese rollo terminó con Shanelle.

Me detuve.

—Cierto, tienes novia.

—Muy a tu pesar, al parecer —replicó con malicia. La curva de su labio volvió a elevarse. Se estaba burlando de mí.

—Eso puede cambiar —contesté, dando otro paso.

—¿Debería tomar esto como una amenaza para ella? —respondió a la defensiva.

—No la estoy amenazando. Lo que quiero decir es que... Disparos. El mundo se paralizó en torno al impacto que produjo el ruido. Entonces pasé de no escuchar nada a escuchar todo: los gritos, el traqueteo... Todo venía del otro lado.

—Shanelle... —murmuró Rust.

Arremetió contra la puerta sin razonar. La puerta cedió fácil ante su fuerza. Rust actuó como un ciclón que arrasa con todo a su paso, pero no contó con que en el sofá se encontrara con Shanelle. Ella tenía la mirada ida y dos disparos en el pecho.

—No, no, no... —articuló Rust y se encaminó al cuerpo—. No me hagas esto, por favor...

¿Alguna vez viste llorar a la persona que amas? Cuando lo hace alguien que siempre se muestra tan fuerte y decidido es... es terriblemente doloroso. Duele un montón.

Tengo grabada la imagen de él agarrando a Shanelle por debajo de los brazos, arrastrándola fuera del sofá para socorrerla, pese a que ya era demasiado tarde. Y, al darse cuenta de que era inútil, gritó en busca de ayuda. Yo hice el intento; me agaché junto a ellos, vi que la ropa de Rust se impregnaba de sangre. Mis manos temblaban mientras intentaba cubrir las heridas de bala de Shanelle. Todavía percibo la sensación de su piel blanda en mis dedos, la sangre fluyendo sin parar y el llanto de Rust mientras le pedía a Shanelle que no lo dejara solo.

Jamás podré acostumbrarme a ver la muerte ni a un Rust que carga con la muerte de su novia, por eso decidí reiniciar.

Era lo mejor.

Era necesario.

Implicaba cobrar una vida a cambio, pero supuse que valdría la pena.

Como conocía a Rust, supuse que no haría caso a mi advertencia, así que decidí hablar con Shanelle.

Volví a la tarde en la biblioteca, justo a ese instante en que ella leía un libro. Fue un alivio verla de regreso, con esa mirada tranquila y sus sonrojadas mejillas. Al presentarme ante ella no esperé a dar muchas explicaciones.

—Tú no me conoces y debo admitir que yo tampoco a ti... Aunque sé lo suficiente para saber en qué estás involucrada. Tu nombre es Shanelle Eaton, estás en tercero. Eres la hija de Ramslo, el fallecido miembro de Legión. Eres la novia de Siniester y ambos intentan protegerse de Monarquía. Puedo decirte más, pero ahora no importa. Escucha: no debes ir, por ningún motivo, a la fiesta del viernes. Los de Monarquía aparecerán y todo se saldrá de control. Por favor, no vayas. Ni tú ni Rust deben ir.

La confusión permaneció en su rostro por un momento. Luego, bajó el libro con lentitud y lo cerró sobre su regazo.

—¿Qué hará Monarquía?

—Pretenden dispararte —confesé—. No vayan.

Sin más, esperé el viernes con impaciencia.

Los nervios me llevaron al borde del colapso; iba de lado a lado mientras buscaba que Shanelle y Rust no aparecieran. Comprobaba que no llegara nadie sospechoso, que todo siguiera su curso. Mis esperanzas se fueron abajo al ver que Rust se presentaba en la fiesta.

—¿Qué haces aquí? —Avancé hacia él y lo reté a un duelo de permanencia en el lugar, porque mi impulso deseaba empujarlo hacia la puerta para que se marchara—. Dije que no vinieran.

—Shanelle no vino —dijo con desinterés.

—¡Qué importa! —chillé en un gimoteo ahogado. Sentía la tentación de morderme las uñas. Posé mi mano en el pecho de Rust—. Si te ven aquí, los disparos te llegarán a ti... —Empecé a empujarlo—. Debes irte.

Su displicencia creció mientras avanzaba y me esquivó. No era ni un contrapeso para él.

—No me iré a ningún lado —soltó y pasó por mi lado. Lo seguí.

—Estoy hablando en serio, Rust. Vete ahora.

Al oír su nombre, se dio la vuelta con esa mirada intimidante que poco funcionaba conmigo. Sin darle mucha importancia siguió absorto en su búsqueda.

—Quiero ver quién es.

Como último intento, me adelanté a sus pasos y obstruí su camino. Cara a cara, otra vez, la diferencia era que la angustia estaba superándome y a él no le pasó desapercibida, como tampoco el brillo de mis ojos al borde del llanto.

—Por favor —supliqué de nuevo—, vete.

Funcionó. Me aseguré de que se marchara y lo vi subir a su moto para perderse en la calle.

Ya no había muerte.

Entonces, ¿cuál era el nuevo cambio?

11

Eran las 15.20 y Claus no llegaba. Allí estaba yo, matando el tiempo con un debate sobre quedarme o marcharme. Busqué diversión en mi humilde pasatiempo de fotografiar toda clase de hojas de árboles y publicarlas por internet. En Instagram, tenía una variada colección de hojas. Muchos las usan como separadores y dejan que se sequen entre las páginas de los libros, yo prefería mantenerlas en mis imágenes.

Con el celular alzado y de espaldas al sol, traté de capturar la mejor toma de una hoja, pero mi visión sucumbió en una oscuridad absoluta y repentina.

—Hola, cariño.

Por supuesto, «Su Alteza» no podía ser puntual y siempre tenía que hacer una entrada que pusiera de manifiesto su arrogancia.

Sus manos me cubrían los ojos. Escucharlo hablar en mi oído me produjo un escalofrío que, por un instante, paralizó mi cuerpo. Me aterré y tardé en asimilar lo que pasaba.

—¿Hace mucho que esperas? —preguntó.

—Suelta —exigí, y flexioné las piernas para escapar por debajo de sus brazos. Me giré tan rápido como pude para evitar que hiciese una más de sus «gracias»—. Llevo esperando casi treinta minutos.

—Lo lamento, tuve unos asuntos que atender.

Hizo un gesto de arrepentimiento. Omití responderle con una mirada que delatara mi odio garrafal hacia su persona.

—No importa —dije, aunque mi tono proclamaba lo contrario—. Hagamos el trabajo pronto.

Llevaba dos horas, aproximadamente, sentada frente a Claus. Solo nos separaba una mesa llena de libros y apuntes. Aunque la distancia era bastante, que me mirara de manera penetrante complicaba las cosas. Me observaba como si quisiera devorarme.

Cuando ya no pude soportarlo más, me apoyé en la mesa para señalar el libro de Lenguaje.

—Apréndete muy bien esto... —indiqué y repasé las hojas—. Y esto. —Volví a mi asiento, sumida en mis ansias de arrancarle los ojos para que dejase de mirarme—. Si tuvieses que elegir uno de estos tres, ¿cuál escogerías?

Claus se inclinó hacia mí, con las manos sobre la mesa y una sonrisa que decoraba su arrogancia con una mezcla perfecta de irritación.

—Te elijo a ti.

Eso acabó con mi paciencia.

—Qué gracioso.

Recogí mis cosas sin pensarlo más.

Al levantarme y emprender mi camino hacia la salida de la biblioteca, Gilbertson comprendió que no bromeaba. Me siguió.

—¿Siempre eres así de seria? —preguntó—. Puedes sonreír un poco conmigo, apostaría a que tienes una sonrisa hermosa.

—¿Ahora tengo que sentirme halagada? —espeté y apresuré el paso.

—Puedo esforzarme más.

Paré en seco. Él se detuvo también tras haber conseguido lo que quería. Sí, me había detenido por el momento, pero no lograría que me quedara más tiempo. Yo no pensaba seguir soportando sus insolentes miradas.

—No intentes ser adulador conmigo, no te funcionará.

—¿Qué debo hacer para conseguirlo?

—Dejarme en paz.

Retomé el paso.

Empezó a protestar sin tener en cuenta los siseos de los demás para que se callara.

—No me digas que tienes a alguien más —soltó con ligereza una vez que nos encontramos fuera de la biblioteca.

—Sí.

Tenía a Rust. No éramos nada, pero mi corazón le era devoto, a pesar de que el suyo pertenecía a otra persona. Cosas que no podía cambiar al retroceder cientos de veces.

—Yo soy mejor que él. —Habló la arrogancia en persona: Claus—. En muchos sentidos, y siempre consigo lo que quiero.

Lo dijo de forma discreta y cercana, humedeciéndose los labios de forma provocadora. Porque sí, Claus provocaba muchas cosas; repulsión, por ejemplo.

—Es admirable de tu parte. Pero te recuerdo que no soy un objeto o una máquina. No soy controlable. Puedes intentarlo cuanto desees, pero no vas a conseguirme.

Una sonrisa se formó gracias a sus comisuras elevadas. Ese fue el momento preciso en el que me volví un reto para Claus.

Si bien muchas veces deseaba volver a tener una vida normal, sin esta maldición, también existía el otro extremo en el que temía perderla. Me había adaptado a poder modificar algunos sucesos. ¿Qué pasaría cuando ya no pudiese hacerlo? No lo quería saber, pero sí suponer lo que podría ocurrir. Sí, dentro de ello, existía la posibilidad de dejar atrás mi maldición al sacarla a la luz; nunca más salvaría a nadie y las cosas tomarían un curso igual o más cruel que el de mis decisiones.

Quería seguir siendo la persona especial con la que soñaba de niña.

Con dicho pensamiento y hundiéndome en lo más profundo de mi autoestima, una ventisca remeció mi cabello y provocó un cosquilleo en mis mejillas. Rust intentaba entrar en mi cuarto mientras escupía palabrotas que no estoy dispuesta a repetir.

Me levanté de la cama de un salto. Me apresuré a subir la ventana y ayudarlo porque no venía solo: cargaba un gatito.

—Ten —me ordenó apenas se asomó al interior del cuarto—. Cuídalo.

Y sin dar más explicaciones, se echó hacia atrás para bajar.

—Espera... —De un salto, se esfumó de mi campo visual. Tuve que asomarme hacia afuera con el gatito que maullaba entre mis brazos. Vi que Rust se acomodaba la chaqueta de cuero—. ¿Qué he de hacer con él?

—Aliméntalo, dale algo —dijo y alzó su rostro—. Iré por el otro.

—¿Otro?

Un escalofrío se aventuró a viajar por mi espalda y subir al inicio de mi nuca, estremeciéndome por completo. Si mamá se hubiera enterado de que el hijo de Jax Wilson tenía la manía de entrar a mi cuarto y, además, me había dejado a cargo de dos gatos, no sé qué hubiese pasado.

Nada bueno, seguro.

Asumí que no me oiría, así que decidí ocuparme del minino. Lo tomé entre mis manos y lo alcé sobre mi cabeza para examinarlo. Era un gato negro, con el pecho y las patas blancas, su mirada detonaba tristeza y miedo. Lo pegué a mi pecho hasta que Rust soltó un silbido.

Me asomé por la ventana y descubrí que tenía un gato atigrado de pelaje rojizo.

—Sostén la ventana.

Eso hice mientras lo observaba escalar. Esta vez no se quedó afuera, entró con el gato en sus brazos. Rust jadeaba y no era a causa de subir a mi cuarto.

—¿Qué te ocurrió? —le pregunté al observar su cara; tenía un corte vertical en la ceja, sangre en una comisura de los labios, y la nariz y las mejillas se le iban tiñendo de un alarmante color violeta.

—Unos imbéciles los estaban echando a una bolsa como si fueran basura —contestó y señaló con la barbilla a los pequeños felinos.

—Eso es horrible.

—Sí, y es algo que pasa a diario. —Con un gesto que rozaba la melancolía, bajó la mirada hacia el gatito que cargaba y le rascó el pescuezo—. Tú te llamarás Berty —le dijo al pequeño minino y luego lo examinó—. Es hembra. Déjame ver el tuyo.

Me acerqué para intercambiar gatos. El gato negro quiso huir de las manos de Rust y terminó por caerse al suelo.

—Auch —exclamó Rust al ver la caída—. Que se llame Crush. Soltó una carcajada y yo sonreí, a pesar de que seguía temiendo que mamá apareciera en mi cuarto.

—¿Qué harás con ellos?

—Dejar que los cuides —respondió sin preocuparse, más entusiasmado por ver a los dos gatitos corretear por el cuarto que en la misma respuesta—. Yo no me los puedo quedar.

Solté un jadeo que ponía de manifiesto mi desconcierto.

—Ni siquiera preguntaste si podía quedármelos.

—Yo no puedo llevarlos a casa. —Se acarició el cuello. Ese era su habitual gesto de arrepentimiento; una manera sutil de hacer que los dinosaurios empezaran a corretear por mi estómago—. Tranquila, te daré lo necesario para que los cuides.

—Ojalá fuese tan simple. —Lancé un bufido y me acerqué a Crush—. Cuidar de dos gatos conlleva una responsabilidad doble y tengo escuela.

—Será por un tiempo...

¿Olvidé mencionar que Rust puede ser bastante persistente cuando se propone algo? De hecho, su lado terco muchas veces solía chocar con el mío.

—Te ayudaré con ellos —añadió claramente afligido—. Pídeme lo que quieras a cambio, pero hazme este favor.

Miles de opciones se alzaron en mi mente, que me recomendaba no perder la cordura y elegir con cuidado.

—¿Lo que quiera?

Asintió.

—Siempre y cuando esté a mi alcance —agregó, solemne.

—Bien —accedí.

La tensión se resolvió tras varios minutos en los que Rust me observó sin pestañear siquiera.

—Elegiste lo correcto. —Sus palabras de orgullo me recordaron a papá—. Iré a comprarles comida y lo necesario para que se queden aquí —informó y se dirigió a la ventana—. Volveré.

Mientras lo esperaba, asalté el refrigerador. Subí a mi cuarto con dos platos, una caja de leche y una lata de atún. Los gatitos estaban hambrientos. Mientras veía cómo llenaban su lengua de leche, empecé a ordenar mis pensamientos junto con lo que acababa de pasar.

Lo llamé:

CONSECUENCIAS QUE TRAERÁ
CUIDAR A BERTY Y CRUSH 😺

PROS ✓

YA NO LE TENDRÉ MIEDO A LA OSCURIDAD

ESTOY HACIENDO UNA BUENA ACCIÓN :)

ESTO DEFINITIVAMENTE LE DARÁ CONFIANZA A RUST

★ SON BELLOS Y ADORABLES ♥

LE DARÁN MÁS VIDA A LA CASA

CONTRA ✗

RECOGER SUS ~~NECESIDADES~~ CACAS

DECÍRSELO A MAMÁ

FUTUROS PELOS POR TODA LA CASA

RESPONSABILIDAAAADDD!!

Lindo, ¿no?

Había más puntos positivos que negativos, por lo que mi perspectiva cambió. Sobre todo, en el momento en que Rust llegó con dos bolsas: en la primera traía la comida para los gatitos; en la segunda, arena para sus necesidades.

—Veo que les diste de comer.

—Claro. ¿Por quién me tomas?

—Aquí están sus cosas —me informó y me obligó a tomar ambas bolsas—. Tienen aproximadamente dos meses y medio.

Después de transformar una caja en un perfecto baño para gatos, Rust y yo terminamos sentados en el suelo, acariciando a los felinos que, cansados de explorar, prefirieron tomar una siesta.

Otra vez estábamos solo él y yo en mi habitación.

—¿Te gustan los gatos?

Mi curiosa pregunta ya tenía una respuesta.

—Me gustan los animales en general —contestó tras limpiar los restos de leche que quedaban en la barbilla de Berty.

—Los encuentras leales —afirmé. Esbozó una sonrisa pícara y me miró.

—Sí, mucho más que las personas. Si quieres un compañero en el apocalipsis zombi, será mejor que escojas un animal. Las personas se aferran demasiado a la vida, tanto que terminan traicionándose entre ellas.

—Seguiré tu consejo si alguna vez se produce un apocalipsis zombi.

—No te quiero subestimar..., pero algo me dice que serías una de las primeras en morir.

Mi puño quiso entrar en acción ante tal ofensa, así que intenté golpearle el hombro como respuesta. Por supuesto, Rust previó mi intención y detuvo mi puño con la mano antes de que pudiera tocar su chaqueta de cuero.

—¿Ves? —increpó y lanzó una carcajada.

Por instinto, los gatos se espantaron y yo creí que mamá llegaría a preguntar qué rayos le había pasado a mi voz. Asustada, llevé mi mano a la boca de Rust para callarlo. Ese simple gesto me llevó atrás en el tiempo, antes de todos mis viajes. Rust estaba sentado frente a mí, conservando una distancia prudente, mirando con tranquilidad los movimientos de mi mano al trazar el dibujo de un girasol. Yo apenas empezaba a sentir cosas por él, pero desde su punto de vista la situación era diferente.

—¿Puedo besarte? —preguntó de pronto.

Al ser la primera vez que lo conocía, me sorprendí sobremanera. Mi mano se desequilibró y dibujó una línea recta que acabó en la nada. De mis labios salió un incrédulo «¿qué?», al cual Rust respondió:

—¿Puedo tocar tus labios con los míos y unirlos como si fueran uno?

No pude decirle que no.

12

Empecé el lunes yendo a clases en compañía de mamá. Estábamos discutiendo la problemática que traería su nuevo trabajo y la coordinación con el bus a Sandberg. A diferencia de la semana anterior, mamá dejó el auto en el estacionamiento y no en la entrada de Sandberg.

Avanzamos hacia la puerta principal y encontramos a las primas Morris esperando nuestra llegada. Apenas nos divisaron, alzaron sus manos al cielo con una coordinación digna de un premio.

—¡Yionne! —exclamó Rowin, que se arrimó a mi brazo—. Tienes que contarnos tooodo lo que pasó. —Y como si recién se percatara de la existencia de mamá, se dirigió a ella diciendo—: Enhorabuena, señora O'Haggan, sus futuros nietos serán hermosos.

A su lado, Sindy siguió:

—Unos genes interesantes, sin duda.

Mamá y yo nos miramos confundidas. Antes de que ella hablara, yo me adelanté.

—¿De qué hablan?

—De ti y de Claus, por supuesto —contestó Rowin, como si le hubiera preguntado algo obvio, y rodó los ojos—. Estuvieron juntos el sábado por la tarde, ¡hasta publicó una foto donde salías concentrada! Fue adorable su comentario... Espera, te lo enseñaré.

—Quedé con él por un trabajo —aclaré, todavía aturdida.

—Pues parecía más bien una cita.

Aldana se nos unió justo en la entrada del enorme vestíbulo del colegio. A diferencia de las otras dos chicas, no demostraba entusiasmo alguno por la malinterpretación. Con el celular preparado en una mano, nos enseñó una foto publicada en Instagram donde aparecía yo algo desorientada. Recordé que hubo un momento en el cual Claus tenía su celular en las manos, y le pregunté qué rayos hacía con él, pero respondió que veía un mensaje de su padre.

«Mentiroso».

¿Sabes qué era lo peor? El mensaje horrendo que acompañaba la descripción de la foto. Una frase melosa de algún libro de romance.

—No entiendo —soltó mamá casi en un grito tras mirar la foto, ofuscada—. ¿Estás saliendo con un chico y no me lo dijiste, Onne?

—Claro que no, mamá —repliqué—. Esto debe de ser una broma. Claus no es mi tipo.

—Tal vez no lo sea ahora —advirtió Rowin, meneando las cejas y esbozando una sonrisa ladina. Sí, era ese tipo de sonrisa que muestran tus amistades cuando algo interesante ocurre con alguien interesante—. Claus es un buen partido. ¡Aprovecha!

—¿Qué quieres decir con que «es un buen partido»? Esa es una forma despectiva de referirse a alguien, Ro. —La objeción de Sindy dejó sin argumentos a su prima, quien, aunque trató de responderle, prefirió dejar de lado las palabras y ocupar su boca con una barra de chocolate.

El tema quedó en un «continuará». Probablemente mamá me exigiría explicaciones sobre Claus, la fotografía y lo sucedido en la biblioteca. Me plantearía la nefasta idea de invitarlo un día a casa para cenar. Demasiadas cosas entusiastas dignas de ella y horribles para mí.

¿Claus y yo? Nunca.

Nos despedimos de mamá, pues ella se dirigía a las oficinas de Sandberg para hablar sobre el transporte. Yo debía separarme de las chicas e ir al aula de Lenguaje para darme cabezazos contra la mesa y atraer las miradas intrigadas que de todas formas ya estaban sobre mí, todo gracias a los delirios de grandeza de Claus.

—Tranquila, habla con Claus y dile que aclare el tema o que elimine la publicación. Es un arrogante, pero puede llegar a ser muy comprensivo —me aconsejó Aldana de camino a nuestras respectivas aulas.

—No creo que borrarla sirva de mucho, seguro que es amigo de medio colegio y ya todos vieron la publicación.

Además, su popularidad era tal que todo el mundo deseaba formar parte de su núcleo de amigos, por muy tarados que fueran. Incluso le caía en gracia a los altos mandos de Sandberg, que no tienen idea de en qué estaba involucrado. Sin embargo, muchos de nuestros compañeros solo le seguían los pasos por curiosidad y los chismorreos.

Lo noté enseguida, pues muchos de los que se cruzaron en mi camino aquel lunes me miraban mientras rumoreaban Dios sabrá qué.

—Entonces habla con él. Puedo acompañarte si lo deseas.

Me dirigió una sonrisa que me tranquilizó, y es que Aldi siempre tenía ese temple tranquilo y lleno de confianza.

—Prefiero que me hables del chico que chocó contigo en la fiesta. Estaba muy interesado en sostener una conversación contigo.

Tal vez era demasiado pronto para saber hasta qué punto Brendon y Aldana habían avanzado en su encuentro la noche del viernes, pero la curiosidad me ganó.

—Lo haré solo si tú me dices qué ocurrió con su amigo.

Antes de responderle con un simple «no hay mucho que decir», me dieron un empujón y perdí el equilibrio. Lo siguiente fue el sonido de algo que se caía y el mar de «lo sientos» que María repartió.

Tracy y Sylvanna habían pasado arrasando con todo a su paso. María, en cambio, tiró sus cosas. Torcí el gesto y contuve mis deseos de increpar la acción de aquellas dos mientras me agachaba junto a Aldana para ayudarla.

—Gracias —nos dijo con la voz tan apagada que aún me remuerde la conciencia por no decirle algo más.

—No me gusta como tratan a Mont —comentó Aldana al ver como la chica alcanzaba a sus supuestas «amigas»—. Siempre ha sido así.

—¿Por qué no le dicen algo?

Se encogió de hombros y se volvió a mí.

—Supongo que todos estamos esperando a que ella haga algo para acabar con esta situación, pero las cosas se han alargado tanto que no será así. Quizá ya se acostumbró a ser alguien de bajo perfil que no dice lo que siente.

—O tal vez solo necesita un empujoncito —remarqué y con mis manos hice el gesto de empujar a la nada—. Si ella sabe que cuenta con el apoyo de otras personas, cobrará la confianza necesaria para hacerle frente a Tracy.

El timbre sonó como una metáfora del despertar de María y de una nueva idea en los pensamientos de Aldana. Sin embargo, a juego con la inquietud y el ajetreo de los estudiantes por ir a sus clases, un mensaje hizo vibrar mi celular.

Tú: ¿Qué te da la libertad de elegir sobre una vida?

Eso decía tu mensaje.

Créeme si te digo que fue lo más inquietante que había recibido hasta ese instante. Así que, gracias por amparar mi lado paranoico y mandarme a encerrar en el baño.

Es broma. Esa faceta asustada y traumática es propia de mí. Encerrarme en el último cubículo y hacerme un ovillo sobre el inodoro me ayudaba a relajarme. Por lo que ya puedes imaginar cómo me encontraba después de recibir tu mensaje.

Yo: ¿Qué?

Mis sudorosos dedos dejaron manchas sobre la pantalla del celular.

Tú: Yionne, ¿no?

Tu respuesta fue pronta, cosa que agradecí.

Yo: Ese es mi nombre. ¿Tú quién eres?

Tú: Soy alguien que tiene la misma habilidad que tú.

Antes de contestarte, necesitaba una prueba de que decías la verdad, que no formabas parte de un turbio juego. Creo que, en ese punto, el hecho de que declararas poseer mi mismo don atrajo más mi atención que saber quién eras.

Yo: Si tienes mi habilidad, demuéstralo.

Tú: Hoy, lunes 31 de agosto, tendrás un encuentro entre dos personas que se contradicen, pero que luchan por un mismo objetivo.

Después de eso no respondiste más.

Tampoco supe qué decirte. Debía aguardar que tus premoniciones fuesen acertadas.

Opté por asistir a clases. Tras golpear la puerta, el profesor salió y me mostró su expresión severa. Estaba dispuesto a mandarme a la dirección por mi desliz.

—O'Haggan, se ha retrasado... —se miró el reloj bajo la manga de su traje— quince minutos.

—Perdón, no encontraba el aula —mentí.

—Si no la encuentra, puede pedirle a algún prefecto o inspector que la guíe —advirtió—. O mejor, llegue temprano para evitar este problema.

—Lo haré.

Esbocé un gesto de arrepentimiento y Wahl me dejó entrar. Las indiscretas miradas de curiosidad siguieron mis pasos hacia mi asiento junto a Claus. Todos ya estaban instalados con su compañero de trabajo y, para colmar mi mala fortuna, la misma persona que provocó la atención sobre mí era mi pareja.

Yo estaba más aturdida por tu mensaje, por supuesto. Llegar al aula y encontrar a Claus solo tuvo como consecuencia que tus palabras comenzaran a cobrar sentido.

—¿Estás bien? —me preguntó él tras hacer un sutil acercamiento hacia mi mesa.

—Estoy bien —anuncié, pero luego recordé la foto y me di cuenta de que necesitaba detener aquello—. No, no estoy bien. ¿Qué pasa con la foto que publicaste con una cutre frase romántica?

Una risa profunda se desbordó por sus labios.

—Me sentí inspirado.

—¿Inspirado? —repetí con un dejo desagradable—. Por favor, bórrala antes de que lo malinterpreten.

—¿Tienes algún problema con lo que piensan los demás de ti?

—No, solo con lo que piensen de nosotros. —Nos señalé y me percaté de que su cercanía continuaba despertando sospechas en los demás chicos. Me hice a un costado y me pegué a la pared—. Bórrala.

—Está bien, cariño, dejaré mi lado poeta para alguien más. Pero no eliminaré la foto de mi galería.

Omitiré contarte qué clase de pensamiento cruzó por mi cabeza ante esa declaración.

La misma tarde del lunes continué mi colaboración en la biblioteca. Faltaba mucho para completar mi semana como castigo, por lo que verme después de clases mientras guardaba libros y me quejaba del polvo no era novedad.

Admito que el ambiente relajado era una de las cosas que más me gustaba, porque me daba tiempo para reflexionar sobre algunos sucesos. Esa tarde, mis pensamientos se ocuparon de tus mensajes.

Rust apareció a mi lado cual fantasma en una película de terror. Estaba apoyado en el estante, con los brazos cruzados y su gorra de béisbol al revés.

—¿Y mis hijos?

—Esperan que su desaparecido padre vaya a verlos —le recriminé y seguí mi trayecto hacia el estante de Biología—. O que le compre una alfombra nueva a su cuidadora —agregué en tono sarcástico—. Descuida, ya sé por qué no pudiste ir a verlos.

Lo último despertó su atención. La misma mirada penetrante buscó la mía.

—¿Qué hacía? —preguntó.

—Supongo que practicabas boxeo o veías las películas asiáticas que tanto te gustan.

Antes de que yo pudiera seguir dejando los libros en su lugar, me detuvo con la intensa reacción que caracterizaba su lado más turbio. Que yo supiera más de lo que él esperaba consiguió despertar a Siniester.

—¿Cómo sabes lo de las películas?

—Intuición —respondí y me deslicé por un costado. Siniester me detuvo del brazo.

—Pues la mía me está diciendo que mientes.

Al oír sus palabras comprendí que ya no me dejaría ir sin responder con la verdad.

—¿Tienes algún problema con Yionne o tus padres no te enseñaron modales y ahora intimidas también a chicas? —intervino Claus de pronto. Nadie más podía soltar una pregunta tan afilada y con ese toque de provocación al que tan aficionado era.

Siniester me soltó para mirar la figura de su némesis en el pasillo que ocultaban las dos enormes estanterías llenas de libros.

—¿Debería preguntar lo mismo? —inquirió y achicó los ojos mientras esbozaba una sonrisa torcida—. Puedo hacer que recobres la memoria y señalarte a cuántas chicas te has llevado a la cama con tus «trucos de magia».

¡Bang! Esa respuesta bastó para que Claus se quedara sin palabras. En lugar de responder a la acusación, prefirió escudarse en mí.

—¿Intentas dejarme mal frente a ella? —me apuntó con su barbilla, sin dejar de mirarlo— ¿Es que no te basta con Eaton?

Gilbertson seguía en el juego. Siniester no pudo resistirse a la mención de su novia y se colocó frente a Claus de manera intimidante, casi conteniendo las ganas de plantar sus nudillos en su cara.

—Que de tu asquerosa boca jamás salga su apellido.

—Entonces Shanelle te parece mejor —siguió Claus.

—No me provoques...

Contuve a Siniester para que no arremetiera contra Claus, pues eso era exactamente lo que él quería: una excusa para hacer algo en su contra. Lo abracé con fuerza e impedí que moviera sus brazos en dirección al idiota de turno que se apodaba como Santa. Eso produjo una pausa eterna y un silencio que se rompió con la aparición de la bibliotecaria.

—Eh, ¿qué está pasando ahí? —nos preguntó.

Nos separamos. Claus se despidió de Siniester con una seña y me guiñó un ojo. Pasó junto a la bibliotecaria y la saludó con un ademán.

—Está todo bien —aclaré yo. La tensión se palpaba.

Siniester se marchó después.

Todo ese suceso hizo cobrar vida a tu premonición. Entonces te hablé para preguntarte otra vez quién eras.

Y tú respondiste:

Tú: Soy tú.

13

Es extraño cómo las personas se apropian de otras, toman su lugar y reclaman su existencia. Tú lo hiciste en mi mundo el lunes, cuando me enviaste el mensaje. Aquel fue uno de los cambios que se produjo al salvar a Shanelle. Puede que sea para bien o para mal. No lo sé. Lo único que entiendo es que eso provocó que, de alguna forma, tú y yo coincidiésemos.

Tras tu revelación, poco pude hacer para volver a hablar contigo. No respondiste a mis mensajes, tampoco me enviaste más. Si no fuera porque podía leer la conversación, seguiría creyendo que se trató de una alucinación.

Volví a casa, tarde y llena de incertidumbre.

—¿Ocurrió algo?

La perspicacia que tienen las madres es admirable, siempre descubren que algo extraño está pasando, aunque intentes poner la mejor cara frente a ella. Es... como un don. El problema era que, en la hora de la cena, no podía esconder mis frustraciones.

—Estoy cansada.

—La típica respuesta que todos dan cuando algo nos está afectando y no deseamos hablar de eso —desdeñó mi madre y soltó una risa carente de humor. Esto me hizo apartar mi vista del plato y observarla—. Tranquila, si no quieres contarme qué ocurre, te daré tu espacio. —Y tras decir eso, deslizó una mano hacia la mía—. Solo quiero recordarte que no importa qué esté pasando, puedes contar conmigo.

Sus dedos mantuvieron la cálida caricia y sostuvieron mi mano. Con el pulgar me rozó la palma, como solía hacer papá, y de pronto me sentí transportada a la época en que él aún no había muerto.

—Por cierto —añadió—, mañana el autobús vendrá a las siete y media, tendrás que levantarte antes.

Mi bufido le causó tanta gracia que casi le da un ataque de tos.

—Eso te pasa por malvada —me quejé y crucé los brazos a la altura del pecho.

Después de ese suceso, no me sorprendió la respuesta que me dio esa misma noche, cuando llegué a su habitación. Hice una mueca y mamá encendió la luz de la lamparilla sobre su mesita de noche. Su expresión cansada iba acorde al desarmado moño que apenas aguantaba su cabellera roja.

—¿Puedo dormir contigo esta noche?

Hacía mucho tiempo que no se lo preguntaba. Fue extraño decirlo.

—¿Quieres que te acompañe en el sufrimiento de despertar más temprano? —dijo con burla. Me pareció tan desconsiderado que mi descompuesto cuerpo pesó todavía más. Iba derecha a la salida para regresar a mi cuarto, pero me detuvo. Estiró su mano y movió los dedos indicándome que me acercara—. Ven aquí, pequeña —dijo—, solo bromeo.

Me acosté a su lado y sentí su mano que pasó por mi brazo y se posó en mi espalda.

—No dormías conmigo desde...

—Desde que murió papá —seguí pensativa—. Sí.

—¿Qué ocurre, mi Onne? —me estrechó a su cuerpo, podía sentir ese olor maternal tan tranquilizante—. ¿Qué te tiene tan rara?

Quise moverme y alejarme, huir de sus preguntas. Poco podía hacer al estar a su lado porque, aunque ansiaba su reconfortante presencia, me incomodaba tener que contestar. Entendía que se preocupaba por mí, que su insistencia era muestra de ello, pero no podía responderle nada. Piénsalo: si le contaba lo que me ocurría, tendría que confesarle que por mi culpa no acabó con el amor de su vida.

Opté por desviar el tema y tuve en cuenta el cuestionamiento que acarreó tu mensaje.

—Digamos que tienes el poder de elegir entre salvar a un grupo de personas muy importante o salvar a un ser querido, ¿cuál elegirías?

—A mi ser querido, claro. —Ni lo dudó.

—¿No te sentirías mal por tu elección? —planteé y me alejé para mirarla con claridad y poder captar si mentía.

—Yo no soy nadie para elegir una vida sobre otra, pero si por alguna razón, independiente de su hecho, tengo la oportunidad de elegir quién vive y quién no, siempre elegiría salvar a mi familia. O a alguien cercano.

No mentía.

—Rechazarías el curso natural de las cosas para salvar a tu ser querido —repetí solo para confirmarlo. Volví a su lecho y respondí al abrazo.

—Siempre. Sobre todo, si esa vida te pertenece. No hay nada más hermoso en este mundo que tú. Moriría siete veces solo para verte feliz. Todavía recuerdo cuando naciste: eras una bebita regordeta y sin cabello. Te sacaron y ni siquiera lloraste. ¡Cielos! Estaba tan asustada por eso... Pero no tardaste en abrir tus pulmones, decirnos «los odio a todos por sacarme de la comodidad del vientre de mi madre». Desde ese momento no paraste de llorar hasta que te sostuve y te dije...

—«Necesitamos un empujón para que este auto familiar corra mejor, ¿quieres unirte?» —dije. Mamá emitió una risa que movió mi cabello—. Te oí cuando se lo contaste a la abuela el día que la visitamos.

—Creí que no existía nada que pudiese amar más que a tu padre, entonces llegaste tú.

La conversación acabó con la declaración más hermosa que jamás podría alguien decirme. Al final, me quedé dormida.

Querida yo, hay algo que no te dije antes:

Ya he contado el que mi primer viaje fue para impedir la muerte de Rust, y que mi sexto viaje se debió a que, en mi quinto viaje, él también murió. En esta desventura temporal, con tantas líneas plasmadas que provocan cambios casi aleatorios y reclaman vidas que yo impedía que se tomaran, puedo acabar con Rust junto a mí. A salvo.

No obstante, si una vida es arrebatada, otra tomará su lugar, y como yo comencé toda esta burla, alguien cercano debe morir.

Mi segundo y tercer viaje fueron para salvar a mamá.

Si creías que solo Rust sería el afectado, te equivocaste. Amo a Rust tanto como amo a mamá, ambos son la consecuencia de interferir en el destino y desviar su camino.

Soy como un imán de tragedias, ¿verdad? Es un terrible concepto sobre mí, lo sé

¿Sabes quién más tenía un terrible concepto sobre sí misma? María.

«Necesitamos un empujón», esas fueron las primeras palabras que mamá me dijo cara a cara. Quizá las palabras en sí mismas no tenían mucho sentido, pero sí su significado. Piénsalo: todos necesitamos ese gesto que nos saque de nuestra conformidad y nos obligue a hacer algo. Puede ser una sacudida a la estabilidad emocional, puede ser un empujón para acercarnos a cualquier cosa. Ahora, ¿qué rayos tiene todo esto que ver con María? Pues mucho, ella también necesitaba ese empujón. Se lo di el primer día de clases y no resultó bien. Lo sé. Resultó que yo le di el empujón, pero ella cayó con él y, en vez de hacerle frente a Tracy, terminó lastimada en la caída.

Esa semana sería diferente.

—Otra semana en *Sandberga* —se quejó Sindy. Todo su cuerpo transmitía su desgana: estaba recostada sobre la grada y tenía la cabeza apoyada en el regazo de Aldana, que le estaba haciendo una trenza en el pelo.

—Dijiste «verga» —le acusó Rowin al borde del horror.

—Sí, ¿y qué? —espetó la chica de cabello rizado—. No puedo sacar la libreta de mi trasero y tomar nota, ¡estamos en Deporte!

—Chicas, chicas... cálmense un poco —pidió Aldana. Como siempre, actuaba de mediadora entre ambas primas. Las discusiones entre las Morris la divertían la mayor parte del tiempo, pero al parecer no cuando estábamos rodeadas de otras chicas.

Me corrijo: de dos chicas.

Las discusiones parecían nutrir la vena oscura de Tracy, por las que no corría sangre Wilson, sino la del mismísimo Lucifer. Ella nos observaba con malicia y fingía horrorizarse con Sylvanna por el descaro de Sindy. Por supuesto, los comentarios malintencionados no se quedaban atrás. Murmuraban entre ellas y reían tan fuerte que no lo soportábamos más.

—¿Tienes algún problema? —inquirió Sindy, quien se sentó con la espalda tan erguida que se veía más alta que todas nosotras. Yo la miraba desde un puesto más abajo, sonriendo como boba pues no esperaba su reacción.

—Sindy, no exaltes tanto a tu prima, sabes que no puede agitarse —respondió Tracy en un tono tenue y muy calmado. Así era su juego: provoca a los demás y cuando tenía una mala respuesta por parte de ellos, se victimizaba.

La confusión en Rowin se expresó en un gesto dramático. Abrió la boca y el tabique de su nariz se comprimió en el entrecejo, formando una mezcla extraña de cejas y piel. Aldana adoptó la misma expresión, aunque no fue tan notoria.

—¿Cuál es tu problema? —preguntó, sin comprender las intenciones de la rubia.

Tracy llevó una mano al pecho y se transformó en la representación viva del cinismo:

—Estoy preocupada.

—Creo que hay cosas mejores de las que puedes preocuparte —acusó Rowin, casi en un balbuceo. Sus mejillas se tiñeron de rojo al darse cuenta de que éramos un espectáculo para los ojos ajenos a nuestra disputa—. Como dejar de...

—Olvídalo —la detuve y sostuve su mano, hablándole de forma confidente—. No merece la pena discutir con alguien que se desprecia tanto a sí misma que necesita insultar y disparar comentarios hacia los demás para sentirse mejor. —Luego me dirigí a la misma Tracy—: ¿Por qué mejor no hablamos de tu complejo de princesa?

—¿Tú qué sabes, nueva? —intervino Sylvanna tras ponerse de pie. Creí que se me echaría encima.

—Creo que sé bastante. —Habló mi orgullo, aunque deseaba callarme—. ¿Ya te habló de su madre? —Una sonrisa triunfal apareció en mi rostro al notar que Tracy palidecía—. Oh sí, hablemos de eso, Wilson.

—Si no te golpeo es porque tengo modales y porque soy lo bastante benevolente como para hacer que no te expulsen del colegio en tu segunda semana.

—Benevolente no es una palabra que puedas usar para describirte —intervino Aldi, tan seria que daba miedo. Sylvanna tenía una reputación extraña y parecía un guardaespaldas que te rompería los huesos; solo Aldana podía echarle las cosas en la cara—. Mírala a ella —señaló a María.

—Es nuestra amiga —defendió Tracy.

Al escribir esta situación, me resulta curioso y bastante gracioso que Tracy la describiera así.

—Sí claro: amiga. Parece como si fuese tu sirvienta —objetó Rowin, quien se rio en mi lugar.

Varios ojos se dirigieron hacia María y la observaron en espera de que dijese algo, ya fuera en contra de Tracy y Sylvanna, o a su favor. No obstante, el impacto fue tal que no dijo nada ni adoptó expresión alguna. Quería hacerse un ovillo y desaparecer.

Aldana se adelantó a cualquier movimiento previo, con su calma y su semblante reconfortante.

—María, escucha: no sé qué te habrán dicho por ser becada, pero es una mentira. No tienes ningún motivo para estar a su lado... o temerlas. —Su mirada franca atravesó a la chica.

Sus ojos se iban enrojeciendo y se volvieron vidriosos. Intentó hablar otra vez, pero no pudo. Apretó los labios y formó una línea recta, mas sus comisuras bajaron de manera inevitable.

Sindy bajó dos escalones y rompió la barrera invisible que nos separaba de ellas. Sin ninguna clase de pudor o miedo a represalias, se plantó frente a Tracy y Sylvanna para hablar directamente a la chica de cabello azabache que quería huir del mundo.

—Una vez, alguien me dijo: «No apagues tu luz al juntarte con personas oscuras, ni calles tu voz por quienes creen ser falsos portadores». No soy nadie para decirte lo que tienes que hacer, pero tal vez te estás perdiendo la compañía de buenas personas por estar con las incorrectas. Estoy segura de que tienes muchísimas cosas que contar. Puedes, si quieres, hacerlo con nosotras. ¿Qué dices?

Estiró el brazo entre las dos chicas y tendió la mano hacia María en una invitación para ser parte de nuestro grupo. María se mordisqueaba los labios con la indecisión plasmada de forma evidente en su rostro. Sus ojos iban de Tracy y Sylvanna a nosotras y luego a Sindy.

Por un instante, Sandberg se sumió en un silencio que nos envolvió en la mismísima eternidad. A continuación, ella levantó su mano y sostuvo la de Sindy.

14

La misma tarde del miércoles, después de recordar que mamá no podría ir a buscarme a Sandberg a causa del nuevo proyecto en que trabajaba, volví a casa en el transporte público. Me sentía tan perdida en la ciudad que mis pensamientos derivaron a los recuerdos sobre las primeras incursiones en mi habilidad.

Al enterarme de mi maldición, tuve que experimentar muchas cosas para hacerla un fuerte en que basar mis decisiones y viajes. Este don no llegó a mí de la manera maravillosa que cuentan en los libros de ciencia ficción, las películas o los juegos. Adaptarme a este cambio exigió tantos errores como aprendizajes. Descubrí, por ejemplo, que tengo que esperar a que el día acabe para poder retroceder. Si quiero cambiar algo que pasó horas antes, no podré hacerlo hasta que el día haya terminado. También descubrí que no puedo viajar con un simple gesto, como levantar la mano, por ejemplo. Lo que necesito es mi celular y marcar la fecha en el calendario.

Pero volviendo a mi ajetreada tarde del miércoles... Llegué a casa, donde aparentemente las cosas andaban normales.

«Aparentemente», porque los dos peludos gatitos no estaban allí para recibirme y abalanzarse sobre mis pies.

Dejé mi mochila sobre un sofá y subí las escaleras casi a tropezones. Arriba tampoco aparecieron. Avancé por el pasillo hacia la segunda puerta, mi habitación. Con una lentitud casi martirizante, giré el pomo y la abrí. En mi cama, Rust dormía con los dos felinos acurrucados a su lado.

La imagen me provocó un suspiro, y sentí el impulso de hacerles una fotografía. El chasquido de la cámara despertó a Crush y luego a su hermana. Acaricié a los animalitos y acerqué mi mano hacia la frente de Rust, quien aún permanecía secuestrado en el mundo de los sueños.

Me detuve a pocos centímetros de que mis dedos rozaran su piel. En su lugar, procedí a despertarlo.

—¿Hace cuánto estás aquí?

—Desde que llegué —contestó, como si esa respuesta lo explicara todo, y se sentó en la cama mientras acariciaba a Berty.

Antes de exigirle más explicaciones, se levantó de manera imponente, evidenciando la diferencia de estatura, y se situó frente a mí.

—Oí que amenazaste a mi hermana.

—¿Amenazarla? —repetí con tanta incredulidad que reí.

—Le diste a entender, a base de intimidación, que le harías algún mal a cambio de...

—Sé lo que significa «amenazar» —lo corté—, lo que no entiendo es que digas que yo la amenacé. ¿Ella te lo dijo?

—¿Acaso importa? —espetó mientras hacía crujir los nudillos. Ese gesto lo hacía como medio de intimidación. Sí, me intimidaba el hecho de que pudiese hacer sonar sus huesos y sonaran de manera tan horripilante. Me encogí de hombros y quise ocultar la cabeza entre ellos—. No sé de qué demonios te habrás enterado sobre nuestra madre, pero no vuelvas a amenazarla con eso.

—¿O qué? Si Tracy no fuera tan... tan... Olvídalo, tu hermana me odia.

Rompí el acercamiento y me dejé caer sobre la silla de escritorio, justo al lado de la ventana. Rust me acompañó en disolver la tensión del momento y se sentó sobre la cama mientras comenzaba una lucha con ambos gatos, que intentaban morderle la mano.

—Tú también parece que la odias a ella.

—Un poco. Existen factores que influyen en eso. Sobre todo lo mal que trata a los demás. —Esgrimí una mirada en su dirección y dije—: Por lo que veo, eso le viene de familia.

—Puedo ser muy gentil con quienes me agradan —replicó arrastrando las palabras de forma juguetona—. Tú no, por ejemplo —concluyó de forma seca.

—A Rust le agradó. A Siniester... Creo que ese lado tuyo desconfía de mí.

Rust produjo un ruido similar al de un timbre:

—Moc. Error.

—Pero aun así estás aquí —repliqué—. ¿Por qué?

—Estoy aquí por mis bestias. —Sonó como un padre orgulloso—. Y me vas a ayudar con ellos, les daré un paseo.

Me levanté del asiento igual que Rust, aunque confundida. Ni siquiera pidió mi ayuda, como siempre, consideraba que yo estaba a su disposición.

—¿A dónde los llevarás?

—Al veterinario.

Me entregó al escurridizo Crush y no dijo más. Actuó como si fuera el dueño de la casa y me arrastró afuera. Apenas pude agarrar las llaves antes de salir, prácticamente estaba luchando por quedarme. Lamentablemente, me ganó el sentido del deber; Berty y Crush aún no estaban vacunados.

Nos desplazamos con los gatitos en brazos. Los animalitos estaban asustados por el ruido de los autos y tenían los ojos tan grandes como focos, mirando todo lo que se cruzaba por su campo visual. Llegamos a la clínica veterinaria más cercana y esperamos sentados en la recepción. Tuvimos que ahuyentar a un juguetón perrito que quería olfatear a los mininos a como dé lugar. El momento en que entró el can, Rust y yo quedamos en compañía de un pobre ventilador que sonaba más que nuestros propios pensamientos.

—¿Estás bien? —quise saber, al notar que él empezaba a inquietarse más que los propios gatos. Se negaba a mostrarse vulnerable, por lo que asintió—. Haré como que te creo. Tú odias este olor, pero te gusta el pitido de la máquina. Quién te entiende...

Tardó en reaccionar.

—¿Cómo lo sabes? —mostró interés— Olvídalo... Una razón más para desconfiar en ti.

Sonreí y capté su doble intención.

—Lo estás diciendo para sacarme la verdad.

Amplié más mi gesto al descubrir que mi afirmación lo descolocaba por unos segundos. Lo miré mientras esperaba que se declarara culpable.

—Bien, niña —dijo arrastrando las palabras—. Tienes razón, lo confieso. Ahora confiesa tú.

«Obstinado», pensé.

—La verdad... es que soy una acosadora —canté tras elaborar mi mentira. Rust se mantuvo con el mismo interés del comienzo, mientras yo acariciaba a Crush cual villano de película—. Así es, te acoso tooodo el tiempo y por eso sé tantas cosas de ti. Me he ocultado para seguirte hasta los lugares más turbios; te observo en silencio, te admiro desde lejos...

—¿Admirándome, Pecas? —Elevó una ceja.

—Sí, ¿por qué no? ¿Crees que no eres digno de admiración?

—Alguien de Monarquía que admira a uno de Legión, el chiste se cuenta solo. —Se apoyó en el respaldo y negó con la cabeza.

—No pertenezco a Monarquía —manifesté—. A ningún bando. Que insistas con eso empieza a cansarme.

Puso los ojos en blanco y luego me miró.

—Ajá, por eso Santa divulgó lo de la biblioteca.

—Claus es un idiota y lo que haya dicho es otro cuento. Él y yo no tenemos nada, pero él quiere algo, ¿entiendes? —expliqué, sintiéndome como una maestra de preescolar.

—¿Sabes algo, Pecosa? No me interesa.

—Para qué lo mencionas entonces —farfullé.

La puerta se abrió y el perro de antes salió alborotando el lugar. Los siguientes en ser atendidos fuimos nosotros.

Llegamos a casa una hora y media después. Mamá aún no había llegado ni iba a hacerlo en un rato. Sabiéndolo, Rust empezó a pasearse por la sala a gusto: curioseó las fotografías, la decoración, los libros y se entusiasmó con las cosas que teníamos en la nevera. Subimos a mi cuarto con dos potes llenos de fresas que comimos sentados sobre mi cama. Acabé de comer antes que él, lo que me dio tiempo a replantear la variedad de peticiones que tenía a cambio de cuidar a sus gatos.

—El 14 de noviembre probablemente me meta en un problema, uno que involucra a tu mejor amigo también. Cuando vayas a buscarnos, ve con una máscara y no entres en ninguna habitación, es la última.

Con toda la calma del mundo se chupeteó los dedos.

—¿Qué?

—Es mi petición a cambio de quedarme con los gatitos. Recuérdala y haz lo que digo.

—El 14 de noviembre, Brendon, una máscara y la última habitación —repitió con una entonación de burla—. ¡Qué demonios! —Lo entenderás luego.

En ese momento en que su sonrisa se fundió en mis ojos, todo resultó como en los viajes pasados y olvidé la existencia de su noviazgo. Me levanté lo suficiente como para tomar su cara y oler su cabello desordenado. No llevaba la gorra de béisbol y sus rizos castaños y rubios brillaban bajo la luz tenue de la habitación.

—¿Qué haces? —preguntó ofuscado, sin comprender.

Volví a mi sitio, arrebolada por lo que acababa de hacer y por su respuesta.

—Es... una tonta manía.

—Contrólate, no me gustan las pelirrojas. —No tenía que insistir en ello, lo decía muchas veces. Sí, no le gustaban las pelirrojas, pero yo era la excepción. Y, al parecer la historia se repetía, pues se acercó a mí para oler mi cabello—. Pero... huele bien.

Quizá para él fue distinto. Un simple gesto que imitaba el mío, nada más. Para mí resultó un hincapié para aventurarme en los turbulentos caminos que rebosaban mi más profundo anhelo. Tragué saliva con un nudo en la garganta y abrí los labios, temblando.

—No me odies por esto, por favor.

Me aproveché de la confusión que mostraba y de la manera en que alzó la barbilla para observarme. Entonces rompí toda brecha que separaba nuestros cuerpos, así como la determinación de mantenerme al margen de su persona.

Mi droga preferida tiene su nombre, y llevaba demasiado tiempo en abstinencia. Estaba pasando, no lo podía evitar. Dejé que mi instinto se apoderara de mí, de mi cordura y de sus labios. Volver a sentirlo fue sublime. Pura ambrosía.

Sus dedos se aferraron a mi ropa en respuesta a mi osada acción. Retrocedí en espacio y visualicé sus labios rojos e hinchados. Yo los tenía igual. Tardó más de lo esperado en reaccionar a mi silencioso «lo siento». Esto no impidió que se levantara de la cama y se dispusiera a marcharse. Lo seguí con la mirada, en silencio; no aparté mi vista ni cuando se agachó para agarrar el marco de la ventana. Sin embargo, él no salió. Yo misma me sorprendí al verlo girar en mi dirección y socorrer a mis latentes labios.

Fue un beso corto, una prueba de valor.

Se inclinó hacia atrás y me observó como si intentara convencerse de lo que acababa de hacer. Después de respiraciones entrelazadas, terminamos prolongando nuestro deliberado encuentro.

15

Llámame como desees, me lo merezco. Eso y mucho más. No, nos lo merecemos, porque Rust estaba conmigo y aceptó cruzar la línea de la infidelidad conmigo. Un beso lo corrompió y ni siquiera pensó en las consecuencias. Podía ser correcto desde mi perspectiva, pero si se tenía en cuenta que él no estaba soltero, las cosas eran complicadas. Debido a esto y al peso del remordimiento que sintió después, ni siquiera hubo una despedida.

Desperté con las mejillas rojas, las sábanas pegadas a mi cuerpo, el corazón chocando fuerte contra mi pecho y la búsqueda de la excusa perfecta que decirle a mamá en el caso de que me descubriera en este estado. Existían muchas razones para querer ocultar lo que ocurrió esa enardecida tarde.

He aquí una linda lista inspirada en Rowin y su amor por enumerar las cosas:

Razones para NO ~~decir~~ DECIRLE A MAMÁ LO QUE PASÓ:

1. No había forma de explicarle que dormí con el hijo de su ~~ama~~ universitario.
   AMOR

2. Demasiadas preguntas incómodas.

3. A quién carajos le gusta hablar de sexualidad con sus padres. ↘???

Dejaré que tú juzgues cuál de esas cuatro razones tiene más peso en mi decisión de fingir que nada había ocurrido dentro de ese cuarto, aparte de pasar una linda tarde con dos felinos.

Al oír su «¿Onne, estás ahí arriba?» me agobié, pero por suerte, mamá respetaba mi intimidad. Ese lado estaba solucionado, en parte. No tendría que preocuparme ni darle muchas vueltas.

Lo que me preocupaba era Rust y lo que pasaría entre ambos después de la infidelidad. Me había convertido en «la otra», y ese título no es lindo. ¿Sentía remordimiento? Algo. Tal vez estaba demasiado acostumbrada a las otras realidades como para sentir culpa por lo que había pasado entre Rust y yo. No había sido correcto, de acuerdo, pero... No puedo mentirte: aunque quería sentirme culpable, no podía.

Sin embargo, para Rust las cosas eran diferentes. Durante una semana, se comportó de forma distinta conmigo y me miraba raro cada vez que nos encontrábamos en Sandberg. Ni siquiera visitó a Berty y a Crush ni se animó a preguntar por ellos. No existíamos para él.

Creo que actuar como desconocidos era lo mejor. Fingir que nada había pasado ayudó a disipar las insistentes preguntas de Claus sobre mi relación con él, porque en efecto, el idiota de Claus fue capaz de quedarse callado y sin preguntar. Tuve que decirle que nuestros padres se conocían, que Rust y yo fuimos amigos de la infancia, pero que nuestras familias se enemistaron y no sé qué más. Obviamente, antes de responder a su insistencia, le dejé claro que no le incumbía.

No surtió mucho efecto.

Lo que sí tuvo un efecto positivo fue haber encarado a Tracy y Sylvanna.

Al bajar del bus escolar, en la entrada divisé a Sindy, que repartía folletos con expresión descompuesta, tan pálida que creí que vomitaría. A su lado, Rowin le daba un trozo de chocolate a María, pero ella lo rechazaba mientras agitaba las manos por delante del pecho. La chica Morris era insistente; al final solo se rindió cuando Aldana le arrebató el chocolate para devorarlo. Agilicé el paso para ir a su encuentro, pero terminé chocando con el fornido brazo de Rust.

—Ten cuidado, Petisa —dijo. La mirada hostil se profundizó junto con su tono de voz.

Opté por callar; tenía demasiadas cosas para desarmarlo que probablemente lo agravarían todo. Rust, por su parte, se quedó un momento estático a la espera de mi respuesta. Al no obtenerla, pestañeó desconcertado y se marchó.

—Ha estado mirándonos así toda la semana —comentó Aldana con la comisura de los labios manchada de chocolate. Ese descuido captó la atención de Brendon, que seguía a su amigo. En un rápido gesto, el chico sonrió mientras pasaba y le indicó a Aldi que se limpiara la boca.

—Debe de ser por lo de Tracy —balbuceó Rowin, mientras Aldana se hundía de la vergüenza—. Y ella no se queda atrás con esas miradas mortales.

—Lo bueno es que van dirigidas a todas y no solo a María —habló Sindy tras ajustar las hojas que le quedaban por entregar. Luego se apretó el estómago y se encorvó—. No doy más con esto... Si me pongo nerviosa aquí, al entregar los panfletos, ¡imaginen cuando tenga que defender y dar mis motivos para ser la jodida presidenta del jodido colegio!

Por alguna razón cómica, de la que no debo buscar gracia, siempre que le entran los nervios sus rizos se descontrolan y alborotan su cabellera castaña.

—Come —insistió con el chocolate su prima—, ¡te hará bien para los nervios!

—Espera —la contuvo María, justo antes de que Rowin le metiera a la fuerza un trozo de chocolate con envoltorio y todo—. No puedes darle cualquier cosa si tiene nervios de estómago... —y tras mirar hacia los lados, se acercó de manera confidente— eso la hará correr al baño. El exceso de grasas y carbohidratos no ayudará. ¿Por qué no vamos a la cafetería a tomar una manzanilla antes del acto?

Esa propuesta sonaba bien. Antes de que el acto de la semana empezara, partimos al comedor del colegio. Sindy y Rowin iban pasos más adelante, arrimadas del brazo; yo aproveché el momento para indagar más sobre la relación de Brendon y Aldana.

—Oye, creo que has avanzado con el chico de la cerveza. —Pasé mi brazo bajo el suyo y lo aprisioné de tal forma que no pudo evadirme.

—No sé de qué hablas...

—Oh, por favor, yo vi tooodo —me adelanté. En efecto, Aldana trataba de evitar mi mirada inquisidora—. No cambies de tema.

—¿Intentas acorralarme? —espetó y enarcó una de sus marcadas cejas oscuras—. Yo puedo decir lo mismo de tu chico.

—Ah, ¿sí? ¿Por qué?

—El cambio de actitud. —Al sonreír, destacó el lunar sobre el ángulo derecho de su labio—. A lo mejor las demás no se han dado cuenta, pero yo sí.

Jadeé y traté de reírme en vano.

—¿Crees que entre Rust y yo pasa algo? —pregunté, e intenté soltarla. La perspicacia de Aldana es proverbial, por lo que al instante captó ese mero movimiento.

—No es que lo crea, lo sé. Es fácil deducirlo si ves las pistas que dejan —explicó—. Las miradas hablan por sí solas. Además, Brendon me preguntó sobre ti, lo que lo hace más obvio.

—¿Qué te dijo?

—No mucho. —Soltó en un suspiro prolongado—. Preguntó si eres de confianza y si sabía cosas sobre ti, pero no quise responder. Deduje que esas preguntas no las hacía por cuenta propia, que su amigo estaba detrás. ¿Tengo razón?

Nos detuvimos.

—¿Por qué preguntas? Ya conoces la respuesta.

—No realmente, Brendon no dijo más, y yo no quise preguntar motivos porque de todas formas no iba a dármelos. —En medio de esas palabras, Rowin nos gritó desde el otro extremo del pasillo que nos apuráramos, así que reemprendimos la marcha—. Te aconsejaría que no te metas con él —agregó de pronto—, pero en vista de que su mejor amigo y yo hablamos..., soy la menos indicada.

—Ambas estamos metidas hasta el cuello.

Quise decirlo como broma, pero, demonios..., sonó más serio de lo que esperaba. Y lo era.

Mejor dicho, para mal de ambas, lo sería.

Después de la cafetería, nos dirigimos al acto en el auditorio de Sandberg.

El espacio tiene capacidad para los estudiantes, profesores y trabajadores; todos sentados en sus respectivas sillas acolchonadas. El escenario está decorado con un telón verde oliva que tiene estampado en grande la insignia del colegio y que oculta el color pálido de la pared del fondo. Sobre el escenario, a tres pasos del público, hay una tarima de madera. Ahí la insignia está tallada y se puede distinguir perfectamente desde lejos. Siempre me gustó el logo de Sandberg, el escudo verde oscuro flanqueado por unas alas extendidas que bajan y se unen hasta formar un bolígrafo de pluma. Sin embargo, su lema es algo contradictorio. «Creamos la excelencia, formamos una familia»: no le pega en absoluto.

El director dejó de hablar e invitó a subir al escenario a los candidatos para la presidencia del consejo estudiantil. Entre ellos se encontraba Sindy, quien contemplaba al vacío con cara de zombi. Tratamos de echarles vítores, pero una mirada afilada nos detuvo. Las presentaciones iban acompañadas por las propuestas que ganarían votos.

Traté de prestar atención, Sindy saldría después de Robert Bass. Los nervios comenzaban a aflorar y, entonces, mientras buscaba con qué distraerme, me percaté de que Matt, el amigo de Rust, se paseaba de un lado a otro y hacía de mensajero entre Rust y Claus.

Una cosa vino a mi cabeza: la reunión.

Definitivamente era el peor momento para que Rust no me hablara. Si debido a su personalidad terca me negaba todo lo que le pedía en circunstancias normales, en ese momento apenas me escucharía.

Decidí hablarle, mas fue en vano, por lo que me arriesgué y fui a casa de los Wilson. No era complicado llegar, lo difícil sería plantarme en la puerta. Él sabía que por mis venas corría la sangre de Murphy Reedus.

Me percaté de lo absurdo que era estar ahí cuando toqué el timbre. No sé a qué le temía más: a que Tracy abriera la puerta o que la abriera él. Por supuesto, ninguno de los dos apareció, sino una mujer que tenía la voz gastada por los años y un atuendo de asistenta.

—Rust —logré decir con la garganta seca de los nervios—, ¿está aquí?

—Él no vive aquí desde hace mucho —contestó y arrugó el entrecejo al pronunciar lo último—. ¿Quién lo busca?

—¿Sabe dónde puedo encontrarlo?

—¿Quién lo busca? —insistió la anciana.

—Una amiga... Me llamo Kat —mentí—. Hemos de hacer un trabajo y no tengo su número. ¿Sabe dónde puedo encontrarlo?

La mujer se tragó mi mentira y pareció relajarse. Soltó el pomo de la puerta y se apoyó en ella con gesto cansado; sus movimientos lentos me impacientaron. Si no fuese porque todavía había sol, ya me habría largado de allí. Necesitaba un número para hablar con Rust, y lo tenía, pero él no había respondido. La idea de que ya no tuviese el mismo número de antes se aferró a mi cabeza como una garrapata a un perro, por eso necesitaba sacarle cualquier tipo de información a la asistenta de los Wilson.

La mujer dejó de meditarlo.

—Quizá esté con su novia. No sé la dirección, pero creo que es por la playa.

—¿Y tiene algún número para contactarlo o contactarla a ella? Es urgente.

—Le preguntaré a la señorita —indicó en tono calmado, aunque a juzgar por su mueca, creo que captó mi ansiedad.

No tardó en llegar con la mala noticia de que Tracy no me daría nada. Para matar el entusiasmo, el auto deportivo color rojo del padre de Rust acababa de estacionarse en la entrada. La versión ajada del famoso actor de cine se presentó en medio de mi «casi» huida. No me sirvió de nada agachar la cabeza y esconder el rostro bajo la capucha, porque de todas formas logró reconocerme. Eché a correr sin hacer caso de su llamada, con un dolor en el pecho y la amarga conclusión de que mi viaje había sido un fracaso.

Dentro de mi desesperación decidí que era mejor ir a la reunión, tratar de hablarle allá, convencer al menos a Shanelle y, si algo salía mal, retroceder para arreglarlo.

La reunión siempre se llevaba a cabo en un estacionamiento bajo tierra, junto a las instalaciones de un supermercado abandonado. El terreno, en la superficie, tenía un aspecto siniestro que daba escalofríos a cualquiera que pasara por allí. La aciaga impresión se intensificaba a medida que se bajaba por la rampa. Allí, la oscuridad se apropiaba del lugar, proclamándose dueña por encima de los pequeños focos cuadrados que iluminaban el costado de las alcantarillas, donde se oían gotear líquidos que es mejor no identificar, movimientos y golpes, como si las ratas anduviesen por dentro. Un nauseabundo olor emanaba desde lo más profundo del estacionamiento.

Ahora imagina andar por ahí sola.

El eco de mis pasos eran lo único que acallaba mi agitada respiración. Tenía tanto miedo que me detuve en el lugar vacío para calmar los temblores. ¿Estaba en el sitio equivocado? ¿Y si ese lugar ya no era su punto neutral? ¿Y si la reunión ya había acabado? Todas esas preguntas quedaron silenciadas en el instante en que una camioneta negra entró en el estacionamiento. Me oculté detrás de una barrera de metal y permanecí escondida mientras oía que el ruido del motor de la camioneta iba desapareciendo.

Me escondí entre las sombras; buscaba un punto ciego, agudizando mi audición. Las voces de hombres cobraron fuerza. Los autos estaban estacionados. En la entrada para bajar al último piso del estacionamiento logré ver a tres sujetos tras una mesa. Los recordé de las veces anteriores; se encargaban de requisar armas y de revisar que todo estuviera en orden.

Divisé una puerta al costado de uno de los autos. Quise llegar a ella y aprovechar las sombras que la cubrían. La libertad que me invadió por un miserable instante quedó en nada cuando, de espaldas a todo, sentí que algo me apuntaba.

—No te muevas.

El clic de una pistola al ser amartillada me dejó sin respirar por un segundo que creí perdido. No obstante, mi estado de shock no duró mucho al permitirme aclarar de quién provenía esa voz.

—Levanta las manos —me ordenó Siniester. Obedecí sin reprochar nada.

—No tengo nada —dije una vez que me hizo girar y quedamos cara a cara. La calma me consoló, estaba feliz de verlo y de llegar a tiempo.

—Yo me aseguraré de eso, niña —soltó con desdén. Una vez me revisó, le puso el seguro al arma y la guardó dentro de su pantalón—. ¿Qué mierda haces aquí?

—Decir groserías no te hará ver más rudo. Soy yo la que te debe hacer esa pregunta. Te dije que no vinieras —objeté de forma confidente.

—No juegues conmigo y responde.

—Vengo a impedir que avances más.

Al oír mi respuesta, puso los ojos en blanco y soltó un gruñido.

—No me digas qué hacer.

—Allá adentro no encontrarás a nadie de Monarquía.

—Explícate —ordenó y miró hacia los tres sujetos. Un nuevo auto se había estacionado y de este bajaron Matt, Morgan y Fabriccio. Eso nos puso nerviosos a ambos—. Vamos.

—Bien —accedí—, pero no hagas preguntas.

—Niña, no estás en posición de exigir nada. Habla.

—Es cuestión de sentido común. Si tuvieras a tus dos enemigos dentro de una sala, quienes han dicho mantener el tratado de paz en terreno neutral, ¿no aprovecharías la oportunidad para deshacerte de ellos?

—Habrá seguridad fuera.

No podía convencerlo ni siquiera al remarcar lo obvio. Llegaron más personas, hombres de aspecto rudo, tatuados, que llevaban el tipo de armas que se ven en películas, de voces graves y semblante que te produce rechazo. El escenario se estaba preparando para la traición y la masacre que se llevaría abajo. Y yo, solo de entrometida, empezaba a temblar otra vez y me preguntaba si de verdad podría salir de allí sin problemas.

—Deberías irte —sugirió Siniester, quien avanzó con altivez hacia sus amigos—, no vale la pena esperar a tu novio aquí.

Apreté los dientes con fuerza y empecé a seguirlo, desesperada.

—Los tendrá como animales dentro de una jaula, sin nada con qué defenderse. Escúchame —supliqué—. Rust...

Se detuvo y me agarró de la ropa para advertirme con rudeza.

—No me llames por mi nombre.

Luego me soltó y siguió andando.

—Snake y Claus no aparecerán ahí. No vayas... No bajes, por favor.

Entonces fui yo quien lo agarró por la chaqueta de cuero y lo obligó a girarse. En un movimiento tan descuidado como su aspecto, rompió el contacto y me dirigió una última mirada.

—Shanelle estará allá abajo, no la dejaré sola.

Seguí a Siniester hasta los tres hombres. Sus amigos ya habían entrado y lo esperaban desde el otro lado. Siniester se dejó revisar por los tres sujetos y dejó su pistola sobre la mesa junto a las de los demás. Luego actuó como si no me conociera hasta que uno de los hombres me retuvo.

—¿Viene contigo? —le preguntó. Siniester me dirigió una mirada fría y cínica por encima del hombro.

—No.

Antes de que me echaran, logré zafarme del hombre y me enfrenté por última vez a Siniester.

—No te expongas, la entrada no es segura. Bajarán de una furgoneta y de ella saldrán más hombres de los que podrás contar. Usa las cajas, ponte a cubierto. Y no dejes que Morgan vaya por la pistola que... —Dos sujetos me agarraron para sacarme del oscuro camino que me alejaba de él—. ¡Que caerá del sujeto con la cara tatuada!

Contrariado, pero a la defensiva, Siniester me contempló una última vez antes de darme la espalda.

En el exterior de las instalaciones, encima del estacionamiento donde la reunión se estaba llevando a cabo, oculté la cabeza de cuanto me rodeaba, con las piernas flexionadas sobre el asfalto y las manos contra el pecho. Esperaba el sonido de los disparos, el mundo incendiarse, los gritos... Lo único que no esperé fue un nuevo mensaje tuyo.

«No debiste ir», me escribiste.

A continuación, todo lo que vi fue la oscuridad y el silencio durmió cada uno de mis pensamientos.

16

Un olor dulce acarició mi sentido del olfato. En mi estómago comencé a sentir un peso y luego el crujir de mis tripas. Pero, dentro de mi inconsciencia, me sentía relajada. Ya más despierta, comprobé que me encontraba recostada en algún sitio y, al mover la cabeza, logré notar el aroma a detergente.

«¿Dónde estoy?», me pregunté.

La última cosa que recordaba era estar en las afueras del supermercado abandonado, aguardando los disparos y los gritos que se producirían en el estacionamiento. Este recuerdo me llevó a incorporarme en un impulso; mis cuerdas vocales trataron de gritar el nombre de Rust.

Desperté. Abrí los ojos, desorientada, con una punzada en la sien y sin poder respirar.

—¿Qué pasa? —preguntó una voz distorsionada.

Escuché una vez que las voces de las personas es lo primero que olvidas. Cuando ya no están, no puedes reproducirlas en tu cabeza en cohesión con su imagen; siempre las oirás diferente. Por eso, al oír la pregunta, mi mente capturó el rostro de papá.

Allí estaba, con su mirada piadosa pero franca, el cabello desordenado y el semblante tranquilo que siempre lo caracterizó.

Verlo conmigo otra vez me llenó el pecho de una felicidad que no puede describirse con palabras, porque ninguna de ellas podría valer para hacerlo. Después de tantos años de ausencia, creí que solo estaba despertando de una pesadilla.

—Tuve un sueño horrible... —me quebré en palabras y busqué sus brazos. Era muy pequeña comparada con él—. Soñé que tú ya no estabas con nosotros y... Estaba tan molesta, tan dolida con el mundo que...

—Tranquila, Onne —me consoló—, solo fue una pesadilla. Yo estoy aquí y no me iré a ninguna parte, ¿sí?

—Es que era tan real...

Me detuve. No solo mi cuerpo era más pequeño, sino que mi voz se oía más aniñada. El descubrimiento del reciente hecho preocupó a papá, quien con sus cejas alzadas esperaba a que continuará, expectante.

—Habrá sido una parálisis del sueño —indicó él, luego de unos extensos minutos—. Ya pasará. ¿Por qué no bajas? Con tu madre hicimos muffins y sabes que ella no es buena decorándolos.

Sonreí con desgana. Ya empezaba a comprender qué sucedía: había retrocedido. De alguna forma, había vuelto sin necesidad de estar con el celular y programar la fecha.

—¿Y? —Mamá se asomó con incertidumbre desde la cocina. Tenía el cabello recogido con un desaliñado moño. Encima traía un delantal con el estampado de un cerdito con los utensilios de un cocinero.

—Tuvo una pesadilla —respondió papá y me sostuvo de los hombros al bajar—. Nada grave.

—¡Bien! Entonces puedes ayudarme con las malditas decoraciones.

Se adentró en la cocina y nosotros la seguimos. A mamá no se le daba muy bien cocinar ni la repostería. Cada vez que se nos antojaba comer algún postre o pastel casero, papá necesitaba ayudarla.

Observé desde la entrada el desastre de ingredientes esparcidos por la mesa redonda, el olor dulce de los muffins recién horneados, la harina en el suelo, y las manchas de masa en la pared.

El estómago se me revolvió otra vez.

—Iré a lavarme las manos —avisé antes de dar otro paso.

Me encerré con desesperación en el baño y apoyé las manos en el lavabo, inclinándome hacia el espejo. Contemplé mi reflejo de niña; las pecas en mis mejillas y nariz resaltaban con mayor intensidad; mi cabello rojo no estaba tan maltratado; mi mirada también era diferente... Más expresiva. Ni siquiera llegaba a una altura que me permitía ver todo mi torso.

Era el mismo año en que papá murió.

Hacía mucho tiempo que no estaba en un momento así. Las tentaciones de viajar a esos momentos me invadían siempre, pero intentaba abstenerme para no seguir con la tortura.

A principios de año, me propuse superar la muerte de papá y decidí no volver. Después, concluí que ninguna muerte se puede superar y que ninguna persona puede reemplazar a otra. Sin embargo, mantuve mi decisión de no volver. Cada vez que regresaba al futuro, el sentimiento amargo de la pérdida se hacía más pesado.

Era extraño estar en casa otra vez, en la época en que la muerte de un ser querido cercano no se veía venir ni llenaba de colores grises cada rincón de cada habitación. Los colores amarillos, anaranjado, marrón y verde eran los que más resaltaban. A papá le encantaban los girasoles. Después de la pérdida, solo quedó el marrón. Un girasol seco.

En la cocina, mamá soplaba un trozo de muffin. Antes de que se lo llevara a la boca, le pregunté:

—¿Puedo probar?

Se detuvo a medio camino y partió el trozo por la mitad.

—Está caliente, ten cuidado —dijo con suavidad al entregármelo. Lo recibí y sentí que llenaba de calor mis dedos y luego mi mano. Antes de que quemara, me lo llevé a la boca y empecé a degustarlo—. ¿Qué tal?

—Esto es tan extraño... —musité al saborear el resto de bizcocho en mi boca—. ¿De verdad ustedes hicieron esto? Porque sabe exquisito.

Esa no sonaba como la Yionne de aquellos años, sino como la adolescente con poderes que asistía a Sandberg. Mis padres se miraron confundidos, a sabiendas también de que ese comentario no podía haber salido de mí. Papá intervino en medio del repentino silencio.

—Yo hice la masa, tu madre solo colocó la bandeja en el horno.

Mamá lo miró con recelo y le golpeó el hombro como castigo. Lancé una risita y me acerqué a decorar el resto de los muffins.

Y así como regresé a ese momento, volví a mi presente.

El sonido de las balas lo escuché como bombas que explotaban a mi alrededor. Zumbaban en mi oído. El frío de la calle tenía un aspecto siniestro que completó los gritos desesperados que se escuchaban bajo la tierra. Una guerra de bandas se desataba bajo mis pies. Mi cabeza dejó de dar vueltas en cuanto noté que figuras oscuras entraban y salían del estacionamiento.

El viaje repentino me dejó ofuscada, con movimientos torpes y dolores más fuertes de los que podía soportar. Ya no solo sentía que el miedo se mezclaba con la ansiedad de correr, también la confusión me aturdía. Necesitaba irme cuanto antes de ahí, pero mis pasos eran los de un borracho.

No sé de dónde saqué la fuerza suficiente para seguir avanzando con la sirena de los policías detrás, los disparos, los gritos, el crujido de la corriente en los cables eléctricos. Me moví por instinto de supervivencia antes de meterme en más problemas.

Para mi fortuna, cuatro siluetas aparecieron en mi camino.

—¿Sigues aquí? —espetó Rust con incredulidad.

Me desplomé sobre su pecho y no recobré la consciencia por horas. Esta vez no volví. En mi debilidad después del viaje y del despertar, soñé que estaba rodeada de girasoles.

17

—Chicos, está despertando...

Al abrir los ojos, me encontré con el rostro difuso de Matt, quien se inclinaba encima de la cama y ocultaba toda la visión de un techo verde. Ya no me dolía la cabeza y sentía el cuerpo ligero. Estaba recostada en un sofá de color marrón que desprendía un tenue olor a cerveza y cigarros. Una manta me cubría.

—¿Dónde estoy?

Por toda respuesta, Matt siguió examinándome con un interés abrumador.

El eco de unos pasos sobre el pavimento resonó en la sala. Me recliné en el sofá y Matt se hizo a un lado como si fuera un insecto hasta que Rust y los demás llegaron. No tenían el aspecto que esperaba, los cuatro mostraban marcas de pelea, rasguños y moretones.

Mi indignación pasó la frontera de las presentaciones y el cómo debía actuar.

—Te lo advertí... ¡Te dije que te fueras y no me hiciste caso! Ah, eres un puto imbécil.

Rust soltó una risa, incrédulo, y miró a sus amigos como si preguntara: «¿Pueden creer lo que me está reclamando?».

—Decir groserías no te hará más ruda —contestó, citando mis propias palabras. Otro motivo para querer explotar y darle un puñetazo en su sonriente cara.

Me desligué de toda tensión al reprimir aquel pensamiento y solté un bufido.

Demonios, sus cambios de humor y trato debían de ser contagiosos porque, a pesar de hacerme perder los estribos con su testarudez, la alegría que sentía de verlo me reconfortaba.

—Saquémosla de aquí ahora que despertó —intervino Matt con un semblante grave.

—Hombre...

—No, Parf —interrumpió Matt a Brendon antes de que dijera más. Las palabras se transformaron en un eco que descompuso a todos, incluyéndome a mí, sobre todo cuando su dedo me señaló de forma acusadora—. Tú puedes confiar en ella, pero yo no. ¿Cómo sabía lo de la trampa? ¿Por qué nos advirtió?

—La encontramos mientras huía —intervino Fabriccio, que tenía una perspectiva más alejada de la escena y se apoyaba en la pared.

—Y la trajeron aquí —farfulló Matt.

El silencio de ultratumba definió la postura de los demás y, al ver que ninguno de sus amigos pretendía apoyarlo, nos deseó la muerte a todos y se marchó. Los chicos fueron tras él y me dejaron a solas con Shanelle.

Eaton lucía tan incómoda como yo. Se frotaba las manos con nerviosismo y algo de temor. Estaba pálida, tanto como su cabello, que caía desordenado sobre sus hombros. Su rostro se veía mejor que el del resto, pero dos líneas largas con sangre acumulada destacaban en su pómulo derecho. Su mirada decaída casi no tenía brillo y, haciendo el esfuerzo de hablarme, noté que le temblaba la barbilla.

Lo último me puso más nerviosa. Buscar qué decirle se convirtió en uno de mis problemas principales, sobre todo, porque no sabía cuánto conocía ella de la situación. Y no me refiero solo a lo que pasó en el estacionamiento, también me refería a «eso».

—Siento lo de Matt —dijo en voz baja—. Todos estamos muy alterados, uno de nosotros desapareció.

—Morgan, ¿no?

Una preocupada Shanelle asintió con el entusiasmo de una niña pequeña, no obstante, la aflicción de su rostro era evidente. Me sentí fatal, porque se había cumplido mi advertencia. Lo mismo que en los viajes anteriores.

—Sí —continuó—. No contesta su celular, sus hermanos no saben de él... Está perdido. Los chicos temen que lo tengan los de Monarquía. Tú...

—Yo sé tanto como ustedes.

Mi interrupción la mantuvo con la boca semiabierta un par de segundos. Entonces murmuró:

—Lo dudo.

La confronté con una mirada decidida y cargada de intención, necesitaba demostrarle con mi actitud y semblante que no mentía. Shanelle bajó la cabeza y volvió a frotar sus manos con nerviosismo.

—No confías en mí, lo entiendo. Sé que soy una desconocida para ustedes y está bien que sean precavidos, pero estoy de su parte.

—Sabes demasiado y nosotros no sabemos nada de ti, si pudieras decirnos al menos cómo...

Recliné la cabeza en el respaldo y me mantuve con la vista en el techo, examinando las grietas que se extendían desde las paredes hacia la bombilla. No iba a responderles, sería una locura. No, peor que eso, lo tomarían como una burla.

Levanté la cabeza y contemplé la sala. Las paredes eran de color verde petróleo y el mismo color se extendía hacia el pasillo de donde llegaron Rust y los demás. Una mesa cuadrada se situaba frente al sofá en donde me encontraba; encima tenía una caja y, al lado, casquillos de balas. La única ventana estaba cubierta por periódicos. Dos sillones junto a la ventana custodiaban una caja de verduras puesta de forma vertical que tenía encima una pipa de vidrio para fumar cannabis. También distinguí latas de cervezas alineadas junto a una pared.

Nunca había estado allí.

—¿Por qué me trajeron aquí? —quise saber al sentarme. La manta que me cubría se deslizó sobre mi regazo y dejó a la vista la blusa de tirantes blanca que traslucía mi ropa interior. Me tapé y me escandalicé más de lo debido—. ¿Y por qué llevo solo esto?

—Tranquila, tuve que revisarte —aquietó Shanelle y extendió sus manos para que me calmara—. No sabíamos si estabas herida. Y sobre por qué estás aquí... Bueno, Rust no quería dejarte allá afuera. Él cree que tú sabes algo de Morgan y pensaba interrogarte, pero teniendo en cuenta lo que acabas de decirme... creo que se decepcionará bastante. ¿Crees que él está muerto?

—Es lo más seguro.

Mi respuesta la dejó sin aliento durante unos segundos. El impacto de su expresión cambió lentamente hacia un semblante lleno de tristeza. Los ojos fríos se tornaron vidriosos y rojos; trataba de contener las lágrimas. ¿Fui demasiado directa? Pensé que sí. Prácticamente lo estaba confirmando y, aunque había intentado sonar suave, eso no bastó. El remordimiento me tentaba a retroceder y me susurraba que, en un parpadeo, podía cambiar el rumbo de la historia y traer de regreso a Morgan para que ninguno de los chicos llorara su pérdida. Que podía intentarlo las veces que quisiera y también podría evitar estar allí, en aquella sala. Podía ser la heroína que de niña deseé ser, porque de algo tenía que servir mi maldición.

Era yo contra mí misma.

No obstante, mi lado razonable se alzó por sobre toda propuesta tentadora:

1. No tenía mi celular.
2. El viaje que no predije.

Había olvidado ese hecho importante que ocurrió después de recibir tu mensaje. La alteración temporal que sufrí al viajar al pasado sin habérmelo propuesto.

¿Acaso tú me habías enviado al pasado? Pensé en esa posibilidad, pero tú y yo sabemos que no fue así. Entonces, ¿qué me hizo viajar? No podría definirlo, simplemente mi poder se descontroló y me envió a un punto cualquiera. ¿Y si ya no podía viajar más cuando yo decidiera? Necesitaba mi celular para comprobarlo. Si ya no tenía dominio sobre mi maldición, ella tendría poder sobre mí.

Deberías habérmelo advertido en tus mensajes y no dejarme un misterioso «no debiste venir». ¿Tanto te gusta que te haga cientos de preguntas?

Ah, lo olvidaba... Tú tienes tus ambiciones y yo las mías. Por eso iniciaste todo esto, ¿no?

Solté un suspiro que salió de mis entrañas y volví a recostarme, ocultando mi rostro con mis brazos.

—Te daré un momento —se apresuró en decir Shanelle tras inspirar entrecortadamente y secarse las lágrimas—. Por cierto, tu celular no ha dejado de sonar.

Se dirigió a una de las sillas y sacó mi abrigo. Shanelle me lo entregó en silencio y se marchó por el pasillo, dejándome sola en la sala. Quise darle las gracias, pero una llamada entrante acaparó mi atención. Me preparé mentalmente para responder y esbocé una sonrisa como parte de mi forzada actuación.

—¡Mamá, hola! —saludé, enérgica.

—¿Dónde estás, Onne? —respondió sin más, casi desesperada—. ¡Son pasadas las dos de la mañana! Me tienes preocupada, al borde de un colapso mental.

—Lo sieeeeeento, se me pasó la hora viendo películas con las chicas.

—¿Chicas?

—Ajá, las chicas: Aldana, Sindy... Las conoces. Quedamos en vernos por la tarde, fuimos juntas a comprar cosas para comer y nos fuimos a la casa de María, la chica de la que te hablé, ¿recuerdas?

—Sí... —Liberó el aire de sus pulmones con pesadez, saturando el micrófono de su celular—. Pudiste haberme avisado, Onne. No lo hagas más. ¿A qué hora volverás? ¿Quién te acompañará?

—Termina la película y voy. Preguntaré quién me llevará.

—Bien.

Al cortar, todo lo que hice fue ocultar el rostro bajo mi abrigo y tratar de no sollozar. Estaba muy descompuesta. Después de unos eternos minutos, me levanté del sofá, me puse el abrigo, guardé mi celular y salí al pasillo. Caminé en medio de una lúgubre luz que me llevó a la caótica cocina del lugar. Allí estaban los chicos.

—¿Puedo irme ya? —interrogué con la voz apagada y rasposa, como si hubiese gritado a pleno pulmón.

Los demás se miraron entre sí, decidiendo qué podían hacer conmigo. O quizá quién sería el que me iba a llevar. Finalmente, tras una batalla que se basó en meras miradas, Rust dio el paso adelante.

—Vamos —apremió y sacó del bolsillo interno de su chaqueta de cuero las llaves de su moto.

Antes de avanzar más, Brendon lo detuvo:

—Ve en el auto, pueden reconocer tu moto —le aconsejó.

Rust le dio la razón y le pidió las llaves a Matt, quien echó una grosería antes de lanzarlas en la mano de su amigo.

Me cubrieron los ojos al salir para que no supiera dónde estábamos y mantuve el pañuelo en los ojos varios minutos más tras arrancar el auto. En un momento dado, mi estómago se revolvió.

—¿Puedo sacarme esto? —le pregunté a Rust.

—Esperaba que lo hicieras cinco calles más atrás por tu cuenta.

Me quité el pañuelo y al instante intenté abrir la ventana del auto para tomar algo de aire antes de fallecer. El botón de la ventana no funcionó las cien veces que lo apreté. Rust, al darse cuenta de mi desesperación, decidió abrir la suya.

—¿Ese era su punto de reunión?

—No te incumbe.

—Si lo niegas, entonces estoy en lo correcto —confirmé con victoria y volví a consumirme en el martirizante silencio que se creó entre nosotros. Si no fuera por el motor del auto, conocería lo que es no escuchar nada.

Me puse a observar el exterior, las calles de la ciudad, las casas, algunas personas que pasaban, las luces. Los Ángeles siempre tuvo más ritmo que tu ciudad, ¿sabes? Pero si me lo preguntas, prefiero la tranquilidad al ajetreo.

La distracción duró poco; Rust carraspeó, lo que significaba que algo preguntaría.

—¿Cómo lo sabías? —curioseó otra vez al detenerse en un semáforo. El mejor momento para las preguntas engorrosas.

—Te dije que era muy evidente lo de la trampa.

—No, tú lo sabías desde hace tiempo —desestimó, y me miró—. La única explicación válida y coherente que tengo es que el maldito de Claus te lo haya dicho.

Puse los ojos en blanco y solté un gruñido exagerado. Siempre tenía que mencionar a Gilbertson. ¿Es que no había forma de hacerle entender que entre él y yo no había nada?

Fastidiada, decidí irritarlo también.

—Tal vez lo escuché por ahí.

—No andes de graciosa conmigo, mi jodido amigo está desaparecido.

—Estaría contigo si me hubieses hecho caso y no anduvieras como un terco por la vida —repliqué, casi escupiéndoselo en la cara.

—¡Mi novia estaba allí abajo! —contestó en voz más alta.

El auto de atrás nos tocó la bocina para apurarnos, la luz había cambiado. Rust sacó el dedo del medio por la ventana para dedicárselo al sujeto que nos gritaba palabrotas y le devolvió el insulto para luego arrancar.

—¿Entonces? —insistió.

—Entonces nada —dije, acalorada—. Podías haber ido a buscarla y marcharte. —Apretó los dientes y que la popularmente llamada manzana de Adán se movía en su garganta al tragar; de seguro era su orgullo. Me encontraba en una situación ventajosa, así que decidí hablar con suavidad—: No sé cómo convencerte de que necesitas confiar en mí, hacerme caso. Estoy contigo. ¿Es que no lo ves? Estoy aquí por ti. Fui al punto de reunión por ti. Todavía tienes tiempo de salirte de esto, ¿sabes? Cede tu puesto a alguien más.

—No puedo —respondió sin darle vueltas—. No puedo salirme, pretender que no viví esto y dejar a Shanelle sola.

—¿Ella lo sabe?

Deseé que Rust no captara mi pregunta, pero, cuando cubrí mi boca por inercia, entendió muy bien a qué me refería.

—Si se lo digo, se decepcionará.

—Es decir, que no lo sabe.

—Ni lo sabrá —dijo, incluyendo una advertencia en el tono de sus palabras—. Lo que pasó no se repetirá.

—Bien —accedí—. Pero no actúes como tu hermana en Sandberg. Tu odio excesivo puede ser muy evidente e injustificado.

Soltó una carcajada corta.

—Que odie tu «lado intrigante» no quiere decir que te odie a ti.

Me deslicé por el asiento tras derretirme.

—Maldición, Rust —solté mientras flexionaba las piernas sobre el asiento y escondía mi rostro—. No me digas ese tipo de cosas, es como si me animaras a luchar por ti y lo que siento.

—¿Lo que sientes? —preguntó con un toque de burla.

—Sí. ¿Es que no te has dado cuenta? ¿Acaso no se justifica por sí solo el beso y lo demás?

Volvió a reír, ignorando mis preguntas. Para él era inconcebible que sintiera algo hacia su persona, porque sin duda atribuía mi beso y mis acciones a algún capricho, no a amor real. Un simple fuego del momento, nada más.

—¿Alguna vez te has enamorado? ¿Enamorarte de verdad? —preguntó.

—Cinco veces —respondí con seriedad y elevé la cabeza sin vacilar.

—No puedes enamorarte tantas veces...

—Cinco veces de la misma persona.

18

Después de mi confesión, el resto del camino lo resumiría como silencioso. Rust se limitó a conducir y yo a distraerme en el exterior.

—Déjame allí. —Le señalé tres casas antes de la mía. Mamá probablemente estaba pegada a la ventana y no quería que me viera llegar con la copia casi idéntica de Jax Wilson.

—¿No quieres que tu madre me vea?

—Precisamente —admití.

—¿Entonces no podré ver a mis hijos? —preguntó con resignación.

—Tus hijos están para ti todos los días, excepto ahora. —Tardó en digerir mi rechazo. Formuló un sutil «bien» que no era propio de él. Sonreí con disimulo y me preparé para una rápida despedida—: Gracias por traerme... y todo lo demás.

—Salvarte la vida, querrás decir. —Se acercó para desabrochar mi cinturón de seguridad.

No podía decirlo en serio ni con tanta arrogancia. Me dieron ganas de replicar que esa desfachatez debía decirla yo, porque él fue la causa por la que inicié todos mis viajes.

—Sí, eso —siseé con la voz cargada de intención, y bajé del auto—. Buenas noches.

Cerré la puerta con fuerza y me acomodé la ropa emprendiendo el paso a casa. Como imaginaba, mamá abrió la puerta en cuanto me vio por la ventana. Al entrar, creí que me encontraría con una avalancha de preguntas, pero por suerte no fue así. No dijo mucho, tampoco actuó con recelo, simplemente me dio un beso en la cabeza y me dijo que no era la única a quien le gustaba Keanu Reeves, pues Berty se había quedado pegada a la pantalla viendo sus escenas en *La casa del lago*.

—Me iré a la cama —anuncié. Apenas me prestó atención, solo meneó la mano en un gesto de despedida.

Subí las escaleras y me dirigí a mi habitación. Crush dormía sobre mis almohadas, así que no quise molestarlo. Me senté a los pies de la cama y saqué el celular de mi abrigo. Inspiré hondo y exhalé temblorosa. Temía que mis teorías fuesen ciertas y que mi habilidad se hubiese descontrolado. Seleccioné una fecha cualquiera para viajar y deseé que no fuese demasiado tarde para saber lo que sucedía con mi maldición.

Me hice un ovillo y cerré los ojos repitiendo «por favor, por favor» una y otra vez, como una plegaria o el más angustiado ruego.

En el momento en que abrí los ojos, abandoné la posición en la que me encontraba y descubrí que sí podía viajar, que en ese preciso momento todavía estaba ligada a la maldición.

No supe si sentir alivio por ello. Yo misma me contradecía al respecto. Odiaba lo que padecía, desestimaba toda la carga mental que conllevaba poder viajar en el tiempo, pero tampoco podía verme sin ella. Me aterraba imaginar que no podría viajar más y ser una adolescente común.

El jueves por la tarde, un día antes de las votaciones para el consejo estudiantil, las chicas y yo conseguimos la mesa más apartada del comedor de Sandberg. Dejamos las bandejas y nos sentamos mientras olíamos con regocijo el exquisito menú del día: filete de pollo con ensalada, un refresco y, de postre, un helado que Aldana llamó *parfait*. Todas nos entusiasmamos, excepto Sindy, que estaba demasiado nerviosa por las elecciones.

Mi entusiasmo tampoco duró mucho.

¿Alguna vez te has sentido observada o perseguida? No es una situación agradable, sobre todo, si esa mirada proviene de alguien que no te cae bien.

—Claus no te ha quitado los ojos de encima —dijo Aldana en tono de advertencia.

—Lo noté. Creí que ya no insistiría con lo de la foto.

121

Por supuesto que no iba a cansarse de eso. Y, lamentablemente, esa miradita acompañada por lividez ocultaba algo más.

Tu mensaje era cierto: no debí ir a la reunión. Aparecer allá y advertir a Siniester sobre lo que ocurriría no solo atrajo la atención de unos cuantos bohemios, sino del miembro de Monarquía que custodiaba las armas. Mi sermón y la descripción de mi aspecto llegó a oídos de Snake y Claus y, como no es difícil asociar a una pelirroja con Rust, el interés del heredero de Monarquía por saber cómo llegué a enterarme de sus planes creció.

Pero detrás de Gilbertson se encontraba Siniester, quien no le quitaba los ojos de encima. Si antes lo detestaba, ahora lo deseaba muerto por ser parte de una treta llena de mentiras y por la desaparición de Morgan. No habría piedad. Y, en efecto, no la hubo cuando de pronto lo acorraló contra los casilleros en pleno pasillo exigiendo explicaciones. Está claro que el enfrentamiento hubiese llegado a las manos de no ser porque los inspectores llegaron a separarlos.

Creo que, en el fondo, Rust se sentía fatal. A medida que disminuía la esperanza de encontrar a Morgan, más le costaba asumir su desaparición. Por eso no me sorprendió verlo tan desanimado cuando más tarde lo encontré en mi habitación jugando con Berty y con Crush.

—Dijiste que podía ver a mis hijos cuando quisiera —musitó con desgana tras escuchar el grito ahogado que emití en la puerta.

—Lo sé, es que no esperaba verte aquí. ¿Estás bien?

En lugar de responder algo como «¿Tengo cara de enfermo o qué?», que habría sido lo propio de él, hizo un ademán y volvió a prestarle atención a los mininos.

Le permití que tuviera su espacio. Caminé hacia la cama y me recosté a perderme unos largos minutos en mis pensamientos mientras oía los gruñidos feroces de los gatos que luchaban contra Rust. Después de un rato, me aburrí. Me cambié de posición y fui a los pies de la cama. Su expresión vacía seguía allí.

—¿Qué? —preguntó al notar que lo observaba y aparté mis ojos hacia los mininos, recordando lo que habíamos acordado.

—Cuando papá murió, no podía decir lo que sentía; creí que nadie me entendería. ¿Cómo describir el odio y la decepción que sentía por la pérdida? ¿Quién iba a estar ahí para mí cada vez que quisiera desahogarme? ¿O las veces que deseaba hablarle? No quería ser una carga para mamá ni llenarla de más lamentos. Pero ella lo supo, y me dijo que la luna podía escuchar mis palabras y que, tal vez, papá podría escucharme a través de ella...

Bufó.

—¿Quieres que le hable a la luna? —preguntó con sorna.

Oculté la cara entre mis brazos, como si buscara mi paciencia en el hueco oscuro. No suponía que acabara así. Las veces anteriores él había reaccionado con empatía.

—No...

La expresión de Rust decía «Te escucharé, pero no sé si te creeré».

—Lo que trato de decir es que puedes buscar a alguien para que sea «tu» luna.

Por un instante, se quedó con una mueca, examinándome. Lo vi entrecerrar los ojos y no pude evitar cohibirme. Yo no era así, creo que el hecho de tenerlo allí provocaba más reacciones de las que deseaba.

Después de su escrutinio, llegó su pregunta:

—¿Te digo por qué no me gustan las pelirrojas?

—No, gracias...

—Porque son entrometidas —dijo al tiempo que yo respondía—. Pero tú eres distinta, me gusta escucharte.

—Y así, señores, es como se arruina y se repara un momento, por Rust Wilson —ironicé tras mirar hacia el techo. Rust no tardó en ocupar mi campo visual.

—No te necesito de loquera, si es que a eso te refieres con lo de la luna.

—Yo nunca dije o insinué que lo hicieras. Tengo mis propios problemas, gracias.

19

Como Sindy se convirtió en la presidenta del consejo estudiantil, por la tarde, al salir de clases, planeamos hacer una celebración entre las cinco. Llevábamos la cuenta de los gastos y la casa donde nos juntaríamos.

Al llegar al cruce, esperamos con disgusto que Tracy y compañía pasaran y, antes de poner un pie en la calzada, un auto Bugatti de cuatro puertas paró frente a nosotras.

Era Claus.

Al bajar la ventanilla, esbozó la sonrisa más cínica que cupiera imaginar, un gesto que logró arrancarles suspiros a Rowin, Sindy y María.

—Chicas, ¿no van a celebrarlo? —preguntó falsamente animado—. Suban, hoy la celebración corre por mi cuenta.

Me mantuve callada en todo el camino, mientras las chicas y Claus hablaban del triunfo de Sindy. A juzgar por la expresión preocupada de Aldana, ella era la única consciente del peso que yo llevaba sobre mis hombros. Creo que fue el «no me dejes sola» que le murmuré antes de subir al auto.

Si algo malo pasaba, no culparía a nadie más que a mi don por meterme en problemas. Podría culpar a los demás por su insistencia, pero la decisión recaía totalmente en mí. Así que, en resumidas cuentas, íbamos apretujadas en el auto de Claus de camino al club nocturno a su cargo. Claro, bajo kilos y kilos de papeles para cubrir este hecho.

El Polarize es un local de mucho éxito, pero también exclusivo. El ambiente es como el de cualquier otro club: luces de neón, predominancia de color azul y rosa, la música envolvente... Un muro bajo separa la barra y algunas mesas del sector VIP. Aunque la verdadera parte exclusiva del Polarize se encuentra en el primer piso, donde los más acaudalados alquilan cuartos llenos de ventanales con el interior cubierto por cortinas oscuras. Lo sé porque ya estuve en uno de ellos. Entrar en el Polarize otra vez fue como adentrarse en un laberinto rojo y asfixiante. No había muchas personas, el lugar se iba llenando poco a poco con gente que Claus había invitado. Cada uno de ellos resultaba ser un dedo más que me apretaba el cuello. No recibí nada de nadie, ni siquiera de las chicas. Ellas disfrutaron el momento, gozaban del privilegio de ser invitadas de Claus y, aunque en muchas ocasiones se acercaban a mí para que me uniera al excéntrico baile que hacían, me negué.

Aldana estuvo todo el tiempo a mi lado.

—Aldi —la llamé. Ella viajó del planeta «Mis amigas se están divirtiendo» hasta aterrizar en «Yionne está aburrida»—. Cuando te pedí que no me dejaras sola, no lo decía taan literal.

—Pudiste decirlo antes, me estoy muriendo de aburrimiento.

Cuando ya iba a levantarse, cambió de opinión. Al ver que volvía a sentarse, sentí que cedía la tensión que me agarrotaba los hombros.

—Podría dejarte sola, pero eso no es lo que quieres —dijo.

—Oye, no quiero que te aburras por mi culpa.

—No me aburro, Yionne, me gusta ver mi entorno. Además, soy muy mala para bailar. Estar en un sitio así no es mi estilo. —Sin decir más, esperé a que meditara sus palabras para seguir convenciéndola, pero entonces agregó—: Y no me vas a convencer, déjame en mi rincón con este rico zumo y seré feliz.

Algo se infló en mi pecho, mucho más que mis pulmones, y por puro impulso la abracé justo cuando agarraba su vaso. El líquido se derramó, una parte en su falda y otra en mi manga. Aún llevábamos el uniforme y temimos que las manchas quedaran, así que fuimos al baño a limpiarnos.

En lo que Aldana se secaba la falda y yo me miraba al espejo, oí los gritos de Rowin desde afuera. El corazón me batió con fuerza y me temí lo peor. Imaginé a mis amigas en manos de los gorilas de Claus mientras las llevaban al piso de arriba. Salí corriendo del baño y llegué a la pista en busca de las chicas.

Pero las primas Morris solo se divertían. Me pasé las manos por la cara y me quise morir allí mismo de la indignación.

De regreso al baño, Claus me interceptó.

—¿Ocurre algo? Pareces asustada. ¡No me digas! Es la primera vez que vienes a un sitio como este.

Volví a mí.

—He estado muchas veces en sitios como este.

Esquivarlo no funcionó, Claus logró detenerme. Rogué para mis adentros que Aldana apareciera.

—Pues nadie lo diría, más bien pareces el tipo de chica que prefiere pasar la noche leyendo o viendo alguna serie.

—Entonces tendrás que aprender a no basarte en tus prejuicios, estás equivocado.

De nuevo intenté avanzar en vano.

—Prejuicios, ¿eh? —Se mostró pensativo—. Yo creo que es intuición. De hecho, intuyo que eres alguien muy interesante, Yionne O'Haggan.

Sentí un sudor frío. Me temblaron las piernas y me quedé sin poder mover un dedo, con la respiración entrecortada y unas náuseas horribles.

—¿Tanto como para querer traerme aquí junto con mis amigas? —pregunté en voz baja, aunque no tanto como para que no me oyera.

—Precisamente. Escucha, creo que tú y yo no empezamos con buen pie. Me disculpo por cualquier cosa que te haya molestado. Seguro que ha sido un malentendido.

Extendió la mano. Quería estrecharla como signo de paz. No me esperaba sus palabras. Todo temor de los segundos anteriores acabó por derrumbarse.

—Bien, Gilbertson.

Flaqueé.

Y no solo eso, cedí y accedí a darle la mano.

No quería mostrarme débil frente a él, quería fingir que no sabía nada. Lo intenté con tanto esmero que de pronto me sentí como si me hubieran echado encima un jarro de agua fría. La confianza repentina se esfumó.

En el Polarize, Claus no estaba solo. Primero había llegado su séquito de amigos y, luego, se presentaron sus cómplices de Monarquía. Reconocí a uno de ellos por mis viajes anteriores. Tenía un tatuaje que sobresalía por el cuello de su camisa y terminaba detrás de su oreja; eso lo hacía diferente al resto de su banda. Él y yo nos habíamos relacionado antes más de lo que hubiese deseado. El miedo me invadió cuando los recuerdos del 14 de noviembre regresaron. La habitación, el vaso con whisky, la sonrisa, su anillo de oro, la música, las fotos... Me horroricé. Creí que caería al suelo porque no sentía las piernas, no podía hacer nada más que morderme el labio para que no me temblara la barbilla.

Pensé que, tal como había pasado con la reunión, el 14 de noviembre se adelantaba. Así que escapé.

Llamé a Aldana en el metro para disculparme y explicarle mi repentina desaparición. Ella preguntó si estaba bien y quiso saber por qué me había marchado. Le dije que mi madre me había llamado, molesta. El tema quedó ahí.

Apenas corté, me eché a llorar.

Llegué a casa con deseos de meterme en la cama para ocultarme bajo las sábanas. Quería desahogarme con llantos y gritos.

Subí a mi cuarto mientras abrazaba mi cuerpo, con los ojos enrojecidos. No obstante, ninguno de mis planes parecía salir bien porque Rust se encontraba allí, jugando con los gatos.

—Petisa —dijo al verme. Su semblante duro se suavizó cuando me vio.

—Déjame, Rust —lo detuve y me lancé a la cama.

—¿Quieres que repita lo que me dijiste?

—No molestes.

—¿Ocurrió algo?

—No.

Oculté la cara entre los almohadones en cuanto lo escuché quejarse y caminar junto a mi cama.

—El otro día te sinceraste al hablar de tu padre y la luna, y ahora pretendes ser reservada.

Inspiré hondo, como si quisiera que el oxígeno me brindara un poco más de paciencia.

—Déjame en paz, no estoy de humor.

—Bien. Pero si quieres hablar... digamos que puedo ser tu luna por hoy.

Lo miré. Todo el miedo se transformó en impotencia. ¿Por qué las cosas siempre tenían que ser como y cuando él quería? Quedé de rodillas sobre la cama y le dirigí una mirada de desprecio.

—Eres terrible. Lo sabes, ¿verdad?

Un descarado.

—¿Qué?

—Me vienes con esas cuando tú ni siquiera me dices nada, siempre respondes con un «qué te importa» o prefieres ignorarme. Siempre tu tiempo y tu espacio. No, Rust. ¿Por qué puedes saber de mí, pero yo no de ti?

Soltó una carcajada seca y corta.

—Es muy estúpido que lo preguntes.

Me molesté mucho más.

—Lo es, ¿y sabes por qué? Porque sé todo de ti —solté, irritada.

—¿Cómo?

—Te conozco más de lo que me conozco a mí misma. Sé que te encanta la comida china, las películas asiáticas y beber cerveza por la noche. Imitas a Elvis Presley y crees que no hay nadie que lo haga tan bien como tú, pero en realidad te sale fatal. Tu color favorito es el azul y detestas el amarillo. Naciste el 23 de julio en el pasillo de un hospital. Tienes un lunar en la planta del pie derecho. Tu chaqueta de cuero pertenecía a tu padre y, aunque dices que lo odias y vives quejándote de él, lo admiras tanto que a veces miras sus películas. No quieres admitirlo, pero sientes rencor hacia tu hermanastra porque siempre le prestaron más atención y tu mal comportamiento es un intento por acaparar la atención que de niño nunca tuviste... Y, hay un montón de cosas más, tantas que podría seguir toda la noche.

Pensé que eso lo molestaría, que saldría corriendo y me llamaría bruja o, no sé, algo... En lugar de cumplir con mis terribles expectativas, se mostró tan admirado que el brillo de sus ojos azules le dio una apariencia encantadora.

128

—¿Cómo lo sabes? ¿Por qué sabes todo eso?

Me desinflé.

—Porque soy psíquica.

Ni siquiera lo creyó.

—Debería salir corriendo —admitió.

—Creo que me faltó mencionar que nunca huyes, a menos que sea un caso extremo, como lo del estacionamiento subterráneo.

—¿Eres un «caso extremo»?

Lo odié. ¿Porque no podía ser el Rust pesado de siempre?

—Déjame en paz.

Volví a acurrucarme en la cama.

—Te equivocaste en algo: soy un magnífico imitador del Rey del rock.

—Lo que tú digas, Presley.

En realidad, Rust tenía una gran confianza en sí mismo, por eso omitió mi comentario y mala actitud para empezar a cantar «Heartbreak Hotel» con la voz ronca y mal entonada. Una imitación horrible, aunque llena de gracia. No se detuvo hasta que me sacó una sonrisa.

—¿Ves?

Qué arrogante. El silencio volvió y aproveché el momento para preguntar:

—¿Vas a decirme por qué estás aquí?

La chispa que mantuvo en su imitación se transformó en una inocencia que me causó ternura. Luego, comprendí que era parte de su actuación y que él entendía a qué me refería. De todas formas, continué:

—Vamos, Rust, eres una persona testaruda e impulsiva, pero sé que siempre tienes algo en mente. No me dejaste a cargo de Berty y de Crush sin razón alguna. ¿Es una clase de prueba? ¿Me estás estudiando?

—Si me conoces, ya sabes la respuesta.

En efecto, la sabía. Rust estaba estudiándome. Quería saber si era de confianza. Si supiera que moría y vivía para él...

—¿Y qué has concluido? —quise saber.

—¿Quieres la verdad, Petisa? Nada. Eres una fastidiosa pelusa roja que me intriga cada día más.

Eché la cabeza hacia atrás y protesté.

—Qué amable y tierno —farfullé—. Supongo que el periodo de prueba ya ha terminado. Si quisiera hacerte daño, ya lo habría hecho. Estás vivo.

—Sí, ya ha terminado. Pero ahora estoy aquí por mis bestias.

En ese momento, quise probarlo yo a él.

—Sabes que te puedes llevar a los gatos cuando quieras, ¿verdad? Los he cuidado por ti, pero son tuyos.

—Perfecto, me los llevaré.

Permanecí inmóvil mientras él agarraba a los dos felinos. Cuando abrió la puerta, me bajé de la cama y corrí para quitarle a uno de los gatos.

—¡Solo bromeo! —chillé con el gato en mis brazos—. No te los lleves, me hacen sentir menos sola.

—Eso es demasiado depresivo.

Carraspeé.

—Me corregiré entonces: me hacen compañía cuando estoy sola.

—Sigues diciendo lo mismo.

Antes de defenderme, pasó lo que temía que pasara: volví a viajar. Esta vez a una de mis vacaciones de niña con los Reedus, dos años después de la muerte de papá.

De regreso, desperté en mi cama con los ojos de Rust fijos en mí. Estaba tan cerca que pude ver con detalle su cara y noté que bajo su ojo derecho quedaba el rastro de un moretón, sin duda resultado de sus trabajos clandestinos.

—¿Estás bien? —preguntó al notar que despertaba.

No pude responder. En el momento menos esperado, mamá llegó a mi habitación.

20

No pude creer mi mala suerte. ¿Es que nada iba a salir bien? La respuesta se presentó al costado de mi cama, al ver a mi querida madre en la puerta. Dentro de su pelirroja cabeza probablemente se formaba un inventario de hipótesis al descubrirnos en esa situación. Antes de que se acercara, un atisbo de incredulidad se plasmó en su rostro mientras miraba a Rust. Pero supongo que me vio demasiado descompuesta y se preocupó.

—¿Qué le pasó? —le preguntó al chico de ojos azules, situándose a un lado de la cama. A pesar de lo mal que me encontraba, noté que lo estudiaba, pero trató de disimularlo.

—Se desmayó —respondió él.

Mamá me acarició el rostro y colocó en su lugar unos mechones rebeldes de mi frente.

—Onne... —dijo—. ¿Estás bien?

Me senté con ayuda de ambos.

—Sí —respondí—, un poco mareada.

—Vuelve a recostarte entonces —propuso Rust. Lo miré y él captó al instante que no pensaba hacerlo, lo cual aumentó la tensión del ambiente—. Luego no me llames testarudo a mí.

Quise sonreír por su jocoso comentario, porque él no tenía ni idea de todo lo que implicaba el encuentro entre él y mi madre, pero su humor estaba ahí y no lo pasé por alto. Definitivamente, él era el más testarudo de los dos.

Había llegado la hora de las presentaciones.

—Mamá —dije con la garganta rasposa; estaba muy incómoda—, él es Rust, estamos haciendo un trabajo.

El inigualable ego de Rust intervino:

—Llámame Siniester.

Sí, ni siquiera con mamá dejaba de lado su terrible apodo. Mamá ignoró su puntualización de forma flamante, ella estaba interesada en otra cosa.

—¿Y tu apellido? —La pregunta estaba de más, pero mamá siempre necesitaba confirmar las cosas.

—Solo Siniester —respondió Rust y se ajustó la chaqueta de cuero. Un pésimo gesto que atrajo la atención de mamá. Tuve que intervenir.

—Ignóralo, solo es un apodo.

—Uno muy especial —agregó mamá, pensativa.

Ambos se quedaron mirando, pero no a los ojos; se estudiaban en silencio y yo estaba en medio. Quería retroceder el tiempo para que el encuentro nunca pasara. Fue en ese fugaz instante cuando mis neuronas hicieron sinapsis y dieron a luz una idea que me heló el cuerpo. Recordé que Rust había mencionado que su padre tenía una foto de mamá en su billetera. Si el chico tenía las agallas para tutear a mamá y ser un atrevido por naturaleza, podría preguntarle qué relación había entre su padre y ella, lo cual produciría una situación mucho más incómoda...

Tuve que adelantarme a los hechos.

—Rust, hagamos el trabajo otro día —propuse y rogué que él captara mi intención.

Antes de que se quejara, me levanté de un salto de la cama y lo arrastré escaleras abajo. Vaya, ¿el muchachito quería quedarse ahí y echar raíces o algo? En la puerta principal de la casa, lo saqué de un empujón, pero antes de cerrar, él colocó el pie entre la puerta y el umbral.

—¿Por qué me echas? Quería preguntarle a tu madre por qué mi viejo tiene una fot...

—Pues pregúntaselo a tu padre —lo interrumpí.

—No me hablo con él —dijo con un desaliento amargo, y bajé las defensas.

Lo miré como a un cachorro abandonado, aunque sabía bien que ese tipo de miradas no le gustan. No pude evitarlo.

—Deberías dejar de lado tu rencor y hacerlo, él te quiere y tú lo quieres, aunque te cueste reconocerlo —aconsejé en un tono menos cortante—. Y algo me dice que lo extrañas. —Vi que se ponía a la defensiva—. Qué mejor que pulir asperezas que hablando sobre... la foto que guarda en su billetera.

Era un consejo nefasto. Juntarme con Aldi no me hacía la mejor consejera, aunque ella se mostrara como una experta en eso.

—No puedo meterme en su casa cuando me persiguen esas putas bandas. Déjame preguntar y...

—Eran amigos en la universidad —lo frené cuando intentaba volver a entrar. Cuando oí que mamá bajaba, me puse aún más nerviosa, así que salí. Rust ni siquiera dio un paso hacia atrás, solo permaneció quieto mientras yo me revolvía entera por dentro a causa de la cercanía—. Buenos amigos —agregué—. ¿Ya estás contento?

—Tan amigos que él conserva su foto.

—Yo también lo haría. Cuando te encuentras con personas especiales que marcan tu vida, es imposible olvidarlas, ¿y qué mejor que con una foto? ¡Lindo! —A juzgar por su expresión, lo estaba convenciendo—. Ahora, ¿puedes marcharte y no volver en mucho tiempo?

—Me vas a tener aquí muy pronto, Petisa.

Lo decía en serio, al puro estilo de Siniester.

—Vas a meterme en un problema. No sé si te habrás dado cuenta, pero mamá me acaba de pillar contigo en mi cuarto —recriminé—. EN. MI. CUARTO.

—Sí —admitió—, y estábamos con ropa.

Un inoportuno recuerdo atornilló mi cabeza y se encajó dentro de mi cerebro. No podría decirte en qué parte exactamente, quien sabe de esos temas es María.

—Y muy cerca —añadí mientras apoyaba las manos sobre su pecho para empujarlo hacia atrás.

—Creo que estás exagerando las cosas.

—Tú estás exagerando, yo soy razonable, Rust. Ponte en mi lugar. Si estás preocupado por Berty y por Crush, te enviaré fotos.

Alzó las cejas al tiempo que una sonrisa llena de dobles intenciones asomaba en su rostro.

—¿Es una artimaña para obtener mi número?

—No necesito ninguna artimaña para conseguir algo tuyo —argumenté con un deje de arrogancia que él rebatió con más arrogancia.

Se inclinó y me apuntó con un dedo al pecho.

—Error, Petisa, necesitas mucho para obtener algo mío —contestó.

Amplió su sonrisa cuando yo adopté una postura seria.

Él tenía razón, podría conseguir cualquier cosa suya, excepto sus sentimientos. De seguro, en el continente Rust, nuestro encuentro en la cama había significado una aventura. No, una infidelidad que lo había calentado en el momento. Pero al otro lado del mundo, en el hemisferio llamado Yionne, ese encuentro significaba mucho y, aunque el trato era fingir que nunca había pasado, se vio en su tempestuoso clima un halo de sol que acababa de ocultarse entre las nubes.

—Idiota —le dije entre dientes y me metí en casa.

Al entrar, encontré a mamá sentada en el sofá con los brazos y las piernas cruzadas y una expresión severa en su rostro. No sé si estaba molesta o decepcionada. Creo que la balanza se mantenía equilibrada.

—¿Y? —preguntó—. ¿Qué hacía en tu cuarto?

Ni siquiera los juguetones gatitos que mordían sus zapatos le hicieron cambiar de semblante.

—Estábamos estudiando.

—Qué raro, no vi ningún cuaderno. —Cierto. Dios... estaba perdida.

—Es que le estaba enseñando los gatos —dije tratando de no atragantarme con mi propia mentira.

—Onne, yo también tuve tu edad... y créeme que mentía mucho mejor.

No te fíes por el «Onne», no lo dijo de forma comprensiva. Al verme acorralada, involuntariamente me coloqué a la defensiva.

—¿Cuál es el problema? —solté—. No hacíamos nada malo.

En silencio, mamá ladeó la cabeza y me observó como si tuviese tres años. Desligó sus extremidades y se levantó del sofá. No avanzó, se quedó quieta y guardó distancia.

—Parece el tipo de chico que se mete en problemas.

Y, en efecto, tenía razón. Rust no es la octava maravilla del mundo, su aspecto a todas luces muestra a un chico problemático que no tendrá un futuro bueno, pero eso no significa que fuera mala persona. Dentro de todas esas capas, se oculta una persona con ganas de vivir y de amar a quienes le importan.

—Mamá, estás exagerando. ¿Por qué dices que no es para mí? ¿Lo conoces? No, lo dudo. No sabes nada de él.

Mamá avanzó y yo traté de evitarla. Conocía sus gestos y actitudes, la observé actuar durante mucho tiempo, sabía que su cambio era para convencerme.

—Chaqueta de cuero, ojo amoratado, cabello desordenado...

—Otro paso—. Yo sé qué clase de chico es: de los que juegan con las chicas y se meten en problemas.

—Hablas basándote solo en prejuicios. No, ¡en estereotipos!

Alcé la voz, pero poco importó. Ella también lo hizo.

—¿Es un chico que se mete en problemas o no? ¿Viste su aspecto acaso? El rostro cansado, sus manos maltratadas, el rastro de un moretón... ¡No seas tonta, Onne!

Mi cuerpo se convirtió en un globo que creció y creció hasta que estalló. Apreté con fuerza las manos y los ojos se me llenaron de lágrimas. No estaba triste, estaba molesta y mamá lo notó.

—Tú no quieres que salga con él porque es el hijo de Jax Wilson. ¡Dilo de una vez!

Y como todo globo que estalla, el sonido sacudió sus oídos y su cabeza. El impacto de mis palabras la desconcertó y la llenó de una especie de temor. Lo vi en sus ojos cuando alcé la cabeza y la miré entre lágrimas.

—¿Qué tiene que ver una cosa con la otra? —preguntó.

—Bastante, diría yo. Tienes miedo de que él haga lo mismo que su padre hizo contigo. Lo sé, mamá, yo sé lo que pasó cuando ibas a la universidad, siempre supe quién era el sujeto cuando lo vimos en el colegio. Jax Wilson, el hombre que te dejó para cuidar a su supuesta hija.

«¿Quién te dijo eso?» sería una pregunta digna de mamá, porque nunca se queda callada. Sin embargo, no lo hizo. Creo que su silencio fue lo que más me dolió.

Tras mi arrepentimiento vino la marea nefasta de pensamientos sobre cómo podía disculparme, que se fue alargando durante minutos, horas, y así acabó el día. El sábado por la tarde no me disculpé, mamá salió por la mañana y no apareció durante el resto del día. Estaba sola en casa, replanteándome una vez más la posibilidad de retroceder el día para empezar de nuevo aquel viernes. Entonces, ocurrió otra vez: viajé.

Y no fue como las otras veces. No fui a un momento aleatorio, viajé a la línea de tiempo de mi quinto viaje, días antes de que Rust muriera. Recordé que ese día quise viajar porque Rust y Claus se enfrentaron a golpes y las amenazas por parte de Gilbertson se dispararon, literal, contra mí. No me quedó otra que recurrir a mi celular y arreglar las cosas, impedir la pelea entre ambos chicos.

Gracias a este viaje, cuando regresé a la sexta línea, me di cuenta de que mis inesperados viajes coincidían con fechas de viajes anteriores.

Piensa en esto de la línea de tiempo como un árbol:

INTENTO DE ÁRBOL

EL TRONCO DE ESTE ÁRBOL ES SU LÍNEA ORIGINAL

Y SU PRIMERA RAMA ES COMO DICHA LÍNEA DEBÍA SEGUIR

PERO AL VIAJAR EN EL TIEMPO SE CREARON CINCO LÍNEAS MÁS.

EL INICIO OCURRE CUANDO REGRESÉ A LOS ÁNGELES

COMO EN
CADA VIAJE RETROCEDÍ
POR DIVERSAS RAZONES,
SE CREARON RAMIFICACIONES
EN BASE A MIS
DECISIONES.

QUE AL CHOCAR
CON OTRAS RAMIFICACIONES
ME HACÍAN VIAJAR SIN
DESEARLO.

Es decir, tantos viajes tienen su consecuencia.
Que esto te sirva de advertencia, Sherlyn.

21

El domingo 20 de septiembre pasó tan silencioso como el sábado, lo que hizo que nuestra convivencia fuera terriblemente incómoda. Extrañé los comentarios de mamá sobre la comida o la televisión, y compartir con ella algunos momentos divertidos de los gatos, incluso que me reprendiera por no limpiar su arena o porque estos mordieran los cordones de sus zapatillas deportivas.

Me invadió el impulso de retroceder para iniciar el viernes, pero descarté la idea al tener en cuenta lo complicadas que ya estaban las cosas.

Si mi teoría sobre las ramificaciones era cierta, debía viajar lo menos posible para no perjudicar futuros viajes.

Dejé de lado las pretensiones para recordar mi primer viaje. Junto con los recuerdos y la aparición repentina de mis nuevas habilidades, me pregunté si, al tener en cuenta que tú eres yo, habría sido igual para ti. ¿Cómo descubriste que puedes retroceder en el tiempo? ¿También tienes restricciones al viajar? Y en cuanto la invasión de preguntas arrasó mi mente como un tornado, mi celular vibró.

Tú: No lo descubrí.

Trasladé mis preguntas al celular. Le di a enviar y me mordí las uñas hasta el dolor, a la espera de tu respuesta.

Tú: A varias semanas del 14 de febrero de tu próximo año, recibí mensajes de un número desconocido que me llamó por mi nombre, Sherlyn. Al amenazar con bloquearlo me envió un mensaje más extraño. «Yo soy tú», eso decía. Al comienzo creí que se trataba de una broma absurda de los chicos que están

interesados en mí y que siempre andan pendientes de lo que hago, como Fredd o Larry, pero mencionaste cosas que jamás pretendí contarle ni a la más cercana de mis amigas. Dijiste que vivo con mi madre en Hazentown y sabías lo de mi amor imposible. También mencionaste detalles más concretos: como que tenía cuatro amigas, que estudiaba en Jackson, la mala relación con mi madre después de cierto suceso al que te referiste como «eso», mi popularidad en el colegio y que ambas echamos de menos a nuestros padres.

No pude creerlo, por fin estabas hablando más de lo habitual.

Tú: Ante esto, me ganó la curiosidad y continúe escribiéndote. Me dijiste que necesitabas reunirte conmigo el 14 de febrero en el parque Freig Russell a las 10.00, en el banco que tiene un corazón con las iniciales M + C talladas.

Anhelé tener la oportunidad de averiguar más, hacerte preguntas hasta el desgaste. Había comenzado a fascinarme y, por absurdo que te parezca, tenerte como una aliada que conocía mi situación me hizo sentir menos sola.

Tú: Pero no llegaste. Y esperé y esperé... Esperé a que aparecieras y me explicaras sobre los mensajes, pero no te presentaste. No llegarás.

Me quedé quieta tras leer el mensaje.

Yo: ¿Cómo que no llegaré?

Tú: No lo harás. Me tendrás esperando durante minutos, pero no vendrás. Lo único que me hizo saber que tus mensajes eran reales fue una libreta roja en la que me pides que te busque.

Una libreta roja, es decir, esta en la que te estoy escribiendo. Diría que es maravilloso llegar a la parte donde la idea de dejar una huella en este mundo se siente real, pero jamás mencionaste los motivos por los que empecé a escribir la libreta. Y cuando te pregunté qué pasaría conmigo, no obtuve ninguna respuesta. Sin embargo, esto tiene su sentido y su propósito: dejaré de existir para que las cosas tomen su curso natural, pero ten presente que esto tendrá una consecuencia, y tú dijiste las palabras mágicas que la desatarán.

«Yo soy tú» es una frase errónea, lo correcto es decir «yo soy como tú». Que tengas la misma maldición que yo y pasemos por cosas similares no quiere decir que seamos la misma persona. Pero supongo que me dijiste eso en tu mensaje para que te escribiera a tu celular antes del 14 de febrero, de modo que esta libreta y este poder llegaran a ti.

Una paradoja.

Tras tus mensajes y mi decepción por no tener una respuesta, más allá de la información que me brindaste, recibí un nuevo mensaje de las chicas para salir al cine. Como no tenía nada más que hacer, acepté la invitación. No tuve que pedir permiso a mamá, pero, de todas formas, cuando me miraba al espejo, decidí decirle que saldría.

—Iré al cine con mis amigas —informé.

Mamá movió la cabeza como respuesta, sin decir nada. Sentí miedo de acercarme para darle un beso de despedida porque creí que lo rechazaría, así que preferí marcharme sin hacerlo.

Con las chicas gastamos dinero y dos horas y media de nuestro tiempo en ver una película malísima. Las comedias no sirven para estrenarse en el cine y su humor va en una decadencia perturbadora. Para colmo de males, nuestro cubo de palomitas se agotó a la media hora y, en una discusión por decidir quiénes irían a comprar más, las personas que estaban a nuestro alrededor empezaron a llamarnos la atención y pidieron que nos calláramos.

Salir del cine parecía la entrada al mismo paraíso.

Como continuábamos con hambre, decidimos comer en una cafetería. La sorpresa que nos llevamos al entrar fue unánime. Brendon trabajaba allí. En el instante en que nuestros traseros se sentaron en la silla, la avalancha de preguntas se aglomeró en la mesa apartada en la que estábamos.

Brendon llegó a atendernos sin percatarse de que éramos de Sandberg hasta que sus ojos se encontraron con los de Aldana. Diría que su campechano semblante se desmoronó de forma trágica en ese instante y las palabras se le atoraron en la garganta. Por otro lado, Aldana estaba calmada, aunque en sus mejillas se expandía un evidente rojo.

Tuve que cubrirme la boca para que no notaran que sonreía con una extraña mezcla de maldad y ternura.

—No tenía ni idea de que el amigo de Siniester trabaja aquí —murmuró Rowin después de que Brendon anotara nuestro pedido.

—¿Por qué trabaja? —quiso saber su prima—. Es tan raro verlo vestido así...

—Es solo un uniforme —intervino María—, y creo que es becado. O algo así le oí decir a Tracy, ella solía hablar mucho de él. Creo que le gustaba.

—¿Que te guste el amigo de tu hermano no suena algo cliché? He leído muchas historias así y no me gustan nadita. —Sindy se acomodó su pomposa cabellera con la espalda bien recta tras negar con la cabeza—, sobre todo porque Brendon parece un buen chico y ella es una víbora.

—Te recuerdo que Brendon no es ningún santo. Si es amigo de Siniester, puede andar por mal camino —se unió Aldana—. Por el mismo camino turbio que él.

Cuando soltó ese comentario, me entraron todos los males porque 1) hablar mal del chico que le gusta no tiene sentido a menos que lo hiciera para ocultar algo o porque los celos la invadieron; 2) en el preciso momento en que lo dijo, Brendon se había situado tras ella con la bandeja de los postres que pedimos.

—Ah... —soltó el chico, con aire inexpresivo—. Ah... —siguió, en un intento de decir algo—. Aquí tienen algunos de... de sus postres, pronto traeré lo demás.

Aldana quiso ocultar la cabeza entre los hombros.

Mientras las chicas seguían comentando la aparición de Brendon —ahora con la metedura de pata de Aldana—, noté que, en el camino de vuelta al interior de la cafetería, Shanelle lo interceptó. La novia de Rust parecía algo contrariada, lo que resultaba muy extraño, ya que la mayor parte del tiempo su semblante era tranquilo. Le comentó algo a

Brendon y él asintió. No tardó en salir de la cafetería, vestido con su ropa de calle y acompañó a la rubia. Otro empleado nos sirvió el resto de nuestra comida.

Estuvimos unos veinte minutos mientras comíamos, luego pagamos la cuenta por separado y salimos.

Doble sorpresa al salir: Siniester estaba montado sobre su moto, con la chaqueta de cuero puesta y su cabello rubio más alborotado de lo normal. Con las chicas actuamos como si hiciéramos una caminata hacia un funeral para no tener ningún problema. Habría salido todo de maravilla de no ser por mi cabello.

Siniester silbó tan fuerte que nos detuvimos por inercia.

—Tú —llamó—, la roja.

Roja no soy, solo del pelo, entonces ¿por qué me llamaba así? Claro, porque para Siniester el tacto era algo tan extraño como molesto. Se suponía que entre él y yo no había nada más que una tonta negociación por un muffin.

—Tu madre fue a casa —dijo—. Que no lo haga más.

—¿Cómo lo sabes? —pregunté.

—Eso no te incumbe.

Antes de que se diera la vuelta, lo detuve. No sé qué clase de mirada le dirigí como para que la máscara del sujeto pedante y testarudo se rindiera.

—Dímelo —exigí.

—No puedo —murmuró, y sus ojos se desviaron hacia su novia, que nos miraba con curiosidad—. Solo puedo decirte que a partir de ahora no pasaré más por tu casa. Se acabaron las visitas. Ya no existirás para mí.

Un disparo hubiese dolido menos, apuesto a que sí.

Bajé la cabeza por un momento y contuve cada maldita palabra hiriente que necesité decirle. Me limité a callar porque así creí que las cosas debían darse; además, evitaría más problemas. Solo respondí como lo hizo mamá conmigo, con un simple movimiento que escondía las verdaderas intenciones.

Una nueva y monstruosa invasión de preguntas por parte de las chicas tuvo lugar y fueron respondidas con un simple «Su padre y mi madre fueron amigos en la universidad y las cosas no terminaron bien» que las dejó satisfechas a todas, excepto a la perspicaz Aldana, que prefirió ahorrarse el interrogatorio.

El lunes en la clase de Lenguaje recibimos las notas por el trabajo en pareja. Evité a toda costa a Claus, que orgulloso de su perfecta calificación, hablaba con sus amigos como si aquella nota hubiera sido un hito tan grande como para tallarlo en la misma fuente de Sandberg. A mi lado, María se retorcía de decepción porque no obtuvo una buena nota. Unos asientos más atrás, la situación era similar con Tracy, que al recibir la hoja con la calificación, no se compadeció al arrugarla y lanzarla contra María. Ella no mostró la menor intención de girarse, pero yo sí; me agaché, recogí la bola de papel y se la tiré de vuelta. Por suerte, el profesor Wahl no lo notó, porque seguía repartiendo los trabajos.

—Cómo desearía que Tracy dejara de hacer ese tipo de cosas —le comenté a María.

—Yo también, pero es así desde... uf, bastante tiempo, no creo que cambie ahora. Dicen que las personas no cambian.

—No sé, yo pienso que sí pueden cambiar, pero solo si están predispuestas a hacerlo. Tracy está acostumbrada a ser lo que en las películas y los libros denominan «la villana». Tal vez quiere hacerlo y su orgullo se lo impide.

—Orgullo es algo que ella tiene de sobra —dijo y sacó la lengua como si quisiera vomitar—. ¿Qué hace que una persona cambie?

—¿Qué hace que un villano se vuelva el villano? —cuestioné en respuesta—. No todos nacemos malos, es lo que yo creo. —A continuación, sin percatarme, agarré mi lápiz y empecé a trazar dibujos—. Creo que hay dos caminos, uno bueno y uno malo, y dependiendo de nuestras vivencias, decidimos aventurarnos por uno o por otro.

María sacó un lápiz de su estuche y trazó caminos entre los principales.

—Pero una persona no puede definirse como buena o mala, sus acciones sí —dijo con firmeza—. Entonces, puede que en el camino se desvíe al otro, o que del otro se cambie al primero.

—Eso tiene más sentido —admití.

El timbre sonó y salimos del aula tan pronto como pudimos. Mi estómago gruñía de solo pensar que Aldana me tendría guardado uno de sus ricos muffins, por lo que apuré a María. No obstante, mi estómago quedó en rotundo silencio al ver que Rust y Shanelle se besaban. Fue como chocar contra una pared.

Decidí desviar la mirada y me encontré con Claus y otra de sus irónicas sonrisas.

Después del recreo, me dirigí a la clase de Arte sin las chicas cuando me topé en el pasillo con Gilbertson otra vez. También estaba solo, sin su séquito que le alabara hasta lo que defecaba, y con esa extraña libreta de nuevo. Intenté evitarlo, pasar de su existencia: cosa imposible. Alguien como Claus sabía llamar la atención, y por supuesto que él necesitaba tener la mía.

—Ya sé qué sucede —dijo paseando junto a mí, como una serpiente que se enrolla a su presa—. Eres la chica B de Wilson.

—No —negué al instante, tentada de golpearlo por su provocación. Continué hacia el aula y me siguió—. Métete en tus asuntos, Gilbertson.

—Tranquila, cariño, no le contaré a nadie lo que ocurre entre ese revoltoso y tú —continúo—. Ni tampoco tu otro secreto.

Me detuve.

—¿De qué estás hablando? —pregunté mientras palidecía.

Claus se acercó tanto que retrocedí y estuve a punto de caerme. Me sostuvo con su mano libre, lo que le permitió acercarse todavía más. Entonces, mientras respiraba muy cerca de mí, susurró un desagradable «de nada».

En la clase de Arte, la profesora Camus nos pidió hacer un dibujo y pintarlo al óleo. Pese a llevar dibujando lo mismo en los viajes anteriores, seguía sin perfeccionar mi rudimentaria técnica. Al mirar a los demás, sentí envidia de sus habilidades artísticas y decidí mandarlo todo al carajo e invertir el tiempo en mi celular. Pero cuando me metí la mano en el bolsillo, no lo encontré.

Mi teléfono no estaba por ningún lado.

Después de un angustiante momento de desconcierto, solo se me ocurrió un posible ladrón: Claus.

22

Claus y yo no teníamos el mismo horario lectivo, así que tuve que ir a buscarlo. El «señor Gilbertson, una señorita lo busca» de su profesor despertó la faceta más arrogante del sucesor de Monarquía. Su pomposo paso acabó frente a mí y acto seguido cerró la puerta a su espalda.

—¿Dónde está? —Mi ímpetu no lo impresionó, todo lo contrario, parecía gustarle que lo agarrara de la corbata mientras acariciaba las ganas de ahorcarlo con ella.

—Justo frente a ti —respondió.

¡Qué impertinente! Con su grandilocuencia echaría plumas por la boca, era como un pavo... pavoneándose. Eso me molestó aún más y le tiré de la corbata otra vez, con mucha más fuerza.

—Tú no, mi celular. ¿Dónde lo tienes?

—Tranquila —pronunció en un tono suave y buscó la forma más sutil de soltarse—. Cariño, yo no tengo tu celular.

—Estás mintiendo.

—No lo tengo, pero puedo ayudarte a buscarlo.

—Vuelve a clase —farfullé y me dispuse a marcharme.

—Ya que me has hecho salir, déjame ayudarte.

Me sostuvo del hombro. Era extraño, Claus parecía muy tranquilo, nada que ver con el chico con serios problemas de ego. Estaba calmado, como si fuera otro. De todos modos, ¿había oído bien? ¿Quería ayudarme? Mis sospechas aumentaron mientras lo miraba con recelo.

—¿Por qué estás siendo condescendiente? —pregunté, incapaz de detectar su doble intención.

—Solo soy buena persona.

Claro, buena persona. No me carcajeé porque el estrés me lo impidió.

—Puedo buscarlo sola, gracias.

Y el momento en que emprendía mi camino, Claus llegó a mi lado.

—Es una lástima que hayas perdido tu celular, ¿de verdad no deseas ayuda?

Su insistencia despertó una nueva duda.

—¿Cómo sé que no lo tienes tú? —increpé. Al oírlo, se detuvo y me miró con asombro. Mi mano agarraba su fornido brazo y, al percatarme de ello, lo solté.

—Me puedes revisar. ¿Por qué querría mentirte? No, ¿para qué te quitaría tu celular?

—Para...

Me contuve antes de echarle en cara mi suposición, por muy alocada que fuera, de que él conocía mi maldición. Mi tensión disminuyó y dio por resultado un decaimiento de hombros que acabó en un suspiro resignado.

—No sé qué clase de Claus Gilbertson te habrán descrito —empezó a decir él—, pero el Claus que tienes frente a ti está siendo sincero. Si me dices por qué es tan importante ese celular, yo... yo podría hacer algo para que lo encuentres. ¿Tan importante es para ti un simple celular o es que tenías cosas interesantes que ocultar allí?

La expresión del nuevo y extraño Claus era la de un chico que se percataba de la insípida atracción de una chica hacia un chico con novia.

No dije nada, salí corriendo hacia el baño del primer piso, el mismo sitio donde solía encerrarme. Allí me quedé echa un ovillo el resto de la hora hasta que sonó el timbre.

Mi celular no aparecía, lo que significaba que tendría que arreglármelas con otra cosa en caso de que quisiera volver en el tiempo. La paranoia me envolvía en un manto que empezó por la noche.

Soñé que caía en un camino de tierra infinita, al costado solo podía ver un prado de girasoles que partían por la mitad un cielo anaranjado. No corría el viento, no existía el sonido, no había nadie más. Entendía que debía elegir un lado del prado, el izquierdo o el derecho, pero no sabía qué me aguardaba después de la decisión. Tenía tanto miedo... Empecé a correr por el camino hasta que una figura blanca se interpuso.

Vi velos que caían del cielo que la cubrían y oí un susurro que me pedía elegir o alguien más lo haría por mí.

Desperté y lancé un grito ahogado.

Hice mi rutina normal todavía sin hablar con mamá. Nos ignoramos, pasamos de nuestra existencia como si eso aligerara el ambiente. Besé a Berty y a Crush en la cabeza y salí de casa. Afuera no me esperaba ningún bus escolar para llevarme a Sandberg, sino una moto con un airado conductor.

—¿Por qué lo hiciste?

Al salir, me interceptó Rust. No llevaba su uniforme, sino la chaqueta de cuero negra.

¿Sabes qué significa eso? Problemas, por supuesto.

—Dime —ordenó.

—¿De qué estás hablando?

—No te hagas la desentendida —escupió con furia y sus ojos buscaron en mi cara algún punto que no le resultara repulsivo—. Sé que le mostraste una foto mía a Shanelle, una donde salgo durmiendo en tu cama.

—No fui yo —alegué y moví los hombros para soltarme—, perdí mi celular ayer.

—Qué conveniente, pierdes tu celular y a Shanelle le llega una foto mía que tú tomaste.

—Te digo que yo no la envié.

En ese punto, todavía no me sacaba de mis casillas. Pero entonces recordé que el domingo había dicho con total seguridad que no existía para él y me enojé.

—Y no me eches la bronca por lo de la foto, eres tú el que entra en mi cuarto —añadí—. Si tu novia no lo sabía, no es mi problema. Ponte los pantalones y afróntalo con ella.

Puse punto final a la discusión y continué caminando hacia donde me esperaba el autobús. Darle la espalda lo enojó y me detuvo del brazo.

—No me dejes hablando solo —recriminó.

Su impulsividad atrajo la atención de mamá, que salió de casa y lo empujó lejos de mí.

—Aléjate de mi hija —le ordenó con una expresión tan enojada como jamás le había visto—. Si le pones un dedo encima...

—Mamá —la llamé y le sostuve el brazo.

—Si le pones un dedo encima, moveré cielo, mar y tierra para que te metan en un correccional —concluyó ella para luego dirigirse a mí—: Y tú, ¿por qué permites que te trate así?

—Tengo mis motivos, señora —se defendió Rust ahora en tono cínico—. Lo que no entiendo es por qué tú tienes motivos para ir a la casa de mi viejo.

Las defensas de mamá cayeron de forma lenta y, en el momento en que sus ojos se cruzaron con los míos, pude leer que sus motivos eran lo suficientemente malos como para sentir dolor. Bajé la cabeza, apenada, pues Rust ya me tenía informada de eso.

—Los asuntos que tenga con tu padre no tiene que saberlos un muchacho arrogante y problemático —arguyó mamá—. Son nuestros.

—¡Qué mierda! Claro que son míos... —Sus ojos abandonaron a mamá y aterrizaron en mí. Me enderecé detrás de ella y tragué saliva en espera de que me dijera algo realmente malo—. Mamá nos abandonó —me dijo y marcó con ira cada palabra—. Nos abandonó a mi viejo y a mí cuando ni siquiera había aprendido a no cagarme encima o a hablar, ¿y sabes por qué? ¿Quieres saber por qué mi madre nos abandonó? —Entonces señaló con su dedo a mi madre—. Porque nunca pudo deshacerse de ella.

Mi volcán interno entró en erupción una vez más.

—¡Rust! —Di un paso adelante—. No le hables así, ¡es mi madre! El que tú no respetes a tu padre no te da...

—Sí, tu madre, la que se acostaba con mi viejo mientras tu querido padre te arrullaba y le babeabas el hombro. Anda —insistió y volvió a clavar sus ojos inyectados en rabia en mi madre—. Pregúntale... Que te diga si miento.

Me volví llena de miedo hacia mamá y con voz temblorosa hablé:

—¿Engañabas a papá?

Hubo una pausa larga en que la tensión se mantuvo. Mamá soltó un largo suspiro hacia el suelo y negó con la cabeza, entonces volvió a mirarme.

—¿En serio lo preguntas?

Comprendí que estaba dolida porque dudaba de ella. Dentro de mi incredulidad, había dado por buena la versión de un supuesto desconocido. Pero mantuve mis dudas, pese a la desgarradora mirada que ella me dirigió.

—Respóndeme —insistí.

—Yo no engañé a tu padre, Onne.

No sé en qué momento dejé de respirar. Me percaté de que contenía toda la angustia dentro y la expulsé con un largo suspiro.

—Por favor... —dijo Rust con incredulidad, lo que me hizo dudar otra vez. Parecía demasiado convencido como para que solo fuera una absurda teoría.

—No lo hice —negó mi madre, firme.

Gracias a su formación teatral, sabía interpretar perfectamente el lenguaje corporal de los demás y, ver que Rust se cruzaba de brazos, concluyó que con él no podría llegar a nada. Los ojos cansados y tristes de mamá se posaron una vez más sobre mí.

—¿Qué clase de persona crees que soy? —me preguntó con la voz ahogada.

Rust soltó un gruñido.

—Estás mintiendo —pronunció con pesadez y se dirigió a su moto para marcharse—. Y lo sabes.

Quedé plantada en la acera, sin saber qué hacer. Las sospechas y las dudas que se habían sembrado en mí crecían como enredaderas por mi cuerpo, me paralizaban mientras el bus se acercaba.

—Onne, no es necesario que vayas al colegio hoy —dijo mamá.

Lo sabía, no era oportuno ir; pero necesitaba estar sola, lejos de casa. Quería distraerme para no afrontar nada. Hice parar el bus y tuve la suerte de que, aunque no estaba en la parada, se detuviera.

Dentro me senté en el primer asiento vacío que hallé y saqué los auriculares dispuesta a huir del mundo por unos minutos. Pero fue imposible despejar mi cabeza de la realidad; todo lo que veía en ese oscuro abismo era la expresión de mi madre.

Pronto, el interior del bus fue un caos mayor que el de mis pensamientos.

—¡Es Siniester! —exclamó un chico, entre el asombro y el miedo.

—¿Qué está haciendo? —preguntó otro.

Abrí los ojos cuando me sacudió un frenazo imprevisto. Los chicos seguían nombrando a Siniester y se aglomeraron en la ventana para mirar qué ocurría. Lo vi bajar de su moto, caminar con tranquilidad hacia la puerta y golpearla para que el conductor la abriera. No tuvo que insistir demasiado. En unos segundos, el mismísimo Siniester caminó por el pasillo hacia mi encuentro.

—Hablemos, niña.

Tragué saliva, perpleja. Ningún estudiante hizo ademán de querer levantarse, ni siquiera el chófer le llamó la atención, pese a ser la única persona con un mínimo de autoridad.

Para Rust, el acantilado al final de la playa era el espacio que lo mantenía lejos de su vida. En una de sus escapadas, lo encontró y pudo dar con el sitio donde el mar se ve con magnificencia y las puestas de sol son un deleite. El sitio goza de rocas gigantes que pocos se atreven a subir, pero de hacerlo, te conviertes en alguien afortunado porque la vista no se compara con nada.

Subir costó menos de lo que creí, si omitía los desaires de una falda rebelde y unos zapatos resbaladizos.

Arriba, Rust y yo permanecimos en silencio por un momento y contemplamos el movimiento del mar. Flexioné mis piernas sobre la enorme roca donde nos sentamos y con angustia hablé primero:

—No quiero decepcionarme de ella. Prefiero la mentira antes que la verdad. Prefiero «su» mentira.

—¿Y vivir engañada? —preguntó—. Quítate el velo y abre los ojos, niña.

—Prefiero la mentira, ya te lo dije. Hay verdades que duelen demasiado. Si lo que dices es cierto, si de verdad engañaba a papá..., entonces quiero vivir en la mentira.

La duda ya no embargaba mi pecho, sino el dolor y la razón. En el fondo entendía que si existía un engaño había de ser por mi causa. Las cosas debían seguir un rumbo que yo había interrumpido al forzar que se quedara con papá. Ya te dije antes que el amor es la fuerza que perdura en el tiempo; yo solo la podía haber aplazado. ¿Cómo iba a culpar a mamá de lo que había hecho? No me parecía justo, todo era mi responsabilidad.

—Será triste que yo te lo diga, pero después de lo que pasó, no volverás a tener la misma relación con tu madre. La estrecha comunicación que probablemente tenían se irá rompiendo lentamente, lo que antes eran conversaciones se volverán simples palabras y luego... nada.

—Eso es lo que te pasó a ti con tu padre. La relación con mi madre es diferente.

—Sigue viviendo engañada. —Quitó su mano de mi espalda. No me percaté en qué momento la había colocado ahí. Al parecer, él tampoco se había dado cuenta, porque cuando miré con asombro su gesto, Rust se cruzó de brazos y carraspeó—. Después me darás la razón.

De solo pensar que su comentario tenía un grado de realidad, mi estómago se revolvió. Las cosas con mi mamá ya estaban lo suficientemente mal como para empeorarse, pero el chico que había suscitado la primera discusión llegó para joderla más. El colmo era que esa misma persona aseguraba que mi relación con mi madre no se arreglaría.

Bajé de la roca sin su ayuda y le planté cara desde abajo, señalándolo con el dedo.

—¿Te das cuenta de que esto es tu culpa? Llegaste gritando, derrochando autoritarismo y me culpaste de algo que no cometí. ¡Demonios! Y jamás debiste culpar a mamá de algo tan absurdo, ella no es la clase de persona que engaña a otras. Ella es amable, fiel, piensa en los sentimientos de los demás.

La existencia de Rust pasó a segundo plano y su lugar lo ocupó un sonriente Siniester que apoyaba sus brazos en las piernas y se encorvaba hacia abajo para dirigirme una mirada llena de malicia. Era el tipo de expresión que enseñaba a sus víctimas, a los pobres borregos que se endeudaban con las personas menos indicadas y a quienes Siniester tenía que enseñar una lección.

—Me pregunto si esa descripción realmente se ajusta a ella —siseó—. No seas tan ciega, niña, puedo recordar perfectamente todas las discusiones a causa de tu pelirroja madre. —Su tono despectivo era casi vomitivo, tanto que le quise tirar una piedra—. Mi viejo salía de casa arreglado, perfumado hasta los pies... Todavía puedo oler la estela de perfume que dejaba cuando la puerta se cerraba. Llegaba en la noche, con olor a alcohol, desarreglado, y mamá siempre lo esperaba en el sofá, con los brazos cruzados o a veces con Tracy. Siempre las discusiones iniciaban con un «¿con quién estabas?» que él intentaba esquivar. Jodido imbécil...

Eso era algo que ya sabía, pero Rust nunca había mencionado con quién.

Seguí con mi enfoque defensivo, no pretendí doblegarme ante él por simples recuerdos de su niñez. Me propuse estar del lado de mamá hasta que ella dijera o demostrara lo contrario.

—Eso no quiere decir que sea mamá.

Siniester saltó y quedó justo frente a mí.

—Eres demasiado ingenua. Trata de justificarla tanto como quieras y sigue viviendo en un engaño al tener a tu madre como una santa o creer que mi padre lleva su fotografía en la billetera porque fueron amigos...

—Ya te dije que la fotografía puede ser por el cariño que tuvieron —interrumpí—. Fueron a la misma universidad, Rust. Yo sé que vivieron muchas cosas juntos y su relación no terminó de la mejor forma...

Me bastó con ver su mirada llena de convicción para volver a dudar, Siniester se veía muy seguro de sus palabras. Yo solo tenía la certidumbre de que mamá no me había mentido, pero muy en el fondo también sospechaba de ella.

—Amigos —concluí.

—Fue una amistad muy duradera, tanto que separó a mis padres.

Pronunció estas palabras con un dolor que me llegó directo al pecho. Sabía por lo que Rust había pasado y lo mucho que amaba a su madre. Cuando salíamos en los otros viajes, muchas veces intenté ponerme en su lugar, aunque su situación era muy diferente. El fallecimiento de papá fue repentino, el abandono de su madre fue planeado.

—Te diré algo que tú no quieres o no logras entender: el hecho de que tu madre te dejara no es responsabilidad de nadie más que de ella.

Pudo abandonar a tu padre, terminar su relación, pero nunca debió dejarte a ti. Eso es meramente su culpa.

Mis palabras le dolieron, lo vi en su expresión.

—Me dejó porque pensó que sería como mi viejo.

—¿Por qué la justificas, Rust?

—¿Por qué justificas a la tuya?

—¡Porque no me has dado razones para que dude de ella! —exclamé y extendí las manos al cielo, pidiendo más paciencia—. Es mi madre, es la única persona que tengo aquí. Tú solo hablas desde el rencor y la desinformación, te guías por una foto; yo me guío por cómo es mi madre. Ella no actuaría así, no sería infiel. Está en sus principios; desde siempre.

—Ella fue a ver a mi padre el sábado, me lo contó Tracy. Tuvieron una discusión en la oficina de papá, encerrados. Vete a saber sobre qué hablaron, aunque algo me dice que precisamente sobre lo que hacían antes.

¿Por qué mamá se arriesgaría a visitar a Jax Wilson solo porque me vio con Rust? Era la duda que brotaba en mi cabeza. Habría bastado con una simple advertencia, pero no, ella había ido hasta su casa.

Solté mi primera suposición:

—Puede que mamá no quisiera que me enterara porque no deseaba confusiones de este tipo. O porque temía que las cosas se repitieran...

Me quedé con las palabras en la boca y dejé que el viento se las llevara. No obstante, la curiosidad asomó en el rostro de Rust. Mi evidente silencio suscitó sus sospechas.

—¿Qué cosas?

—El tipo de cosas que pasan cuando dos personas se quieren, pero una se interesa más por la otra.

Como el tipo de relación que Rust y yo teníamos, irónicamente.

—Es decir, que tu madre se enamoró de papá, pero él no sentía lo mismo. Por eso, después de un tiempo, cuando se volvieron a encontrar y el interés volvió a despertar, como mis padres no tenían una buena relación, él le fue infiel con tu madre.

Apenas pude entender lo que dijo, solo me fijé en que seguía culpando a mamá.

—Maldición, deja de insinuar que tenían una aventura. Mientras no me lo confiese ella misma, seguiré confiando en mi mamá.

—A veces, me gustaría vivir en la ingenuidad, como tú —confesó—. Me pregunto qué estaría haciendo si hubiera seguido con él. Tal vez no hubiera repetido un año, estaría ahora en el colegio sin miedo a que unas putas bandas me persigan, no hubiese conocido a Ramslo ni saldría con Shanelle, y ella no habría terminado conmigo por una foto de mierda.

—Créeme que nada de eso ocurriría.

Por supuesto que las cosas serían diferentes. Rust y yo no existiríamos, mis viajes jamás se habrían realizado, papá probablemente seguiría vivo y mamá tendría una linda familia junto a Jax Wilson. Bonito, ¿verdad? Claro que sí. Todo hubiese acabado con un «felices para siempre» que yo decidí postergar. Incluso estando allí, junto a Rust, supe que somos espejismos de una realidad que jamás funcionará.

Un chasquido de dedos me devolvió de mis pensamientos.

—¿Por qué le mostraste la foto a Shanelle?

Y pensar que esa cuestión había desencadenado aquella terrible mañana...

—Yo no fui —repetí una vez más—. Revísame, no tengo mi celular. —Extendí los brazos hacia los lados y permití que Rust se acercara. Él pareció dudar y finalmente se contuvo—. Ayer lo perdí y aún no lo encuentro. Creo que lo tiene Claus.

Llevó una mano a su barbilla y luego la guio hacia el tirante de mi bolso, deslizando su dedo sobre un dibujo hecho con marcador negro.

—¿Por qué tomarme una foto? —preguntó esta vez.

Dos soplos de aire me golpearon las mejillas. Bajé la guardia y me retorcí los dedos, nerviosa por su reacción.

—Es que... estabas muy tierno mientras dormías con los gatos —musité, encogida de hombros.

—Tú tienes un serio problema conmigo —soltó, arrogante—. Ya te dije que no me gustan las pelirrojas, culpa a tu madre de eso.

—Entonces..., odias a las pelirrojas porque crees que mamá causó la separación de tus padres y el abandono de tu madre.

Tenía su punto el chico, algo tonto, pero lo tenía.

—Suena absurdo cuando lo dices así, pero hay mucho más. Ven aquí. —Sacudió la mano hacia donde él estaba, algo que no esperaba.

—¿Cómo?

—Que te muevas a la misma posición donde yo me encuentro y te quedes quieta —explicó con lentitud.

—No era necesario que me explicaras eso —reclamé.

Me situé en su puesto. Él se hizo a un lado, se puso detrás de mí y me cubrió los ojos. Mi corazón vibró en mi pecho, sobre todo cuando sus palabras llegaron a mí en un susurro cálido que competía con el viento.

—Ponte en mi lugar —me dijo—: eres un Rust pequeño que entiende que gritos es igual a discusiones. De un lado está tu mamá —continuó susurrando a mi oído derecho—, la mujer que te abraza y te besa, te ayuda con los deberes, mima a tu hermana y a tu hermanastra, puede repartir amor sin esperar nada a cambio. —Se calló un momento y continuó en mi oído izquierdo—. Y al otro lado está tu papá, un hombre al que no ves a menudo en persona, sino por la televisión; que llega a casa y le presta más atención a tu hermanastra; que, siempre que puede estar contigo, por alguna razón, algo se lo impide; alguien que no sabe administrar bien su tiempo y su cariño. Esa es la situación. Ahora, los padres discuten porque resulta que la madre descubre que su marido no solo sale por trabajo, sino también para encontrarse con alguien.

Mientras Rust me iba contando su historia, yo fui dando forma a sus palabras hasta convertirlas en figuras con rostro en un espacio oscuro donde todo parecía hecho de humo. Durante ese tiempo, me dejé envolver por la oscuridad de mi imaginación, guiada solo por su voz.

—Vas creciendo con más discusiones y no puedes evitar estar ahí porque, por mucho que trates de encerrarte, no puedes huir de ellas. Sabes que uno de ellos está haciendo las cosas mal: tu padre. Las palabras que antes no sabías, como engañar, salir con otra persona, llegar tarde, ser un borracho, y muchas más, las aprendes... y terminas formando una mala imagen de alguien que admiras por la televisión, pero no importa, porque al otro lado está la figura materna que todo lo cambia con un abrazo. Hasta que un día, ella no lo soporta más y decide que tu padre tome más responsabilidades y, lo que antes era una amenaza, se vuelve realidad: tu madre se va.

A mi mente llegó la imagen de un pequeño Rust que llora en la puerta de la casa, esperando que su madre regresara en algún momento.

—Rust, insisto: el que tu madre te haya abandonado no es culpa de nadie.

No apartó las manos de mis ojos, en lugar de ello, siguió contando una historia que ya conocía.

—No he terminado —susurró de nuevo y permaneció en silencio unos segundos—. Tratas de comprender por qué, pero solo queda un padre a quien, lentamente, vas culpando de todo. A juzgar por las discusiones, él era el villano, él engañaba a la esposa, ¿no? Y, cuando tratas de buscar dónde puede estar tu madre o saber algún dato de ella, descubres que en la billetera de tu padre está la fotografía de una pelirroja y la de tu hermanastra. Conectas los puntos y concluyes que es la mujer de la que tu madre hablaba.

»Ahora la imagen del hombre al que tontamente querías seguir se viene abajo; lo detestas por no ser buen padre ni buen marido. Decides convertirte en otra persona, pero no tienes a nadie, te sientes solo. De pronto, llegas a un sitio diferente, un sitio donde puedes desahogarte. Conoces a gente genial y a un hombre que puede ser la figura paterna que necesitas. Por desgracia, dentro de ese mundo no estás a salvo. Pero ¿qué más da? Eres feliz con tu nueva vida, al ser parte de algo. Entonces, cuando menos lo esperas, la figura paterna que tanto quieres, se va y te deja como el responsable de todos sus actos y de su hija...

—Y te convierte en lo que eres ahora: en un apodo que otros buscan enterrar —interrumpo—. Fin de la historia.

Quitó sus manos de mi rostro y, mientras yo intentaba acostumbrarme a la despiadada luz, Rust se situó frente a mí.

—Quiero que sepas que no hay nada de lo que me arrepienta —aseguró—. Soy quien soy gracias a todas las decisiones que tomé.

Le sonreí con compasión, porque ante mí solo vi a alguien dolido.

—¿Y no te gustaría volver en el tiempo y cambiar algo? —pregunté tras alcanzar su rubio flequillo y desordenarlo.

—Hay una cosa que desearía cambiar —admitió y capturó mi mano antes de que la bajara—, algo que no me hace muy diferente a mi viejo.

La tarde en que dormimos, por supuesto.

—Olvida eso —pedí.

—De no haber empezado con ese tonto juego de ver si eras de confianza, jamás le habría sido infiel ni habría fotografía ni estaría aquí...

—Bueno... fui yo la que lo inició todo —admití.

Traté de retirar la mano, que lentamente se había convertido en un «algo» diferente. No existía agresividad, pero el deslizamiento de su mano hacia la mía despertó un cosquilleo violento.

—El problema no es haber sido infiel; el problema es que, incluso ahora, quiero que se repita.

23

Cómo detesto lo manipulable que puede llegar a ser una persona enamorada, alguien cuyo mundo se enciende con colores brillantes por recibir unas cuantas palabras lindas o sinceras. No importa el contexto o la situación, ese alguien especial puede sacarte del más profundo abismo y elevarte a la más grande nube.

Mi yo más secreto saltó de alegría cuando escuchó su confesión. Él quería repetir lo que había ocurrido tanto como yo, lo que significaba que, aunque la mayor parte estuviese caminando en otra dirección, existía un camino para avanzar hacia mí. Dentro de su rubia cabeza estaba la posibilidad de quererme, de ser lo que alguna vez fuimos en las líneas anteriores. Sin embargo, por muy lindo y esperanzador que sonara, la realidad podía ser diferente. No había pasado una semana desde su ruptura, sin mencionar que su aparición en mi casa fue para culparme por ello... O por la foto.

No obstante, él dijo que quería repetir lo que habíamos hecho, no que yo le gustara...

Me imaginé quitándome el bolso y lanzándoselo en la cara. Fue una linda imagen para saciar mis deseos violentos reprimidos.

—Si quieres usarme para tener sexo, mejor ve a buscar a alguien más.

Las cejas gruesas de Rust se alzaron y arrugaron su frente.

—Interesante... —dijo abstraído en su propio mundo—, aunque yo no estaba pensando en eso.

Su tono inocente me pareció rotundamente falso.

—Estás mintiendo —reclamé.

—Hubo más que solo penetración ese día.

La conversación acababa de derivar de una manera espectacular en algo cómicamente incómodo. No era de sorprender que mi rostro se encendiera por la simpleza de sus palabras y el hecho de que él lo dijera como si nada.

—¡Calla!

—¿Por qué te pones tan tímida al hablar de un acto natural del ser humano que se usa para procrear o sentir placer? Pareces un gato erizado, con los pelos de punta más de lo normal.

—Escúchame: no negaré que ese «felices para siempre» me encantaría, pero tanto tú como yo sabemos que después de todo volverás con Shanelle. Luego me dirás que no existo y mis sospechas sobre que padeces bipolaridad en esta líne... linda vida serán acertadas.

—Ahora resulta que puedes ver el futuro —comentó, impresionado—. Vaya..., cada día me intrigas más, Esponjosa.

Antes de esclarecer que ambos mirábamos las cosas desde puntos de vista muy diferentes, me dirigí hacia la moto. Allí esperé a que Rust llegara, pero él no tenía intenciones de marcharse.

—Quiero irme a casa.

—Creo que no te lo dije antes, Esponjosa, pero te traje aquí para que me escucharas; así que el viaje de ida corría por mi cuenta, el de vuelta... Eso ya es cosa tuya.

Se miró las uñas e ignoró mi presencia durante los segundos en que los que yo asimilaba su doble intención: por supuesto que el transporte debía correr por mi cuenta o me diría «¿Me ves cara de Thomas el Tren?» o «No soy tu taxista».

—Ah... —suspiró—. Me apetecen unas cervezas bien frías... —comentó al aire como si quisiera darme una pista.

Decidí acceder a su indirecta para no alargar más el día.

—Te compraré un pack de cervezas si me llevas a casa —murmuré entre dientes.

La sonrisa triunfal de Rust no dejó cabida a advertencias de mi parte sobre el precio de las cervezas.

—Hecho —se adelantó a decir y luego se encaminó a la moto mientras hacía girar las llaves en el dedo.

Me llevó hacia una tienda que queda cerca de la playa, tras subir por la calle de unos enormes edificios en la zona adinerada. No estábamos lejos de la casa de su padre; teníamos que subir más hacia los cerros y pasar el mirador. Rust ignoró ese hecho tras mencionárselo y su disgusto permaneció latente hasta que se puso a elegir las cervezas. El vendedor no hizo ápice de sospechar por nuestra edad, ni siquiera porque estaba en uniforme y yo, lejos de reclamar por eso, me ceñí a pagar pronto.

—¿Puedes apresurarte? —espeté mientras Rust sacaba una cerveza y guardaba las demás en la maleta de la moto con toda la calma del mundo.

—Te dije que tengo sed.

—Nunca dijiste eso.

Regodeándose en su orgullo por la cerveza gratis, se sentó en el bordillo y dio un largo trago. Yo tragué saliva mientras mis pensamientos preocupados y exigentes se convertían en un «¿Será que la sed es contagiosa?», porque mi garganta se secó.

—¿Quieres? —ofreció.

Miré hacia los lados y apreté con fuerza la correa de mi bolso.

—Solo porque quiero irme a casa pronto —farfullé como mala excusa. Un sorbo de cerveza no le haría mal a nadie, ¿verdad?

Terminé sentada junto a Rust, observando hacia la calle a la espera de que terminara la lata de cerveza.

—¿Shanelle no te dijo quién le enseñó la foto?

—No —respondió él con evidente disgusto—. No dijo gran cosa. En realidad, no es el tipo de persona que habla. Es callada, muy observadora, se comunica con las miradas y las expresiones. Si la conoces bien, te darás cuenta de que las palabras sobran.

Me atreví a detallar su perfil durante unos minutos. No parecía molestarle hablar de Shanelle, pero sus palabras sonaban más gastadas que en la playa. Quise creer que era así por la cerveza y no porque de verdad le dolía la ruptura. Entonces, la duda sobre sus palabras se mancilló otra vez en mi cabeza.

Maldición... Si él me veía como una aventura, lo mataría.

Recibí la cerveza casi vacía y la mantuve un momento entre las manos, tratando de reunir el valor necesario para preguntarle a Rust con qué ojos me veía.

—Sobre lo que te dije fuera de la cafetería... —comentó de pronto—, lo de que ya no existes para mí... Lo dije porque Shanelle sospechaba y porque soy un cobarde de mierda que no pudo confesarle que entre tú y yo hay algo más.

—Pudiste aclararlo antes de hacerme añicos el corazón.

—¿Realmente te gusto? —preguntó, ofuscado, más serio de lo que pensé que estaría. Sonreí y le desordené el flequillo.

—Tanto que, si algo te pasara y pudiera retroceder en el tiempo para salvarte, lo haría.

—Creí que solo te atraía por mi cuerpo.

Ja, al parecer el ego viene de familia.

Pues sí, la genética había hecho un buen trabajo con Rust, aunque tenía más razones para fijarme en un tipo rubio de ojos azules.

—Tú no me atraes por esto... —Lo señalé con mi mano e hice un recorrido desde su hombro hasta la cintura—. Me atraes por esto —y volví a su pecho para señalar su corazón—, y un poquito de esto —subí a su cabeza—. Pero poco, porque a veces eres muy terco.

Me pareció el instante perfecto para que me respondiera algo que hiciera batir mi corazón, ya sabes, ese tipo de momentos siempre acaba así en las películas. Y habría ocurrido, creo, de no ser por una llamada entrante a su celular.

—Es mi viejo —previno al ver la pantalla. Su semblante tranquilo volvió a tensarse al llevarse el teléfono a la oreja—. ¿Qué? Sí..., ¿y qué? —Una pausa. Al parecer, su padre lo regañaba—. Será un problema, sí, pero mío.

Y colgó. Exasperado y respirando con agitación, se guardó el celular en el bolsillo del pantalón. Le cedí la cerveza y él le dio un último sorbo antes de lanzar la lata a la calle con irritación.

—¿Qué pasó?

—Lo llamaron de dirección porque falté a clases —respondió al levantarse.

—A mamá también la habrán llamado...

Dijimos adiós a la apacible conversación en aquella calle y partimos rumbo a casa. Rust detuvo su moto al inicio de la calle para que mamá no me viera llegar junto a él, acción innecesaria porque cualquier ser con dos neuronas lo habría supuesto. Mamá no tiene un pelo de tonta.

—¿Estabas con él?

No era una pregunta que demandara explicaciones, por lo que me limité a asentir con lentitud mientras dejaba el bolso. Los terribles ánimos de discusiones ya no existían, solo quedaba un extraño e inconforme silencio, de esos que necesitas llenar con algo o te absorbe.

—Me quería explicar las cosas —respondí tras dirigirme a ella; pero no pude ni mirarla a los ojos, estaba demasiado avergonzada—. Se inventó una historia en su cabeza que empieza por la infidelidad de su padre contigo por culpa de una fotografía que tiene guardada.

La distancia entre ambas se mantuvo.

—Es una foto donde salimos, Sharick, con su media hermana, seguro. —Aguardé su explicación—. Se la di en nuestro primer encuentro, creí que sería bueno que la tuviese él como alguna clase de recuerdo. Onne, entiendo el motivo de tu desconfianza, pero quiero que entiendas que amé, amo y amaré a tu padre, siempre. Lo que haya tenido con Jax se limitará siempre a una buena amistad. Él tenía muchos problemas con su esposa y yo tenía los míos con la actuación, nos ayudamos mutuamente. Y, créeme, ambos sabíamos hasta qué punto llegar. Incluso tu padre sabía de aquellos encuentros...

La sola mención de papá me hizo estallar en llanto. Me acerqué a mamá y la abracé con más fuerza que nunca, como si temiera perderla también. La abracé con dolor y con fervor, con una terrible amargura que me embargaba en el alma. Cuando mamá me devolvió el abrazo, hice lo que no me atreví a hacer antes.

—Perdóname, nunca debí dudar de ti. Nunca, sobre nada, incluso si alguna vez pasó por tu cabeza... Todo es mi culpa. Jamás debí faltarte el respeto ni echarte en cara nada. Jamás... No me corresponde.

—Tranquila —me acalló ella—, yo sé que lo hiciste por el calor del momento —me justificó también llorando.

—No, no... Perdóname —insistí yo—. Todo esto es culpa mía. Yo lo hice...

Mamá me tomó por los hombros para ver mi rostro rojo y mojado. Yo solo lloraba sin poder quitarme de la cabeza sus palabras ni la culpa que me atormentaba.

—¿Qué pasa? —me preguntó, asustada— ¿Qué te pasó?

Cerré los ojos porque tenía miedo de enfrentarme a la verdad. A pesar de estar dispuesta a contárselo todo, no me atrevía a decirle que su destino siempre fue estar con alguien que no era papá. Pero debía decírselo. Tenía que hacerlo. Era lo correcto. Por eso, dejé a un lado mi miedo, aparté el temor a sentir el dolor que padecí cuando intenté confesar mi habilidad y me aventuré a confesarle la verdad.

—Necesito decirte que yo... Yo no soy como los demás, tengo un «algo» especial, como un superpoder —le dije entre sollozos—. Lo tengo desde hace mucho tiempo... Yo puedo...

Mi disposición a confesar el mayor de mis secretos quedó en un silencio que dio paso a inquietantes sonidos de bocinas, gritos y música. Un nuevo viaje al pasado lo interrumpió todo, esta vez, al día en que mis padres se conocieron.

Tenía la posibilidad de cambiar el rumbo de la realidad, de hacer las cosas bien y de dejar de existir.

24

¿En qué crees? ¿Crees que hay alguien que es superior a nosotros? Estoy hablando de la posibilidad de que una entidad divina y perfecta que nos maneje. Existen tantas creencias como ideales, pensamientos y sueños; muchas veces seguimos lo que otros profesan o solo aceptamos que hay algo superior, como una fuerza. Sin embargo, están esas ocasiones donde las personas aseguran haber visto lo que muchos quieren ver, su creencia comienza o se afianza.

¿Por qué la pregunta? Bueno, porque si te es difícil digerir que una niña común y corriente haya conseguido una «habilidad» extraña solo por hablarle a la luna, te sorprenderá saber que mis viajes al pasado, cuando aún no había nacido, no me dejaban como un ente que vagaba de forma espiritual, sino que necesitaba ocupar un cuerpo.

Te dije que en mi quinto viaje decidí saber qué pasó entre mis padres, quién era la persona que forzó su relación, y que terminé por descubrir que fui yo. No obstante, no te conté cómo sucedió.

A papá le gustaba sentarse a un lado de mi cama a contar historias interesantes. Le gustaba hacerme reír con imitaciones y, a veces, pegaba un salto exagerado para darle más profundidad a sus relatos. Me encantaba escucharlo y verlo. Uno de sus relatos, el que más me atraía, era el del día en que había conocido a mamá. La colisión de dos personas en una parada de autobús y el intercambio casual de diarios me pareció... extraordinario.

Me conocía bien la historia, con su fecha, hora y lugar. Sabía hasta los mínimos detalles que hicieron posible su encuentro. Papá había sido muy específico y yo, como una seguidora fiel, lo recordaba todo.

La vez que viajé para saber cómo se habían conocido mis padres, desperté en el suelo, rodeada de personas alteradas. Sentí que la cabeza me estallaba debido al ruido de los autos, las bocinas, la música y los gritos: no pude levantarme sin ayuda. Me sentía conmocionada; nunca he podido acostumbrarme a los viajes más allá de mi nacimiento, porque ocupo cuerpos de personas que pierden la consciencia durante el tiempo que yo permanezca allí.

Mentiría si te digo que en esos viajes más allá de mi existencia ocupo el cuerpo de una persona concreta o si es alguien aleatorio. Nunca entenderé mi maldición en su totalidad. Pero creo que debe de ser alguien que esté ligado a mí de alguna manera. Esta vez estaba en el cuerpo de tía Bernardi, la hermana menor de papá.

Me levanté y le dije a todo el mundo que me encontraba bien. Me sacudí la ropa, recibí un trago de agua embotellada y una pareja me acompañó a casa de mis abuelos paternos, los padres de mi tía. Ellos se preocuparon bastante al ver el estado deplorable en el que su hija llegó a casa. Tía Bernardi era el tipo de chica que apreciaba un buen bronceado, siempre, por lo que su tez era de un color aceitunado envidiable. Por este motivo, el hecho de verla tan pálida solo causó conmoción.

—No dormí bien —les dije como una absurda excusa.

—¿Y saliste a correr? —preguntó la abuela en señal de desaprobación.

Me encogí de hombros porque, la verdad, la tía Bernardi que conocía no hacía deporte. Lejos de ponerme a teorizar qué llevó a mi tía de ser una atleta a ser una persona con sobrepeso, preferí tener mi momento de adaptación.

Me marché a su cuarto y me recosté en su incómoda cama. Allí permanecí un momento hasta que la curiosidad pudo conmigo. Me levanté para explorar hasta los rincones más oscuros de la habitación. Fotografías, diarios, chats, peluches, hojas, cuadernos... Todo. Tía Bernardi tenía dieciocho años y, por lo que pude comprobar, un novio guapo. Además, era muy sociable. Todo lo contrario a papá.

Sí, también entré en su habitación.

«Organizado» era una buena palabra para describirlo. También callado y propenso a ponerse nervioso. Una personalidad que se complementaba con la de mamá.

Sin embargo, al verme escudriñando en su cuarto, no me trató de la mejor forma. Su «Berna, deja mis cosas» me sobresaltó en un principio, pero luego me lancé a abrazarlo, acto que levantó sospechas. Si supiera que en realidad su hermana era yo... Minutos más tarde, papá se marchó a la universidad.

Era la una en punto cuando decidí ir también para saber quién era la persona que empujó a papá contra mamá, desencadenando su relación. Pero luego de tanta espera, a las tres menos cinco, mamá estaba a su lado y los dos actuaban como dos desconocidos.

Las cosas no marchaban como suponía que lo harían.

Llegué a un punto en que los nervios me ganaron y creí que mi desaparición comenzaría. Miré hacia los lados sin hallar a nadie sospechoso. Por eso, dentro de mi desesperación, tomé el valor necesario para ser yo la que les diese ese empujón.

Luego hui.

Fue muy rápido y demasiado... absurdo.

No había sido premeditado, solo parte de un impulso producto del miedo. Un gesto veloz, insignificante, que tuvo como resultado una vida completa.

Y ahora, con el viaje aleatorio a ese 13 de marzo, tenía la posibilidad de detener mi existencia.

Cometería suicidio, sí, pero por una causa justa.

Así que, para que todo resultara como correspondía, no di el empujón y esa tarde me quedé en casa de los abuelos.

En el cuerpo de la tía Bernardi, sentada en el columpio del patio trasero de la casa, me quedé esperando que mi consciencia desapareciera. Tenía tanto miedo... No te lo negaré. Quien tenga miedo a la muerte sabrá que es difícil dejar este mundo por cuenta propia.

Cuando faltaba poco para la hora, cerré los ojos y aguardé.

Iba a desaparecer, estaba convencida de ello. Pero no fue así.

«¿Por qué sigo existiendo?», pregunté observándome las manos. No lo entendí.

Ahora, sin embargo, creo que sé la causa.

Fue obra tuya, ¿verdad?

Aunque tú, como yo, probablemente todavía no tienes idea de qué harás. Claro, recién tienes este diario en tus manos. He de suponer que tendrás tus motivos para hacerlo, como dije antes: tú no eres una aliada precisamente, estás jugando por tu cuenta. No conozco tus intenciones, pero de alguna forma confío en ti, de lo contrario no te pediría que me busques.

En ese momento, supuse que mi existencia era imperativa para algún ser dentro del mundo. No podía sospechar de ti, en ese instante en que el gélido día me caló los huesos mientras permanecía sentada en el patio trasero de la casa, no se me pasó por la cabeza que tú lo habías hecho.

Creé muchas hipótesis en el desolado patio hasta que la puerta corrediza tras de mí hizo que mis pensamientos se marcharan. La sonrisa me volvió a los labios de manera instantánea en cuanto vi salir a papá.

—Hola.

Él frunció el ceño, confundido. Creo que tía Bernardi no tenía ningún tipo de relación fraternal con él, solo el habitual enfrentamiento entre hermanos. Dubitativa, la idea de actuar como alguien de carácter fuerte pasó por mi cabeza, sin embargo, cuando papá se sentó a mi lado, mi amor de hija lo derrotó todo.

—Estás algo extraña —dijo.

Evité mirarlo para no delatarme.

—¿Por qué lo dices?

—No sé... Puede ser porque estás sentada en el patio en pleno invierno.

Me dio un golpe en el hombro y me movió a un lado. Tuve que apoyar la mano en el frío suelo para no caerme. Papá sonrió y yo le devolví la sonrisa pensando que, a lo largo de los años, no había cambiado mucho.

Su mirada confusa y analítica volvió, así que evité todo contacto visual y observé un grupo de tallos largos y secos:

—¿Qué son?

—Girasoles —respondió—, tú misma los plantaste con mamá.

—Ah, es que... estoy algo aturdida.

Se me hacía bastante incómodo no poder hablar con normalidad con él. Su suspicacia podría ser mi desgracia, y no tenía ni idea de cuánto tiempo estaría atrapada en el cuerpo de tía Bernardi. Entonces pensé que, si no sabía por cuánto tiempo me quedaría allí, lo mejor sería aprovecharlo al máximo.

—Oye... uhm, Alan... —lo llamé mientras tiraba de su chaqueta. Me sentí pequeña al verlo desde abajo, con su aspecto tranquilo—. ¿Puedes abrazarme?

La sorpresa se encajó en su rostro.

—Tú de verdad estás enferma —declaró y me apretó con fuerza.

Cerré los ojos y me permití perder cada una de mis preocupaciones en sus brazos, inspirando el aroma que tanta falta me hacía. Una vez que abrí los ojos, ya no estaba en el patio trasero, estaba en mi casa, siendo abrazada por mamá.

Era yo.

—Onne, cariño...

—Estoy bien —dije al agarrarme la cabeza—. Hoy ha sido un día agitado, eso es todo.

Mamá buscó mi rostro y yo traté de esconderlo de la molesta iluminación que había en la sala.

—Recuéstate —me dijo y me hizo levantar la cabeza—. Oh, Dios, te sangra la nariz. ¿De verdad te encuentras bien?

Me llevé los dedos a la nariz y los observé con pasmo. En efecto, estaba sangrando. Con ayuda de mamá, me levanté del suelo y me recosté en el sofá. Noté que mamá no podía agacharse del todo y deduje que caí sobre ella al desmayarme.

—¿Tú estás bien?

—Yo no soy la que se desmayó, Onne. —Su voz denotaba nerviosismo y preocupación. Al llevar su mano a mi frente, noté que temblaba—. Sube la cabeza y sostén tu tabique... —Hice lo que me decía y elevé la barbilla. El sabor metálico de la sangre pasó a mi boca—. Voy a llevarte con un médico.

—Mamá, no es necesario —pronuncié con la voz gangosa.

—Dos desmayos en menos de una semana, creo que sí lo es.

—Debe de ser por el cambio de ciudad. Es una clase de efecto tardío. Odio los hospitales. Mejor dicho, las vacunas. De niña me vacunaron en el colegio y me dolió como un demonio. Estuve dentro de ese selecto grupo que derramó lágrimas en la escuela mientras los demás decían que no había sido para tanto.

—No te van a vacunar, despreocúpate.

—No es por eeeeeso. ¿Ya te dije que te amo? No, que te adoro que y eres la madre más espectacular del mundo. Y que no quiero discutir contigo más...

—Ay, cariño, yo también te amo, pero no creas que te librarás del médico.

Después de mi reconciliación con mamá estuvimos viendo series y películas durante todo el martes. Sentadas en el sofá, comimos palomitas de maíz y acariciamos a Berty y a Crush mientras dormían a nuestro lado. Deleitamos nuestras retinas al ver a Keanu Reeves en «Un paseo por las nubes».

¿Sabes? No cabía lugar para ocultar mi felicidad. Rust se había equivocado.

25

El miércoles me subí al auto de mamá con un solo pensamiento: encontrar mi celular. Como no fui a clases el día anterior, era necesario que mi tutor justificara la falta de asistencia, un papeleo absurdo del que mamá se quejó todo el camino a Sandberg.

Al llegar al colegio, las chicas corrieron para saludar a mamá. Aldana y María la acompañaron mientras conversaban con ella; unos pasos más atrás, las primas Morris me llevaban como a una demente que fuera camino al manicomio. No tuve tiempo de quejarme, pues percibí que mi presencia perturbaba a algunos estudiantes que no pusieron disimulo en darse la vuelta para mirarme.

—¿Por qué siento que todos me miran? —les pregunté a las chicas en un tono bajo para que mamá no lo oyera.

—Será porque estás viva —contestó Rowin y mordió una barra de chocolate que me ofreció luego. Negué con la cabeza y miré a Sindy.

—Ayer Siniester te sacó del bus, seguro creyeron que le debías dinero... —agregó la chica de los rulos locos—. No sé, ese chico es raro.

Yo emití un corto e inanimado «ah» que aumentó la curiosidad de las primas.

—¿Por qué? ¿Cómo fue? ¿Te agarró o solo lo seguiste? Algunos dicen que enseñó una navaja y tuviste que pararte. ¿Te amenazó de muerte? ¿Es eso?

Bloqueé de mi mente a Rowin y su invasión total de preguntas. Me sentí tan abrumada por su expresividad e interés que, en mi interior, rogaba que mamá me salvara. Por supuesto, eso no pasó, ella estaba muy interesada en lo que María le contaba.

—No —me permití decir—, él solo necesitaba aclarar unas cosas conmigo.

—¡No me digas que le pediste que atacara a alguien! —exclamó con terror Sindy. Se llevó las manos a la boca con un dramatismo que competía con las actuaciones de mamá—. ¡Yionne, jamás debiste hacerlo!

Más ojos curiosos confluyeron sobre nosotras. Mis mejillas se encendieron en un rojo vivo que probablemente competía con mi cabello. Quise salir corriendo y ocultar la cabeza dentro del cuello de la camisa.

—Calla —la reprendí con un codazo—. No mandé atacar a nadie, solo le pedí ayuda para buscar mi celular —expliqué con aplomo para que se tragara mi mentira.

Me despedí de mamá con un abrazo en la puerta del colegio. Después corrí por los pasillos hacia los vestuarios. Las chicas me esperaban, no nos permitíamos marcharnos y dejar a alguna atrás; temíamos que se desencadenara otra pelea como la que tuve con Tracy.

Y, hablando de la hermana menor de Rust, continuaba repartiendo miradas recelosas a cualquiera que se cruzara con ella. Por supuesto, a mí me dirigió una pesada y angustiante; seguramente también le había llegado rumores sobre lo sucedido en el bus. Su indiferencia parecía muy forzada, pero cuando esbozó una sonrisa antes de dejar los vestidores, me rendí a la duda que me planteó Claus. La suposición de que ella guardaba mi celular me animó a proponer que revisáramos su taquilla.

Las chicas estuvieron de acuerdo. María creyó que sería buena idea pedirle permiso al rector para revisar las taquillas con la excusa de que «alguien» estaba vendiendo drogas, pero Sindy se negó, ya que podía ser una acusación grave y las drogas sí o sí circulaban: el director no estaría dispuesto de sancionar a tanto niño rico.

Cuando ya mi esperanza de encontrar el celular caía en picado más allá del inframundo, la aparición de una silenciosa chica rubia despertó mi esperanza.

Encontré a Shanelle en el baño junto al comedor, antes de ir a comer. Me deslicé hacia su lado del lavabo como una serpiente.

—Shanelle, yo...

—Rust ya me lo dijo —se apresuró a decir con calma—. Sé lo que pasó entre ustedes.

La sorpresa creció en mí una vez que procesé sus palabras, luego disminuyó y fue reemplazada por un sentimiento de culpa que me oprimió el pecho. Shanelle bajó la mirada y continuó lavándose las manos.

—¿Él te lo contó? —le pregunté, tratando de descifrar a través del espejo qué expresión tenía.

—Sí, todo.

—Lo siento mucho...

—Créeme que yo lo siento más.

Guardé silencio. ¿De verdad Rust le contó que dormimos juntos? Me sentí inhumana, como una bestia... Y es que Shanelle parecía un completo ángel al que solo le faltaba la aureola.

—Él te quiere —empecé a decir tras recordar cómo lloró amargamente al verla muerta.

—Lo sé.

—Y mucho.

Por fin, la silenciosa y apacible Shanelle me miró, directamente y sin esquivar sus ojos como hacía en ocasiones.

—¿Quieres saber quién me mostró la foto?

Bien, puede que mi intención fuera demasiado evidente.

—¿Por qué lo preguntas?

—Anoche él también me preguntó quién fue. —Con «él» supe que se refería a Rust. Con «anoche», preferí no imaginar—. Te responderé lo mismo: no lo sé. Solo recibí el mensaje y la foto.

Devoré cada una de mis uñas con más interés que en el propio almuerzo. Me mantuve ahogada en la intriga y en el misterio que proporcionaba la información de Shanelle. Al principio, creí que mentía porque estaba molesta, pero sus ojos no delataban una segunda intención.

Parte de mis dudas se esclarecieron al día siguiente, en clase de Física.

Claus se sentó delante de mí y giró la silla en mi dirección. Sonreía mientras escarbaba en el bolsillo de su chaqueta y no me sorprendí cuando sacó mi teléfono.

—Tú lo tenías —lo acusé y extendí la mano en un rápido movimiento que resultó en vano. Antes de agarrarlo, Gilbertson lo apartó.

—En realidad, no. Sé quién lo tenía. Yo lo conseguí, nada más.

Enderecé la espalda e inflé el pecho consciente de que no obtendría el celular con facilidad.

—Estás un poco pálida —me dijo y se volvió hacia María—. Lo está, ¿verdad?

—Yo la veo bien —respondió ella en mi defensa, lo que agradecí para mis adentros.

—Está pálida —insistió Claus, que volvió a mirarme—. Tus lindas pecas se notan más. Solo necesitas salir a tomar un poco de aire. Así que, ¿por qué no vienes conmigo un día de estos? Sé de un lugar encantador que podría enseñarte.

Allí estaba, mi precio a cambio de obtener el celular.

—No voy a salir contigo.

—¿Por qué? —Formó un gesto aniñado y se echó sobre la mesa para mirarme con ojos de borrego.

—La verdad es que no me apetece.

—Debe de ser porque no soy Wilson —desdeñó sin cuidado, atrayendo la atención de los demás. Guardé la compostura y le demostré que no me intimidaba—. ¿Aprovecharás que él está soltero para clavarle tus garras?

Apreté los dientes mientras me asaltaba un breve recuerdo. Mi cuerpo sufrió un cambio, como una descompensación.

—Eso suena a algo que tú harías con las chicas —murmuré.

—Soy tan dócil como un gatito.

—Incluso los gatitos tienen garras que clavan cuando están jugando.

Mi insinuación no le sentó bien, su tonada juguetona y mimada cambió. Mostró su otra cara. Volvió a ser el mismo animal sin escrúpulos al que le gustaba tener el control.

—¿Lo vas a querer o no? —preguntó—. Es una simple salida.

—Bien, salgamos, pero yo decidiré el lugar.

Lo único que necesitaba era paciencia y un manual para entender la mente humana, porque después de esa salida, Claus avivaría muchas dudas.

26

Describir a Claus Gilbertson es complicado. Ese chico no solo resultó ser alguien con un ego sobrenatural, dueño de un club nocturno y el sucesor de una banda que lucha por conseguir los diferentes territorios de Los Ángeles. Describir a Gilbertson va más allá de los parámetros con los que describirías a una persona común.

Por si lo preguntas y te estás cuestionando qué quiero decir, necesito aclarar que Claus era un humano corriente, pero con una percepción envidiable, con la habilidad de captar los gestos de las personas y deducir de ellos su comportamiento para su propia conveniencia. Así fue como detectó mi interés hacia Rust y consiguió mi celular.

Aunque de primeras no se mostraba como alguien que guarda misterios y, en apariencia, se llevaba bien con todo Sandberg, existía algo más allá del entendimiento al que se aferraba con fervor. Lo llamé «Filosofía Gilbertson». El nombre largo sería «Cómo romperle la cabeza a Onne según Gilbertson».

A cambio de mi celular, le propuse una visita al observatorio Griffith el sábado 26 de septiembre a las tres de la tarde. Simple.

Mientras me dirigía al lugar de encuentro para recuperar el teléfono, me pregunté si había hecho lo correcto.

—Hemos llegado —indicó mamá al estacionar frente a la entrada del observatorio. Sin embargo, creyó que estaba tan inmiscuida en mi propio mundo de fantasía que volvió a hablar—: Onne, cariño, llegamos. ¿Estás nerviosa o imaginas en tu linda cabecita alguna maniobra romántica?

Mamá estaba entusiasmada con la idea de llevarme a una cita en el observatorio. En el momento en que le mencioné que iría con un chico a Griffith, soltó un chillido y recordó la escena de una película. Se pasó la mitad del camino contándomela mientras yo fingía escucharla.

—No planeo ninguna maniobra —respondí, indignada por completo—. Y no estoy nerviosa.

—Ese suspiro, el que acabas de soltar sin darte cuenta, dice todo lo contrario.

—No estoy nerviosa, mamá. Solo quiero que esto acabe...

El «pronto» en mi boca se hundió como el Titanic. Claus Gilbertson, en persona, golpeó la ventana del auto y saludó. Odié su sonrisa llena de confianza. Mamá me sostenía de los hombros cuando lanzó una risotada.

—Moreno —dijo—. Sabía que son tu tipo de chicos.

—No lo digas tan alto —masculló entre dientes y me incorporé en el asiento para indicarle a Claus que esperara—. Bueno... Nos vemos.

Mi desánimo se acentuó en cuanto me quité el cinturón de seguridad.

—Cuando vuelvas a casa no estaré, así que... si el chico te va a dejar...

Me espanté solo con notar la existencia de tanta maldad junta en un ser como ella, porque de ninguna manera quería que sucediera algo entre Claus y yo. Irónicamente, mamá siempre odió las insinuaciones del abuelo hacia sus pretendientes, pero ella hacía lo mismo conmigo.

La edad, supongo.

Me despedí, harta de escuchar provocaciones y sugerencias con doble sentido.

Al salir del auto, lo primero que sentí fue el beso de Gilbertson al estamparse en mi mejilla. La efusividad de ese sujeto me mantuvo en blanco durante unos largos segundos en los que pude oír los bocinazos de mamá.

—Hoy estás muy linda —dijo el Claus adulador, tras moverse hacia atrás para contemplarme con sus oscuros ojos.

—Si te gusta el contraste de colores...

Me había vestido como un arcoíris, con muchos puntos y líneas. Quería provocar la muerte de cualquier estilista y, de paso, que Claus saliera corriendo. No contaba con su labia, tan halagadora y complaciente.

—Me gustan las personas que no se van por lo convencional, las que se visten como quieren y no como quieren los demás.

Bien, tenía razón.

—Elegiste un lugar frecuentado, eh —comentó de camino a la entrada—. No ha parado de entrar y salir gente. ¿Por qué aquí?

—Es un sitio interesante, y hace mucho que deseaba venir.

Lo siguiente a la «y» era algo que debía permanecer a buen recaudo en mi cerebro o en mi boca, pero la coordinación entre ambos sufre un descalabro cuando estoy abstraída en mis pensamientos o admiro un sitio como la rotonda central del observatorio.

—¿Nunca habías venido?

—Una vez, en una excursión con el colegio.

Mentí. No visité el observatorio en una excursión, lo hice en un intento de que la luna me escuchara. Ingenuamente creí que, al estar en un sitio como aquel, donde se pueden conocer constelaciones, estrellas, planetas y universos, me ayudaría a seguir el consejo de mamá: contarle mis problemas a la luna y decirle cuánto extrañaba a papá.

Dado a que no continué con la charla, Claus se encargó de mantenerla viva.

—Yo he venido un par de veces —comentó cuando nos adentramos en la galería—. Es por la vista.

—Ya, desde esta altura puedes ver la ciudad como si fueses el dueño.

Un gesto de contrariedad se plasmó en sus facciones. ¿Me había pasado con él? Tal vez. Pero entiende que no pude evitarlo, aún conservaba un enconado rencor debido a sus actos anteriores. Puedo justificar mi comportamiento, aunque ignoré si el Claus de esta sexta línea era igual a los otros... O peor.

—Me gusta porque me encuentro más cerca del cielo —argumentó en tono suave mientras nos encaminamos hacia bobina de Tesla, donde algunas personas estaban reunidas observando cómo funcionaba la exhibición.

«¿Lo estoy juzgando mal?», me pregunté. Seguí sus pasos hasta el interior del salón, donde el color azul predominaba. Las risas y las conversaciones de los demás invadieron el silencio que se produjo entre nosotros dos.

Nos detuvimos para admirar los enormes paneles de luz con fondo galáctico. Fue en el sector que se llama «Más allá de lo visible», el menos concurrido ese día. Claus lo tomó como una oportunidad para detenerse a leer. El monarca estaba realmente entusiasmado con el sitio; cada vez que leía alguna información, se asombraba.

—¿Cuándo me darás el celular?

Claus deslizó sus ojos del panel de rayos X en un lento camino hacia mí.

—Cuando llegue el momento —respondió de manera juguetona.

—¿Y cuándo será ese momento?

—Ya veremos.

—¿Me dirás quién tenía mi celular?

—¿De verdad quieres saberlo?

—Si no quisiera, no lo preguntaría.

—Lo encontró Tracy —murmuró—. Lo tuvo hasta que la descubrí el otro día. Se espantó y me lo pasó. Me pidió que no te lo dijera. Es bastante ingenua, ¿verdad?

Eso respondía algunas de mis preguntas, como la razón por la que Shanelle había recibido la foto de Rust dado que, al juzgar por lo mal que está la situación entre bandas, Claus jamás hubiese podido ponerse en contacto con ella para hacerlo. En cambio, Tracy sí podía hablar con la novia de su hermano sin ningún problema.

Charlando sobre la arquitectura del observatorio, subimos al primer piso y avanzamos por el largo pasillo hacia el sector donde se exhiben los planetas, que cuelgan de hilos invisibles. Se veían asombrosos e iluminados mientras en el sitio predominaba la oscuridad.

El interés de Claus se reflejó en su expresión vivaz. Luego empezó a girar con los brazos extendidos y la vista clavada en Saturno.

—Estar aquí me llena de interrogantes que necesito resolver en este instante, pero son imposibles —comentó al detenerse en busca de un apoyo para su hiperactividad.

Lo sostuve un momento para que no cayera, incapaz de comprender su felicidad. Continuaba sintiendo desconfianza, no podía evitarlo. Aunque debo confesar que, al verlo actuar así, me pareció más humano.

—¿En qué crees, O'Haggan? —preguntó de pronto, y me inquieté con la sola mención de mi apellido—. ¿Crees que existe algo más grande que nosotros?

—Sí —respondí. Sus cejas subieron en un arco de sorpresa y admiración—. ¿Y tú?

—También —contestó enseguida—. Creo que hay alguien más grande que todo esto, un jugador eterno que mueve piezas en un tablero de ajedrez. Alguien que está experimentando con nosotros para crear la perfección.

Dejé escapar una risa melodiosa mientras me acercaba hacia «Un patrón de estrella familiar», que era una esfera gigante de color negro.

—¿Qué? —quiso saber Gilbertson, contagiado por mi sonrisa.

—¿Te fumaste algo?

—No me confundas con el pulgoso por el que tanto te interesas —rebatió con desdén—. Yo soy mucho mejor que él. Mucho más interesante.

«Y con un ego enorme», deseé añadir a su tratado de filosofía.

—Estoy abierto a cualquier cosa y me instruyo con todo lo que experimente —agregó—. Al fin y al cabo, para eso fuimos creados. Solo somos seres que van camino a su propia destrucción, cometemos errores que los seres próximos a nosotros no harán y seguirán haciendo hasta que sean perfectos. Nosotros somos la corrección de errores pasados.

—¿Crees que antes de nosotros existió una especie de raza que se extinguió debido a sus errores y después de nosotros habrá otra más? —inquirí.

—Sí. ¿Te parece absurdo?

—Muchos piensan como tú —respondí y negué con la cabeza—. No es mi caso, hace mucho tiempo que se habla del fin del mundo y de nuestra extinción. —Alargué las manos hacia los lados—. Míranos, seguimos aquí, cometemos las mismas aberraciones que nuestros antepasados.

—¿Qué me dices de los dinosaurios? —cuestionó—. Piezas más del ajedrez.

—No creo que haya alguien superior a nosotros que nos trate como un mero juego, Gilbertson.

Caminó hacia mí con paso decidido para rebatir mi opinión. Claus parecía una persona que deseaba controlarlo todo, pero dentro de sus pensamientos había un chico lleno de interrogantes, que me confesó en un mar de palabras:

—Cada año que pasa se descubre algo que no conocíamos con anterioridad: se crean inventos, se agranda nuestro conocimiento, ocurren hechos que no tienen explicación y otras personas se encargan de hallar la respuesta a los enigmas durante cientos de años. ¿Por qué la existencia de un ser que está experimentando con nosotros para crear la perfección no es una idea válida? —Antes de que yo pudiera responderle, continúo hablando, más animado que antes—. Imagínate: en la Tierra existen los humanos, en otro planeta existen criaturas con otra fisonomía y tecnología avanzada, en otro mundo existen entidades con habilidades extraordinarias. Tal vez lo que para nosotros son conceptos, allá son seres reales que nos observan y se desplazan por nuestro mundo. Quizá el sol y la luna no separan el día de la noche, sino que son seres con un fin más grande.

La mención del astro al que yo había proclamado mi enemigo natural me inquietó. Me sentí atada, de pie, en un espacio que no comprendía. Me sentí ahogada por la oscuridad del lugar, escuchando especulaciones ajenas que me ponían los pelos de punta. Entonces, viendo a Claus tan convencido de sus palabras, comencé a establecer mis propias teorías formuladas mediante preguntas.

¿Y si tenía razón? ¿Y si más allá de nuestro mundo existían seres diferentes a nosotros? ¿Y si realmente la luna existía como algo consciente? ¿De dónde venía mi habilidad? ¿Y si le pedí mi deseo a algo más grande que ella?

Preferí responderle con un murmullo:

—No lo creo.

—Me sorprendería que lo hicieras, cariño. Desde niños se nos enseña a seguir lo que les ordenaron creer a nuestros padres, y lo que los padres de nuestros padres les enseñaron. Toda ideología diferente es cuestionada, todo lo que se salga de lo común necesita una demostración para ser aceptada. —De pronto, su mirada infantil experimentó un extraño encuentro con la edad y se volvió una mirada llena de madurez y, sobre todo, de intimidación. Frente a mí estaba el Claus Gilbertson que tanto temía encontrarme—. Y, créeme, linda, toda persona con una cualidad asombrosa tendrá mi interés.

Al finalizar, sacó mi celular de su bolsillo, tomó mi mano con delicadeza y lo colocó en mi palma. No permití que mi lado vulnerable fuese intimidado por él, permanecí con la espalda erguida y el pecho tan inflado como pude, pero la tensión en mis hombros fue evidente. No quisiera mencionar el temblor repentino que se apoderó de mi mano y provocó que la tuviese que ocultar detrás de mi espalda.

No puedo discernir qué me mantuvo más ofuscada: si su aspecto que me rememoraba lo que hizo el 14 de noviembre en mis otros viajes o la insinuación camuflada bajo tanta palabrería. Opté por la segunda opción.

—¿Y cuál es mi cualidad asombrosa como para que me tengas aquí? —Señalé el observatorio y nuestro oscuro alrededor.

Claus se acercó a mí una vez más y me susurró al oído:

—Es lo que trato de averiguar.

Después de eso, se marchó.

Volví a casa por mi cuenta, lo que coincidía con mis planes, porque no iba a dejar que Claus me llevara a casa por ningún motivo. Sin embargo, no contaba con que la despedida de Gilbertson despertaría tantas dudas que me arañaban la mente. Lo único bueno de todo el paseo fue mi reencuentro con mi celular.

Subí a mi cuarto y me encontré a Rust recostado a los pies de mi cama, medio muerto. Los gatos le mordisqueaban la chaqueta de cuero.

—¡Dios! —exclamé al ver su rostro hinchado y lleno de golpes—. ¿Qué te pasó?

—Estaba trabajando —alegó de forma cansada. Como pudo, se levantó del suelo y buscó unos billetes ensangrentados—. Toma, esto es para los gatos. —Los recibí con una mueca de asco—. Gástalo en ellos.

—¿No pudiste pasarme dinero más «limpio»?

—¿Quieres una jodida tarjeta de crédito también? —se quejó con impaciencia, algo que le faltaba después de intimidar a las personas.

Soltó una grosería antes de reclinarse y subirse la camiseta manchada de sangre. Tenía un corte.

—Estás hecho un desastre. Y... —me interrumpí cuando exhaló con fuerza, cosa que me hizo oler todo su aliento a cerveza—. Dios, apestas. —Mi comentario lo puso peor que la herida al parecer, porque me observó de manera aburrida y se hizo a un lado—. Voy a limpiarte, no te vayas.

—Como quieras. —De manera lenta se acostó en mi cama.

—De verdad —advertí antes de dejar el cuarto—, quédate aquí.

—No me moveré, Zanahoria.

Después de unos minutos, volví con agua, algodón, alcohol, una toalla de mano y papel higiénico. Rust estaba muy tranquilo, sin quejarse de mi propuesta, lo que me hizo entender que de verdad estaba mal.

—¿Por qué no dejas tus trabajos y evitas esto?

Antes de responder, acomodó un almohadón bajo su cabeza para quedar lo suficientemente alto y ver cómo atendía su corte en el vientre.

—Porque de lo contrario tendría que trabajar en alguna cafetería, tienda de comida rápida o qué sé yo.

—¿Y cuál es el problema?

—¿Mi cara visible? —alegó. Con toda la mala intención del mundo, apreté la herida para señalar en silencio mi enojo por su despotismo—. No me... —gimió de dolor—. ¡No me malentiendas! —gruñó y temió otro acto de mi parte—. Es porque una puta banda me quiere muerto: les facilitaría el trabajo.

—Si alguien te quisiera muerto, creo que ya lo estarías. Eres muy imprudente.

—Tal vez tengo un tonto ángel de la guarda que me cuida.

Sonreí para mis adentros.

—Debe de ser un ángel muy inteligente si todavía estás aquí.

Se apoyó en los brazos y dejó que sus codos aguantaran todo el peso de su cuerpo. Esto llevó a una cercanía extraña que me mantuvo algo torpe mientras cubría el corte con papel higiénico y lo sujetaba con cinta adhesiva.

Luego de la improvisada venda, volví al corte de su ceja y las magulladuras del pómulo. La cercanía fue la primera causa de un ambiente más denso, pero cuanto más tocaba su piel acalorada, más crecía ese misterioso silencio que indica que algo puede pasar.

—¿Arreglaste las cosas con tu madre?

—Ya no estamos enojadas, volvemos a ser las mismas de antes —respondí con orgullo y añoranza—. Podrías hacer lo mismo con tu padre.

—Sí... —expresó Rust, con un largo suspiro—. Quizá debería.

El silencio volvió, pero de una manera diferente. Mientras lo atendía, noté que sus ojos observaban mis gestos y mis expresiones, guardando cada uno de ellos. No me di cuenta al principio, hasta que levanté la mirada y él apartó la vista.

—¿Qué?

—Nada —respondió y quitó mis manos—. Ya me largo.

Lo dijo, pero ni siquiera levantó su trasero de mi cama. Me levanté en su lugar y esperé que se marchara.

—Adiós.

—Usa el dinero en los gatos —advirtió y comenzó a moverse hacia la ventana.

—Sí.

—No en cosas personales. Los gatos.

—Sí.

—Y que no sea en comida barata.

—Entendido.

—Ah, y una pipeta para las pulgas.

—Bien.

—¿Puedo quedarme más tiempo?

—Sí. No —corregí de manera brusca, lo que provocó que su gesto triunfal quedara en la nada—. Lo siento, no quiero problemas con mamá.

Al parecer acababa de invocarla. De la nada, los pasos de mamá se oyeron desde la escalera. Ahogué un grito desesperado y le señalé a Rust el lado ciego de la cama para que se ocultara. Él podía salir por la ventana, sí, pero en su estado no podía hacerlo rápido.

Cuando mamá se asomó por la puerta, actué como si no pasara nada.

—¿Cómo te fue?

—Ah, bien... Estuvo interesante.

—¿El observatorio o el chico?

La picardía en persona se presentó en mi cuarto. Llevé la cabeza hacia atrás y acompañé la expulsión de toda mi aberración hacia Claus en un gruñido de garganta salido desde mis entrañas.

—El observatorio, mamá, el observatorio.

Mamá respondió con una fresca sonrisa.

—Traje todo para hacer muffins. ¿Me ayudas?

No podía negarme a eso.

—¡Claro! Me cambiaré la ropa primero —respondí.

Mamá se marchó con un guiño. Una vez que hubo bajado las escaleras, contuve la respiración hasta que Rust salió por la ventana más rápido de lo que tardé en pestañear.

27

Tener mi celular de regreso significó calma y confianza.

Antes de que llegara el lunes, hice la prueba de fuego: comprobé si podía seguir usando el teléfono para hacer mis viajes. Para bienaventuranza mía, pude viajar sin problemas hacia mi pasado y el de mis padres antes de tenerme. Dos viajes hacia el pasado sin cambiar nada, solo como un seguro para mi futuro. Ya sabes, un mínimo cambio puede tener desenlaces terribles y, al ser mi presente relativamente estable, no quería complicar las cosas. Decidí dejar todo como estaba.

El lunes por la mañana, llegué a Sandberg y vi a mis amigas en la puerta del colegio, como de costumbre. Rowin y María compartían chocolates mientras Aldana miraba a Sindy, que leía unos papeles. Por poco, no se percatan de mi llegada.

—¡Onneeeeeeeeeeeee! —Rowin me sujetó de los hombros y me zarandeó, acercando su rostro peligrosamente al mío. Por supuesto, en ese momento María y Aldi sí se fijaron en mí—. Cuéntanos cómo fue la cita con Claus.

A María se le había escapado lo del chantaje con Claus, pero en lugar de considerarlo una tragedia, Rowin estaba entusiasmada y dijo que estaría feliz de intercambiarse conmigo para salir con Gilbertson. Aldana y María empatizaron más conmigo, porque la semana anterior me había quejado sin tapujos de tener que salir con ese chico.

—No estuvo mal —murmuré entre dientes de mala gana, porque eso menoscababa mi abundante orgullo.

Rowin dejó escapar un chillido tras soltarme y entrelazar sus dedos, fantaseaba con la cita, probablemente. Hice una mueca y me vi obligada a continuar hablando tras un profundo silencio entre María, Aldana y los expectantes ojos de Rowin.

—Fuimos al Observatorio Griffith —añadí—. Hablamos. Un poco. Eso es todo.

—Por eso el otro día subió una foto de la ciudad en Instagram.

Nunca podré comprender cómo es que Rowin pertenece al selecto grupo de seguidores de Claus. Asimilé con aspereza esa noticia e inevitablemente me pregunté qué opinaría ella si supiera el pasatiempo atroz de ese ser.

—¿No pasó nada más? —murmuró Aldana, dubitativa. Sabía que tras esa pregunta existía algo más oculto, solo por el hecho de que conocía cómo reaccioné el día en que decidimos celebrar la victoriosa elección que tuvo Sindy.

Respondí con la misma expresión que mi amiga.

—Se portó bien: no hubo chantajes ni acercamientos indeseados, no habló desde su ego. Claus se comportó diferente.

Sindy, quien hasta el momento no se había unido al encuentro, pues estaba muy concentrada con el discurso del aniversario de Sandberg, se acercó a nosotras con las hojas en una mano mientras subrayaba un párrafo con un bolígrafo rojo.

—¿Deberíamos añadir el tema de los alumnos becados? —preguntó sin mirarnos, sin apartar los ojos de las hojas—. ¿Sí? ¿No? ¿Qué proponen?

Por poco olvido a la Sindy Morris esmerada que aspiraba a que todo resultara perfecto para el consejo estudiantil. Siempre se preocupaba mucho por anotar, con elegancia y puntualidad, lo que tendría que decir al lunes siguiente en el auditorio de Sandberg. Verla tan seria y concentrada en su trabajo la hizo ver como una extraña ante mis ojos.

—Puede traer problemas para los becados —sostuvo Aldana al volverse hacia la rizada Morris—. No sé, yo digo que puede generar recelo.

—Le diré a la delegada que lo quite...

Previo a continuar la conversación, el arrebato inoportuno de las hojas la dejó con aire en las manos. Rowin empezó a reírse por su osada acción y meneó el discurso impreso lejos del alcance de su prima.

—¡Dámelo! —chilló Sindy, persiguiendo a Rowin—. ¡Lo llenaras de chocolate!

—Solo quiero leer —se justificó ella mientras esquivaba los manotazos de su prima por agarrar las hojas—. Déjame ver un rato.

Al fin, un chasquido de las hojas terminó por golpear a Rust, quien detuvo el truculento juego de Rowin y provocó que le entregara las hojas a su prima y corriera a ocultarse detrás de nosotras. Rust, por su parte, nos hizo una mueca que habría dejado temblando hasta al mismísimo director y entró al colegio.

—¡Diooos..., creí que iba a golpearme! ¡Torturarme, matarme y echarme a las bestias que posiblemente tiene de mascotas! —dijo de manera atropellada y abanicó su rostro.

—Me habría encantado ver eso —afirmó Sindy, más despeinada que antes. Mientras Rowin se disculpaba con su prima, leí la parte del discurso marcada.

La semana empezó desastrosa para Sindy y así se mantuvo hasta el miércoles, cuando después del último recreo, mientras se extendía una ansiedad generalizada por el almuerzo, los de último año nos reunimos en la sala del auditorio para organizar lo que haríamos para el aniversario.

Cuando entramos de las últimas en busca de un sitio, casi todos los estudiantes ya estaban acomodados y miraban hacia la tarima. Entonces, la voz imponente del segundo chico más arrogante de Sandberg (después de Claus, claro) me detuvo en seco solo con la mención de mi apellido. Todos, incluso los acomodados de la primera fila, se volvieron hacia la entrada del auditorio para observar la figura intimidante de Rust.

El silencio se hizo real durante varios segundos antes de que los pasos de Rust martillaran la madera antigua de la sala. Caminó hacia mí, con una determinación incuestionable.

—¿Pasa algo? —pregunté.

—Hablemos —sugirió a una distancia prudente.

Como su expresión decía claramente que necesitaba tratar conmigo algo serio, no pude decirle que no, menos al verlo en un estado tan deplorable —físicamente hablando, me refiero, ya que seguía con las marcas de la pelea—. Tenía a un público expectante por saber qué cosas turbias necesitaba arreglar la chica nueva con Siniester. La inquietud me abrazó con un resquemor en la nuca, lo que me hizo decirle en silencio a mis amigas que no tenían de qué preocuparse.

Acto seguido, Rust no halló la mejor forma de hablar: un sitio apartado del auditorio. Ordenó que lo siguiera con un movimiento de dedos, y las voces se alzaron con especulaciones y rumores. Lo típico.

Seguí a Rust hasta las sillas del fondo, donde la tenue luz del auditorio apenas iluminaba. Sin mucha delicadeza, el sucesor de Legión se sentó a mi lado. Su penetrante mirada se acopló a la mía, retorciéndose en una batalla campal por descifrar lo que el otro pensaba.

Finalmente, tras unos segundos en los que Sindy y su grupo del consejo subían al escenario, Rust se permitió romper la tensión.

—¿Saliste con Santa? ¿Él? ¿Entre tantos y tantas?

No pude creer que montara tanto escándalo para preguntar algo tan absurdo. Ni siquiera tuve un instante para preguntarme cómo había llegado a enterarse, solo me quedé procesando sus preguntas y su comportamiento. Hice un gesto, tentada de unirme al lado de la risa, pero decidí aprovecharme de su posición. En primer lugar, no tenía que darle explicaciones y, en segundo, no existía nada de malo en evidenciar sus estrafalarios celos.

—¿Tienes problemas con eso?

Me crucé de brazos en señal de inconformismo y negación, bien aprendido de las actuaciones de mamá.

—Creí que no salías con él —murmuró con injuria.

—No respondiste a mi pregunta.

—No te conviene —afirmó con tanta franqueza que quise volver a reírme, no sé si porque evitó mi pregunta otra vez o porque él me daba una charla sobre mi conveniencia.

—Yo decidiré qué me conviene y qué no —solté con tanta sinceridad y apatía que pareció lastimarlo. Su orgullo decayó en una rueda lenta hacia la decepción que evidenció en su expresión.

—Hay chicos mejores —aseguró—. Gilbertson es un hijo de puta, y lo sabes...

—Genial —interrumpí y le di unas palmadas en el hombro—, gracias por el dato. Tú ocúpate de lo tuyo y de Shanelle.

—Estoy ayudándote. —Me detuvo del brazo antes de que pudiese levantarme—. Poco me importa a quién le dedicas tu tiempo, pero creo que sabes que Claus no es para ti.

—Ya te dije que yo sé quién me conviene y quién no —insistí—. Y la cita con Claus no estuvo mal, es un chico bastante interesante.

—Es un manipulador.

No había que mencionar las «cualidades» de Claus Gilbertson, que sobresalían bastante. Yo conozco al chico más de lo deseado: sus apodos, sus ideales, sus retorcidos pasatiempos...

—Y tú eres impulsivo —alegué; tuve que elevar la voz porque los demás estudiantes se quejaban de las propuestas que la delegada del consejo estudiantil estaba exponiendo—. ¿Sabes? Yo sé que me buscas solo por conveniencia, no soy una idiota. No, miento. Sí, soy una idiota. Lo soy por permitirlo. En el fondo, Claus y tú son iguales: manipuladores.

—No me saques al baile.

—No te estoy «sacando al baile» —respondí con severidad—, tú te metiste solo, con tu actuación dominante y luego al traerme aquí como consejero amoroso.

—Me estoy preocupando por ti. Lo entiendes, ¿verdad?

Mi yo interno gritaba porque los animales del zoológico estomacal se habían escapado de sus jaulas. Había muchos, y todos me provocaban cosquillas.

—Tómalo como los consejos de un amigo, Cerilla —agregó y me dio, ahora, dos palmadas en el brazo.

—Ya te agradecí por tus... sabios consejos. —Por lo visto mi comentario le supo a bilis, porque le provocó una mueca entre asqueada y dolida—. Ahora, ¿puedes decirme qué harás con todos ellos? —Recorrí con mis ojos el auditorio para señalar a nuestros compañeros, el último curso de Sandberg, reunidos en una sala—. Tu comportamiento los hace sospechar. El otro día, cuando me raptaste del bus, no paraban de mirarme. No resultó grato; tuve que mentir a mis amigas sobre nuestra rara relación. Dime, ¿qué les diré a ellas? ¿Que me aconsejas? ¿Que ocultas tus celos? ¿Qué les diré a los demás si preguntan?

—¿Ellos? Puedo ocuparme de callar unas cuantas bocas, si eso es lo que te preocupa —amenazó con una chispa de malicia en sus ojos—. Seguro que piensan que hablamos de trabajo. Tranquila, no se meterán contigo a menos que piensen que te estoy intimidando y quieran estar bien conmigo.

—No quiero que llegues, otra vez, a creer que eres el amo del mundo y me llames en ese tono.

—¿Qué tono?

—El que usas cuando estás en modo Siniester —increpé entre el bullicio de la sala, acercándome un poco para que pudiese oírme.

—¿Algo más que exijas?

—Sí, hay más. Dile a tu hermana que no tome mis cosas.

Rust no lo sabía, por supuesto. La sorpresa hizo cobrar vida a sus cejas pobladas, que elevó al tiempo que arrugaba la frente.

—Oh, aún no sabes. Claus dijo que ella tuvo mi celular todo el tiempo, así que fue quien le envió la foto a Shanelle.

Meditó durante un lapso que pareció una eternidad.

—Hablaré con ella.

La verdad, no sabía qué estábamos acordando. De pronto, extendió la mano en un gesto rígido y la mantuvo así mientras yo dudaba. Volví a mirarlo.

—Para que los demás no sospechen, estrechemos la mano como si cerráramos un trato —dijo, lo que figuró en mi cabeza como una maquinación excepcional, así que respondí el gesto—. Ahora sonríe —murmuró, e imité su intento de sonrisa.

—¡Nosotros nos ocuparemos de Corea del Sur! —gritó, levantando la mano al aire, y por consiguiente, la mía también.

Mi sonrisa se quebró en segundos. Estaba deseosa de ocultarme tras notar que volvíamos a acaparar la atención.

Fue entonces cuando su truco barato cobró sentido: Rust no quería aparentar frente a los chicos, sino que deseaba arrastrarme con él en la actividad escolar para el aniversario, esa en la que había que vestir con la ropa tradicional de un país y hacer el ridículo de manera magistral.

—B-bien —balbuceó la delegada del consejo estudiantil—. Ya tenemos a los participantes de Corea...

Omití escuchar más para abrir paso a la aglomeración de reprimendas que iban dirigidas hacia Rust.

No sé qué me impresionó más: que Rust se ofreciera para una actividad escolar o que prestara atención a nuestra charla y a la organización del aniversario al mismo tiempo.

28

—Tienes que contarnos de qué hablaron —exigió Rowin cuando regresé con ellas. Me tomó del brazo y me observó con ojos saltones. Arriba, en el escenario, su prima tenía la misma expresión ansiosa por saber qué rayos pasaba entre Rust y yo.

Ya no había escape.

En algún momento, las chicas se enterarían.

Salimos del auditorio cuando sonó el timbre. Rowin y Sindy me arrastraron hacia el patio para averiguar hasta qué punto yo estaba involucrada con Rust. Me sentaron en un banco, se cruzaron de brazos y esperaron. María se sentó a mi derecha y Aldana a mi izquierda, por supuesto, ellas dos resultaron ser más discretas; no se habían adaptado al bichito angustiado del chisme.

—¿Y bien? —preguntó Rowin en un tono grave.

—Pues nada.

Me ahorré las ansias de salir huyendo despavorida cuando Sindy gruñó.

—Vamos, niña, dinos qué pasa con el hijo de Satanás.

—¿Con Claus?

Aldana rio junto con María. Rowin, en cambio, parecía estar demasiado ofendida por mi comentario.

—¡Siniester! —chilló, alzando las manos y la cabeza hacia el cielo.

Al final, accedí a contar todo lo que estaba pasando entre Rust y yo, aunque modificando algunos detalles: desde la relación que existió entre mi madre y su padre, pasando por nuestro primer encuentro —el del sexto viaje— y los gatos, cuando nos acostamos, hasta el problema con el celular. Desnudé aquel pequeño y gran secreto que guardaba.

Tarde o temprano, la posibilidad de que se enteraran de nuestra peculiar relación sería más evidente.

Una pensativa María habló:

—Yo me pregunto cómo hará cuando él vaya a su casa... —Se encogió de hombros y bajó la voz—. Ya saben, será complicado ver al hijo de su antiguo amor por ahí.

Aldana elevó la mirada al cielo e imaginó la situación.

—Será algo como «Te presento a mi novio». Simple...

—El chico que me cogerá duro cuando tú no estés en casa —añadió la flamante presidenta del consejo estudiantil de Sandberg, colegio privado de excelencia, con una reputación estupenda.

—¡Sindy! —exclamamos con horror las cuatro.

—¿Qué? —preguntó la chica con rizos rebeldes, sin conceder importancia a su comentario falto de tacto—. Hay que ser honestas en esta vida, y ustedes ya lo hicieron una vez.

Quiso darme un codazo, pero recordó que «coger» era una de esas palabras que no podía pronunciar, así que buscó su libreta para anotar con desesperación. No pude evitar reír. Por algún motivo, me sentí extraña; menos sola, menos encadenada a mi propio mundo. Como una corriente de viento en verano, algo muy deseable y adictivo.

Contar un secreto es un alivio. Lástima que esto no funcionaba para mi otro secreto.

A lo largo de mis viajes, he tenido la oportunidad de conocer muchas cosas. Me he inmiscuido en secretos, diversas situaciones y enfrentamientos. He abordado tantas cargas como no puedes imaginar. No solo me he enfrentado al dolor de perder a Rust o a mamá, sino a muchas personas a las que apreciaba y quería. El dolor de tener que decidir sobre una vida, el peso de convertirme en una «asesina» por querer ayudar a los que amo ha formado en mí una enfermedad de culpa que me ha ido desgastando. Y como solo soy un espejo que jamás debió crearse, puedo romperme con facilidad.

Un golpe y adiós a Yionne.

La inmortalidad no me pertenece. A nadie le pertenece. Somos cuerpos que resisten muchas cosas, pero en realidad somos tan frágiles que basta una mísera palabra para atravesarnos.

Jugar con la muerte no me libra de ella.

Yo podía salvar a quien quisiera, pero ¿quién me salvaría a mí? Nadie lo hizo en mi segundo viaje. Estuve sola mientras contemplaba la muerte sin compañía a mi lado, y ¿lo peor? Seguramente eso sucedió porque, en mi desesperación por comprender mi maldición, se la conté a alguien más. Por eso no se lo he dicho a nadie, hasta ahora.

Pasó cuando regresé de mi primer viaje, sí. Había decidido volver al punto de siempre, cuando volví con mamá a Los Ángeles tras pasar algunos meses en su ciudad natal. Papá ya solo era un recuerdo vívido en nuestra casa y sentía la nostalgia de no estar ahí con él. Un sentimiento similar al que sentí en mi sexto viaje me invadió, pero este venció con creces a la desesperación.

Al ser mi segundo viaje, no tenía la experiencia que poseo ahora, no estaba acostumbrada a tantas muertes, a tanto dolor. La determinada Yionne que tuvo la valentía de retroceder el tiempo para salvar a Rust se extinguía en un baile lento hacia la demencia. Necesitaba decirle a alguien la carga que soportaba, lo que había hecho. Quería desahogarme.

Tras reflexionar durante una semana, me armé de valor y me dirigí a la iglesia más cercana, con la convicción de que un creyente escucharía mi maldición sin juzgarme ni contradecirme.

Sin embargo, al pisar la iglesia, me envolvió un manto de escepticismo y de temor. Me repetía que no debía estar ahí. Desorientada, contemplé las estatuas e imágenes hechas de cerámica que decoraban la iglesia católica. Quería encontrar un sitio donde pensar. Me senté en uno de los bancos del centro, a varios metros de donde se encontraba el altar y el cura. Necesitaba moverme para que los nervios no me paralizaran. Además, tenía la garganta seca y no tenía con qué humedecerla más que mi saliva.

«¿De verdad esto me ayudará?», me pregunté, y enseguida pensé: «¿Y si mejor me quedo como estoy y guardo el secreto?». Luego de estas preguntas, surgían los cuestionamientos que me llevaban a creer que la iglesia no era un buen confesionario, que tal vez solo necesitaba contárselo a mamá y ya.

Me propuse permanecer en la iglesia durante un minuto más, de lo contrario me largaría. Y, como gracia divina, cuando llegué al último segundo, me levanté del banco dispuesta a irme, pero el cura me llamó. Su voz rasposa era inconfundible. Sí, la voz sonaba como la de un hombre que poseía muchos años de experiencia: apacible y llena de confianza. Yo estaba tan conmocionada por la coincidencia que no dije nada. Se presentó como el padre Slovak. Tras ofrecerme agua, me calmó y me preguntó qué sucedía.

Hablé con temor a ser cuestionada, a que me recriminara o tachara de loca. Slovak vio mi aflicción y escuchó atento la introducción de quién soy, sobre mi familia, el accidente de papá, las palabras de mamá y, cuando iba a contar lo de mi maldición, comencé a sentirme extraña.

Algo creció en mi pecho. Un fuego iba consumiendo mis entrañas con una rabia torturante que se almacenó en mi interior. Estaba desesperada porque no sabía qué me sucedía. Dejé de respirar, de pensar, de existir, empecé a vivir por el dolor que contraía mi pecho. Era como si algo se rompiese en mí... Un hormigueo en mis extremidades impidió que mi cuerpo se moviera y me paralizó. Se adueñó de mí y me lanzó al piso de la iglesia donde me retorcí de dolor.

Estaba sufriendo un ataque.

Perdí el sentido de la audición, porque llegué a un punto donde no oía mis quejidos ni los gritos del padre Slovak, que preguntaba qué me pasaba. Pronto siguió el sentido de la vista: partículas oscuras llenaron mis ojos. Tras sumirme en las tinieblas, desperté en mi habitación, como si mi segundo viaje jamás hubiese ocurrido. Había empezado mi tercer viaje de manera obligada.

Puedes llamarlo coincidencia, pero si algo he aprendido de esta horrible carga que algunos llamarían don, es que:

1. No puede haber sido una casualidad. Sufrir aquel dolor terrible no se trató de una nefasta coincidencia.

2. No quiero repetir lo que sentí ese día, prefiero mantener en secreto mi maldición.

Así que lidié con ella hasta mi sexto viaje, por eso saber que alguien más sabía de mi habilidad, con el tiempo, me hizo respirar.

Un poco, al menos.

El miércoles 30 de septiembre —el mismo día en que se llevó a cabo la reunión en el auditorio— volví a casa más tarde de lo acostumbrado. Mamá ya había llegado y tuve que besarle la mejilla en silencio al entrar, porque ella hablaba por teléfono.

Subí a mi cuarto con la idea de que Rust estaría allí, jugando con los felinos o durmiendo. Sin embargo, no estaba, lo que resultó un alivio porque mamá, apenas dejó de hablar, se presentó en mi cuarto.

—Hola, cariño —saludó tras tirarse a mi lado en la cama—. ¿Cómo te fue hoy?

—Bieeeeen —contesté con cansancio.

—¿Qué hicieron?

—Nada.

Me miró con la misma expresión que adoptaba cuando no estaba conforme: boca y cejas rectas, cabeza levemente ladeada, párpados caídos.

—Es que no hicimos nada, mamá. Lo de siempre: estudiar hasta morir. ¿Y tú? ¿Qué hiciste?

—Pues se me está haciendo difícil dirigir esta obra musical; tengo serios problemas con las expresiones de los protagonistas cuando cantan. Son nulas.

Mamá trabajaba, esta vez, para una obra musical y parecía que todo estaba andando peor que mi desastrosa vida. Se la veía cansada el día entero, incluso comenzaban a aparecerle las indeseables arrugas en el rabillo del ojo. No lo había notado hasta que observé su perfil estando con ella en ese preciso momento.

—Saldrá todo bien —la animé y la abracé—. No es la primera obra musical que diriges.

—Onne, tu obra musical del colegio cuando tenías seis años no cuenta.

Me hice la ofendida y me aparté, pero ella me atrajo de nuevo con un abrazo. Luego besó mi cabeza.

—Oye —dije al recordar lo del auditorio—, ¿tienes algún traje tradicional de Corea que puedas prestarnos?

—¿En el teatro? No lo sé, mi Onne, tendría que preguntar. —Hizo una pausa procesando lo que preguntaba—. ¿Por qué?

—Para el aniversario, los del último año acordamos crear una especie de cafetería, con mesas que representarán diferentes países. Tenemos que vestirnos con un traje típico del país y buscar algo de información para explicarles a los clientes.

—Suena interesante.

—Sí, está interesante. Algunos chicos del club de costura quieren hacer los trajes, pero sería un malgasto de dinero... aunque a esos chicos les sobra. Además, el dinero recaudado se usará para beneficencia. ¡Ah! Y podrán ir personas que no pertenecen al colegio, por si quieres ir a vernos...

Hablé de más. Me mordí la lengua en cuanto recordé que me vería como pareja de Rust.

—Preguntaré lo del traje, ¡y claro que te iré a ver!

Estaba perdida.

Antes de proceder a argumentar que no lo hiciera por algún motivo insignificante, pero de suficiente importancia para que mamá no fuera, mis ojos captaron un movimiento extraño dentro del cuarto. La ventana, a unos metros de mi cama, tenía algo extraño que me llamó la atención. Fruncí el ceño para observar de qué se trataba. Poco a poco, me fui percatando de una sombra a través de la cortina, grande y con movimiento. Luego un rostro difuso se formó: Rust estaba colgando de mi ventana.

—¡AY, DIOS! —exclamé y me senté con rapidez en la cama.

—¿Qué pasa? —preguntó mamá. Ella se levantó y buscó si alguno de los gatos había hecho «sus gracias» en la alfombra.

Inspiré y me calmé.

—Ah, no... es que me dolió muchísimo la cabeza —mentí, y me llevé las manos a la frente, mientras cerraba los ojos—. Fue una punzada terrible. ¿Puedes traerme algo?

—¡Ay, Onne! ¡No me asustes así! —se quejó con una mano puesta en el pecho y jadeando con pesadez—. Iré por una aspirina, no tardo.

En cuanto salió, avancé hacia la ventana. Rust tenía el rostro rojo, estaba al borde de que le estallara por estar aguantando tanto tiempo pendido ahí. En el momento en que sus dedos amenazaban con ceder a la presión y al cansancio, lo sujeté del brazo para que subiera.

Él no debía estar en mi cuarto haciendo sus visitas a esa hora. Era tarde.

Lejos de preguntarle qué pasaba, él, tras escupir barbaridades por la boca, me miró con gesto cansado y se llevó una mano a la nuca.

—¿Puedo quedarme aquí esta noche? —preguntó.

29

Antes de darle a Rust una respuesta que no reiterara lo que ya comunicaba mi expresión de horror por tenerlo en mi cuarto a esa hora, me asomé por la puerta y comprobé que mamá no subiera. Para nuestra fortuna, mi querida madre no daba indicios de subir con el remedio para mi supuesto dolor de cabeza, así que me volví hacia Rust.

—Debes ocultarte —advertí.

Rust asintió en silencio y se movió con torpeza hacia el lado de mi cama que no daba a la puerta. Yo me adelanté a mamá y bajé corriendo las escaleras. Me la encontré justo en la esquina que da hacia el pasillo de la cocina y el baño.

—Onne, cariño, no deberías bajar la escalera así —dijo con el vaso de agua y una aspirina en las manos.

Esbocé una leve sonrisa al verla presa del asombro.

—Ya se me está pasando un poco. —Agarré el vaso y la aspirina con precaución—. De todas formas, me tomaré esto por si acaso.

Su instinto materno se agudizó y me observó con unos ojos que delataban la suspicacia mortífera de la que cualquier adolescente quiere escapar. Me tensé, deseosa de esconderme tras el vaso de agua que bebía. Mamá entrecerró sus ojos mientras se acercaba para tener una mejor apreciación de mi rostro.

—Estás pálida y esquiva —acusó con la voz más fría que pudo emitir—. Sabes que cuando mientes desvías los ojos a los lados.

Mi interior se removió por completo. Como nota mental, me dije que necesitaba tener presente ese inconsciente gesto para mis mentiras futuras.

—Está bien —dije y rocé la sumisión—. Fue un dolor muy terrible, mamá, no me siento muy bien, por eso tomé la aspirina —continué mintiendo y me aproveché de la situación—: Creo que hoy me dormiré temprano.

Un parpadeo lento trajo la empatía de mamá, que me acarició el cabello y me agarró la barbilla.

—Bueno... —empezó tras examinarme—. Ve a dormir. Cualquier cosa, estaré en mi despacho.

—Claro, mamá —accedí de manera rápida y deposité un beso en su mejilla.

Corrí de vuelta hasta mi habitación. Mamá me gritó, otra vez, que no corriera y no sé qué.

Mi pecho subía y bajaba con tal fuerza que me hizo cuestionar mi estado físico. Al entrar, lo peor fue encontrar a Rust recostado en mi cama, con los brazos detrás de la cabeza y sus botas militares ensuciándolo todo. Ese chico no tenía respeto por nada, ni siquiera se había quedado oculto en caso de que mamá subiera.

Deseé tener la fuerza física necesaria para levantar la cama y sacarlo de ella, sin embargo, tenía suficiente fuerza mental como para expresar mi disgusto. Bastó un gesto y el semblante intimidante para dejarle claro que debía volver a su lugar: el suelo alfombrado. Un momento después, el trasero de Rust fue a dar allí con pesadez.

—¿Por qué aquí? —le pregunté entre risas al ver que los gatos se lanzaban contra él para atacarlo.

—Problemas en casa —murmuró tras un momento—. Tranquila, solo me quedaré esta noche, las siguientes no molestaré.

Su tono desalentado contrastaba con los ágiles movimientos de su mano, que había adoptado forma de garra para jugar con los mininos.

Admiro la faceta sincera y juguetona de Rust, su entrega hacia los gatos y el hecho de que, a pesar de estar sumergido hasta en el más angustiante pesar, con ellos muestra su faceta más afable. Con ellos muestra un vínculo que yo no logré establecer. Claro, yo los cuidaba y jugábamos de vez en cuando, pero él se ganó todo su afecto e interés.

Dejé mi lado de madre celosa y busqué mi pijama. Me cambié de ropa en el punto ciego de la habitación, de espaldas, donde los ojos azules de Rust no pudiesen verme. Sé que esto era absurdo, teniendo en cuenta lo que pasó entre nosotros antes de este sexto viaje —y en este sexto viaje—, pero quise mantenerme al margen de su mirada porque el peso de la culpa pulsaba en lo profundo de mi ser.

Al acabar, me senté en la cama. Rust no parecía ansioso por volverse a mirarme, estaba bastante entusiasmado en agarrar a Crush en su mano sin que este lo mordiera. Me quedé unos minutos, perdida en mis pensamientos, y me hallé sonriendo desde mi lado más enamorado. El golpe mental fue certero, tanto que me levanté, maldije y me pasé las manos por la cara como si me echara agua.

Una vez que me vi de regreso, mi fracturada determinación de no caer en la engañosa red de la ilusión hizo que me aclarara la garganta para hablar:

—Mi cama es tu cama —le dije en un tono cortés y modulado—, yo iré a dormir al cuarto de mamá.

Me volví hacia la puerta, pero el lado macabro de Berty se despertó: atacó mis pies e impidió que continuara caminando. Solté un grito de dolor cuando sus pequeñas pero muy mortales garras se enterraron en mi piel. Tuve que cubrirme la boca y luego agacharme para poder liberarme. Detrás, Rust portaba una máscara de burla que me irritó más de lo debido.

—Buenas noches.

Renegué la despedida que dio y giré hacia la puerta para dirigirme a la habitación de mamá, pero eso no llegó a ocurrir. En lugar de ser atacada otra vez por uno de los felinos, el mismo Rust me detuvo agarrándome del pantalón del pijama, lo que provocó que este resbalara por mis piernas y me quedara en bragas.

—Geniaaal —exclamó Rust al tener una excelente perspectiva de mi trasero.

—¡Tú, idiota! ¿Qué haces?

—No quería que te fueras —admitió mientras yo me subía el pantalón—. Lo de verte el culo fue pura suerte.

La expresión de satisfacción que adoptó su rostro me hizo poner los ojos en blanco.

—¿Para qué quieres que me quede? —pregunté.

—Podemos adelantar el trabajo del aniversario —argumentó con tranquilidad—. O podemos hablar. Estoy abierto a cualquier propuesta.

Un comentario con doble sentido, por supuesto, al que añadió una expresión sugerente que me puso los pelos de punta. No podía bajar la guardia, lo sabía. pero en mi interior se había desatado una disputa entre si debía marcharme, como había declarado antes, o quedarme y dejarme vencer por las emociones.

Ganó la segunda porque mi voluntad, al parecer, estaba ahí para ser doblegada siempre por lo que mis sentimientos querían.

—Bien, adelantemos el trabajo.

Rust sonrió sinceramente y sin segunda intención. Fue una sonrisa genuina.

Busqué mi *laptop* y se lo entregué para que lo encendiera, luego cerré la puerta de mi habitación por si mamá quería entrar.

Rust entró en una página web, similar a Netflix, donde subían series extranjeras. El chico tenía cuenta *premium* y muchas series, en su mayoría coreanas, sin terminar de ver.

—¿Te gustan los dramas coreanos? —pregunté, divertida.

La respuesta era clara y la conocía, solo deseaba sacar un tema.

—¿Tienes algún problema con eso? —inquirió, dirigiéndose a mí por encima de su hombro. Su expresión austera regresó con su respuesta.

—Por supuesto que no, baja las defensas. —Me senté a su lado, crucé las piernas y puse a Crush sobre ellas para acariciarlo a la fuerza—. Esto es algo inesperado de alguien con tu fachada de chico malo.

—Me la sudan las fachadas, que las personas crean lo que quieran creer de mí —se removió por completo con el *laptop* en su regazo—. La única opinión que me interesa es...

—La tuya —lo frené—. Tranquilo, bestia, yo no juzgo tus gustos. De hecho, este me parece bastante tierno. Y si lo muestras conmigo, me siento muy halagada. Ahora dime, ¿qué aporta esto a nuestra función desastrosa para el aniversario?

—Cultura, claro.

Mentiroso. Él solo buscaba una excusa para ver sus dramas.

Le dio clic a un drama coreano de nombre *Moon Lovers: Scarlet Heart Ryeo*. Su apariencia ruda fue cayendo en picado y mutó a la de un niño entusiasmado y adorable.

—Veamos si tienes buen gusto... —comenté con escepticismo.
Se volvió con gesto ofendido y regresó a la pantalla con el inicio del drama para colocarlo en pausa.

—¿Lo dudas? —replicó con soberbia—. Por eso no me gustas.

La risa quedó atorada en su garganta en cuanto le lancé un puñetazo al estómago. Se quejó con aspereza y se llevó una mano al estómago por debajo de su camisa.

—Más cuidado, Pelusa.

—Lo siento, olvidé lo de tu herida —balbuceé con las manos sobre la boca, llena de culpa—. ¿Todavía no sana?

Negó con la cabeza.

—Tu excelente kit de enfermería no sirvió de mucho, la herida resultó ser más profunda de lo que imaginábamos.

—Ja, y andar como un simio para entrar por mi ventana no ayuda —solté. Sus cejas se tornaron un camino recto y castaño, mi comentario no le sentó para nada bien—. ¿No te mandaron guardar reposo o algo?

—No gasté en un médico real, Roja, me atendió uno más barato.

—Llegó mi turno de mirarlo con seriedad. Solo existía un chico de su grupo de cómplices que tenía afiliación a la medicina—. ¿Qué?

—Si ese médico es Brendon... —empecé.

—Él sabe de estas cosas.

Sí, las sabía, pero eso no lo volvía un experto. Hacer una comparación entre él y un médico de verdad era algo absurdo.

—Déjame ver —ordené a la espera de que se levantara la camiseta.

Rust me enseñó la venda que tenía puesta sobre el corte y se la despegó para enseñarme unas puntadas hechas de manera casi profesional. No obstante, alrededor continuaba teniendo un color amoratado que me preocupaba.

—¿Ves? —inquirió con despreocupación—, no está tan mal.

—«Tan» —repetí—, tú lo has dicho.

La rigidez se alojó en mi entrecejo, aunque lo tuviese fruncido. De no ser porque mamá estaba abajo, habría agarrado a Rust de la oreja para llevarlo a un centro médico. Sin percatarme, empecé a recorrer con las yemas de los dedos su piel sana, acogida por mis preocupados pensamientos. Él detuvo el trayecto de estos antes de que continuara acariciándolo.

—No me toques así —murmuró en lo que parecía una agonía que moría en medio de su respiración agitada—, es jodidamente ardiente.

No existió un «lo siento» emitido por mí ni otro comentario hecho por su parte, todo se resumió en un silencio que se consumió en el momento en que regresamos a la serie.

La serie empezó a reproducirse y con esto aumentaron mis ganas de dormir.

Cuando abrí los ojos, noté que mi cabeza reposaba sobre el hombro de Rust. De no ser por la pantalla oscura que apareció tras una escena, no me hubiera percatado de que dormía apoyada en él. Rust no me dijo nada, solo continuó mirando el drama. Sin embargo, mi descubrimiento hizo que yo saltara en mi lugar, cual gato asustado, y mirara el hombro que usé como almohada.

El sucesor de Legión pausó la escena y me confrontó de manera repentina:

—¿Por qué te gusto?

—¿Cómo?

—Que por qué te sientes atraída hacia mí —explicó con quietud y una modulación perfecta.

Yo no respondí con una pregunta porque acababa de despertar y mi cerebro estaba aletargado, sino porque escuchar ese «¿Por qué te gusto?» me llevó a mi primer viaje cuando recién estaba conociendo a fondo al Rust que muchos tenían solo como Siniester. Esa pregunta, la que él me hacía, era la que le había hecho yo entonces. Cuestioné sus sentimientos hacia mí, descreída de sus actitudes. Porque el hecho de que un chico de la talla de Rust, temido por todos y con su mala fama, se fijara en mí no encajaba. Necesitaba obtener una razón para todo, ya sabes.

Lo irónico es que, incluso ahora, pocas veces consigo obtener un porqué.

—Te responderé como alguien hizo una vez: ¿debe existir un motivo? ¿Quién necesita razones para enamorarse? Claro, algunos sucesos influyen en esto, pero no existe una razón específica, es algo que pasa sin que te percates. —Se mantuvo serio mientras me escuchaba—. Tú comenzaste a gustarme desde hace muchísimo tiempo, y no puedo entender cómo. Yo sé que a los ojos de otros no debería fijarme en ti, que existen más razones que desalientan sentimientos que los compongan... Pero tú, de alguna forma, lograste entrar en mi vida. No tengo un motivo para darte, no tengo razones que explicar. Pasó, nada más.

—Es por mi físico.

—Ya te dije que no —rebatí—. Eres mucho más que un chico apuesto, más que una fachada, más que una mirada hostil, más que una apariencia. El amor no necesita de explicaciones, es demasiado grande para ellas.

Asintió repetidas veces, como si aceptara mis palabras y mi declaración. Regresó a la serie por unos minutos en los que yo me dediqué a preguntarme qué rayos había pasado en la serie mientras dormía.

De pronto, volvió a pausar el drama para dirigirse hacia mí con un semblante serio.

—Si yo pudiese arreglarlo todo, lo haría; pero no puedo —pronunció.

Tardé un instante en comprender a qué se refería y por qué lo sacaba a colación tan de repente. Tras un momento, comprendí que existía un trasfondo más allá de su inesperada aparición, que ya no quería pertenecer a Siniester y a su mundo.

—Si pudiese dejar todo lo de las putas bandas y conseguir una vida normal, lo haría. De verdad lo digo.

—No quieres.

—No quiero porque no debo —agregó con aflicción en sus palabras—. Tengo miedo de que les hagan algo a ellos... a mi familia y a mí. Si pudiese volver al tiempo en que escapé de casa, antes de conocer a Ramslo, me diría que no me metiera en ese jodido mundo, que volviera a casa y dejara de ser un idiota.

—¿Lo dices en serio?

—¿Tengo cara de estar bromeando, Rojita? —Ahí estaba el Rust de siempre.

Coloqué la mano sobre su antebrazo para consolarlo, apiadándome de su situación. Entendí lo difícil que debía de ser para él querer dejar algo, pero no poder hacerlo porque ya estaba arraigado en su vida. Igual que yo con mi maldición, ambos condenados por nuestras malas decisiones.

—Eres un buen chico, Rust. —Le di suaves golpecitos en el brazo y tracé la mejor de mis sonrisas.

—¿Ese será todo el consuelo? —cuestionó tras desinflarse como un globo.

—Ah —me alejé—, ¿el jovencito quiere que le dé chocolates y aplausos?

Antes de que respondiera, lo detuve con la pregunta que traería otra vez su lado más sensible y humano. La pregunta que despertaba el dolor de haber elegido erróneamente. Porque sí, todo había empezado por el quiebre en la relación familiar.

—¿Lo extrañas? —interrogué al verlo, algo cabizbaja.

Apretó los dientes delatando la tensión que sentía. Sus fosas nasales se agrandaron en una inspiración lenta y tortuosa.

—Me gustaría que pudiésemos hablar sin discutir —dijo, esquivo, huyendo de mi mirada.

—No has respondido mi pregunta.

—Sí, Roja, lo extraño. A él, e incluso a Sharick —articuló, ofendido, y dejó de lado la *laptop*—. Son importantes para mí, mucho, como no tienes idea. Pero tengo a Shanelle, a mis amigos. No puedo abandonarlos tampoco, no ahora que las cosas se salen de control. Es una putada, no puedo estar bien con ambos, debo escoger. El único equilibrio que tenía era estar aquí, antes de que llegaran a invadir mi guarida.

Pensé en darle otro golpe en el estómago, pero me contuve. Mi mano quedó en el aire y, como resultado, asustó a Rust, quien se escondió tras sus manos estiradas.

—Solo estoy bromeando —se defendió—. En parte. Creo que este lugar es una clase de equilibrio. Aquí estoy en un punto neutro donde puedo alejarme de toda la mierda.

Bajé mi puño tan lento como él bajó sus defensas.

—¿Quién eres y qué hiciste con Rust? —le pregunté tras sacudir su cabello. Él volvió a esconderse e hizo uso de sus manos para ocultar su cabeza.

—No me jodas —gruñó y me despeinó a mí.

Me esforcé por no reír fuerte ya que mamá seguía en casa y supuse que estaría despierta. Entonces, rememorando mis viajes pasados, recordé que hacíamos esta clase de juegos para fastidiarnos un poco. Le regresé el ataque al inclinarme hacia él para acaparar más de su cabello y extendí mis brazos. Como consecuencia de esto, mi torso quedó dispuesto en su totalidad para que Rust lo abrazara con una ambición que me mantuvo quieta. Asumí que ese simple abrazo no iba con segundas intenciones, sino que era algo que él necesitaba.

—Tú... —emití en un susurro una vez que correspondí a su abrazo—, ¿de verdad estarías dispuesto a dejar de ser Siniester?

Su respuesta fue un lento movimiento con la cabeza. Tragué saliva y asentí.

—Bien.

Lo decidí en cuanto se fue por la madrugada: Siniester iba a desaparecer.

30

Jueves. Las clases de Química iban más allá del nivel aburrido y, dado que ya conocía las materias casi a la perfección, una siestecita no me vino mal. Me vi envuelta en el mundo de los sueños hasta que el profesor Rimalchi decidió mandarme fuera para lavarme la cara.

Partí hacia el baño con ánimos de caerme por el pasillo y quedarme ahí, existiendo y respirando, pero dormida. No suena mal ahora que lo pienso, pude disfrutar de ese momento en mi imaginación porque, cuando llegué al baño, no hizo falta agua para despertarme.

Había un mensaje escrito en el espejo.

AHORA ESTÁS SOLA, PERRA

Pensé que el mensaje iba dirigido a mí, que tú habías viajado hasta aquí para amenazarme o algo por el estilo, o que quizás alguien del colegio se había puesto en mi contra porque me vio con Siniester. No obstante, ningún cuestionamiento dio con el hecho de que ese mensaje tenía ya marcado una destinataria: Shanelle Eaton.

Anhelé poder volver a clases sin toparme con alguien. Al escuchar voces cercanas, me terminé encerrando en mi cubículo preferido. Justo a tiempo, porque enseguida alguien entró en el baño. Abrí un poco la puerta para mirar por la rendija y me encontré con dos chicas. Apenas pude ver sus caras.

—¿Crees que lo verá? —le preguntó una a la otra.

—Claro que lo hará, suele venir al salir de clases.

—¿Qué más falta?

—Las fotos.

Observé que ambas chicas se movían de un lado a otro. Estaban agitadas, hablaban con la voz golpeada y elevada a pesar de lo que estaban haciendo.

—Aquí las tengo —dijo la primera chica luego de permanecer un momento en silencio.

—Perfecto.

—¿Algo más?

—No abrir la boca.

—Y comprar un lápiz labial nuevo.

Sus risas y murmullos se perdieron poco a poco y evidenciaron su marcha. Por fin pude salir del cubículo que, por primera vez, me pareció asfixiante. La escena que vi resultó más allá de lo perturbador. No solo estaba escrito el «Ahora estás sola, perra», sino que había otros insultos en el espejo y fotografías de Shanelle con los ojos marcados con equis y la boca rota. Además, había dos velas encendidas, como si se tratara de un ritual.

Me dediqué a romper las fotos, tirar las velas y limpiar el vidrio hasta que las clases concluyeron. No entendía nada y, cuanto más trataba de desenlazar los motivos por lo que dos chicas harían tal cosa, más me dolía la cabeza.

Decidí guardar una foto, la más horrorosa, para enseñarla a inspectoría con el fin de explicarles lo que había sucedido y darles detalles de las estudiantes. Pero justo cuando salía del aula de Química tras buscar mis cosas, el destino se encargó de plantar a Rust y a Brendon en mi camino.

Aunque en realidad no lo llamaría una coincidencia, ellos me estaban buscando.

—Hola.

Mi saludo sonó fuera de lugar, sumamente incómodo. Forcé una sonrisa; quería fingir que todo iba bien, que mi encuentro con aquel macabro escenario en el baño solo pertenecía a un viejo recuerdo de alguna película.

Ambos chicos me devolvieron el saludo con un sutil movimiento de mano.

—¿Pasa algo? —pregunté.

Brendon asintió y se puso más serio que yo. Tuve que tragar saliva mientras me preparaba mentalmente para la supuesta mala noticia que rebosaba en su rostro y, pronto, comenzó a hablar con inquietud.

—Mañana es el cumpleaños de tu amiga y me preguntaba si... no sé... tú, siendo su amiga, aunque sé que llegaste solo este...

Brendon estaba más que nervioso, Rust tuvo que darle un codazo para regresarlo a la Tierra.

—Suéltalo ya, hombre —lo animó con cierta pesadez.

—Ah, pues... —continuó Brendon—. Y-yo quería comprarle algo.

Inevitablemente, sonreí más relajada. La intención de Brendon me pareció adorable y, al parecer, a su mejor amigo también; Rust esbozó una media sonrisa en cuanto Brendon pudo concluir su petición.

—No le compres nada —respondí—, lo mejor que puedes darle es algo hecho por ti.

La duda caló más hondo que el propio nerviosismo de Brendon.

—¿Algo hecho por mí?

—Sí, que hayas cocinado, con mucho amor y buenas intenciones. —Lo medité unos largos segundos—. Un muffin no estaría mal, y una tarjeta. Aldi es de las románticas de la vieja escuela.

—Lo anotaré.

No le recriminé que tuviera que anotarlo, los azules ojos de Rust llamaron más mi atención. Él esperaba que lo recibiera con mejor cara.

—¿Por qué no pareces feliz de verme?

Abrí los labios, pero de ellos no salió palabra alguna, pues el aire se quedó contenido dentro de mi boca. Dudé, lo hice porque sabía muy a mi pesar que, si le enseñaba la foto a Rust, él volvería con Shanelle para evitar que la amenaza se concretara.

—Tengo algo que mostrarte. —Me removí en mi lugar, tímida e insegura. Saqué de mi chaqueta la fotografía de Shanelle y se la entregué—. Había más, y algo escrito en el espejo con lápiz labial.

—Hijo de puta.

Era justo la reacción que Rust podía tener, y la que esperaba. Sin embargo, esta vino con un agregado extra. Dio media vuelta sobre sus talones y emprendió camino hacia un nuevo y bien focalizado destino.

—¿A dónde vas? —preguntamos Brendon y yo a la vez.

—Con Gilbertson.

Su amigo y yo nos miramos ante la respuesta.

—No sé si fue él... —empecé a decir—. Vi a dos chicas...

Rust se detuvo alterado y con la expresión descompuesta.

—¿Quién si no? —espetó—. Gilbertson debe de haberles pagado.

Emprendió el paso arrugando la foto y luego la tiró al suelo. Los estudiantes se hacían a un lado, asustados por la posibilidad de ser golpeados por Siniester; lo esquivaban como si tropezarse en su camino acarreara una muerte segura. Tal vez no se equivocaban tanto, porque Rust iba cual toro; avanzaba y empujaba a cualquiera que no se moviera e interrumpiera su trayecto hacia Claus. Brendon lo siguió para convencerlo de no hacer nada imprudente, y yo iba más atrás, con la foto en mis manos.

Divisamos a Claus sentado en el borde de la fuente con la estatua del fundador de Sandberg, con la libreta de antes y charlando con sus amigos y dos chicas más. Apenas pudo dejar a un lado la libreta cuando Siniester le dio un golpe que lo desestabilizó. Hubo un chapuzón. Claus cayó al agua, luego hubo un silencio que dio lugar a cientos de carcajadas llenas de burla.

—Estás muerto —amenazó Claus al levantarse—. Ya enterrado.

No dijo más. Se acomodó la ropa mojada, salió del agua y se marchó con su grupo.

El ultimátum de Claus Gilbertson no era una simple amenaza que había escupido con odio por la humillación, sino que iba más allá de las palabras y avanzaba hacia los hechos. Lo entendí cuando, al salir de Sandberg, un grupo de chicos observaba con pasmo la moto de Rust hecha añicos.

Y de nuevo mis intenciones de salvarle el trasero a Rust confirmaron lo que hacía unas horas no lograba decidir: si acababa con Siniester, no habría amenaza, no habría muerte. Llegué a casa, hice un cálculo mental de acuerdo con la fecha en que Rust decidió marcharse de su casa y viajé.

Una vez escuché que una idea es como un virus que se aloja en la cabeza y no te suelta jamás. Empieza como algo pequeño que se va agrandando hasta volverse una esperanza, un cambio, un motivo para vivir. Te aferras a la idea como el ser humano se aferra a la vida misma. Yo soy un ejemplo de la veracidad de esto con mi imprudencia por no seguir el curso natural de las cosas, o bien Rust puede serlo con la idea que creció dentro de sus pensamientos al no tener la familia que siempre deseó. Mi misión se convirtió en dirigirme a ese Rust y quebrar su idea primordial.

Encontrarlo no resultó simple. Era un niño descalabrado e inquieto, por lo que me tuvo en una larga búsqueda por la ciudad cuando solo era una pequeña con poco dinero y una bicicleta. Fui a su casa, a su colegio, al campo de juegos, al estadio donde solía ir para ver a alguna estrella del béisbol, a un parque de diversiones de Los Ángeles. Finalmente, bajé a Santa Mónica y lo busqué en el parque de atracciones, bajo el enorme puerto, en la playa y, por último, me marché hacia los peñascos.

Allí estaba Rust, jugando con su bate. Bateaba una pelota hacia la misma roca enorme donde nos sentamos cuando llegó a casa aquella mañana para juzgar a mamá. Su pelo era completamente rubio, sin los reflejos castaños de sus diecinueve años; traía puesta la camiseta blanca de su equipo favorito de béisbol y también una gorra del color que lo representaba. Era mucho más delgado y bajo de lo que imaginé que sería, de hecho, nuestra estatura era la misma. Sus ojos azules eran igual que el cielo de aquella tarde, pero noté que uno estaba más rojo e hinchado, supuse que por alguna pelea.

Ver al Rust miniatura me encendió el pecho de tal forma que ansié correr y poder abrazarlo, sentir su calor corporal contra el mío, y dejar que su olor entrara por mis fosas nasales para quedarme con ese distintivo aroma una vez que volviera a viajar.

Me quedé con el trote perdido a medio camino. Rust notó mi presencia, espantado.

—¿Qué? —preguntó, esquivo, y ocultó su cuerpo bajo un hombro y brazo levemente levantados—. ¿Por qué me miras así?

Era la primera vez que lo veía así de pequeño, ¿de qué otra forma podría haberlo mirado?

—Hola, Rust —saludé con una sonrisa que enseñaba todos mis dientes y marcaba mis pecas—. Eres difícil de encontrar.

Frunció las cejas y apoyó su querido bate en su hombro izquierdo.

—¿Te conozco?

«No ahora, sí más adelante», pensé.

Claramente, decirle que venía del futuro no serviría.

—¿Qué le pasó a tu ojo?

—¿Te conozco? —insistió, marcando la voz. Malhumorado desde niño.

—Fuimos a una clase de béisbol juntos... —contesté, dubitativa—. Hace tiempo. Me echaron porque no atajo la pelota —agregué al patear una piedrecilla que cayó en su zapatilla. Por supuesto, eso era una vil mentira—. Y... ¿qué le pasó a tu ojo?

Evitó el contacto visual antes de removerse y encoger los hombros; entonces, respondió en voz baja:

—No pude batear.

—¿Quieres algo de ayuda? —pregunté.

Sus mejillas se encendieron. El Rust de aquellos tiempos sí que se sonrojaba, ¿eh? Fue muy adorable verlo con las mejillas rojas tras escucharme.

—No, estoy bien.

Bajó el bate y se preparó para darle a la pelota, permitiendo que viera su perfil infantil.

—¡Oh, vamos! Practicar contra una roca taaaan enorme no sirve —desdeñé y me tomé el atrevimiento de acercarme—. Si te avergüenzas por no...

—No me avergüenzo —me detuvo antes de concluir y adoptó un gesto serio.

—Entonces, ¿por qué no practicas con los del equipo?

—Porque me expulsaron.

—Oh. —Eso tenía algo de sentido—. ¿Por no batear?

—Porque no bateé y un idiota hijo de mamá se rio de mí. Lo golpeé, él me golpeó, peleamos y... me expulsaron —añadió al lanzar la pelota al aire, pero sin lograr batearla—. Hasta llamaron a mi viejo... —empezó a contar con la voz apagada y se perdió entre, quizás, algunos recuerdos—. Él me regañó y todo... Bah, si mal no recuerdo, así se conocieron mamá y él; todo empezó porque su hija le pegó a un compañero y mi vieja era la directora del instituto en ese tiempo.

—Golpeaste a alguien, muy típico de ti... —comenté yo al pensar en voz alta como de seguro también lo hacía él.

—¿Dijiste algo?

—Que yo habría hecho lo mismo —tuve que decir y dibujé una sonrisa algo traviesa. Rust se limitó a elevar una ceja mientras juzgaba mi comentario y observaba en silencio cómo me encaminaba hacia la pelota de béisbol tirada en el suelo y la recogía—. Anda, trataré de lanzarla con cuidado para no dañar tu otro ojo.

Mi desafiante comentario funcionó.

Lo cierto es que Rust era pésimo con el bate. Peor que eso: jamás podía darle a la bola y, si lo hacía, esta no avanzaba lo suficiente. Sus movimientos eran torpes y mal coordinados, se guiaba por el instinto, como el Rust adolescente, y sus acciones terminaban por perjudicarlo. No había una determinación, sino un resquemor que no existía en la figura altanera y testaruda del chico del que me enamoré.

Supongo que ahí estaba el gran cambio que se produjo gracias a las bandas. Y no estaba mal que se mostrara seguro de sí mismo la mayor parte del tiempo, me gustaba que tuviera una personalidad fuerte, sin dejarse llevar. No obstante, también me gustaba el Rust pequeño, con sentimientos frágiles e inseguridad, que no aparentaba, que no había decidido hacerse un hombre demasiado pronto y que, sobre todo, trataba de seguir sus sueños.

Flaqueé de nuevo, indecisa, sin saber qué hacer: dejaba al Rust de siempre, el chico que personificaba a Siniester, o cumplía con la razón por la que me encontraba en el pasado.

Tanto pensamiento hizo que me perdiera y no vi venir la pelota.

Terminé con la cabeza en la estratósfera por un momento, y mi cuerpo se desequilibró hasta producir una aparatosa caída. Rust corrió hacia mí para ver cómo me encontraba y se disculpó por el horrible chichón que me dejó el pelotazo. La amarga práctica llegó a su fin y optamos por un descanso luego de caminar durante algunos minutos hacia el bazar ideal de Rust, el mismo donde le compré su pack de cerveza. Esta vez fueron dos jugos y un descanso en la acera. Decidí hacer lo que me parecía correcto. No iba a perpetrar en la mente de Rust o lavarle el cerebro para que no dejara su casa y se uniera a las bandas, pero sí influiría para que reflexionara sobre la relación con su padre.

—Mi padre... —comencé con fragilidad.

—¿Qué?

—Mi padre murió hace un tiempo en un accidente, volvíamos de un paseo y pasó. Fue rápido y muy doloroso. No puedo recordar mucho, trato de evitarlo. Su muerte fue inesperada, pero su recuerdo es muy... persistente. No puedo librarme de él, incluso estando aquí. Lo extraño muchísimo, más al pensar que ese día, en el paseo, no lo traté precisamente bien. Por ejemplo, en el auto, me quejé de su música y lo critiqué por no aceptar mis gustos musicales. Es algo tonto, mínimo, pero que se agrandó con su partida. —Rust me escuchaba con más atención de la que esperaba. Sus ojos azules estaban fijos en mí—. No hay día en que no extrañe a mi papá...

Hubo un silencio en el que ninguno de los dos dijo ni una palabra, ni siquiera terminamos de beber nuestros jugos. No hablamos, pero nuestras actitudes lo hacían por sí solas.

Como no siempre podía hacerle caso a la vulnerabilidad de la situación y en mí despertaba ese don de la confrontación, abrí mi boca para encarar a Rust, sin despojarme de mi tono blando y suave bien poseído por la edad.

—¿Valoras a tu padre?

Rust no respondió, arrugó la caja del jugo y la tiró a la calle, molesto. Se levantó en un silencio fúnebre que evidenciaba lo dolido que se encontraba por la mención de Jax. Después de esbozar otro gesto airado, agarró sus cosas para marcharse.

—Creo que deberías valorarlo más —añadí al levantarme también—. Mientras puedas, mientras lo tengas, mientras no lo pierdas...
—No respondió—. ¡Vas a extrañarlo, Rust! Te hará falta...

La alarma de mi celular sonó, todo lo vi negro. Al despertar, me encontré en mi cuarto, sobre mi cama, con un dolor de cabeza y una presión en mi nariz. Me levanté con dificultad a la espera de saber qué había cambiado del futuro.

31

Me llevé la mano a al cuello porque me sentía más cansada de lo normal. La cabeza me dolía y, pronto, la presión que sentía en la nariz se resolvió en un hilo de sangre. Tuve que correr al baño para no ensuciarme el uniforme. Me quedé quieta, encorvada, con las manos apoyadas en el lavabo.

No sé por qué, pero tenía la sensación de que algo andaba mal.

Medité sobre lo que percibía diferente, eso que me hacía falta, y obtuve mi respuesta en medio de un grito ahogado que se alojó en mi garganta hasta que comenzó a trazar un arduo camino hacia mi pecho. De regreso en mi habitación supe de qué se trataba: Berty y Crush. No estaban, tampoco en el cuarto de mamá, en la sala de estar o en la cocina. Ni sus comederos ni las bolsas de comida, la arena, las horrorosas manchas en la alfombra o los rasguños en mis brazos y en mis piernas de los que tanto me quejaba.

Se esfumaron.

Mamá me encontró llorando en el sofá de la sala, hecha un desastre total. Sin embargo, no reaccionó como yo esperaba, sino que me dirigió una mirada indiferente, dejó la cartera e ignoró mi estado. ¿Qué le pasaba? No me quedé a obtener respuestas, no pude. Mamá se encerró en su habitación y no salió de ahí en mucho rato.

Después de aceptar la soledad en la que me vi atrapada en la noche, un mensaje llegó a mi olvidado celular. Había perdido todo el interés en leer los mensajes que llegaban a él, pero uno en particular llamó mi atención. Provenía de un tal «Bugs Bunny».

Bugs Bunny: Voy llegando

Su contacto no tenía una foto para identificarlo, tampoco su número coincidía con alguno de los que tenía memorizados con anterioridad al último viaje reciente. No lo conocía, pero la curiosidad se encajó en mi cabeza a tal grado que necesité responder.

Yo: ¿A qué vienes?

Mi confuso mensaje tuvo respuesta en cosa de minutos.

Bugs Bunny: A devorarte, Zanahoria. Y esta vez no tendré compasión

Rust.

Nadie más podría llamarme así.

Llegó a casa golpeando la puerta y no por la ventana. Al abrir, me encontré con su cabello rubio alborotado, sus enormes ojos azules y la sonrisa que siempre lo caracterizaba. Sin duda era él, el mismo chico de mis viajes anteriores, incluso con su chaqueta de cuero.

Bastó verlo para despertar mi lado más emotivo. De manera automática, la comisura de mis labios cayó hasta formar un puchero y mi barbilla se arrugó en un temblor que pronosticaba sollozos. Apreté los ojos, que se humedecieron, y salí de la casa en busca de su consuelo.

—¿Qué te pasó? —preguntó con pasmo; la ingenuidad de la situación se notaba en su voz—. ¿Peleaste con tu mamá otra vez?

Contuve la respiración para contrarrestar los estremecimientos y sostuve sus hombros para alejarme de él. Había encontrado el segundo cambio.

—Yo... ¿me llevo mal con mamá?

—Terrible —respondió con una sonrisa que demostraba que no entendía nada de lo que sucedía—. Desde que empezaste a salir conmigo, de hecho. —Comenzó a secar mis lágrimas con sus pulgares mientras jadeaba en medio de una terrible aceptación—. ¿Por qué crees que no puedo entrar a tu casa?

Eso explicaba su actitud inflexible, la mirada fría, sus ojos recelosos.

Amo a mamá, demasiado, como para aceptar que ella y yo estábamos molestas todo el tiempo; aunque por otro lado sabía que nuestro vínculo no podía romperse, que podíamos afrontar cualquier disputa entre ambas. Si ese amor maternal tenía fisuras en esta línea, las arreglaría.

Me froté el ojo mientras Rust me acomodaba el cabello. Fue entonces cuando una duda importante saltó en mi cabeza. Giré hacia la calle y no encontré la moto de Rust, solo había un auto estilo clásico cubierto por una capa de tierra.

—¿No tienes tu moto?

Otra sonrisa, de esas que tienes cuando algo te asombra de forma ridícula, se dibujó en Rust.

—¿Es que ya te olvidaste del accidente? Le presté la moto a Claus y el idiota chocó. De verdad, ¿estás bien?

Empecé a inquietarme. La indiferencia de Rust al mencionar a Claus no era normal, para nada, ambos se odiaban, se detestaban. ¿Ser amigos? Eso jamás lo esperé. Agarré sus manos con tanta fuerza que se impresionó.

—Berty y Crush...

—¿Qué demonios es eso? —interrogó, más confundido de lo que yo estaba.

—Nuestros gatos, tus hijos...

—¿Gatos?

Oh, no. Rust ni siquiera los recordaba. ¿Acaso él también había cambiado? Sí, ese era el principal objetivo por el que viajé. Quería que Siniester desapareciera, pero no había pensado en la consecuencia que tendría esto más adelante, empezando por el hecho de que, gracias a él, Berty y Crush estaban vivos.

Comencé a llorar de nuevo. Rust se sorprendió por mi reacción y me abrazó otra vez.

—Ven aquí —me llamó—, lo que necesitas es un poco de aire.

Me llevó a Santa Mónica, el sitio donde nos conocimos por primera vez de niños. El viento nos azotó sin piedad alguna; pero, por una fracción de segundo, pude olvidarme de todo cuando miré hacia el mar. El océano se mezclaba con el cielo nocturno y la inmensa luna difuminada. A esta última la miré con cierta hostilidad, hacía muchísimo que ya no la observaba.

Nos apoyamos en el capó del auto y disfrutamos del sonido del oleaje durante unos minutos.

—¿Qué más puedo hacer para consolarte? —preguntó y me apretujó despeinándome más que el viento—. Mis fornidos brazos no son de ayuda.

En esa extraña línea seguía siendo un arrogante de mucho cuidado.

—Lo son. Es solo que... Aún no me acostumbro.

Bajó los brazos y miró al frente con una mueca algo incrédula por mis palabras. Aun así, se las arregló para seguir confortándome:

—El conformismo es uno de los enemigos más letales del ser humano. Asumir la vida como nos tocó no llevará a nada.

—Entonces, ¿qué puedo hacer?

Se encogió de hombros, pero inconforme a quedarse sin decir nada, habló:

—Luchar hasta conseguir comodidad y bienestar. Si estás mal con tu mamá, habla con ella, demuéstrale con hechos que no tiene la razón. Si te resignas, pierdes. Si yo no lo hubiese intentado otra vez con papá, nos llevaríamos fatal, ¿sabes?

Rust hablaba con convicción, con amor hacia su padre y con seguridad. Agradecí que, al menos, esa parte del plan hubiese funcionado y que el asunto de las bandas ya no existiera. El problema familiar de él se había arreglado; el mío, por el contrario..., mejor ni hablar.

Suspiré con desánimo y tras un silencio, pregunté:

—¿Cómo nos conocimos?

Se movió en su sitio y se encorvó para formar una intrigante sonrisa. Se veía completamente adorable bajo la luz nocturna, con los destellos azules reflejados en sus ojos. Brillaron llenos de magia en medio de su recuerdo.

—Según tú, en un curso de béisbol, aunque yo no te recuerdo. Pero la primera vez que hablamos, estaba bateando, aquí, y llegaste como si me conocieras de toda la vida, con tus pecas y tu cabello de algodón rojo. —Le di un codazo para que dejara en paz mi cabello—. ¿Qué? —preguntó con una inocencia falsa—. Fue así... No, mejor dicho, es así —se corrigió y acercó su rostro a mi pelo—. En fin, me saludaste y preguntaste por mi ojo, yo te pregunté si te conocía, me hablaste del curso y volviste a preguntar por mi ojo. Muy insistente.

«Mira quién habla», pensé.

—Y me respondiste que no pudiste batear.

—A alguien le volvió la memoria —dijo, asombrado. Yo me removí a su lado en busca de su calor corporal.

—Fue la primera vez que te vi sonrojado —solté en una larga alteración de mi sistema nervioso al pensar en ese encuentro.

—Y espero que sea la última que recuerdes.

Pronunció sus palabras como un susurro intrigante que nos acercó más de lo que ya estábamos. Con una naturalidad absorbente, me besó. Sus manos sostuvieron mi cara y, lo que antes era frío por el viento trepidante de la noche, se convirtió en una calidez hogareña.

Regresamos pasada la medianoche, escuchando la colección de Elvis Presley de Rust. Al bajarme del auto, comprobé que la casa estaba a oscuras y que nadie me esperaba en la sala de estar. Me decepcioné mucho por ello, mamá me habría estado esperando o, tal vez, hubiese enviado un mensaje para saber qué me había pasado.

—Pasaré mañana a las siete y media —avisó Rust desde su auto, al cual todavía no me acostumbraba.

A la mañana siguiente, no hubo desayuno que me esperara en la mesa ni una mamá que se quejara de las travesuras de los gatos ni charla. No hubo nada, ni siquiera un saludo. Ella hizo sus cosas mucho antes que yo; evitaba a toda costa mi presencia. Comencé a creer que no existía para ella, que solo era un alma en pena que vagaba por la casa. Sabía, gracias a las palabras de Rust, que nuestra relación funcionaba mal, terrible, pero no me esperaba que fuera de este modo. Me sentí decepcionada... El silencio se prolongó desde que apagué la alarma hasta que la bocina del auto de Rust se oyó en la calle.

Eran las siete y media en punto, demasiada puntualidad para alguien como Rust Wilson.

Antes de salir, me despedí de mamá con un tímido «Adiós, mamá» que no tuvo respuesta.

—Me despedí de ella y ni siquiera me miró —me quejé con amargura al subir al auto—. No pensé que las cosas en casa estarían taaan mal.

—Estás saliendo con el hijo de su ex —intervino Rust, quien, al darse cuenta de que en mi frustración no me acordaba de ponerme el cinturón de seguridad, lo hizo por mí.

Tuve que volver a enlazar su comentario para aterrizar en un planeta llamado Confusión. La naturalidad con la que habló me impresionó luego.

—¿Lo sabes?

—Papá me lo contó. Eso ya lo sabías. ¿De verdad estás bien?

Quise hacerme un ovillo en mi asiento.

En Sandberg, el ambiente parecía igual que antes, lleno de niños ricos que hablaban sobre banalidad, fiestas y lo geniales que eran. El aparcamiento estaba lleno de autos de lujo. De los buses escolares descendían más estudiantes y, entre ellos, divisé a María.

—Iré a buscar a Claus —me informó Rust al despedirse con un beso en la mejilla.

Claus no, mi resentimiento hacia él continuaría incluso en esta extraña línea de tiempo.

Decidí acercarme a María para saludarla. Ella actuaba cohibida, como siempre, ya abrazaba su mochila y miraba a todos desde su mala perspectiva inferior.

—¡Hola! —saludé tan animosa como pude.

María, que ajena al mundo no se percató de mi presencia, se sobresaltó.

—Buenos días, Yionne. —Su vocecita apenas se oía entre el bullicio de la entrada. Su mirada pareció esquivar la mía con nerviosismo. Algo andaba mal.

—¿Y las chicas?

—Todavía no han llegado. —Buscó en los alrededores—. Las esperaré.

—Entonces, te acompaño.

Pestañeó con sorpresa.

—No es necesario —dijo.

—Claro que sí, es una rutina.

Abrió los labios, pero no quiso responderme. Con resignación —que me recordó a la María que cargaba la mochila de Tracy y Sylvanna—, bajó la cabeza y se detuvo en la acera.

Un grito acompañado de risas exageradas se oyó a nuestras espaldas. Eran Sindy y Rowin corriendo alrededor de Aldana, quien estaba leyendo.

—Allí están las chicas. —Le di un leve codazo a María para que nos acercáramos, pero ella me detuvo.

—¿Qué haces? —Palideció por completo.

—Voy con nuestras amigas —le informé, moviendo el brazo para que me soltara.

María me miraba como si buscara alguna explicación. Lo cierto es que yo había sido sincera, no había hecho ninguna broma ni recurrido al sarcasmo. Pronto entendí que el siguiente cambio había llegado: mis amigas ya no eran mis amigas; lo era mi enemiga declarada. Tracy y Sylvanna llegaron en auto y al bajar me saludaron.

No pude creerlo.

Berty y Crush no estaban, yo no existía para mamá, Rust resultó ser amigo de Claus y perdí a mis amigas.

—Yionne —dijo Tracy y meneó la mano frente a mis ojos—. Estás pálida.

Desde luego que lo estaba.

—Tu hermano debe de ser el culpable, creo que le absorbió toda la fuerza —lanzó Sylvanna con un evidente doble sentido.

—No seas grosera, Syl —se quejó Tracy y la miró con aire recriminatorio. Al volver conmigo mostró su mejor cara de preocupación—. ¿Quieres ir a la enfermería?

Negué en silencio, sin poder hablar. El timbre me produjo un pinchazo en la cabeza.

—Tú —habló Sylvanna otra vez y descargó su rabia en forma de un empujón contra María—, ¿qué estás esperando? Ayúdala.

Volví a negarme.

—No, no. —Sacudí las manos y comencé a retroceder—. I-iré al baño y se me pasará. Entren.

No me quedé a esperar una respuesta, salí corriendo a toda prisa hacia el baño donde siempre me ocultaba. Mi cuarto predilecto para meditación. Abrí un grifo para mojarme el rostro y apoyé las manos en el borde del lavamanos, dejando que las gotas de agua cayeran por mi cara. Fue entonces cuando lo vi todo negro.

—Adivina quién soy —canturreó Claus a mis espaldas.

Me tensé al sentir que su palpitante voz calentaba las hebras de mi cabello y llegaba a mi oído. Actué de manera rápida y giré para apartar sus manos. Claus sonrió frente a mí.

—¿Qué haces aquí? —lo encaré, incrédula.

—¡Tranquila! —exclamó y sostuvo mis hombros—. Cerré la puerta. Y nadie me vio entrar, tendremos el baño solo para nosotros dos.

Se acercó en busca de mis labios. Iba a besarme.

—Espera... —lo detuve—. ¡¿Qué demonios?!

Claus comenzó a carcajearse.

—Me encanta este juego —comentó más para sí. Yo estaba alejándome de los lavabos para salir. De pronto, sus brazos me rodearon por la cintura y me atrajo hacia sí—. No me digas que ya no te parezco atractivo por mi pierna —comentó con autocompasión, y yo volví a soltarme. No lo había notado, Claus cojeaba—. Oh, cierto, el atractivo físico lo sientes hacia Rust y la atracción de verdad es hacia mí.

—No —negué de camino a la puerta, descompuesta—. De Rust me gusta todo.

—Déjale esos cuentos a él —gruñó Claus y me atajó justo antes de salir.

No sé si golpearlo fue lo correcto, pero lo único que quería era correr de ahí para no despertar la pesadilla que cada vez se acercaba más. Llegué a una parte del pasillo y me quedé sola con mis frustraciones.

Me negué a creer que engañaba a Rust con Claus. Él, el chico a quien proclamaba detestar desde siempre. No, no podía. ¿Qué me pasaba? No lo entendía. No sabía en qué clase de chica me había convertido, tampoco qué clase de vida tenía, pero no la quería.

Esa vida no era para mí.

Decidí volver una vez más y evitar el encuentro con Rust en la playa, olvidar que alguna vez lo vi de pequeño y no hablarle. Quería que las cosas regresaran como estaban antes de haber viajado y esperaba con una convicción religiosa que así fuera.

Después de no hacer nada en el pasado, desperté en mi cuarto, con mi uniforme y el rostro amoratado y borroso de Rust sobre mí.

—Oye, Pecosa, ¿estás bien?

—Rust —lo llamé mientras trataba de sentarme sin caerme de espaldas por el dolor de cabeza.

—Ese es mi nombre —respondió mientras me ayudaba.

Me froté los ojos y examiné mi habitación desde la cama. Bajo la silla del escritorio, Berty y Crush se peleaban. Me levanté a agarrarlos en mis brazos con una amplia sonrisa en los labios.

—Berty y Crush —los llamé con el corazón acelerado; quería llorar de la alegría—. ¡Están aquí!

—Ajá. —Rust enarcó una ceja al verme actuando como si no los hubiese visto en años. Dejé a los mininos en el suelo después de que me atacaran juguetonamente y me dirigí hacia él, que se encontraba de pie—. Oye... —me dijo y señaló su propia nariz—, estás...

Antes de que concluyera lo evidente, me pasé el dorso de la mano por la nariz, lo agarré con fuerza y lo besé hasta que no me dio el aire. Inspiré con más fuerza y volví a besarlo con más deseo que la vez anterior. Caímos en la cama, pero aun así no me separé de él, simplemente me dejé llevar para borrar todo mal recuerdo de Claus y para confirmarle a esa línea que yo quería solo a una persona.

—Qué intensa —exclamó Rust, mientras acomodaba mis piernas a su costado—. ¿Tenías algún sueño húmedo? Porque no veo otra explicación para tu hemorragia nasal.

—Voy a ayudarte con tu padre —afirmé.

Aprendí una lección: a veces hay que aceptar lo que tenemos y valorarlo. No siempre se podrá cambiar el pasado para mejorar el futuro. Si el delgado tallo de un árbol está creciendo torcido, hay muchas cosas que se pueden hacer para enderezarlo.

32

Como mi nariz era una catarata de sangre, Rust y yo nos encerramos en el baño y dejamos correr el agua para limpiarnos. Su mueca de asco resultaba evidente, pero no se quejó, simplemente frotó la zona manchada en silencio. Mientras tanto, empecé a ponerme nerviosa porque la sangre no dejaba de caer.

Demasiados viajes.

Con la barbilla elevada y Rust apretando mi tabique, recordé el golpe que arremetió contra Claus, la caída, la amenaza y la moto.

—Tienes que hacer algo con lo de Claus antes de que él acabe contigo.

Busqué algún indicio de debido a la mención de Gilbertson, pero en Rust no hubo más que un gesto preocupado al darme más papel higiénico.

—Ya lo sé, no quiero terminar como mi amigo: desaparecido, olvidado, con el puto colegio sin hacer nada por su reputación... —Recordé la noche de la reunión y la desaparición del amigo de Rust, Morgan—. Pero no puedo quedarme de brazos cruzados, tengo que devolverle lo que hizo... o hará. Ojo por ojo, Pecosa.

—Eso es absurdo —solté y negué con la cabeza tras apartarme de él—. No puedo salvarte el trasero todo el tiempo, ¿sabes?

Si bien mi gesto fue brusco, le dio poca importancia. Por supuesto, Rust Wilson siempre se ofendía más por las palabras que por la acción. Soltó un bufido casi agónico para expresar su descontento tras decir que le salvaba el trasero.

—¿Tú? ¿Salvándome? —replicó con sarcasmo—. ¿Quieres que te refresque la memoria?

El sangrado se detuvo y tuve que limpiarme el rostro, mientras

Rust me sujetaba el cabello para que no se mojara. Un gesto que le agradecí con una sonrisa y despeinando su puntiagudo flequillo.

Regresamos a mi habitación y nos sentamos al borde de la cama, con los hombros caídos y la espalda encorvada. Así permanecimos un momento hasta que él, con su inquietud absorbente y destacablemente curiosa, empezó a recorrer mi habitación hasta dar con algunos esmaltes. Como no podía quitarme de la cabeza la amenaza de Claus, al saber que las cosas no terminarían bien, necesité estar al tanto de todo.

Un acto imprudente tendría como consecuencia nuestro adiós. Y, demonios, yo no quería eso.

—¿Qué has pensado hacer? —pregunté.

—Si quiere jugar sucio, yo también lo haré.

—¿Y si te disculpas?

Rust, que poca atención me había puesto, ahora me fulminaba con la mirada a la espera de que le dijera que bromeaba. Así lo tomó, como una supuesta broma.

—Está bien que tengas el cabello pelirrojo, como los típicos payasos, pero créeme, no se te da bien la comedia —sentenció con las cejas rectas en una expresión grave.

—Lo digo en serio. Habla con él, lleguen a un acuerdo. Que no mezclen las cosas; bandas y colegio aparte.

Rust me apuntó con un esmalte como si se tratara de una pistola.

—No existe acuerdo si se mete con Shanelle —declaró con la cara arrugada y tensa. Le arrebaté el esmalte de la mano para dejarlo a un lado.

—No sabes si fue él —recriminé y, como resultado, me gané la peor de sus miradas. Agarró la silla del escritorio y se sentó de espaldas para marcar una notable distancia entre ambos.

—¿Por qué lo defiendes? —preguntó—. Claro que fue él. Lo de Tracy y la foto fue él. Me sorprendí, inesperadamente.

—Tracy me dijo que la foto le llegó de manera anónima. Le pidieron que se la enseñara a Shanelle o... —Se detuvo, omitiendo la siguiente y más interesante parte—. En resumidas cuentas, esa persona anónima la amenazó.

Estaba tan agotada que me lancé hacia atrás, dejando que mi cuerpo rebotara contra la cama. Así estuve unos segundos, durante un recuento de cuando volví a tener mi celular. Claus había dicho que Tracy lo tenía, y yo lo creí.

No pude creer que existiera tanta falsedad en una persona.

Oí el crujir de la silla y luego mis ojos capturaron el rostro de Rust a una corta distancia del mío, cubriendo parte del techo blanco.

—Pareces decepcionada —dijo con una mueca de disgusto.

—Estoy preocupada, Rust. —Me levanté en la cama para encararlo; hablarle a su mismo nivel debía darme algo de seriedad—. Por favor, no hagas nada imprudente, intenta hablar con él.

El Rust que nunca estaba dispuesto a escuchar sugerencias y actuar de manera sensata decidió hacerme caso.

Todos los estudiantes de Sandberg estaban ansiosos por salir del colegio, pero las chicas y yo más que nadie. Era el cumpleaños de Aldi y lo celebraríamos en su casa: una tarde de chicas con películas, comida basura y, tal vez, molestando por ahí. Tendríamos que estrujar las horas porque, por la noche, la familia Holloway daría una fiesta llena de lujos para la menor de la familia y, al cumplir Aldana los dieciocho años, no se escatimaría en gastos. Noté su desánimo cuando nos comentó que no podría invitarnos a su fiesta nocturna. Sin embargo, la luz le regresó al rostro en el instante en que vio a cierto chico de cabello castaño de camino a nuestro banco.

Brendon llamó a Aldana a una distancia prudente. El chico nos enseñó su lado más tímido cuando esbozó una sonrisa en medio del vitoreo que emitieron Rowin y Sindy. María y yo, más prudentes, la animamos para que fuera con prisa.

Les hicimos un seguimiento en el que nuestro lado más romántico salió a flote. Brendon le dio una bolsita roja llena de galletas hechas por él. Hablaron un poco y, luego, el momento incómodo vino con la despedida; ninguno de los dos sabía si debían decirse adiós con un abrazo, un beso en la mejilla o un simple apretón de manos.

Omitiendo el «búsquense un hotel» de Sindy, Aldana regresó

sonriente. Le hicimos un hueco en el banco y observamos con dicha el regalo bien resguardado en sus manos.

—Galletas caseras, eso es adorable —comenté con una boba sonrisa.

—¿Por qué galletas? —curioseó María.

Todas nos encogimos de hombros, excepto Aldana, quien estaba más concentrada en examinar la bolsa.

—Es un bonito gesto... —continuó Sindy—, a menos que estén malas.

—Ábrelas ya —animó Rowin y le dio unos golpes en el brazo. Aldana resguardó el regalo entre sus brazos y lo ocultó del mundo.

—No las abriré. Me las comeré todas yo solita —insistió Aldi y apartó de su torso de los bruscos movimientos de Rowin. Me sentí sofocada: el peso del cuerpo de Aldana recaía en mí.

—Nunca más voy a compartirte mis chocolates —replicó Morris, evidentemente traicionada.

Abracé a Aldana por la espalda para protegerla de los feroces ojos de Rowin. Entonces María, quien era aplastada por Aldana y por mí, se movió en su lugar preparada para hablar:

—Estas cosas son íntimas, no puedes compartirlas con cualquiera.

El silencio fue rotundo, luego llegaron las risas por parte de Aldana y mía. El dedo acusador de Rowin cayó para evidenciar su asombrada expresión.

—No puedo creer que algo tan macabro salga de ti, María —comentó, atónita.

—Puedo ser muy malvada cuando quiero —respondió la chica de cabello azabache.

—Ajá —asintió Sindy—, el otro día le envié un mensaje...

Le perdí el rastro a la conversación en ese momento. Solté a Aldana y nos acomodamos en el banco con propiedad. De nuevo, la chica seria del grupo volvió a prestar su atención en el regalo, examinándolo con cuidado.

—Es un gesto muy dulce el de Brendon —le comenté.

—Sí...

—¿Qué te dijo? —quise saber y la animé a hablar para que no se retrajera.

—Me dijo que no era un buen repostero, pero que le puso todo su esfuerzo en hacer estas galletas para mí, que ojalá me gustaran y que me deseaba un feliz cumpleaños.

—¿Ninguna propuesta? —Le di un codazo acompañado de un meneo de cejas.

—Claro que no.

—No sé... —Me acerqué a la bolsa para olerla—. Yo aquí huelo un anillo cubierto de galleta, muerde con cuidado.

Sonrió en medio de una negación, luego se puso seria.

—También dijo que su amigo quiere hablar contigo después de clases. —La sonrisa traviesa se me esfumó del rostro.

Me negué a acudir al encuentro: esa vez, mi deber estaba con Aldana. Sin embargo, cuando salía de Sandberg en compañía de mis amigas, Matt y Brendon me cortaron el paso. Les dijeron a las chicas que regresaría más tarde, que no se preocuparan.

—Tranquilízate —gruñó Matt—, Siniester está en mi auto.

—Mi amiga está de cumpleaños —objeté e intenté soltarme de ambos chicos, quienes me llevaban como una loca que era arrastrada hacia el furgón del manicomio.

—Lo sé, pero esto es importante —intervino Brendon. Eso me tranquilizó.

En efecto, Siniester estaba en el auto de Matt, sentado en el sitio del copiloto con su chaqueta de cuero. Me saludó con la mano al verme llegar. Se volvió al frente y a mí me obligaron a subir al auto. Fabriccio estaba en la puerta trasera izquierda, yo en el medio, y Brendon en el lado derecho.

Me decidí a enfrentar a Rust mientras Matt arrancaba el auto.

—¿Puedes explicarme qué pasa?

—Claus dijo que hablaría conmigo solo si tú estabas ahí —respondió y soltó un bufido—. No me hace gracia, pero fue tu idea, así que...

—Eres un idiota.

—¿Yo? —Se señaló con un gesto teatral—. Tu novio fue el de la idea.

Me eché hacia atrás y solté un grito gutural en dirección al techo del auto.

—Por culpa de este secuestro me perderé el cumpleaños de mi amiga —pronuncié entre dientes y me agarré la cabeza.

—Ya habrá más.

Qué irónico suena escribir esto ahora, pero al mismo tiempo es muy triste. Sí, habrá más cumpleaños para Aldi, probablemente, pero yo no estaré en ninguno de ellos. No con la decisión que he tomado.

Perdón por sacar mi lado melancólico, no puedo evitarlo a estas alturas. Esos meses se me pasaron volando hasta hoy, quizá debí disfrutarlos más...

En fin, ¿a qué iba? Ah, claro, el secuestro.

No tengo idea de a dónde me llevaron, poca atención pude prestarle al camino dado a que los chicos comenzaron a equiparse con pistolas que ocultaron bajo sus uniformes. El único que no lo llevaba puesto era Siniester. Tampoco llevaba un arma.

Logré ver a Claus y a dos hombres de Monarquía junto a él. Detrás estaba situada una camioneta negra y más allá el auto de Gilbertson. Los legionarios se bajaron del coche de Matt y mantuvieron una distancia prudente. Yo estaba detrás de todo, en el auto, huidiza a lo que ocurría.

Distinguí a Claus, su ojo morado por el golpe y su petulante sonrisa.

—Trajiste a todo tu séquito solo para una charla. ¿Tan inseguro eres? —inquirió.

La primera provocación la escupió con el fin de desafiar a Siniester, pero él ni siquiera se inmutó.

—Ya estamos aquí —le dijo—. Hablemos.

—¿Está ahí? —preguntó. Siniester me miró por encima del hombro y regresó con Claus, asintiendo—. Déjame verla.

Traté de bajarme, pero me lo impidieron.

—Vamos —insistió Claus—, solo quiero hablar con la única persona que puede hacerlo de manera razonable.

—Yo estoy dispuesto a hablar contigo. —Siniester actuaba como una enorme pared; hablaba de manera segura y directa—. A ella la traje porque dijiste que hablarías conmigo en su presencia.

—En efecto —acertó Claus—, pero traerla solo para hablar contigo es aburrido.

Apreté los dientes con fuerza y bajé el vidrio para dejarme ver y que Claus se dejara de cuentos. Un error grave por mi parte ya que, apenas me vieron, un disparo hizo eco por todo el lugar. Luego vino el viento y, por último, el insoportable dolor en mi oído. Uno de los de Monarquía disparó junto a mi cabeza, la trayectoria de la bala casi roza mi oreja y quedé con un pitido horriblemente agónico.

Sí, el muy maldito me había disparado.

Los amigos de Siniester trataron de sacar sus armas, pero otro disparo dirigido a sus pies los detuvo. Yo seguía quejándome mientras Siniester corría para tratar de ayudarme. Las lágrimas cegaron mi vista por unos segundos, todo lo que pude hacer fue escuchar.

—Mira —habló Claus—: sé que meterme contigo es absurdo, tú no temes a la muerte, ¿para qué fastidiarte con eso? La mejor forma de vengarme por haberme arrebatado lo que es mío es dándote donde más te duele, por eso te pedí que la trajeras. Si tu nueva fijación es O'Haggan, empecemos por ella. A menos que hagas lo que te pido.

Siniester se apartó de la ventana para encararlo.

—¿Qué quieres?

Me cubrí la oreja, que todavía me dolía, y me asomé por la ventana para observar a Claus. Ese maldito arrastró su asquerosa mirada para posarla sobre mí.

—La quiero a ella —escupió.

—No es un maldito objeto como para que la uses en tus putas negociaciones —intervino Siniester y dio un paso desafiante.

Dos camionetas grandes de los hombres de Legión se avistaron a varios metros de donde nos encontrábamos. Los hombres de Monarquía se colocaron a la defensiva, con las manos en la armas. Ya veía qué camino tomaría el asunto, así que decidí bajar del auto para marcharme con Claus.

—No —me ordenó Siniester y obstruyó la puerta con su cuerpo.

Tragué saliva. Quería llorar, en serio, porque estaba muerta de miedo, pero también decepcionada.

—No debiste traerme —le dije sin esquivar sus ojos. Él abrió la boca para responder, pero sabía que la había cagado.

Abrí la otra puerta y bajé.

Los tensos hombros de Siniester cayeron en cuanto me vio hacerle una seña de despedida al entrar en el auto de su peor enemigo.

No puedo describir lo nerviosa que me mantuve desde que Claus se sentó junto a mí y cerró la puerta de su auto. Mi respiración sufrió una drástica alteración, tan dolorosa como el pitido que resonaba en mi oído de una forma casi imperceptible, pero que continuaba ahí.

—Hablemos, linda —propuso Claus.

Tragué saliva, descompuesta. No quería mostrarle un lado frágil y dominado por el miedo; quería que me viera seria y llena de confianza.

—Puedes hablar conmigo en el colegio.

—Si hago eso no lo provocaría como en esta ocasión, cariño —se defendió en medio de una risilla y echó una mirada al lugar donde Siniester y los demás se encontraban—. Él debe de estar ardiendo de la incertidumbre, preguntándose qué te estoy haciendo o te haré. Quizá rompa un par de cosas o golpee a sus amigos —agregó y sacó su lado más caprichoso—. No puedo creer que apoyes a ese prepotente.

Tanto él como yo sabíamos la respuesta a esa pregunta. Decidí hablar de manera directa.

—¿Por qué no dejas pasar lo del golpe y ya?

—Me humilló.

—Y tú amenazaste a su novia.

—Exnovia —corrigió—. Y nada prueba que yo lo hiciera. Dime qué sacaría yo de eso. Si el troglodita de Wilson vuelve con Shanelle, no me convendría.

Tenía razón, pues significaba que Siniester seguiría teniendo un motivo para pertenecer a Legión.

—¿Por eso le mandaste a Tracy la foto que le tomé a Rust? ¿Para que ella se la enseñara a Shanelle?

Una sonrisa maliciosa se dibujó en su rostro.

—Puede ser.

Achiqué los ojos para escudriñar en más de sus artimañas, pero me detuve.

—Eres alguien muy difícil de leer... —solté de manera suave y señalé su pecho.

233

—Una cosa que tenemos en común —dijo de manera divertida y se acomodó en el asiento—. ¿Sabes cuál es la otra? —preguntó. Negué con la cabeza. De pronto, se acercó a mí para buscar mi oído sensible y susurró—: Te enseñaré mi truco de magia si tú me enseñas el tuyo.

33

Me hice a un lado en el reducido espacio que me lo permitía, quería huir de él. Cubrí mi oído y sentí la presión en mi cuerpo. Desde el rabillo, percibí la sonrisa de Claus. Él estaba complacido de tenerme tan presionada como confundida, por eso dudé.

—¿De qué hablas?

Suspiró y regresó a la confiable distancia en donde me sentí más segura. Existían tantas razones para estar tensa junto a él que estar en su mismo auto, me hizo dudar de mi cordura. Era consciente de que opté por irme con él para que no hubiese muertes, para demorar el inminente resultado. Pero no podía dejar de lado el temor que Claus me causaba, ese temor que trataba de ocultar detrás de mi actitud altanera hacia él: mi repulsión, mi lado cortante, mi rechazo entero.

—Quiero saber si aquí estoy segura —exigí con un temblor del que me arrepiento. La perspicacia de Claus le proporcionó una ventaja. Tomó mi mano para darle dos palmadas.

—Cariño, yo jamás te haría nada malo.

Aparté la mano con disimulo.

—Excepto dispararme —repliqué con sarcasmo, el único escudo que me quedaba.

—Todo estaba bien calculado.

—No puedes calcular un disparo, las probabilidades de que salga mal son altas —aduje. Él sonrió—. Te lo volveré a preguntar: ¿estoy en peligro aquí?

—Dependerá de lo que respondas.

Una lucha silenciosa nació en el ambiente en el que solo podíamos escuchar el rugir del motor y unos casi imperceptibles tarareos por parte del enorme chófer.

—¿A dónde quieres ir? —me preguntó Claus por fin.

Tomé la pregunta como una sutil victoria para mí.

—Déjame en Sandberg, yo me las arreglaré desde ahí.

Claus le dio las indicaciones al conductor. Di otro respiro mental que duró tanto como un parpadeo, pues su cinismo se presentó junto a mí otra vez.

—Ahora, responde.

—¿Qué quieres que responda? —repliqué—. No tengo la menor idea de qué hablas.

—Hace tiempo tuve una experiencia sobrenatural que cambió mi vida —comenzó a contar con una profundidad oscura y terrorífica—. Todo aquello en lo que creía quedó destruido tras aquella experiencia, una nueva perspectiva del mundo nació en mí. Me tacharon de loco cuando lo conté, nadie me creyó, ni mi ocupado padre ni mi molesta madrastra. Nadie confió en mis palabras excepto un grupo de hombres: personas que no juzgan, personas que no tienen prejuicios. Y resulta que una de ellas, en una reunión especial, me dijo que una chica de cabello rojo sabía de nuestros planes. Una chica que resultaste ser tú.

—Coincidencia, yo no conocía sus planes, solo usé un poco la lógica.

—Tú mejor que nadie debes saber que las coincidencias no existen, todo deriva de un por qué y un para qué.

Silencio y luego un acercamiento. Mi piel se erizó bajo el uniforme, pero en mis piernas la piel de gallina fue evidente. Con disimulo, oculté mis rodillas y estiré la falda al máximo. Claus captó el leve movimiento de mi brazo y comenzó a deslizar su índice por mi falda hasta mi rodilla. Círculos invisibles sobre mi piel dejaron una horrible sensación, junto con el amargo acontecimiento que, sin poder evitarlo, me ocurriría por sexta vez con él. Tragué saliva mientras él recorría mi pierna, consciente de que si intentaba algún gesto imprudente, no podría hacer nada. Una lágrima se deslizó desde el rabillo de mi ojo.

La sutileza era lo que caracterizaba a alguien como Claus y el hecho de mantenerme acorralada en su auto, deslizando un dedo sobre mi piel y con toda la intención de ir más arriba, era cuanto necesitaba para amenazarme. Él no recurría a la violencia física, nunca la usó; prefería armarse con violencia psicológica al poner al límite a su víctima; y yo lo era.

—Alguien me lo contó —confesé con voz débil, anhelando que se lo creyera.

—Quien habla, muere.

Por supuesto, Claus conocía a sus hombres, Snake y él estaban dispuestos a matar a quien abriera la boca. La lealtad de sus hombres surgía del miedo, por eso ninguno hablaba.

Ya lo sabía, pero atrapada en la telaraña de sus palabras e intenciones fue lo primero que apareció en mi cabeza después de mi primer fallo.

Claus se mostró compasivo, una actuación digna de un Oscar al mejor actor. Dejó de mirarme las piernas para dedicarse a acomodar el nudo de mi corbata, Como hacía mi mamá por las mañanas. El rechazo que sentí se alojó en mi garganta como un reflujo.

—¿Sabes lo que creo? —me interrogó—. Que al fin encontré a alguien que es como yo.

Lo detuve con mis manos temblorosas sobre las de él.

—¿Y cómo eres? —quise saber.

—Soy como tú: especial.

Soltó mi corbata y lentamente movió las manos hacia el bolsillo interno de su chaqueta. Con los nervios vibrando hasta en el último rincón de mi cuerpo, el bosquejo de una escena grotesca dibujada en mi cabeza quedó en la imaginación pura. Muy diferente a lo que pensé que sacaría, me sorprendí al ver que de su bolsillo sacaba una hoja rectangular. Con toda la paciencia del mundo, la desdobló: era un calendario del mismo año en el que falleció papá. Había días marcados con una equis, otros días marcados en un círculo rojo, anotaciones pequeñas, flechas que iban de lado a lado. Sus anotaciones me recordaron a las mías, las que guardaba bajo una simple clave en «Mis notas» del celular, a las alarmas y a mi ansiedad por comprender y atestiguar mis viajes.

—Tuve el privilegio de recibir un don que surgió de mi más profundo deseo —susurró con interés—, nació del anhelo con el que clamaba todas las noches, de una necesidad que pronto se volvió realidad. Es una bendición que me entregó algo más grande que nosotros mismos. —Hablaba como un profesor que explicaba una complicada ecuación a su alumna y recorría con el dedo algunas fechas importantes, las que estaban más marcadas, hasta que encontró la equis en una fecha de gran importancia—: Hasta que un día, lo perdí.

Señaló el mismo día en que la maldición llegó a mí.

—Dejé de tener esa habilidad, pero sabía que todo lo que viví con ella realmente había ocurrido. Ahora entiendo que, de alguna forma, se la cedí a otra persona —dijo con intención y sus ojos se clavaron en mí como una aguja dolorosa—. A juzgar por tu linda expresión, puedo confirmar que estoy en lo correcto.

Así que todo este tiempo se trató de algo más allá que un deseo lascivo de su parte; el interés de Claus Gilbertson iba más allá de una atracción por quererme en su asquerosa cama. Él quería conocer lo que ocultaba y, cuando robó mi celular y burló mi contraseña para buscar alguna cosa que separara a Rust y a Shanelle, debió de ver mis anotaciones y mis alarmas. Nadie podría sospechar de mi secreto, nadie sería capaz de suponer tal barbaridad, excepto alguien que hubiera vivido la misma experiencia que yo.

El peor entre todos.

Ya no tenía escapatoria. No me iba a dejar en paz hasta obtener una confesión. Por eso decidí hablar con condiciones.

—¿Si te cuento la verdad, dejarás en paz a Rust y los demás?

—La lucha entre bandas siempre estará, cariño —dijo con tranquilidad y se acomodó en el asiento como si fuese a oír una larga historia—. Pero procuraré olvidar el nefasto espectáculo que el troglodita de Rust dio el otro día en el colegio.

Guardé silencio y bajé la cabeza. Necesitaba prepararme y apaciguar el temor que había crecido en mi pecho con dolor al recordar aquella vez que intenté contar en la iglesia qué era lo que me corrompía. Jugué con mis dedos enlazados sobre mi regazo.

Y debía mentirle para que no volviera a morir como pasó cuando traté de confesarlo, por eso dije en voz baja:

—Yo... Yo puedo viajar al futuro.

No me arriesgaría a contarle toda la verdad, no estaba dispuesta a padecer por él, pero sí a mentir con el fin de no dilatar lo que ya era evidente.

—Empecé a hacerlo desde niña, cuando papá murió en un accidente. Pedí al cielo que lo trajera de vuelta, luego que pudiera regresar al día del accidente para impedirlo. Quería... —Un sollozo surgió y se robó una bocanada de mi aire—. Quería salvarlo de alguna forma, pero cuando el cielo nocturno, o lo que fuese que estuviera allí, no me escuchó... me enfadé. Mucho. Levanté toda clase de insultos hacia él, hasta que un día desperté como una adulta, con hijos y casada con la persona que hoy quiero. Corrí al espejo, sin comprender dónde y cómo me encontraba, fue difícil asimilarlo, solo era una niña... Es algo que jamás pude contar, algo que llevo guardado desde que lo descubrí. Y es horrible.

La sonrisa fascinada de Claus se anchó en cuanto levanté la cabeza. Lo había convencido con mi actuación.

—Así que tú eres la persona que robó mi don... —dijo en un tono asombrado e interesado. Cómo odiaba su permanente interés—. La primera vez que te vi, supe que algo nos ataba.

Durante el resto del camino, él siguió haciéndome preguntas y yo improvisando respuestas. Algunas de sus cuestiones eran más perspicaces que otras, lo que añadía un grado de dificultad a la respuesta, pero siempre permaneció susceptible y abierto a nuevas cosas. Se puede decir que, en esos arduos minutos, tuve a Claus en la palma de mi mano.

Cuando el auto aparcó frente a Sandberg y pude abrir la puerta, jamás me sentí tan libre. Créeme que el aire de Los Ángeles no es puro, no se puede ni comparar con Hazentown, pero sentí tanta libertad que inspiré profundamente y sentí su frescor relajante. Me limpió de todo pensamiento amargo y oscuridad. Me sentí bien. Feliz.

La libertad duró poco, pues Claus, desde el interior del auto, pero con la ventana abierta, habló:

—Algo más, nena —dijo, y yo apreté los dientes con fuerza—. Dije que olvidaría lo de Wilson y su violencia prehistórica, pero no olvidaré lo que tú me contaste. Y puede que necesite de tus requerimientos pronto.

Retrocedí un paso y negué ante sus palabras. Claus mostraba la misma sonrisa horripilante de siempre, cínica y maliciosa.

—Me pregunto qué pasará cuando Siniester se entere de que su nuevo interés amoroso aporta información confiable a Monarquía. Eso es todo, ten unas buenas noches.

Apenas se marchó el auto, caí de rodillas al suelo y lloré como una niña pequeña. Había pasado tanto miedo en ese auto que no entendía cómo era posible que estuviera bien, viva y frente a Sandberg. El cautiverio a manos de ese ser abominable me había parecido una eternidad. Después del llanto, vinieron los arrepentimientos y las preguntas, la evidencia de que Claus quería ponerme en contra de Rust y de Legión, la mentira que le dije, la información falsa que tendría que darle, cómo me las arreglaría...

Estuve acongojada durante minutos frente al colegio, sentada en la acera, mirando la calle, desalentada. Pronto recordé el rostro preocupado de Rust en la ventana del auto y decidí llamarlo para que supiera que estaba bien.

—Tú, niña, ¿qué demonios hiciste? ¿Cómo estás? ¿Dónde estás? ¿Él te hizo algo? —exigió saber apenas respondió.

—No, él... él solo quería hacerte enojar un poco. Y estoy bien, estoy en el colegio.

Hubo un silencio, tal vez porque cuanto más lo meditaba, más me daba cuenta de que el culpable de todo esto era el mismo Rust. Él me llevó con Claus y por él decidí marcharme con ese ser detestable.

—Nosotros estamos en tu casa —informó; las voces de sus amigos susurraron detrás—, esperábamos que el imbécil te trajera hasta aquí.

—¿Dejar que me llevara a casa? —Reí de mala gana—. Jamás.

—Iremos a buscarte.

—Rust, no —dije con firmeza—. No quiero que vengas.

—¿Estás molesta conmigo?

Lo estaba, sí. No obstante, el dolor que sentía era más grande. Estaba dolida porque él me había llevado con él, poniéndome en riesgo, para salvar su trasero.

—Estoy decepcionada. —Hubo silencio—. Siempre que lo reflexiono me doy cuenta de lo mismo, ¿sabes?

Oí su respiración agitada y luego su voz ronca contra el micrófono del celular.

—¿De qué?

—De que no me mereces. Pero para qué decírtelo, para ti soy alguien que solo llegó a tu vida como una invasora. Nada más. Para ti soy la idiota que te abrirá las piernas cuando Shanelle no lo haga.

Corté.

34

El sábado por la tarde, la casa se llenó de ruido porque me determiné a cerrar la ventana de mi cuarto con clavos.

—Onne, ¿qué haces? —Mamá llegó a mi cuarto sin comprender nada y con las orejas tapadas.

Me dio unos toquecitos en el hombro. Yo le respondí con lo obvio.

—Estoy martillando.

—Sí, ya lo veo, pero ¿por qué?

—Porque, ya sabes, hay muchos peligros allá afuera, no quiero que ningún ladrón o idiota entre.

Retomé los martillazos.

—¿Quieres ayuda?

Me negué. Quería cerrarla como una forma simbólica de dejar fuera mi ingenuidad con Rust y mi amor por él. Por ello necesitaba hacerlo sin ayuda. El cierre de la ventana marcaría un antes y un después entre nosotros.

—No vayas a golpearte un dedo —advirtió al fin y yo asentí en silencio—. Por cierto, hablé en el trabajo y podré prestarte unos trajes para el evento.

Había olvidado por completo que Rust y yo seríamos pareja en el aniversario. Hice una nota mental para decirle a Sindy que me pusiera otro compañero.

Esa misma noche, quise quedarme dormida con música. Elegí una canción y me puse los auriculares , pero mi atención se desvió de repente. En la ventana, una sombra ya bien conocida contrastó con el fondo azulado que enseñaba el velo de la cortina. Hubo un ruido estrepitoso y luego una maldición.

Hice un lindo dibujo de quién era:

Rust, sí. Incluso los gatos reconocieron su voz. Lo observé desde detrás de la cortina, vi como se levantaba y temí que en uno de sus locos arranques gritara a pleno pulmón. Suerte que no fue así, se mantuvo quieto, con su cabeza levantada en dirección a la ventana. Tras un silencio sepulcral, se marchó.

El lunes, después del primer recreo, las chicas y yo decidimos ir al baño en vez de entrar directamente a la cafetería del colegio. Nos reunimos en uno de los pasillos y caminamos como una pandilla. Mientras las chicas comentaban sobre el cumpleaños de Aldana —al que no pude ir—, aproveché para acaparar la atención de Sindy, quien leía unos papeles sobre el aniversario.

—Sindy...

—Y... esto. —Ni me notó—. ¿O esto? ¿Rojo o amarillo?

—¡Sindy! —grité.

Saltó del susto y se agarró del brazo de Rowin y del hombro de María. El chillido que soltó llamó la atención de unos cuantos, que no ocultaron sus sonrisas cargadas de mofa.

—Oye, malp... —Se tragó el insulto—. ¡Onne!, me hiciste pensar en una mala palabra —me culpó—. No me grites.

—Préstame atención —reproché como una niña pequeña. Hizo un gesto para que continuara hablando—. Quiero cambiar de pareja para el aniversario, ya no quiero estar con Rust.

—Problemas amorosos —analizó—, nada que no pueda resolver una buena...

—No lo digas. —Rowin le cubrió la boca antes de que soltara uno de sus comentarios—. ¡Qué horror de persona eres!

El espectáculo familiar de las Morris llegó: Sindy se vengó por la interrupción y empujó a su prima, quien chocó contra María.

—¡No me empujes! —se quejó Rowin y le regresó el empujón a Sindy.

Para ese momento, Aldana y yo estábamos a una distancia prudente; no queríamos involucrarnos. Fue la misma Aldi quien, cansada del desorden entre las tres chicas —ya que María también empujó a Rowin— quiso ponerle un punto y aparte a la situación. Y sí, digo «punto y aparte» porque las Morris siempre discuten entre ellas, es decir, el «punto final» no existe.

Alcancé a Sindy y la retuve un momento del brazo.

—¿Puedes o no?

—Los grupos ya están hechos, los países escogidos, y dudo que alguien quiera estar con Siniester. —Hizo una mueca de desagrado—. No lo dudo, lo afirmo.

—Por favor.

—No me pongas esa cara... —No sé qué clase de expresión puse, pero debí de apelar a su lado sensible, aunque no bastó para que me concediera lo que le pedía—. La respuesta es no, Yionne.

Derrotada, agarré mi orgullo y continué caminando hacia el baño con un paso más lento y cansado. Aldana se arrimó a mi brazo.

—Así que sí, pasó algo entre Rust y tú.

—¿Tan obvia he sido?

—Algo. Entenderé si no quieres contarme qué pasó, solo quiero decirte que aquí tienes un hombro en el que apoyarte.

Pegué mi cabeza a la suya y entramos al baño.

De pronto, Sindy soltó un grito y se detuvo al ver la última puerta abierta, la de mi cubículo preferido. Nos asomamos para ver qué sucedía. Quizá no me sorprendí tanto de encontrar a Shanelle, pero sí de verla en tan horrible estado, tosiendo entre el ahogamiento y el asco, mojada desde la cabeza hasta los hombros, sentada aferrándose al retrete.

—Perdón —dijo con gesto cansado y se levantó. Allí se quedó, quieta en el cubículo.

—¿Qué te pasó? —le preguntó Aldana esta vez, desprendiéndose de mi brazo, pero guardando la distancia de la ya conocida novia de Siniester.

—Nada —respondió Shanelle, como siempre en voz baja—. Problemas con el agua y el piso.

Sindy se acercó y la chica reaccionó con miedo, esquivando el contacto como un gato asustado.

—¿Necesitas ayuda? —le preguntó Rowin.

—No, gracias. —Una fracturada sonrisa, que tentaba en voltearse, se dibujó entre Shanelle y su negación. La mirada apagada de la chica se encontró con la mía, rápida y llena de exhortación. No quería que hablara porque sabía que yo había encontrado el mensaje y las fotos.

—¿De verdad? —insistió Sindy—. Soy la presidenta; si algo malo te está ocurriendo, no puedo dejarlo en «nada», tampoco tú.

Antes de que Shanelle mintiera, di un paso para quedar junto a Sindy.

—La están molestando. Dos chicas. El otro día hicieron una especie de ritual y la amenazaron.

—¿Hablas en serio? —increpó Morris, con un tono entre molesto e incrédulo que peleaba por el equilibrio. Asentí—. ¡Debiste decirnos!

—Se lo dije a Rust.

—¿Y por eso el muchachito golpeó a Claus? —cuestionó Sindy—. Onne, este tipo de actos se denuncian en inspectoría o con alguien del consejo estudiantil.

Me sentí regañada, y es que tenía toda la razón. Primero de todo, si no le hubiese hablado a Rust sobre la amenaza... Ah, ¿ya ves cómo es que cada acto y cada decisión tienen una consecuencia que varía? Tantos viajes y seguía actuando en base a malas decisiones.

—Iremos a informar de esto al inspector general —anunció Sindy, sacando a la luz su faceta oficial—. Todas.

Shanelle y yo la seguimos con paso fúnebre.

—No tenías que contárselo —dijo la rubia, refiriéndose al tema de la amenaza.

Inspiré hondo, con aflicción.

—Tú debiste, pero no lo habrías hecho.

—Es que no entiendo... ¿Por qué lo hiciste?

—Hay dos cosas que odio, entre muchas otras, claro, y son que las personas hostiguen a otras y no den la cara, y que las víctimas no hablen —dije—. Entiendo que a veces no lo hacen por miedo, pero estando dentro de un establecimiento como Sandberg, este tipo de cosas no deben pasar. Me repudian. Alguien tiene que dar la cara; si no lo haces tú, entonces lo haré yo.

—Pero soy la exnovia de Rust.

—¿Y qué con eso? Sigues siendo una persona para mí, y como persona..., no, como Shanelle Eaton, creo que independiente de lo que existió, existe y existirá, mereces mi respeto. Tú no has hecho nada para que te odie, de hecho, tú deberías odiarme a mí.

—No te odio —se apresuró a aclarar.

—Quizá deberías, yo tomé la iniciativa con Rust aunque sabía que estaba contigo. —La miré por el rabillo del ojo y noté que su perfil era bajo, como siempre. Shanelle parecía estar en alguna galaxia, huyendo de su propia existencia—. Te ama, ¿sabes?

—Sí, lo sé, pero no como antes. O tal vez nunca me quiso y solo lo fingió para protegerme, porque era necesario, una obligación. Tu llegada sacudió su mundo.

Ah, maldita vida, cuando quería negarme a algo siempre aparecía la tentación, el deseo que me decía: «sigue intentándolo».

35

Al ver lo aglomerada que se encontraba la oficina de inspectoría, Sindy decidió hablar con el director del colegio, un hombre al que pocas veces logramos verle la nariz y que se resguarda detrás de un semblante estricto. Para hablar con quien lleva las riendas de Sandberg, primero tienes que pasar por su secretaria, lo que la presidenta del consejo estudiantil no quiso hacer. Sindy estaba tan molesta que prescindió de todos los modales que fingía tener con quienes no conocen su faceta más alocada.

Abrió la puerta de la oficina del director y entró sin aviso, con nosotras detrás. El elegante despacho, digno de un colegio privado para niños ricos, se llenó de una tensión maliciosa antes de que la charla comenzara. El director, quien escribía sobre unos papeles, dejó de lado su pluma para observarnos con aire de desconcierto.

—Director —dijo Sindy, justo antes de que el importante hombre cuestionara nuestro atrevimiento.

—Señorita Morris, ¿a qué viene esto? —El director se mostró molesto, con la frente tensa y arrugada, nos echó un rápido vistazo hasta que se detuvo nuevamente en Sindy.

—A esta chica la están acosando —dijo tras señalar a Shanelle—, y no tiene idea de quiénes son.

Un pestañeo surcó el cambio de expresión del director, incrédulo a tales palabras.

—¿Eso es cierto?

La pregunta iba dirigida a Shanelle, pero ella estaba detrás de nuestro grupo, oculta como un pequeño animal indefenso y lleno de temor. Nos hicimos a un lado para que respondiera, mas solo asintió.

Sindy insistió:

—Mírela. —Sindy alargó el brazo para señalar nuevamente a Shanelle, más alterada que antes—. La sumergieron en el retrete: un acto animal y degradante.

—¿Quiénes? —preguntó el director, limitando su recelo hacia la misma Shanelle.

—Sé que fueron dos chicas, pero me cubrieron la cabeza con una bolsa, no pude verles la cara —sostuvo con voz temblorosa, el perfil bajo y con sus ojos inyectados en sangre, observando a través de sus largas pestañas—. Fue todo... muy rápido.

—Tenemos un problema de acoso grave aquí —siguió Sindy, hablando como una verdadera presidenta. Verla tan determinada me resultó genial, hasta que sus ojos me buscaron—. Cuéntalo.

El piso se me movió antes de hablar, estaba nerviosa y algo asustada.

—La semana pasada entré al baño y encontré un mensaje insultante escrito en el espejo, había velas encendidas en los lavabos y fotos de Shanelle con los ojos arrancados. Parecía una especie de ritual —añadí—. Supuse que querían asustarla. Yo estaba en un cubículo cuando entraron dos chicas a armar ese escenario horrible.

—¿Responsables? —Existía cierta agudeza en la pregunta, la cual noté al instante.

—Dos estudiantes también, no pude verles la cara.

—¿Y por qué no lo reportó?

La tensión de mi cuerpo aumentó de forma súbita, debía verme igual de intimidada que Shanelle al tener encima la mirada suspicaz del director. Para colmo, no podía responderle con la verdad. Sospeché de Claus en primera instancia, sí, pero mis sospechas se ligaban al tema de las bandas, cosa que debía mantener en secreto y Shanelle también.

—Creí que se trataba de una mala broma —dije con la voz apagada, surcando un lento camino a la culpa y el aumento de la sospecha del director hacia mí.

—Quien no reporta es cómplice, por eso, si cualquiera de ustedes ve alguna infracción, ya sea al reglamento académico o a la moral del colegio, deben reportarlo.

—Lo haremos, director —respondimos todas, a excepción de Shanelle.

—¿Y qué harán con Shanelle?

La pregunta de Sindy quedó flotando con la interrupción abrupta y desarmada de Rust, a quien también llamaba la secretaria para impedir que entrara a la oficina. Apenas traspasó el umbral con su estulticia característica y petulante, buscó a su ex.

—¡Shanelle! —gritó con aprensión al verla cubierta con agua del inodoro y su cuerpo inseguro. Luego avanzó con paso tronante hacia el escritorio del director, lugar donde lo enfrentó igual de airado que Sindy—. ¿Qué mierda le hicieron ahora?

—Señor Wilson, creo que es innecesario recordarle que los improperios me desagradan —expuso con calma el director—. Estoy seguro de que su padre no querrá oír que irrumpió en mi oficina como un animal.

Los hombros de Rust cayeron en medio de una exhalación sonora y larga que lo regresó a Shanelle.

—¿Estás bien? —le preguntó y tocó su rostro para apartar los mechones pegados, sin importarle por qué exactamente estaban así.

Shanelle respondió y reprimió sus palabras, ahogada en un dolor abismal y al borde de las lágrimas. En lugar de llenar la oficina de lamentos, asintió lentamente, como quien bebe un trago amargo. Fue entonces cuando Rust se calmó y se volvió hacia mí. Yo estaba a una distancia prudente de Shanelle, aunque lo suficiente cerca como para notar la cortinilla invisible que nos separó del resto. Él no esperaba verme allí y yo no quería verlo.

Rust apretó los dientes y tragó saliva mientras bajaba sus manos de Shanelle. Se giró cual bestia hacia el director.

—¿Va a hacerse responsable de esto o no? ¡Es la segunda vez que la atacan! Alguien está en su contra. —Hizo una larga pausa en la que dudó, pero finalmente continuó—: Es Gilbertson.

—¿En qué basa en tal acusación?

—Fueron dos chicas —argumentó Shanelle y dio el primer paso al frente.

—Ya sabes que él pudo mandarlas... —dijo, rebatiendo sus palabras—. Sabes de qué es capaz.

—¿Hay alguna forma de ver quiénes fueron? —intervino Sindy.

—Las cámaras de seguridad, ¿no? —contestó Aldana, quien intervino para interrumpir la discusión.

—Vamos, entonces —apremió Rust, dispuesto a salir de la oficina, pero quedó encorvado y desanimado por la puntualización del director.

—Se necesita una autorización para ver las cámaras. Ustedes no pueden ir a la sala de seguridad.

—Ella sí —señaló con timidez Rowin, igual de intimidada que yo para hablar—. Fue la víctima.

—Y yo soy la presidenta del consejo estudiantil —señaló Sindy, tan seria que daba miedo—. Quien no reporta es cómplice, acaba de decirlo. Si trata de encubrir a alguien...

—Cuide sus palabras, señorita Morris —la frenó el director, levantándose de su enorme y acolchada silla donde su descomunal trasero reposaba. ¡Qué barbaridad...! No se había levantado al ver a Shanelle en tan mal estado, pero sí cuando Sindy recalcó su cargo dentro de Sandberg—. Por muy presidenta del consejo que sea usted, créame, se le puede relevar de ese cargo, tenga presente que está en mi oficina.

—Mis disculpas, señor —dijo ella y bajó la cabeza tras encoger los hombros—. Estoy velando por el bien de mis compañeros, a esto me comprometí cuando decidí postularme para ser la presidenta. Si le pasa a ella, sabrá Dios a cuántos más.

—Estoy de acuerdo con usted —convino el director—, yo también hago lo mismo.

Rust parecía un globo, con tanto aire contenido que en cualquier momento estallaría. Estaba intranquilo, con los puños rojos, y se movía con impaciencia por la oficina.

—¡Entonces veamos las jodidas cámaras de una vez! —exclamó y alzó los brazos al cielo.

Por suerte, el director ignoró su efusiva manifestación. Conocía, como todos, la prepotencia y lo cambiante que podía llegar a ser Rust cuando algo le parecía mal, también que estallaba con impaciencia. Y, a juzgar por lo que le dijo cuando lo vio entrar en su oficina, sabía cómo controlarlo.

—Se necesita la autorización de los padres, firmas para ser concreto, lo que llevará tiempo. —La decepción fue unánime y absoluta.

—¿Por qué? —pregunté y terminé por ganarme una mirada rápida y esquiva de Rust.

—Es absurdo —negó mientras tanto Sindy.

El director rodeo su escritorio para acercarse a nosotros.

—Privacidad —dijo y se situó frente a nuestro grupo para coaccionarnos.

Mamá me dijo una vez que, en una pelea de animales, como los gatos, la altura influía para intimidar al enemigo, hacer que huyera o mantenerlo a distancia. Creo que el director hacía lo mismo con nosotros. Quería mostrarnos lo poderoso y alto que se veía para mantenernos a raya. Por supuesto, con Rust esto no servía, pero a Sindy logró bajarle los ánimos.

—¿Cuánto tardarían? —preguntó con la voz más tranquila.

—Una semana.

—Y mientras tanto que la sigan acosando, ¿no? —soltó Rust con sarcasmo, tras un chasquido de disconformidad.

—Me encargaré de que no ocurra, Wilson.

Nos llenó de palabrerías sobre la reputación de los estudiantes, lo poderosos que son sus padres y lo que significa culpar a personas sin tener pruebas concluyentes, ya que las cámaras grababan el pasillo y no el interior de los baños. Cualquiera que se viera sospechoso podía ser partícipe de lo que le había ocurrido a Shanelle, pero si culpaban a alguien y era inocente, los cargos caerían contra el colegio. En resumidas cuentas, nuestro magnífico director no quiso mojarse el trasero.

—¡Viejo de mierda! —gritó Sindy una vez estuvimos en el patio.

—Creo que ese insulto no lo pondrá en la libreta —le susurró Rowin a María.

—Es bien merecido —respondió la morena, triste y con los ojos puestos en Shanelle. Supongo que era la que mejor podía entender a Eaton, pues durante mucho tiempo había sufrido los abusos de Tracy.

Aldana, que estaba junto a mí, se dirigió con paso firme hacia Shanelle y Rust, interrumpiendo la confidente charla que se daba entre ambos.

—Deberías ir a la enfermería y cambiarte ropa, yo sé dónde puedes conseguir un uniforme y lavarte el cabello. —Adana sacó su lado maternal, indiferente a la faceta intimidante del chico pedante que estaba a su lado—. O si prefieres irte a casa...

—Quiero quedarme, pero llévame; no quiero oler todo el día a orina.

La broma de Shanelle salió con cierta timidez. Luego buscó la mirada de Rust, quien asintió y permitió que la rubia se marchara con Aldana. Las demás quisimos seguir a las chicas, pero Rust me atajó.

Se atravesó en mi paso, irrumpió en mi tranquilidad, justo como hacía siempre, justo como en este sexto viaje.

—¿Podemos hablar? —preguntó con mesura, algo inaudito en alguien como él.

—No tengo nada que hablar contigo.

Avanzar por la derecha, otra vez, fue en vano; él se interpuso justo donde pretendía pisar.

—Tú no, pero yo sí.

—La ventana cerrada debía darte una señal, pero te lo diré porque sé que hay cosas que no puedes procesar adecuadamente: no quiero hablar contigo; no quiero verte, ni aquí ni en mi casa ni en ningún sitio; no quiero tener nada que ver contigo; no quiero respirar cuando estés cerca. No quiero absolutamente nada de ti, Rust. Quiero librarme de cada fibra de tu ser, de cada pensamiento que te pertenezca y cada emoción que me saques porque... se acabó: ya no viviré por ti. Voy a vivir por mí, por lo que yo me merezco, y tú no lo haces. Empecé esto por ti y lo terminaré ¡justo ahora!

—Yo no quería ponerte en riesgo, nunca fue mi intención. No iba a dejar que el jodido Gilbertson te llevara, por eso, cuando bajaste del auto...

—Pero me llevaste con él —lo detuve, antes de que narrara lo que ya sabía—. Le dijiste a tus amigos que me metieran en un auto. Lo entiendo, pero no lo comparto. Ahora, déjame pasar; no quiero ver tu cara.

Me hice a un lado antes de que pudiese intervenir en mi camino y prácticamente empecé a correr para huir de él y así alcanzar a las chicas. Sin embargo, Rust me siguió hasta el pasillo.

—¿Y qué hay de lo que yo quiero? ¿Qué hay de lo que pienso, de lo que siento o de lo que sentí? —recriminó a mi lado—. Yo sé qué clase de persona es Claus, lo sé bien. Escucha...

—No quiero escucharte... —Me detuve—. Me duele hacerlo, ¿es que no lo entiendes? Lo que yo siento por ti no se compara con lo que tú sientes ni podrá hacerlo. Si Claus te hubiese pedido ir con Shanelle, no habrías accedido. Yo sé que no puedo hacer comparaciones; tu relación con ella es diferente a la que nosotros tenemos, pero también soy humana, ¿sabes? —Hice una pausa para tragar con fuerza las ganas de llorar—. Eso es todo.

Con un nudo en la garganta que se agrandó más y más, continué caminando mientras esquivaba a las personas que mantenían sus ojos más allá de mí y miraban con cierto temor a Rust, quien se acercaba.

—Por favor... —suplicó y me sujetó del brazo, obligándome a girar en su dirección— Ya te lo dije, tú eres lo único normal que tengo. Tú me infundes seguridad, tranquilidad, un punto estable...

—Exacto —le di la razón, lo que provocó que me soltara—. Pero ¿qué hay de ti? ¿Qué me das a cambio? Solo quieres, pero no das. ¿Una relación dependiente? No, gracias.

—Dame una oportunidad.

Flaqueé. Maldición, lo hice.

«Si no le das una oportunidad a la vida, al menos, dámela a mí. No estoy tan mal, ¿o sí?», fue lo que dijo cuando yo estaba al borde del puente, en mi quinto viaje, dispuesta a saltar. Y el muy idiota tuvo que soltar algo similar en medio de aquella confrontación de palabras y sentimientos, en la que mi decisión golpeaba contra su determinación.

Rust vio el atisbo de fragilidad que se formó en mi expresión, probablemente creyó que aceptaría. Por mi parte, volví a aferrarme a lo que creía correcto.

—Ya disfruté de ellas antes. Ahora no necesito la forma en que actúas y me hablas.

—¿Y cómo quieres que actúe? Crecí mientras veía indiferencia y violencia, siendo perseguido y perdiendo personas que quiero. Sé que en cualquier momento moriré con una bala atravesando mi pecho. Así he crecido, fue la vida que elegí y la que tengo que aceptar. No puedo actuar de otra forma cuando es algo que llevo dentro de mí.

—Oh, pobre niño —me burlé—. Tú creaste esto. Tú lo empezaste. Cíñete a ti ahora, confróntate a ti mismo.

—¿Crees que no lo hago? Siempre lo hago, por eso estoy aquí. —Buscó mi mano, la agarró y la colocó en su pecho agitado—. Toca, siente esto... Estoy sintiendo cosas jodidas por ti y sé que está mal, porque mi deber como Siniester es con Shanelle porque se lo debo a su padre. Pero si pudieses darme una pequeña oportunidad, la más mínima que sea para demostrarte que de verdad me importas, me bastará. Que Shanelle y los chicos se queden con Siniester, tú dale la oportunidad a Rust.

—Ya se la di. Nuestros enfoques son diferentes.

—No te lo voy a negar, te miré para muchas cosas, menos para una relación. Lo hice durante mucho tiempo hasta que, en la playa, te dije que quería repetir lo que sucedió cuando nos acostamos y te negaste. Entonces supe que estábamos viendo nuestra relación desde perspectivas diferentes, por eso yo también cambié la mía.

Antes de responderle, una mano cubrió mi boca.

—No gastes saliva en personas que no valen la pena, cariño.

Era Claus, el único con las agallas para entrometerse en nuestra discusión.

—Tú no intervengas —advirtió Rust.

—Es imposible no hacerlo cuando tus ladridos se oyen por todo el colegio. Baja un poco la voz, la pobre de Yionne debe de tener las orejas rojas. —Su escurridiza mano se deslizó de mis labios a mi cabello, el cual colocó detrás de mi oreja—. ¿Ves?

Volteó y esbozó lo que parecía una cínica sonrisa. Con fastidio y repulsión, moví el hombro para que Claus se apartara. A Rust se le desfiguró el rostro al verlo.

—Pecosa, hablemos —me llamó.

Claus se echó a reír y tomó mis hombros desde mi espalda. Lleno de confianza, afianzó sus brazos para componer un súbito abrazo, con su rostro pegado a mi mejilla. Quería hacer estallar a Rust y lo estaba consiguiendo.

—Siempre tuviste un pésimo ojo con las personas, de lo contrario, te hubieras fijado en lo especial que es Yionne. No mereces más oportunidades, ella necesita oportunidades nuevas, y yo se las daré. —Su aliento chocó con mi mejilla y susurró—: Te necesito ahora, veamos qué tal manejas mi preciado don.

En un punto bastante alejado, cerca de la biblioteca, Claus empezó a carcajearse. Los pocos estudiantes que quedaban en el pasillo lo miraron confundidos, y yo deseé que se callara, o mejor aún, que desapareciera. Lo último me resultó más fácil, pero mi fuga no se pudo dar ya que se dio la vuelta para mirarme con la sonrisa todavía plasmada en su petulante rostro.

—¿Has visto que cara ha puesto? —me preguntó con una dicha repulsiva.

—¿De quién hablas?

—De Wilson, cariño. ¿Cómo podrías enamorarte de él? De ese descerebrado aburrido. O formar una familia con él, incluso...

Me removí con inquietud, con las piernas flaqueando a medida que avanzábamos.

—Él ya está enamorado —repliqué con amargura.

—Sí, y esperemos que no sea de ti. ¿Sabes qué es lo lindo de saber el futuro? Que puedes cambiarlo y, créeme, eres más útil para mí que para ese animal.

Me dieron arcadas mentales, ¿puedes creer lo arrogante que fue?

Digerí sus palabras como si fueran una mala comida, un sabor asqueroso que permaneció durante un largo rato en mi boca. La sensación de malestar siempre se formaba en mi estómago estando junto a Claus.

—Estoy seguro de que tú y yo estamos hechos el uno para el otro.

—Basta de insinuaciones —exigí entre dientes.

—No me insinúo.

Alzó las cejas para demostrar una inocencia que no le pegaba para nada, y escondió los labios formando una sonrisa aniñada. Se le veía de buen humor, quizá demasiado para ser un siniestro lunes lleno de acontecimientos.

—¿Para qué me buscas ahora? —le pregunté y seguí sus pasos.

—Quiero saltarme la clase y ¿qué mejor que hacerlo en tu espectacular compañía?

«Tan adulador como siempre», pensé, asqueada.

—Tuya y la de mi querido don —agregó y me guiñó un ojo.

—Creo que sobra el «mi». Ese «don» ya no te pertenece.

Mis palabras calaron más hondo de lo que imaginé, su cambio de humor se hizo patente y adoptó una expresión seria que me trajo más confusos y temblorosos recuerdos. Por instinto, mi cuerpo se tensó bajo la sombra de una mirada que no deseaba recibir. Prefería mil veces al Claus arrogante y de buen humor que a este, porque lo temía, y mucho.

—Era mío, me lo robaste.

—La luna te lo quitó, no yo.

—Exacto. —Retornó el camino, no me percaté que habíamos parado—. Piensa en la «luna» —hizo comillas con los dedos— como una madre que me regaló un juguete, pero luego apareciste tú y pediste ese mismo juguete. Ella me lo quitó para dártelo. Ahora eres tú quien juega con el juguete, lo que no significa que haya dejado de ser mío.

—¿Por eso quieres usarme?

—No quiero usarte, quiero usarlo. Una pequeña diferencia.

Solté un jadeo incrédulo que raspó con fuerza mi garganta.

—Eres increíble —le dije.

Se giró hacia mí y tomó mi mano. La sostuvo con fuerza y apresuré mi paso hacia la biblioteca, que ya estaba más cerca.

—No, tú lo eres.

—Ah, ahora yo lo soy. ¿No te referías al «don»?

—Sí, y ahora me estoy refiriendo a ti.

Entramos en la biblioteca sin mayores problemas, como cabía esperar. La bibliotecaria quedó fascinada al recibir el saludo de Claus; entre ambos se notaba cierta complicidad que me mantuvo alerta mientras Gilbertson paseaba entre las estanterías.

Si hay algo que admiro de Sandberg es su biblioteca esmeradamente atendida por los empleados de la limpieza. Me llamarás exagerada, pero la biblioteca es más grande que mi casa, quizá hasta más grande que todos los colegios de Hazentown juntos. Recepción espaciosa, con buena atención, un pasillo con sofás extremadamente cómodos para pasar el rato y, frente a estos, mesitas de madera fina para el café, todo para el bienestar de los alumnos. La entrada a los pasillos formados por los estantes está decorada por un arco con la temática de que tratan los libros. Te aseguro que lucen como el inicio de una aventura, son hermosos. Entre los estantes hay más sofás para detenerte a leer.

Seguí a Claus, quien cruzó los arcos sobre literatura, luego el de biología, el de matemáticas, el de historia hasta que finalmente nos detuvimos en el pasillo de astronomía. Allí, entre planetas que colgaban del techo como en el observatorio, mi incertidumbre llevó a romper el silencio.

—¿Y?

—Siéntate.

Señaló el sofá que se encontraba en medio del pasillo. Hice caso y me senté con la espalda tan erguida que dolía. No quería verme reconfortada frente a su molesta nariz, necesitaba estar atenta a sus palabras y movimientos.

—Como verás, estoy muy interesado en lo que puedes hacer. Recuerdo que de niño podía usar el don sin dificultades, para lo que quisiera, pero muchos deseos infantiles y maduros no pudieron cumplirse.

—Porque ya no lo tuviste.

—Precisamente, porque te lo cedí.

Ahora lo llamaba «ceder». Antes era robar, quitar... Cambiaba la palabra conforme a su conveniencia; pude notarlo bien.

—¿Quieres que cumpla tus deseos frustrados? —repliqué con sarcasmo, una burla retenida e insultante.

Claus esbozó una sonrisa torcida típica de él y se sentó con brusquedad a mi lado para luego pasar un brazo por detrás de mi cuello y acercarme a él.

—Empecemos por algo simple —susurró con veneno—. Quiero saber cómo moriré.

Palidecí.

—Eso es... muy intenso. ¿De verdad quieres saber cómo morirás?

—¡Por supuesto! Quiero saberlo para impedirlo, a menos que me digas que moriré como un viejo que defeca en sus pantalones... Morir a esa altura será clemente y patético.

Me aventuré a dilatar el momento en que tuviese que darle una respuesta, así que insistí en mi postura.

—Pero saberlo se me hará difícil. Yo... no quiero ver muertes.

—Comprendo, eres sensible sobre esos temas —comentó. Asentí en respuesta—. Bien, hagámoslo a tu manera: dime algo sobre mi futuro.

Para enfatizar mi mentira tomé cierta distancia y busqué sus retorcidos ojos.

—¿Estaré segura cuando me vaya? —le pregunté con cierta desconfianza.

—Tienes mi palabra, no te haré nada ni te pasará nada.

Saqué mi celular y programé una alarma falsa, una actuación fantástica, una interpretación de la que mi madre estaría orgullosa.

Me situé en el sofá para que Claus no viera lo que hacía en mi celular. Lo cierto es que tanta parafernalia ayudó a salvarme el pellejo. Si no le contaba una verdad significativa podría traerme problemas.

Ese lunes 2 de octubre decidí pedirle ayuda a la única persona que conoce mi futuro: tú.

> Yo: Necesito un poco de tu ayuda. Quiero que me digas qué ocurrirá en el futuro.

Te escribí tan rápido como pude. Mis dedos temblaban sobre la pantalla y rogué tu pronta respuesta.

> Tú: Tu querido Claus tendrá un bello encuentro con su padre el sábado, que tendrá como resultado problemas en el Polarize y su banda.

Suspiré con alivio y te lo agradecí con todo mi corazón, de verdad. Entonces llegó tu otro mensaje. El de cortesía.

Tú: Claus va a morir asesinado.

Esa información me sorprendió. Tanto que hasta Claus lo notó.

—¿Estás bien?

—Sí —le respondí con la voz frágil, solo déjame coordinar algunas cosas.

—Tienes todo mi tiempo, nena.

Incluso olvidé rechinar los dientes por su «nena», necesitaba escribirte primero.

Yo: ¿A manos de quién?

Tú: Tuyas. Tú lo matarás.

36

«Voy a matar a Claus», me repetí sin creerlo.

Es cierto que llevo encima muchas muertes. Ya lo dije antes, muertes indirectas causadas por salvar a mis seres queridos puesto que la maldición exige un equilibrio. Si quito, necesito dar. Si salvo, otro debe morir. Un asesino no es solo el que aprieta el gatillo, un asesino también es el que demanda que ese acto se cometa.

No estoy libre de culpa y no soy muy diferente a Claus, lo sé, pero aun así me sorprendió saberlo.

¿Cómo lo haría?

¿En qué situación tomaría una decisión así?

¿Lo haría yo, con mis propias manos, o lo mataría basándome en una decisión?

¿Y... cuándo?

Tu mensaje no dijo más, tampoco pude preguntarte, ya que Claus comenzó a impacientarse. Él no podía ver el mensaje desde donde estaba, así que lo borré tan rápido como vi que se acercaba a chismear.

—Listo —pronuncié con la voz quebrada. Actuaba con nerviosismo, lo que ante la mirada perspicaz de Claus significó problemas.

—Estás pálida —me dijo.

—Ah... —Volví a actuar como hacía cada vez que necesitaba crear una mentira—. Estoy nerviosa, jamás hice esto frente a alguien.

Bloqueé la pantalla de mi celular y lo guardé en el bolsillo interno de mi chaqueta para que él no pudiese meter sus horribles manos y quitármelo. Claus también se acomodó a la expectativa de verme viajar a un futuro que no conocía con seguridad, pero confié en tus palabras.

Cerré los ojos en cuanto apoyé la cabeza en el respaldo del sofá y fingí estar viajando cuando en realidad seguía en ese lunes sombrío.

Pudo ser así de simple, mantenerme quieta, fingiendo inconsciencia, pero todo me llevó a sobreactuar una vez que sentí los intrépidos dedos de Claus sobre mi cara para apartar los molestos mechones ondulados que siempre he odiado. Me estaba tocando a sabiendas de que estaba perdida en el «futuro» y no podría pararlo.

No debía sorprenderme, ya que era algo que venía de él, pero me seguía perturbando su manera desalmada de actuar. Me encontré en un dilema: seguir fingiendo el viaje hasta que mi alarma sonara o abrir los ojos para protestar de sus abusos mientras me tenía indefensa. Cuando sentí que su calor corporal se acoplaba con el mío y su respiración se entrelazaba a la mía, supe que no soportaría más. Abrí los ojos de golpe y lo encontré a escasos centímetros de mi boca. Me cubrí los labios y luego me levanté del sofá tan rápido como pude.

—Dijiste que no me harías nada —le recriminé entre dientes—. ¡Eres un maldito mentiroso!

—Solo iba a besarte —se excusó con una sonrisa algo burlesca, de esas que te dan ganas de arrancarte el cabello y usar la violencia física contra dicha persona para borrarle tan fastidiosa mueca. ¿Es que se había quedado en el siglo pasado?

Apreté con fuerza mis dientes hasta tal punto que dolió, todo para contener los fervientes deseos de repelerlo con insultos. Pero no iba a dejarme ir con tanta facilidad.

—El sábado tendrás problemas con tu padre, se encontrarán, aunque no sé a qué hora. Esto te traerá problemas con el club nocturno y Monarquía.

Me marché furiosa, asqueada, me repugnaban las zonas de mi cara que todavía sentían sus dedos. Fui al baño para refugiarme en el último cubículo, mi favorito, y allí aproveché la oportunidad de escribirte con el fin de resolver mis dudas.

> Yo: ¿Cómo que mataré a Claus? ¿Cuándo?
> ¿Será debido a una decisión, será para salvarme?
> Por favor, respóndeme.

Nada.

Me dejaste con la intriga, llena de dudas y sin respuestas. Tal vez debería hacer lo mismo contigo, dejarte indicios de esta maldición, mas no lo haré: estoy escribiendo esto para que me ayudes, para que puedas encontrarme donde sea que esté. Este diario en lo único que confirma mi existencia, aunque sea muy ínfima o insignificante.

Volví a clases tras ir al baño. Suerte que me tocaba Arte y que el profesor no armó mucho drama para dejarme entrar; me vio tan descompuesta que la mentira de que estaba vomitando en el baño coló a la perfección.

En el recreo, de camino a la cafetería, me encontré con las chicas. Iban acompañadas por Shanelle.

—¿Qué te pasó? —me preguntó Aldana—. Desapareciste.

—Ah, nada... —La esquivé.

—Tu rostro no dice «nada», dice «mucho». —Guardé silencio. Aldana era demasiado observadora—. Si me lo dices, te daré un rico muffin.

La miré por primera vez desde que salimos al recreo y vi que su rostro lucía una sonrisa maligna. Abrí mi boca, ofendida.

—¿Por qué me sobornas con comida? Eso no es sensato, y menos si es con un muffin.

Sonrió por un momento, pero luego me analizó.

—¿Es por lo de Shanelle?

Su pregunta me supo mal.

—Para nada. Me alegra que Shanelle esté de nuestro lado y no esté sola como la mayor parte del tiempo. Tenernos será el mejor apoyo.

—Entonces, ¿qué te tiene con el ceño tan fruncido?

Ni siquiera había notado que mi frente estaba arrugada y tensa. Con pausa, volví a tranquilizar mi rostro. Antes de responderle, empecé a caminar lento para que las demás no nos oyeran.

—Me quedé hablando con Rust.

Por supuesto, pensaba omitir lo de Claus.

—Lo suponía. —Asintió con orgullo—. ¿Sabes?, no quiero entrometerme en tu vida con él, no sé qué hizo o te hizo, pero creo que ese chico va en serio.

Mis inquietas manos buscaron la correa de mi bolso para recorrerla y gastar el nerviosismo. Aldana también me ponía las cosas difíciles justo cuando no quería doblegarme, y por supuesto que lo notó; sus ojos se desviaron hacia mis manos.

—Tú... sabes lo que pasa entre ellos, ¿verdad? —dije tras acercarme a ella—. Entre Brendon, Claus...

—Sí, Brendon me lo contó.

—¿Cuándo?

—Cuando lo noté inquieto, como tú, y le pregunté qué pasaba. Fue fácil descubrir que mentía —respondió con su perfil clavado al frente, como si viviese la escena. Me tomó del brazo luego y continuó—: Lo sospechaba. Es decir, es evidente que parecen pandilleros con sus apodos, furgonetas... Se nota que algo malo pasa ahí.

Pues sí, hay que ser muy obtuso para creer que estos chicos están limpios cuando, con la amenaza de la moto y los apodos, ya se dice bastante. No obstante, así es el mundo, las personas siempre quieren hacerse las ciegas y pretender que nada malo sucede. Vivir en una buena mentira siempre es mejor, por eso, el ignorante es feliz.

—¿Cuál es el apodo de Brendon?

Forjó una sonrisa algo tímida y respondió:

—Parfait.

—¿Como el postre?

—Por el postre —corrigió mientras llegábamos al comedor.

—Los dos son tal para cual.

—Estás desviando el tema, sigue así y no tendrás muffin.

Un bufido salió desde mis entrañas y raspó con fuerza mi garganta al salir disparado sin que lo pensara. Aldana alzó una ceja en plan «¿Tan mal te ha ido?». Recompuse mi postura para ver que ni él ni sus amigos anduviesen cerca.

—Rust me pidió una oportunidad, dijo que está sintiendo cosas por mí; pero que no son correctas porque tiene una responsabilidad con Shanelle.

—El deber de protegerla, querrás decir, como Brendon y todos los demás. Es la sucesora de Legión.

—Rust también lo es, no puede deshacerse de su mundo turbio. —Pensarlo me molestaba, pero al decirlo me sentí desanimada—. Me dijo: «Deja que Shanelle y los demás se queden con Siniester», pero

Siniester y Rust son la misma persona, solo que la primera es más... ruda.

Aldana se llevó la mano a la barbilla y lo meditó.

—Lo que yo entiendo por sus palabras es que quiere que te quedes con la persona real, no con el chico que anda armado y es atormentado por otras bandas. Tal vez es su manera de protegerte.

—No puede protegerme, él mismo me metió en la boca del lobo. Si pudiese retroceder el tiempo...

«¿Y por qué no lo haces? Todo sería simple si volvieras al viernes», señaló mi consciencia.

Sí, todo sería más simple si regresaba. No tendría que ir con Claus, no me vería obligada a entrar en su auto, no le mentiría sobre mi maldición, no me lo encontraría en el pasillo ni me pediría que le mostrara algo sobre su futuro. Pero lo más importante: no me habría desahogado con Rust y él no sabría que estoy molesta.

Las palabras valen mucho, lo comprendí después de haber recibido mi supuesto don debido a mis maldiciones. Mi travesía empezó precisamente por unas palabras que no tenían significado. Es maravilloso si lo piensas, porque tienen el poder de herir y de curar, de definir, de manipular, de expresar, de... no sé, tantas cosas. Y como conozco su importancia, si llegaba a retroceder ese viernes, lo que le dije a Rust sobre su forma de actuar y mis sentimientos quedarían en la nada.

No quería que ese mal encuentro quedase en mi cabeza, porque si las volvía a pronunciar, su significado no sería el mismo. Y Rust nunca se mostraría arrepentido, sino que actuaría sin entender.

Iba a arriesgarme a las consecuencias de mis propias decisiones, porque mis palabras lo valían, aunque tuviese que lidiar con Claus. Además, los viajes me estaban causando demasiadas hemorragias nasales.

—Yo no le estoy pidiendo a Rust que deje de lado los bandos, entiendo que ya está involucrado y que no puede irse fácilmente; solo quiero que me vea como a una persona. —Me detuve y volví a mi faceta confidente—: Confesó que al principio me veía como alguien para tener sexo, y yo creí que le gustaba... ¡Nunca debí acostarme con él!

—No te culpes por eso, él también aceptó.

—Me culpo por ser tan ingenua. Yo lo besé por amor, él solo vio la oportunidad. No, me vio como una oportunidad. Una enorme diferencia, ¿ves? Amor y deseo... Bah.

—Él pudo negarse, rechazarte, pero se volvió para corresponderte.

—Compró un paquete de galletas y las guardó en su mochila, luego aprovechó para sacar el muffin prometido—. Hay algo que no entiendo.

—¿Qué es?

Antes de permitir que tomara el muffin, esquivó mis manos y lo apartó. Fue entonces cuando vi una nueva faceta en Aldana, más directa e intrigante. Me confrontó y logró que me volviese diminuta ante su presencia.

—¿Cómo te enamoraste de él tan pronto? ¿Pasó cuando entró por tu ventana o hay algo más?

Tragué saliva, me percaté de esto tras hacerlo. Con ese pequeño gesto, que Aldana detectó al instante, yo había delatado los nervios que me atenazaban.

—Nos conocimos antes, en una academia de béisbol, pero él no lo recuerda.

Mi amiga guardó silencio y luego habló con su precisión característica:

—Mentira. —Y me entregó el muffin—. Cuando mientes, miras hacia los lados, Onne; nunca de frente. No te obligaré a que me lo cuentes, pero aprende a mentir mejor, quizá te servirá para más adelante.

Me quedé muda.

El martes por la mañana los murales de Sandberg estaban llenos de carteles contra el bullying, la maravillosa y muy bien pensada estrategia del director para acabar con los horribles abusos que estaba sufriendo Shanelle y, quizá, más estudiantes. Sindy ardió de furia, arrancó un cartel y se marchó a la oficina del director.

—Pobre del que se interponga en su camino —comentó Rowin—, yo no lo haré, ¿y usted, señor Choco?

—¿Sabes que le estás hablando a una barra de chocolate? —increpó María con una expresión seria, de esas preocupadas que no dejan indiferentes a nadie.

—Tú escribes poemas dirigidos a un chico imaginario y nadie te dice nada —se defendió Morris.

María se sonrojó hasta las orejas, nadie, aparte de Rowin —y de mí, gracias a viajes pasados—, sabía de los poemas que a la becada tanto le gustaba escribir en su cuaderno. Un tímido «eso era secreto» salió de sus labios y terminó disipando la vergüenza al ocultar su cuello dentro de su chaqueta.

Rowin le sacó la lengua.

—Estamos a mano.

—Oh, ahí está Shanelle. —María señaló las escaleras.

Shanelle estaba sentada en un escalón mientras leía uno de sus tantos libros. Sola, por supuesto, con el semblante tranquilo, invisible para los demás. Su cabello rubio y largo le caía por encima de su uniforme. Nos acercamos a ella para saludarla y obtuvimos como respuesta una cordial sonrisa.

Supuse que ya era parte del grupo, las chicas no la dejarían sola después de lo ocurrido en el baño.

Íbamos de camino a las taquillas en el momento en que me acerqué para ponerle punto final al problema del aniversario.

—Shanelle, ¿quién es tu compañero en la actividad del aniversario?

Al comienzo se sorprendió de que le hablara con total normalidad, después se calmó hasta recuperar su expresión apacible. La detuve y la llevé a un lado del pasillo para que nadie nos oyera.

—Ah, creo que se llama León.

—Cambiemos —la animé—. Ve con Rust, estarás protegida con él.

—Pero él te escogió a ti.

—Yo no quería estar con él. Piénsalo: en el aniversario habrá mucha gente y no solo serán estudiantes, sino personas de la calle. Puede ser peligroso. Con Rust a tu lado..., supongo que te sentirás más protegida.

Ladeó la cabeza, como suele hacer para enfrentar o encarar a alguien, aunque por ese entonces yo aún no lo sabía.

—¿No quieres estar con él porque estás molesta? Si él te escogió a ti, fue por algo; no quiero interferir en lo que haya entre ustedes.

—Entre nosotros no hay nada. Yo no quiero nada.

—¿Segura? —preguntó y yo asentí con amargura—. Bien, cambiemos.

—Genial, ¿cuál es su país?

—México. León tiene familiares mexicanos —informó al caminar hacia las taquillas—, les prestarán los trajes.

—Mamá consiguió los trajes coreanos, por si los necesitan.

—Eso sería bueno —dijo y esbozó una sonrisa, luego se detuvo—. Sacaré mis cuadernos.

No le dije nada y respondí con una seña algo tímida.

Antes de entrar en clase, abrí la taquilla para sacar el cuaderno de Biología con la misma indiferencia de siempre, sin imaginar que dentro encontraría la mejor maravilla para mi paladar: un muffin y una nota.

«No está envenenado», leí rápido.

37

Guardé el muffin en mi mochila y corrí al aula de Biología. Elegí el asiento de siempre y esperé a la profesora. Hasta ahí todo estuvo normal, la costumbre de esperar a la gran profesora Stone —cuyo apellido le viene como anillo al dedo— ya la mantenía arraigada. Y no solo yo, también mis compañeros que la esperaban. Cuando el aula se estaba llenando, una cabellera rubia acompañada de unos míticos ojos azules despertó unos incrédulos comentarios por su inesperada aparición.

Con un gesto de «sal o te mato», Rust obligó a mi compañero de asiento a buscarse otro sitio donde no lo pudiese amenazar con sus intimidaciones. Luego, con el asiento libre a mi lado, se sentó cual rey en su trono.

—Hola —saludó con total normalidad.

La profesora llegó. Me escurrí en el asiento para que no me viese junto a Rust, mucho menos hablándole.

—¿Qué haces? —pregunté lo suficientemente bajo para que la señora Stone no me escuchara y lo suficientemente alto para que Rust sí.

Dios, qué tragedia, y con toda la clase en silencio... ¡qué complicado fue!

—Saludarte —respondió e hizo una mueca burlona.

—No, ¿qué haces aquí? —corregí de forma pausada—. Esta clase no te toca.

—Las clases no tocan.

—Me refiero a que...

—Vengo a estudiar —aclaró con seriedad, una actuación que seguro heredó de su padre, pues sus palabras eran mentiras.

—Bien.

No dije más y saqué mi cuaderno de Biología. A mi lado, Rust también sacó un cuaderno y lo abrió en una hoja cualquiera. Justo dio con unos rayones hechos con su caligrafía terrible y recordé su gesto con el muffin. Empecé a cuestionarme si debí echarlo en mi mochila o simplemente dejarlo en la taquilla, no quería insinuarle nada y haberlo recibido podría decir mucho.

—Escucha, no creas que con un muffin vas a tenerme como tonta de nuevo.

Elevó una de sus castañas y pobladas cejas al escucharme. Sin disimularlo mucho, pero en un tono cuidadoso, respondió:

—No te lo di con esa intención, Pelusa.

«Ja, ¿cómo no?», pensé y me molestó la falsedad de su respuesta.

—Y no lo quiero.

Lo último lo ofendió. El Rust altanero se hundió en una derrota que no pudo disimular. Se apoyó en la mesa y abrió los labios buscando qué decir, con sus ojos azules marcados por la frustración. Me sentí un poco mal por habérselo dicho sin filtro.

—Bueno... —alargó un silencio innecesario y tragó saliva— devuélvemelo.

Busqué el muffin en mi mochila. Lo coloqué en su mano, la que esperaba obtener solo aire. Otra vez, el ego de Rust Wilson cayó cuando su perfil enfiló hacia el pastelito. Mientras lo examinaba como un analista profesional, yo traté de prestar atención a la clase.

—¿Tan malo está? —dijo, arrastrando las palabras por su garganta. Sonaba mal, como un enfermo terminal.

—¿Qué?

—Si tiene mal sabor y por eso no lo quisiste —explicó con tranquilidad. Tiré mi bolígrafo sobre el cuaderno para responder.

—¡Ni siquiera lo he probado!

—Ah, ¿no? —preguntó—. ¿Y eso?

Con su dedo señaló una parte del muffin que parecía una mordida enorme. Era la mordida perfecta, la que trajo de regreso al Rust altanero. Lo tomé y fruncí el ceño.

—No es una mordida, está raspado.

La sonrisa torcida de Rust apareció. Puso el muffin sobre la mesa, apoyó su brazo y luego reposó su cabeza en una mano, como si estuviera recostado en su cama. Ignoré su lado arrogante; no necesitaba quebrarme la cabeza tan pronto.

—Lo probaste, no tienes que negarlo —soltó en un canturreo que por poco me hace partir con mis manos el bolígrafo.

Lo ignoré; una estrategia que mamá me enseñó cuando de pequeña me molestaban por mi cabello. Pues sí, aunque me duela un poco decirlo, de pequeña me molestaban por mi cabello. Mis compañeros de clase decían que mi cabeza se estaba quemando porque, pues..., mi cabello es rojo. Es estúpido que me sintiera tan mal por eso, pero en un punto todos somos frágiles. Ahora, claro, estoy orgullosa de mi cabello, y con todos los apodos de Rust no tengo tiempo de ofenderme. Es irónico si lo piensas: antes me sentía mal por el color de mi cabello y terminé enganchada a un chico que me molesta con él.

Me estaba planteando esta cuestión cuando oí su voz queda, ahogada y triste.

—Extraño a mis hijos.

Su agónico comentario fue como una flecha que impactó en mi corazón. No podía evitar compadecerme de ese lado de Rust, mucho menos cuando llamaba «hijos» a los gatos que él mismo rescató. La Yionne O'Haggan sensible apareció para entonar un alargado «aw» mental, pero la Yionne O'Haggan determinada no lo podía dejar pasar.

—¿Tus hijos? —amonesté y golpeé el cuaderno con el bolígrafo—. Rust, eres como esos «padres» que solo aportan dinero.

—¿Qué dices? Iba a verlos cuando podía y, ahora..., tú no me dejas verlos.

—Eso no los hace tus hijos. Siempre fuiste así, empezando por el hecho de que me obligaste a cuidarlos.

—Yo no soy como esos padres —se defendió—, yo les di el cariño que pude darles.

Ninguno de los dos se percató de que la profesora Stone nos había oído. Su rostro frío nos miraba desde las alturas, con sus inquisidores ojos, sus enormes pómulos tensos y su nariz aguileña en alto.

—Fuera —nos ordenó a ambos y su mandíbula se endureció.

Iba a levantarme de mi asiento con la resignación que una estudiante expulsada puede mostrar, pero Rust, sin quitarle los ojos a la profesora, me sujetó del hombro para que no lo hiciera. Mi movimiento quedó interrumpido y allí permanecí.

—Pregunte lo que quiera, profesora —invitó, fingiendo ser el estudiante ejemplar que no era. Sí, a Rust le podía ir de maravilla en el colegio, sacar las mejores notas y estar en la lista de mejores estudiantes, no obstante, su actitud altanera y el afán de meterse en problemas le daba la mala reputación que a ningún profesor gusta—. Le estamos prestando atención.

La profesora Stone soltó una carcajada.

—Le está prestando atención a O'Haggan —corrigió.

—¿Qué se le puede hacer? Ella me gusta más que sus clases.

Hubo silencio, un largo silencio. Stone esbozó una mueca de disgusto.

—Fuera —repitió.

Terminé de levantarme. Me colgué la mochila al hombro con los ojos puestos sobre Rust, a quien culpaba en silencio por su testarudez. Pronto, él también se levantó y salió de la sala seguido por mí. En el pasillo principal del campus de ciencias, me adelanté a sus pasos para dirigirme hacia el patio del colegio, donde me senté frente a la fuente con la figura del fundador de Sandberg. Rust me siguió como una molesta paloma que corteja a su pareja. Cuando sentí su brazo rozando el mío, me aparté y abrí una brecha entre ambos. Yo estaba agachada, con los brazos sobre los muslos y la cabeza apoyada en mis manos; Rust, encorvado, con su peso sostenido sobre sus piernas, donde apoyaba sus codos.

La calma en plena mañana me gustó, quizás es lo único que no podía reprocharle al colegio, cuya estructura es fantástica y, sin estudiantes a esa hora, por fin, podía sentirme cómoda. A pesar de tener al lado a la persona con quien no quería intercambiar palabras. Pero como nada es para siempre, la tranquilidad acabó.

—¡Qué... porquería! —exclamó Rust a mi lado, con la boca llena por el enorme mordisco que le había dado al muffin, y escupió al otro lado del banco—. Con razón no lo comiste —dijo tras limpiarse—, sabe a mierda.

—La repostería no se te da bien —le dije—, nunca se te ha dado.

Me observó un momento con esa expresión de no entenderme, como todas las veces que disparaba información que él no me había dicho, pero luego siguió:

—No podía traerte uno de mis magníficos sushis al colegio. Me encogí de hombros con indiferencia.

—No es que me interese probarlos.

Rust arrastró su trasero por el banco para acercarse, aunque mantuvo una distancia prudente.

—No los quieres probar porque caerías rendida ante mí —compuso en un acto vomitivo de arrogancia con sutiles toques de broma que, de cualquier forma, me dio ganas de echarme a reír, pero luego tuvo que agregar—: Ya sabes lo que dicen: primero se conquista el estómago.

—¿Y por eso abriste mi casillero, no tengo idea de cómo, para poner una nota y el muffin? No vas a conquistarme con eso, Rust.

Se quedó estático y pensativo. Con el rabillo del ojo advertí que suspiraba y giraba entre sus dedos el pastelito mordido. Con desgana, volvió a apoyar sus codos en sus piernas.

—¿Sabes cuánto tarda una persona en enamorarse? —preguntó de pronto.

—No.

—Lo que dura un parpadeo. —Nos miramos en sincronía perfecta y él pestañeó para enfatizar sus palabras.

No tengo ni idea de dónde había sacado tal cosa. Tampoco se lo cuestioné, pues siempre he creído que para cada persona ocurre de forma diferente, y no podía juzgar ni defender su idea de enamoramiento. Por supuesto, un parpadeo me resultó exagerado y preguntarle si eso era correcto tendría como respuesta audaz un «sí», porque él era Rust y lo afirmaba como tal.

—¿Y cuánto demora una persona en desenamorarse? —siguió preguntando.

—Meses.

Asintió más animoso.

—Algo así: unos meses o puede que un año. Por eso estoy confiado, Pelusa, voy a conquistarte más rápido de lo que tardes en desenamorarte de mí.

Qué payaso del averno...

Lo peor de todo es que tenía razón: enamorarse —o en este caso dejarse conquistar— resulta más sencillo que olvidar a alguien; una ironía jodida de la vida que todos aprendemos con la práctica. O al menos yo, porque por más que quisiera dejar atrás lo que sentía, el más mínimo detalle aceleraba mi corazón y, por Dios, en ese banco, en medio del silencio, lo que oía era eso: mi corazón agitado por quien deseaba dejar de querer.

—No será hoy, no será mañana, no será dentro de una semana o un mes, pero sí, lo haré —afirmé con una confianza que me dolió en el pecho, que quemó con fuerza. No trataba de convencerlo a él, lo decía para convencerme a mí, y eso era lo que lastimaba—. Lograré olvidarte de alguna forma y alguien más reemplazará los sentimientos que tengo por ti.

Se puso de pie en medio de unas carcajadas profundas. Frente a mí, con la más sincera expresión, apretó los labios con las comisuras levemente bajas y se encogió de hombros como quien debe asumir un error.

—La cruda realidad es que no vas a poder reemplazar una mierda. ¡Así es como son las cosas, Pelusa! —exclamó tras una mirada severa de mi parte—. Ninguna persona puede reemplazar a otra y ningún sentimiento será el mismo: todos son diferentes. Lo siento, mi pelirroja compañera, pero así será.

Me mordí la lengua antes de que mi orgullo se doblegara.

—Suerte que no he llegado a tal extremo. —Me puse de pie y le empecé a acomodar la ropa, como él hacía cuando explicaba algo—. No te confundas, Rust, dije que me gustas, te lo hice saber, pero llegar a un enamoramiento... Falta mucho para eso.

Vaya mentira.

—Tus palabras de ayer decían algo distinto.

—Ayer estaba conmocionada, le di más importancia de lo que debía.

—Demuéstralo.

Recordé lo que Aldana me dijo sobre las mentiras, lo que me delataba. Mantuve la mirada fría y firme sobre la de Rust; nada de mirar hacia los lados o hacia abajo para responderle, nada de pestañeos nerviosos que revelaran la verdad.

—No así... —corrigió— Así.

Me abrazó, se pegó a mí como un cachorro maltratado que busca el cariño de un humano, la clase de animalito que necesita aceptación y la pide a gritos con un gesto tan simple... Pasó los brazos bajo los míos, luego reposó sus manos en mi espalda y me acercó hacia él en un torpe medio paso. Mis zapatos negros chocaron con los suyos hasta que lograron acoplarse a ellos. Lo tenía tan cerca, pecho con pecho, y todo para demostrarle que mentía.

Mi misión era simple: no podía responder a su abrazo. Tenía que mantenerme rígida, quieta, sin mover los brazos. Si lo lograba, era probable que me dejara en paz. Pero como todo lo sencillo se complica, también en esta ocasión. Mantenerme al margen de sus intenciones me resultaba muy difícil, pues mi instinto, por inercia y por costumbre, me pedía tenerlo cerca. Me pregunté si él sentía la misma revolución interna que yo, si acaso también había cerrado los ojos, concentrado en el abrumador, pero muy exquisito, momento en que nuestras respiraciones se volvían cómplices. El temblor de mis manos indicaba que estaba cayendo en sus malignos planes. Pude haber aceptado y dejarme llevar de una buena vez, no obstante, mi raciocinio pudo más. Me esforcé para no ceder.

Quizá demasiado.

Un nuevo viaje no planeado me llevó a perderme en los confines del tiempo, a la época en que mi anhelo de ser una heroína surgió, al día en que solo era una pequeña en medio de un grupo de niños y vi, para mi desgracia y posterior trauma, a uno de los chicos alimentando a su araña con un pequeño pájaro. La ramificación me llevó a ese día, como si quisiera que salvara a esa pobre ave.

Desperté por la mañana, con el grito de mis padres para bajar a desayunar. Me sentí extraña, noté algo especial. No estaba preparada para enfrentar el viaje, fue pura sorpresa que cayera en ese día concreto.

Pero ¿sabes?, aun cuando era una pequeña niña puedo decir con orgullo que salvé a ese pajarito.

Es extraño que lo diga, porque no le di mucha importancia al corto salto, pero el hecho de haber salvado a ese pajarito tal vez significaba que por fin, después de tantos viajes, haría las cosas bien. Quizá no salvaría más vidas, pero sí tomaría las decisiones correctas. No lo pensé ese martes; solo sabía que debía hacer lo correcto, pero no había nada que me impulsara a hacerlo de verdad.

Cuando abrí los ojos, estaba en la enfermería bajo un enorme ventilador que giraba en el techo blanco. El dolor de cabeza lo describiría como horroroso, la sensación de estar girando todo el tiempo resultaba una tortura. No me encontraba bien y, para colmo, el consabido hilo de sangre salió de mis fosas nasales.

—¿Tan bueno estoy que te desmayas en mis brazos? —preguntó Rust, quien estaba a mi lado y aguardaba a que despertara. Apretó mi tabique y limpió la sangre con un algodón.

—Me duele la cabeza como no tienes idea —le dije al aire.

—Estoy tratando de llamar a tu madre, pero no contesta —indicó la enfermera y apareció de pronto en mi campo visual.

—Mi madre está trabajando —expliqué—. Por favor no la llamen, no quiero que se asuste por esto.

—¿Te pasa muy seguido?

Responder que sí iba a alertar a mamá. Me dispuse a negarme, pero... no conté con la impertinencia de Rust.

—Sí, la he visto desmayarse antes —declaró antes de que yo pudiera tomar la palabra.

—Sigue sin contestar...

Mamá no atendía al celular, genial. Bien por mí.

—Llamaré al viejo —propuso Rust y buscó el teléfono en sus bolsillos.

—¿Tu padre?

No podía creerlo...

—¿Quién más podría llevarte a casa?

—Me quedaré aquí hasta recuperarme, en casa estaré sola y...

—Llamaré a mi viejo —declaró—. Lo quieras o no, Pelusa. —Se

acercó a mí para que la enfermera no oyera nada y dijo—: Si no tienes a ningún otro familiar, no queda otra, que te lleve al hospital y ya.

El papá de Rust llegó en menos tiempo del que deseaba. En lo que demora un maldito parpadeo.

38

Poner mi trasero en una silla de ruedas para no tener que caminar hacia el estacionamiento me pareció una total ridiculez, una exageración que sobrepasaba todo lo que ya había visto de Rust. Aprecié su preocupación, pero ir como una embarazada que está a punto de dar a luz fue demasiado. Me negué más veces de las que puedo contar con los dedos.

Fue en vano.

El testarudo chico de ojos azules insistió tanto en llevarme en silla de ruedas que al final tuve que acceder de mala gana. Por supuesto, detrás de su obstinación escondía su anhelo por usar la silla como un carro de supermercado y correr a toda velocidad en el pasillo principal del colegio. Casi me manda a volar cuando frenó frente a su padre.

La enfermera, que nos seguía como podía después de ir a buscar un justificante para darnos permiso para salir del colegio y que dejara constancia de la adversa situación, lo reprendió hasta que se topó con el padre de Rust. No puedo describir bien el semblante que puso al notar que el gran actor, Jax Wilson, estaba en el colegio; pero sí puedo comparar la sonrisa que formó con timidez cuando el hombre recibió el justificante médico y le dio las gracias. Mientras avanzábamos hacia la salida, me incliné por el costado y pude observar que nos acompañaba abanicándose con las manos.

Pues sí, no es una novedad encontrar famosos en Sandberg, no obstante, y a pesar de los años, el padre de Rust seguía teniendo un gran número de admiradoras. Esto me llevó a preguntarme si mamá, en caso de que hubiera seguido actuando, también tendría a admiradores como los tiene su amor universitario.

Inmersa en dudas, fue el mismísimo padre de Rust quien tomó la palabra.

—¿Te sientes muy mal?

Me resultó bastante incómodo hablar con él por muchas razones que no preciso contar ni cuestionar, las conocía bastante bien y, solo con mirarlo y encontrarme con los ojos azules que Rust heredó, me daban ganas de huir con silla y todo. ¿Lo peor? Entre todas las razones habidas y por haber que causaban mi ansia momentánea, la que menos relevancia tenía era interrumpir lo que estaba haciendo para que me fuera a buscar porque, si bien veía el azul de sus ojos, el cansancio y el pasar de los años, todo lo que podía leer entre expresiones y gestos era: «Mataste mi romance con tu madre».

La culpa me carcomía.

Tragué saliva y miré a Rust en busca de ayuda. ¿Por qué no decía algo cuando más lo requería?

—Su hijo está exagerando —dije y volví la vista al frente, hacia el resto del pasillo, contando mentalmente los minutos que me faltaban para llegar a casa.

—Entonces, ¿no iremos a un hospital? —le preguntó a la enfermera y pidió más explicaciones.

—Lo más que harán allá será ponerle suero si es que le bajaron las defensas, aunque tiene síntomas de...

—Llévala —intervino Rust e interpuso su voz por encima de la explicación de la mujer—. Le sangra la nariz y está mareada.

Eso era lo de menos.

—Me descompenso por los desvelos —mentí. Esquivé a Rust pues no me creería, así que miré a su padre a los ojos y con seguridad hablé—: Lléveme a casa.

Al salir del colegio, le regresamos la silla de ruedas a la enfermera, nos despedimos y le agradecimos por sus servicios, aunque no sé exactamente cuáles. Ya en el auto, la situación se tornó más extraña. Me sentí amarrada al asiento sin poder gritar y con unos fervientes deseos por teletransportarme, así sería más simple.

Empecé a sentirme mal otra vez. Apoyé la cabeza en el asiento y cerré los ojos.

—¿Por qué mientes? —espetó Rust a mi lado—. Estás enferma, no lo ocultes más.

—¿Tú qué sabes? —desdeñé entre dientes.

—Sé que ya son muchas las veces que te desmayas, así, de la nada, y despiertas con un sangrado en la nariz.

—Ah, no es nada... —Dejé que, en una vuelta, mi cabeza quedara sobre el hombro de Rust. La dejé ahí y permanecí con mi cuerpo apoyado en él.

—Eh... mi hombro no es una almohada.

—Cállate.

Me desperté dentro del auto, habíamos llegado a casa. Por un lado, estaba el padre de Rust tratando de despertarme y, por el otro, Rust ya estaba abajo y buscaba la llave de casa dentro de mi mochila. Algo confundida, pero mucho más lúcida, escuché la pequeña discusión familiar que se armó porque Rust era demasiado imprudente. Me reí para mis adentros y emití un sonido que los dejó estáticos a ambos.

—Ya llegamos —me dijo el padre de Rust y luego me ayudó a bajar.

Con un gesto brusco que se mezcló con una mueca de disgusto, arrebaté mi mochila de las garras de Rust y busqué la llave en mi mágico bolsillo secreto de la mochila, de esos que pasan desapercibidos para todos en un inicio.

Abrí la reja, luego la puerta y entré para ser recibida por Berty y Crush. Como si caminara por barro, me dirigí al sofá para sentarme al mismo tiempo que escuchaba que los gatos le maullaban a Rust.

—¡Mis bebés! —exclamó y se agachó para acariciarlos.

Qué envidia sentí del amor incondicional que ambos le tenían a él. No daban muestras de quererme tanto a mí... y eso que yo los cuidaba y me hacía cargo de todos sus desastres. Pero era envidia de la sana, además, no podía sentir más cuando la escena me resultaba adorable. Quizá sí se me pasó la mano al no permitir que los viera...

Entonces alcé la cabeza hacia la entrada y vi que el padre de Rust estaba apoyado en el marco de la puerta y observaba lleno de orgullo como su hijo jugaba con los gatos. Sonreí para mis adentros por la ingenuidad de Rust porque, a pesar de que ya no viviera con él, probablemente para el señor Wilson había sido más que imperativo responder a su llamada. Sin embargo, en medio de su ensoñación paternal, dejó escapar un suspiro.

—Debo irme —avisó y luego su mirada se sostuvo en la mía—. Espero que te mejores, te dejo con Rust.

Oscilé mis ojos entre Rust y él hasta que un pensamiento se cruzó por mi cabeza. Iba a ser incómodo, pero en casa ya me sentía más segura de quedarme con ambos Wilson. Tuve en cuenta que su endeble situación familiar tenía la oportunidad de mejorar; no la quise dejar pasar. Tampoco podía dejar que se marchara con un escueto «gracias».

—¿Por qué no se queda? —Mi pregunta hizo que Rust negara con la cabeza y me dijera un «Ni lo sueñes», pero yo, con una simple sonrisa caprichosa, le respondí: «Tú no te metas». Por otro lado, su padre no esperaba tal propuesta y se vio sorprendido—. Es temprano, seguro no ha desayunado —añadí.

—Pues... un desayuno no me vendría mal.

Esbozó una sonrisa como las de Rust. Mejor dicho, las sonrisas de Rust eran iguales a las de su papá.

Me levanté del sofá y me dirigí a la cocina observando como el padre de Rust se agachaba para acariciar a los gatos. Rust, al verlo tan cerca, se levantó y me siguió.

—¿Estás loca? —reprochó casi histérico y se agarró la cabeza—. Deja que se vaya.

—¿Cuál es el problema?

El problema era que el chico estaba más nervioso que en algún encuentro con Monarquía, pero no iba a admitirlo. Me compadecí de él.

Bueno, solo un poco.

—Míralo así: es tu momento para arreglar las cosas con él.

Rust se cubrió la cara con ambas manos como si quisiera esconderse del mundo.

—Mi viejo, tú y yo en una mesa será muy incómodo.

Después de llenar el hervidor con agua, me situé frente a Rust y lo tomé de los hombros:

—Si quieres reconstruir algo roto, primero debes reunir las partes. No es un proceso agradable, quizá puede ser doloroso, pero es necesario. —Estaba tan serio que sentí deseos de reírme—. ¿Podrías poner la mesa?

—Lo que diga la señorita —farfulló.

Salí a la sala y descubrí que el padre de Rust había decidido pasearse por algunas fotografías familiares y se había detenido frente a una foto de mamá. Me coloqué junto a él para admirar también la fotografía. En todas ellas salía hermosa, sonriendo a la cámara o a la persona que estaba detrás de ella. Además de ser un lector asiduo, a papá le gustaba la fotografía, y a quien más le tomaba fotos era a mamá. Ella era su musa con la que llenó un montón de álbumes a lo largo de su relación, aunque hay un periodo sin fotos que siempre me llamó la atención.

Señalé la foto y sonreí.

—Se la tomó papá en un paseo familiar en Hazentown. Al tío Finn lo habían lanzado a la piscina y, como venganza, intentó empujar a mi abuelo, pero terminó resbalando y cayó al agua de nuevo. Algo así me contaron.

El padre de Rust no dijo nada; la expresión divertida que tenía mientras le relataba la anécdota cambió a un gesto nostálgico. Diría, incluso, que un atisbo de tristeza fue visible. No pregunté qué ocurría, no pregunté si los conocía. No dije nada, solo me permití saber lo que sentía a través de su expresión y hacer teorías sobre lo que se estaría preguntando: «¿Qué hubiese pasado si...?, ¿cómo estaríamos sí...?, ¿qué habría sido de nosotros sí...?», y muchos cuestionamientos más.

—Te pareces a ella —dijo de pronto, y me percaté de que lo estaba observando sin disimulo—. Eres su versión en miniatura. Sé que a ningún niño le sienta bien que se lo digan, pero es la verdad.

—Estoy orgullosa de mamá, que me parezca a ella es un cumplido.

—No sé si te lo contó, probablemente sí, pero nos conocimos en la universidad. La primera vez que hablamos fue en el campanario de la universidad. —Llevó la mano a su barbilla—. La recuerdo de espaldas, en la baranda. Su cabello rojo, largo y suelto... Le dije que no se suicidara.

—Pero no iba a suicidarse. ¿O sí?

Se echó a reír por un buen rato y yo tuve que hacerlo también para no quedar como tonta, y también porque la risa del gran Jax Wilson era contagiosa. Una buena forma de romper tensiones.

—Lo pregunto en serio, eh.

Negó con la cabeza y volvió a enfocarse en la fotografía. Tomó el marco en sus manos para acercarlo y mantuvo la sonrisa intacta.

—No, no. Ella estaba leyendo —aclaró ahora con la mirada perdida en el tiempo, posiblemente recordando el momento—. Tu mamá es demasiado testaruda para rendirse. Cualquier problema lo enfrentaba de alguna forma. Siempre.

Mi corazón se encogió de nuevo con la culpa. Por el tono de sus palabras, entendí que él realmente la quería y, lo peor, es que la seguía queriendo. La anhelaba y la admiraba. Lo supe porque mostraba la misma mirada perdida que yo tantas veces tuve frente a Rust.

—La ama...

Lo solté de forma brusca y sin proponérmelo, lo prometo. Yo no lo esperaba, estaba tan desconcertada que simplemente salió. Su mirada reveló cierto horror por mi descubrimiento, un intento de contradecirme. De pronto me sentí inquieta, agitada y con náuseas. Me sostuve en el mueble que tenía las fotografías y medité un momento.

—¿De verdad usted la...?

No quiso responder, permaneció callado y luego se salvó de contestar gracias al grito de Rust que anunció que fuéramos a comer «de una puta vez».

Nos sentamos los tres a la mesa de la cocina. Como no era muy grande, nos sentíamos estrechos en nuestros asientos y nos mirábamos sin saber qué decir. Sin mencionar que Rust no era muy hábil poniendo la mesa. No sé si dar las gracias por su incompetencia o admitir que jamás debí pedirle que la arreglara. Le había servido el café a su padre en un vaso y no en una taza, pero muy descaradamente le había puesto un plato chico debajo; yo tenía una taza rajada y, en lugar de una cuchara, colocó un tenedor. Rust era el único con una taza y un plato decente.

Su padre y yo nos miramos a la vez tras notarlo.

—No se te da muy bien poner la mesa —acusé a Rust e hice una mueca de disgusto tras robarle su cuchara.

—Como soy visita, quien debe poner la mesa eres tú, que vives aquí.

—Ah, ahora eres una visita —repuse con una flamante actuación de chica sorprendida—. Pero hace un tiempo dijiste que este era tu lugar y que nosotras lo habíamos invadido y bla, bla. ¿Ya ves cómo te contradices? —¿Es que todas las veces que estuviste curioseando, como solo tú puedes hacerlo, no te ayudaron a guiarte para poner una simple mesa?

Rust omitió la respuesta mientras su padre se reía. Nos callamos al instante y seguimos con nuestros asuntos. Pero entonces, algo lo arruinó.

—Falta el azúcar —dije y miré la mesa; me detuve en Rust para acusarlo otra vez.

—No te levantes —me detuvo su padre antes de que pudiera pararme—, yo voy a buscarlo. —Se dirigió sin vacilar hacia el mueble que tenía la azucarera—. Aquí tienes. —La dejó sobre la mesa con una sonrisa dichosa—. Ah, te falta una cuchara. —Y fue al cajón de los cubiertos también.

Seguí sus movimientos hasta que se sentó.

—¿Puedo hacerle una pregunta?

Rust enderezó la espalda, ya me lo imaginaba pidiéndome que no dijera nada sobre la relación. Al parecer, no se había percatado de lo mismo que yo. Al lado, su padre dejó de revolver el vaso para formar la sonrisa ladina, esa que tantas veces vi en imágenes, revistas y entrevistas.

—Primero, puedes tutearme, que no soy ningún anciano. —Un gruñido de su hijo llenó la mesa—. Y, segundo, claro que puedes.

Sonreí de mala gana, por mera cortesía. Frente a su rostro expectante, me torné seria.

—¿Cuántas veces has estado aquí?

En medio del silencio que quedó tras mi perspicaz pregunta, comprobé que la sorpresa lo absorbió. Quedó con los labios entreabiertos mientras buscaba qué responder. Rust golpeó la mesa con las palmas y terminó por concluir lo mismo que yo. Si su padre se movía por la cocina con tal confianza, significaba una sola cosa.

—Más de una, supongo —farfulló Rust y arrugó la nariz mientras se pasaba un dedo bajo esta, gesto que hacía cuando se molestaba de verdad—. Digo, como para memorizar dónde está el jodido azúcar.

Tomé su brazo para que se calmara; quería devorar a su padre en la misma mesa.

—Sí —conseguimos como respuesta—. Más de una.

—Mierda... —masculló Rust entonces y se dirigió a mí—: ¡Te lo dije!

—¿Decirte qué? —me preguntó esta vez su padre.

—Que engañabas a mamá con su madre —intervino con disgusto. Se podía notar el veneno con el que pronunció sus palabras, el amargo dolor que resucitaba para tragedia de ambos.

Antes de que continuara, lo detuve.

—Rust, ¿de nuevo con eso? Mamá ya dijo que no pasó nada, que salieron como amigos.

—Estamos hablando de ahora —apremió con calma su padre—. Pero sí, he venido un par de veces.

Tomé una bocanada de aire y exhalé en un soplo que removió el té frente a mí. La verdad es que no encontraba nada de malo en que se vieran de vez en cuando, no me molestaba que estuvieran juntos o que salieran como amigos. Pero no sabía si me sentía preparada para que tuviese una relación amorosa con él. Sí, de alguna forma era el amor que arruiné por sobrevivir, quizás a base de retazos, pero me dolía saber que la relación de papá se convertía en una sombra. ¿Soy egoísta por pensarlo? No supe decir; de lo que sí estaba segura era de ser una mentirosa, pues yo misma le dije a mamá que, si salía con el padre de Rust, no me molestaría.

Necesitaba tiempo.

—Somos buenos amigos —continuó con el mismo tono nostálgico de antes—. Eso es todo.

Rust dejó escapar un «pfff» que provocó nuestro interés. Estaba más que molesto, lo que significaba que mi plan inicial de componer la relación entre ambos se marchaba vete tú a saber dónde.

—Buenos amigos se les dice ahora —manifestó su desagrado—. ¿Ya ves, Pelusa? Coger nos hace buenos amigos.

—¿Hasta cuándo seguirás con eso? —increpó su padre antes de que yo lo hiciera.

—Hasta que admitas la puta verdad. Engañaste a mamá con su madre. —Me señaló—. Te ibas de casa para verte con ella. No lo niegues, lo recuerdo.

—Eras un niño, los recuerdos que tienes están malinterpretados. No te negaré nada. Sí, me veía con su madre, y lo sigo haciendo, pero no significa que le pusiera los cuernos a tu madre. A quien, por cierto, parece que tienes en un pedestal.

—El pedestal que se merece. Ella sí estuvo ahí cuando la necesité, mientras tú... tú, seguro que te fumabas un jodido cigarro después de acostarte con alguna actriz o qué sé yo. Si hubieras demostrado un poco de interés en nosotros, en mamá, quizás ella...

—¿Quieres saber dónde está ella? —Lo detuvo en el momento en que la voz de Rust comenzaba a quebrarse—. ¿Sabes por qué nunca dejé que supieras de ella?

—Porque no quiere saber nada de ti y lo que se relacione contigo, por eso.

—La madre que tanto idolatras me dejó por uno de sus estudiantes. La madre que tanto quieres se enamoró de un estudiante al que conoció cuando trabajaba en un colegio y lo dejó todo por él.

El semblante orgulloso y confianzudo de Rust se derrumbó frente a la verdad que nunca deseó saber. La imagen de la madre perfecta que se había creado quedó destruida con un par de palabras, se hizo trizas con demasiado poco...

—¿Cómo podía decirles qué pasó con ella cuando sabía lo decepcionados que estarían? Por eso lo quité todo: fotos, recuerdos, ropa... Por eso nunca les dije a dónde se fue.

—No te creo...

—Porque cuando fui a verla y le pedí que los visitara —continuó—, obtuve un no como respuesta. ¿Cómo lidiarías con ella si no quería verte? Solo eras un niño y yo no quería que sintieras lo mismo que yo sentí cuando le pregunté a mi mamá los motivos de su abandono.

Rust se paró de golpe.

—No te creo una mierda —farfulló con odio y salió de la cocina.

Lo último que escuchamos de él fue el portazo que anunció, de forma estrepitosa, su huida.

—Ahora la va a buscar con más ganas que antes —dije con la cabeza gacha hacia mi té, ya tibio.

—Lo sé... Pero es mejor que se entere primero por mí que por su madre, el golpe será menos doloroso.

Era cierto, aunque no se había enterado de la mejor manera. Pobre Rust. Ya podía verlo conteniendo los deseos de llorar mientras se refugiaba del mundo y de la verdad. Luego, con ese mismo odio que demostró sobre la mesa, de seguro removería cielo y tierra para encontrar a su madre y averiguar si su padre era el que tenía razón.

En el fondo, lo admiraba; él no deseaba vivir en la ignorancia ni en el sueño, como muchos.

—Bueno... —El silencio entre su padre y yo se prolongó más de lo que quise. Él estaba absorto en sus pensamientos y yo buscaba una forma de reconfortarlo. Me removí en mi asiento, inquieta, y busqué algo adecuado para decir. Una idea llegó a mi cabeza, así que la disparé sin meditarlo mucho—: Rust me dijo que, si pudiera retroceder al día en que decidió irse de casa, tomaría la decisión de quedarse. Él, de verdad, quiere arreglar la relación que tienen.

—Será complicado después de esto. No querrá verme por un largo tiempo.

—No creo —opuse con una sonrisa—. Haberle confesado la verdad creará rencor durante un tiempo, pero se dará cuenta de que, después de todo, si no tiene el amor de su madre, al menos le queda el de su padre. Te preocupas y quieres tenerlo a tu lado. Rust es alguien muy, pero muuuy instintivo; cuando llegue el momento, reflexionará.

—Lo conoces bien, parece.

Asentí con orgullo.

—Así es, lo conozco bien para mi desgracia...

Se echó a reír ya con los ánimos más repuestos, aunque era una sonrisa triste.

—¿Te gusta?

La reminiscencia de un viaje en particular llegó a mi cabeza en ese instante. Puedo recordar la pantalla gigante en medio de un cementerio, las parejas sentadas en el prado, la escena nocturna, la desesperación, la desilusión de un 14 de febrero cuando el hombre con quien yo desayunaba —en ese mismo momento— le rompió el corazón a mamá. Sentí miedo de que volviera a ocurrir lo mismo, de que la historia se repitiera. Si bien frente a mí estaba la persona con quien ella tenía que pasar el resto de su vida, no pude negarme a una pequeña venganza.

—A Rust lo quiero, pero no lo amo.

Hizo el mismo gesto que su hijo y sus hombros cayeron en un lento reconocimiento por tan peculiar frase. Tragó saliva y se levantó tras pedir permiso. Decidió marcharse.

Lo acompañé hasta la puerta junto a los gatos, que iban mordiéndome los pies. Afuera se giró con rapidez enseñando cierta inquietud en el rostro; sus labios intentaban decir algo más.

—Sobre lo que dijiste hace un rato en la sala, cuando mirábamos la fotografía..., la respuesta es sí. Lo hice y lo hago.

«Lo hago», dijo.

Eso quería decir que...

Lo detuve antes de que retomara su camino al auto:

—¿Ella lo sabe? —le pregunté con un gesto agónico. Un dolor indescriptible en mi pecho no me permitía hablar bien.

—No.

No solté su brazo, en su lugar, lo apreté con más fuerza para insistir.

—¿Y por qué no? ¿Por qué nunca se lo dijiste? ¿Por qué fue mejor romperle el corazón que confesar lo que realmente sentías?

—No podía.

Tras su contestación existió la pausa que yo llamo «el trago amargo». Ese instante en el que te das cuenta de que decirlo duele más que pensarlo, y luego te preguntas «¿y ahora qué?».

—¿Por qué...?

—La estaba ilusionando, la arrastraba una vez más a mis problemas —interrumpió—. Yo era un mujeriego de tomo y lomo, empecemos por ahí. Nunca hice mucho para merecer a tu madre, ella fue la que siempre me ayudó. Incluso cuando comenzó a gustarme, seguí siendo el casanova que ella tanto despreciaba por jugar con las chicas. Por otro lado, y el más importante, quería hacerme cargo de Sharick, mi primera hija.

»Quise darle la familia feliz que ella se merecía, darle el amor de padre que hasta entonces no tenía, y el amor de madre que no tendría en el futuro.

Hizo otra pausa.

—¿Existía la posibilidad de estar juntos, tu mamá, Sharick y yo? Tal vez, pero cuando existió la oportunidad, fue demasiado tarde. El día en que lo supe, yo estaba aquí, en Los Ángeles, viviendo con Sharick. Nos levantamos temprano porque ese día hacía dos años que su madre había muerto, el cáncer se la había llevado. Como no quería que ella estuviera desanimada, la invité a tomar unos helados en el centro, y entonces la vi. Tu madre pasó con su cabello rojo y largo, una sonrisa radiante, feliz, hablando en su lengua propia de libros. Estuve a tan pocos centímetros de tocar su cabello, detenerla por el hombro y de decirle tantas cosas... Pero tu madre no andaba sola; se iba a reunir con su novio, es decir, tu padre. Cuando los vi abrazarse, me quedé paralizado y los miré, embelesado. No quise interferir.

Me dieron unas ganas inmensas de llorar con solo imaginar a mamá y a papá, juntos de la mano, hablando de libros, comiendo pizza en algún local, felices. Una linda escena que se nublaba hacia el lado del padre de Rust.

Tengo que admitirlo: el hecho de que no interviniera me pareció un acto noble.

—Te apartaste de su vida para verla feliz —quise afirmar, pero pareció ser más una pregunta de temerosa respuesta.

Asintió.

—Si ella era feliz, también yo lo sería, aunque fuera por caminos diferentes. Que nuestras vivencias compartidas fueran un lindo recuerdo.

Y, aun así, el tiempo se encargó de juntarlos.

Estaban predestinados, atados por ese singular hilo rojo.

39

Después de que el padre de Rust se marchara, decidí intentarlo de nuevo: dejar el curso natural de las líneas, hacer todo lo posible para que mamá y papá no se conocieran, incluso ir en contra de quien fuera la persona que los unió en esta extraña realidad y llena de cosas inexplicables. Viajaría lejos para que el tiempo volviera a unir a mamá y a su antiguo amor de la universidad, el padre de Rust.

Programé todo para mi solitaria muerte que nadie recordaría. Ordené la casa y mi cuarto. Me vestí de luto, me senté al pie de mi cama y me despedí de Berty, de Crush, y de mi vida al aferrarme a una fotografía de mi madre.

Dejé cerca mi celular. Entonces llegó mamá.

La destemplanza con la que entró me hizo saltar en mi sitio. Los gatos también se asustaron y giraron, en un santiamén, hacia la puerta. Allí estaba ella, mi querida y amada madre, con el cabello rojo cayendo por sus hombros, alborotado y ondulado, el rostro pálido y cansado, marcado por una tensión en el entrecejo, su boca abierta en jadeos que representaban el trote hasta mi cuarto.

—¡Onne! —gritó al verme y no conté segundos hasta tenerla con sus brazos sosteniendo mi cuerpo.

Su devoción de madre hizo que se formara un nudo en mi garganta. Intenté pretender que todo estaba bien, que mi intento de «suicidio» jamás existió, porque mamá no solo me estaba abrazando, sino que también repetía que no sabría qué hacer si me pasaba algo malo, que se moriría de pena si yo me iba de su lado.

¿Cómo iba a seguir con mi idea de cambiarlo todo cuando ella me decía algo como eso? ¿Cómo podría tomar una decisión consciente, cuando me suplicaba que estuviera bien? Yo amo a mi mamá, ¿cómo podría dejar que se marchara de mi vida? Si ella no podía hacerlo, yo tampoco.

—Cuando salí de la reunión y vi las llamadas perdidas del colegio, enseguida llamé —explicó rápidamente y entre jadeos—. Onne, amor, esos desmayos me tienen muy preocupada. Vine en cuanto pude, pero había un tráfico horrible. Déjame verte. —Buscó mi rostro para examinarme. Su pulgar secaba algunas lágrimas que caían y resbalaban por mi pómulo—. ¿Ya te sientes mejor?

—Ahora que estás aquí, sí —respondí, buscando refugio en su pecho.

—¿De verdad?

—Sí —afirmé.

—A ver..., mírame a los ojos, quiero saber si mientes. —La observé fijo para que no supiera que, por dentro, continuaba con el debate que me traía mal de la cabeza—. Muy bien.

Nos acomodamos en mi cama y nos abrazamos durante unos minutos en un disfrute del silencio que se presentó. También sonreímos por las travesuras de Berty y Crush.

—¿Qué tal la reunión? —quise saber, porque sentía que ella se estaba preocupando mucho por mí y yo no por sus cosas.

—Eh... —Lo meditó un momento—. ¡Ah! El productor de la obra es insoportable, pero aporta el dinero, así que todos fingimos que nos cae bien.

—Con razón te vi practicando una sonrisa ante el espejo.

Se echó a reír por mi broma.

—Tengo que hacerlo y aguantarme las ganas de decirle unas cuantas cosas. Ya me conoces, tengo que ser directa con las personas porque no me puedo tragar nada, pero bueno..., seis meses más y le daré un puñetazo de palabras en la cara.

—Ay, mamá, hablas como una maleante.

—En mis tiempos quizá lo fui.

Ahora yo era la que reía. La examiné. Mamá no parecía maleante ni bruja... ya sabes, por el cabello rojo. Y en sus tiempos mozos, menos. Ah, pero si de actuar hablamos, hizo la interpretación de una bruja que sí daba miedo. Tuve algunas pesadillas con eso, pero era una niña, así que...

—No lo creo —recriminé con seguridad—, algo me dice que te la pasabas leyendo en cualquier sitio, hasta cuando tocaba cruzar la calle.

—Los libros siempre me ganan, ¡qué traidores son...! Pero, oye, no vayas a hacer lo mismo, ¡eh!

—Sabes que no soy de agarrar uno y devorarlo como papá y tú.

Claro que no, yo prefería sacar fotos o escuchar música, y en cuanto a libros, prefería los audiolibros o resúmenes de internet.

Tras confirmar mi rechazo hacia los libros, decidí seguir con lo que había ocurrido en la mañana para no tener problemas futuros.

—Por cierto... —dije algo temerosa—, quien me dejó en casa fue Jax Wilson.

—Lo sé, me lo dijeron en el colegio.

—Se quedó un rato aquí, con su hijo.

—¡Oh, vaya! —exclamó con más sorpresa de la que esperé—. ¿Así que has hecho buenas migas con él?

—Parece que tú también —solté de pronto—, me refiero al padre de Rust.

—Ha venido un par de veces. Hablamos de la vida de padres, del trabajo, de las amistades en común.

No entendí.

Ella lo admitió sin problemas, sin pelos en la lengua, pero nunca me lo había dicho, pasaba de contarlo. Quise creer que se debía a la situación con Rust, o podría ser porque su juicio moral le dictaba que yo no lo aceptaría, pero... no sé, me causó extrañeza.

Por supuesto, no lo demostré. En su lugar sentencié mi culpa para contarle lo que, en la mañana, Jax Wilson me había confesado.

—Él...

Mi garganta se cerró, no pude hablar más.

—¿Qué? —preguntó mamá, ajena a lo que pasaba por mi cabeza.

«Está enamorado de ti», pensé en decirle. Sin embargo, no pude. Solo emití un murmullo temeroso para repetirle lo que ya antes había dicho:

—Si sales con él, de verdad, yo no tendría problemas.

Esbozó una sonrisa agria, de esas muecas que haces cuando muerdes un limón y te hacen reír. Tal vez así le sentó mi comentario, aunque yo no le vi motivos para hacer ese gesto.

—¿Lo dices de verdad?

—Sí.

—Me lo pensaré. Aunque no me gustaría ser novia de un padre que tiene dos niños caprichosos.

—Creo que la única caprichosa es Tracy —aclaré en defensa de Rust, porque él, caprichoso, no lo era en su totalidad.

—Ah, esa niñita rubia —dijo con un deje de duda, como si la estuviera recordando.

Probablemente Tracy solo usaba su fachada caprichosa contra mamá, para encubrir lo mucho que le dolía el abandono de la suya. Claro, esto no lo mencioné y, la verdad, lo preferí así. Quería disfrutar de nuestro momento íntimo como madre e hija.

Después del almuerzo, planificamos una feliz tarde de series y películas en nuestro sofá predilecto, con una mesita para dejar los vasos con refresco y un bol lleno de palomitas para cada una.

Mientras mamá estaba en el baño, revisé los mensajes que tenía. La mayoría eran de Rowin y Sindy, quienes preguntaban qué me había pasado. Antes de que iniciaran con sus teorías raras, les respondí que me sentí mal.

Roro-choco: Bueno, no te perdiste nada, excepto que...

Sindy: ☹

Yo: Cuenteeeeeen. :O

Sindy: Como fui a reclamarle al director, me sacó del cargo de presidenta. LE ARDIÓ EL CULO.

Yo: Nooo. Qué mal, Sindy.

Sindy: Es mejor que me haya sacado, no quiero ser partícipe de un consejo que no hace nada contra el bullying, porque con unos carteles, NO HACEN UNA MIERDA.

María: Oye, tranquila. D:

#Brendana: Ya asustaste a María...

Roro-choco: Lo bueno de todo esto es que la fue
a buscar su novio. WERTYUIOLKJHGTFR

María: Noviozote. No recordaba que el profesor
fuese tan guapote.

Yo: ¿Quién eres y qué hiciste con María?

Roro-choco: Mucha junta con la pervertida de Aldana.
Pero sí, el novio de nuestra expresidenta se puso bueno.

Sindy: Atrás, malditaaasss, es mío. >:v

Roro-choco: ¿Cómo es que una loca que usa «:v»
pudo ser presidenta del consejo? Patético.

Sindy: MUÉRETE DE UNA VEZ, NIÑACHOCOLATE.
Oigaaan, ¿deberíamos agregar a Shanelle al grupo?

Como la votación fue unánime, Shanelle fue agregada al grupo
para ser corrompida por las chicas.

Es broma.

En realidad, Shanelle también era callada por el chat; casi nunca hablaba y solo lo hacía para cosas puntuales. Cuando Sindy le hablaba por
privado, la rubia le respondía horas después o simplemente no lo hacía.
Nunca se atrevía a escribirnos por privado, por eso me extrañó que lo
hiciera un jueves por la noche, justo antes de que me fuera a dormir.

Shan: ¿Has visto o hablado con Rust? No lo vemos
desde el martes y estamos preocupados por aquí.

Yo: La última vez que lo vi fue el martes
por la mañana. ¿Ya fueron a su casa?

Shan: Le pregunté a su hermana si lo vio y está igual que nosotros. Es raro. Nos tiene preocupados. Tratamos de llamarlo y no responde. Se hizo humo.

Yo: Si llego a enterarme de algo, te lo digo. Intentaré llamarlo.

Shan: Gracias.

Rust no apareció en una semana. Se esfumó y nos mantuvo a todos preocupados; el principal sospechoso era Gilbertson y su séquito de Monarquía. No teníamos más remedio después de su amenaza y el puñetazo que le había dado en la cara.

Incluso lo llamé la madrugada del sábado por si llegaba a responder; era cuestión de suerte. Podía estar molesta con él, decir que lo olvidaría, pero él no era de desaparecer de un día para otro. Me tenía inquieta, más de lo que hubiese deseado, por eso, cuando una de mis llamadas fue atendida, la sonrisa apareció en mi rostro a pesar del mal humor que trascendía la línea telefónica.

—¿¡Quién mierda es?! —preguntó el mismísimo Rust en un estado claro de ebriedad.

—Soy yo, Yionne, Pelusa, Roja, Pecas, Cerilla y no sé qué más.

—Ya es tarde para decirme que me amas.

¿Ya ves? Ni empapado en alcohol deja de lado su arrogancia jocosa.

—Te llamo porque estoy preocupada —respondí con tranquilidad de camino al baño, lugar donde me encerré—. En realidad, todos lo estamos. Desapareciste, así sin más, sin explicación.

—Tenía cosas que aclarar... —Escuché una sirena pasar por su lado y obstruir el audio, luego unos disparos retumbaron en mi oído.

—¿Dónde demonios estás?

—Estoy lejos y con una buena botella en mi mano, ¿qué te parece?

—Rust...

—¿Rust? Qué nombre de mierda... —pronunció con desprecio—. Mejor me queda «Vete de mi puta casa» o «¿Cómo supiste dónde vivo?». No, no... mejor: «No quiero ver más tu jodida cara».

Había ido con su madre.

—Dime dónde estás, Rust.

—¿Para qué, Rojita? ¿Vas a venir a buscarme? ¿Traerás a mi papá para que me regañe? ¿A los de Legión para que no se les echen encima a los de Monarquía y Bohemia? No, no, no. No quiero a ningún imbécil aquí.

—Iré a verte sola, ¿sí? No le diré a nadie que iré a buscarte. Solo tú y yo.

—No vale la pena...

—Para ti, tal vez. Para mí y las personas que estamos preocupadas, sí, la vale. Rust, no te ciegues así. Deja que te vea, que sepa que estás bien. Al menos dame eso para que estemos tranquilos.

Guardó silencio. Más ruidos extraños, gritos, carcajadas y llantos se escucharon al otro lado, hasta que, al fin, respondió un tímido «Está bien». Me dijo dónde me esperaría, le hice prometer que aguardara allí y corté. Ya me estaba armando de valor cuando abrí la puerta y vi a mamá en su pijama al otro lado del umbral.

—¿Piensas salir, Onne? —me dijo. Emití un grito interno; ella había escuchado toda mi charla con Rust—. No irás...

—Mamá...

Chasqueó la lengua y me enseñó su dedo índice para que callara.

—No irás sola —concluyó—, te acompañaré.

La abracé porque esperaba un «No irás a ningún lado y menos con ese chico».

Nos fuimos en pijama y a una velocidad alucinante. Al llegar al lugar horrible donde Rust me indicó, mamá aparcó lejos, para que no huyera al verla. Se suponía que yo iría a buscarlo sola, si me veía con alguien más, se molestaría.

A las afueras de un hotel de dudosa reputación, en medio de una calle llena de autos y basura por donde se mirase, con personas que bebían, y con hombres y mujeres que transitaban sin rumbo aparente, divisé una figura que estaba apoyada en una parada de autobús de mal aspecto. Lo llamé en medio de sus inquietos gestos y logré divisar los trozos recientes de vidrio de una botella que de seguro estuvo bebiendo.

Avancé por la acera con cierto temor de que en cualquier momento apareciera un maleante a asaltarme en la penumbra. Me sentí bien cuando no sucedió nada, es más, ese temor me llevó a caminar con rapidez hasta ser visible para un ebrio Rust.

Al llamarlo ya no hubo espasmos, gestos extraños ni maldiciones pronunciadas al aire. No existió más que su atrevimiento al contemplarme. Con la tenue luz que salía del hotel junto a nosotros, pude verlo con más claridad. Se encontraba frente a mí, sollozando, completamente roto, con tambaleos que apenas lo mantenían de pie. El olor a alcohol que traía encima me pareció inhumano. Pocas veces lo había visto tan mal. Sentí lástima de su estado, de su incomprensión, de la impotencia que sentía.

Di un paso al frente para acercarme. En busca de consuelo, se agachó y apoyó la cabeza en mi hombro y, sin detener el llanto, me rodeó con sus temblorosos brazos.

—El tiempo que la quise fue por nada... —pronunció—. Me vio en la puerta de su casa y me echó como si fuera un perro lleno de sarna.

40

Y así es como una persona de apariencia ruda, temeraria y llena de confianza se transforma en la mera fachada de un adolescente derrotado por la vida, o más bien, por la pérdida de todas sus convicciones, la decepción de una verdad y los añicos de su elevado orgullo.

—Vamos a casa —lo animé—, mamá está esperando.

—Dijiste que vendrías sola —habló con voz ronca, sin moverse de mi hombro.

—Eres un ingenuo por creer que vendría sola hasta aquí. —Lo tomé por los brazos y me alejé para mirarlo a los ojos. Rust se enderezó con desgano, se limpió la nariz y ocultó su rostro detrás de sus manos; pero yo se las agarré para continuar hablando—: Mira nada más donde estamos, yo no duraría ni quince minutos aquí sola.

Soltó una carcajada corta.

—¿Dónde quedó la chica que sobrevivirá al apocalipsis zombi?

—Puedo sobrevivir a un ataque zombi, pero no a lo mal que hueles. —Me cubrí la nariz con el entrecejo más que fruncido—. Ya, larguémonos de aquí.

—¿Es así como consuelas a las personas? —comentó con recelo.

—Eh... no, solo a ti. Desapareciste, Rust, no te recibiré con los brazos abiertos por tu imprudencia, de hecho, debería golpearte en la cara.

Bajó su cabeza como un niño regañado.

Lo guie con mi mano por la acera hacia el auto; él no se negó, pero los efectos del alcohol empezaron a jugarle una mala pasada. Sus pasos torpes presagiaban una caída, por lo que tuve que ponerme a su lado y aferrarle el brazo. La imagen no le sentó bien a mamá, quien, sin saber muy bien qué hacer, se bajó del auto para abrir la puerta trasera.

Oí que Rust carraspeaba para aclararse la voz. Yo sentí que el frío incómodo, que siempre aparece en situaciones de aparente tensión, se colaba por mi espalda. Miraba de mamá a Rust, una y otra vez, atenta a lo que se dirían.

Él habló primero:

—Buenas noches —saludó a mamá, quien le respondió con un movimiento de cabeza.

Sin más preámbulo, Rust entró al auto. Yo le seguí detrás.

Dentro, mamá acomodó el espejo retrovisor para lanzarnos una mirada presuntuosa que intentaba descifrar qué hacíamos, que, en realidad, era nada: Rust iba concentrado en no perderse o, quizá, en no vomitar, y yo, en que no lo hiciera a mi lado.

—¿Dónde? —preguntó por fin nuestra conductora.

—No quiero ir a casa —musitó Rust, arrastrando la voz y rompiéndola en un jadeo agónico.

—A la nuestra, entonces —confirmó ella al girar la llave del auto para partir.

El camino a casa fue un asco, no te mentiré. Nada de acercamientos, nada de lloriqueos. Solo arcadas; eso escuchamos mamá y yo durante todo el trayecto. Ni siquiera la radio pudo tapar las arcadas propensas a un vómito de la buena borrachera que Rust llevaba encima. Pobrecillo, desgastó la garganta apoyado en la ventana del auto, desorientado, con sudor frío. En ocasiones, deliraba; sus pronunciaciones inaudibles eran frases incompletas sobre su madre, la calle, su investigación e improperios dirigidos hacia él mismo.

A cuestas, lo llevamos al baño para que se quedara ahí. Apoyado en el váter, esperó que el reflujo llegara para escupir el contenido de su estómago en la taza. No fue una tarea simple, terminó más agotado de lo que aparentaba. Luego lo ayudé a llegar a nuestro sofá predilecto y mamá llamó a su padre para comunicarle que se encontraba bien.

Rust dormía cuando Jax Wilson hizo acto de presencia en la casa.

Vaya momento. Yo estaba junto al sofá, sentada en una silla, cuando vi que el hombre abrazaba a mamá, como si nada. Se lo veía apresurado, acongojado, y ella le respondió con un par de palabras. Se miraron un momento y él asintió. Ya adentro, se dirigió hasta Rust para examinarlo, tocar su mano fría y palpar su frente con timidez.

—¿Cómo está? —preguntó mientras se agachaba.

—Puedo asegurar que ha estado peor físicamente —respondí con cierta apatía—. Pero emocionalmente está mal, casi echo de menos su ego.

—¿Qué le dijo ella? —preguntó alguien de pronto.

Era Tracy. Fue una sorpresa para mamá y para mí verla asomarse en el umbral de la puerta; despeinada, por supuesto, en pijama como nosotras. Su ligero aire de superioridad se manifestó cuando me volví para mirarla, pero luego se hundió hasta rozar la timidez. Ni mamá ni yo le preguntamos qué hacía en nuestra casa, después de todo, su hermano había estado desaparecido. Además, su pregunta llevaba un doble sentido que no quise responder. Tracy también ansiaba conocer el paradero de su madre y hacerle las mismas preguntas que de seguro formuló su hermano.

—¿Qué dijo? —insistió.

—Nada bueno, a juzgar por su estado —dijo mamá.

Tracy tuvo que apretar el labio inferior con fuerza para no echarse a llorar. Caminó lento hacia Rust y se agachó a su lado para acariciarle el cabello.

—Por ahora hay que dejarlo dormir —anunció su padre y la tomó del hombro. Tracy asintió.

—Ustedes deberían hacer lo mismo —habló mamá aún desde la puerta—. Él va a estar bien. —Señaló a Rust con la barbilla—, nos ocuparemos y les seguro que no se irá. Pueden volver a buscarlo en unas horas, porque si despierta y los ve...

—No será de su agrado —concluyó Jax Wilson, asintiendo—. Sí, será lo mejor. —Lo observó una última vez, con ojos paternales que clamaban compasión hacia su pobre hijo, y luego se dirigió a Tracy—: Vamos, bonita.

Con gesto relajado se despidió de mamá, quien tuvo que sujetar a Berty y Crush para que no salieran.

Tracy decidió que ya era el momento de dejar a su hermano dormido y se dirigió a mamá con la cabeza baja y los hombros alzados.

—Gracias —dijo suavemente, sin mirarla. Mamá solo pudo sonreír al verla.

—No se olviden de traer ropa —les recordó antes de cerrar la puerta y volver a quedarnos solas—. Para que este chico no se escape tendremos que cerrar todo con llave, clavar madera en la puerta si es necesario.

Solté una risa que acabó al escuchar los siseos de mamá. Cubrí mi boca y miré a Rust para comprobar que seguía dormido.

—¿Por qué no dejaste que se lo llevaran? —pregunté.

—Supongo que empatizo con él en este tema. —Se acercó para hablar—. Ya sabes qué pasó con mamá, nuestra relación.

Mamá fue concebida por una infidelidad. Una noche en el bar, el abuelo conoció a la abuela Margary, hablaron, se embriagaron y se acostaron. Sin embargo, después de tener a mamá, la abuela sufrió una depresión y rechazó a su hija. Cuando mamá tenía seis años, el abuelo Gregory la adoptó y la llevó a vivir con los Reedus, la loca familia con la que mi madre creció. Ya de mayor, ella aceptó reencontrarse con la abuela Margary, quien la buscaba para arreglar la relación que ella misma, tras rechazarla como hija, había roto. No fue fácil aceptarla de regreso, claro, pero mamá pudo perdonarla.

Suena como una telenovela, ¿no?

—La diferencia es que, para él, probablemente no habrá segundas oportunidades ni abrazos ni disculpas... Nada —agregó al detenerse junto al sofá—. ¿Qué le dijo su madre?

—Le preguntó qué hacía en su casa y lo echó.

La fachada distante que mamá tenía mientras observaba a Rust se trizó en cuanto le respondí. Murmuró algo que no logré percibir y negó con la cabeza. Antes de preguntarle, bostezó y dijo:

—Cerraré todo y me iré a dormir. —Me señaló—. Tú deberías hacer lo mismo.

No me negué, la verdad es que también me moría de sueño. Sin embargo, cuando ya estaba a punto de dormirme sin tener en cuenta las vívidas imágenes que circulaban por mi cabeza sobre lo demacrado que estaba Rust, noté que Berty y Crush despertaban y miraban hacia la puerta cerrada. Me levanté para ver qué pasaba. Asomada al pasillo, capté los quejidos de Rust.

El siempre tan oportuno chico de ojos azules fastidiaba de nuevo durante la madrugada. El sueño no duró mucho para infortunio mío. Bajé las escaleras y lo vi en el sofá. Él me divisó en la oscuridad y se cubrió para que no viera su deplorable estado.

—No me mires —pidió mientras se retorcía bajo la manta.

—Ya es tarde, hasta tengo fotos. —Mi mal chiste solo fue un motivo más para que se hiciera un ovillo—. Oye, deja de ocultarte tras esa fachada, tarde o temprano tendrás que enseñarle tu rostro a los demás, incluyendo a tu padre.

Dejó de revolcarse como un gato. Guardó silencio y procesó la información; al parecer ya estaba más receptivo y menos atontado.

—¿Va a venir? —preguntó con una timidez inusual.

—En unas horas, sí. —Tomé la manta y descubrí su acalorado rostro, que ya no mostraba el angustiante color amarillo de antes—. Huir no te servirá.

Se revolvió con todas las fuerzas de su cuerpo para ocultarse del mundo. Adorable; era como un niño pequeño que busca refugio bajo las sábanas para protegerse de los fantasmas de su habitación. La verdad es que eso no se alejaba mucho de Rust; podía tener la fachada de un chico rudo, bruto, impulsivo, que lanza improperios y desafía a la vida, no obstante, en el fondo, seguía siendo un niño que temía enfrentarse al mundo.

Dejé que se ocultara de nuevo.

—¿Cómo voy a mirarlo a la cara? —preguntó angustiado—. A él, a Tracy, a Sharick... A mis amigos. Qué patético. Solo soy un tonto que creyó en alguien que no lo merece.

Faltó decir que su autoestima estaba hecha añicos.

Suspiré con resignación. Tratar de ser dura con él y mostrarme molesta por su desaparición no valía la pena: Rust ya estaba más que regañado. Como no se me da muy bien consolar, dije lo primero que se me vino a la cabeza.

—¿Qué hay de patético en creer en el amor que tu madre te dio? —Descubrí su rostro y sostuve sus manos tras obligarlo a que me mirase—. Tonto sería que te siguieras aferrando a su imagen después de lo sucedido. Es más, creo que eres muy valiente por buscarla y por comprobar en persona lo que tu padre dijo. Sí, estuvo mal que lo hicieras solo, peor que desaparecieras sin decírselo a alguien; pero guiarse por una convicción está bien, no juzgarla antes de tiempo, genial. Ahora lo que debes hacer es enfrentarte a ello.

En lugar de cubrirse con la manta, se colocó el brazo sobre la frente para ocultar así su mirada temerosa. Como yo me encontraba junto a él, lo oí bufar y murmurar un angustiado «No me pidas cosas tan difíciles». Nos mantuvimos quietos, silenciosos, nos acompañamos así.

—En el fondo, lo sabía, pero no quería creerlo. —Le costó confesarlo, reconocer lo que por años se negó a creer no había de ser fácil—. Yo... tonto de mí... —Rio y vi el lento camino que sus comisuras recorrieron hasta quedar alineadas—. Yo... quería mantenerme unido a sus recuerdos porque me hacía sentir mejor, porque pretender que se marchó por culpa de mi viejo resultaba mejor. ¿Puedo ser más idiota?

—Creo que no y créeme que es bueno que lo reconozcas —lo animé—. Ahora quédate bajo la manta, hueles horrible. —Lo cubrí hasta la nariz antes de que comenzara a llorar otra vez.

—Eres increíble. —Secó unas lágrimas aventureras en el rabillo de sus ojos. No supe si debía tomarme el comentario como una ofensa o como un cumplido, sin embargo, con la mirada que le di, él agregó—: No, no lo digo como insulto.

—Más te vale —lo amenacé y le revolví el cabello solo para fastidiarlo—. Rust —dije después de detenerme—. No vuelvas a perderte así. Desde que desapareciste, Shanelle te ha estado buscando con los chicos. Me ha preguntado todos los días, cada cinco horas, si habías aparecido o si había sabido algo de ti.

La expresión de horror que puso me dejó estática. ¿Acaso había sido muy ruda? ¿Quizá sentía ganas de vomitar?

—¿Qué pasa?

—Mi ex y la chica que me gusta de amigas, ¿debería sentirme preocupado?

Idiota.

—Uy, sí, planeamos cosas malas para ti por chat, yo que tú me andaría con cuidado.

Me levanté de la silla y lo miré desde mi altura.

—Duerme —le ordené con tono autoritario.

—¿No me invitarás a dormir contigo?

—No, gracias.

—Más te vale que cierres la puerta con llave.

—Duerme y no vayas a huir.

Quizá sí debí dejar que durmiera conmigo. Hubiera evitado que escapara como un cobarde antes de que su padre llegara a recogerlo. Cuando bajamos para abrir la puerta, lo único que encontramos en el sofá fue la manta bien doblada y a los gatos durmiendo sobre ella. Lo relativamente bueno de su huida fue que se marchó con sus amigos. Shanelle me envió un mensaje para avisarme.

El lunes llegó. Apenas bajé del bus, dos brazos me atajaron, me levantaron y... el mundo dio vueltas.

—¡Sucedió! —exclamó Claus, sin dejar de girar conmigo apegada a él—. Todo, literal, lo que dijiste, pasó. ¡Eres increíble!

—Gracias —farfullé y omití un gesto de repulsión—. Ahora bájame.

Se detuvo, me mantuvo entre sus brazos y luego me bajó sin soltarme.

—Hablemos después de clase —dijo en tono sugerente, pero con intención autoritaria—, necesito más de ti y mi habilidad.

—Tengo que estudiar. —Lo detuve y me moví para que me soltara de una vez—. No puedo servirte cuando te apetezca.

—¿Servirme? Me estás ayudando —afirmó y, por fin, me dejó en libertad—. Alégrate, puedes ser una ficha clave en todo este juego.

41

Claus, su insistencia y sus manipulaciones significaban una cosa: problemas. Y yo estaba inmersa en ellos. No podía escapar, aunque intentara hacerlo con todas las fuerzas. «Imposible» es una buena definición para la trágica marea de pesimismo y malos dramas en que la vida me asignó. O, mejor dicho, en la que Claus me sumergía. Si yo navegaba en un mar peligroso, él me lanzaba del barco y hacía que me ahogara, provocando el agobio insoportable de no saber qué hacer.

Dicho esto, no te sorprenderá si te digo que ese lunes estuve pensando en alguna forma para emprender la huida y no encontrarme a Gilbertson después de clases. Él me tenía acechada, y yo, como buena presa que sabe su garrafal destino, perseguía la esperanza de obtener mi efímera libertad para salir con vida.

Después de la última clase de mi electivo, Filosofía, lo primero que hice tras recoger mis cosas fue buscar a Aldana y aferrarme a su brazo para llenarla de preguntas, tal como había aprendido de las primas Morris.

—Aldana, ¿podemos hablar? ¿Me enseñas alguna receta? ¿Hacemos algo, por muy insignificante que sea?

Aldana mostró la expresión que cualquier persona que está siendo atropellada por preguntas sin sentido mostraría. Sus cejas arqueadas, luego de unos segundos, se arrugaron en conjunto con su frente.

—Lo siento, Onne, tengo algunos problemas en casa y no puedo quedarme. Es una reunión familiar.

La decepción por su respuesta pesó en mí más de lo esperado.

—¿Sucedió algo? —preguntó de manera inesperada. Su perspicacia siempre está alerta.

—Claus quiere hablar conmigo.

—Dile que no.

—Ojalá fuese tan sencillo. Ese chico insistirá hasta que le diga que sí.

En parte esto era cierto, Claus Gilbertson era muy insistente, de modo que un «no» sería un «me lo pensaré» o un «convénceme y te diré que sí». Sin embargo, más allá de su poca predisposición a aceptar una respuesta que no le apetecía recibir, existía una verdad que me negaba a creer y expresar abiertamente: lo temía. Odiaba a Claus porque él despertaba en mí un temor que me negaba a padecer, pero que allí estaba cuando pensaba en las veces que tuve que soportarlo. Frente a él parecía una chica indefensa, que solo se escudaba en sarcasmo y palabras cortantes para no demostrarlo, pero muy en el fondo sabía que ese resquemor era evidente. Lo temía por múltiples razones y lo odiaba por muchas otras, no obstante, ninguna figuraba de manera tan alarmante como su habilidad para la manipulación y la ventaja que tomaba sobre mí siempre que podía.

Como no podía hacer más, decidí emprender mi huida hacia la biblioteca, donde solo se encontraba la bibliotecaria. La saludé sin muchos ánimos, puesto que estaba apurada en buscar algún sitio donde mi existencia se volviera tan insignificante como la de una hormiga. Minutos más tarde, me encontré oculta detrás de un sofá del segundo piso de la biblioteca, hecha un ovillo, con el celular en silencio. Aproveché la soledad para enviarle un mensaje a mamá y decirle que tardaría en llegar, que estaba investigando para un trabajo. La mentirilla fue leída en cuestión de segundos sin provocar sospechas.

Esperé en mi soledad sin tener mucho para hacer hasta que dieron las ocho y media de la noche y la bibliotecaria me comunicó que era hora de cerrar. No me quedó otra que levantarme, agarrar mis cosas y marcharme con la esperanza de que hubiera pasado el tiempo suficiente para no ver a Claus.

Grave error, digno de una persona ingenua.

Al salir de Sandberg, Claus me esperaba en su auto, justo ante la entrada. Estaba apoyado en la puerta del copiloto, con el celular entre sus manos y una sonrisa tétrica, acentuada por las sombras nocturnas y la luz de su celular.

Me detuve a unos metros de él, como si una pared invisible me impidiera el paso.

—Está haciendo frío, ¿cuánto tiempo pretendías hacerme esperar?

La voz de Claus sonó como la de un niño regañado que habla bajito, lento y con los labios estirados. No dudé ni un segundo que su postura hubiera provocado más de un suspiro a algunas de las chicas que tanto hablaban de él; para mí, resultó un gesto casi vomitivo.

Caminé un par de pasos para apelar a una contemplación de mi orgullo e indiferencia.

—¿Tan urgente es? ¿No podemos hablar otro día?

Cruzada de brazos para demostrar mi inconformismo, obtuve una peculiar sonrisa por su parte. En esta ocasión, fue él quien caminó hacia mí con el fin de poner sus manos sobre mis hombros e inclinarse en busca de mis ojos. Su mirada no tardó en crear una conexión de la que yo quise escapar.

—Soy una persona ocupada, cariño, de mí dependen muchos otros. Para mí esto no es un juego de niños ni el alimento de mis caprichos, sino que es algo más importante. Créeme.

Regresó al auto y abrió la puerta tras hacerme una sutil invitación. Me quedé de pie y miré el gesto en silencio.

—Yionne, sube —dijo con impaciencia.

Pensé en salir corriendo, volver al colegio y pedir ayuda... Pensé en muchas cosas esa noche y no hice ninguna porque, de manera lenta, casi por inercia, me encontré caminando hacia el auto.

—Mi madre me ha dicho que no me suba a los autos de extraños —solté en tono rasposo, antes de entrar.

—Por suerte a mí me conoces perfectamente.

Claus cerró la puerta y rodeó el auto para subirse. Yo solté un jadeo que más pareció el quejido lastimoso de un animal maltratado. Miré los asientos traseros en busca de su séquito. Si bien me incomodaba la situación entre ambos, me relajé al saber que solo estaríamos los dos.

—¿A dónde iremos?

—A una cafetería, para charlar.

Me alegré de que fuera en un lugar público y de que dijera que era para hablar.

—¿De qué hablaremos?

Claus dejó escapar una risa relajada.

—No seas tan ansiosa —reprendió en tono meloso. De pronto tendió una mano hacia mí. Antes de poder apartarla, me percaté de que señalaba el cinturón de seguridad. Siempre me olvido de abrochármelo, aunque ahora no hago mucho uso de él.

Minutos más tarde, tras un silencio total, Claus y yo nos encontrábamos frente al L.A. Café, la cafetería donde conocí a Rust en uno de mis viajes anteriores. Vaya coincidencia y vaya cambio; nunca imaginé que compartiría la misma mesa con Claus.

La charla entre nosotros se aplazó hasta que nos sirvieron las consumiciones. El contraste del calor de mi café y el frío del exterior me sentó como el mejor relajante. Durante unos segundos olvidé que la invitación corría por parte de Gilbertson.

—Entonces... —Carraspeé, incómoda—. ¿Sobre qué quieres hablar?

Claus no quiso responder de manera directa; comenzó a hablar sobre sus pasatiempos, que nada me interesaban.

—Me gusta venir aquí en invierno, sentir el contraste del frío y el calor en mis manos. En mi cuerpo. Es una sensación indescriptiblemente adictiva. ¿Alguna vez has tomado helado por la noche?

—Quizá de niña. ¿Por qué?

—Porque de lo contrario te estarías perdiendo una gran experiencia. Pequeña en sentido, pero grande en permanencia. Como este instante.

Bueno, tal vez me equivocaba y solo deseaba ambientarme...

—Vas a disculparme, pero no veo nada de grande en este encuentro.

—¿Segura? Es una lástima que lo digas, más cuando sabes el significado que tiene para mí porque, míranos..., tú y yo, sentados en una pequeña mesa para dos, frente a frente, degustando un café. Es como una cita después del colegio.

—Tienes una enorme imaginación, Gilbertson. Puede que para los demás y para ti esto parezca una cita, pero para mí solo es un encuentro infortunado que me vi obligada a aceptar. Seamos realistas, no pasará.

—Auch —se quejó y acompañó la expresión con una mueca—. Y yo que quería hacer esto más ameno. Pocas personas tienen el privilegio de salir conmigo, ¿por qué no lo disfrutas?

¿Hasta qué punto llegaba su pedantería para, incluso, hacer tan absurda pregunta? La respuesta no la hallé en el cielo, por supuesto, por eso regresé la mirada a su rostro para ver si lo había soltado en broma.

No, él lo decía en serio.

—Existen muchas razones por las que puedo odiarte y tengo derecho para hacerlo —me permití responder—. Buenas razones.

—¿Es por algo que haré en el futuro? —preguntó y me miró desde su bajo perfil, mientras sus labios se unían alrededor de la pajilla para beber de su *latte*. Pese a su postura cómica, Claus esperaba serio mi respuesta.

Asentí lento y volví a mi café, no podía sostener más su mirada.

—No es solo «algo» —expliqué—. Harás muchas cosas. Y ninguna buena. De ti, sinceramente, todo lo que espero es maldad. Si esto fuera una historia, tú serías uno de los antagonistas.

—¿Qué es lo que haré? Dime algo en concreto. Dime qué podría hacer para cambiar la opinión que tienes de mí, y lo haré.

Su voz sufrió un cambio repentino que la hizo enternecer y parecer franca. De manera pausada, subí mi mirada hacia su rostro con el fin de encontrar la sonrisa pedante y traviesa que lo caracterizaba. No obstante, lejos de los paradigmas que conocía de él, me encontré a un Claus tan serio que infundía cierto respeto.

—Tú...

—O'Haggan... —Bajó la cabeza y se masajeó las manos con cierto nerviosismo. Jamás había visto a Claus en tal postura ni posición, mostrándose como un ser terrenal y enseñando su lado frágil—. Escucha, tengo que confesar que desde un comienzo me pareciste linda; te quería para disfrutar de una noche y ya. Creí que sería fácil, pero no diste tu brazo a torcer. Esto me llamó la atención y, cuando vi que Siniester tenía interés en ti, supe que debía hacer lo que estuviera a mi alcance para conseguir tu atención, sin percatarme de que eras tú la que se ganaba mi interés.

»Vi una rareza en ti, algo que no podía explicar. Luego supe qué es lo que te hace tan especial y no pude sacarte de mi cabeza. Una parte de esto es por el vínculo con nuestra habilidad; la otra tiene que ver con tu fidelidad a Siniester. Él es la muestra fidedigna de la involución, sin nada que lo haga especial, pero tú continúas demostrando que estás de su parte. No tienes idea de cómo me perturba esto, de cómo envidio la autenticidad que tiene su relación, porque lo quiera o no, mis relaciones sociales y amorosas jamás han sido así. Ni la relación con mi padre. Mi vida es un desastre, aprendí a vivir de las apariencias. Todo lo que he tenido y conseguido es una vil mentira.

»Es triste que, en mi vida, el odio sea más real que el amor, que el temor le gane al respeto. Lo quiera o no, así están las cosas, pero quiero tener esa autenticidad que tú le das a él, porque yo estoy dispuesto a dártela. Ahora me pregunto, ¿qué debo hacer para ser digno de algo auténtico? No me digas qué atrocidades haré en el futuro, dime si estoy a tiempo de impedirlo.

Me quedé sin habla. Si Claus deseaba una relación auténtica, algo real, probablemente con mi expresión descolocada ante su inesperado discurso lo había conseguido.

¿Y si el Claus que estaba ante mis ojos decía la verdad? ¿Y si en esta línea temporal era una persona diferente? El muy maldito me estaba convenciendo, y yo con mi corazón, tan sensible y blando, no pude hacer más que apiadarme de él.

—El futuro se conforma por las decisiones del pasado y del presente. Es una consecuencia. Puede que estés a tiempo de decidir cambiar el destino de tus mandatos y tus acciones. No sabría decírtelo con exactitud.

—Ve. Viaja al futuro. Comprueba si he cambiado.

La aflicción en su voz me pareció real; rasposa, gélida y perturbadora.

Ni idea de cómo podría averiguarlo por mis medios; eras tú la que debía indicarme si Claus realmente hablaba con verdad y cambiaría las acciones tan horribles que cometería. Tu mensaje no llegó; dudé de escribirte a las nueve de la noche, pues no sabía si era sensato.

—No funciona así. Debes tener convicción en tu decisión, puede que dentro de unas horas cambies de parecer y todo seguirá igual.

—¿Cómo son tus viajes? Recuerdo que yo al viajar permanecía en mi cuerpo; era yo, pero en mis diferentes etapas. Sin embargo, poco podía hacer para cambiar las cosas. Tú que conoces el futuro, ¿cómo es? ¿Ocupas un cuerpo o sigues siendo tú?

—Depende de qué futuro quiero ver. Cuando quiero conocer mi futuro, soy yo en mi cuerpo, pero si quiero ver el futuro de..., ¿cómo decirlo?, alguien cercano, conocido, o incluso alguien que jamás vi, soy una especie de ente que visualiza a esa persona y la sigue en sus acciones. Es como si yo estuviera allí, viendo a la persona desde un ángulo elevado. O, en ocasiones, cuando esa persona ya no vive, busco información sobre su paradero, familiares, etcétera. Periódicos, noticias, redes, cualquier cosa contribuye. Sin embargo, mis viajes están en constante cambio y dependen del tiempo porque, como dije, el futuro se construye de las decisiones. Cuanto más lejano sea el futuro, más incierto es.

—¿Y cómo lo haces con los desconocidos?

—Debo visualizarlos, saber cómo son sus rostros al menos, a través de fotos, videos o en persona.

—Fantástico. Es una habilidad envidiable la que te he cedido.

—Gracias por decir que no te la robé.

Soltó una sonrisa fresca mientras observaba lo poco que le quedaba de café.

—Oh, eso... Sigo creyendo que lo hiciste, no quieras despojarte de la culpa. Lo diferente es que tú puedes conocer el futuro. Me pregunto, ¿estarás dispuesta a ver cómo mueres?

—Prefiero no saberlo o estaré en un intento constante por impedirlo.

—Yo estoy dispuesto a saberlo, por si deseas decírmelo.

Decirle que la persona que estaba frente a él sería quien pusiera fin a su vida no era muy acertado, por lo que decidí permanecer en silencio y esbozar una diminuta sonrisa.

—Por cierto, de esto quería hablarte. Eres la clave. Mi padre tiene un trabajador desde hace años, pero creemos que vende información a una empresa de la competencia. Está enfadado, muchísimo, quiere «encargarse» de ese hombre, que en el pasado fue su persona de confianza. Para entendernos, quiere mandarlo a golpear como advertencia.

Yo le he pedido que lo despida, porque lo estimo mucho. Me cuidó de niño, conozco a su familia. Quiero pedirte, por favor, que me des información de cuál será su destino, el de mi padre y el mío.

—¿Aquí? ¿Ahora? —Miré alrededor. Había demasiadas personas como para fingir que viajaba—. ¿Tienes una foto de él al menos? —Tras unos largos minutos de búsqueda, me enseñó una foto del sujeto. La observé con detalles; era un hombre de cierta edad con la mirada tranquila—. Bien. Iré al baño, al volver veré si puedo tenerte la información.

Así lo hice; me marché con la esperanza de recibir tu mensaje. Te escribí de camino al baño y, al encerrarme, aguardé durante una eternidad tu respuesta.

Cuando dos golpes sonaron desde el exterior, tu mensaje llegó.

> **Tú:** No puedo creer que ahora complazcas los deseos de Claus.
> Dile que no has podido ver mucho, pero que encontraste
> un periódico con la terrible noticia de que el sujeto murió.
> Se supuso que había sido suicidio. Según la noticia, se disparó
> en la cabeza tras ser despedido de la empresa en la que
> había trabajado durante años.

> **Yo:** ¿A qué viene lo primero?

Tu respuesta jamás llegó, por supuesto. Supongo que no fue conveniente que me lo dijeras, como mi futuro ya está escrito —y esto es prueba de ello— saberlo cambiaría el curso de todo.

—¿Yionne, estás ahí?

Claus llamaba desde fuera. Me miré al espejo antes de salir, quería mostrarme algo asombrada y abatida por la supuesta muerte que había presenciado. Y, escudándome en la excusa del impacto del viaje, me despediría de Claus sin más.

En la cafetería, específicamente en el pasillo del lavado, no había nadie. De seguro debido a la hora. Me aproveché del momento, ya que nadie podría oír mis palabras, recurrí a toda mi habilidad interpretativa para murmurar de manera angustiante:

—El hombre está muerto. Fue un suicidio. Se disparó en la cabeza.

Llevé mi mano a la boca, como si la noticia y el viaje hubieran causado un gran impacto en mí. Entonces me marché sin responder su llamada.

Lamentablemente, mi faceta más ingenua aceptó como cierta la absurda historia de la empatía de Gilbertson sin saber que ese suicidio, en realidad, sería un asesinato ordenado por el mismo Claus y que, dicha muerte, sería el inicio de mis mayores problemas.

42

—Por fin te dignas a aparecer.

Eso fue lo que dijo don Descarado cuando me vio entrar a mi cuarto.

Por supuesto, la presencia de Rust no me supuso una sorpresa, él ya había entrado a mi cuarto tantas veces que daba la impresión de ser un habitante más de la casa, con camas compartidas y todo. Lo que me sacó de mis casillas fue su comentario punzante y su aparición tras haber escapado de mi casa la noche en que estaba ebrio y moribundo. Después de eso, ¿el descarado me recibía así? Pues atendiendo a mi más profundo instinto asesino, agarré una de mis almohadas y lo ataqué. No me detuve a pensar en que nuestros gatitos estaban allí; yo quería echarlo de mi cama. (Y, de ser posible, de mi habitación).

Rust se sobresaltó por los golpes y atinó, en lo que pudo, a cubrirse la cabeza con los brazos en una huida quejumbrosa al otro lado de la cama. Una vez me detuve, se arregló la chaqueta de cuero y llevó una mano a su cabello para acomodarlo. Claro, esto último no tenía por qué hacerlo, Rust y el peine no tenían una relación cercana.

—Esta no es la bienvenida que me esperaba —dijo en un tono receloso y confidente mientras caminaba con lentitud junto a la cama. Allí agarró a Crush y lo acarició—. ¿Acaso sigues molesta?

—¿Quieres que te dé otra paliza con la almohada?

—Me han dado varias palizas. Muchas. Y peores —se burló con el tono confidente; ninguno de los dos quería alertar a mamá—. Pero ninguna se compara con tu indiferencia.

O Claus no era el único adulador o Rust estaba copiando su pedantería. Hice el amago de amenazarlo, pero en un acto cobarde, decidió usar a Crush como escudo y mi movimiento quedó anulado por completo.

«Cobarde», pensé en decirle con la palabra a punto de salir de mi boca, como lo haría alguna serpiente, llena de arrastre y veneno.

Rust inspiró hondo y se tranquilizó a sí mismo. Sus hombros subieron y bajaron en una preparación corporal visible para nuevamente decir:

—Cuando alguien te dice algo lindo, se tiene que responder algo lindo, un gracias o emitir alguna expresión de ternura.

—No me van las mentiras, Rust.

—A mí tampoco.

La respuesta de ambos provocó una sincera y abierta risa.

Yo, que pretendía mostrarme como una persona firme frente a él, carraspeé y guardé la compostura. Pero ya a estas alturas, ocultar mi boba sonrisa por verlo relativamente bien poco servía. Decidí bajar la guardia y usar el almohadón como asiento. Rust no tardó en sentarse a mi lado, al pie de la cama, frente a la ventana que tenía las cortinas corridas que enseñaban el oscuro cielo exterior.

Nos quedamos en silencio y jugamos con los gatos.

—¿Cómo estás? —inicié con una pregunta que a todas luces daba indicios de ser estúpida, pero que cobraba sentido tras todo lo que él había pasado.

Suspiró, agotado.

—Sobreviviendo mientras me repongo. Esperaba que se te pasara el enojo para venir aquí.

—Mis enojos duran mucho, y solo han pasado días. Volviste a escapar, Rust, como siempre. Deja de escapar y mejor enfrenta las cosas.

Miró el suelo y me dejó ver su semblante de niño regañado.

—Las huidas se me dan mejor; por huir, te conocí.

—¿Y dónde has estado?

—En casa de Matt, ahogando penas en... —evitó concluir la frase y yo apreté los labios en un gesto de fastidio, al que respondió sacudiendo las manos con inocencia—. No pongas mala cara, iba a decir doramas.

Busqué en sus ojos algún rastro de mentira, pero al parecer decía la verdad. Mi acción llevó a que examinara a Rust con mayor plenitud, desde su cabello rubio en punta, pasando por la intensidad de sus ojos azules, hasta su barbilla con una pequeña cicatriz. Podría haber contado con mis dedos cada una de las cicatrices en el rostro de Rust. Grandes y pequeñas, todas hechas en peleas. Esas marcas, acompañadas de su postura y su forma de hablar, componían al estereotipo de chico malo que muchas historias juveniles tienen.

Al notar que, por estar a tan poca distancia podríamos perdernos en el otro y se rompería con facilidad mi postura recelosa, volví a romper la burbuja invisible con un comentario:

—Tienes un aspecto fatal.

—¿Qué le puedo hacer? —preguntó—. Es de nacimiento.

Una carcajada emergió de mis entrañas por puro impulso. Al darme cuenta de que debería estar durmiendo y de que mamá podía oírme, me cubrí la boca.

Estuvimos callados unos instantes y aguardamos alguna señal que nos advirtiera que mamá iba a entrar en mi cuarto. No obstante, pese a que mi estrepitosa carcajada fue sonora, pudimos respirar con calma. Así, con el ambiente más relajado, me atreví a tomar la mano de Rust en una muestra de mi seriedad.

—Por favor, no huyas más.

Mis palabras emergieron como una súplica pese a no ser esa mi intención.

—No juro ni prometo nada, Cerilla. Es ley.

Claro, Rust no es de hacer promesas que no puede cumplir, puesto que su impulso e instinto siempre le ganan a su raciocinio.

—Entonces al menos asegúrame que, si vas a huir, me lo dirás. Házmelo saber a mí, para estar tranquila. O a tu papá. O a Tracy. Le importas a muchas personas.

—Ya sé, ya sé. —Se removió a un lado, apartó la mano y fingió ocuparse de entretener a los gatos. No quería mirarme.

—Dímelo.

—Si llego a huir, te diré a dónde irá mi culo.

—Mirándome a los ojos y sé más tierno.

Suspiró con agobio. Tras varios segundos de prueba, optó por atreverse.

—Si llego a huir, te diré a dónde irá mi culito.

Rust es como cualquier otro idiota que no puede tener un momento de seriedad, ¿no crees? Pero supongo que esa es una de las cosas que me gustan de él. Puede ser gracioso, divertido, molesto y serio según la ocasión. Y yo, que ya había estado abrumada todo el día por Claus, necesitaba liberar la carga.

Y Rust me infundía una extraña paz.

De pronto, así sin más, él se acercó y cerró los ojos lentamente. Me hice a un lado y hui de su cara.

—¿Qué haces? —cuestioné con los hombros alzados para cubrirme.

—Pensé que sería un buen momento para besarnos.

—Pfff... Estás viendo muchas series, Rust.

—¿En serio? —Bajó sus párpados en un gesto aburrido y añadió—: Me has dejado con la trompa estirada.

—Es lo que consigues por ser un terco.

—Ja... y yo que te traigo uno de estos.

Metió la mano dentro de la chaqueta. Para mi sorpresa y deleite, sacó una bolsa transparente que contenía un muffin casi aplastado.

—No, gracias, ya comí.

Esa soy yo cuando intento no ceder a la tentación.

—Más para mí.

—Bueno, dame la mitad.

Esa soy yo cuando cedo a la tentación. Era un muffin después de todo.

Con una torpeza característica de los rechonchos dedos de Rust, partió por la mitad el muffin. Algunas migajas quedaron esparcidas por el suelo y los gatos comenzaron a olfatearlas. Con solemnidad, como si estuviera en una iglesia a punto de recibir una hostia, mordí mi porción. El sabor endulzó mi boca y despertó mi apetito, así que mi mitad del muffin no duró mucho. Rust me dio parte de la suya.

—Nada mal. Gracias.

Su pecho se infló de orgullo y una sonrisa torcida ocupó sus labios.

—Estoy mejorando.

No esperaba que lo hiciera de nuevo. Imaginé el escenario difuso en el que Rust había preparado las cosas para cocinar, su investigación en internet, la lectura silenciosa de la receta, su concentración... Lo encontré tan adorable que terminé por perderme y le besé rápidamente la mejilla con timidez.

Algo descolocado, Rust se tocó la mejilla justo en la zona donde había depositado mi beso.

—Me merezco otro, ¿no?

Me incliné sobre él y busqué su otra mejilla para besarla. De manera suelta, Rust se volvió para que mi beso recayera en sus labios, pero terminé por dárselo en la amoratada comisura. Esto le supo a victoria.

Luego de tal acto, me centré en mis pensamientos, en jugar con Berty y con Crush, en tararear canciones y en la compleja situación en la que estaba sumergida. Pensé en que no había visto a Rust en el colegio y, como consecuencia, había llegado a mí la petición de Gilbertson sobre el empleado de su padre. Desde ese punto, en sincronía con el futuro, decidí escudriñar los cambios que había en Rust.

—¿Te has planteado, por fin, pensar en tu futuro? Digo, lo que esperas de él, lo que quieres ser, lo que quieres tener.

—La verdad, no lo he pensado mucho. No espero tener una vida larga ni ser un anciano que ve corretear a sus nietos o estar con el culo en el sofá mientras veo programas de concursos en la televisión. A grandes rasgos, sé que no me espera ningún futuro idealizado de mierda. O puede que sí, si me cambiara la cara y me largara del país. —Emitió una risa débil mientras sus ojos reflejaban cierta añoranza nostálgica—. En el caso especial de que esto sucediera, cosa que dudo mucho, me gustaría dedicarme al béisbol. Tener una casa lejos de todo el puto mundo, en la orilla de algún lago; beber una cerveza mientras se pone el sol y me río de lo asustado que está mi hijo porque encontró alguna cucaracha en el césped. Salir por las mañanas, tumbarme frente al lago, enseñarle a mi hijo a pescar, sobre animales, nadar por las noches... Es lo que solía hacer con mi viejo. Repetirlo con mi crío no estaría mal.

Quizá la voz nostálgica con la que pronunció su planteamiento fantástico del futuro fue lo que me provocó la contemplación plena de su persona, saber que el mismo Rust de los otros viajes estaba junto a mí y aguardaba con una dicha cálida su futuro, pese a no tener la fe de conseguirlo.

—¿Qué? —espetó con las cejas alzadas—. ¿Pensabas que diría algo como que me imaginaba bañándome en billetes, tatuado y sacándome fotos con pistolas?

Y, cuando llegué a la fatídica conclusión de que sus expectativas jamás se llevarían a cabo porque él era propenso a morir por petición de Claus Gilbertson, el nudo en mi garganta fue insoportable. De manera errática, le enseñé mi lado más vulnerable porque sabía que jamás tendría descanso. Rust, debido a sus decisiones, viviría escapando y, posiblemente, moriría al hacerlo.

Luego, fui consciente de que faltaba poco para el 25 de diciembre. Me quebré más porque existía la probabilidad. Las comisuras se me bajaron y mi barbilla se arrugó en medio de un temblor incontrolable.

—Lo siento...

—¿Tan linda respuesta te he dado o el muffin estaba demasiado bueno?

Formé una sonrisa entristecida y me coloqué de pie. Ahora yo quería huir.

—Eh, Cerilla, ¿a dónde vas? No me has dicho tus planes de futuro...

Salí de mi habitación y me encerré en el baño a llorar.

Habría idealizado mi vida junto a Rust, pero sabía, muy en el fondo, que eso jamás ocurriría. Por eso, de alguna manera, ya estaba preparada para llegar a esta situación. Para saber que tomaría la decisión de jamás existir.

Tengo miedo, ¿sabes?

Estoy muerta de miedo. No sé si esto dolerá y sé que estoy dejando muchas cosas atrás. Y, la verdad, no soportaría estar en algún sitio donde no conozca a mamá.

Nada de esto se me haría tan complicado si supiera el desenlace. Pero más allá del miedo y de la escabrosa incertidumbre, sé que es una decisión honesta. Puede que sea la más sensata que tomaré hasta ahora, pues mi vida es una mentira.

Una mentira que todos aprendimos a aceptar con el tiempo. No obstante, ahora que sé que esa mentira ya no se puede sostener, escribo esto.

El viernes, durante el almuerzo, Sindy entró en la cafetería de Sandberg hecha la viva imagen de la furia. Su indómito cabello parecía haber recibido un caricaturesco impacto eléctrico. Fue una escena cómica al comienzo; Rowin no tardó en divisarla y burlarse de ella con su alarmante risotada. Entonces, cuando Sindy llegó a nuestra mesa y tiró la bandeja encima, supimos que esa agresividad repentina se debía a algo serio.

—¿Ocurrió algo? —le preguntó Aldana con tranquilidad, lo que pareció hacer entrar en razón a Sindy.

Se demoró en hablar, pues antes de hacerlo, le lanzó una advertencia de su respuesta a Shanelle, quien estaba sentada junto a nosotras.

—Nos negaron la aprobación de ver las putas cámaras para averiguar quiénes eran esas dos... —Sindy se contuvo. En lugar de escupir el insulto, prefirió sacar rápidamente su libreta y anotarlo.

—¿Qué haremos ahora? Era la única forma.

—No se hagan problema —habló desde su lugar Shanelle, con la voz apagada—. Han hecho suficiente. Ya no me ha pasado nada, juntarme con ustedes debe de haberles puesto en alerta. Dudo mucho que pase algo ahora.

—¡¿Y dejar que esas dos chicas salgan impunes?! —exclamó con desconcierto la chica de rulos rebeldes—. No, me niego a permitirlo.

—¿Tienes algo en mente? —cuestioné.

Sindy se quedó con la boca abierta, sin saber qué responder. Mi pregunta fue como echarle un balde con agua fría, todos sus ánimos exaltados terminaron en nada.

—Pensaré en algo... —Se acomodó a la resignación y se sentó junto a su prima, Rowin.

—No lo pienses demasiado —sugirió María desde el otro lado de la mesa—. No necesitamos permiso para ver las cámaras de seguridad del pasillo, podemos entrar por nuestros medios.

Detrás del inocente y callado aspecto de María Mont, se escondía una rebeldía que quería ver la luz y empezaba por planear nuestra incursión en el cuarto de cámaras.

Fue un plan que a todas luces nos pareció sencillo, pero llevarlo a cabo fue más complejo. Organizar una guerra de papeles en un colegio lleno de estudiantes elitistas con complejo de divas es difícil pero no imposible. Cuando en un acto de rebeldía, la expresidenta del Consejo Estudiantil se quejó de la alta exigencia en los exámenes, muchos estuvieron de acuerdo y la apoyaron. Rowin se encargó de encender a las masas y de crear cánticos repetitivos, sin mucho sentido. María y Aldana fueron a la sala de Arte a sacar cartones y pintura para hacer carteles. Shanelle y yo fuimos las encargadas de colarnos en el cuarto de cámaras con un clip.

Así de sencillo.

El plan salió perfecto, aunque tardó más de lo esperado. No tendríamos mucho tiempo para buscar entre las grabaciones, pero si teníamos suerte, conseguiríamos verlas sin problema.

La buena noticia fue que las grabaciones están organizadas en cientos de carpetas fechadas. La mala noticia fue que, como esperaba, las dos chicas del baño habían sido enviadas por Claus. Pero eso no era lo peor, ya que al pulsar grabaciones al azar, pude ver que esa no había sido la primera vez que molestaron a Shanelle. Empujones discretos, risas malintencionadas, comentarios cuando ella pasaba por el lado, miradas hostiles... Todo conformaba una serie de acosos que ella no se había atrevido a denunciar.

—Solo son chicas matonas —dijo Shanelle y le restó importancia a lo evidente.

—Están molestándote solo a ti.

Antes de seguir quejándome de su silencio, una llamada entrante nos interrumpió. Nos asustamos tanto que pegamos un grito coordinado.

La llamada era para Shanelle, quien no tardó en ver de qué se trataba. A juzgar por su rostro, supe que no eran buenas noticias. Se cubrió la boca con la mano para tapar la perplejidad que la causó la noticia y luego puso cara de aflicción.

Al cortar la llamada, permaneció quieta.

—¿Qué pasó? —pregunté.

—Jaho ha muerto —musitó con la mirada perdida—. Dicen que ha sido un suicidio.

Nunca en mis otros viajes había escuchado hablar de él. Ni siquiera su nombre se me hacía familiar.

—¿Jaho?

Shanelle pestañeó varias veces para salir de su desconcierto. Estaba pálida y respiraba por la boca. Su pecho se contrajo con rapidez. Durante un momento, temí que pudiera pasarle algo.

—Rust... —dijo entonces.

La mención de su nombre me puso en alerta. Creí, vagamente, que Jaho era otro apodo de Rust o algo así, pero no.

De manera brusca, tomé a Shanelle por los hombros.

—¿Le pasó algo a Rust? —No dijo nada—. ¡Shanelle!

Por fin la chica reaccionó.

—Jaho era la mano derecha del líder de Legión. El líder de Legión era mi padre... Jaho es... era... era quien ayudaba a Rust desde que papá murió. Se ocupaba de... del negocio y de mantener en la raya a las demás bandas. Actuaba en secreto, casi nadie lo vio jamás, solo Rust. Muerto, no hay más reglas ni acuerdos con los otros grupos: somos carnada fácil.

En ese momento até cabos.

Jaho.

Suicidio.

Tu mensaje.

La petición de Claus sobre ver el futuro del supuesto empleado de su padre era en realidad una más de sus manipulaciones. En efecto, Jaho era un empleado de su padre, pero también una pieza importante en Legión. Sin él, Legión quedaba expuesta y, con ella, también Siniester.

Lo peor de todo es que sobre mí estaba la responsabilidad de haberle dicho a Claus que él no saldría involucrado en el asunto, que realmente la muerte de Jaho se había considerado un suicidio y que, una vez más, al igual que con la situación del acoso de las dos chicas, él saldría impune.

43

Poco a poco, tras conocer la fatídica noticia de la muerte del legionario Jaho, el bullicio del exterior expuso de manera frenética lo imperativo del tiempo y me situó en la realidad: la sala de cámaras. Como no teníamos mucho tiempo, pues nuestro pellejo estaba expuesto pese a la revolución estudiantil que Sindy y las chicas tenían afuera, Shanelle y yo debíamos salir lo más pronto posible. Ya parte del trabajo estaba resuelto, conocíamos a las dos chicas y quién estaba detrás de su acoso; lo que quedaba pendiente era buscar alguna forma de detenerlos.

¿Cómo lo haríamos? Eso fue más simple de lo que había imaginado.

Lamentablemente, al caer en la cuenta de la situación de nuestro encierro, Shanelle y yo quisimos salir lo más rápido que nuestras extremidades, aún tensas por la noticia de Jaho, pudieron permitirnos.

Apenas abrimos la puerta de la sala, nos encontramos cara a cara con el encargado de seguridad, el mismo que, con llave en mano, nos miró asombrado por nuestra impertinente aparición desde el interior de la sala en la que él pretendía entrar para ver qué tan espantosa era la revolución estudiantil. A su lado, con el ceño fruncido a más no poder, el director.

Ninguno de los dos tardó mucho en deducir que el escándalo armado por la antigua presidenta del Consejo Estudiantil era pura distracción.

Como a dos prisioneros, el director nos ordenó —con una voz autoritaria que nos hizo temblar del susto— acompañarlos a la revuelta armada en el vestíbulo de Sandberg, donde las chicas llevaban el ritmo singular de una melodía con rimas más pegajosas que un chicle bajo el sol. Es curioso que recuerde a los estudiantes reunidos gritando a pleno pulmón, que retenga imágenes borrosas de las manos alzadas de mis compañeros y los gestos enardecidos que hacían, pero que no tenga memoria del cántico que habían inventado.

En fin...

Cuando llegamos como dos reclusas en compañía del encargado de la sala de cámaras y el director, todos los que se habían proclamado fieles partidarios de Sindy y su revolución se apaciguaron. Bastó un discurso por parte del director y amenazar con cancelar el baile de graduación para que todos metieran el rabo entre las piernas.

Por supuesto, esto no se quedaría así, porque el director se fue contra las principales responsables: nosotras.

Nos interrogaron una a una, con el fin de conocer la motivación del «siniestro motín estudiantil» —nombre dado por el mismo director—, sin derecho a defendernos. Es decir, estuvimos encerradas en su oficina y fuimos interrogadas durante tensas horas. Nos quitaron los celulares y llamaron a nuestros padres para comunicarles nuestra indisciplinada conducta. Al final, nos expulsaron durante una semana.

—Tengo que decir que salió mejor de lo pensado —comentó María cuando las seis estuvimos ya, oficialmente, expulsadas. Nos encontrábamos en inspectoría, sentadas en las acolchadas sillas frente a la recepción.

—¿Pudieron ver quiénes eran? —preguntó Rowin, quien ya tenía los ánimos repuestos gracias a un caramelo de chocolate que había sacado de su casillero.

—Sí, dos chicas enviadas por Claus Gilbertson —respondí con un mal sabor de boca—. Qué novedad...

Miré a Shanelle, que se mordía las uñas con angustia y mantenía la mirada perdida en algún punto invisible, completamente ida. No se encontraba bien. Enterarse de la muerte de Jaho le había sentado peor de lo esperado. Yo lo había olvidado hasta que di con ella y recordé sus palabras.

—¿Claus Gilbertson? —saltó Sindy desde el primer asiento—. ¿Él? No me lo creo.

—Deberías —repuso Aldana, muy seria—. Ese chico es una máscara sobre otra.

—Pero es lindo, amable, muy atento, estudioso, carismático... —empezó Rowin.

—Las características típicas del antagonista —insistió Aldana en una interrupción abrupta a los suspiros hechos palabras de Rowin.

—Te falta ver más películas —señaló María en tono de reto.

Poco más duró la charla, pues la llegada del padre de Sindy provocó un silencio rotundo. El sujeto de aspecto intimidante habló un rato con el director y luego le dijo a la recepcionista que se llevaría a su hija y a su sobrina. Shanelle y yo fuimos las últimas en marcharnos. Como podrás suponer, entre nosotras no hubo mucha charla ni despedidas cuando mi madre vino a buscarme.

Mi santa madre no parecía muy contenta al verme nuevamente castigada, y aún menos al saber de mi expulsión.

—¡Una semana!—comenzó a decir mientras encendía el auto—. Ni siquiera a mí me expulsaron del colegio, y bien no me portaba. ¿Cómo una niña que parece tan buena puede meterse en tantos problemas? No entiendo. De verdad, esta es la época tardía de la rebeldía.

Yo apenas me podía poner el cinturón. Mis dedos estaban entumecidos y no por el frío, sino porque cuando una madre está molesta, un solo movimiento significa enojarla más.

—Lo hicimos por una buena causa, mamá. ¿Viste a la chica que estaba a mi lado? A ella la encontramos en el baño. Dos chicas le metieron la cabeza en el retrete. Cuando le pedimos al director ver las grabaciones del pasillo para saber quiénes eran, el director no lo permitió. Tuvimos que hacerlo por nuestros medios.

—Por muy buena causa que sea, no te librarás del castigo. Onne, yo te quiero mucho, pero necesito ponerte límites.

Parecía que, con cada palabra, aumentaba más la velocidad del auto, porque no tardamos en llegar a casa. Estando allí, en la sala, extendió la mano hacia mí como si esperara recibir algo. No lo entendí al principio, luego mis sospechas se acentuaron con pesadumbre.

—Tu celular.

—¿Qué? ¿Es que no basta con el castigo del colegio?

—Oh, Yionne, sé muy bien que una semana de expulsión para cualquier estudiante es igual a una semana de vacaciones.

En eso le di la razón.

—Tu celular —repitió con la misma voz tajante de la primera vez.

—Bueno... —solté en un suspiro ya resignado—, será una semana sin él.

—Oh, no, señorita, un mes sin celular.

—¡¿Un mes?! Pero si estoy castigada...

—Me lo debes por las canas extras que me has sacado gracias a tu amiguito —sentenció y estiró aún más la mano.

No tuve más remedio que hacerle entrega del único medio que me mantenía entretenida y del que ya dependía. Entregarle el celular a mamá significó que no podría regresar a enmendar el desastre que había ocasionado al descubrirle a Claus que saldría impune de la muerte de Jaho.

Todo estaba resultando muy diferente a los viajes anteriores. Era como si las ramas de mi árbol viajero se separaran más y más, hasta romperse.

Claus seguía siendo el malo, pero yo me sentía como su cómplice. Una silenciosa estratega que movía sus piezas en secreto para que él se saliera con la suya.

Esto pudo haber acabado de forma diferente si tú me hubieras dado una información errónea, si me hubieras pedido que le dijera a Claus una mentira. Pero no me advertiste de nada, solo te quejaste de mi mal congénito de hacer todo lo que me piden.

Sé que entre tú y yo las cosas deben de ser diferentes, que vivimos vidas, tiempos y cosas distintas, que no somos amigas, que tenemos diferentes ambiciones; pero yo estoy escribiendo esto no solo para que me busques, también escribo esto para instruirte.

¿A qué fin te aferras con tanta fuerza como para actuar en mi contra? No intento dejarte como la mala de la historia, trato de entenderte.

Y de que me entiendas.

Lo único bueno de la muerte de Jaho fue poder estar en casa y matar el tiempo viendo la televisión, jugando con los gatos, comiendo a deshora y durmiendo hasta tarde.

La tarde siguiente, tuve una oportuna visita. Y sí, estoy siendo sarcástica.

Despertar en medio de la siesta porque alguien se está metiendo por la ventana de tu cuarto es un acontecimiento casi traumático.

Esperé alrededor de diez minutos a que el angustiado latir de mi corazón volviera a la normalidad.

¿El causante? Rust, ningún otro.

Él, siempre tan intrépido y libre de culpa, vio mi reacción con aburrimiento y luego se lanzó a la cama.

—Estás exagerando, no es la primera vez que me ves entrar por la ventana.

—Pero sí la primera en la que me despiertas. ¿Siempre haces tanto alboroto para entrar?

—Estoy entrando por la ventana, no por la puerta, Pelusa. ¿Ya te dije lo linda que te ves con el cabello todo revuelto?

Por puro revuelo del momento y el inesperado comentario, llevé mis manos al cabello para peinarlo y, de paso, sentí que una sincera sonrisa surcaba mis labios. Él no tardó en notarla y comprobó la victoria de su comentario.

Se arrastró hasta los almohadones, se colocó las manos con los dedos cruzados en la nuca y dejó caer la cabeza de manera brusca. Yo me recosté a su lado e imité su posición. Me encontraba a tan poca distancia de sus ojos que pude verme reflejada en ellos.

—¿Ya te enteraste de que me han expulsado? Tu rebeldía es contagiosa.

—Pero qué dices, Pelusa, si yo soy un estudiante ejemplar de Sandberg.

—Estoy segura de que para los narizones del colegio tú no eres ejemplo, Rust.

—Siempre me toman de ejemplo como el prototipo de estudiante al que no deberían dejar matricularse dos veces. ¿Me creerías si te digo que a mí también me expulsaron?

Eso no era una novedad. La verdad, lo sorprendente hubiera sido que pasara un mes inadvertido y lejos de castigos.

—¿Por qué te han expulsado? —interrogué con voz queda, esperando su respuesta.

—Eh... Digamos que por tomarme la justicia por mi mano.

—¡Rust! ¿A quién golpeaste?

Gruñó y puso los ojos en blanco.

—Ayer, en la revuelta que tu amiga armó, un sujeto quiso pasarse de listo. La revolución le pasó la cuenta, empezó a jactarse de sus buenos músculos y tuve que intervenir. Me desafío en el mismo vestíbulo con un empujón y terminé por ponerlo en su lugar. Sin temor, no hay respeto.

—El respeto se gana sin temor. El miedo es miedo, no significa más. —Sin haberme dado cuenta, ya tenía mi mano estirada hacia Rust mientras hacía círculos con mi dedo índice en medio de su cabello. Aprovechando el contacto físico, golpeé su nariz en castigo por su sentido del respeto—. Con el miedo no consigues nada porque...

—... porque en nada queda el respeto cuando alguien temeroso se encuentra con alguien que infunde seguridad —continuó él—. Es lo que el padre de Shanelle siempre me decía. ¿Cómo lo sabías?

—Tú me lo dijiste.

Mi confesión hizo que formara una mueca arrugada.

—Estoy seguro de que nunca lo hice.

—Tal vez no en esta vida.

El atrevimiento de mis palabras provocó que el corazón se me agitara, pero fue el aprovechamiento de la situación que tomó Rust la que aceleró mi corazón, mi pecho y hasta mis propios pensamientos. Se colocó sobre mí, con sus piernas junto a mis caderas, las manos apoyadas en la cama, sus profundos ojos punzando mis labios. Como si supieran qué reacción tener en tal momento, mis labios se calentaron, se volvieron sensibles y ansiosos.

—Me pediste que te dijera dónde iría a parar en caso de que huyera, ¿verdad? Bueno, creo que es buen momento para advertirte de que quizá pronto tenga que hacerlo. Ha muerto un sujeto importante, alguien que me protegía. Dicen que es un suicidio, pero no me lo creo. Estoy en problemas, Pelusa, en serios problemas. Puede que no me vaya ahora, mañana o dentro de un mes, pero si llego a hacerlo, concédeme este pequeño momento contigo.

—Vaya forma de pedirlo —zanjé con el sarcasmo raspando mi garganta—. Es como si el lobo le pidiera permiso a la oveja para comérsela mientras la tiene acorralada.

Rust se quedó estático, con la boca media abierta. Soltó un jadeo que se asimiló al intento de una risa y bajó la cabeza.

—Tú sirves mejor que una ducha fría —pronunció con desgano y se hizo a un lado. Agarré su camiseta y lo obligué a que volviera a mirarme.

—Solo este «pequeño momento».

Mi tono fue el de una advertencia, pero lo cierto es que tales palabras eran una aceptación clara a su propuesta encubierta. Rust lo entendió a la perfección y no tardó en acomodarse otra vez para luego ahogar la angustia de mis labios en un beso.

Realmente me gustaría parar el tiempo y dejar ese pequeño momento para la eternidad, cuando mi relación con Rust se anudaba, cuando ninguno de nuestros corazones estaba hecho trizas.

La verdad, ahora no sé cómo tomarme mi relación con Rust.

44

Tras una semana completa de ausencia, el martes 27 de octubre yo y mis amigas regresamos a Sandberg. Nuestra vuelta fue bien recibida por más de algún estudiante que, repitiendo las rimas que las chicas habían creado, seguía apoyando a Sindy. Agitaban los puños al aire o tenían esa peculiar expresión de complicidad que se entonaba de manera relajada con el ambiente festivo próximo al aniversario. Por eso, caminar por el pasillo antes de que tocara el timbre provocó un extraño silencio. Éramos como las chicas populares sacadas de las películas juveniles que entraban a la escuela en cámara lenta, con el pelo meciéndose hacia atrás y una extraña luz a nuestra espalda.

Sin embargo, esa sensación no duró mucho. Al llegar a la zona de las taquillas, nos encontramos a una retraída Shanelle. Parecía más retraída que de costumbre, con la mirada perdida en Dios sabrá dónde, haciendo movimientos lentos y torpes.

—¡Hola, Shan! —la saludó Sindy, animada.

La respuesta de Shanelle fue extraña: primero se sobresaltó e hizo un gran estruendo metálico con la puerta, luego dio un paso atrás y por fin nos miró. En cuestión de segundos, tras vernos, se encontró sorprendida por su actitud asustadiza.

—Oh, chicas... —Suspiró con alivio y bajó la guardia—. Buenos días.

—¿Y eso? —Rowin puso los brazos en jarras y fingió estar indignada—. ¡Tan feas no estamos, Shan!

—Tú sí estás bien fea, Ro —bromeó su prima. María disimuló una risa traviesa y se escondió detrás de Aldana. Por supuesto, Rowin la descubrió y pareció más ofendida que antes.

—No estoy fea —se defendió la chica—. Hoy dos chicos me guiñaron el ojo, y Bellamir me dejó pasar antes que él.

—Yo digo que quería verte el trasero —soltó de pronto María, algo pensativa—. Puaj...

Mientras Rowin, Sindy y María seguían discutiendo sobre las dotes físicas de la adicta al chocolate, Aldana decidió sacar su lado preocupado y mostrar interés por Shanelle.

—¿Te encuentras bien? —le preguntó con la voz apacible y reconfortante que solo ella podría hacer.

—S-sí —obtuvo como respuesta. La voz de Shanelle se quebró al comienzo, como si tal pregunta jamás se la hubiesen hecho, pero la esperara con anhelo. Se aclaró la garganta y sonrió—. Un poco dolorida, creo que enfermaré.

—Ya casi es temporada de lluvias, será mejor que te abrigues bien.

Me mantuve callada y especulé si en las respuestas de Shanelle se encontraba la verdadera razón de su asustada actitud. Sabía, gracias a las grabaciones, que había sido acosada por esas dos chicas, que no había sido una sola vez, mas la misma Shanelle me había dicho que al juntarse con nosotras habían dejado de molestarla. ¿Y si estaba mintiendo? Actuaba peor que María después de romper sus lazos con Tracy.

Sé bien que todos se desenvuelven de manera diferente ante los hechos, que los cambios hay que asimilarlos, pero actuar peor que antes significaba una cosa: el acoso no había parado, sino que había aumentado.

Estuve pensando en ello durante todo el examen de Biología y la mitad del primer recreo. Me preocupaba de alguna manera por lo que Shanelle pasaba porque, pese a no conocerla bien y saber que era la ex de Rust, ambas no éramos tan distintas. Enamoradas de la misma persona, sin un padre, calladas, observadoras, envueltas en el peligro, involucradas en un mundo ajeno.

En efecto, mucho en común. La diferencia era que yo sí me atrevía a dar la cara, a poner a las personas en su lugar, a aullar cuando algo no me parecía bien; Shanelle, por el contrario, prefería callar.

Y lo hizo una vez más cuando, en la hora del almuerzo, se borró del mapa durante largos minutos. Al no aparecer, las chicas y yo nos preocupamos. La buscamos entre las mesas, observamos desde lejos a su grupo de amigos, en el pasillo, en el piso superior del comedor... Tuvimos que almorzar a una velocidad sónica para buscarla, preocupadas por su estado. Nos dividimos; algunas fueron a las aulas, otras a la enfermería, a la inspectoría y, por fin, a los baños. Allí fue donde Sindy la encontró.

María y yo oímos el audio de la expresidenta de los estudiantes pidiendo que nos dirigiéramos al baño del tercer piso.

Temimos lo peor.

Para cuando llegamos, las demás chicas ya estaban alrededor de Shanelle, observando su cara enrojecida, sus ojos vidriosos y su cabeza mojada. En el ambiente reinaba un silencio fúnebre que solo se rompió con mi pregunta.

—¿Qué le hicieron?

—Le tiraron café caliente en el rostro —me respondió Aldana, en un tono muy bajito.

Me acerqué y coloqué mis manos frías sobre su cara en un gesto compasivo para aliviar la quemadura.

—Esto ya no puede continuar —le dije a Shanelle—. Se lo contaré a...

—No lo hagas —me detuvo ella. Sus manos me apretaron las muñecas con fuerza en una muestra de determinación—. Él no debe saberlo. Se volverá loco, y es lo que menos conviene a estas alturas.

Entendí a qué se refería.

Si le contaba a Rust lo del acoso a Shanelle y quién era el que estaba detrás de esto, arremetería contra Claus nuevamente y desataría el caos sin medir las consecuencias. Y con la persona que mantenía a raya todo el tema muerta, él debía cuidar sus decisiones y movimientos.

Sindy, sin comprender bien a qué nos referíamos, suspiró profundamente y dijo:

—Bien, escuchen, el día del aniversario aprovechemos que nuestra participación en las actividades es nula. Buscaremos a las dos perras que están acosando a Shan y las emboscaremos en un aula...

—Espera, espera, espera —la frenó Rowin—. ¿Qué sala podemos usar? Todas estarán ocupadas. Mejor usemos el baño.

Sindy continuó:

—Las emboscamos en el baño y cerraremos la puerta para que nadie entre.

—Yo podría conseguir un cartel de esos que utiliza Johnny para el mantenimiento —se ofreció María con una tímida sonrisa en los labios.

—¿Quién es Johnny? —curioseó Aldana.

—El conserje.

Rowin, que de disimulada solo tenía la «i» de su nombre, emitió un abucheo que chapoteó por todo el baño y provocó que María pusiera mala cara.

—Creo que hay algo allí...

—Tiene cuarenta años.

—No hay edad para el amor —afirmó con ensoñación Sindy, mientras procuraba acomodar algunos mechones rebeldes del rostro de Shanelle.

—¿Lo dices porque salen con un exprofesor?

—Uh, ¡golpe bajo!

—No es el momento, chicas. —Mamá Aldana tuvo que restaurar el orden en el baño.

El ambiente pesimista y trágico se tornó en una bienvenida que pocos querían darle. Yo fui a mojarme las manos para enfriarlas dado que el calor en Shanelle ya las había entibiado. Sindy, por su parte, retomó el plan.

—Entonces... las emboscaremos en el baño, María se quedará fuera, pondrá el cartel para que no interrumpan, les preguntamos si Claus las envía y...

—No dudes más de él —intervine—. Sí las envía, está la evidencia en los videos. Punto.

—Debemos ser rápidas, a menos que queramos otra expulsión.

—¿Crees que ellas confesarán así tan fácil? ¿Que aceptarán su culpa a sabiendas de las consecuencias?

—Las malditas tendrán que ladrar por las buenas o por las malas.

Las amenazantes palabras de Sindy restauraron el silencio por un momento. Estábamos dudando sobre la confesión de ambas chicas.

—¿Hay algo con lo que podamos chantajearlas? —preguntó María—. Además de grabaciones que no tenemos.

Otro silencio.

Durante mi expulsión, me había propuesto enfrentarme a Claus y dejar las cosas claras, recriminarle la muerte de Jaho y el acoso de las dos chicas. Quería que sus labios admitieran sus actos, quería hundirlo y..., bueno, apaciguar un poco la culpa que me agobiaba por haberlo ayudado en su maligno acto.

Tuve que animarme a hacer una nueva propuesta.

—Yo puedo intentar lograr una confesión. Hablar con Claus, grabarlo mientras admite que envía a las chicas o algo. Estamos enfocándonos mal en todo esto. Sí, las chicas son las culpables por acosarla, pero, según lo que vi en las grabaciones, ellas son enviadas por Claus. Si él confiesa que envió a las dos chicas contra Shanelle, tenemos el trabajo resuelto. Lo grabo y lo denunciamos con el director.

Sindy dejó escapar el aire de sus pulmones en un desgaste casi eterno.

—El director no hará nada —dijo—. Mejor enseñemos la grabación el día del aniversario; la verán los padres. Si lo de la grabación no resulta, emboscamos a las dos malditas.

Dicho esto, todas estuvimos de acuerdo.

El mismo martes recorrí todo el colegio, con el celular de Aldana escondido y la aplicación para grabar la voz abierta, hasta hallar a Gilbertson, que estaba en el patio principal. Lo encontré rodeado de su grupo, sentado junto a la fuente que tiene la escultura de Vincent Sandberg.

No era una situación por la que me apeteciera pasar, porque no había que ser muy perspicaz para comprender que Gilbertson ya les había hablado de mí a sus burlones compañeros. Una vez me planté frente al sucesor de Monarquía, todos sus amigos captaron la mirada que él les lanzó.

—¿Podemos hablar?

La torcida sonrisa de Claus dejó entrever su puntiagudo colmillo derecho. Por cierto, no te he mencionado el parecido de Gilbertson con un vampiro, una analogía que para nada le sentaría mal. Él les hizo una seña a sus amigos, y estos se marcharon. Nos quedamos solos, con muchos estudiantes a metros de nosotros, preguntándose qué pasaba entre ambos.

—¡Miren quién está aquí! —dijo para los que ya se habían ido—: Nuestra nueva monarca. ¿Serás tú la chica que complemente mi reinado?

Caminé hacia Claus, quien estaba sentado como sobre su trono, con sus ambiciones logradas y su próximo deseo a punto de cumplirse, y es que verme llegar ante él debió serle más estimulante que cualquier mierda consumida en su asquerosa discoteca.

—Mataste a Jaho —lo acusé con la mandíbula apretada para evitar despotricar mi odio racional hacia él.

—Auch. —Se colocó de pie para inclinarse sobre mí. Cuando entre nuestros rostros apenas mediaba distancia alguna, dijo con mesura—: Linda, esa es una acusación muy seria.

Retrocedí. Ojalá no lo hubiera hecho, pues eso me hizo parecer blanda, pero era necesario para que su voz y la mía se oyeran en la grabación.

—Me dijiste una mentira con el fin de convencerme y asegurarte de que saldrías impune.

—¿Puedes afirmarlo?

—No; pero lo sé. Tú y yo lo sabemos muy bien.

—¿Saber qué? ¿Qué el sujeto tenía tendencia al suicidio? No. ¿Que mi padre lo echaría? Sí, pero ese será nuestro secreto. Tranquilízate, no diré nada.

Cuidó sus palabras, el muy astuto. Tuve que ir directo al punto.

—Me usaste para joder a los de Legión, ahora yo... Rust... Todos están expuestos, por un asesinato.

La sonrisa de Claus se anchó.

—¿Te sientes culpable? Yionne, tarde o temprano había de pasar. Ellos son una manada de lobos salvajes que no tienen autoridad ni control.

Me llené de odio, incapaz de concebir las palabras adecuadas. En el fondo, deseaba haber planeado alguna estrategia para conseguir su confesión y no actuar por el mero capricho de tenerlo hundido.

—¿Por qué asesinaste a Jaho?

—Yo no lo maté, él se suicidó.

—Eso es lo que quieren hacer creer, una coartada perfecta.

—¿Coartada perfecta? Eso no existe.

Me desvié de la confrontación mientras Claus regresaba a su lugar para sentarse y contemplarme desde abajo, y aun así seguir mirándome como si fuera el dueño del mundo.

—¿Y qué hay de las dos chicas que enviaste a por Shanelle?

—¿Quiénes?

—Fingir demencia no te librará de esta. Dos chicas, que resultan ser amigas tuyas, están acosando a Shanelle Eaton. Las vi hablar contigo luego de encontrar a Shanelle en el baño.

—Eso no prueba nada. ¿Por qué querría yo atacar a Eaton? No lo tengo permitido. Atacar a alguien del bando contrario sería romper el tratado que existe y comenzar una guerra.

Bien, estaba siendo sincero.

—Exacto; no puedes hacerlo tú, por eso enviaste a las dos chicas como tapadera. La evidencia de esto está en los videos.

—Supones demasiado.

Pero Claus seguía sin dar una confesión. Comencé a desesperarme.

—¿Por qué no puedes admitirlo? Hay evidencia que demuestra que esas dos chicas fueron contigo después de que atacaron a Shanelle en el baño. Admitir lo primero es complicado, pero esto es fácil. Tú estás mandando a dos chicas a acosar a Shanelle. Confiésalo.

—No puedo confesar algo de lo que no soy responsable. Pero ¿te digo algo? Me gusta. Que me veas como el malo de esta historia me anima a demostrarte lo contrario. Te daré un regalo por tu mérito.

Su sorna fue como una patada en el estómago. Repudié la mera expresión que se tallaba en mis pupilas y expresé mi odio total en mi venenosa respuesta.

—No necesito nada tuyo. De hecho, no quiero participar en nada que tenga que ver contigo.

Para mí esa fue una despedida. Me giré de regreso a las chicas hasta que Claus me alcanzó.

—¿Quieres una confesión? Te daré una: tú y yo somos como Bonnie y Clyde rumbo a la gran persecución de nuestras vidas.

45

Claus no iba a ceder y yo no estaba dispuesta a insistirle más. Tanto él como yo teníamos conocimiento de lo astuto que podía llegar a ser, de las manipulaciones viles que había cometido y de la mala situación en la que yo me encontraba. Pese a querer agarrarlo por el cuello, abrirle la boca y sacarle la verdad a gritos, seguí mi instinto. Si él pretendía que yo siguiera implorando por la verdad para elevar su percepción egocéntrica del mundo y glorificar su orgullo —y su hombría—, entonces le daría todo lo contrario. Asentí con lentitud, asumiendo una amarga derrota, y di media vuelta.

Como su juego consistía en tirar sin querer que yo aflojara, fingir que me marchaba significó, para él, soltar la cuerda. Ser quien gobernaba la situación le gustaba, no seguirle el juego debió de saberle a derrota. Me detuvo antes de que pudiera dar más de dos pasos.

—Tal vez, solo tal vez, puedo tener algo de información que te sirva de ayuda —dijo con voz melosa, de esas que guardan dobles intenciones. Iba a pedirme algo a cambio, la palabra «generosidad» para Gilbertson siempre conlleva una condición. Lo suyo siempre es «dar para tener».

—¿Qué es?

Esbozó una sonrisa llena de orgullo.

—Ya estás hablando mi idioma, cariño. Eso me gusta.

—Eres una persona simple y predecible. —Mis palabras contenían todo el veneno que me subía por la garganta.

—Y mientes sin ninguna clase de pudor —añadió fingiendo estar asombrado—. Otra cosa que tenemos en común.

Por supuesto, él no se negaría a aprovecharse y meter en medio de sus comentarios las insinuaciones que constantemente me hacía, como si lo de compararnos con una pareja de ladrones famosa no fuese suficiente.

—¿Puedes ir al grano? —supliqué.

Le gustó que sonara sumisa. Lo pedí como un ruego; no había ninguna clase de exigencia en mi pregunta.

Alzó las cejas en un gesto de aprobación.

—Quiero lo que no pudo pasar en la biblioteca —anunció. Abrí los labios dispuesta a zanjar cualquier petición que se relacionara con viajar: si algo bueno podía sacar de mi castigo, era poder excusarme en caso de que Claus me quisiera utilizar una vez más. Para sorpresa mía, lo que él se traía entre manos consistía en algo diferente—: No te pediré algo complejo —se adelantó en decir—. Lo que quiero es un beso.

Tal propuesta saliendo de la boca de otro me hubiera parecido una broma de mal gusto. Como venía de parte de Claus, entendí que iba en serio.

—Olvídalo. No estoy para peticiones infantiles...

—¿No quieres contribuir con la verdad? —curioseó—. A tu enamorado y su novia les convendría.

Un comentario hecho con malas intenciones, de lo contrario, el tono profundo con el que enfatizó la palabra «novia» habría sido emitido con la misma falsa condescendencia que las otras palabras.

En cualquier caso, llevaba razón: solo era un beso. Darlo no implicaba ningún esfuerzo. Podía conseguir la información, quedaría grabado y luego podríamos hacer que lo expulsaran de Sandberg por conspirar contra una estudiante. Simple, fácil. Hasta podríamos ensuciar su expediente estudiantil, exponerlo ante todos los que creen que es una persona genial. Sería, por primera vez, una forma de llevarle la ventaja.

Que me tomara mi tiempo para responder comenzaba a ponerlo inquieto. Se agitó entero, de pies a cabeza, e hizo un extraño movimiento con las manos para apremiar el asunto.

—Bien —accedí, una respuesta que debió de ponerlo a mil—. Pero no aquí, no quiero que piensen que entre tú y yo hay algo.

—Demasiado tarde.

Señaló a algunos estudiantes que nos miraban, expectantes a cualquier movimiento íntimo que se diera entre ambos, como si no tuviera suficiente con toda la mierda que planteó cuando publicó una foto mía en la biblioteca.

—No aquí —insistí.

Tomó mi mano para guiarme hacia uno de los pasillos. Yo, por supuesto, no dejé que siguiera tocándome. No tardamos en dar con un pasillo desierto y oscuro, en el que corría una brisa fría de las que te rodean y suben por tu cuerpo para provocar indeseables escalofríos. Uno de estos me recorrió en señal de advertencia y trajo a mi cabeza imágenes rápidas de un encuentro detestable. Me encontraba tendida en una cama, mirando un techo, después vi un rostro borroso que se aproximaba hacia mí... Y luego a Claus, la misma persona que tenía enfrente dispuesto a recibir un beso.

Me tensé.

«Es un beso, nada más. No te le echarás encima», intenté convencerme.

No obstante, por más que repitiera que un beso no podría causar nada raro, el recuerdo cayó sobre mí sin compasión y me recordó una vez más las razones por las que tanto odiaba a Claus.

—¿Entonces?

Él estaba ansioso.

—Cierra los ojos —le pedí con la voz tan temblorosa que me avergüenzo de ello ahora que lo escribo. El miedo que afrontaba cuando los retazos del 14 de noviembre venían a mí siempre me descomponían pese a procurar bloquearlos—. Y pon tus manos atrás.

Claus obedeció. El ritmo de aire tibio que expulsaba se aceleró en el instante en que percibió mi cercanía, aumentó su respiración y el que tragara saliva me demostró que estaba nervioso. Pensé que se veía vulnerable, normal dentro de los parámetros que dicha palabra conlleva. Di un paso más y se removió alzando las cejas a la vez. En silencio, coloqué las manos sobre sus hombros; tocarlo fue extraño, una de esas sensaciones que te abruman si haces o dices algo malo.

Continué acercándome y... cuando por fin quise consumar tan simple acto, no pude. Mi integridad valía más que un chantaje de su parte.

—Vete al diablo —farfullé justo frente a su nariz y me largué de ahí.

Regresé con las chicas sin resultados favorables y omití de manera magistral el chantaje de Claus. Preguntaron qué había sucedido, querían detalles e, incluso, que les enseñara la grabación, la cual ya había borrado para no dejar rastro de lo que había sucedido entre él y yo.

—De verdad no dijo nada relevante, lo negó todo. Se hizo el desentendido —me excusé tras entregar el celular prestado.

Todas parecieron creerme, a excepción de Aldana. A ella no podía mentirle, me descubría con solo mirarme. Por suerte, no dijo nada.

—¡Rayos! —exclamó Rowin—, ¿qué haremos ahora?

—Optar por el plan inicial: agarremos a esas perras acosadoras en el aniversario —respondió su prima más molesta que nunca.

—¿Por qué no lo hacen en la fiesta de Halloween? —propuso María—. También estaremos disfrazadas, nadie podrá sospechar nada.

—¿Y arruinar una fiesta? —espetó Sindy. Al darse cuenta de lo alterada que se encontraba, y lo que esto provocaba para su encrespado cabello, comenzó a peinarse con las manos—. No, si vamos a una fiesta lo hacemos para divertirnos. Y comer.

—¡Cierto, chicas! —apoyó Ro y golpeó con emoción el brazo de Aldana—. Hay que ir a la fiesta de Halloween, pasarla bien, olvidarnos un poco de este drama.

En cierta medida, teníamos que ordenar nuestras prioridades. Luego recordé que estaba castigada y sin celular.

—No creo que pueda ir a la fiesta.

—¿Por el castigo?

Mi respuesta fue un deprimente movimiento con la cabeza.

—Lo bueno de los castigos es que puedes evadirlos —dijo Aldana en un sugerente tono que gritaba «romper las reglas», lo que suscitó nuestro asombro—. Soy la única no castigada, salir sin ustedes será aburrido —explicó.

—¿Y tú qué dices, Shan?

La hija del cabecilla de Legión se mostraba retraída, como de costumbre, embelesada en su propio mundo de preocupaciones. Que se le incluyera en nuestra charla provocó en ella una reacción de incredulidad casi a destiempo.

—¿Vas a acompañarnos a la fiesta de Halloween?

—No, gracias.

—¡Oh, vamos! —Eaton dio un salto, asustada por el repentino grito de Sindy—. Lo siento, lo siento, no quería asustarte. Lo que trato de decir es que… asistir a una fiesta puede distraerte un poco de toda esta mierda. Y, sí, ¡ya sé que dije una palabrota! —Con esto último se dirigió a Rowin, que ya había abierto la boca para recriminarle—. Te cuidaremos bien.

El poder de convencimiento de la Morris siempre me pareció algo cuestionable, por no decir malo —si se trataba de algunas cosas—; pero logró funcionar en esta ocasión, pues Shanelle le respondió sacudiendo de arriba abajo sus hombros, lo que ya era un buen avance para el «sí».

A las once de la noche del sábado, salí por mi ventana hacia la libertad de una noche fría con las chicas. A media cuadra de donde se encuentra mi casa, un auto —cortesía de Aldana— me esperaba. Llegar a este no fue fácil, saltar desde mi ventana tampoco. Mi pie se acalambró por la caída y necesité reprimir el dolor y las maldiciones en silencio, porque si gritaba, llamaría la atención de mamá. Renqueé por la calle hasta dar con una alegre Rowin disfrazada de angelita que agitaba su brazo; la mitad de su torso salía por la ventana del auto.

—¡Yiooooonne! —gritó.

Desde el interior la hicieron callar para no alertar a mamá, como si ella tuviese una audición perfecta.

Me apoyé en la ventana para ver el interior. Fue curioso que yo estuviera del lado contrario a como ellas solían verme por las mañanas: siempre desde el exterior y yo desde dentro del coche.

Saludé.

—Qué buen disfraz, Yionne —canturreó Sindy de manera irónica. Yo no llevaba ningún disfraz, acordamos que ellas tendrían uno para mí en el auto y allí me cambiaría. Su comentario tenía todas las intenciones de fastidiarme.

—Ja, ja, muy graciosa. ¿Qué hay del tuyo?

—La niña Choco y yo decidimos traer disfraces de pareja —respondió y señaló a la otra Morris.

—Ya veo...

El disfraz de Sindy era el de un diablillo, con cuernos y cola.

—Seremos la voz de la conciencia de María y Aldana, para que, de una buena vez, estas dos se vuelvan locas. —La sonrisa de Rowin se ensanchó y reflejó en ella una muestra de sus más perversas intenciones. Ella posee más rasgos maléficos que su prima.

Junto a las gemelas, apretujadas en el asiento trasero, Aldana y María me hicieron señas en cuanto intercambiamos contacto visual. Ninguna de las dos llevaba puesto su disfraz, lo llevaban en sus mochilas.

—Vamos a tener que cambiarnos aquí —advirtió Aldana.

Me dio dolor estomacal pensar en el desastre que causaríamos dentro del auto y lo incómodo que sería todo. Piernas de un lado y otro, manotazos casuales, calor corporal asfixiante, más ponernos maquillaje con las manos temblorosas. Y en efecto, el viaje hacia la fiesta de disfraces fue exactamente lo que había supuesto. Todavía no logro entender cómo pudimos llegar sanas y salvas.

Bueno, supongo que fue porque ninguna de las cinco conducía.

Como era de esperar, la fiesta se celebraría en la enorme casa de uno de los estudiantes de Sandberg, donde gozaríamos de todas las comodidades que puedes conseguir en una noche alocada llena de adolescentes. Música, comida, juegos, competiciones y algunos suplementos ilegales formaban parte de la diversión que esa noche tenían los hijos de millonarios, ansiosos del libertinaje que suponía una vida adulta y sin restricciones parentales.

La casa de estilo minimalista se encontraba en las alturas de Los Ángeles, en la zona millonaria, con un balcón que poseía la vista perfecta hacia las luces nocturnas de la ciudad, donde podías bajar por una escalera hacia la piscina ocupada por algunos atrevidos de piel resistente al frío otoño. En el piso que nos encontrábamos, había una sala donde la mayoría bailaba con tragos y bebidas caras en sus manos que cogían de los camareros que pasaban con bandejas. En otra habitación podías coger comida o algún aperitivo, aunque no era muy frecuente, pues con las drogas que la mayoría se echaba encima el apetito lo perdían.

Por un momento, me dejé llevar por el entorno y perdí la noción del tiempo y del espacio. Las luces de la habitación se movían de un lado a otro, como en una pesadilla epiléptica. Sentí que flotaba, que una nube de humo me llevaba, que ya no tenía cuerpo. Una sensación que ya me era familiar.

Un comentario de María, la Caperucita Roja moderna, me trajo de regreso a la Tierra.

—Parece que luego elegirán el mejor disfraz —le dijo a Sindy, que estaba distraída—. ¿Qué ocurre?

—Estoy buscando a Shan —respondió—. Dijo que vendría.

—Es obvio que lo dijo para que no insistieras —arguyó Rowin en una tonada pesada que obtuvo como respuesta un puchero de su prima—. Ella no parecía muy entusiasmada con la fiesta.

Aldana también parecía distraída, miraba de un lado a otro y se apoyaba en las puntas de sus enormes botas de tacón alto, que le daban la ventaja de mirar por encima de las cabezas. Me pregunté si era consciente de lo atractiva que se veía en su disfraz de Cruella de Vil. Ella, que la mayoría del tiempo se mantenía en la línea de la normalidad, acaparó más de alguna mirada. Su altura, la postura de su espalda, la complexión de su cuerpo y la mirada seria la convertían en la Cruella de Vil perfecta. Se había recogido su cabello castaño en un moño y se había puesto una peluca lisa con raya en medio, mitad blanca y mitad negra, que realzaba sus facciones. Los labios rojos oscuro y el lunar sobre su labio, justo en el costado izquierdo, realzaban perfectamente su piel aceitunada. Los ojos oscuros, caídos y fríos como nunca se los vi, le daban ese toque maléfico que el famoso personaje poseía. Y su abrigo... La Cruella perfecta por fin había logrado su cometido. Aunque, claro, Aldana prefería la piel sintética.

Caminé hacia ella y me acerqué para que me oyera.

—¿Buscas a tu pastelito?

Mi insinuación le provocó una sonrisa tímida. Había dado en el clavo; ella buscaba a Brendon, el mejor amigo de Rust.

—¿Por qué no buscas al tuyo? —preguntó.

—Por cómo andan las cosas, dudo que pueda venir.

Aunque me apetecía encontrarme a Rust y ver de qué podría estar disfrazado, sabía que, incluso sin el problema con las bandas, él no hubiera perdido el tiempo en buscar algún disfraz. Con lo arrogante y dominante que es su personalidad, habría llegado con ropa normal, sin ocultarse.

Suspiré al concluir que no valía la pena pensar demasiado.

—¡Bueno, chicas, vamos a bailar!

La mano de la animosa Rowin me tomó por el brazo hasta llevarme al centro de la sala mientras esquivábamos a unas cuantas personas que se inducían en las profundidades del estimulante ritmo musical. Nos reunimos en un círculo para bailar entre nosotras, aunque, poco a poco, fueron sacándonos a bailar. Al final de una de las canciones, las únicas sin bailar con alguien del sexo opuesto éramos Aldana y yo, así que decidimos salir a tomar algo.

No sé qué tiene la noche que hace mejor las cosas, por mínimas que sean; me lo pregunté cuando un simple cóctel de sandía y vodka me supo mucho más delicioso.

—Supongo que estar aquí ayuda —expuso Aldana. Su cuerpo señalaba hacia la ciudad—. La vista y este lugar hacen el conjunto perfecto para que, sea lo que sea que tomes o comas, sepan geniales.

—Sí... Se siente bien.

Por mucha música y gritos eufóricos que hubiese alrededor, estar en el balcón, cubiertas por el manto oscuro llamado noche, me traía cierta paz. Me sentí tranquila, tan llena que no hacía falta decir nada. Por un instante, pude olvidarme de todos mis problemas y los que yo misma ocasionaba. Por un momento, solo fui Yionne O'Haggan.

Pero fue eso: un instante.

La aparición de un perro dálmata volcó mi corazón con violencia, tanto así que emití un pequeño grito que alertó a mi amiga. Aldana se giró con rapidez para saber qué ocurría, pero luego se echó a reír. La persona disfrazada aún no decía nada, no hizo falta, pues ella sabía de quién se trataba. Extendió sus brazos hacia la enorme cabeza del perro y la quitó para enseñar el rostro de un acalorado Brendon.

—Hola —saludó él con timidez. Esbozó una sonrisa que intentó ocultar sin resultados.

—No pensé que lo harías en serio. —Aldana le devolvió la cabeza y luego llevó una mano hacia el cabello del chico para despeinarlo—. Te lo has ganado.

Brendon hizo un gesto de victoria.

—¿Ganarse qué? —curioseé. Aldana me lo explicó:

—Le dije que si venía con el peor disfraz de dálmata, bailaría con él. Y, como ves, ha cumplido.

«Malvada», pensé. Brendon ya estaba colgado de ella y, pidiese lo que pidiese, él lo cumpliría, aunque esto no hiciera falta porque a Aldana también le gustaba. Por eso, su petición solo era una muestra de la parte más oscura y retorcida de su corazón.

—Nos vemos en un rato —dijo Aldana tras apurar su bebida de un trago. Tomó la mano de Brendon y, juntos, se adentraron a la casa. Lo último que recuerdo de ellos en esa fiesta fue verlos bailando como si fuesen uno.

Verlos juntos sirvió para darme cuenta de lo sola que estaba. Simplemente, en un balcón lleno de personas disfrazadas que gozaban de la noche, estábamos mi trago y yo. Pensé en sacar a alguien a bailar o buscar a las chicas, pero preferí volverme hacia la ciudad y quedarme allí, siendo un bulto más de esta pasajera existencia hasta que mi trago se acabara. Cuando eso pasó, decidí ir a por más al bar, pero en el camino alguien me retuvo del brazo.

Al contrario de los disfraces que muchos de los presentes llevaban, frente a mí había uno de los mejores que había visto hasta el momento. Me recordó en cierta medida a Erik de *El fantasma de la ópera* por su máscara, aunque esta era completa y poseía relieves que se ajustaban a la fisonomía del rostro. Bajo la máscara, una tela negra y suave cubría el rostro y cuello, lo que bajo las luces impedía ver con detalle quién estaba detrás. La mitad del cuello y de los hombros estaban cubiertos por una manta negra arrugada, que se hacía poco visible gracias a la capucha de una capa negra y larga que cubría hasta los tobillos. Una vestimenta opuesta a la mía, ya que me había disfrazado de Sombrerero Loco en versión femenina.

Tras salir del asombro, intenté zafarme de quien me había agarrado, sin éxito. De pronto, la intervención se convirtió en un toque suave que se deslizó hasta mi mano. Fue sutil y amable, como la petición silenciosa de un caballero antiguo para salir a bailar. Supuse que si Brendon había asistido a la fiesta también lo había hecho Rust.

—¿Eres tú?

Con movimientos pulcros me hizo un gesto para que guardara silencio colocando el índice sobre los labios de su máscara. Asentí en respuesta, lo que motivó nuevos movimientos que me guiaron de regreso al sitio del baile. Allí nos apropiamos de nuestro espacio.

Un lento sonó. Denso y rítmico, de esos que te hacen moverte por instinto. Rodeé su cuello con mis brazos y él tomó mi cintura para acercarme más a su cuerpo. La capa que traía encima se abrió para darme resguardo y envolver mis hombros. Me acerqué a su oído para hablarle.

—¿Qué haces aquí? Este no es tu tipo de fiesta, mucho menos de disfraz. Y venir aquí, en tu situación...

Volvió a pedirme que guardara silencio. Como regaño le di un golpe en la máscara.

—Obstinado.

Sacudió los hombros.

—No importa, me alegra que estés aquí, ya empezaba a sentirme un poco sola. —Su respuesta fue acariciar la curva de mi cintura—. Por cierto, Brendon y Aldana estaban bailando muy juntitos. Creo que van a salir. Ya era hora, ¿no crees?

Asintió.

Seguimos el ritmo de un lado a otro, más alejados que antes, pero con las palmas de nuestras manos pegadas y los dedos entrelazados. Él apoyó su frente en la mía y percibí el frío de la máscara. La punta de su nariz acarició mi mejilla e hizo círculos en esta. Entonces buscó mis labios y, pese a ser solo una máscara fría, lo besé justo en la zona de los labios. Fue corto e inocente, un juego que lo motivó a ir más lejos. Soltó mis manos para bajar la capucha y se quitó la máscara. Sus rasgos faciales todavía no resultaban visibles, apenas podía ver los detalles de su nariz y de sus labios, o el cabello que tanto me gustaba tocarle. Todo estaba cubierto por la tela negra que ocultaba su cabeza. Aun así, decidí seguirle el juego y besar sus labios. Un toque simple, una caricia tierna.

Sonreí cuando sentí que su mano me acariciaba la mejilla y luego me pedía que cerrara los ojos. Accedí. Pasaron unos segundos en los que la tela negra dejó de ocultarle los labios. Antes de poder ver más detalladamente, tenía sus manos en mi cintura otra vez y mi pecho contra su torso. Me atrajo con salvajismo y deseo sin reprimir más el propósito que se había planteado. Se inclinó hacia mí, ladeó la cabeza y me besó.

Ese momento habría sido mágico de no ser porque aquella persona no era Rust. Lo supe por su forma de besar.

Reuní la fuerza suficiente para empujarlo. Con sus torpes movimientos para recuperar el equilibrio golpeó a unos cuantos de los que también bailaban. No le importó mucho, él lucía feliz cuando se quitó por completo la tela negra y reveló quién era.

El infame Claus Gilbertson se carcajeó en medio de una disculpa para los demás. Por mi parte, me limpié los labios y salí de la prisión de carne y hueso que representaban tantas personas aglomeradas bailando.

—¡Cariño! —me llamó Claus. Ignorarlo fue en vano, él me retuvo—. Tienes pendiente algo.

—No tengo pendiente nada contigo.

Podría haberle escupido bilis en la cara. Decidí seguir caminando sin un rumbo fijo, solo quería escapar de él.

—Claro que sí —apeló con razón—. Si tú me besabas, yo te daba la información que sé, ¿recuerdas?

—No me interesa.

Avanzó unos pasos para interponerse en mi camino.

—Ah, ¿no? Pero si tenías razón. Yo organicé lo del perro legionario y lo de Eaton. Yo soy el responsable.

Eso era una confesión, la que necesitaba para culparlo por lo de Shanelle y las chicas. Pero, carajo, sin la grabación no tendríamos cómo probarlo.

Qué oportuno de su parte.

46

Primer día del aniversario.

Vestirme como originaria de México tenía emocionada a mamá. El tema del maquillaje y acomodarme el traje por poco le hace olvidar el terrible hecho de unos días antes, cuando me pilló entrando por la ventana después de la fiesta de Halloween. Berty y Crush me habían delatado.

—Déjame tomarte otra foto —me decía una y otra vez. No llevaba la cuenta de cuántas me había sacado ya, en todas las posturas y expresiones. Estaba más entusiasmada que yo—. Ahora una con los gatos.

Como estaba castigada, me limité a obedecer sin chistar.

Antes de salir, me miré una última vez en el espejo. No estaba acostumbrada a verme con colores tan vivos ni a llevar mi cabello recogido, pero me gustaba ponerle algo de vida a tan deprimente día. Debí tener extremo cuidado con mi falda, que me llegaba hasta los tobillos y poseía un pliegue natural en su caída. Era roja, con decoraciones florales que combinaban perfectamente con la blusa blanca de mangas holgadas. Los colores que más destacaban eran el blanco, el verde y el rojo.

Al llegar a Sandberg, comprobé mis sospechas: el lugar era un desastre total. Todos corrían de un lado a otro, metidos en sus propios problemas, absortos en sus asuntos sin importarles los demás. No había solidaridad, exceptuando algunos pocos. A las chicas, tan enorme caos —que amenazaba con convertirse en algún tipo de guerra estudiantil— les vino a la perfección. Con tantas personas distraídas, la emboscada sería sencilla.

Pero primero lo primero: hacer acto de presencia en la actividad del curso. En pocas palabras, y como María lo llamó, conseguir nuestra coartada.

Al llegar al aula, tuvimos la dicha de que algunos de nuestros compañeros habían arreglado las mesas como si se tratara de un restaurante; había una decoración pintoresca en las paredes. Todo relacionado con los países. La actividad escolar era, en sí, una demostración sobre los países: las personas se sentaban en una mesa correspondiente a un país para degustar algún aperitivo simple mientras los estudiantes, representantes de dicho país, les informaban sobre su cultura e información relevante.

Mi compañero, León, se encontraba en la mesa de México, junto a las enormes ventanas que dejaban ver el exterior. Se encontraba solo, con un humor que consideré, dentro de mi perspectiva, malo. Jamás habíamos hablado, ni siquiera para informarle del cambio de pareja, pues fue Shanelle quien se encargó de todo eso.

Actué de manera tímida al caminar hacia él. Apenas me miró por debajo de ese enorme sombrero de charro, supuse que nuestro encuentro sería tortuoso.

—Hola.

—Buenos días —me respondió más cortante que un cuchillo de cocinero.

Hubo un silencio que se limitó a nuestra mesa, porque los demás chicos estaban bastante cómodos. Necesité romperlo:

—Oye, gracias por prestarme la ropa.

León me miró de pies a cabeza. Su traje de gamuza negro le sentaba bastante bien y la corbata blanca de lazo, que caía desde su cuello como una cascada, le daba un aspecto formal.

—No fue nada.

Otra vez habló con seriedad.

En resumen, fue un momento incómodo. De no ser porque nuestra mesa era bastante concurrida, habría sido una mañana muy cargante.

Yo no fui la única así. Shanelle Eaton, en su traje típico de Corea del Sur, también parecía más aburrida que un chicle en la pared. Rust no había llegado a hacerle compañía y, aunque me intrigaba saber los motivos, preferí acercarme a matar el tiempo con charlas triviales hasta que llegó la hora del almuerzo.

—¿Estamos listas? —dijo Rowin, ansiosa.

—¿Por qué lo dices como si fuera una carrera? —recriminó Aldana.

—Porque esto es como una carrera contra unas malditas abusadoras. Y contra el tiempo. Recuerden: hay que hacerlas hablar antes de que termine la hora del almuerzo.

—Shan —llamó Sindy—, ¿estás lista?

—Ya no sé si esto es buena idea...

María la detuvo.

—¿Quieres seguir sufriendo el acoso de esas chicas? —Shanelle trató de excusarse, pero la interrumpió—. No puedes dejar que te sigan pisoteando. Eso no está bien. Quizá crees que tienes la culpa, que lo hacen por un motivo justo, pero no es así. Shan, eres demasiado genial para dejar que otros te opaquen.

María dijo algo similar a lo que le habíamos dicho a ella. Fue lindo saber que esas palabras habían calado hondo y que ahora podía decírselas a alguien más.

—Está bien, chicas..., pero sea cual sea el motivo por el que están haciendo esto, mantengan el secreto.

Aldana y yo sabíamos a qué se refería con eso. De igual forma, cuando Shanelle insistió, le prometimos que no diríamos nada.

La emboscada se llevaría a cabo en uno de los baños, como acordamos. Shanelle sería el cebo y provocaría a las chicas para atraerlas allí; una vez dentro, se toparían con nosotras. El interrogatorio sería a puerta cerrada. María nos advertiría de cualquier suceso en el exterior: tres toques significaban que termináramos con el asunto. Las primas Morris se encargarían de la intimidación, Aldana grabaría y yo sería algo así como el apoyo y el respaldo de Shanelle.

Como verás, todo planeado.

Ojalá nos hubiéramos organizado así de bien para hacer algún trabajo...

Bajamos al primer piso y corrimos lo más pronto posible al baño que utilizaríamos. Sacar a las personas con la excusa de que lo necesitábamos para cambiarnos para un supuesto espectáculo..., bueno, esa parte fue algo complicada. La mayoría de las chicas que usaban el baño se tomaron su tiempo para arreglarse y salir a lucirse en los pasillos de un colegio que sobrevive de las apariencias. Además, muchas preguntaron de qué se trataba y se extrañaron, pues todas ya vestíamos como para un museo sobre países. En fin, la emboscada desde su comienzo no fue fácil.

Ya con el baño para nosotras, Shanelle se marchó para atraer a las dos chicas. Esperamos y esperamos su regreso, nos mordíamos las uñas anhelando que el plan resultara, que las chicas fuesen lo suficientemente crédulas como para caer en algo tan absurdo como un insulto.

—Ya no resultó. —María bufó tras su desanimado comentario.

—Les dije que lo mejor era agarrarlas del cabello y arrastrarlas a un aula —farfulló Sindy, corroída por la rabia. Parecía un gato erizado.

—Lo mejor era decirles que Claus las buscaba, guiarlas hasta aquí y encararlas —comentó Aldana, la voz razonable de todo este asunto.

Ah, sí, les conté a las chicas lo que ocurrió en la fiesta de Halloween. Me aseguré de hacerlo de tal forma que jamás me emparejaran con Claus de nuevo y que ellas comprendieran la clase de persona que escondía: un cínico y manipulador.

—Ese plan parece perfecto. —Una impresionada Rowin tenía la boca abierta—. ¡¿Por qué no nos lo dijiste antes?!

Lejos de inmutarse por el regaño que su amiga, Aldana solo se cruzó de brazos.

—Porque no estoy de acuerdo con esto. Lo de emboscar a las dos chicas es una situación que nos traerá más problemas.

—Por eso debemos asegurarnos de que no hablarán. —Sindy le brindó una sonrisa siniestra.

Shanelle golpeó la puerta dos veces, lo que significaba que venían las dos chicas detrás de ella. María abrió la puerta, la dejó entrar y ella salió. Cuando las dos chicas entraron, Rowin, que estaba detrás de la puerta del baño, la cerró de golpe. La tensión podía sentirse como electricidad en el aire. Para disimular, una de las chicas se dirigió a un cubículo, pero Sindy se interpuso en su camino.

—¿Vas a esconderte? —La chica formó una mueca, como si supiera a qué se refería—. No te hagas la tonta... —bramó. Luego, con la misma expresión suspicaz se dirigió a la otra chica—. Sabemos que están aquí para intimidar a Shanelle.

Se miraron y sonrieron con incredulidad.

—¿A quién?

—¿Es que este lindo rostro no te suena? —intervino Rowin—. Hace unos días lo metiste... ¡en el retrete!

Miré a Aldana, quien me devolvió una mirada preocupada tras el celular. Ya estaba grabando todo lo que se decía en aquel baño, pero sin contexto, éramos nosotras las que parecíamos las acosadoras. Para evitar malentendidos, di un paso y tomé la palabra.

—Gracias a las cámaras, sabemos que acosan a Shanelle. Le han tirado café y escrito mensajes amenazantes, entre otras cosas. No tienen ningún hecho a su favor.

—Entonces, ¿por qué ella está grabando?

Ambas chicas ya habían adoptado un semblante lleno de pedantería.

—No tienen nada con qué probar que fuimos nosotras, ¿verdad? Claaaro, acosan a vuestra amiga y quieren culpar a las primeras chicas que se les cruzan por delante.

—¿Estás segura de que no reconoces esta cara? —Señalé a Shanelle.

La que estaba más cerca de la puerta caminó hacia Shanelle, se posicionó frente a ella, cerca, respirando frente a su nariz. La quería intimidar y lo consiguió. Shanelle retrocedió y trató de ocultar la cabeza entre sus hombros.

—No.

Tiré de Shanelle y la puse a mi espalda.

—Perra mentirosa —gruñó Sindy.

Mala idea. La chica junto a ella se molestó y la empujó, lo que, como supondrás, desató una pelea. Chillidos, gemidos, maldiciones e improperios, todo se alzaba dentro del baño. Por un momento solo vi una mezcla de cabellos: la melena rizada de Sindy, el cabello lacio de Rowin y el pelo alborotado de las otras chicas. Más de un manotazo me llegó al intentar separarlas. Aldana también salió lastimada, con un rasguño en el brazo.

—¡¡¡Ya basta!!!

Fue un grito enérgico, de esos que sientes que te desgarran la garganta. Fue una orden seca, potente y terrorífica como ninguna otra.

No venía de ninguna de las chicas que peleaban, tampoco de Aldana o de mí. Provenía de Shanelle Eaton. Su voz, que siempre era casi inaudible, suave y relajada, se había vuelto una especie de arma que nos amenazó hasta el punto de temerla. Nos dejó en silencio y detuvo la pelea.

La tensión en el ambiente se transformó en algo punzante que se afiló más cuando Shanelle decidió encarar ella misma a las dos chicas.

—Sé que son ustedes, dejen de intentar encubrir a Claus Gilbertson —les dijo. Su perfil cabizbajo señalaba directamente a los ojos de las chicas. Su mirada intimidante me recordó a la de Siniester—. ¿Por qué lo hacen? ¿Qué ganarán con todo esto?

—Eso no es de tu incumbencia...

—Claro que sí. ¡Me lo están haciendo a mí! —recriminó entre dientes, una contención insana del desborde de su paciencia—. Las vi, sé perfectamente que las mandó Claus. No tienen que ocultarlo más, están jodidas. O lo estarán. Si no hablan, tomaré medidas en todo esto.

Una de las chicas trató de reír.

—¿Vas a acusarnos ante tus padres muertos?

Un comentario cruel, en el que seguro Gilbertson tenía algo que ver. Yo no dudé ni por un instante que él les había contado cosas sobre Shanelle para hacerla sentir mal.

Shanelle sonrió. Su mueca torcida emitió una carcajada irónica.

—Para nada —rebatió con voz melosa—. A lo que me refiero es mucho, pero mucho peor.

—Tu exnovio no nos da miedo —expuso la otra chica, remarcando el hecho de que Eaton ya no estaba con Rust. Pero solo obtuvo una carcajada terrorífica.

—No me refiero a Siniester. Si existe un motivo por el que Claus las mandó a acosarme es porque él también lo teme. Así que pueden elegir: admiten que Claus las envió a intimidarme o esperen mi respuesta, porque ya no voy a tener piedad.

Hubo un silencio profundo y eterno. Así debía de ser uno de los siete círculos del infierno. Las chicas se miraron.

—Bien... Vamos a confesar.

Y lo hicieron. Con nombres y apellidos, ambas chicas hicieron una declaración grabada y dijeron que Claus Gilbertson las había mandado a acosar a Shanelle a cambio de beneficios en el Polarize.

Salimos del baño victoriosas, aunque con cierto peso sobre nuestros hombros.

47

Las familias ideales no existen. En la televisión y en las revistas de cotilleos, se encargan de promocionar familias idílicas que posan frente a una cámara en la sala de estar con amplias sonrisas. Se esfuerzan en aparentar para que los crédulos compren sus penosos libros con consejos sobre cómo sobrellevar alguna crisis familiar o sus desgarradoras pero muy inspiradoras historias de supervivencia, como si formar una familia fuese un juego y solo necesitaras hacer un tutorial para que fuera perfecta. Pero no. Nada ni nadie puede ayudarte o decirte cómo ser la madre perfecta, el esposo ideal o el hijo intachable. Ni siquiera el más experimentado consejero. Mi familia no era ideal, mucho menos la mejor. Mis padres a veces se enojaban durante días. Incluso, unos años antes de casarse, estuvieron más de un año enfadados.

—Tu madre y yo nos enojamos por una tontería y terminamos —me explicó papá—. Estuvimos un año y algunos meses separados, hicimos nuestras vidas aparte. Terminé mi carrera y entré a trabajar; ella participó activamente en algunas obras teatrales.

—O sea, que tuvieron familias con otras personas. —La Yionne pequeña no lo entendía del todo.

Recuerdo que hizo un movimiento con su cabeza. Sus ojos miraron hacia arriba, como a un punto invisible en el cielo.

—Quizá tuve algunos romances pasajeros por ahí...

—¿Y ella?

Su respuesta fue extraña, no la entendí de niña. No, más bien, no me percaté de lo que intentó hacer. Cambió de tema, preguntó una cosa sin sentido y luego me evitó. Pensé que era un acto natural, no me di cuenta de que actuaba extraño, pero ahora que soy consciente de todo, lo entiendo.

Yo no sabía que vivía en una familia «feliz». Si bien, hasta ese momento, mi familia no podría describirse como ideal o de catálogo, pues nada más éramos mamá y yo, era una familia estable. Ahora, lo que queda de nuestra relación, solo es una sombra triste de lo que fue y pudo ser.

Lo que «pudo ser» quedó ejemplificado durante el segundo día del aniversario.

El autobús del colegio pasó a recogerme más temprano de lo habitual dado a que las lluvias tenían un desastre en la ciudad y el tránsito se congestionó más que mi nariz en un resfriado.

Era miércoles, un día que en principio debía ser tranquilo; ya no reinaba el caos de la jornada anterior y la mayoría sabía cómo actuar ante las situaciones de catástrofes. Además, el peso de tener que encerrarme en el baño con dos chicas acosadoras había quedado para la historia, con la declaración de ambas en la oficina del director.

Me dirigí al campus de arte para devolver un par de cosas que pedimos prestadas, nada importante, solo una caja que me mantuvo con las manos ocupadas durante minutos. Cruzaba el secundario hacia un largo pasillo cuando me encontré con una especie de espectro de larga melena rubia.

Era Tracy.

Encontrarme con la hermana de Rust no era excepcional, sino algo cotidiano. Lo extraño fue que estaba sola. Se encontraba sentada en el suelo, apoyada en una pared, con la espalda encorvada, su largo cabello cayendo por sus hombros y el semblante sombrío. Al acercarme, percibí sus sollozos, que trató de contener en vano cuando me oyó llegar. El semblante altanero que me tocaba ver todos los días se había perdido.

Detenerme o pasar de largo.

Mis pensamientos entraron en un debate que enseguida obtuvo como vencedora la primera opción. Tracy podía ser una niña caprichosa a la que no le gustaba relacionarse con los becados, pero trataba con personas peores, ¿verdad?

Avancé con cautela y, a una distancia prudente, me aclaré la garganta para llamar su atención. Con rapidez, secó sus lágrimas y se limpió la nariz con un deprimente trozo de papel higiénico.

—¿Te encuentras bien?

Se volvió para ocultar su rostro de mí.

—Sí, lárgate.

—¿Puedes dejar de ser una maldita por un segundo?

—No necesito que finjas compasión solo porque tienes algo con mi hermano.

—Ni yo que me lo recalques. Y, no, no estoy fingiendo. De verdad, intento ser amable. ¿Puedes serlo tú conmigo?

Se lamió los labios y volvió a limpiarse la nariz. Tras un largo y hondo suspiro, colocó un mechón de cabello detrás de su oreja y giró la cabeza hacia mí. No me miró, era demasiado orgullosa para hacerlo. Pareció dispuesta a contarme qué sucedía. Con la cabeza erguida y los hombros rectos, se puso de pie, se acomodó la ropa y me sonrió con cinismo.

—Buen intento —dijo.

Tomó lo que quedaba de su orgullo y caminó con garbo junto a mí, como si nada hubiera pasado.

Ella y Rust tenían muchas cosas en común, el orgullo era una de ellas y contra eso mucho no podía hacer.

La razón por la cual la inquebrantable y siempre digna Tracy lloraba, en ausencia de su mejor amiga, la supe cuando regresé a la sala de clases.

Como el día anterior, nuestra sala era bastante concurrida. El aroma a café parecía atraer a más de algún interesado en resguardarse de la lluvia. Se sentaban en las mesas para degustar un rico café caliente o simplemente para charlar. Gracias a esto el ambiente era bastante relajado, aunque los murmullos se alzaban por encima la lluvia que golpeaba las ventanas.

Hablé con dos chicas sobre México que nos habían obligado a cantar, pero como cantante tengo cero talento, así que terminé por hacer una especie de escena cómica que logró animar a mi compañero. ¡Sí!, por fin León había dejado de mirarme con ganas de darme un empujón. Las risas de él y las de las dos chicas activaron una charla fluida que empezó por el país y se alargó a temas triviales como el clima.

Fue entonces cuando apareció Sharick, la media hermana de Rust. Parecía un ángel. Su cabello rubio, ondulado y largo le daba un aspecto celestial que la envolvía. Su atractivo siempre me había causado envidia; los rasgos y la sonrisa fácil que posee provoca ese raro e inconsciente movimiento que te obliga a darte la vuelta para mirarla. A primera vista, su porte podría ajustarse al de una modelo de talla mundial; de segunda, a una chica sencilla con la que te gustaría pasar el resto de tu vida. Vestía un abrigo rojo y una boina francesa del mismo color, lo cual resaltaba su piel pálida. Sus ojos azules destellaban una chispa vibrante que enternecía su rostro de joven-adulta. Los labios pintados de un rosado pálido le sentaban de maravilla. A pesar de su trágica niñez, había sido bien criada.

Tengo que confesar, además, que es una chica estupenda con la cual llegué a congeniar bastante bien en las otras líneas.

—Vamos, Jax... —gritó hacia el pasillo justo antes de entrar a nuestra sala—. Apura ese paso.

Yo me quedé estática durante tanto tiempo que León tuvo que preguntarme si me encontraba bien.

—S-sí, estoy bien.

No lo estaba, en realidad no esperaba que Sharick viniera acompañada de Jax Wilson.

Una comezón interna me invadió. Estaba algo nerviosa y no tenía la menor idea de los motivos. Recordé la conversación que había mantenido con Rust, su confesión de que su padre amaba a mamá y luego me pregunté si me reconocería.

—¿De verdad estás bien? —insistió León, mirándome por encima de su hombro. Oh, cielos, sin darme cuenta me estaba ocultando detrás de él.

Me acomodé en mi lugar, pero con una intención diferente a la de mis compañeros. Agucé el oído. Sharick se había resignado y ella misma fue a apresurar a su padre.

—No me digas que los años ya te están afectando —lo escuché decir en tono socarrón cuando entraron juntos.

—Sigo siendo una máquina —se defendió él.

—Se nota... ¿Estará Rust por aquí?

Retrocedí un paso para ocultarme tras León, pero fue en vano. Tener el cabello rojo natural claramente no me favoreció, porque en cuanto ambos comenzaron una rápida búsqueda de Rust, los ojos azules de su padre dieron conmigo. Saludé con una sonrisa y él me devolvió el gesto. Fui una privilegiada —o algo así—, pues todos tenían los ojos puestos en él y... yo lo conocía.

Creí que moriría de vergüenza. Pude ver a mis amigas chillar de la emoción desde el otro lado de la sala.

—Hola —me volvió a saludar. Su voz de adulto raspó su garganta con aspereza, como si tuviera un resfriado. Miré a Sharick—. Ella es la hermana de Rust, Sharick.

Eso ya lo sabía. No corrí con tan cordial presentación la primera vez, pues supe de Sharick por Rust y su modo «odio-a-mi-media-hermana-porque-papá-la-quiere- más».

—Soy Yionne.

—Ella es la hija de Murph —añadió su padre.

—Noooo, ¡¿en serio?! —exclamó Sharick. En un gesto de sorpresa, se cubrió la boca—. ¡Con razón el parecido! ¿Y cómo está ella?

—Ah, súper... —Supuse que decirle que en cualquier momento mamá me llegaría echaría a perder la sorpresa. Para salir rápido de mi situación, decidí ir al grano—: ¿Están buscando a Rust?

Ambos respondieron al unísono que sí. La coordinación entre los dos me recordó a la que teníamos papá y yo. Su relación rezumaba naturalidad y confianza junto a una complicidad que envidié.

—No ha venido. Es el aniversario, no hay clases; seguro está viendo series en casa de algún amigo.

—Vaya... Y yo que esperaba verlo de traje y arregladito —protestó Sharick con un gesto de contrariedad.

—Quizá llegue más tarde. —No podía desanimarlos—. Pueden esperarlo, si quieren, y de paso se toman un café.

Aceptaron y se dirigieron hacia la mesa de Italia. Yo volví con León y sentí que una bola de masa crecía en mi pecho para luego bajar a mi estómago. Miré hacia la mesa de Corea del Sur para preguntarle a Shanelle sobre Rust, pero ella no estaba, solo vi a un grupo de amigos que había aprovechado el momento para pasarlo bien.

La había visto en la mañana. Estaba más callada de lo habitual, pero después de lo ocurrido el día anterior, ninguna de nosotras quiso presionarla. Decidimos darle su espacio, pero..., ¿marcharse? No le di mucha importancia.

Mejor dicho, no pude.

Si de cabelleras que llaman la atención se habla, la de mamá no puede faltar. Su estrafalaria forma de vestir y su cabello voluminoso y rizado me ayudaron dar con ella en un recorrido rápido que hice por la sala. Se asomó por el marco de la puerta de una forma cómica y me saludó con entusiasmo al verme.

No me tomó demasiado tiempo recibirla con un abrazo en la entrada.

—Mi Onne, estás más linda que ayer —dijo.

Parecía muy animada y más amorosa, tuve que aprovechar el momento.

—¿Onne? —pregunté— ¿Ya no estás molesta conmigo, mami?

Se separó de mí y me golpeó la nariz.

—No te devolveré el celular. Ven... quiero verte junto a tu compañero. Ay, no...

—Mamá, no vayas a tomarme una fotografía... por favor... —pedí.

—Entonces me sentaré a tu mesa y pediré una foto. ¿Te parece mejor así? Oh, y a tus amigas también.

Mientras avanzábamos tomadas de la mano, mis amigas no pusieron reparos en saludar a mamá.

—¡Señora Onne, holaaaa!

No sé de dónde había sacado Rowin tan horrible forma de llamarla, pero a su prima y a María les gustó y también la comenzaron a llamar así. Mamá se tomó la libertad de pasar a saludarlas y, cómo no, fotografiarlas como si fuese una profesional. Bueno, algo de papá tenía que contagiárse. Al final, cuando llegó a mi mesa, charló con León con una soltura envidiable. Se sentó a nuestra mesa y obtuvo una fotografía tal y como había deseado, ya que el día anterior no había venido al aniversario. Me pregunté si se había percatado de que solo a unas cuantas mesas Jax Wilson y su hija tomaban café. Después de todo, mamá era —y es— buena actriz.

Fue Sharick quien se acercó para saludarla.

—¿Me recuerdas? —le preguntó con una sonrisita.

Mamá la miró y sus ojos brillaron más que la misma luna. Se levantó de su asiento con rapidez, asombrada.

—Por supuesto que te recuerdo —respondió. Pasó un segundo en que la eternidad se hizo presente solo para que ambas, al mirarse, recordaran las vivencias que antes tuvieron, entonces la rompieron en un abrazo—. ¡Qué mayor estás...! —Mamá la admiraba con orgullo, como si hablara de su propia hija—. Onne, a ella yo la conocí cuando era así, pequeñita e inocente.

Aunque eso ya lo sabía, fingí sorpresa.

—¿En serio?

—Sí, tenía unos... —Sharick pretendió contar mentalmente— ¿cuatro?

—¡No puedo creer que eso fue hace veinte años!

—Ven a nuestra mesa —le pidió Sharick con voz de niña pequeña—. Quiero contarte muuuuchas cosas. —Señaló la mesa de Italia y mamá siguió su dedo hasta dar con el padre de Rust—. Jax nos espera. Como en los viejos tiempos, ¿sí?

Hubo una pausa. Mamá no sabía qué decidir. Me miró, miró a Sharick y luego volvió a mí. Yo le hice un gesto con las cejas y la animé a ir. Ella lo quería.

Antes de marcharse, susurró un «No te librarás de mí, jovencita». Le respondí sacándole la lengua.

Vi que mamá se sentaba y sonreía al papá de Rust. El encuentro, al comienzo, pareció ser incómodo y algo callado, pero Sharick se encargó de hacer el ambiente más ligero. No alcanzaba a oírlos, la distancia no me lo permitía, pero me habría gustado ser partícipe de su charla. Reían, expresaban sus emociones, se miraban como si se conocieran de toda la vida. Mamá hablaba con ambos con naturalidad, como si jamás se hubiera separado de ellos. Había confianza y el cariño se notaba.

Ellos juntos eran la muestra de lo que pudo ser una familia feliz.

48

La hora del almuerzo llegó y con las chicas decidimos visitar algún curso que vendiera comida para alimentar nuestros voraces estómagos. Mamá se había marchado con Sharick hacia el auditorio y el padre de Rust se había retirado. Todo parecía seguir en calma.

Ya con un almuerzo servido, en el comedor del colegio, traté de resolver la pequeña duda que se había aferrado a mí desde que vi la mesa de Corea del Sur sin sus respectivos representantes.

—¿Saben qué ocurrió con Shanelle?

Sindy trató de responder, pero tenía la boca llena de comida. Rowin parecía más interesada en un chico que se encontraba a dos mesas de nosotras y Aldana ni siquiera me ponía atención. Así que, al no obtener una respuesta rápida, María fue la que me respondió.

—Cuando no estabas, la fue a buscar un amigo de Rust... ¿Cómo se llama? —Arrugó sus pobladas cejas negras en una demostración clara de su arduo intento por recordar el nombre—. Ah, sí, Fabriccio. Le dijo algo al oído y ella se marchó con él. Supongo que iban a ver a Siniester.

Quise sonreír porque María todavía lo llamaba Siniester, pero por mucho que lo intenté no me sentí con las suficientes ganas. El mal presentimiento sobre algo extraño no me soltaba, sino que se aferraba a mí con uñas y dientes. Me puse en modo paranoica, miraba a todos los que no conocía como si fueran sospechosos. Había tantas caras nuevas que no descarté la idea de que alguno pudiera ser de Monarquía y que planeara algo malo.

De regreso a nuestra aula, me acerqué a Aldana para preguntarle más detalles.

—¿Has hablado con Parfait?

—Hoy no —respondió en el mismo tono confidente con el que yo había preguntado—. Tampoco ha respondido a mis mensajes. ¿Qué sucede?

El instinto de Aldana no podía fallar.

—No lo sé... Tengo un presentimiento.

—¿Bueno o malo?

—Malo. —Apreté los labios hasta formar una línea recta al responder, como si tratara de repeler el mal augurio. Aun así, continué—: Rust no ha venido, a Shanelle la han venido a buscar y no he visto a Claus por ningún sitio.

—¿Crees que pasó algo?

—Si así fuese, ya nos habríamos enterado. Las desgracias corren más rápido que las buenas noticias.

—Tienes razón —asintió—. Entonces, ¿qué harás?

—Esperar.

¿Qué podía hacer? Solo me basaba en mi instinto, que podía fallarme. Lo peor es que, ante cualquier calamidad, estaba indefensa, como todos los demás. Mi celular no se encontraba conmigo, si algo malo pasaba, pues simplemente tendría que aguantar como cualquier otro ser humano corriente.

—No creo que armen un escándalo aquí, en el colegio —me consoló Aldana. No sé qué cara tuve que poner para que me dijera tales palabras, que poco efecto tuvieron.

—De Claus puedo esperar cualquier cosa.

Aquella era, lamentablemente, una verdad. Claus funcionaba como esas cajas de sorpresa en las que giras y giras la manecilla sin saber en qué momento la tapa se abrirá para disparar en tu cara algún feo peluche. Por supuesto, Claus no disparaba ningún peluche y sus acciones tenían consecuencias más graves que un simple susto momentáneo.

Después de despedirme de mamá en la puerta del colegio, me dirigí hacia uno de los baños para mojarme la cara y beber algo de agua. El mal presentimiento persistía, no me quería soltar, pero que mamá se hubiese ido me dejaba más tranquila. Si algo iba a pasar, ella no estaría involucrada.

Al salir, Claus me esperaba fuera del baño. Estaba con los brazos cruzados, una sonrisa ancha y una postura que destacaba entre las demás personas que transitaban por el concurrido pasillo. No llevaba ningún traje tradicional del país que le correspondía, él no se rebajaba a actividades así. Muchos estudiantes de otros colegios lo miraban como si se tratara de algún famoso. El condenado era un imán de personas y de problemas.

—Mis queridas cómplices me han dicho que me delataron —dijo y formó un puchero. Me dirigí hacia el aula, como si no lo hubiese visto, y se apresuró a seguirme el paso.

—Tienes suerte de que aún no te expulsen.

—¿Realmente crees que me echarán del colegio? —Su voz denotaba cierto acento incrédulo y burlesco. Ser su payasa me estaba hartando—. No, una expulsión temporal bastará.

Me detuve de repente, lo que causó que un grupo de chicos no lograse esquivarme y me golpeara en el hombro. Perdí el equilibrio por un segundo hasta que el mismo Claus me estabilizó. En su sonrisa brillaba el disfrute de la situación, con lo despreciable que me parecía sentir su tacto.

Se apartó antes de que pudiese quitarle las manos de encima.

—¿Por qué? ¿Por qué Shanelle? —interrogué.

No lo pensó demasiado.

—Además de ser la hija de un importante miembro muerto de Legión, también es la exnovia de Siniester. ¿Recuerdas lo que le dije? Voy a pegar donde más le duele. Ella es débil, fácil de atacar, tiene que caer también.

—Debiste escucharla en el baño. Dijo cosas muy interesantes, como que la mandaste acosar por miedo.

—Estoy aterrado, cariño, por eso me estoy ocultando como una sucia rata.

Él se refería a Rust.

—Insultar a Rust no me hará enojar.

—Ni pretendo hacerlo, me gustas más cuando sonríes. —Metió las manos dentro del abrigo y sacó la libreta roja y vieja con la que siempre lo veía—. Por eso te traje este regalo. Es un agradecimiento por tus esfuerzos.

—No, gracias.

Retomé el camino.

—Tómalo. —Agarró mi mano y me obligó a que la recibiera—. Tiene cosas muy interesantes.

—No sé leer —desdeñé y coloqué el objeto sobre su pecho—. Lo siento.

—Qué ocurrente —soltó en medio de una pequeña y profunda carcajada. Tomó mi mano y la movió en mi dirección—. Acéptalo si quieres saber más de tu don.

—¿De dónde la has sacado? ¿Por qué me darías algo así? —pregunté, recelosa. No podía confiar del todo en sus palabras, mucho menos en sus intenciones. Claus no era tan generoso.

—Te creí más inteligente, cariño. —Su sonrisa se anchó mientras yo fruncía el ceño—. ¿Recuerdas nuestra charla en el observatorio?

La recordaba, pues en aquel momento creí que, por fin, después de tantos viajes, Claus había cambiado, pero lo subestimé.

—Sí —dije entre dientes.

—Entonces recordarás que mencioné que tal vez no estamos solos. Te dejé una pista contundente, es una decepción que no la tuvieras en cuenta. Esta libreta —la miró como a un objeto de valor— es a lo que me aferré de niño cuando no tenía a nadie. Es un lindo recuerdo que compartiré contigo.

—No te creo tan altruista.

—Soy un monarca justo, y dado a que tú tienes mi habilidad, es hora de que sea tuya.

—¿Por qué?

Mi desconfianza le causó gracia, pero mi interés por lo que contenía la libreta le extasió todavía más.

—Ya te lo dije, es un regalo por lo bien que te has portado. Tómalo, no me hagas esperar o cambiaré de opinión.

Estaba segura de que mentía, pero... demonios, no me pude resistir, me la tuve que quedar. Estoy segura de que cualquier otro en mi lugar también lo hubiera hecho. Incluso tú. Tanto tiempo con una habilidad que llegó de la nada, solo con unos supuestos insultos..., necesitaba al menos una respuesta.

Entonces, porque las cosas no podían salir bien del todo, Claus añadió el remate:

—Por cierto, he oído que han disparado a Siniester.

49

La primera vez que me enteré de que habían disparado a Rust entré en una especie de colapso mental en el que no pude mantenerme en pie. Mi cuerpo se sentía tan frágil como el tallo de una planta decorativa, sin fuerzas para sostenerse por sí solo. Mis piernas temblaron y mis pies no tenían la sensibilidad suficiente para sentir el suelo bajo ellos. Era un pequeño bote en medio de aguas oscuras. Las manos me sudaron, la presión me subió y tuve un revoltijo en el estómago que no me dejó durante horas. Necesitaba comprobar por mí misma que la horrenda noticia era real y no una broma absurda.

Lamentablemente, no lo fue.

Contuve las lágrimas por no sé cuánto tiempo, todavía incrédula por lo sucedido, hasta que estallé el mismo día que decidí viajar. No podía acostumbrarme a la soledad que me hacía sentir la muerte de Rust. Lo extrañaba demasiado.

Cuando mamá murió fue diferente, creo que una parte de mí murió en ese viaje. Ni siquiera me planteé volver, solo lo hice. Actué como quien comete un error que necesita solucionarse al instante.

Y así con sus otras muertes.

Los había perdido tantas veces que ya poco sentía. Si algo pasaba, podía aferrarme a mi celular y cambiar el curso de las cosas, ser la heroína que quiere una vida perfecta.

Por eso, por una parte, cuando Claus me dijo que habían disparado a Rust, no sentí mucho. Quizá yo también morí y ahora solo soy un recipiente medio lleno de la chica que pude ser. No sé, es complicado. Pero no fue el susto que tuve la primera vez.

Aunque eso cambió al caer en cuenta de algo muy importante: sin celular no podría viajar.

Yo quiero a mamá más que a nadie, pero qué oportuna fue al quitarme mi teléfono...

Como cabía esperar, Claus no dijo más. Tampoco fue como si quisiera que me diese información al respecto, suficiente ya había dicho (y hecho). Lo primero que hice, tras salir de mi letargo, fue buscar a Aldana. Después de contarle lo sucedido, intentó llamar a Brendon sin conseguir respuestas, así que le dije que necesitábamos buscar a Tracy. Recorrimos todo el colegio para encontrarla.

En uno de los bancos, acompañada por Sylvanna, Tracy parecía desquitar todo su enojo. Tenía el ceño fruncido, los labios rojos y el cabello arreglado, nada que ver a como yo la había visto por la mañana. La mueca de disgusto que formó al acercarnos no me sorprendió. Me miró de pies a cabeza antes de que me colocara frente a ella con determinación.

—Han disparado a Rust.

Lo solté sin más. En mi defensa, no había mucho tiempo para explicaciones.

Tracy palideció al instante.

—¿Qué?

—Tenemos que averiguar dónde está. Dame tu teléfono.

—¿Cómo que dispararon a mi hermano?

Supongo que su reacción fue normal. Es decir, que llegue la chica pelirroja, con la que peleaste temprano, a decirte que dispararon a tu hermano suena como una broma.

Para mí, el que no lo captara, sacó mi lado más colérico.

—¡Tu teléfono! —grité con la mano extendida—. Llámalo.

—Pero ¿a quién...?

Conmocionada y con los ojos llenos de lágrimas, Tracy me entregó su celular de manera automática. Me recordó a una marioneta sin vida que solo actúa de acuerdo a los movimientos de su titiritero. Ni siquiera cayó en la cuenta de que su celular necesitaba su huella táctil para desbloquearlo. Una vez lo hizo, intenté llamar a todo el grupo de Rust. Mientras tanto, Aldana y la amiga de Tracy trataban de calmarla.

El único que respondió fue Matt.

—¿Tracy?

—No, soy yo, Yionne.

—Ah, eres tú —habló con tono decepcionado. Él no tenía confianza en mí, lo peor es que, después de lo de Jaho, llevaba razón.

—Sí. ¿Cómo está Rust?

No respondió. Se oyeron movimientos, unas voces que no entendí y luego se puso al habla Brendon.

—Hey —saludó.

—¿Cómo está Rust?

—No lo sabemos con certeza.

—¿Y dónde están?

—Lo trajimos al hospital. Había tanta sangre...

—Maldición. —Imaginarlo me retorció las entrañas—. ¿En qué hospital están?

Me dio la información y corté con las palabras de Brendon en mi cabeza. El incómodo peso en mi estómago se había convertido en náuseas.

Le devolví el celular a Tracy, que parecía una zombi: pálida y sin poder formular una frase congruente. Con movimientos torpes, se dirigió hacia la salida para buscar su auto en el estacionamiento.

—Tenemos que avisar a tu padre —le dije.

—No.

—Tiene que saber qué le pasó a Rust.

—Primero he de averiguar cómo está mi hermano, no puedo darle una mala noticia a papá; necesito comprobar que Rust está fuera de peligro.

Era un pensamiento algo egoísta, pero comprendí que para ella sería difícil decirle a su padre que al revoltoso de su hermano le habían disparado. Necesitaba tiempo para aclararlo y despejar un poco la mente, pues ni siquiera ella creía del todo lo que ocurría.

Las cuatro subimos al auto como si fuésemos amigas de toda la vida, no hablamos más que para darnos indicaciones, no comentamos nada. Tuvimos que dejar atrás los rencores por una preocupación en común: Rust.

En el hospital, volví a sentir náuseas. No me gusta ese lugar, el olor que desprende se te queda impregnado en la ropa y no te lo puedes quitar. Por donde mires, ves a una persona cabizbaja, sufriendo, padeciendo alguna enfermedad que desea curar. El entorno es desalentador y conflictivo. El blanco estaba allí para tranquilizar, pero en mis oídos solo escuchaba murmullos como si estuviera dentro de la habitación de un manicomio. Empecé a sudar. Tracy, en compañía de Sylvanna, iban más adelante, ansiosas por llegar a la sala de espera, donde los amigos de Rust estaban. Aldana tuvo que sostenerme.

—Tranquila, todo saldrá bien —murmuró.

Lo dudaba. ¿Y si era el momento en que Rust debía morir? En mis dos viajes anteriores eso ocurría más adelante, pero las cosas en este se habían adelantado, como la reunión de las bandas.

No le dije nada a Aldana, tenerla a mi lado bastó para que pudiera seguir. Atravesamos unas puertas hacia la sala de espera, pasamos unos cuantos pasillos y nos encontramos con otra sala de espera, mucho más pequeña que la principal. Tracy, al llegar, no dudó en abalanzarse sobre Brendon.

—¡¿Cómo llegó a pasarle algo así a mi hermano?! Prometiste que lo cuidarías.

Brendon, por el contrario, se mostró calmado.

—No estábamos con él cuando pasó —explicó.

Hubo una pausa en la que Tracy miró con desconcierto a Brendon.

—¡Dijiste que lo ibas a proteger! —Su dedo índice golpeó el pecho del chico con fuerza. La voz se le quebró al final, estaba afectada de verdad. Luego señaló a los otros chicos—. ¡Tú, tú y tú también! ¡Mentirosos! Si llega a...

Matt chasqueó la lengua.

—Rust es un maldito idiota, no podemos estar detrás de él como si fuéramos sus niñeros.

—Es cierto, Tracy, Rust es demasiado impulsivo —siguió Fabriccio—. Quiso hacer las cosas por su cuenta y pasó esto.

—Son sus amigos, ustedes tenían que convencerlo...

—Se nota que no has pasado suficiente tiempo con él —farfulló Matt, resentido por la acusación que Tracy les había hecho.

—Por supuesto que no —se defendió ella—, pero ustedes hicieron una promesa y la han roto.

Había algo entre ellos que yo no sabía. ¿Una promesa? Al parecer, Tracy sabía bastante de lo que hacía su hermano. Matt dio un paso hacia ella. Sus puños eran la muestra de su disgusto, el color aceitunado de su piel se volvió rosado y blanco.

—Hemos estado en las buenas y en las malas con Rust, no vengas a hablar sin saber.

—Yo hablo todo lo que quiera, Matt.

—Ya basta —se interpuso Brendon—. Todos aquí lamentamos lo que está pasando, no es momento de ponernos a discutir.

El ambiente se transformó por completo.

—¿Han sabido algo? —interrogué en vista de que ya ninguno quería hablar.

—El médico todavía no ha dicho nada. Es probable que nos tengan aquí durante horas —la mirada de Brendon se desvió hacia Aldana y quiso sonreír. Sus ojos mostraban cansancio, tristeza y necesidad de consuelo. Luego bajó la cabeza, apenado—. Lo único que podemos hacer ahora es armarnos de paciencia y esperar.

Eso hicimos durante unos minutos más.

La puerta doble que se encontraba en la habitación se abrió. Un traje verdoso llamó nuestra atención; el médico salió a recibirnos. Nuestra preocupación hizo ebullición.

El médico nos dijo que Rust estaba estable, que la bala no había afectado ningún órgano y le pareció extraño el lugar y la posición. Nos preguntó si Rust tenía problemas personales, si había intentado suicidarse o si padecía de depresión. Aldana, quien era la menos afectada, preguntó por qué. El médico nos dijo que el disparo parecía habérselo hecho él mismo. Enseguida supe sus intenciones.

Ya más calmados después de saber cómo se encontraba Rust, solo quedamos los del grupo en la sala de espera. Brendon dormitaba en un asiento, Aldana estaba a su lado y hablaba con los chicos, yo dormitaba con la libreta que Claus me había regalado, todavía sin abrirla, y Tracy estaba hecha un ovillo en su asiento, mostrando su faceta más vulnerable.

Para romper el silencio, me animé a hablarle.

—Llama a tu padre.

—No.

—¿Por qué?

—Porque debe de estar ocupado.

Ella no podía desprenderse del todo de esa máscara de perra recelosa. Aun así, insistí:

—Tiene derecho a saber lo que le pasó a Rust.

—Sí, lo tiene, pero no ahora.

—¿Por qué?

Ella suspiró.

—Nuestra hermana está aquí. —Hizo una pausa y pronunció con énfasis—: Sharick.

—Tu hermana mayor.

—Media hermana, sí, ella. Mi papá no la veía desde hace meses; ella estudia lejos. Cuando lo visita, él siempre está feliz, es como un respiro de aire fresco. No lo ha pasado bien con Rust últimamente, creo que necesita, al menos por hoy, estar en paz.

Después de todo, los sentimientos de Tracy hacia su padre eran nobles.

—¿Por ella estabas llorando por la mañana?

Apretó la mandíbula y se movió del asiento con incomodidad.

—Su favoritismo es demasiado obvio. Estoy segura de que él nos ama a Rust y a mí, pero se preocupa demasiado por ella, y todo porque la crio solo desde que era pequeña y su madre murió.

Recordar aquella historia me produjo un malestar en la garganta. Carraspeé para que las palabras pudieran salir.

—Bueno, dale algo de mérito, tu papá no parece una persona muy dada a cuidar niños.

Le logré sacar una sonrisa.

—Tampoco adolescentes.

—Rust es la muestra —comenté frunciendo el ceño—. Tú eres más... tranquila.

—También soy un dolor de cabeza para él, solo que uno más pequeño.

Vaya, hasta ese instante, solo ese momento, me percaté de que Tracy y yo estábamos hablando con total normalidad.

Permanecimos en silencio otro momento. Brendon había dejado de cabecear al aire y ahora dormía apoyado en el hombro de Aldana. Mi amiga, al parecer, también se había dormido.

—Siento lo de la foto —dijo Tracy en un tono bajo—. En realidad, yo no quería hacerlo, pero Claus me convenció. Estaba furiosa contigo por la pelea y..., pues, le mandé la foto a Shanelle.

En su voz se notaba el arrepentimiento.

—Me causaste graves problemas —acusé, algo resentida. Era cierto: si nunca hubiera perdido el celular, Claus jamás se habría enterado de mi habilidad.

—Pensé que lo de la foto te separaría de mi hermano, pero veo que ustedes se volvieron más cercanos.

Que lo asumiera sin trabas me sonó gratificante, luego recordé que Rust estaba encerrado en una sala de hospital y nosotros estábamos ahí por él.

—También lamento haber ofendido a tu madre —empezó a juguetear con sus dedos—. La verdad es que siento mucha envidia por su relación. Yo no he tenido la oportunidad de ser cercana a mamá, se fue, nos dejó, y las cosas que se supone que una madre debe enseñarte las tuve que aprender sola. La envidia me ganó. Y detesto tener que admitirlo, pero no siento que seas una perra, hasta me podrías agradar.

—Vaya, eso es todo un halago.

—Oh, cállate.

Una llamada entrante avivó el ambiente. Brendon y Aldana se sobresaltaron; Tracy dio un grito ahogado.

—Es papá —dijo cuando revisó su celular.

—Si no quieres contestar, puedo hacerlo por ti.

Lo pensó durante un instante y se negó. La determinación invadió su rostro y aceptó la llamada.

—¿Papá? —Su voz se quebró—. Ah... no, no, nada... —Se aclaró la garganta y llevó una mano a su pecho—. No, te digo que nada. A mí nada. Pero a Rust... —Se mordió los labios. Era deprimente verla tratar de contarle la terrible noticia. ¿Cómo dices «mi hermano está en el hospital» sin que las entrañas se te retuerzan? Con tiempo, supongo—. Rust está en el hospital... Espera, no te asustes. Está estable, fuera de peligro. ¿Qué le pasó? Uhm... al parecer recibió el impacto de una bala.

No me había percatado de que ella lloraba. Con timidez llevé una mano a su espalda para consolarla.

—No te preocupes. Sí... No estoy sola, tranquilo.

Antes de finalizar la llamada, le dio la dirección del hospital.

El padre de Rust no tardó en llegar. Al igual que Tracy, estaba pálido, con los músculos tensos y algo alterado. Supongo que le era difícil acostumbrarse a los problemas en los que su hijo se metía. No lo culpé, después de todo, yo también seguía algo alterada.

50

Dos días tuvieron que pasar para que pudiera visitar a Rust, ya que solo los parientes podían verlo. Se encontraba bien, aunque, según me había comentado Tracy, muy molesto. No dijo nada sobre el disparo, no quiso explicar qué fue exactamente lo que le ocurrió. Si había sido intencional o si, en realidad, alguien le había disparado eran las dos opciones que el testarudo miembro de Legión prefirió guardarse para sí.

Después del aniversario, me tomé la libertad de ir a saludarlo. Mamá me lo permitió, pero cuando le pedí mi celular, siguió diciendo que no me lo entregaría. Puse la excusa de que uno nunca sabe las eventualidades que pueden ocurrir, pero ella dijo que iría a un hospital si algo malo me pasaba, recibiría atención médica y bla, bla, bla.

El padre de Rust fue quien me prestó su credencial para poder entrar en la habitación, no sin antes dejar mis datos registrados.

Me sentí nerviosa de camino al cuarto. Iba sola en el pasillo, sin ninguna compañía más que la del enfermero que me guiaba. Sentí un sudor frío al percibir el olor de los analgésicos, el pitido de las máquinas, algunos llantos y susurros fantasmagóricos. Avancé con paso torpe y apenas presté atención a las indicaciones que me dieron. Con los nervios apretujados en mi estómago, entré a la habitación y cerré la puerta para ver la única camilla. En esta, Rust se encontraba sentado dándome la espalda.

—¿Qué haces ahí sentado? Necesitas descansar.

Su risa profunda me quitó la ansiedad. Me miró por encima de su hombro vendado, se quejó por el movimiento y regresó a su posición inicial.

—Ya me preguntaba cuánto tardarías sin verme. ¿Cómo estás, Elmo?

—¿Elmo? —Detuve el paso—. Ni siquiera en el hospital dejas de lado tus apodos...

—Ajá. Ese lo saqué de un libro infantil.

—¿Un libro?

Rust no era muy amigo de los libros.

—Estar aquí es aburrido, tuve que matar el tiempo con algo.

—Qué coincidencia, yo traje uno... O algo así.

Caminé hasta llegar a su lado. Su rostro estaba ensombrecido por la lúgubre iluminación del cuarto, solo una lamparilla de mesa estaba encendida, pero, de igual manera, pude ver sus enormes ojeras.

Saqué la libreta que Claus me había regalado. Como por instinto, Rust se echó hacia atrás con dificultad.

—¿Son los apuntes del colegio?

—No —respondí con aspereza—. Es una especie de antología..., creo.

—¿Vas a leérmelo?

Chisté.

—Para tu pesar, tienes los dos ojos sanos.

—Tuve suficiente con el otro libro.

—Este es interesante.

Asegurar algo que no sabía evocó su interés inocente. A pesar de estar en un hospital, en una camisola que dejaba descubierta sus piernas bien formadas y sus pies de talla grande, Rust parecía un niño pequeño.

—¿De qué trata? —preguntó, meneando los pies, lo cual le dio un aire aún más infantil.

—No lo sé, me lo recomendaron.

—Entonces, ¿cómo sabes que es interesante?

—Eso me dijo la persona que me lo regaló.

—¿Y confías en su criterio?

—Tanto como confío en el tuyo, por eso no quiero leerlo sola.

Una sonrisa torcida me fue dada como respuesta. Era una excusa mala y él lo sabía, pero no puso objeciones más que la de tenerme cerca. Con el brazo derecho —el sano—, agarró mi ropa y me arrastró hacia él.

—Aceptaré tu mala excusa con gusto —murmuró cerca de mi oído.

Aprovechándome de la cercanía, le di un beso en la mejilla que me sirvió para olerlo. Una mezcla de hospital y cuerpo llenó mis fosas nasales provocando que arrugara la nariz. No era un mal olor, pero quería fastidiarlo.

—Apestas.

Rust y yo nos alejamos a la vez.

—¿Por qué siempre que me ves después de un tiempo dices eso?

—Porque es verdad.

—Llevo tres días sin poder bañarme, ¿qué esperabas?

—Existen las lociones corporales.

—En tu próxima visita, espero que traigas una.

—Lo haré. Tú pagas, claro.

Sus ojos azules se achicaron en una muestra expresiva de lo ofendido que estaba.

—Si viniste a visitarme solo para decirme que apesto, puedes volver por donde entraste. —Señaló la puerta.

—Vine a hacer acto de caridad y entretenerte.

—Debes esforzarte más —dijo, poniendo los ojos en blanco.

—No voy a ponerme a hacer una función de títeres.

—Pero si eres Elmo, ese es tu trabajo.

Tomé la libreta con gesto amenazante y Rust me sacó la lengua. Mi intento de ataque quedó en el aire. Rust, dispuesto a cubrirse, terminó haciendo un esfuerzo con el hombro izquierdo. El dolor se evidenció en su rostro y se expresó en forma de quejidos.

—Lo lamento. Lo siento. Perdón, había olvidado que...

—Eres cruel —balbuceó con los labios estirados.

—¿Duele mucho?

Asintió.

—Mis músculos se tensan con facilidad. ¿Puedes masajearlos?

—Esto no venía como condicionante para la visita.

—Pero sí en el pack «Rust Enfermo».

—Bien.

Dejé la libreta sobre la cama mientras él se daba la vuelta. Los hombros de Rust eran anchos y varoniles, con la musculatura justa. Tomó la libreta para examinarla.

—Parece un libro viejo —comentó—. O el intento de uno.

La hojeó. Cada una de las palabras escritas en esas delgadas hojas fue hecha a mano. La caligrafía variaba y había rayones hechos con furia, algunas hojas estaban manchadas, otras arrugadas o rajadas. Parecía más como un diario, pero cuando yo lo hojeé antes de decidir no leerlo sola, me percaté de la inexistencia de fechas o notas, solo había títulos en mayúscula con palabras extrañas. Uno de ellos llamó mi atención.

—Döm, Ierial, Zaehl... ¿Qué demonios es esto? ¿Qué diablos es un *ghamarl*? Ja, mira, el único nombre normal que veo es este. —Me apuntó el título que decía «Zhion».

—Hay otro.

Le pedí que me devolviera la libreta para enseñarle la historia que quería leer junto a él. No se encontraba muy lejos, pero sí era de las hojas más maltratadas. Al encontrarla, le regresé la libreta.

—¿Mŏnn?

—«Muun» —corregí su pronunciación—. Léelo por mí.

Rust movió su hombro sano como oposición.

—¿Quieres un café también?

Aproveché que tenía mis manos tras su cuello para tirarle los pequeños pelos en donde nacía su cabellera rubia. Rust se quejó primero por el tirón y, luego, por el movimiento que hizo. Todo mal. Lo ayudé a enderezarse y me disculpé.

—Creo que con esto ya pagaste el café.

Me reí.

—Eres malvada, tengo que guardar reposo.

—Entonces será mejor que te recuestes...

Por supuesto, se negó, me obligó a que continuara con el masaje y comenzó a leer.

La información sobre Mŏnn decía:

Nombre: Mŏnn.

Concepto: El deseo. Información: Solo historias.

Aspecto: Algunos dicen que es una figura; otros, que no tiene cuerpo. Pese a no tener sexo, los más afortunados dicen haberla visto con la forma de una mujer muy hermosa.

Función: Mŏnn es una especie de deidad que recibe las súplicas de los humanos y las convierte en realidad (hecho no confirmado). Puede conceder deseos a cambio de algo o de alguien, pero siempre respeta una de las reglas primordiales: el equilibrio. Si Mŏnn decide dar, esa persona debe perder o dar algo a cambio primero.

Historia: Mŏnn nació a manos del Creador, quien le encomendó satisfacer los deseos de quienes le eran devotos, siempre y cuando estos hicieran méritos para ello.

Mŏnn, que poseía pureza dentro de su ser, siguió las demandas de los khazzalar, tal cual le había ordenado el Creador. Algunos deseos se cumplían con facilidad, otros tardaban años en realizarse. Era un trabajo tan demandante que pronto comenzó a aburrirse. La dependencia de los alasgartianos hacia los deseos, quienes muchas veces no poseían determinación ni voluntad, comenzó a cansarle. Mŏnn se tomó el atrevimiento de visitar al Creador. La confrontación directa cayó en gracia y le otorgó la oportunidad de cumplir deseos de acuerdo a los esfuerzos. Un pequeño sacrificio para un humilde deseo, un enorme sacrificio a cambio de uno complejo.

Así, durante mucho tiempo, Mŏnn cumplió los deseos de khazzalar y respetó el equilibrio que el Creador le demandó.

Un día, a Mŏnn llegó el clamor de una mujer embarazada que pedía traer con bien a su hijo. La mujer no había hecho los méritos suficientes para que su deseo se cumpliera. Sin embargo, contagiada por las prédicas de Fhalez, que en la Tierra se conoce como Misericordia, Mŏnn decidió por primera vez desobedecer al Creador y cumplir el deseo de la mujer.

Una criatura sana nació aquel día. Y, por primera vez desde que Mŏnn apareció, sintió la mano de Felicidad en su hombro. Sin embargo, el equilibrio se había perdido, lo que traería terribles consecuencias a Alasgartan. Aquel recién nacido no merecía nacer, pues en su sangre corría la furia de cientos de antepasados y la fuerza endemoniada de futuros caos. Ese bebé chillaba con desprecio por el mundo y sería quien causaría la más terrible guerra entre los suyos.

Furioso, el Creador decidió castigar a Mǒnn con el destierro.

Por cientos y cientos de años vagó. Hasta que dio con la Tierra.

Ocupó el cuerpo de una mujer hermosa de cabello blanco y ojos violeta. Su rostro fino, justamente con una altura anormal, le dieron el aspecto de divinidad a la que religiosos ignorantes desearon aferrarse. Y Mǒnn, quien había perdido las esperanzas, encontró en ellos algo a lo que aferrarse: deseos.

Prometió cumplir sus deseos a cambio de un sacrificio que igualara el valor de sus peticiones. Muchos eran anhelos vanos, como tener buenas cosechas, conseguir un negocio o casarse con la prima linda de alguien. Mǒnn se volvió su diosa, la llevaban por todo el pueblo plagado de girasoles.

Durante muchos años, los religiosos la veneraron sin mencionar a nadie el gran tesoro que su ser suponía, hasta que de sus proezas no quedó nada.

Con la muerte del último religioso, a Mǒnn solo le hicieron compañía los enormes prados de girasoles. Se había acostumbrado a escuchar las peticiones de sus adeptos, a cumplir los deseos que ellos le pedían.

«¿De qué sirve ser alguien creado con un propósito si no podía cumplirlo?»

Fue ante esta pregunta que surgió una idea: cumplir los deseos de las personas que invocaran su nombre.

Es así como a todo aquel que pronuncie Mǒnn se le dará la posibilidad de obtener un deseo, siempre y cuando se dé un mismo precio a cambio.

Actualidad: El paradero actual (físico) de Mǒnn es un misterio, pero muchos creen haber sido privilegiados con sus recompensas.

¿Sería este el origen de mi habilidad? Quizá. Sonaba absurdo, pero con algo de sentido a la vez. Yo le hablaba a la luna, pedí regresar en el tiempo, pero ¿podía acaso haberme equivocado e invocado, de alguna manera, a Mŏnn? La pronunciación en inglés, después de todo, es similar.

Me aparté de Rust y me recosté en la camilla. Enseguida él apareció en mi campo visual con el entrecejo fruncido.

—¿Qué sucede?

—Nada.

—¿Estás bien?

—Sí.

—¿Por qué querías que leyera esa historia?

—Porque alguien me dijo que me interesaría.

—¿Quién?

—Claus.

Bastó mencionarlo para que tirara la libreta a un lado.

—¡Eh!

Me levanté de un salto y fui a recogerla.

—Esa cosa debe de tener alguna cámara oculta o algo así.

—No seas idiota. —Arreglé algunas hojas dobladas y regresé a la camilla—. Estás rechazando la libreta solo porque viene de él.

—¿Y por qué tú no? ¿Desde cuándo recibes regalos de él? No, mejor, no me lo digas... No es de mi incumbencia.

—No me malentiendas, esto va más allá de tu relación con él sobre las bandas.

Su mirada fue una de esas que pones al oír algo que sabes que no es verdad. No me creía una mierda, pero tampoco tenía intenciones de explicar más. La última vez que traté de contarle a alguien sobre mi habilidad, tuve una especie de ataque que no quería repetir.

—No voy a ponerme celoso porque tú estás aquí.

—No debes ponerte celoso porque tú y yo no somos nada —corregí—. Tampoco Claus y yo.

Su niño interior no lo dejaba. Compuso una mueca, refunfuñó y se recostó en la camilla tras darme la espalda.

—Lo que me pregunto es sobre tu relación con él —continué.

—¿De qué hablas?

Bien, había caído justo donde quería.

—Fue él quien me dijo que te habían disparado. ¿Él te disparó?
Guardó silencio.

—Rust...

—No, él no me disparó.

—Entonces, ¿quién?

—Fue Shanelle.

51

—¿Por qué? ¿Por qué ella haría algo así?

Tuve que rodear toda la cama para lograr ver su rostro. Trató de esquivarme, pero sus movimientos eran torpes y sus ojos demasiado expresivos como para poder seguir ocultándose.

—Puedes preguntárselo a ella, ¿no crees? Yo me desmayé luego del impacto.

Una respuesta esquiva, igual que su actitud.

Mentía.

En ese momento sentí tanta ira que dejé que mi boca hablara sin siquiera medir las palabras. No lo pensé, solo permití que mi enojo fluyera hacia el exterior. Tomé el rostro de Rust para que nos encontráramos frente a frente. El fuego de mi interior se encendió con ferocidad. Era ese tipo de rabia contenida que necesita hacer ebullición, explotar. La garganta se me secó, el pecho me dolió y los ojos me ardieron. Era impotencia y decepción.

—Si el disparo fue hecho a propósito, me molestaré mucho. ¿Sabes cuántas veces he tenido que salvarte el trasero? Y tú...

Mi voz se rompió. Acabé respirando con dificultad, con los ojos llorosos y muy cansada.

—¿De qué estás hablando? —preguntó.

Inspiré con la boca abierta y así la dejé durante un efímero instante. No podía contarle de mi poder, aunque ganas no me faltaban, lo que hacía que la situación fuera todavía más decepcionante.

—De... de nada. Olvídalo. —Esta vez fui yo la que evitó el contacto visual—. Fue un disparo calculado después de todo, y ahora estás aquí... —Antes de volver a rodear la cama y dejar el frontis de Rust, él me detuvo sosteniendo mi mano—. ¿Qué?

—Nada.

Mentía de nuevo, pero no quise insistir, de todas formas, no hablaría ni daría explicaciones. Rodeé la cama, me senté a los pies y tomé la libreta. Rust se giró en medio de quejidos y se acomodó.

—¿Cómo están mis bestias?

Ese tema me gustó más.

—Están bien. Crush ha engordado bastante.

—Tu podrías hacer lo mismo —su dedo índice picó en mis costillas—, estás muy delgada.

Últimamente no comía mucho, el apetito se me había esfumado. Tenía demasiadas cosas en la cabeza desde que me vi involucrada con Claus y la muerte del sujeto de Legión.

—Cuando te den de alta, me prepararás unos muffins.

Una sonrisa torcida decoró su rostro.

—Si tengo tu aprobación con ellos, entonces en el futuro debería abrir una pastelería.

«Futuro». No era una palabra en la que pensara demasiado, estaba tan enganchada a mi habilidad que solo pensaba en el pasado.

—No sería una mala idea, lástima que te faltan huevos —comenté.

La sonrisa desapareció.

—¿Por qué lo dices?

Lo miré con la mirada apagada y los párpados caídos, seria.

—Tú sabes bien los motivos.

Con mi mentón apunté donde tenía el disparo. Él, algo incrédulo, llevó una mano a su hombro para masajear sus músculos. Luego soltó una sonrisa y miró las sábanas. Su gesto me recordó al Rust de niño, ese que intentaba batear con todas sus fuerzas después de que lo echaran del club. Exhaló con pesadez, tomó aire y bufó.

—Lo hice para venir aquí —confesó sin levantar la cabeza—. Ellos no me atacarán en un hospital.

—Rust...

—Y si lo hacen, estará todo registrado. Acá es más seguro.

Maldición, él por fin lo había confesado. Aquel disparo había sido intencional, por eso parecía que se lo había hecho él mismo.

Mi enojo subió de pronto. Quise golpearlo, insultarlo, decirle que era un completo idiota.

—¡Pudo ser peor...!

—Estaba controlado —se excusó. Tuvo que hacerse hacia atrás porque yo quería precipitarme sobre él para atacarlo—. Shanelle sabe disparar y...

—¿Brendon y los demás están al corriente?

—No, lo planeé yo.

—Pero Shanelle...

—Yo la obligué. Ella no quería. Me apuntó con la pistola, pero no pudo apretar el gatillo, temblaba y no era un tiro seguro. Tomé su mano, apoyé la boquilla en mí y dejé que contara hasta diez. Disparó y ahora estoy aquí.

Me puse de pie y rasqué mi cabeza como una forma para aclarar mis ideas.

—Por Dios, Rust, llegar a ese extremo es demasiado.

—¿Y qué sugieres? Me están buscando y mis jodidos amigos están involucrados, en cualquier momento irán por Shanelle para matarla. Si me hallaban en donde suelo ocultarme, estaba jodido.

De pronto, tal como el enojo había regresado, se convirtió en lástima. Rust estaba desesperado, solo era un adolescente tonto involucrado en cosas de adultos. Y sí, parte de la culpa la tenía él, pero nadie merecía vivir con su vida atentada o en una persecución constante. Herirse fue su manera de tomar un respiro... Uno bastante trágico. El miedo es impresionante, un detonante peligroso.

Empaticé con su situación y me puse en sus zapatos. Había sido un acto impulsivo, típico de él, pero lo comprendía.

—Bien, no dejaré que te atrapen —aseguré.

—¿Ese será el deseo que pedirías? —No entendí a qué se refería. Impaciente, señaló la libreta—. A la vieja del cuaderno, Yionne.

El que me hubiera llamado por mi nombre indicaba que había agotado una parte de su paciencia.

Negué con la cabeza.

—Se llama Mǒnn —corregí—. Y no, ya no ruego a ninguna deidad. Hacerlo solo trae problemas, falsas convicciones y decepciones. Al final, todo empeora... —La decepción que mostré fue clara. Rust tomó mi mano para consolarme—. De ser cierta la historia que aquí se cuenta, ¿qué deseo pedirías? —intenté esquivarlo en caso de que hiciera las preguntas primero.

—Jamás haberme metido en las putas bandas —respondió sin pensarlo dos veces. Sostuve su mano con fuerza y lo obligué a mirarme.

—Voy a ayudarte —le dije—. Te lo prometo.

Es probable que mi optimismo fuese demasiado absurdo, pero a Rust le gustó. Su mirada, que siempre entraba en descripciones como dura, juguetona, intimidante y arrogante, se había transformado en una completamente diferente. Su semblante altanero sucumbió a la tranquilidad que ese momento nos regaló. Sonrió y endulzó su mirar.

—Eres muy linda.

Un elogio sincero e inesperado que provocó un rubor intenso en mis mejillas.

—Gracias —murmuré, como si hablar en un volumen bajo aliviara el calor que recorría mi cuerpo—. C-creo que es la primera vez que me lo dices.

—Pero no la primera vez que lo pienso.

Rust lo disfrutaba, de modo que concluyó su frase con el guiño de uno de sus ojos. Ahora su faceta tierna pasó a ser la de un lobo hambriento que tenía en la mira a una oveja. Decidí escudarme y no ser el foco de su jugoso entretenimiento.

—O sea, que lo de «no me gustan las pelirrojas» no es cierto.

—No me gustan, parecen payasos. Pero tú eres la excepción.

Maldito, él quería seguir con ello.

«Compórtate, Onne», me dije. Carraspeé para disipar todo rastro de torpeza al responder:

—¿Y ahora es cuando mi corazón tiene que estremecerse y las mariposas en mi estómago revolotean con frenesí?

La respuesta: sí. Él no lo dijo, no fue necesario, cuando acomodó mi cabello detrás de mi oreja y tocó su curvatura, todo lo que había descrito en mi pregunta sucedió.

—¿Sigues molesta conmigo?

—Algo.

Permanecimos un rato en silencio y, después, leímos otros títulos que había en la libreta de Claus. Eran interesantes, aunque algo enredados. La persona que escribió sobre estos seres decía que venían de otro planeta y eran representaciones de conceptos que tenemos aquí, como por ejemplo el amor, la ira, la crueldad o la guerra, entre otros. La antología no decía mucho, solo descripciones con algunas palabras extrañas. Antes de romperme la cabeza y pensar que se trataba de algo verídico, decidí irme por lo más racional y creer que eso de los seres de otro planeta se trataba de las ideas de algún escritor.

Aquella conclusión me dejó agotada; a Rust, al parecer, aburrido. Miré la hora y pensé en su padre, quien, al recibirme, parecía no haber dormido en una semana.

—¿Has hablado con tu padre?

Al parecer, la palabra «padre» le causó escalofríos. Rust se acostó bajo las sábanas y yo ayudé a que se cubriera hasta las orejas.

—¿Y bien?

No, error, todo eso de acostarse bajo las sábanas fue para omitir mi pregunta.

—Un poco —respondió.

Las tragedias suelen afianzar algunos lazos, pero entre Rust y su padre estos seguían flojos. Decidí sacar mi lado más despiadado y tocar su vena sensible.

—El miércoles llegó tan exaltado y pálido, pensé que se desmayaría o algo. Exigió ver al médico que te atendió para tener una respuesta más exacta y alentadora.

Chasqueó la lengua, molesto.

—Ajá, ¿y? Es lo que hacen los padres cuando algo les pasa a sus hijos.

—Se quedó hasta tarde, ni siquiera pudo despedirse bien de Sharick. Me contó cosas muy interesantes en la sala de espera.

—No me interesa.

—Habló sobre su relación paternal, lo difícil que es convencerlos a Tracy y a ti de que ama todos sus hijos por igual.

—Pfff... sí, claro.

—Dijo que ustedes no lo han notado, que a veces tienen el juicio nublado por los celos; pero que ha tratado de ser imparcial. Si en su momento apoyó a Sharick, fue porque ella lo necesitaba. Pero que no dudaría ni un segundo en ayudarlos a ustedes también. Si tan solo se lo permitieran...

Se acomodó con dificultad, apoyó su espalda en uno de los almohadones y mostró su lado altivo. Pese a tener unas orejas grandes, los ojos apagados, la piel pálida y un poco de barba, se veía intimidante. Su lado Siniester se presentó como una armadura que buscaba evitar los golpes que iban directos a su más frágil sensibilidad.

—¿Ahora eres una terapeuta familiar? —inquirió.

—Puedo serlo de mayor, gracias por la idea.

Achicó los ojos.

—Él quiere más a Sharick. Solo a ella le presta atención.

—Oh, vamos, Rust. Se levantó en la madrugada solo para visitarte por la noche cuando llevabas tiempo sin aparecer, ocultó lo del abandono de tu madre para no hacerte sufrir y está dispuesto a ayudarte en lo que sea. Él tiene las intenciones, pero tú no quieres permitírselo.

Un sonido de victoria sonó en lo más profundo de mi cabeza. Su presencia desafiante cedió a mis palabras. Ese Rust alto, al que le llegaba a la nariz —incluso estando sentada—, se convirtió en la presencia de un niño dolido.

—Sería extraño —balbuceó.

Me dio ternura y desordené su ya alborotado cabello.

—Como diría mi papá: los cimientos que fueron abandonados, con una arregladita y ganas, siempre se pueden retomar.

—Luego —tomó mi mano para quitarla de su cabeza—. Cuando no tenga este puto problema.

—¿Y cómo piensas solucionarlo? —Él se encogió de hombros—. Yo solo veo una forma de hacerlo: matar a Claus. A él y a todos los que lo siguen.

—Vaya... ¿cómo no se me ocurrió antes? —Su sarcasmo fue cómico, pero no reí porque era una situación grave y necesitaba demostrarle que mi propuesta iba en serio. Lo captó y rio con sorna mientras trataba de peinarme como a una muñeca—. No te ofendas, Rojita, pero eso es una locura. De estratega, te mueres.

—Lo dice el que decidió encerrarse en un hospital por un disparo que él mismo planeó.

—Prevención —argumentó con voz potente—. Esto me dará tiempo.

—Tiempo en un hospital. Cuando salgas de aquí, nada habrá cambiado.

—¿Qué sugieres entonces?

—Matar a Claus.

En realidad, solo era una propuesta absurda de esas que lanzas como broma. Pero también llevaba parte de deseo. Sin Claus de por medio, todo sería más fácil, ¿verdad? Rust ya no tendría que huir, nadie correría riesgos y yo no sería parte de sus viles chantajes.

—No somos asesinos, niña.

Oh, vaya, Siniester había regresado. Insistí.

—Tú no, pero ellos sí. La ecuación es bastante simple: él muere y tú vives. Ellos mueren, ustedes estarán en paz. No tienes que ser quien apriete el gatillo, puedes... No sé, decirle a alguien de Legión.

—Mis manos estarán sucias.

—O planear algo para que los bohemios se vuelvan en contra de Monarquía. — Prefirió no responder—. Solo bromeo, Rust. Sé que no eres así, que ninguno de ustedes lo es.

No lo eran. Pero yo, en cierta forma, sí. Había sido responsable de muchas muertes debido a mi poder. Entonces, algo se me ocurrió. Le tendí la mano a Rust y él no supo qué hacer.

—Pásame tu celular —indiqué. Moví mis dedos para que se apresurara.

—¿Para?

—Para ver el porno que guardas.

—No veo porno.

—Ajá... solo doramas.

Sin muchos ánimos, metió una mano bajo sus almohadas y sacó su celular. Como cabía de esperar, el teléfono era viejo y estaba maltratado. Tenía una pantalla en la que apenas lograbas ver los números.

Se acercó para saciar su curiosidad.

—¿Qué vas a hacer?

—Un truco de magia.

Si las cosas andaban tan mal, ¿qué mejor que tratar de arreglarlas? Viajaría al día en que Claus y yo nos vimos en la cafetería, cambiaría la versión de las cosas y Jaho jamás moriría.

Accedí a la aplicación del reloj.

—¿Para qué es la alarma? —Rust apoyó la barbilla en mi hombro.

—Cállate —le ordené—, necesito concentrarme.

Suspiré. Mi estómago burbujeaba de nervios. Volví a suspirar y me lamí los labios.

Bien, era momento de concentrarme, de olvidar mi entorno y viajar a ese 19 de octubre para evitar que los problemas se desataran.

Cerré los ojos y...

—¿Qué haces?

La voz de Rust me indicó que seguía en el hospital. No había podido viajar.

En lugar de eso, me gané un terrible dolor de cabeza que me llevó al baño para mojarme la cara. Dentro de la pequeña habitación, me miré al espejo. Un hilo de sangre caía desde mi nariz. Grité del espanto, Rust corrió a preguntarme qué pasaba. El muy idiota hizo un movimiento brusco y empezó a gemir del dolor. En ese preciso momento, la enfermera llegó y, al vernos en el baño, creyó que hacíamos otro tipo de... actividad.

Al final, le dije a Rust que volvería al día siguiente, que no cometiera ninguna locura y que permaneciera en reposo.

52

El lunes 9 de noviembre, las chicas y yo decidimos hacer algo diferente y comer nuestro almuerzo en el aula abandonada de Arte. Habíamos planeado comer en la azotea, pero el mal tiempo indicaba que podría ponerse peor. Así que, tomamos nuestras cosas y pasamos el rato entre bodegones viejos, arañas, pintura seca, esculturas hechas por estudiantes y telas de aspecto siniestro. El polvillo nos hizo estornudar más de una vez y las telas de araña fueron un problema al comienzo; quejidos, gritos y maldiciones resultaron en una mezcla de enojo y risas. Luego, todo se calmó.

—¿Shanelle ya no vendrá?

No recuerdo quién formuló la pregunta. Fue algo tímida, aunque logró romper el incómodo silencio que se había producido.

—Al parecer no —respondió Sindy con su postre: una rica mousse de fresa—. Tampoco responde mis mensajes.

Rowin, Sindy y María me miraron.

—¿Qué?

—¿Rust te ha dicho algo? —preguntó la expresidenta del Consejo Estudiantil.

—No. Ni siquiera ha ido a verlo.

Cierto, y tenía bastantes razones para no hacerlo. Ella había apretado el gatillo y, además, tenía que esconderse igual que los otros chicos.

Rowin tomó la palabra tras abrir una barra de chocolate.

—¿Creen que es porque hay tensión en este triángulo amoroso?

Solté una risa que pareció más un bufido burlón y empecé a juguetear con las sobras de mi almuerzo.

—Lo que pasó entre Rust y yo no tiene nada que ver.

—Corrección —intervino María—: lo que está pasando.

La pequeña sala se llenó de sonidos molestos, de esos típicos que tienen intención de hacer enrojecer. Eran como alaridos histéricos de gatos que pelean por la noche, pero esa comparación es un tanto fea para hacérsela a mis amigas. Preferí enseñarles mi lindo dedo del medio a las tres. Aldana solo rio. Sindy suspiró con pesar.

—Espero que Shan esté bien. Tú —me señaló con su pequeña cuchara—, si sabes algo de ella, ten el agrado de informar.

—Claro que sí.

Una vez que acabamos de comer, nos marchamos de regreso al comedor para botar las sobras y dirigirnos a la siguiente clase. María, Ro y Sindy iban tres pasos más adelante y hablaban sobre no sé qué. Aldana y yo teníamos un ritmo más lento y silencioso.

—¿Lo visitarás?

Capté su pregunta al instante.

—Sí, prometí verlo hoy.

—Pregúntale por Parfait.

Detuve el paso y, por consiguiente, ella también.

—¿Él tampoco responde?

La mirada triste de Aldana lo dijo todo. Bajó la cabeza y jugueteó con sus dedos. La abracé para luego seguir caminando juntas, como si entre ambas nos sostuviéramos. Tenía sentido porque ninguna de las otras sabía lo que ocurría.

—Todos se han esfumado —comentó de manera confidente. Era cierto, ninguno de los amigos de Siniester asistía a clases.

—Se han puesto paranoicos, creen que cualquiera puede traicionarlos.

—Tal vez tengan razón. —Suspiró—. Después de todo, alguien planeó la muerte de ese sujeto, Jaho.

Sí, y en esa muerte ayudé yo.

Si tan solo pudiera viajar... Me aferré a la esperanza de que cuando recuperara mi celular, todo se solucionaría. Podría regresar y Jaho no moriría por mi causa. Quizás hasta podría aportar información para Legión, decirles los planes de Claus.

La cabeza me dolió.

—¿Estás bien?

Aldana parecía preocupada. Yo me había agarrado la cabeza. Asentí y seguimos.

—¿Cómo fue que Brendon se involucró con Siniester?

—Dinero. No viene de una familia acomodada y estudiar aquí es un privilegio. Dijo que debido a su hermano se metió en el tema de las bandas. Era pequeño y curioso, quiso saber qué hacía su hermano mayor y, cuando lo descubrió, no lo dejaron ir. Empezó desde niño; repartía la mercancía, luego se involucró en la defensa y, ahora, dice que solo es un cobarde.

—No lo es.

—Eso le digo.

Llegué al hospital como ya comenzaba a ser una costumbre. No me habituaba todavía al ambiente crítico y deprimente, pero atreverme a ir sola era todo un avance. Mi pecho se infló de orgullo por esto, igual que la primera vez que aprendí a andar en bicicleta.

En la recepción de la habitación, estaba Jax Wilson con un libro entre las manos. Encontrarme con él me causaba cierta incomodidad, una molestia mental que no me hacía sentir en mis cabales. Pensé que se trataba de Rust. Luego deduje que se debía a que había jodido su vida con la mujer que, de verdad, amaba; que era el sentimiento de culpa que carcomía mis sesos.

—Hola.

Él, sin embargo, saludó con total normalidad. Su sonrisa me hizo sentir un poco más cómoda para hablarle. En realidad, sacar algún tema de conversación con él es fácil, su personalidad vibrante no evoca esa aura sombría que percibo con otros adultos. Supongo que esto se debe a que es alguien a quien no le gusta ser tratado de «usted», más bien es el eterno joven galán de las películas. Gracias al cielo, no usa esas camisetas sin mangas que a los cincuentones con complejo de jóvenes tanto les gusta usar.

—¿Alguna vez sales de aquí? —pregunté mientras dejaba registro de mi visita en la hoja de la recepción.

—Mi hijo está adentro.

—Lo sé. —Fruncí el ceño—. ¿No será que cuidas que no se escape?

Se echó a reír y dejó a un lado el libro.

—Es Rust; si quisiera huir, ya habría salido por la ventana.

Tenía razón. De no ser porque estaba en el hospital, probablemente Rust se habría esfumado como los otros. Aunque yo sabía que iba a escapar tarde o temprano.

—Pero no se irá si tú estás aquí —dije.

Meneó la cabeza con una mueca divertida.

—Lo dudo.

—Vaya, este es el lado modesto de un Wilson que no conocía.

Hubo una pausa en la que los dos tuvimos sonrisas bobas, no obstante, en un lento proceso de cambio, él se puso serio. La mirada cansada revelaba que había dormido poco, tenía el pelo alborotado y, según noté, llevaba la misma ropa que el día anterior. También me percaté de que su libro lo había colocado sobre una manta. Era evidente que había pasado la noche en ese horrendo sitio.

—Gracias por visitarlo —dijo—. Aparte de ti, su hermana y el otro chico, no ha venido nadie más.

Lo primero que pensé al escuchar «el otro chico» fue en Brendon, pero gracias a Aldana sabía que él se estaba ocultando, pues ni siquiera respondía a sus mensajes. Solo pude pensar en una persona.

Miedo. El miedo me atacó.

—¿El... otro chico?

Mi voz temblorosa no le inquietó, siguió con su tono normal.

—Sí, está dentro ahora.

¿Alguna vez te has sentido tan nerviosa que no puedes mantenerte en pie? Yo creí que caería al suelo. Mis pasos eran temblorosos, mi mente imaginaba cualquier clase de encuentro o escena. Temblé por completo hasta dar con la puerta de la habitación. Antes de agarrar el pomo y abrir, respiré hondo y conté:

1...

2...

3...

Clic. La puerta se abrió.

Entré en el cuarto y me encontré enseguida con dos figuras. Rust estaba de pie junto a su cama mientras que la otra estaba de espaldas a la puerta, mirando en diagonal hacia el chico herido. Pude reconocerlo con facilidad, había pasado demasiado tiempo con él. Al escuchar la puerta cerrarse, ambos miraron en mi dirección. La tensión chispeaba en el aire. Ni siquiera pude moverme.

Claus sonrió al verme y alzó los brazos al aire.

—¡Dios salve a la reina!

—¿Qué haces aquí? —pregunté, aunque no lo suficientemente alto para que me oyera. Estaba tan conmocionada que solo fue una exhalación ronca.

Avanzó para situarse frente a mí. Con su confianza característica, pasó un brazo por detrás de mis hombros y me apretujó contra su cuerpo. Mi rechazo fue absoluto: lo empujé con furia y fui con Rust.

Claus continuó:

—Me preguntaba cuándo vendrías. Se me estaba haciendo aburrido discutir solo con él.

Rust maldijo entre dientes e intentó ir en su contra. Yo lo retuve para que no hiciera algo impulsivo y lo agarré por la bata.

—Su alteza siempre preocupándose por los plebeyos...

Claus hablaba con una teatralidad admirable y ridícula, se había metido en su papel de monarca a fondo. Caminó con paso pomposo, igual al de un gato, y se posicionó a unos pasos de nosotros. Rust se puso frente a mí.

—Déjala en paz —ordenó—, ella no tiene nada que ver con esto.

—Qué equivocado estás...

Claus me miró con ojos lobunos y sonrió tras enseñar sus colmillos. Rust, quien comprendió el gesto, me miró buscando alguna explicación. No pude ni mirarlo, se estaba muriendo por dentro al saber lo involucrada que estaba con Claus. Me mordí el labio y retuve las palabras que planeaban salir descontroladas de mi boca como excusas titubeantes.

—Oh... ¿No te lo dijo? —Dio más pasos hasta situarse a los pies de la cama—. Tu linda chica estuvo ayudándome con algunos planes que tenía en Monarquía.

—Cállate, Claus —bramé.

—Ella fue la responsable de la muerte de Jaho —agregó—. Gracias a Yionne, te estás ocultando como una rata. ¿No es genial? Es una monarca de tomo y lomo, la reina que yo estaba buscando.

—Mientes...

La adrenalina en el cuerpo de Rust había subido con rapidez. Su respiración irregular se descontroló cuando, en uno de sus tantos impulsos, atacó a Claus y lo agarró de su ropa. La risa burlona del monarca fue alarmante, igual a la de un demente que ha hecho alguna fechoría.

—Mírala... —le dijo—. ¿De verdad crees que miento?

Ambos chicos me miraron. Claus lleno de orgullo, Rust temeroso de una respuesta. Me sentí pequeña, indefensa y aplastada por la culpa. No sabía si responder o huir por la puerta para no verlo jamás, porque mentir no era una opción, mi expresión devastada lo decía todo. No obstante, por más que deseara que la tierra me tragara ahí mismo, Rust seguía esperando mi respuesta. Por supuesto, quería escuchar una negación de mi propia boca. Para su desdicha, y después de tantos malos ratos, mi respuesta fue diferente.

—Lo siento, Rust...

En ese instante, Rust Wilson fue la viva imagen de la decepción. Su espalda, que antes estaba tensa, se empequeñeció y dejó a Claus en libertad, volviéndose hacia él.

—Lárgate —le ordenó entre dientes. Con su voz exhaló la furia que mi declaración poco concisa le provocó. Ya no sonaba como el chico decepcionado, lleno de complejos y que no era malo, sino más bien como un producto de diversas situaciones; era Siniester en su entonación más alta y vengativa.

—Sí, creo que ustedes tienen bastante de qué hablar —dijo mientras se acomodaba la ropa. Antes de formar un gesto de despedida, saboreó su pequeña victoria con una sonrisa y se dirigió a Siniester—: No seas malo con nuestra reina, no es culpa suya, después de todo, todos quieren unirse al lado ganador.

Un empujón lo obligó a abandonar su posición, Siniester perdía la paciencia con rapidez y, a juzgar por lo enojado que se mostraba, iba a patearlo de ser necesario.

La puerta se cerró con una lentitud tortuosa y, una vez solos, el aire se me hizo asfixiante.

—Puedo explicarlo, ¿sabes? Yo...

—Estamos en paz —zanjó todavía sin poder mirarme a los ojos. Me daba la espalda con un semblante defensivo.

—¿Por qué?

—Por lo que te hice la vez que te llegó el disparo —explicó—. Estamos a mano.

Se dio media vuelta para confrontarme. En sus ojos había un extraño vacío que opacaba el brillo del azul. No conocía a este Rust, yo esperaba que reaccionara de manera impulsiva, que estallara en gritos, pero la calma con la que actuó me inquietó.

—¿Solo dirás eso? ¿No te enojarás, tirarás cosas o algo por el estilo?

Emitió una risa nasal mientras regresaba a su cama.

—No estoy enojado. Ni decepcionado. Ni una mierda... A estas alturas creo que ya no siento nada y espero todo.

El desánimo en su tono de voz habló por sí solo. Estaba triste, contrariado, ya no sabía qué hacer. Si no hubiese estado en un hospital, probablemente ya habría buscado un par de cervezas y para emborracharse y olvidar, igual que lo hizo con su madre.

—Ahora quiero estar solo —añadió.

—¿Estás dudando de mí?

Se acomodó y recogió sus piernas para abrazarlas y apoyar la cabeza en ellas. Desde esa posición, buscó esconder el dolor en su pecho un momento, luego me observó sin ninguna expresión.

—¿Por qué te sorprendes? —inquirió—. Lo hice desde el inicio. Sabías muchas cosas sobre mí, sobre las bandas, sabías de la reunión, y la complicidad entre Gilbertson y tú siempre me pareció extraña.

El gruñido exasperado que solté al escuchar esto último me dolió en la garganta. ¿Cuántas veces tendría que negarlo para que le entrara en la cabeza?

—No soy de Monarquía. Esa vez que me pediste mandarle un mensaje a Claus por lo de la reunión, te lo dije: yo no apoyo a ningún bando.

—Pero lo ayudaste a él. ¿Por qué? —Su inexpresividad quedó a un lado, ahora sus profundos ojos azules me miraban con desafío e intimidad en busca de una verdad cruel—. ¿Por qué, si no juegas para ningún bando, lo ayudaste a él?

—¿Es que no sabes la clase de escoria que es? ¿Cómo manipula a los demás? Logra salirse con la suya, ¡y ni siquiera sé cómo! —Me llevé una mano al pecho y sentí la presión interna que presagiaba un torrente de lágrimas, pero me contuve por mi propio orgullo—. No tuve opción, él supo algo de mí que usó en mi contra.

—¿El qué?

Me mordisqueé los labios antes de decirlo.

—Si pudiera decirlo...

—Me lo dirías —terminó por mí.

—Sí, claro que sí. La verdad es que lo he intentado muchas veces, pero tengo miedo de que, al contártelo, me suceda algo.

Volvió a acomodarse, esta vez dejó que sus piernas colgaran desde la cama. Se acercó a mí, que estaba estática y deseaba que la repentina aparición de Claus solo hubiese sido una pesadilla y despertara ya del sueño. Rust tomó mi mano, lo que me permitió entender que esta era la realidad.

—No es necesario que digas nada —pronunció en volumen bajo—. Solo te estoy probando. Tengo cara de idiota, pero, aunque no lo creas...

—Eres el mejor de la clase.

—¿Ya ves? A eso es lo que me refiero: siempre te adelantas. Como decía, no soy el idiota que aparento, es cuestión de unir las piezas del puzle que has dejado para saber que tú eres especial. —En mi estómago una masa de puros nervios empezó a crecer—. La primera vez que te vi y me llamaste por mi nombre cuando yo, supuestamente, jamás te había visto, supe que en ti algo andaba mal. No en sentido negativo, sino en una forma de decir que eras demasiado extraña. Pensé que eras alguien de Monarquía y que pretendían tenderme una trampa, pero al final no: tú y yo estamos involucrados más allá de aquel día.

»Sería penoso saber que la chica que terminó por poner mi mundo patas arriba haya sido enviada solo para joderme más la vida, ¿verdad? Es un pensamiento descabellado creer que Claus te contrató, o algo por el estilo, para cagarme la existencia, porque lo que tú hiciste y lo que yo hice, lo que sentimos y cómo lo expresamos desde la primera vez que nos besamos, es la prueba de que nos une un solo sentimiento. —La seguridad con la que pronunciaba cada palabra y lo demostraba en su mirada me decía a gritos que él ya sabía todo—. Te preocupaste por mí desde el primer día, me conocías al revés y al derecho, hablabas conmigo con naturalidad, tu familiaridad me trajo comodidad y, el misterio que siempre representaste me pareció interesante. Ahora que me pongo a pensarlo con detenimiento, ¿no son muchas las coincidencias?

—Esto no es una casualidad —aseguré y él me dio la razón tras asentir.

—Lo sé, yo no creo en ellas, por eso no es una casualidad que haya escogido tu casa para esconderme.

Eso me tomó por sorpresa.

—Ah, ¿no?

—La primera vez que te vi, no fue en tu cuarto; en realidad ya te había visto mucho antes —confesó en tono bajo, como si se avergonzara de reconocerlo, y jugó con mis dedos como un medio para aliviar su carga—. Yo quería saber quién era la mujer de la fotografía que guardaba mi viejo, así que investigué de quién se trataba. Esto me llevó a su casa y, por consiguiente, a ti. Las vi durante días desde lejos, esperando el momento para recriminarles lo sucedido. Luego se mudaron durante un tiempo y usé su casa para hacerla mi refugio.

¡Y el muy cínico fingió no conocerme en todo ese tiempo!

—Nos tenías el ojo puesto desde hacía mucho.

Pese a que el comentario fue hecho con el fin de ofender, Rust esbozó una sonrisa torcida que le hizo saborear la añoranza de esos viejos tiempos, cuando todavía seguía sintiéndose seguro.

—Sí —afirmó con total descaro—. Mis ojos guardaban mucho recelo, así que, una tarde, decidí entrar por tu ventana y saber qué clase de personas eran. De primeras, como dije antes, pensé que serías parte de alguna banda, conocías demasiado de mí. También pensé en la posibilidad de que supieras que las espiaba. Para descartar mis sospechas, las probé: primero con mis bestias, luego con mis visitas...

—Si lo que dices es cierto, entonces ¡eres un maldito idiota! Fingiste no conocerme y me trataste mal a propósito.

Como prevención, Rust se cubrió la cabeza con la almohada. Yo no pensaba golpearlo, pero al parecer ya estaba algo traumado.

—No lo hacía adrede, lo de que no me gustan las pelirrojas es completamente cierto —dijo debajo de la almohada—. Y tú, por muy especial que seas, me inspirabas cierta desconfianza.

Suspiré, tomé la almohada y la dejé a un lado para ver su rostro. Rust no parecía enojado, ofendido o preocupado por lo que Claus había dicho. Me pregunté qué pasaba por su cabeza en realidad. Su actitud pasiva, la confesión repentina y el saber que desde hacía mucho sospechaba de mí, evocó mi deseo de volver a casa y dormir una larga siesta para aclarar mis pensamientos.

—La única pregunta que me queda es saber cuál fue tu deseo. Esa libreta que trajiste el otro día tampoco fue una casualidad, ¿no? Tenías miedo de lo que podrías descubrir en ella. Por eso ahora tengo la duda, ¿cuál fue tu deseo?

En ese punto ya me encontraba totalmente sorprendida; la boca entreabierta y la mente en blanco. Rust sabía desde el principio que ocultaba algo y, aun así, me trató como a una persona normal, sin pedirme favores a cambio como otro lo habría hecho, sin manipularme para su conveniencia. Él solo me dejó existir, sin presionarme para que le contara las cosas contra mi voluntad. He ahí la enorme diferencia entre Claus y él.

Al saber eso, me sentí con la libertad de confesarle la verdad.

—Yo...

Pero no sabía que sería tan complicado.

—Lo que pedí fue volver al día en que papá murió. —Ah, maldición, qué ganas de llorar tenía otra vez—. Por supuesto, esto no ocurrió de la forma en que yo esperaba. Yo era una niña y estaba demasiado triste por la muerte de papá, pero un día, mamá me dijo que, si quería hablar con papá, podía decírselo a la luna y... al no obtener ninguna respuesta, exigí y la insulté sin saber que alguien más respondería.

—Mǒnn —formuló en voz baja, empequeñeciendo sus labios al pronunciar la palabra—, la deidad del cuaderno.

Asentí.

—Así que obtuve solo una parte del deseo que pedí, un castigo que he tenido que acarrear durante años.

—¿Cuál?

Mi respiración se aceleró y me escocieron los ojos. En mi pecho se formó una contracción dolorosa. Un extraño bochorno invadió mi cuerpo. Temblé y necesité tomarme un tiempo, ordenar mis pensamientos. Decidirme.

¿Realmente iba a decirlo? Estaba a punto de entrar en un colapso nervioso, pues mis intenciones eran las de hacerlo. A la mierda todo, a la mierda lo que pasaría. Si por una vez en mi jodida vida iba a contarle a alguien mi habilidad, ese sería Rust, el motivo por el que había iniciado esta especie de bucle.

—Puedo viajar en el tiempo.

Hubo un silencio.

Esperé.

Esperé todavía más.

No pasó nada de lo que sentí en el tercer viaje, aquella vez que estuve a punto de contarle mi secreto al cura. Me sentí bien, sin dolores, sin aprensiones; solo aguardaba algo que jamás llegó.

Me toqué el pecho, sentí los fuertes latidos de mi corazón y me dije: «Estoy bien». Sonreí a Rust con los ojos llorosos y él me respondió con otra sonrisa.

—Lo sabía.

—No puedo creer que haya podido decirlo.

Rust se echó a reír como si lo de un momento antes no hubiese ocurrido.

—¿No puedes creerlo...? ¿Estás bromeando? —preguntó—. ¿Te es difícil haberlo dicho y no saber que tienes una habilidad? ¡Puedes viajar en el tiempo, Pelusa! Y yo lo descubrí.

Por supuesto, el orgulloso de Rust tenía que echarse flores a sí mismo.

—Acabo de confesarlo —repuse con obviedad—. Y sí, se me hace extraño, no había podido.

Me senté en la cama para meditar sobre ello. En la iglesia, frente al cura, no había tenido tanta libertad, el dolor que me oprimía el pecho antes de la confesión era tan poderoso... Incluso me caí al suelo y volví al día en que regresé a Los Ángeles. Ahora, junto a Rust, la situación era diferente y, pese a que me sentía aliviada y menos frustrada, me pareció sumamente extraño. ¿Qué había cambiado esta vez?

Rust se acomodó a mi lado y me dio un pequeño empujón en el hombro.

—¿Esto quiere decir que ya sabes qué ocurrirá conmigo?

Sus ojos habían vuelto a brillar con la gracia que solo un niño puede demostrar. Se veían vivos, atrayentes y receptores a cualquier movimiento.

—Sí y no. Puedo viajar en el tiempo, pero solo al pasado. —Me detuve para presenciar algún hecho que me perturbara, que algo pasara. Todo seguía con total normalidad—. Este es mi sexto viaje; el más extraño, cabe decir.

—¿Y nos conocimos en todos ellos?

—Y nos enamoramos en todos ellos —respondí.

Frunció el ceño.

—Qué mal gusto tengo.

—Idiota.

Lejos de amenazar con golpearlo, preferí echarme hacia atrás y mirar el techo. Seguía sin convencerme lo que había dicho. Antes quería que todo fuera una pesadilla, ahora agradecía que fuese realidad y, además, que Rust se lo hubiera tomado tan bien.

Su rostro apareció en mi campo visual y su peso a mi lado me llevó hacia un costado.

—¿Cómo se supone que viajas?

—Tengo que concentrarme, marcar la fecha en mi celular y desearlo. Aunque las cosas no son tan simples, hay un par de condiciones que debo cumplir. Por ejemplo: no puedo viajar al día del accidente de mi padre, tampoco puedo impedirlo ya que, gracias a esto, obtuve el poder. Tampoco puedo viajar dentro de un mismo día o más allá del nacimiento de mis padres.

Alzó una ceja en un gesto escéptico.

—A ver... Quiero que lo demuestres.

Bufé con incredulidad y me senté en la cama.

—¿No te basta con lo que ya sé?

—Es que, incluso, es... —se revolvió el cabello en busca de una palabra, como si fuese tan simple definir mi situación— increíble.

—Sí, bueno, cuando eres responsable de tantas tragedias, no es tan increíble —balbuceé para mí sin pensarlo. Rust oyó mis palabras con claridad y se acomodó a mi lado a la espera de más explicaciones. Parecía un niño de ocho años dispuesto a escuchar una gran historia—. He tenido que ver muchas cosas, incluyendo tu muerte y la de mamá. También la de María. —Cerré mis ojos para disipar cualquier imagen grotesca de su suicidio—. Intenté arreglar tu vida y fue un desastre. Lo que tengo no es el superpoder que te hace heroico, más bien un villano.

—Creo que te desprestigias demasiado.

—Créeme, mis ideales son muy egoístas.

De manera repentina, Rust apretó mis mejillas y me obligó a mirarlo cara a cara. No me había percatado de que, durante todo ese tiempo, lo estaba evitando mientras miraba hacia cualquier otro lado.

—No creo que sea algo egoísta querer intentar arreglar mi vida —me dijo de manera pausada, con las cejas arqueadas y los músculos de su cara moviéndose al compás de sus palabras.

Tomé sus manos para que me soltara.

—¿Y qué te parece forzar mi existencia?

—Eso... ya es algo diferente. —Hubo un silencio—. Pero piensa: si no lo hubieses hecho, jamás me habrías conocido, y eso sería un error terrible.

Incluso después de saber que por mi culpa ya no estaba completamente seguro, él trataba de levantar mis ánimos con su tonto comentario. Agradecí para mis adentros habérselo contado todo.

—Eres la segunda persona que sabe sobre esto de los viajes.

—La primera es Claus.

Asentí.

—La vez que tuve que subirme a su auto, por tu culpa, cabe recalcar, me confesó que él también lo sabía. De hecho, Claus podía viajar en el tiempo hasta que el poder le fue arrebatado y se me concedió a mí. Ahora está convencido de que la habilidad le pertenece. —Rust lo insultó entre dientes—. Antes de que Jaho muriera, Claus me dijo que estaba preocupado por uno de los trabajadores de su padre y que necesitaba saber si se encontraba bien...

Me tragué las palabras en cuanto recordé que esa información me la diste tú y que, gracias a tu mentira, yo le di la información a Claus.

¿Sería correcto hablarle de ti?

¿Qué le diría?

¿Que recibía mensajes de una persona desconocida llamada Sherlyn, que no sabía si estaba de mi parte o si actuaba por su cuenta?

Tú eres un misterio. A veces me apoyas, a veces no. Manejas las cosas para tu beneficio, pero también lo haces por el mío. No sé si es buena idea entregarte tan grande responsabilidad, solo espero que al leer esto aceptes mi petición.

¿Eres la buena o la villana?

—¿Qué pasa? —preguntó cuando me quedé en silencio. Negué con la cabeza y continué:

—Bueno, yo le dije que el tipo se suicidaría, que eso salía en los periódicos, pero en realidad fue un asesinato que se ocultó bajo esa fachada. Claus y sus hombres aprovecharon la situación y lo mataron.

—¡Hijo de puta! Cuando lo vuelva a ver, yo...

—No le hagas nada —lo interrumpí—, puede ser peligroso.

Rust siguió preguntando cosas sobre mi habilidad y luego sobre mis viajes. Le conté cómo nos conocimos anteriormente, lo que había sucedido en mi primer viaje y su primera muerte el 25 de diciembre. Estaba algo receloso con todo, le parecía una fantasía, y yo le di la razón. Luego hablamos sobre la libreta, sobre Mŏnn, sobre lo que podía suceder el 14 de noviembre y, finalmente, cómo forcé «mi existencia». Unos minutos más tarde, pese a lo ansioso que se mostraba sobre el tema, corté su entretenimiento: necesitaba volver a casa.

—Hagamos algo —le dije y me puse de pie para arreglarme—: en mi próxima visita, te contaré más, ¿qué te parece?

Rust imitó mis movimientos cuando se colocó de pie, pero no dijo nada. Su rostro serio me siguió hasta la puerta donde esperé que se despidiera con algún comentario.

—Yionne —me detuvo y me agarró del abrigo.

—Resulta raro cuando me llamas por mi nombre.

Una sonrisa era lo que esperaba como respuesta, pero obtuve un inesperado abrazo de su parte.

—No se lo digas a papá —murmuró cerca de mi oído.

—¿El qué?

—Voy a escapar de aquí y me mantendré oculto —confesó—. Ya no me siento seguro y puede ser peligroso para él. Imagina si Claus le habló...

—Tranquilo. —Me aparté para mirar su cansado rostro—. No creo que Claus diga algo estúpido.

—Claus nunca dice algo estúpido, todo lo que sale de su boca está dicho con un motivo —declaró, y tuve que darle la razón—. De igual forma, escaparé: estar aquí es aburrido. No te diré dónde iré, pero te aseguro que volveremos a vernos.

Aceptar que una vez más él se marcharía justo cuando estábamos en buenos términos, rompió una parte de mi corazón. Sin embargo, entendía sus motivos. ¿Qué otra cosa podía hacer? Si quería salvarse el trasero, se debía ocultar.

Para salir del trance en el que se había hundido, golpeé su frente como si lanzara una canica.

—Prométeme que no harás nada impulsivo y que te mantendrás a salvo.

Frunció el ceño y, mientras se frotaba donde lo golpeé, dijo:

—Lo prometo.

53

El 13 de noviembre me desperté a causa de una pesadilla. Grité tan fuerte que mamá llegó a mi cuarto, preocupada como nunca la había visto antes. Me abrazó con fuerza y me secó las lágrimas mientras me decía que no pasaba nada y que todo estaría bien. No obstante, por más que quisiera creer en sus palabras, en mi cabeza revivía la pesadilla que había tenido, el presagio de lo que vendría. Al levantarme, mi ánimo fue cuesta abajo: no quería comer, no quería hablar y mucho menos pensar. Sin embargo, como siempre que evitas algo, cada vez te enredas más en ello. Era víctima de mi propia mente.

Mamá parecía cada vez más preocupada. Se mantuvo en silencio, me perseguía sin mover más que su cabeza, observaba mis movimientos con ojos clínicos, atentos a cualquier mal paso. En cierto punto, me empecé a fastidiar y quise decirle que fuera un poco más discreta, pero preferí no hacerlo.

A la hora del desayuno, reunidas frente a frente en nuestra pequeña mesa en la cocina y con los pequeños gatos jugando con nuestros zapatos, el silencio se impuso hasta que un comentario lo rompió.

—¿Has sabido algo de tu amiguito? Su papá vino a buscarlo aquí.

Se refería a Rust, quien, tal como me lo había dicho en el hospital, se fugó durante esa madrugada sin decirle a nadie a dónde iría. Llevaba un día desaparecido, con la herida de bala en su brazo todavía sin sanar. Su padre estaba desesperado y muy decepcionado, según me comentó Tracy; mis amigas no pudieron con el asombro cuando, el jueves en la entrada de Sandberg, la rubia me pidió hablar a solas.

—Es un idiota —mascullé pensando en su «Volveremos a vernos».

—¿Crees que estará bien?

—No lo sé, mamá, la última vez que lo vi fue en el hospital y luego se marchó. De él ya no sé nada y, para colmo, no tengo idea de si me ha mandado algún mensaje o algo...

Lo último lo dije para tocar su fibra sensible y que me devolviera el celular. Al parecer, a juzgar por su expresión, mi truco funcionó.

—¡Muy bien! —se quejó—. Te devolveré el teléfono, pero debes prometerme que te vas a comportar.

Mi rostro debió de iluminarse de emoción. Y no era para menos, tener de regreso mi celular me daba cierta seguridad, tanta que subió mis ánimos por un momento.

—¡Graciaaas! Prometo portarme bien en lo que resta del semestre.

Podía haberla abrazado por encima de la mesa como pago por levantarme el castigo. Mamá se levantó para ir a buscar mi celular, el cual comprobé, una vez que me lo entregó, que estaba apagado. Al tenerlo en mis manos, inspiré hondo y lo pegué a mi pecho.

—Eres una exagerada —me dijo mamá al verme tan melodramática. Claro, para ella solo era un celular, para mí era una forma de arreglar las cosas—. Por cierto, Onne, tengo algo que decirte.

La dulzura con la que me había estado viendo se apagó tan rápido como mis ánimos.

—Si es algo serio, ¿puedes esperar? Creo que no estoy de humor para soportarlo después de la pesadilla que tuve.

Mi sincera petición la hizo reflexionar un momento en el que mantuvo la boca entreabierta, con la palabra asomada entre sus labios.

—Tienes razón —consintió y enderezó la espalda sin levantar la vista de la mesa—. No es el momento, voy a esperar.

Quien no podía esperar era yo. Estaba ansiosa por comprobar que podía viajar con mi celular, incluso leer los mensajes que, quizá, tú me habías enviado.

Subí al autobús escolar y me dirigí hacia el último asiento. Necesitaba tener un momento a solas, donde nadie pudiera ver mis gesticulaciones y conversaciones a través de la pantalla. Para mi tranquilidad, tú no habías enviado ninguno, pero en el grupo de mis amigas había miles. También había recibido varios mensajes en el grupo familiar de los Reedus, quienes planeaban juntarse para celebrar Navidad y Año Nuevo.

Lo siguiente sería viajar.

Me acomodé en el asiento de tal forma en que no pudiera verme desde un ángulo más centrado y acurruqué las piernas contra el pecho para que, al bajar la cabeza, mi celular quedara escondido. La posición me pareció incómoda durante unos segundos, pero mi propósito era más grande. Tomé aire y exhalé hasta el último suspiro para prepararme; necesitaba concentrarme, poner la alarma y viajar. Cerré mis ojos, mi cuerpo se estremecía, mis nervios se retorcían en la boca de mi estómago, amenazando con expulsar el poco desayuno que había consumido.

«Tranquila», me dije.

Fue en vano, mis manos cobraron vida propia, temblaban al compás de un baile sin música.

Apreté con fuerza los ojos.

—Por favor, que funcione... Por favor, que funcione. Por favor, que funcione. Por favor, que funcione —rogué y descubrí que mi voz era un anhelo entrecortado.

Tragué saliva y volví a concentrarme. Pero no pasó nada.

Seguía en el autobús, rodeada por los estudiantes de Sandberg, en la misma realidad deprimente en la que todo se había ido al carajo.

—No, no, no... —murmuré—. Por favor. Por favor, que funcione.

Miré hacia el techo con la esperanza de encontrar alguna señal divina que me dijera qué sucedía. Por supuesto, aquella ayuda celestial por la que clamaba una y otra vez en mis pensamientos jamás llegó.

Así como conseguí mi habilidad, se había marchado.

Ya podrás imaginar cómo me puse. Quería gritar y llorar, tirarme el cabello y pellizcarme, comprobar que todo era una equivocación, que necesitaba algo de tiempo, que en realidad mi habilidad no se había ido. Traté de viajar una vez más sin obtener los resultados esperados... Mejor dicho, ni siquiera obtuve resultados. Me eché a llorar como si hubiera recibido una pésima noticia. Mis compañeros me miraron con extrañeza, se preguntaban qué me ocurría; mas ninguno se acercó, lo cual agradecí.

En Sandberg, apenas puse un pie fuera del bus, corrí hacia mi baño predilecto y me encerré en el último cubículo. Me negaba a creer que había perdido lo que durante tantos años me había convertido en alguien diferente al resto. Cuantos más intentos fallidos hacía, más me desanimaba. Llegué a un punto de desesperación en el que ya no sentía nada. Me refugié con mi propio cuerpo y dejé de pensar. Quería tiempo, irónicamente. Así, de una manera fugaz y efímera, recordé que el día en que visité a Rust en el hospital había renegado de la creencia en una deidad. ¿Había sido por eso? Mis suposiciones gritaban que sí, porque luego no pude viajar con el celular de Rust y pude confesar que viajaba.

Tenía sentido, ¿no?

Si no crees en algo, entonces eso no existe.

—Yo creo en ti, yo creo en ti, yo creo en ti —repetí como si fuera un mantra. Mi voz agónica dejaba en evidencia lo desesperada que me encontraba, a punto de un colapso que llegó a producirse gracias a unos golpes en la puerta.

—¿Onne, estás bien? —preguntó Aldana. Me sequé las lágrimas.

—Sí, muy bien.

Mi voz sonaba como la de un enfermo en sus últimas horas de vida, comparación que no me parece descabellada si tenía en cuenta el estado deplorable en el que me encontraba. La angustia que me causaba ya no poder viajar en el tiempo, a unas horas del momento que más temía, me arrebataba toda esperanza de vida. En mi cabeza, el caos ya se había formado.

—Pues no lo parece. ¿Le ha pasado algo a Rust?

—Creo que es la primera vez que él no tiene nada que ver.

Salí del baño para enfrentarme a mi rostro en el espejo. Me veía depresiva, un esperpento devastado, con el maquillaje corrido y los ojos hinchados y de un color similar al de mi cabello. Por mucho que intentara peinarme con mis dedos, mi alborotado cabello creía que sería un buen momento para hacerle la competencia definitiva a los rizos rebeldes de Sindy. Y yo..., pues, de pies a cabeza, me sentía diminuta.

Aldana me abrazó sin decir nada. No hacían falta las palabras, su cariño fraternal bastaba para reconfortarme, al menos, un poco.

—Estoy hecha un desastre —balbuceé.

Me separé de Aldana y fui a lavarme la cara para limpiar todo rastro de maquillaje. Para mi disgusto, las manchas se esparcieron más y más, y le dieron a mi rostro un toque teatral.

Aldana esbozó una sonrisa y se colocó a mi lado. Ambas nos miramos al espejo un momento, como si intentáramos buscar una solución a mi problema. Entonces, ella dijo:

—¿Quieres fugarte?

Una propuesta tentadora.

—Claro, ¿por qué no?

En Sandberg existe un lugar para que te fugues. Es una especie de agujero en una de las murallas que solo los estudiantes conocen. Se encuentra en el campus de arte, detrás del edificio, cubierto por un herbaje espeso que alberga toda clase de insectos. Nadie dijo que escaparse fuese simple: además de esquivar a los profesores e inspectores del colegio, te tienes que ensuciar el uniforme con polvo y bichos. Para nuestra fortuna, el frío había despejado nuestra vía de escape.

Apagamos nuestros celulares para no recibir ninguna llamada, mucho menos los regaños de nuestros padres luego de enterarse de que nos habíamos fugado, y salimos hacia el terreno baldío, justo al lado de una construcción abandonada, y nos marchamos hacia ninguna parte.

A Aldana le habían regalado un auto pequeño, pero moderno, tan cómodo que no se notaba el exceso de velocidad con el que conducía. Primero, fuimos al supermercado para comprar toda clase de comida, desde bolsas de papas fritas a pasteles; parecíamos dos idiotas empujando un carro que por poco choca con los estantes. Luego me llevó por la carretera: allí pude despejar mi mente; me asomé por la ventana y dejé que el viento me golpeara en la cara. Fue genial, porque moría de frío, pero un rico café moca me aguardaba en el interior del auto.

Tras mi pequeña liberación, ya con el crepúsculo, bajamos a la playa para comer y mirar las olas. Casi no intercambiamos palabras, nos dimos nuestro espacio para reflexionar.

Ni siquiera me di cuenta de que había empezado a llorar otra vez.

—Hoy no es mi día.

—Eso veo. Sabes que puedes contarme lo que quieras, ¿cierto?

—Lo sé. En la mañana tuve la que creí que era una pesadilla, pero veo que no era más que una especie de premonición. Desperté en medio de un camino de tierra, a mi derecha y a mi izquierda había hectáreas de girasoles, todos marchitos. Corrí por el camino, pero era interminable y no sabía hacia qué lado ir. Tenía que tomar la decisión porque algo me perseguía. No sabía qué. Seguí por el camino hasta que llegué a otro sitio: una habitación.

Me detuve. Lo que ocurría en esa habitación ya no formaba parte de una pesadilla, sino de la realidad. Era algo que había tratado de olvidar, pero que seguía adherido a mí.

—¿Y qué había en esa habitación?

—No lo recuerdo bien.

En realidad, todos mis recuerdos sobre el 14 de noviembre son borrosos, solo tengo retazos violentos, fugaces y crueles que se agarran a mi cabeza como la garrapata que se aferra a un animal. Muerden mi psique, me hacen dudar de su veracidad, no varían, siempre son los mismos.

Cinco viajes en donde padezco lo mismo.

Vaya...

Tomé aire para llenarme de valor y continué:

—Yo estaba en la habitación. La cabeza me daba vueltas, veía las luces a cámara lenta y estas se volvían estelas que permanecían durante unos segundos; luego desaparecían. Las voces sonaban como una canción puesta al revés: guturales, incomprensibles. El cuarto era grande, con las paredes de tapiz gris y diseño elegante en color blanco. Me encontraba de pie y, por un momento, me tambaleaba y reía, aunque no sentía ganas de hacerlo. Entonces, mis torpes movimientos fueron retenidos por unas enormes manos que me obligaron a bailar. Yo no podía decir que no, estaba completamente...

—¿Drogada? —dijo mi amiga luego de que no pudiera encontrar la forma adecuada de decir que era una presa, sumisa ante sus más distorsionados placeres.

—Iba a decir «fuera de mis cabales», pero eso tiene más sentido.

Ese fue un pequeño respiro antes de empezar a enturbiar mis palabras.

—En el centro de la habitación fui a dar con una butaca de terciopelo dorado. Todavía puedo sentir la textura de los pelillos en mis dedos... El sujeto que me obligaba a bailar con él me dio de beber. Era algo fuerte, porque me quemó la garganta. Luego...

—¿Luego?

—Él empezó a tocarme por todas partes. Sus manos me tocaron la espalda, los brazos, la entrepierna... Todo. Hasta que me agarró del cuello y apretó. La fuerte presión me obligó a abrir la boca, desesperada por conseguir algo de aire. Las lágrimas calientes eran el producto de la hinchazón de mis ojos. Al sujeto le gustaba, se reía. Sin liberarme, me lanzó a una cama. Guau, esa cama... Es la más grande que vi en mi vida, con sábanas sedosas y blancas. En la cabecera había un par de esposas doradas con las que me amarró. Mi cerebro apenas lograba entender que algo andaba mal, pero ya estaba atrapada, a su disposición.

—Onne, eso es horrible.

Lo era.

—No importa cuánto luché, estar amarrada me hacía una víctima fácil de sus horrorosas intenciones. Ni siquiera hizo falta quitarme la ropa, llevaba una estúpida prenda que pudo romper sin esfuerzo. Se acomodó sobre mí y me dijo algo. Eso me dio un poco de tiempo, porque antes de que ocurriera más, alguien intervino.

Allí corté el relato, Aldana no necesitaba saber más.

Ella, como si viviera lo que yo viví, exhaló el aire de sus pulmones y volvió a prestarle atención a los alimentos que nos quedaban por comer.

—Me alegro de que haya sido solo una pesadilla —dijo.

—Sí... a mí también. ¿Podemos ir ahora a un lugar cerrado?

—Claro. ¿Qué propones?

—Alguna sala de cine o..., no sé, ¿tu casa, tal vez?

Para Aldana, con lo mal que se llevaba con su familia, pasar tiempo en su casa no era una opción ideal. En pocas palabras, eligió matar el tiempo viendo algún estreno en el cine.

Revisaba la cartelera del cine en mi celular cuando una llamada entrante por parte de mamá interrumpió nuestra salida.

—¿Mamá? No te vayas a enojar, estoy con Aldana de camino al cine.

Me justifiqué de primeras porque creí que me regañaría por no volver a casa temprano. Para mi lamento, ella no llamaba por eso.

—Mi Onne, tu compañero de colegio está afuera.

—¿Quién?

—Ese chico con el que saliste hace un tiempo... No recuerdo su nombre.

Ella no lo recordaba, pero yo lo tenía grabado en mi cabeza a la perfección, junto con su sonrisa pedante y el semblante de autosuficiencia. El corazón me dio un vuelco doloroso.

—Mamá, no le vayas a abrir. Y si lo haces, dile que..., no sé, que me quedaré el fin de semana en casa de Aldana.

—¿Te quedarás en mi casa? —inquirió mi amiga, quien seguía al volante—. Porque yo no tengo problema.

Esa idea era perfecta. Si me quedaba en casa de Aldana y evitaba salir a toda costa, entonces quizá podría evitar lo que ocurriría en tan solo unas horas.

Regresé a prestarle atención a mamá.

—¿Puedo, mamá?

Ella se lo pensó bastante.

—Está bien, Onne, si eso te anima... ¡Pero nada de hacer locuras!

—Aldana es una chica tranquila.

—Lo sé, cariño. Te amo, mi Onne, cuídate mucho.

—Yo te amo más.

No alcancé a tranquilizarme, pues una nueva llamada entrante interrumpió el pequeño sabor de la victoria que comenzaba a sentir.

Respondí con miedo y este empeoró al escuchar la voz de Claus Gilbertson al otro lado de la línea.

—Te quiero aquí cuanto antes o me llevaré a tu madre. Tú eliges.

Debí suponer que Claus no recibiría un no como respuesta ni me dejaría huir de sus perversos planes. Después de todo, por mucho que intentara zafarme de sus horribles intenciones, él siempre conseguía meterme en la última habitación del primer piso del Polarize para ser el objeto de sus sentidos más primarios.

Aldana no quiso dejarme sola con Claus, así que me acompañó al punto de encuentro donde habíamos acordado juntarnos. Una enorme camioneta negra con vidrios polarizados aguardaba a un lado de la calle. Al verme bajar del auto, dos hombres vestidos de negro bajaron; su sola presencia elevó mi temor más allá de la estratosfera. A pocos pasos de llegar, Aldana me tomó del hombro para mostrarme su apoyo. Lo agradecí para mis adentros; saber que no estaba sola me armó de valor.

Claus bajó el vidrio de la camioneta y enseñó su rostro. La sonrisa confianzuda que siempre llevaba había desaparecido y evidenciaba el descontrol que sentía. Deseo haber saboreado por mayor tiempo ese momento.

—Bien, ya estoy aquí, ¿qué quieres?

No me respondió. En su lugar, uno de sus hombres abrió la puerta de la camioneta.

—Suban —nos ordenó.

Aldana dio un paso atrás, negándose.

—¿Por qué? —quise saber.

—Más es mejor —respondió Claus—. Además —miró a Aldana—, también está involucrada en esto.

—¿A dónde iremos? —preguntó ella.

—Al Polarize. Llamaremos un poco la atención.

—¿Y si nos negamos? —insistí, retrocediendo otro paso.

Uno de los hombres altos se interpuso en nuestro camino de regreso al auto. Una risita se le escapó a Claus. Al volverme hacia él, descubrí que portaba su apestosa sonrisa de superficialidad y alarde por la ventaja que nos llevaba.

—Estoy seguro de que no lo harán —dijo—. Vamos, suban, no les haré nada.

—¿Y mamá? —pregunté, reticente.

—Estoy seguro de que está muy tranquila en tu casa. —Volvió a sonreír, casi burlándose por haberme hecho caer en su trampa—. Ahora, suban.

En el auto, rodeada de hombres desconocidos y con Claus dominando la situación, la poca tranquilidad que había sentido por la tarde se esfumó por completo. Los buenos momentos que tuve fueron reemplazados por recuerdos insistentes de mis otros viajes, imágenes rápidas sobre la habitación del Polarize ocupaban mis pensamientos. Me aterré al caer en la cuenta de que mi mayor temor acabaría produciéndose. No, mejor dicho, ya se estaba produciendo. Y, como para empeorar las cosas, Aldana también viviría lo mismo.

Mi amiga y yo íbamos juntas, con nuestras piernas pegadas, abrazadas por la espalda, deseando —probablemente— que no nos separaran. Aldana iba en silencio, con una aparente tranquilidad que se perdía en su mirada angustiada. Yo, por otro lado, no traté de disimular mi inquietud y movía mis piernas sin parar. Claus lo notó; hizo un recorrido desde mi pierna hasta mis ojos y, en cuanto los capturó, esbozó una sonrisa.

—Esto no estaría pasando si él no se hubiera ido. Si hay alguien a quien culpar, es a él. Te prometo que yo no quería llegar a estos extremos, ser un bárbaro no es lo mío, pero..., como suelen decir, situaciones desesperadas requieren medidas desesperadas.

—Creí que nunca vería a Claus desesperado —hablé desde mi más roído orgullo, ese que se negaba a doblegarse ante la punzante situación.

—Puedo ocultar lo que siento muy bien, O'Haggan.

No supe si aquella respuesta debía tomarla como una advertencia o como una pequeña muestra de lo que era realmente. No pude descifrarlo con total seguridad, por lo que preferí concentrarme en nuestro inminente problema: salir del Polarize.

Estacionaron la camioneta en un lugar exclusivo. Al bajar, nos escoltaron, por decirlo de alguna forma, hacia la zona VIP de la discoteca. Con un hombre a cada lado, se aseguraron de que no pudiéramos escapar o mirar más de lo debido. La música zumbaba con fuerza en las paredes, la luz tenue daba un toque íntimo. Nos hicieron sentar en un sofá largo a esperar.

Un hombre alto entró a la habitación para hablar con Claus sobre, al parecer, nosotras; portaba un celular con el que en un momento nos apuntó.

Claus negó con la cabeza, se acercó a mí y me tendió su mano.

—Tu celular, por favor —pidió.

413

Capté sus intenciones: quería tomarnos una foto para enviársela a Rust desde mi teléfono.

Por más que quisiera negarme, tuve que hacerlo porque no estaba en posición de exigir cosas, sino de responder a sus deseos por nuestro bien. La ecuación se resolvía de manera simple: «comportarse bien» era igual a «no te haremos nada». Pensé que, como éramos dos estudiantes —entre ellas la hija de un prestigioso bufete de abogados—, tendrían más cuidado.

Tras tomarnos una fotografía, Claus ordenó a sus hombres retirarle el celular a Aldana. También nos obligaron a quitarnos la chaqueta y la corbata para tomarnos una foto mientras llevábamos solo la camisa y la falda del uniforme. Otra foto para enviar y llegaron las bebidas.

—¿A qué vienen esas caras taaaan largas? —preguntó el sujeto alto que había entrado recientemente—. Estamos en el Polarize, deberíamos divertirnos un poco.

Con una señal con los dedos y una mirada imperial, le pidió al barman —a quien no le parecía extraño que dos chicas de colegio estuvieran siendo forzadas a desvestirse— que nos sirviera dos tragos. Aldana y yo nos miramos a la vez, como advertencia de lo que pasaría si aceptábamos beber.

—No le pondremos nada —señaló el hombre—. Bueno... ja, ja... Quizás un poco más de alcohol. Pero, chicas, es que están muy rígidas, tienen que soltarse.

Finalizó su pequeño discurso pasándose la lengua por los labios. Aquel gesto me recordó a Claus y sus patéticos intentos de coqueteo. Solo ahí, pensando en esa comparación entre ambos, llegué a la conclusión de que se trataba de Snake, el líder de Monarquía.

Jamás lo había visto, ni siquiera en mis otros cinco viajes. Monarquía se salía con la suya, él manejaba a los plebeyos por medio de Claus. Fue una sorpresa que se presentara ante nosotras de manera tan abierta, sin esconder su rostro, sin máscaras de por medio.

Por supuesto, había una razón: si no se escondía de nosotras ni tampoco pretendía ocultar sus intenciones, era porque iba a matarnos tarde o temprano. Si Claus no tenía compasión por sus hombres, menos lo tendría por nosotras.

Nos dieron las dos bebidas.

—Beban con confianza, porque la espera será algo larga —dijo Snake. Aldana fue la primera que llevó el vaso a sus labios y le dio un pequeño sorbo, el cual le hizo fruncir el ceño. Snake rio—. ¿Está muy fuerte?

—No acostumbro a beber alcohol —respondió mi amiga, mostrando una serenidad envidiable.

—Ya veo...

La siguiente en probar fui yo. Mi garganta dolió tras beber un sorbo que quemó más de lo pensado. Arrugué mi nariz y me quejé tras exhalar el aire por mi boca para así aliviar el ardor y lo amargo del trago.

—Bébelo todo y ve al baño. Vomítalo —murmuró Aldana utilizando el vaso para ocultar sus labios. Acaté sus palabras. Mientras ella llevaba la mitad del vaso, yo me lo había bebido todo—. Si algo llega a pasar...

No pudo continuar. Uno de los hombres, el que se quedó a vigilarnos mientras Claus y Snake no estaban, se volvió hacia nosotras. De manera tímida le dije que quería ir al baño. Fue otro de los hombres quien me acompañó; se quedó en la entrada, afuera, mientras yo deje correr el agua para que mis arcadas no fueran escuchadas. El baño era espacioso, ideal para ponerme de cuclillas y tratar de vomitar tal cual me lo había ordenado Aldana. Toqué la corona del retrete, me acerqué para observar el agua en su interior, luego me metí dos dedos a la garganta.

Vomitar fue un reto. Tras varios intentos, logré vomitar dos veces, pero fue inútil. Sin haberme percatado, ya todo lo que veía a mi alrededor había comenzado a dar vueltas. Mi cabeza pesó y, antes de ver la oscuridad, caí al suelo. Lo último que recuerdo de ese momento fue la entrada de Claus al baño y su rostro borroso que me examinaba.

Desperté, amarrada en la habitación de siempre tras recibir el impacto de un flash en mi rostro. Me dolía el cuerpo, la cabeza y sentía que en cualquier momento volvería a vomitar. Otro destello cegó mi vista. Habían tomado otra foto. Poco a poco, fui consciente de la situación y traté de liberarme, aunque fue inútil. Me dolía todo. Cerré mis ojos, mi mente se perdía.

—Eso es... Sigue así... —escuché en algún lejano lugar de mis pensamientos. Reconocí esa voz: era el hombre enorme con el tatuaje en el cuello, el mismo por el que salí huyendo del Polarize la vez en que Claus nos invitó al club. El mismo tipo asqueroso de los viajes anteriores.

Volví a ser parte de la negrura, de la nada, a pensar incongruencias. Ni siquiera recuerdo qué soñé o si desperté una vez más. Solo existía, lejana a todas las atrocidades que pudieron hacerme. ¿Sentí algo? La verdad, no lo sé. Quizá lo hice, puede que pusiera resistencia, que pataleara, gritara o, incluso, pidiera ayuda.

«Quizá», solo en eso se puede quedar.

Cuando los efectos de la droga pasaron, me encontré amarrada sobre la cama, bajo la luz tenue de una lamparilla atornillada en la pared, justo sobre la cabecera. Vestía la prenda de siempre y sentía el mismo aire frío de las veces anteriores. Mi piel se erizó en el recorrido lento de un choque eléctrico al descubrir que el hombre enorme ya no estaba sobre mí, sino que allí solo estábamos Claus y yo.

Él me observaba desde la butaca. Bebía con paciencia y, de vez en cuando, jugueteaba con el líquido, lo revolvía con un estudiado movimiento del vaso. A su lado había una navaja. Sonrió cuando reparé en su abominable presencia, seguro de mi fallido intento por cubrirme.

—No seas tímida, no eres la primera chica que veo así. Y seguro que no es la primera vez que lo hago contigo, ¿verdad?

Se bebió el resto del trago de golpe y dejó el vaso sobre una pequeña mesa junto a la butaca. Con movimientos limpios, haciendo gala de su gran tamaño, caminó hacia los pies de la cama. La luz tenue de la cabecera iluminó parte de su cuerpo y de su rostro, pero sus ojos seguían en las sombras.

—Claro que no, esto ya lo viviste —se respondió—. Lo que me resulta extraño es que no lo has evitado. Tú, con la flamante habilidad de poder ver el futuro, no has podido evitar... esto. ¿O es que no has querido?

Hice una mueca de desagrado. Podía haberle escupido en la cara de lo repulsiva que me pareció su insinuación.

—Ya entiendo. No has podido. ¿Sabes que no tienes que comportarte así conmigo? ¿Por qué no asumes que he ganado?

—Porque todavía no lo haces —farfullé. Apenas pude escucharme, tenía la garganta seca y adolorida.

Claus avanzó sobre la cama como lo haría un felino: lento, cauto y silencioso. Se colocó sobre mí, con sus piernas y sus manos apoyadas en la cama.

—Eres tú la que está amarrada, no yo.

—Cuando salga de aquí...

—¿Salir? Eres más ingenua de lo que pensaba. ¿De verdad crees que te irás? Este es el lado VIP y tú estás amarrada.

Me sentí tentada a contarle que en los antiguos viajes había sido rescatada por Rust, que tenía la convicción de que aparecería tras derribar la puerta, como ya lo había hecho con anterioridad, que se tardaba porque no podía hallar dónde me tenían entre todas las habitaciones. Sin embargo, ya le había advertido sobre el 14 de noviembre, le dije que, si sucedía, estaría en la última habitación y que usara máscaras para no tener futuros problemas.

A Claus no le dije nada de esto, claro, mejor que lo tomara por sorpresa.

Claus se agachó hacia mi rostro, su perfil descendió hasta mi cuello y ahí se detuvo para oler. Quise apartarlo, me moví para evitar cualquiera de sus roces, pero él respiró con fuerza el aroma de mi piel.

—¿Sabes cuánto quería esto? Si no lo hice antes es porque soy un caballero.

—No me jodas...

—Lo digo en serio. Pude tenerte tantas veces así... —Su aliento contra mi cuello me pareció asqueroso y los besos que fue dejando sobre mi piel, también—. Sucede que a mí... —se acomodó para sentarse sobre mi pelvis— me gusta ir más allá.

Agarró una almohada y me empezó a asfixiar con ella. Fue un momento eterno en el que anhelaba algo de aire, aunque solo fuese desde un pequeño agujero entre la sábana y la almohada. Claus reía con ánimo y empezó a menearse sobre mí, encantado por la forma en que, poco a poco, me arrebataba la vida.

En el último momento, cuando comenzaba a perder la consciencia, se detuvo.

—Genial, ¿no? Tener el control sobre una vida es lo que más me excita. Yo soy quien decide cuándo mueres.

Entre jadeos y tos, formulé las palabras que me dieron algo de tiempo:

—Voy a matarte. Esa vez, cuando me preguntaste cómo morirías, te mentí. Lo sé. Quien te matará seré yo, maldito perro asqueroso.

Se echó a reír y flexionó su cuerpo hacia atrás. Pude ver todas las venas de su cuello hincharse.

—Y yo muero de ganas de que llegue ese momento —soltó en un tono rebosante de burla—. Yionne O'Haggan, estoy tan feliz de no haberme equivocado contigo... Incluso ahora, atrapada, sacas algo de valor. Admiro tu determinación, las ganas que tienes de aferrarte a la vida, pero la vida es cruel y no todos pueden lograr lo que desean. Y si lo hacemos, luego no tenemos ni idea de qué hacer. Tú ya tuviste tu deseo, ahora quiero recuperar el mío.

Colocó la almohada sobre mi cabeza y la enterró con fuerza sobre la cama. No obstante, la quitó antes de que me desmayara.

—¿Alguna vez te dije qué fue lo que pedí? —Poco reaccioné a su pregunta, así que me dio una bofetada para que volviera a mis sentidos—. ¿Me estás escuchando?

Negué con la cabeza.

—Te preguntaba si alguna vez te dije qué pedí.

—No...

—No, ¿qué?

—No lo hiciste.

—Ah... —Hizo una pausa y formó una mueca cínica—. Es una linda historia de amistad. ¿Sabías que hace tiempo Rust y yo fuimos buenos amigos? Éramos niños y, por temas familiares, nos llevábamos bien —comenzó a contar mientras se desvestía—. Éramos inseparables. Yo lo acompañaba a sus clases de béisbol y él pasaba el rato conmigo cuando mi padre trabajaba. Pudimos forjar una relación poderosa, pero lo arruinó todo. —Sus ojos se encendieron en fuego—. Conoció a Shanelle y me dejó de lado. Ellos le lavaron el cerebro y yo, por mi parte, conocí a Snake, quien actuó como mi padre. Eso no le gustó. Dijo que jamás podría verme con los mismos ojos que yo lo veía a él y se alejó; me dejó solo, sin importar los problemas que tenía en casa.

Nuestra amistad se acabó. Eso me marcó como el hierro candente en la piel de un animal. Prometí que le haría pagar cada segundo su traición. Por eso lo haré desaparecer, incluso, de tu cuerpo.

Se precipitó sobre mí, dispuesto a darme un beso, pero se detuvo al ver mi expresión. No recuerdo qué hice o que sentí, simplemente me limité a mirarlo con el fin de comprobar si su historia con Rust era real. La furia en su voz, su mirada perdida en los recuerdos... Claus hablaba desde el odio, como si de verdad detestara sus palabras.

—No me digas que te lo has creído —soltó.

Permanecí seria.

—Créelo, si así deseas, después de todo, algo tiene que justificar mi odio hacia él.

Aproveché para tomar aire antes de que tratara de ahogarme con la almohada. Aguanté la respiración durante un tiempo, actué como una desesperada y luego dejé de moverme. Fingí haber perdido el conocimiento para que me liberara. Y, funcionó: Claus Gilbertson había caído. Con los ojos cerrados, pude guiarme y conocer sus movimientos. Como era lo bastante astuto, me golpeó en la cara para saber si reaccionaba. No me moví ni un centímetro. Tras su comprobación, primero acarició mis piernas y luego mis brazos. Acomodó mi cabello para poder verme a la cara y besó mi mejilla. Formó un pequeño camino de besos y saliva hacia mi boca. Nuevamente tuve que aguantar la respiración. Bajó hacia mi cuello y allí se detuvo. Mi corazón latía con fuerza, palpitaba en un intento de salir de mi tórax, y creí que había notado las pulsaciones en mi cuello.

Pero no.

Se había detenido porque fuera se había armado un alboroto y, al parecer, trataba de oír lo que ocurría. Sin apartarse de mí, giró su cabeza hacia la puerta y expuso su cuello. No lo dudé dos veces, solo permití que mi instinto de supervivencia emergiera y lo mordí. Mis dientes se clavaron en su piel, con fuerza, igual que lo haría un animal salvaje. Apreté mi mandíbula hasta conseguir una buena porción de piel mientras él gritaba de dolor. La sangre cayó sobre mi cuerpo desnudo.

Claus gritó con más fuerza, sus movimientos eran torpes, pero rudos, lo que me dio la facilidad de forcejear con más fuerza y tratar de soltarme hasta que conseguí liberar una mano. Llevó ambas manos a la herida y quiso cerrarla, pero la sangre que se escurría por su cuello era interminable. Los ojos con los que me miró eran la definición del odio. Rabioso y colmándose de adrenalina, agarró una especie de navaja para ir en mi contra. Logré empujarlo con mis piernas y él cayó al suelo. Más tiempo a mi favor en el que intenté liberar mi otra mano.

Soltando un grito agónico, Claus se puso de pie. La navaja brillaba en su mano.

De pronto, la puerta se abrió de golpe y expuso a una persona vestida de negro que cubría su rostro con un pasamontaña.

Era Siniester y apuntaba con una pistola al interior.

—¡Detente! —ordenó.

Al escuchar la voz de Siniester, una sonrisa ensangrentada se formó en los labios de Claus.

—Ya estaba extrañando tu presencia.

Se volvió hacia Siniester y dio un paso hacia atrás, junto a la cama.

—Quédate donde estás —insistió Siniester con firmeza y se quitó la máscara para enseñar su serio rostro—. Vamos.

—¿O qué? Tú no vas a matarme, eres demasiado débil para asesinar a alguien.

—No te lo digo a ti —respondió Siniester.

—Me lo dice a mí —murmuré justo detrás de Claus.

Haberme dado la espalda fue el peor error que pudo cometer porque, mientras se dirigía a Siniester, yo me había liberado. A su espalda, cuando él no podía verme, le arrebaté la navaja de la mano y se la enterré en el cuello. Más gritos. Claus cayó al suelo para revolcarse como un cerdo. Su dolor no me produjo ni una pizca de compasión, estaba tan llena de ira que me senté sobre su cuerpo, al igual que él en la cama y le enterré la navaja en el pecho. Una, dos, tres... Se la enterré hasta que la hoja se rompió. Y cuando eso pasó, seguí golpeándolo.

Rust me agarró por la espalda para detenerme. Tomó mi rostro y me dijo unas palabras que no entendí. Temblaba tanto como yo. Con movimientos torpes me entregó ropa y un pasamontaña. Luego se colocó el suyo y me sacó de la habitación.

Afuera era un desastre. Gritos, llantos, disparos... El Polarize se había convertido en la viva imagen del caos. El lugar era más grande de lo que aparentaba y, entre una lucha de bandas —los hombres de Legión y los bohemios contra los de Monarquía—, parecía un laberinto. Rust estaba perdido, no sabía hacia dónde ir, por lo que tuve que ayudarlo a guiarse. Buscamos por todos los rincones y en cada una de las habitaciones disponibles, pero seguimos sin dar con Aldana ni con Brendon. Llegamos a un punto de desesperación que nos tuvo de vuelta en la habitación donde Claus me tenía cautiva.

Fue una sorpresa amarga descubrir que su cuerpo no estaba en el sitio donde lo había asesinado.

—Miren lo que le hicieron a mi muchacho —dijo una voz a nuestras espaldas. Nos volteamos con rapidez y descubrimos que se trataba de Snake, quien cargaba el cuerpo en sus brazos—. Matarlo de una forma tan... horrenda.

Dos hombres lo acompañaban en la entrada: uno amenazaba a una herida Aldana y el otro, a Brendon. Un tercero apareció para desarmar a Siniester. Por mucho que él se resistiera, el sujeto logró doblegarlo en el piso.

—Claus era como un hijo... —Snake avanzó hacia la cama y dejó a Claus allí. En efecto, estaba muerto y con la ropa cubierta de sangre—. De pequeño, le enseñé todo lo que sabía. Era perfecto, un chico excelente.

—Era un puto enfermo —le respondió Siniester entre dientes.

Aquella falta de respeto provocó la ira de Snake. Con un brusco movimiento de cabeza, le hizo una señal a los hombres para que apuntaran a Aldana y Brendon en la cabeza.

El líder de Monarquía se paseó entre Siniester y yo.

—Me gustaría saber quién de ustedes lo mató.

—Fui yo —se apresuró en decir Brendon—. Yo lo maté. Mátame a mí.

Snake rio de la misma forma burlesca que lo hacía Claus.

—No mientas, yo sé que tú no estabas aquí —le dijo—. La pregunta va para ellos dos.

Supuse que estaba jugando con nosotros, si Rust decía que había sido él, entonces mataría a Brendon; si yo confesaba la verdad, entonces mataría a Aldana. No iba a matarnos a nosotros primero, quería que sufriéramos lo mismo que él.

—¿Y bien?

Su insistencia fue devastadora. Esperaba con impaciencia una respuesta.

Crucé miradas con Aldana, también con Brendon. Quería confesar, decirle que yo lo había asesinado, pero no quería que mi amiga muriera.

—Yo lo maté —masculló Siniester. Su semblante se oscureció al dirigirse hacia Snake. Lo miró a los ojos, buscaba demostrar que era franco—. Yo maté al hijo de perra que tenías como sucesor.

Snake lo miró con seriedad y bajó la mirada.

—Enséñame sus manos —le ordenó al hombre que lo retenía. Con rapidez, tomó ambas manos de Siniester y las mostró. Tras unos segundos, las soltó con desprecio.

—Qué raro... —pronunció Snake en un tonito que jamás podré olvidar. Era una voz irónica, despiadada—. Tus manos están limpias, no tienes ni un rasguño.

Miré mis manos. La navaja había dejado su marca; tenía cortes no muy profundos, pero lo suficientemente visibles.

Antes de que fuera mi turno, Siniester insistió:

—Lo digo en serio. Yo maté a Claus. Gritó como un perro, pedía que lo ayudaran y clamó mi perdón. Al final, el maldito enseñó su verdadera y patética cara.

Lo cierto fue que Snake no se tragó sus palabras, porque desde el principio sabía que yo era la responsable de la muerte de Claus.

—Quieres protegerla a ella —se burló y me señaló con su barbilla mientras Rust hacía lo posible por mantenerse en pie.

Cuando los ojos del líder de Monarquía cayeron en mí, supe que había dado por finalizada la charla. Hizo una señal y dos disparos sonaron. El sonido ensordeció el lugar. El tiempo se pausó durante un instante, después se volvió lento. Recuerdo que pequeñas partículas de sangre volaron por la habitación y se estrellaron por todos lados. A continuación, Aldana cayó sin vida. Escuché el sonido de su cuerpo azotarse contra el suelo y el grito desgarrador que Brendon emitió.

Ese es el instante que se vuelve eterno, el más desgarrador. El que te persigue por siempre.

Ni siquiera pude procesarlo.

Ni siquiera puedo procesarlo ahora, mientras escribo esto.

Su muerte desencadenó el enojo de Brendon, quien en un rápido movimiento golpeó al sujeto que lo tenía retenido y logró quitarle el arma al hombre que disparó a Aldana. El objetivo de Brendon era descargar su ira contra el que demandó la muerte de mi amiga. Disparó tres balas, de las cuales solo una llegó a darle en el hombro a Snake. El grito de dolor que emitió distrajo al sujeto que retenía a Siniester, así que aproveché para agarrarlo del cuello y hacer que lo soltara. Libre, Siniester corrió contra el sujeto que retenía a Brendon, pero fue demasiado tarde: bastaron cinco disparos para que Brendon cayera sobre el cuerpo de Aldana, agonizando. Otro grito; esta vez provenía del dolor más profundo de Rust. En ese momento, creí lo peor. Cerré los ojos muerta de miedo y oí más disparos.

Los abrí cuando escuché el quejido agónico del hombre que tenía a mi lado. Al verlo moribundo, lo solté, aterrada, y me aparté. La escena que vi frente a mí era muy diferente a la de hacía solo segundos: los dos hombres de la entrada estaban muertos, Rust socorría a Brendon y Snake mantenía las manos en alto frente a una irreconocible Shanelle.

Había llegado en el momento más crítico. Snake sonrió con suficiencia:

—Veo que tu padre te enseñó bien —dijo, elogiando su puntería. Shanelle ni siquiera respondió; se limitó a mirarlo con ojos sombríos mientras continuaba apuntándolo—. ¿Vas a dispararme? —Más silencio—. Si vas a hacer...

Un disparo en la cabeza mató a Snake.

La habitación era una masacre. Shanelle bajó el arma y corrió junto a Rust para sofocar su ira en llanto.

—Haz algo —me suplicó Rust con los ojos llenos de lágrimas. Desesperado, colocaba sus manos sobre las heridas de bala de su amigo—. Vamos..., ¡reacciona! ¿Por qué estás ahí de pie? Regresa, sálvalo. Vamos, amigo, aguanta. Yo sé que tú puedes resistir...

Brendon agarró la ropa de Rust y tiró de ella en un gesto inconsciente, entonces ya no hubo movimientos con sus manos ni quejidos ni sollozos. Solo silencio.

—Vamos, Brendon, despierta... —dijo y luego se dirigió a mí—. Puedes regresar, ¿qué esperas?

No pude hablar para decirle a Rust que su amigo había dado el último aliento. Por más que quisiera, tampoco podía moverme, estaba paralizada en mi lugar porque ahí, junto a ellos, Aldana yacía sin vida.

Entonces comprendí que la consecuencia de salvar a Shanelle en aquella fiesta había sido la muerte de Brendon. Y yo, al matar a Claus, perdí a Aldana.

54

Un corazón frágil pero orgulloso tiende a sufrir en silencio. Se reserva para la intimidad y la soledad de una confrontación en la que solo él puede estar, se aferra a una triste realidad donde el consuelo propio es un momento íntimo que no sana. Ese peso se agranda en tu pecho, se expande, se transforma en dolor y lo deshechas sabiendo que, tarde o temprano, volverá.

Cuando me enteré de que podía viajar al pasado sin poder arreglar la muerte de mi padre, sentí eso. La impotencia de tener algo tan asombroso en mí no valía la pena sin lograr lo que realmente deseaba. Hubo miles de intentos antes de asumir que no iba a poder, porque gracias a su muerte yo tenía mi habilidad. Qué irónico... Cualquiera se hubiera sentido como un dios en mi situación y, sin embargo, yo me consumía debido al centenar de palabras hirientes que me decía.

«Inútil», era la que más repetía.

¿De qué me servía tener este supuesto don sin poder usarlo como yo quería? De nada, por eso me sentía inservible.

Esa misma palabra me repetí mientras tomaba una ducha.

Habíamos llegado al refugio de Siniester y los demás a duras penas después de presenciar el caos, abandonar a los nuestros e iniciar un incendio para esconder cualquier hecho. Todos nos encontrábamos abatidos, impotentes y llenos de rabia. La decepción y la tristeza se reflejaban en nuestros rostros, en la postura de nuestros hombros, en los sollozos que no querían ser escuchados. Shanelle me guio hacia el baño para lavarme toda la sangre del cuerpo.

El lugar me pareció sucio, frío y sin sentido. ¿Qué hacía yo tomando una ducha y limpiando de mi cuerpo la sangre de otra persona? Una persona. Por Dios, solo de pensarlo volvía a aquella habitación, temblaba debajo del agua. Me despedía del cuerpo sin vida de Aldana. ¿Por qué? ¿Por qué tuvimos que huir? ¿Por qué tuvo que pasar? ¿Por qué ella murió? ¿Por qué no la pude acompañar? Aldana no merecía acabar así. Era buena, sincera, una persona confidente, de voz apacible, leal y alguien paciente, que te escuchaba de verdad. Tenía tantas características buenas que parecía de otro mundo, pero se involucró en un conflicto erróneo.

Tras tanto cuestionamiento, venía el repudio a los hechos y a mí misma, porque nada pude hacer, porque era una persona inútil sin la habilidad.

Shanelle me prestó su ropa para vestirme. Con cautela y en silencio, me llevó hacia su cuarto con el fin de que me vistiera. El lugar era pequeño, asfixiante, lleno de moho; un ambiente frío que era combatido por una estufa en el rincón. Me acerqué a ella para calentar la ropa.

Sin previo aviso, la puerta se abrió. Mi corazón dio un vuelco brusco, el ruido me obligó a ponerme a la defensiva. Por supuesto, ninguno de los que estaba en ese refugio entraría sin tocar, a excepción de Rust. Él también se había duchado, pero, a diferencia de mí, mucho más rápido. Entró vestido con sus propias prendas, limpias, sin rastros de sangre.

—Lo lamento —dijo.

Caminó con lentitud hasta situarse frente a mí y se quedó estático, mirándome. Sus ojos se veían negros, brillaban con el pequeño reflejo de la estufa, y en su mirada había lástima. Acompañé el momento con una conexión silenciosa, un juego de miradas sombrías. Él fue el primero que cedió y me inspeccionó. Su mano tocó mi mejilla y se deslizó por mi cuello, mis hombros, brazos y más lugares que tenía amoratados.

—¿Duelen?

Negué con la cabeza.

—Ninguno de ellos duele más que la muerte de Aldi —tuve que morderme el labio inferior para reprimir mis ganas de llorar, pero terminé por hacerlo cuando Rust me abrazó—. Ella no tenía que acompañarme... Volvería mil veces para impedirlo...

—Así es esta puta vida: injusta. Los mejores siempre se van primero. Pero es lo mejor, ¿sabes?, así no se contaminan de esta humanidad de mierda. Y, maldición, aceptarlo es un trayecto largo, pero ¿qué más podemos hacer? Solo queda consolarnos entre nosotros.

—No puedo. Tenía la forma de evitarlo, Rust. Yo pude haber insistido en que me dejara, enojarme, no involucrarla... pero me apoyé en ella, como lo hice muchas veces, y ahora ya no está. La perdí. La perdimos. Los perdimos...

—No perdimos a nadie, ellos siguen aquí. No lo olvides.

Entendía qué quería decirme, no obstante, el problema es que no lo aceptaba. Asimilar lo que había ocurrido sería un problema que me tomaría tiempo.

Después de ponerme la ropa, permanecí otro rato más en la habitación. No quería salir, deseaba extinguirme como las llamas que se proyectaban ya sin fuerza en la estufa. Sola, perdida en mis pensamientos. Necesitaba un momento más para creer lo que había pasado, disipar el nudo sofocante en el nacimiento de mi pecho. Cuando cerraba los ojos, volvía al Polarize, y la frustración, la tristeza, el miedo y la rabia se mezclaban. Sin percatarme, apreté mis manos con fuerza y temblé mientras soportaba el dolor físico que la navaja de Claus me había dejado.

Dos golpes en la puerta me distrajeron. Di permiso para que entraran. Shanelle se asomó y entró con gesto tímido.

Tenía un paquete de venditas adhesivas.

Requerí la ayuda de Shanelle y ella no puso objeciones. Aprovechó la cercanía para preguntarme sobre lo que había ocurrido, ya que Rust parecía reticente a describir más atrás de su aparición.

—Todo se fue al carajo. Rust llegó al cuarto, Claus le dijo algo, pero no recuerdo qué y, mientras eso ocurría, le enterré la navaja. El instinto me llevó a actuar, lo apuñalé tantas veces... Y luego, salimos, corrimos a toda prisa en busca de Brendon y mi amiga... —Necesité tomar aire y calmar las ganas de llorar otra vez—. Snake los tenía. Estaba molesto por haber asesinado a Claus y luego... nos hizo confesar quién lo había matado. Brendon se echó la culpa.

Shanelle comenzó a llorar.

—Eso es muy propio de él.

—De nada sirvió —corté su acto heroico—. Al final, tuvimos que dejarlos ahí... Tirados como dos sacos de basura...

—Apenas Rust recibió el mensaje, se fue a hablar con los miembros de Bohemia —habló entre respiraciones cortadas y gimoteos; ambas llorábamos—. Estaba furioso, con ganas de patear a todos. Por suerte, ellos entendieron y decidieron apoyarnos. Se armaron en un parpadeo, medio planearon el ataque, y se fueron... Quizá si hubieran sido un poco más cuidadosos, las cosas serían diferentes.

—No sé. Lo único que quiero es estar con mamá.

—Ojalá pudieras hacerlo, pero... así como están las cosas, lo mejor es que te quedes aquí —advirtió—. Prometo que te dejaremos en la puerta de tu casa.

—¿Puedo llamarla?

Se compadeció de mí y me entregó su celular. El aparato lucía viejo y maltratado, bastante diferente al mío o el de Rust. No llevaba una clave para desbloquearlo, acceder a la pantalla de inicio fue simple. Allí, detrás de algunas aplicaciones, se encontraba una linda foto de Shanelle en su niñez acompañada por sus padres. Entré al teléfono e ingresé el número de mamá.

—Te daré algo de intimidad —musitó Shanelle.

Sola y con el tono de marcado metiéndose en mi oído, me pregunté si realmente era necesario avisar a mamá. Solo iba a preocuparla, seguro que al escucharla no podría contener el llanto y ella querría saber qué ocurrió. Siendo ella una mujer decidida y testaruda, no iba a dejarme sola.

—¿Diga? —Su voz me dejó sin respirar durante un instante—. ¿Hola? ¿Hay alguien ahí?

Me tragué las palabras junto al fuerte nudo en mi garganta. Aburrida de que le tomaran el pelo, mamá colgó. Fue ahí, sola y con el celular en mis manos, cuando quise probar de nuevo el sabor del tiempo, volver atrás y remediarlo todo. Por supuesto, todo quedó en un deprimente intento.

Ese era el silencio después de una muerte.

Salí para devolverle a Shanelle su celular. Afuera había un largo pasillo, oscuro como de película, con lamparillas rectangulares que colgaban del techo y parpadeaban tras moverse al compás de una brisa que casi no se sentía. Me dirigí hacia la sala, por donde había entrado, y encontré a Shanelle junto a Rust, de espaldas, en lo que parecía una charla cercana. Por poco me regresé a la habitación, no quería interrumpirlos, mucho menos quedarme a observarlos durante más tiempo, como si estuviera dispuesta a llenarme la cabeza de más mierda. Opté por carraspear. Ambos voltearon con seriedad, sin mostrarse sorprendidos. Los ánimos de todos estaban por los suelos.

—¿Ya hiciste la llamada? —me preguntó Shanelle. Negué.

—No me atreví a hablarle.

—¿Quieres tomar o comer algo?

Pensar en comida me devolvía al Polarize, a las pequeñas visiones de mi yo iracundo mientras le arrebataba la vida a Claus Gilbertson.

Negué una vez más.

—¿Quieres recostarte?

—Si recostarme significa perderme del mundo por un momento, por favor, sí.

Rust esbozó la primera sonrisa de la noche.

—Esa es la Yionne que yo conozco —dijo y se acercó. Frente a mí me tomó de la mano con precaución, sin tocar ninguna de mis heridas, y me llevó hacia un cuarto diferente al de Shanelle.

El sitio donde se estaba quedando Rust era igual de repelente que todo el refugio, tuve una lucha con algunas arañas a las cuales Rust, a juzgar por el desodorante inflamable y el encendedor, le gustaba incinerar. Supongo que en algo debía matar el tiempo. La habitación contaba con un sillón-cama, una televisión pequeña y antigua, un reproductor de DVD y una pequeña mesita donde estos aparatos se encontraban. Era frío, lleno de grietas y pelusas.

—¿Aquí es donde te quedas? —pregunté, no para salir de la duda, sino para creerlo por completo.

—No tienes que usar ese tono, este sitio es como una suite presidencial, Rojita.

Agradecí que actuara como de costumbre. Me senté en el sofá y palpé el cubrecama.

—Voy a conseguirte un secador. Cruza los dedos para que no provoque un corte.

Se marchó y, a los pocos minutos, regresó con un secador viejo, con medio cable expuesto. No me dio mucha confianza usarlo, pero no podía ponerme exigente a esas alturas de la madrugada. Como me vio reacia a tocarlo, se ofreció para secarme el cabello él mismo.

Cerré los ojos y dejé que Rust hiciera todo el trabajo. Sus largos dedos peinaron mi cabello con una delicadeza poco común en él. Agitaba el secador y procuraba no quemarme. Su gesto me recordó mi niñez, cuando papá hacía que me recostara a los pies de la cama, con el cabello desparramado como una cascada, para secarlo. Decía que era una estrategia que solo él conocía. Yo solo exclamaba: «¡Guau, papá, es genial!».

Un cosquilleo en la mejilla me indicó que lloraba. Rust se percató de ello, apagó el secador y se colocó frente a mí para secar mis lágrimas con la manga de su sudadera. Detuve sus movimientos al tomarlo por la muñeca.

—No tienes que tratarme bien por lo que pasó —advertí—. No quiero tu lástima.

—Lo hago porque quiero. Es mi momento de consolarte.

Terminó con mi cabello y luego pidió mi ayuda para hacer la cama. Le pregunté si hacía ese trabajo todas las noches que dormía allí, a lo que respondió que sí y que le hartaba, pues en el colchón se sentían los resortes. Con el secador calentó el interior de la cama y me hizo un gesto caballeroso para que me acostara.

Me recosté y él se acomodó a mi lado. Igual que un niño pequeño que se oculta de los terrores nocturnos, nos cubrió de pies a cabeza y creó un pequeño mundo en el que solo existíamos los dos. Parecíamos dos bebés que compartían el vientre de su madre, frente a frente.

—Gracias por cuidarme —murmuré sin estar segura de a qué distancia se encontraba; allí dentro estaba oscuro.

—Gracias por mantener la cordura.

Hice un viaje rápido a la habitación del Polarize y vi, de manera imprecisa, el momento en que alzaba mi brazo con la navaja y me preparaba para enterrarla en el pecho de Claus.

Cerré los ojos y agité mi cabeza.

—Una parte de ella, querrás decir —corregí y sucumbí a la culpa—. Tengo sangre en mis manos... otra vez.

—Hiciste lo que muchos deseaban hacer con sus propias manos. No eres una heroína, pero sí hiciste justicia —murmuró de manera lenta y con voz gélida—. Era necesario, te perseguiría para siempre.

—Ya lo hacía. Él planeaba matarnos —busqué convencerme.

Rust buscó mi mano y la tomó.

—Eras tú o él.

Pero yo hui de su tacto.

—Pudiste haberme detenido. —Me removí para hacer un ovillo, esconderme todavía más de mi propio mundo o, tal vez, de mis impertinentes pensamientos—. Esto se siente como la mierda.

—Sí. Yo también maté a personas hoy, pero..., aunque me pesa la conciencia, más grande es el dolor que siento por Brendon —confesó. Su voz imponente, llena de confianza, había perdido su tono al mencionar a su fallecido amigo—. Creí que formar parte de esto me prepararía para la muerte, ya había asumido las consecuencias de lo que podría pasar si las cosas se ponían turbias, con Ramslo y Jaho, pero pensar y sentir son dos cosas muy distintas.

Suspiré y, al percibir una corta ráfaga de aire contra mi rostro, deduje que Rust había hecho lo mismo. Estaba más cerca de lo que creía e igual de abatido que yo.

—Cuéntame algo —le dije a modo de distracción. Se tomó un tiempo para pensar.

—De niño... —comenzó a hablar—. No te vayas a reír, eh —aclaró—. De niño, me gustaba creer que cada órgano de mi cuerpo tenía vida. Personificarlos.

—¿Cómo?

—Es decir, darle rasgos o capacidades a cosas o animales para representarlos como...

—Me refiero a cómo los personificabas —repliqué, negándome a escuchar una más de sus definiciones de diccionario.

—Ah... No sé, los imaginaba con ojos, boca y brazos. Era como si dentro de mi cuerpo hubiese un universo. El corazón y el cerebro eran los mandamases de ahí, pero tenían cierta rivalidad. Lo que pensaba el cerebro, no lo sentía el corazón; lo que sentía el corazón, a veces, le parecía absurdo al cerebro. Competían por tener la razón, como si de esta forma pudiera justificar algunos de mis actos.

—Ya entiendo por qué eres un impulsivo.

—Tiene sentido —aceptó sin ocultar el dejo de orgullo en su voz—. Ahora me dedico a no escuchar a ninguno, todo está en silencio.

Ojalá yo pudiera hacer lo mismo.

De pronto, recordé la historia que Claus me contó antes de querer asfixiarme.

—Cuando estaba atada, antes de que ustedes llegaran, Claus me contó que tú y él de niños fueron amigos, pero que después de que conociste a Shanelle te alejaste. Por eso el resentimiento.

—Mentira. Él y yo nunca fuimos amigos, me acordaría de eso. Lo único cierto en todo lo que te dijo es que una vez fue un niño, nada más. Gilbertson siempre fue un misterio, solo enseñó lo que él quería mostrarle a los demás. ¿Qué hubo detrás de su verdadera persona? Jamás lo sabremos.

Me acomodé en la cama y miré la oscuridad que se formaba. Era la nada misma, lo mismo que veía al intentar pensar en el pasado de Claus.

—¿Qué convierte a una persona en el villano?

Rust se acercó y murmuró:

—Sus convicciones.

55

Antes de volver a mi casa, tuve que sacarme fotos. Shanelle dijo que, con lo que había pasado en la noche, iba a tener problemas, que me llamarían para emitir declaraciones y saber qué ocurrió. Nada podía ocultar que había estado en el Polarize y que había asesinado a Claus: yo era la culpable y sobre mí tenía que caer una lluvia de preguntas que no deseaba responder. La evidencia de que había actuado en defensa propia estaba en mis manos, en mi cuerpo, en las heridas que me causaron las esposas al tratar de escapar; pero ¿para qué engañarnos?, Claus estaba de espaldas cuando lo ataqué.

Pensaba en ello mientras iba en auto a casa. Rust me llevaba. Íbamos en completo silencio, pues no había mucho que dos personas pensativas y destruidas por los asesinatos de sus mejores amigos pudieran hablar.

Además de estar inquieta por lo que pasó en la noche, me perturbaba lo que le diría a mamá.

Rust aparcó a unas casas de la mía. Desde mi sitio, pude apreciar el resto del camino a casa: los árboles encorvados por la lluvia, las hojas secas caídas al costado de la calle, las casas de los vecinos a quienes a veces solía saludar por la mañana... Todo me pareció extraño, demasiado colorido, como si hubiese pasado meses encerrada en el refugio de los legionarios.

Rust se quitó el cinturón de seguridad, luego hizo lo mismo con el mío.

—¿Quieres que te acompañe?

Rechacé su sugerencia con un sutil movimiento.

—No es necesario.

—¿De verdad? Prometo no actuar más de lo debido.

Conociendo su historial, no era fácil que cumpliera esa promesa.

—Hablo en serio, Rust —repuse con firmeza—. Necesito estar a solas con mamá.

Supo comprenderlo y se marchó.

Llegar a casa fue un desafío poco agradable y sin ninguna recompensa a cambio, solo el consuelo que me daría estar, por fin, en un sitio seguro. Ni siquiera tuve que llamar a la puerta, mamá abrió en el preciso instante en que yo me situé frente a la reja. Bastó ver su expresión que reflejaba su conflicto para entender que ella sospechaba de que algo malo había ocurrido.

—Onne... —murmuró en tono compasivo.

Al oírla, automáticamente estallé en llanto. Avancé hacia ella con paso torpe y me fundí en un abrazo lleno de consuelo. Percibí su olor maternal, su cabello rojo cubrió mi cara y me sentí segura. No sabía cuánto necesitaba a mamá hasta ese momento.

—¿Qué pasó? Dime qué sucedió.

Sonó desesperada, angustiada porque yo estaba sufriendo. Si le contaba las atrocidades por las que había pasado, su angustia se volvería una bola gigante de preocupaciones, y suficiente tenía ya con mis desmayos... Me dije que lo mejor sería ocultárselo porque, además de contaminarme, también la ensuciaría a ella.

Todo quedó en un «Por favor, no me preguntes».

En lo que restó del día, me dediqué a dormir en su cama, ya que me sentía demasiado asustada como para hacerlo en la mía. Mamá pasó todo el tiempo junto a mí y me calmó cada vez que me despertaba sobresaltada.

Ya para el domingo 15 de noviembre, la noticia sobre lo que había ocurrido en el Polarize llegó a las cadenas de televisión. Mamá y yo desayunábamos cuando se dio información sobre el enfrentamiento que hubo. Ambas dejamos de comer para prestar atención a lo que decían, aunque por razones diferentes: ella quería enterarse de lo que me había pasado; yo quería averiguar cuánto sabían. Para mi disgusto, se conocía lo suficiente como para poner en pantalla algunas fotografías de las víctimas, entre ellas Aldana, Brendon y Claus.

—Dios... —balbuceó mamá, con una mano temblorosa sobre su boca. Salió del impacto para encontrarse conmigo—. ¿Tú estabas ahí?

Ella lo sabía, no se tenía que ser un genio para darse cuenta; pero quería que se lo dijera yo misma. Para su disgusto, me mantuve callada, fiel a lo que me había propuesto.

—Tu amiga estaba ahí, el chico que vino también. ¿Onne, qué pasó?

Por más que tratara de reprimir la acumulación de sentimientos que me perseguían, estos explotaban igual que una bomba.

—No puedo, mamá... —le dije, sin saber si me refería a que no podía contárselo o si no podía soportar aquel dolor infernal que ya me era imposible.

—Onne, dímelo —insistió—. Déjame ayudarte, cariño. No quiero verte así, me asustas.

—Aún no.

Esa fue mi decisión final. O al menos la que mantuve hasta que las cosas estallaron.

El lunes fue un día oscuro. No tuve ánimos de ir a clases, de levantarme de la cama ni tampoco de ir al velatorio de Aldana. Me quedé cubierta por mis sábanas y pensé en el blanco que en ellas tenía, intenté mantenerme alejada de todo, incluso del celular nuevo que mamá me compró dado que el otro lo di por perdido en el Polarize. (Exacto, el mismo celular con el que te hablé.)

El martes, sin embargo, me armé de valor para asistir al funeral.

¿Cómo podría describir un funeral? Eso es morboso y complejo. Poco grato, en realidad. Creo que todos hemos asistido a un entierro y hemos sido testigos de lo deprimente que es. En ellos hay una carga negativa que se te pega igual que la mierda de perro cuando la pisas. Y sí, no es una buena comparación, es asquerosa; por eso la uso.

El día era gris, oscuro, con el cielo repleto de nubes llenas de agua. El sitio donde metieron el féretro era un mausoleo comprado por la familia Holloway hace tiempo, donde los restos de sus abuelos yacían en un eterno reposo. No era un mal lugar, no tenía ese aspecto tétrico que se ve en algunas películas, de hecho, estaba lleno de flores y todo era blanco. Pero no era el sitio que le correspondía.

Después de la ceremonia, ni siquiera pude acercarme a hablar con los padres de Aldana. Ellos me miraron, traté de decirles algo, pero percibí una fuerza hostil que me detuvo. Quizá se trataba solo de la paranoia de una adolescente que presenció su muerte y tenía algo de responsabilidad en ello.

O tal vez ellos sabían algo.

Me dirigí a un lugar apartado en busca de un poco de aire que retractara el sentimiento de culpa que cargaba (y sigo cargando), en el momento en que mis amigas llegaron. Verlas con los ojos hinchados y la nariz roja por haber llorado me partió el corazón. Me había olvidado de ellas, del vacío que debían de sentir sin Aldana. Ellas la conocían desde hacía más tiempo que yo.

Sindy tomó la palabra. El carisma y la confianza que me tenía, esa que la hacía hablar hasta por los codos, ya no estaba. Su semblante era distante, casi receloso.

—¿Qué pasó, Onne? —preguntó.

Ahí, con su pregunta sin saludar y la poca empatía con la que me encaró, entendí que se habían acercado no para saber cómo me encontraba, sino para pedirme respuestas. Las miré una por una y me crucé de brazos.

—No se lo diré.

—Creo que, como sus amigas, merecemos saber qué sucedió en el Polarize —insistió—. O sus padres. Ellos deben saber por qué murió su hija.

—Es cierto, Onne —la apoyó su prima—. Queremos saber cómo terminó todo.

—Por favor... —suplicó María.

—¡No! —vociferé igual que a un estruendoso trueno—. ¡No lo pregunten! ¡No pregunten nada!

Ah, maldición... No pude controlarme. Con pasos agigantados, hice la vista gorda a los que se vieron atraídos por mis gritos y me dirigí hacia la salida del cementerio sin ni siquiera detenerme a esperar a mamá, quien me había acompañado. Quería volver a casa cuanto antes, fundirme en mi cama y dormir para no tener que pensar durante un segundo más sobre la mierda que cargaba (y sigo cargando).

En la entrada, dos hombres altos me detuvieron. Uno de ellos habló:

—¿Tienes un minuto?

Los contemplé un momento mientras me secaba las lágrimas rebeldes provocadas por mi anterior encuentro. El otro sujeto escribió algo en una libreta. Pensé: «Mierda, lo que diga aquí será usado en mi contra». De ser así, tenía que dilatar el asunto.

—¿Para?

—Yionne, no les digas nada. —Mamá llegó justo a tiempo. Con ella a mi lado como apoyo, me sentí mucho más segura—. Ella no hablará si no es en presencia de un abogado.

—Yo seré su abogado —dijo una voz gruesa a nuestra espalda. Era el padre de Aldana, Alfons Holloway. Tenerlo como abogado suponía una suerte, no obstante, él no estaba de mi lado—. Habla.

Su expresión imperturbable y la mirada inyectada en resentimiento me advirtió que hiciera lo contrario. Me mantuve con la boca cerrada.

—No lo creo. Vamos, Onne.

Mamá también captó lo que el padre de Aldana quería, así que me tomó por la espalda y me guio hacia el auto. Detrás nos seguía Alfons.

—Tu hija tiene que hablar en algún momento y decirnos con exactitud qué pasó ahí —reprochó tras retener la rabia entre los dientes.

—Y lo hará —le respondió mamá—, cuando se recupere. —Se detuvo para enfrentarse a uno de los mejores abogados del país como solo ella se atrevería a hacerlo—. Ella también siente, ella también está sufriendo, ella también es una víctima. Un poco de paciencia no les haría mal.

Dicho esto, retomamos nuestro camino.

56

Para aplazar mi declaración y tratar mi estado angustiante, ese que no me permitía dormir sola por las noches, mamá decidió llevarme a un psicólogo. El turno fue temprano por la mañana, en un hospital pagado con su sueldo. Estar allí, en la sala de espera, llevó minutos eternos de aburrimiento e incertidumbre, así que, por primera vez en mucho tiempo, decidí escribirte un mensaje desde mi nuevo celular.

Yo: Sherlyn.

Simple, ¿recuerdas?
Por supuesto, tu respuesta no lo fue tanto.

Tú: ¿Te conozco?

Yo: Soy Yionne. Tuve que cambiar de celular.
Supongo que sabes los motivos.

Tú: Ni siquiera sé quién eres.

Pensé que me estabas tomando el pelo, así que mi respuesta no fue nada amigable. No puedo imaginar lo confundida que estabas cuando leíste mi siguiente mensaje:

Yo: No juegues conmigo, de verdad, no estoy
de humor. Estoy cansada y ahora espero que un
psicólogo me reciba por lo del Polarize.
NO ESTOY DE HUMOR PARA TUS JUEGOS.

Tú: Si esto es una broma, pues genial. Ahora te voy a bloquear.

Yo: Espera. ¿Qué? ¿Qué dices?

Tú: Voy a bloquearte. Adiós.

Yo: Sherlyn, no... Dime que no hablas en serio.

Comenzaba a entender un poco qué sucedía. Y me asusté, no te mentiré. Me aterrorizó perder tu contacto y que me bloquearas por un absurdo malentendido. Tú eres, después de todo, la primera que supo de mi habilidad y quien me sacó de algunas situaciones conflictivas.

Tú: Estoy hablando MUY en serio. No sé quién eres. Dentro de mi extenso repertorio de nombres, el tuyo no está. Creo que te has confundido o algo. Lo siento.

Solo una cosa tenía sentido en lo que estaba ocurriendo, así que lo escribí:

Yo: Entonces eres la Sherlyn novata.

Tú: ??????

Yo: ¿No sabes nada sobre un diario? ¿Los viajes?

Tú: Me temo que no.

Yo: Diablos... ¿Qué pasó contigo? Yo soy tú. ¿No lo recuerdas?

Tú: Ya te dije que no.

Yo: Yo soy tú.

Tú: No lo creo.

Yo: Yo soy como tú.

Tú: ¿Eres Peter? ¿Larry? ¿El coreano con ojos
intimidantes? ¿Fredd?

Yo: Ninguno de ellos. Me llamo Yionne,
soy de Los Ángeles. Puedo darte más detalles.

Tú: Bien. Te leeré. Pero debes responder a dos
cosas: 1) Que respondas quién soy yo, 2) Y quién eres.

Antes de poder responder a tus dos puntos, fue mi turno de entrar
a la oficina de la psicóloga. La verdad, ahora me parece un desperdicio
de tiempo el haber gastado un dineral en una sesión, solo para conseguir un permiso y no dar declaraciones por lo sucedido el 14 de noviembre, pero mentiría si digo que no fue de ayuda.

La idea de tener que ver a un psicólogo no me parecía bastante
agradable. Al contrario, en realidad. Me sentía un tanto obligada a
contar sobre mí, y no quería, puesto que hay muchas cosas que le oculto a los demás. Creía que, dentro de la oficina, inspeccionarían mi cabeza, que se meterían por mis oídos e irían hasta mi cerebro para saber
a qué me aferraba con tanta fuerza como para no querer hablar. Por
ello, me aferré a la idea de guardar silencio, contar lo que los demás
querían escuchar: la historia de una adolescente normal.

La psicóloga —cuyo nombre apenas recuerdo— se presentó y me
pidió que me sentara en una butaca contra la pared. Los recuerdos de
la habitación del Polarize fueron inevitables, necesité pestañear un par
de veces para comprobar que no estaba repitiendo aquel nefasto momento.

No le conté mucho, solo le hablé de papá, de lo mucho que me
había marcado su muerte, de lo que sentía al pensar en la muerte de
Aldana, de lo aterrorizada que estaba. Ni siquiera rocé el tema de mi
habilidad o de la responsabilidad que cargaba sobre mis hombros por
ello. La psicóloga me escuchó con atención, anotó también un par de
cosas y luego hizo pasar a mamá. Hablaron a solas, mientras yo estaba

afuera, sentada en el mismo asiento que cuando llegué. Ahí me percaté de que tenía un mensaje no leído tuyo.

Tú: Y no, no quiero tu nombre, quiero tu historia.

Con toda la cháchara del interior, por poco olvido que tenía pendiente responderte un par de cosas, lo que me tomaría bastante tiempo si lo pensaba.

¿Cómo se suponía que iba a responder, cómo explicar quién eres y quién soy yo? Ese tipo de cuestiones metafísicas iban más acorde a la sesión que había tenido hacía un momento. Y apostaría lo que tengo a que, aun con millones de esas reuniones, no podría llegar a responderte bien. Una persona no puede definirse con un par de palabras, no puedes decir quién eres si ni siquiera te conoces y, desde mi perspectiva, tenía (y tengo) mucho por saber. Ni hablar de ti: tú solo me enseñaste lo que querías. Nada más.

¿Quién soy? Pues ni idea. ¿Quién eres? Espero que sigas perteneciendo a la raza humana.

Con la rapidez que mi ofuscado momento me permitió, te respondí de manera irónica:

Yo: Sería más sencillo si tuviera un diario de vida y te lo pasara.

**Tú: Buena idea. Puedes tomarle foto y yo lo leeré.
A su tiempo, cuando me dé la gana, porque no quiero pecar de chismosa. Quiero entenderte.**

Qué irónico, por un momento quise lo mismo de ti.

Suspiré y los pelos rebeldes de mi frente se movieron. Necesitaba cortarme el flequillo, hacer algo con mi cabello. Estaba harta de tener que mirarme al espejo y verme igual.

Pensé que sería buena idea tener algún cambio. Si ya no seguía atada a una habilidad, podía empezar de nuevo y tener una visión diferente de la vida. Quizá no tomarme a la ligera las cosas, ser cuidadosa con mis decisiones. Yo quería mantenerme aferrada a una convicción que me motivara a seguir caminando sin flaquear. Con mi habilidad, solo veía al pasado, nunca al futuro, y tenía que desprenderme de este para avanzar.

Tú: ¿Y bien? ¿Vas a responder o ya te cansaste de bromear?

Vaya, la Sherlyn novata era... no, mejor dicho, es bastante estricta.

Yo: La primera exigencia es complicada de responder. La primera vez que me hablaste no dijiste mucho. Tu mensaje fue simple: «yo soy tú». ¿Cómo es posible? Pues porque, en cierta medida, tú y yo nos conocemos. Y tenemos algo especial que nos une. Luego me dijiste muchas cosas más... La verdad, no eres mi amiga, no eres mi enemiga. Solo eres una chica en Hazentown que vive con su madre y tiene un amor imposible. Eres estudiante en Jackson y tienes cuatro amigas..., igual que yo. A veces ayudas a tu madre, quien suele trabajar mucho desde que «eso» ocurrió. Extrañas a tu padre, quizá tanto como yo echo de menos al mío. Eres una chica popular, tienes a un montón de admiradores (entre ellos los que mencionaste en los mensajes de más arriba), pero no estás interesada en ninguno de ellos. Hablas poco, pero observas mucho. Actúas en base a tu conveniencia y nadie más, como lo haría cualquiera.

Y sobre mí... Bueno, ¿qué puedo decirte? Me llamo Yionne, pero puedes llamarme Onne. De niña, mi padre falleció en un accidente, hecho que marcó parte de mi vida. Luego ocurrió «lo otro», eso que no puedo contarte desde un tonto celular. «Lo otro» es por lo que me empezaste a escribir. Tu mensaje lo recibí un lunes. No sabes cuánto me asusto... Pero parecías una persona sensata y te respondí. No puedo decirte con exactitud quién soy, solo puedo hablar en base a los hechos en que he participado y dejar que tú respondas esa pregunta por mí. Estoy perdida, angustiada. Perdí a mi mejor amiga y parte de mí. Estoy asustada de mí misma, de lo que soy. De lo que me he convertido. Yo no soy una persona, sino seis. Y no se debe a que tenga TID, es porque he vivido seis vidas. ¿Quién soy? No lo sé. Yo soy Yionne O'Haggan número 6.

No dijiste más.

Pese a sentir la obligación de hablarte, porque deseaba tener algo de compañía y no sufrir en solitario, comprendí que te había soltado demasiada información en un solo mensaje. Dejé que pasara, que me hablaras por tu cuenta, y no insistir. Si había logrado convencerte con mis sinceras palabras, entonces serías tú quien tomaría la iniciativa.

Faltaba una semana para Navidad cuando a mamá se le ocurrió comprar los regalos. El gentío en el centro nos tenía al borde del colapso nervioso, puesto que las calles se habían llenado tanto que apenas podíamos avanzar por la cantidad de regalos que cargábamos. Que mi madre tuviera una familia extensa era un problema de magnitudes montañosas. Nos dividimos los objetos para equilibrar el peso y, luego, fuimos a dejarlos al auto. Para no quedar con un mal sabor de boca, regresamos a tomar chocolate caliente y charlar.

Entre eso, mi celular vibró y anunció un nuevo mensaje.

Tú: Tienes mucho que contar.

57

Si tuviera que hacer una lista de los momentos que jamás olvidaré es probable que en uno de los primeros lugares se encuentre nuestro viaje a Hazentown. Duraba alrededor de un día y medio, lo que era el tiempo suficiente como para que nuestros traseros dolieran, así que tomábamos dos descansos largos en moteles de paso. Salimos por la tarde, con las maletas hechas para una estadía de tres semanas.

Yo, como buena madre, estaba preocupada por mis gatos. Los habíamos dejado en un sitio especial para mascotas que prometió cuidarlos bien. No obstante, la incertidumbre sobre cómo estarían me mantenía en vilo. Una avalancha de posibles situaciones que les podrían ocurrir acaparaba mi cabeza y no me dejaba tranquila.

—Pobrecitos, deben de estar asustados.

—Estarán bien —me decía mamá cada vez que sacaba el tema—. En el lugar son muy cuidadosos, los tratan bien. Se nota que aman a los animales. Además, son gatos, sabes que son independientes. ¿Cuánto apostamos a que al regresar ni nos recuerdan?

—¡Eso es mucho peor!

—Estoy bromeando, Onne, relájate, por Dios. Este viaje es para desprendernos de todo.

Terminó su innecesaria explicación y puso música. Las canciones que más le gustaban a mamá eran las de bandas sonoras de películas, por lo que el ambiente en el auto se convertía en escenas casi cinematográficas. De música de terror pasaba a una de acción, y yo sentía que era perseguida por alguna clase de monstruo cibernético mientras mamá conducía muy concentrada.

—Ya. Faltan los disparos y las explosiones —le dije a modo de queja pasiva.

—Pon algo que te guste a ti, entonces.

Eso era lo que quería, pero no tenía nada que ambas pudiésemos compartir. Así que puse la radio. Sintonizar alguna estación fue un reto que por poco me vence; estuve a nada de apartar mi dedo de la radio cuando di con una canción bastante familiar.

«That's Life», cantada por Frank Sinatra, llegó a nuestro viaje de manera mágica.

—¿Esa no es la canción que papá siempre ponía?

—La misma. Estuvo escuchándola por más de dos meses después de escucharla en el final de *Joker*. Casi me vuelvo loca.

Me eché a reír con añoranza. Que escucháramos aquella canción en el viaje, tal como papá siempre hacía, no podía ser una simple casualidad. Mamá también debió de pensar lo mismo, pues decidió subir el volumen. La emisora solo ponía temas viejos o clásicos, la combinación perfecta para un viaje que nos llevaría horas.

Al llegar a una ciudad, la señal pudo captar una estación de radio en la que su locutor recibía llamadas de sus oyentes, quienes contaban algunas situaciones embarazosas ancladas a temas amorosos. La mayoría de las historias trataban sobre infidelidades o amores prohibidos que no se atrevían a contar. Nos enganchamos tanto que, cuando llegamos al centro de la ciudad, pedimos comida para llevar. No bajamos del auto para nada. Mientras disfrutamos de unas hamburguesas con papas fritas, mamá decidió hacer una llamada.

—¿Qué haces?

—Voy a llamar a la radio.

Casi me atraganto con la lechuga.

—¡¿Estás loca?!

—Shh, shh... Me van a contestar. —Hizo una pausa, se quedó tiesa y luego formó una expresión de sorpresa por la cual deduje que le habían respondido—. ¿Con Radio Carnaval? Sí... —Apenas podía tragar su hamburguesa—. Quiero participar en el programa sobre infidelidades.

—No, mamá, ¡qué vergüenza!

—Shh... —Me volvió a callar—. Ajá. Perfecto, esperaré.

Me llevé las manos a la cabeza al verla cortar. Se carcajeó y le dio un mordisco enorme a su hamburguesa, como si saboreara lo que acababa de hacer.

—¿Qué pasó? ¿Qué te dijeron?

—Van a llamarme.

—Oh, Dios... ¿Qué vas a contar?

Chistó.

—No seas ansiosa, espera y lo sabrás.

Mi nivel de ansiedad aumentó en maneras estratosféricas. Con impaciencia, ambas nos comimos las hamburguesas. Mi pierna no dejaba de moverse, quería devorarme mis uñas. Miraba a mamá, le insistía que me dijera qué iba a contar, pero ella se limitó a contestar: «Ya te enterarás». ¿Hablaría sobre cómo conoció a papá? ¿Acaso contaría sobre el padre de Rust? Las preguntas me carcomían la cabeza.

Su teléfono sonó.

—¡Son ellos! —informó.

Me cubrí la boca para contener cualquier tipo de grito nervioso que espantara a los que estaban del otro lado de la línea. Mamá me indicó que le bajara el volumen a la radio y respondió.

—Aló, ¿Rudy?

Se acercó para poner en medio el celular y así ambas pudiéramos escuchar.

—Soy yo —le respondieron—. ¿Con quién tengo el honor de hablar?

Rogué para que mamá dijera un nombre inventado, pero ella no tenía rastro de pudor.

—Con Murphy.

—¿Murphy? Es un nombre raro, ah.

—Cortesía de mi papá, qué puedo decirte...

No sé si eso era cierto o si ese nombre feo se lo había puesto su madre biológica, lo único que sé bien es que, a pesar de ser un nombre poco común, le queda perfecto. ¿No me crees? Pues lo confirmarás con su historia.

—Oye, amiga, ¿de dónde llamas?

—Vamos a Hazentown.

—¿Dónde queda eso?

—Por Pittsburgh. Voy acompañada por mi hija para pasar las vacaciones de invierno con mi familia.

Quise hacerme un ovillo en cuanto me mencionó. ¡Y lo había hecho sin ninguna clase de consideración! Si también preguntaba mi nombre estaba perdida, porque ¿cuántas Yionne existen en el planeta? Creo que ninguna.

—Oye, qué lindo. —Hubo una pausa, solo la música de fondo se logró escuchar—. Espera..., ¿estás con tu hija?

—Sí, está a mi lado.

Mamá me miró. Yo me estaba revolcando en mi asiento.

—¿Y dejarás que ella te escuche contando quién sabe qué cosa?

—Claro, ¿por qué no?

—¿Estás seguuura? —El sujeto hablaba con un tono jovial, aunque algo forzado.

—Aquí existe la confianza, ¿verdad? —A duras penas pude asentir—. Dijo que sí.

—Bueno, amiga, ¿qué tienes para contarnos?

Yo era la única nerviosa en ese auto, mamá se veía relajada, como si estuviera charlando con un amigo de años.

—Cuando iba a la universidad... —Me miró. En ese momento yo pensé: «Oh, no, contará su amorío con Jax Wilson»—. De joven salí con un montón de chicos. Bueno, no tantos, pero sí los suficientes como para no querer salir con ningún otro. Mi mejor amiga me conseguía citas horribles.

—Cu...

—Escucha: una de ellas fue con un tipo que me robó la cartera.

—Nooo...

—Síí... —lo imitó mamá—. Vino a buscarme en un auto muy lujoso y me llevó a un barrio ¡horrible! Me apuntó con una pistola y todo. Lo pasé mal.

—Eso es tener mala suerte. Te queda bien el nombre. Pero, dime, ¿qué hiciste?

—Le di mi cartera. Al desgraciado le gustaron mis zapatos y también se los llevó.

—Qué suerte la tuya.

—Bueno, como te decía, mi amiga me arregló citas que terminaron fatal. Una de ellas fue con cierta persona que no mencionaré. Nos fuimos a una pizzería y me dijo que, desde hacía mucho, yo le gustaba. Quedé muy perdida porque yo no recordaba haberlo visto jamás. O sea, jamás.

—¿Y de dónde te conocía?

—De una parada de autobús. —Se echó a reír—. Coincidíamos allí. Él tenía sobrepeso, por eso no lo reconocí varios años después. Mientras comíamos, dijo que yo le gustaba, que me buscó durante un tiempo y no sé qué más. Fue todo muy... raro, y ¿para qué mentirte? Estaba bastante guapo.

—O sea, que los dos se gustaban.

—Algo así. Salimos un par de veces, yo lo iba a ver en las presentaciones de su banda.

—Ah... con que era músico.

—Es músico —aclaró mamá en un tono serio—. No diré qué banda porque es conocida.

Para ponerle más dramatismo a la historia que contaba mamá, los de la radio pusieron unos efectos de sonido.

—Pero dinos el nombre. O una pista. ¡No seas mala!

—Si lo hago, se darán cuenta de quién es. En fin, punto y aparte. —Se aclaró la garganta—. Había confianza con él, hasta conoció a mi familia. No puedo decir si iba en serio por mi parte, pero sí desde la suya. O al menos eso decía. Todo era muy raro, porque hacía gestos y expresiones que yo usaba y él parecía imitar.

—¿Y qué pasó?

—Una vez, para aclarar mis sentimientos después de una cita, le robé un beso. Él se quedó paralizado, no supo qué hacer. Yo entré en casa, quería morirme. Pasaron como dos semanas y nos reunimos para aclarar las cosas. Yo lo estaba esperando y en esas vi a un hombre maquillado, con peluca y traje acercándose.

—No... ¡¿Era él?!

—Sí, era él. Se había vestido como yo.

—Pero... pero ¿cómo?

Yo también me hacía la misma pregunta.

—Le gustaba vestirse de mujer.

—¡¿QUÉ?! —gritamos el locutor y yo a la vez.

—Sí, era una especie de *drag queen*. A él le gustaba yo, pero como persona. Le gustaba mi apariencia y quería «ser» como yo, a su modo. Incluso iba a espectáculos y concursos. Y, además, me dijo que le gustaba a...

—¿Alguien de su banda?

—Sí —afirmó mamá—. En resumidas cuentas: él era travesti y yo no le gustaba. Después de eso, quedamos como amigos; qué remedio. Pero fue raro verlo como una imitación barata mía.

Después de aquella llamada, el resto del camino hablamos sobre trivialidades que sueles conversar con algún amigo. Entre nosotras la diferencia de edad parecía que era mínima, y nos sentíamos a gusto con la compañía de la otra. Así, un viaje de treinta horas se convirtió en un momento especial de segundos.

Regresar a Hazentown después de meses siempre resultaba extraño. A veces me desconcertaba la ciudad que, a diferencia de Los Ángeles, era mucho más tranquila y desacelerada. Aquí empezaría a contarte cómo es la ciudad, pero tú la conoces mejor que yo, ¿verdad?

A quienes no conoces es a la familia de mamá.

Ellos son como una extensión de la que sería la familia Weasley, los numerosos pelirrojos de los libros de Harry Potter, solo que ellos se apellidan Reedus. Mamá dice que la familia literaria es algo así como nuestros ancestros, de ahí la locura.

La composición familiar es así:

• La abuela Reedus (a quien debes de llamar «mama» por cuestión de vida o muerte)

• El abuelo (¿qué puedo decir de él?, es un amor)

• La abuela Saya (la mano firme después de mama)

• Tío Finn (a mamá le gusta llamarlo «el idiota de la familia»)

• Tía Jollie (es enfermera... creo)

• Mamá

• Tía Chloe (parece que me odia después de romperle unos videojuegos)

- Tío Emer (no sé si añadir aquí a sus exóticos insectos)
- Amira (le diría «tía», pero no le gusta)
- Y los trillizos Jess, Jeffren y Jensen (tardé años en diferenciarlos)

Tan extensa familia, por supuesto, ha dejado una prole enorme.

Una vez mamá aparcó tras la hilera de autos en la calle, nos acercamos a la remodelada casa del abuelo, lugar donde pasaríamos las vacaciones. Desde la calle se oía el caos que reinaba en el interior. Ah..., de solo pensar en mis primos se me hiela el cuerpo porque, vamos, son niños y, por ende, hay que odiar su dramatismo.

—¿Estás segura de que no quieres que nos quedemos en un hotel?

Empezaba a arrepentirme de rechazar la oferta de mamá. Tragué saliva y apreté la maleta en mi mano. Iba a responderle que no valía la pena, pues ya estábamos frente a la casa, pero en ese preciso momento tío Finn apareció cargando a Mag, una de sus gemelas.

—Familia, ya se arruinó la fiesta —informó hacia el interior de la casa.

Mamá gruñó y le dijo:

—Yo también me alegro de verte, Finn.

Paso a paso, podía sentir la vibra de caos en mi cuerpo. Era una sensación espeluznante. Entramos y la familia se alarmó. Éramos más de veinte: todos hablaban a la vez, querían saber cómo había sido el viaje, lo que haríamos. Mis primos pequeños me tiraban de la ropa para enseñarme sus juguetes, mis primos de la misma edad que yo se quejaban de lo tarde que era. La abuela Saya apareció en la sala, en compañía de una embarazada Amira. Tía Jollie agradeció nuestra presencia porque, al fin, podría sentarse a comer. El abuelo entró a poner orden y se quedó un tiempo hablando con mamá, lo que provocó que olvidara la carne de la parrilla y esta se quemara. Todos hablaban sobre el almuerzo, todos querían hacer algo... Entre tanto ajetreo, se rompieron un par de copas y su contenido quedó esparcido en el suelo. Las parejas de mis tíos preguntaban dónde se guardaban los utensilios del aseo y luego se echaron las manos a la cabeza porque el perro de tío Emer no las dejaba limpiar. Luego ocurrió que un primito metió todo el papel higiénico en el baño y tiró de la cadena. Nos quedamos con un baño disponible.

En resumen: con la familia Reedus no existe la paz.

Jamás podré acostumbrarme a esas reuniones familiares, suerte que solo pasan en celebraciones importantes, como cumpleaños, aniversarios, cenas, Navidad o Año Nuevo. Lo bueno de tan ruidosa familia es que me distraía de lo ocurrido en el Polarize y mi peso de culpa era reemplazado por preocupaciones banales. Sin embargo, siempre había un pensamiento vago que me mantenía con la preocupación en mi psiquis. Sin mencionar que el celular me conectaba contigo y con Rust. Esto no ocurría tanto en el día, pero sí durante la noche.

Una de esas noches, recibí una invitación para una videollamada.

Para huir de mis entrometidas primas y no recibir un interrogatorio de con quién hablaba, decidí salir de la casa y me dirigí al patio. Al bajar, descubrí que mamá hablaba con el abuelo. Ambos parecían estar en un ambiente confidente, de esos que se quiebran de golpe con la presencia de otro. No alcancé a escuchar de qué hablaban, pero, a juzgar por la expresión del abuelo, no querían que yo me enterara. Ambos esbozaron una sonrisa forzada.

—Onne, ¿qué haces despierta? —preguntó mamá.

—Cariño, debes descansar —siguió el abuelo.

—Voy a tomar el aire —respondí con una expresión tensa—. ¿Y ustedes qué hacen despiertos?

—Estamos poniéndonos al día —intervino mamá antes de que el abuelo respondiera. Él era el que parecía más inquieto—. Hablar en persona es mucho mejor que por teléfono.

—Sí, sí —dije y hubo un silencio incómodo—. Bueno, los dejo.

Mis pasos fueron torpes hasta que salí. Fuera, el frío me golpeó en todo el cuerpo, pero logró distraerme del torbellino de pensamientos en los que aquel extraño encuentro me había sumido.

Busqué un sitio en la mesa familiar del patio, bajo el toldo, y acomodé el celular. Rust me esperaba con fastidio, con cara de aburrido.

—Hola —saludé en tono solemne.

—Hey. Hoy fui a visitar a los gatos —informó—. Están bien, juegan como locos. Casi me los llevo. El tipo me detuvo justo en la puerta.

—Rust...

—Solo bromeo. Ellos no estarían bien aquí, es un lugar feo.

Nos silenciamos y dejamos que nuestros pensamientos nos invadieran. El frío comenzaba a atravesar mi ropa y el vaho que destilaba al salir ya no se veía. Antes de despedirme, quise saber algo importante. Rust se veía animado, pero algo en sus ojos apagados me decía que en realidad se sentía solo.

—¿Vas a pasar la Navidad allí?

—No, con mi viejo y con mis hermanas.

Eso me tomó por sorpresa.

—Rust, eso es genial.

—Sí, y creo que las movidas en las que estaba metido ya pasaron. Con Monarquía fuera de juego, nos sentimos más seguros.

Ellos tuvieron la suerte de que no se vieron involucrados. Yo no corría con lo mismo, porque fui yo la última persona que estuvo con Aldana.

—¿Y Shanelle? —pregunté.

—Con los chicos, en el refugio.

—Bueno... Me alegro de que las cosas te vayan bien.

—Desearía que así fuese del todo, pero no puedo ser exigente.

Se refería a Brendon.

Busqué cambiar de tema, mas ninguno se me vino a la cabeza. Como último recurso, me percaté de su torso desnudo y tuve la brillante idea de empezar por ahí.

—¿Qué haces sin camisa?

—Iba a ponerme el pijama mientras esperaba a que contestaras.

—Oh. ¿Y decidiste quedarte así?

—¿Tienes algún problema con ver mis abdominales?

—¿Cuáles?

—Estos. —Acercó el celular a su vientre hasta que no vi nada más que oscuridad—. ¿Te gustan?

—Algo.

—Pues entonces una foto de ellos será mi regalo de Navidad.

Es un grandísimo idiota, pero... debo admitir que extrañaba sus locuras. Me ponía feliz saber que no pasaría la Navidad solo.

Y, hablando de Navidad, la festividad llegó a la casa de los Reedus en forma de caos. Mucho CAOS.

No obstante, dentro de aquella pesadilla ruidosa, hubo momentos bonitos. La cena fue la más pacífica que tuvimos en años y contaron bastantes chistes buenos. El ambiente familiar se lograba percibir sin problemas, la unión de los Reedus es una especie de regalo que llevaré hasta el final (o eso espero). Compartimos muchas anécdotas divertidas, cantamos villancicos, bebimos chocolate caliente y escuchamos al abuelo. Ah..., el abuelo.

Si por alguna de esas casualidades de la vida llegas a conocerlo, tienes que escucharlo muuuuuuuuuuuuy bien. Es viejo, a veces exagera demasiado las cosas y es muy torpe; pero tiene ese «algo» especial que te hace desear escucharlo por horas. Y no solo eso, también tiene una percepción asombrosa que ocupa para dar consejos. Él es de ayuda. Él es ese tipo de personas que el mundo necesita.

El 25 de diciembre, después de un alarmante encuentro familiar en el que tuvimos que disputarnos el baño y la comida, abrimos los regalos. Por supuesto que una familia tan numerosa como la nuestra no se gasta un dineral en obsequios. ¿Ya dije que somos más de veinte? Pues nada, de hacerlo sería quedar en bancarrota. La mejor idea que tuvieron fue jugar al amigo secreto, o sea, fue un regalo por persona, aunque los más pequeños igual recibían cosas de los adultos. Mi amigo incógnito fue una de mis primitas, a quien le compré un juguete y lápices para colorear. Yo era la amiga secreta de tío Emer.

No voy a mentirte, yo pensé que recibiría alguna araña de regalo, pues una vez tío Emer le regaló a papá una tarántula a la que llamamos Gulp. Por fortuna, lo que recibí fue algo diferente.

Adivina qué.

¿Quieres una pista? Bien.

Pues lo que tienes en tus manos. Sí, tío Emer me regaló este diario.

Cuando lo recibí, me obligué a poner buena cara. La familia estaba allí, expectante, así que solo sonreí y dije que era muy bonito. Nunca me gustaron estas cosas, poner por escrito mis vivencias me parecía estresante y un malgasto de tinta. Además, existen los teléfonos móviles. Luego me puse a pensar en el significado íntimo que tienen los diarios y que, después de tantas cosas trágicas que había pasado, esto podía ser un nuevo inicio para mí.

El Año Nuevo también fue un desenfreno que tuvo como consecuencia una llamada de atención de la policía. ¡Dios! Una patrulla llegó a la puerta de nuestra casa para pedirnos bajar un poco las revoluciones o nos llevaríamos una multa. Claro, como los Reedus tenían baterías de sobra, la celebración no terminó allí: tuvimos el agrado de reunirnos a charlar. Fue un buen momento para pasar la noche. Más tarde, elevamos linternas de papel, que resultó en un acto de esperanza muy tierno. Salimos al patio para dejar que nuestros deseos y propósitos subieran al cielo nocturno.

Yo pedí tener un nuevo comienzo.

Me gustó recibir un mensaje de mis amigas, pero no me atreví a responderles en ese momento.

Luego de más charlas y tragos, los adultos se pusieron sentimentales. La abuela Saya buscó un par de álbumes con fotos para enseñarlos. Yo cogí un álbum viejo y pesado, tenía por portada una especie de plastificado comido por los años. Creí que de ahí saldría alguna clase de araña mutante o que al abrirlo recibiría otra maldición; por supuesto que mi infantil fantasía se rompió al encontrar solo fotografías. Algunas llevaban fechas de hacía años, de cuando mamá era una pequeña niña de cabello rojo con muchos rizos, otras fotos tenían como protagonista al abuelo y en otras, a mamá y su embarazo.

—¿Estas son las fotos de cuando mamá estaba embarazada de mí? —le pregunté a la abuela Saya.

—Sí, sí, todas las fotos están ahí.

—Eso explica por qué en casa no tenemos ni una —comenté más para mí que para la abuela—. Papá siempre le tomaba fotos, pero estas no están...

—Bueno, ella estaba aquí en ese entonces.

Esa era una parte de la historia que yo no conocía.

—¿Por qué?

La abuela Saya pareció buscar entre todos sus recuerdos antes de responderme. Sus arrugas se hicieron visibles bajo una tenue luz.

—Había terminado con tu padre y no quería pasar su embarazo sola, si mal no lo recuerdo.

Yo volví a prestarle atención a las fotos. Mamá pasaba de estar con su vientre plano a uno enorme. Las fotos eran simples, cotidianas, pero se veía solitaria... Me frustré de pensar que papá la había dejado sola mientras me esperaba, porque él no tenía la actitud de ser alguien que abandona a una mujer en pleno embarazo.

—¿Cómo pudo papá permitirlo? —pregunté en voz alta—. Dejarla no sería algo de él.

—Quizá no sabía que estaba embarazada. Déjame ver... —La abuela me extendió su mano y sacudió los dedos para que le entregara el álbum y así mirar con detalles la fecha—. Sí, sí, recuerdo ese año —comenzó a decir como si divagara nada más—. Él estaba en Los Ángeles terminando sus estudios. Sí, sí.

—¿Y por qué mamá no se lo dijo? —cuestioné mientras le pedía en un gesto silencioso que me regresara el álbum.

Respondió con un encogimiento de hombros, así que opté por preguntarle a mamá. Entre todos los presentes, la busqué. Ella se veía feliz; estaba charlando con el tío Finn y tenía una copa en la mano y una sonrisa amplia en el rostro. No me atreví a molestarla.

Para el 2 de enero, recibí una nueva videollamada por parte de Rust. A diferencia de la vez anterior, la llamada fue en la tarde, en una habitación de la casa, puesto que la nieve impedía disfrutar de la soledad que había en el patio.

—Hooolaaaaaa —saludó él. Estaba muy animado, con sus ojos azules destellantes, igual que dos estrellas fugaces.

—Hola. ¿Qué tal empieza tu año?

—Excelente, Rojita —respondió con una sonrisa—. Mi viejo y yo tuvimos una charla profunda en la que nos dijimos un par de cosas.

—Oh, vaya...

—¿Solo eso dirás? —Se acercó a la pantalla a modo de enfrentamiento, muy serio y con los labios apretados.

—Es que... Bueno, no te mentiré, estoy feliz de que arregles las cosas con tu padre. Pero creo que todo está pasando muy rápido.

Demasiado, en realidad. De alguna forma, quizás egoísta, sentía que para Rust todo se arreglaba, pero para mí iba cuesta abajo. En el fondo de mi corazón, me hacía feliz saber que su vida empezaba a mejorar, mas no podía dejar de pensar que eso ocurría gracias a las muertes. El remordimiento no se quería despegar de mí.

Y también estaba lo otro.

—Eh —dijo para sacarme de los profundos pensamientos en que comenzaba a ahogarme—. ¿Estás bien?

—Sí... No. —Pensé en hablarle sobre lo de mamá y las fotos del embarazo—. Necesito contarte algo importante. —Me acomodé de tal forma que nadie pudiese oírme y bajé la voz—. No tengo a nadie más a quien decírselo así que, por favor, presta atención.

—Soy todo oídos, Pecosa. Aunque tengo que confesar que asombra.

—¿Qué cosa?

—Que me lo digas a mí. ¿Y tus amigas?

Recordé el último mensaje que me dejaron. Me deseaban feliz año nuevo. A sus extensos mensajes respondí con un «Ustedes también».

—Hace tiempo que no hablo con ellas —confesé—. De hecho, creo que desde que ocurrió lo del Polarize. Me siento culpable, y esto me está carcomiendo. No puedo evitar pensar en que Aldana seguiría con vida si no me hubiese acompañado. O si hubiese insistido, si me hubiese enojado hasta decirle que no. Si tan solo pudiera retroceder el tiempo...

La mala costumbre de resolver las cosas con el simple deseo de retroceder no me abandonaba.

—¿Sabes?, yo hasta me habría enemistado con ella para impedir que me acompañara, pero estaba asustada... Ver y hablar con mis amigas es un peso constante de culpa. Y está lo otro: Claus. Yo...

—Él se lo merecía —interrumpió—, y lo sabes.

Sí, lo sabía perfectamente, pero ¿quién soy yo para tomar una vida? ¿Quiénes somos nosotras para sentirnos con ese derecho? La justicia no existe; siempre pierde su equilibrio hacia los intereses de las personas.

—Lo maté —afirmé por milésima vez—. Por las noches todavía sueño con eso. Esa ira no quiero volver a tenerla en mí. Cuando me miro las manos veo su sangre.

—Todo es mi culpa. Si no hubiese estado involucrado en mierdas, él jamás te hubiera usado para atraerme.

—Lo sabía...

La voz de mamá se oyó profunda desde mi espalda. Me volví rápidamente al percibir su presencia y la hallé de pie en la puerta, escuchando nuestra charla. De manera casi instintiva, me puse en alerta y corté la llamada.

—Ya sabía yo que ese chico no era una buena influencia. Ahora por su culpa estás así.

Me señaló con el dedo de manera acusadora. De manera instantánea, me sentí parte de un juicio del que ya era culpable.

—¿Así cómo? —interrogué con voz temblorosa. En el fondo, temía que mamá me juzgara y se pusiera en mi contra.

—Mal. ¿Es que no lo ves? ¿Es que no te has oído? Acabas de confesar que tú... —Abrí los labios para hablar, pero ella dio un paso sonoro que me lo impidió—. No quiero que lo justifiques. No quiero escucharte. Quiero que de una vez por todas zanjes tu relación con él. No es una buena persona, Onne.

Y como la discusión que tuvimos una vez, todo se resumía en Rust.

—¿Qué dices? Rust no es malo.

—Él acaba de decir que lo que te pasó fue «su» culpa.

Mamá estaba histérica. Se llevó las manos a la cabeza sin poder creer lo que salía de mi boca. Me sentí mareada, inquieta y pequeña.

—Sí, lo fue. De una manera indirecta, pero...

—Pero ¿qué? Onne, no estás entendiendo nada.

Apreté mis dientes con fuerza hasta hacerlos rechinar.

—¡Tú eres la que no entiende nada, mamá! Rust no es lo que aparenta.

—No, por supuesto que no. Él no es el tipo de persona que te lleva por mal camino... —se burló en un tono sarcástico que me llegó justo en el pecho—. Sí, es justo lo que aparenta: una mala persona que te metió en un tremendo lío. Onne, acaba de confesar que por su causa tú...

Se mordió los labios y se negó a decir lo obvio: que yo había matado a alguien.

—Dilo. Ya lo has oído todo, dilo.

—Mataste a alguien.

Escucharlo de alguien ajeno a mí fue fatal, como todas las verdades cuando te las echan en cara. Sin embargo, en esa pequeña afirmación que mamá hizo, no solo sentí que iba por el asesinato de Claus, también por los otros que cometí de manera indirecta por salvar a los que quería.

—¡Sí! —chillé—. ¡Lo hice! Pero no tienes idea de por qué.

—Cualquier persona que te involucra en algo malo no es para ti. Tal vez eres muy inmadura para comprenderlo, pero sé que lo llegarás a entender.

Volvía a Rust.

—¡Si no fuera por Rust, yo estaría muerta! Fue él, la mala persona que dices, quien llegó a rescatarme cuando estaba atada a una cama, mamá. ¡Rust fue quien me salvó! Incluso trató de detenerme. Pero fui yo quien decidió acabar con la vida de Claus, porque estaba harta de tener que soportarlo.

—Pero de no ser por él, no habrías llegado a ese punto —rebatió—. Él está en malos pasos, su mismo padre lo sabe. Me lo ha dicho.

Una sonrisa irónica se me escapó.

—Oh, vaya, con que sacas al padre de Rust ahora. Bueno, espero que te haya contado también que se metió en mierdas debido a él y las discusiones que tenía con su madre. Tú solo conoces la apariencia de Rust, pero yo conozco su persona.

Empezó a negar con su cabeza; ella ya sabía hacia dónde dirigía mi discurso.

—Cállate —ordenó entre dientes. Pero la ignoré.

—Es impulsivo, alocado y...

—No, Onne, cállate.

—... tiende a actuar antes de pensar, pero sus intenciones son buenas y...

—Onne...

—Y creo que estoy enamorada de él.

El silencio se pronunció hondo. Mamá me miró, yo la observé a ella y percibí que sus ojos se inyectaban en sangre y lágrimas.

—Onne, él es tu hermano —confesó.

Dio otro paso. Yo retrocedí. Tropecé con un par de cosas que tiré al suelo, pero por mucho que hiciera no podía moverme. Mi cuerpo se paralizó. Estaba quieta, petrificada, con los músculos rígidos. Vi a cámara lenta el movimiento en los labios de mamá, cómo formaba una confesión que hasta en este momento me es difícil de creer.

—Él es tu hermano.

¿Alguna vez te has dado un baño con agua fría? ¿O has salido de una piscina y el cuerpo se te ha helado en el exterior? En ambos casos tiemblas, resulta inevitable. Vivir bajo una mentira es algo similar. Y yo, que me había enterado de que la persona de la que estoy enamorada es mi hermano..., pues, entenderás que tuve algunos espasmos incontrolables. En mi pecho se juntaron mis sentimientos, incluso los que no habían visto la luz jamás; se revelaban con deseos de escapar, pues ya no soportaban estar encerrados. Ante tantas cosas, mi cerebro apenas podía procesar lo que estaba ocurriendo, por lo que decidió escudarse tras el escepticismo con la premisa de que todo era una mentira.

—Eres una mentirosa —acusé. Sonaba lógico: para alejarme de Rust, ella había inventado que éramos hermanos.

—No es una mentira.

—Con esto planeas alejarme de Rust. ¡Estás mintiendo!

Dio un paso. Tal vez deseaba agarrarme de la cara para que nos mirásemos a los ojos y me dijera de frente que no mentía. Mi espalda podría haber hecho un hueco en la pared. No quería ni respirar el mismo aire que ella. No quería verla, porque su actitud, su semblante y la vibra que percibía de mamá indicaba que decía la verdad, y yo deseaba que no fuese así.

—Si me escuchas...

—¿Escucharte? ¿Escucharte, mamá? Acabas de decirme que Rust es mi hermano: escúchate a ti misma, porque estás diciendo cosas sin sentido.

—Él es tu hermano y era hora de que lo supieras. Tú eres hija de Jax.

Eso quería decir que en realidad Rust es mi medio hermano, pero ¿qué más da una palabra? El resultado es el mismo: Rust y yo compartimos sangre.

La imagen de «mi papá» llegó de pronto, junto con la fatídica realidad que todavía no podía digerir.

Amo a papá. Demasiado. Tanto que por él obtuve mi poder, ¿sabes? Todo comenzó por él. Saber que, después de todo, él no era mi padre biológico fue otro dardo en mi corazón herido. No pensé que la verdad dolería tanto, que pisotearía mi alma con tanta violencia.

Por eso prefiero la mentira, porque es sucia, pero benévola.

En ese momento comencé a llorar.

—¿Cómo pudiste? Papá era un hombre bueno, sincero... —recriminé entre sollozos.

—Lo sé. Lo sé mejor que tú.

Enfurecí.

—¡Lo engañaste!

—No.

—¡Sí!

—¡No!

—Rust tenía razón... —musité—. Lo que él creía que eran imaginaciones suyas sobre las discusiones entre su padre y su madre, en realidad eran los difusos recuerdos de él cuando era pequeño, ¡y todo por tu culpa! —Estaba tan conmocionada que ya no podía ordenar bien mis pensamientos y recuerdos, querían ver la luz, merecer una explicación, ser resueltos. Explotaban, se acortaban y, luego, volvían a la imagen de papá—. ¿Cómo pudiste hacerle esto a papá?

—Estuve con Jax el año que no estuve con tu padre, yo no lo engañé —se defendió con una mano en el pecho—. Fue alrededor de un año y tres meses el tiempo que nos separamos por discusiones tontas. Él terminó su carrera y yo seguí con mis aspiraciones. Fue en una junta de compañeros de la universidad cuando Jax y yo nos reencontramos, charlamos y retomamos la amistad —explicó con rapidez, antes de que yo explotara en llanto otra vez—. Fue espontáneo, sin premeditarlo... Y, después, en uno de esos encuentros, pasó. Solo uno. Ahí quedó todo, nunca más volvimos a estar juntos ni a vernos.

—Ah, pero ¡esperaste a que papá estuviera muerto para meterlo a la casa!

Si no me abofeteó, fue porque la distancia no se lo permitió. Mi acusación le sentó tan mal que era posible que lo hiciera, sin embargo, se contuvo. La rabia que proyectábamos se dispersó por la sala y trajo una mala vibración en la que yo percibí las cosas más oscuras.

—No digas eso —ordenó, tajante—. Yo nunca le fui infiel a tu padre, ¿me oyes? —declaró—. Lo quería, y mucho.

—Pero no lo amabas —concluí con voz agónica. En realidad, me dolía—. Y en la primera oportunidad que tuviste, te acostaste con un hombre casado. Te aprovechaste de papá, de su buena voluntad.

No lo negó, porque eso era lo que había pasado. Empezó a llorar; las lágrimas caían por sus mejillas igual que lo hacían por las mías. Había demasiado dolor en nuestra discusión.

—Yo amaba a tu padre, Onne —confesó y se apretó con más fuerza el pecho—. Me ayudó mucho.

—Sí, criarme debió de ser duro —escupí—. Espero que mi nuevo «papi» te diera el dinero de los pañales, al menos.

—Él no lo sabe. Nunca se lo dije. —A juzgar por su expresión, franca y ya más tranquila mientras se secaba las lágrimas, decía la verdad—. Al enterarme de que estaba embarazada, vine aquí, con mis padres. Tu padre me buscó y, luego de un año, nos casamos. Siempre supo que no eres su hija, eso no le importó en absoluto.

Los buenos se van primero, tal cual lo había dicho Rust. Ahora que lo pienso, supongo que por eso papá murió: era demasiado gentil y bueno para vivir aquel enfrentamiento entre mamá y yo.

—Te amaba —pronunció casi en un suspiro, y yo me puse a recordar de manera vaga cada una de las veces en que papá me lo demostró.

Una llamada entrante de Rust interrumpió nuestra discusión. El sonido de la notificación se presentó como una especie de alivio cómico para nuestro tenso altercado. En otros momentos, hubiera agradecido la interrupción, pues me habría salvado de ahogarme en mis propias sensaciones; ahora, sin embargo, deseaba hundirme en todas ellas. Exhalé mi enojo, le gruñí al celular y lo tiré a un lado, porque ver la foto de Rust fue un despliegue glorioso de una verdad deseosa de ser mentira.

—Al menos me lo hubieras dicho antes de que me enamorara de él —apunté hacia el lugar en donde había caído mi celular como si allí estuviera Rust en persona—. De que me acostara con él... —La expresión de mamá sufrió un cambio en conjunto al tono alto de mi voz—. ¡De que lo conociera! ¡No sé! Yo merecía saberlo, maldita sea... ¿Por qué? ¿Por qué no me lo dijiste antes? ¿Por qué ahora?

Se comenzó a acercar. Quería ponerle fin a la discusión.

—A tu padre nunca le importaron los términos de «hija» y «padre», porque entendía que solo son palabras. Él es tu padre legalmente, es el real, pese a que el biológico sea otro. No vi necesario contártelo —se hizo explicar de manera tranquila—. Entonces ocurrió que una noche, de madrugada, te encerraste en el baño y estuviste dispuesta a ir por Rust donde fuera, ¿recuerdas?

Asentí. Fue la vez que Rust se enteró de que su madre no lo quería. Desapareció por una semana y, cuando lo llamé, estaba ebrio.

—Lo subiste al auto, te preocupaste por él —continuó—. Luego pasó lo del disparo. No tuve oportunidad. Y sí, es mi culpa no haber hablado antes, pero es que... te pasaron tantas cosas que no pude. Lo intenté, yo de verdad lo intenté, Onne.

Extendió sus brazos para tocarme, abrazarme, consolarme... Yo no quise nada. Hui de ella, igual que un perro huye de su dueño maltratador.

—Aléjate —le dije—. No quiero que me toques.

Mamá quedó de pie contra una pared blanca. La recuerdo así, quieta, diminuta y dolida. Nunca la había visto de esa forma. Todo era tan diferente... La manera en la que la había visto durante toda mi vida cambió más rápido de lo que ella tardó en pronunciar la palabra «perdón».

Te dije que el viaje a Hazentown fue uno de los más especiales. Yo lo recuerdo bien, porque fue el último que disfruté con mamá.

Tras la discusión, no hablé más con ella, ni siquiera quería estar en su cuarto. Estaba mal, me sentía fatal y responsable. De alguna forma, mamá y Jax siempre se juntaban. El destino los quería unir en cada etapa de su vida, pero fui yo la que los separó. Y lo peor es que no había nada que pudiera hacer al respecto.

Evité todo y a todos, incluso las llamadas de Rust. ¿Cómo se suponía que le hablase después de enterarme que éramos hermanos? Bueno, medio hermanos. Él y yo vivíamos tras decepciones, solo nos quedaba aferrarnos a nuestro consuelo y, con la verdad entre mis manos, ni siquiera podía pronunciarme con un «hola» en sus mensajes.

Al final, esto nunca fue por nosotros, siempre fue por su padre y por mi madre. Por eso no podemos estar juntos, solo somos proyecciones mal construidas de un futuro inexistente.

Comprenderlo me llevó a buscar soluciones. Una de ellas fue escribirte a ti.

58

Era viernes 8 de enero. Había llegado el momento de volver a Los Ángeles.

Todavía puedo oler la nada, el frío del invierno al entrar por mis fosas nasales, la piel de mi cara tensa y mis ojos cerrados. Estaba en el patio y le daba la espalda a la casa del abuelo. En el interior había demasiado ruido como para estar allí durante más tiempo; mis tíos y primos volverían a sus propias casas. Yo sentía que me ahogaba. No quería respirar ese aire, lo sentía tóxico y no quería contaminarme. Lo que deseaba era congelar mis pulmones con aire limpio.

—¿Y si entras?

La abuela Saya fue la primera en hablarme.

—No quiero —respondí sin darme la vuelta ni moverme siquiera. Permanecí con los ojos cerrados para percibir más.

—Vas a congelarte.

—Entonces me descongelarán dentro de unos años.

Quizá fui demasiado grosera al responder. No quería, claro, pero estaba de pésimo humor desde que supe que compartía lazos sanguíneos con Rust. Ante cualquier comentario, mi respuesta consistía en rechazo o monosílabos pronunciados con voz áspera. También me alteraba y mi paciencia se agotaba con facilidad. Mi familia entendía los motivos de mis reacciones, no me decían demasiado; supongo que pensaban que esto pasaría pronto y todo acabaría con alguna reconciliación, pero entonces llegó el día en que teníamos que volver a casa y yo me negué.

Con su paciencia y amabilidad característica, la abuela se colocó junto a mí. Con un leve movimiento, me dio un empujoncito para que reaccionara.

Abrí los ojos.

—Tus maletas ya están listas.

—No voy a volver, abu —afirmé y regresé a mi primera postura.

La oí suspirar.

—¿Y qué piensas hacer?

—Pues... quedarme con ustedes. O con tía Jollie... No sé. Pero no voy a volver —insistí con entereza—. De ninguna manera pienso estar en una casa, sola con mamá, ni siquiera puedo sentarme a la misma mesa que ella.

—Vas a perder tus clases.

Mi risa sarcástica demostró lo poco que me importaban las clases.

—A la mierda ese colegio, puedo estudiar aquí.

—No digas palabrotas.

—Perdón.

Silencio.

Parecía que la abuela juntaba paciencia.

—¿Quieres quedarte aquí y terminar en una de estas escuelas?

Abrí los ojos y dejé de lado la postura altiva, esa que decía «no me importa nada», a un lado. La charla me pareció más interesante. Además, necesitaba convencerla.

—Sí, esa es mi intención. Ya tengo edad suficiente para emanciparme.

—Cariño, no seas ingenua.

—O me hago pasar por hermana de Caitlyn. No sé. Ah, y que no se te olvide que tengo permiso médico, puedo faltar dos meses más a clases. Tengo la justificación.

Empezó a negar con su cabeza mientras llevaba una sonrisa. No sé si me encontraba tierna por creer que todo se resolvería de una forma simple o lo hacía porque era un plan estúpido.

Con pasos lentos, se puso frente a mí y acarició mi cabello húmedo por el frío.

—Tienes que volver, tus mininos te esperan. —Ya había pensado en eso.

—Le pediré a alguien que los traiga. Por favor, abu, no dejes que me vaya. De verdad, en serio te lo pido. No quiero volver. Allá, en Los

Ángeles, no tengo nada a lo que aferrarme. Mi mejor amiga murió, hice algo horrible, y ya no confío en mamá. No quiero, no quiero, no quiero.

Es probable que repetirlo tantas veces fuera innecesario, pero necesitaba que mi rechazo quedara bien grabado en su subconsciente, que notara lo que realmente sentía. Sonaba desesperado, porque así era. Tenía miedo de volver, porque regresar a Los Ángeles significaba tener que enfrentar una realidad que todavía me negaba a creer.

—Veré qué puedo hacer —dio como respuesta y pellizcó mi casi congelada nariz. Para mí fue un «puedes quedarte para toda la vida, si quieres». Di un salto y la abracé con fuerza, al mismo tiempo en que le daba las gracias—. Con la condición de que nos cuentes lo sucedido a tu abuelo y a mí.

Aflojé mi abrazo, me separé y retrocedí un paso.

Ella se refería a lo que ocurrió en el Polarize, a que contara cómo maté a una persona a sangre fría y luego vi la muerte de mi amiga.

—Bien —accedí en un hilo de voz—. Lo haré.

La charla quedó ahí.

Mamá se marchó de la casa de los abuelos a las cinco en punto de la tarde. Lo sé porque la vi. Me encontraba detrás de la ventana y observé cómo se despedía de mis abuelos. Vi también los movimientos con su mano, cómo secó sus lágrimas y luego hizo señas. Ella estaba llorando, al igual que yo. Una despedida adecuada era aquella en la que las dos nos abrazábamos, pero estaba demasiado resentida para decirle adiós. Me dolía, me dolía demasiado porque en el fondo todavía la quería (y la quiero). Si algo le pasaba de camino a casa, también me preocuparía. Me imagino nuestra relación como una llama: cuando estábamos bien la llama era grande; no obstante, ahora la llama se había achicado, pero seguía encendida.

Apenas noté que mis abuelos volvían a la casa, subí las escaleras hacia mi cuarto. Di un salto hacia mi cama bajo el camarote y agarré mi celular para actuar como si no los hubiese espiado.

El abuelo se asomó por el cuarto.

—Tu madre ya se fue.

Tuve que tragar saliva para que mi garganta y voz no cedieran:

—Genial.

—¿Estás segura de que no quieres irte con ella? Todavía estás a tiempo.

—Estoy segura.

Oh, no, unir esas dos palabras fue una muestra obvia de que había estado llorando.

—No lo parece.

Con pasos lentos, pero seguros, el abuelo entró en el cuarto y se sentó sobre mi cama. No fue necesario que dijera nada, su mirada compasiva bastó para que notara que, en el fondo, me dolía. Extendió sus brazos en mi dirección y esperó a que correspondiera su silenciosa petición, así que me senté sobre la cama y lo abracé.

—Que quiera estar lejos de ella no significa que ya no la quiera —repuse con timidez y sentí cómo mis ojos ardían. Pronto las lágrimas cayeron por mi rostro.

—Lo sé, lo sé.

—Es que... simplemente no puedo irme con ella. No puedo.

—Pero sí puedes perdonarla.

—Ya no será necesario.

—No es bueno quedarse con el resentimiento; eso es algo muy oscuro que no te permitirá avanzar. —Se alejó para ver mi rostro. Las lágrimas mojaron mis pómulos y dejaron que mechones de cabello se me pegaran a la piel. El abuelo, con gesto paternal, me ayudó a peinarme—. Piensa en esto como un pantano: vas caminando por el lodo, lo arrastras con tus pies hasta llegar a un punto en que no puedes avanzar. Necesitas levantar las piernas y sacudir el lodo para continuar caminando.

—¿Y si ya no quiero avanzar?

—Entonces quédate quieta, pero acabarás por hundirte.

Se suponía que sus palabras eran para resolver la relación actual con mamá, pero yo la tomé y adapté para lo que había sucedido en el Polarize, en la culpa que seguía cargando sin que pudiese abandonarme ni siquiera por las noches.

—Abuelo —lo llamé cuando pretendía irse del cuarto.

—¿Sí? —Se giró, expectante. El temor me cubrió, sentí un sudor frío y, por un instante, temí al qué dirán—. ¿Qué ocurre, pequeña?

Suspiré.

—Voy a contarte qué pasó esa noche.

Después de la cena, mis abuelos y yo nos reunimos en la habitación para charlar. Estaba nerviosa, mis piernas temblaban pese a estar sentada, las manos me sudaban y mi respiración era agitada. Una especie de sensación extraña se había alojado en mi pecho, bajaba a mi estómago y volvía a subir. Entrelacé mis dedos para evitar morderme las uñas, enderecé la espalda y suspiré. Mis abuelos me observaban con tranquilidad, un aspecto favorable de ellos; el otro es que son tolerantes, no juzgan fácil y, pese a que la casa entera sabía lo que había hecho, esperaban por una explicación antes de dar su opinión o cambiar su actitud hacia mí.

—Bien... —Solté en uno más de mis suspiros—. Allá voy.

—No tienes que contárnoslo ahora, si no te sientes preparada —dijo la abuela—. Puede ser mañana o dentro de una semana.

Me negué.

—Si voy a vivir bajo su techo, quiero que sepan la verdad. —Respiré profundamente y exhalé el aire de mis pulmones por la boca—. El 14 de noviembre, me sentía mal y no tenía deseos de asistir al colegio, pero lo hice de todas formas. Mi amiga, Aldana, me sugirió que hiciéramos novillos. Y eso hicimos. Pasamos una linda tarde, llena de comida, risas... Fue genial. Entonces, mamá me llamó para decirme que Claus Gilbertson...

Mencionar su nombre fue como traerlo de vuelta y revivir ese momento de rabia descontrolada. Miré mis manos limpias, que temblaban frente a unas imágenes rápidas del Polarize. Detrás de estas, el cuerpo desangrándose de Claus. Me cuestioné si realmente era necesario contarles a mis abuelos tantos detalles.

—¿Quién es Claus?

La pregunta del abuelo fue la alarma que me sacó del adormecido encuentro con los recuerdos.

—Él... él era un compañero de colegio. Poseía un club nocturno, el Polarize.

—El del tiroteo —musitó la abuela, en busca de la confirmación del abuelo.

—Sí, ese —me apresuré a decir—. Él había ido con mamá a decirle que me necesitaba. Yo no quise ir, le pedí que inventara alguna excusa para que me dejara en paz y... no resultó. Claus llamó a mi teléfono para amenazarme: si yo no iba con él, le haría daño a mamá. No tenía opción, así que fui. Aldana me acompañó; yo estaba demasiado atemorizada para decirle que no lo hiciera. Claus estaba acompañado de hombres enormes que nos obligaron a subir a una camioneta y... llegamos a una zona especial del Polarize.

La abuela ya podía imaginarse qué había ocurrido, pues su expresión de compasión se transformó en una de horror.

—Nos hicieron beber, quitarnos algo de ropa y nos tomaron fotografías.

—Yionne, eso es... —El abuelo ni siquiera encontraba las palabras, balbuceó y se echó las manos a la cabeza.

—Habían echado algo en la bebida. Traté de vomitar lo que había tomado, pero caí inconsciente. Cuando desperté... —Necesité tomar algo de aire—. Por favor, no me odien por esto.

—No lo haremos, cariño —intervino el abuelo y posó su enorme mano sobre la mía—. Solo queremos saber qué pasó.

—Bien, yo... desperté en una habitación. Estaba amarrada a una cama, adolorida, lastimada...

—Cielos, Onne... —exclamó la abuela.

—Y... en esta habitación... estaba Claus Gilbertson —empuñé mis manos, tensa—. Él habló mucho, casi no recuerdo de qué, pero lo hizo. También dijo que iba a matarme. Se subió encima de mí e intentó ahogarme con una almohada. Dijo que eso lo excitaba. Cada vez que llegaba el punto de desmayarme, quitaba la almohada. El esfuerzo que necesité para no hacerlo fue bastante. Entonces, dejé que mi instinto me consumiera. Llena de rabia, mordí su cuello. Mientras él se retorcía de dolor, intenté soltarme. Se enfureció... —Bajé la voz, desconcertada por mi propia experiencia. Mis ojos vieron el entorno borroso, pues los retazos de lo ocurrido en aquella habitación se cruzaban por mi cabeza igual que escenas de películas—. Claus se enfureció y sacó una navaja. Yo logré soltar una mano, pero seguía atada a la maldita cama. Oímos disparos, ruido en el exterior. Alguien me ayudó a distraerlo. Era un hombre con una máscara, no supe bien quién —mentí—. Apuntó a Claus con una pistola, pero solo para amenazarlo. No lo iba a matar, él no lo iba a hacer. Mientras que Claus me daba la espalda, yo solté mi otra mano, avancé silenciosa hacia Claus, le quité la navaja y se la enterré.

Para aquel punto del relato, sus expresiones eran similares a las que todos hacemos cuando tenemos ganas de vomitar. Creí que la abuela tendría arcadas, que me detendría y se levantaría de golpe para encerrarse en el baño. El abuelo lucía un poco más calmado, pero su piel pálida indicaba que no le gustaba hacia donde se había dirigido la historia.

—Lo maté —confesé—. Soy una asesina.

Mi afirmación descolocó a la abuela:

—Puede tomarse como defensa propia —adujo.

Podía, pero estaba el hecho obvio: lo apuñalé más de una vez cuando pude haberme limitado a quitarle la navaja. Lo que hice fue un acto de venganza, nada más.

Eso no se lo conté a ellos.

—¿Y tu amiga?

Mi corazón dio un vuelco violento y doloroso. No pude contener mis lágrimas; mi cuerpo empezó a temblar.

—A Aldana la tenían amenazada. Un sujeto se enojó por la muerte de Claus y, al darse cuenta de que fui yo quien lo había asesinado, dio la orden para matar a mi amiga. A ella, que solo estaba ahí para acompañarme, que era una persona inocente. Ella cayó al suelo, su cabeza sangraba... Sangre. Sangre había por todas partes y... —Me cubrí el rostro—. Dios..., la extraño tanto.

La abuela se levantó de su lugar para consolarme con un abrazo. El abuelo fue a la cocina para servirme un vaso con agua. No dijeron mucho, no expresaron sus opiniones hacia lo que había contado, simplemente escucharon y, de alguna forma, se sintió bien poder soltar una parte de ello.

No fue hasta el 13 de enero que se habló de lo que conté, porque llegó una petición para dar mi declaración sobre la noche del 14 de noviembre frente a la corte. Estaba demasiado nerviosa que no podía pensar en nada más que eso.

Casi a medianoche, llamaron al timbre.

—¿Le habrá ocurrido algo a alguien? —preguntó el abuelo cuando bajamos las escaleras.

—No creo, habría llamado —respondió la abuela y le extendió un bate de madera que él mismo había tallado—. Ten, por si lo necesitas.

Más timbrazos. El abuelo tomó el bate, se puso en alerta y abrió la puerta. Al otro lado, con su maltratada chaqueta de cuero, Rust nos miró con fastidio e hizo un rápido recorrido hasta detenerse en el bate.

—¿Iban a golpearme con eso? —preguntó, señalando el amenazante objeto. Enfatizó su molestia al punto en que las líneas de expresión de su frente se profundizaron. Antes de que alguno de mis abuelos le dijera algo, me asomé.

—Rust, ¿qué haces aquí?

Di un paso para abrazarlo, porque me alegraba de verlo otra vez frente a mí con sus ánimos repuestos y actuando como si conociera a mis abuelos desde siempre, pero me contuve por «ese» gran detalle que él todavía no conocía. Su familiaridad me sacó una sonrisa interna que viajó al infinito cuando me agarró del pijama para atraerme hacia él y me abrazó.

—Vine a verte —dijo con voz profunda y apoyó su cabeza sobre mi hombro. Se separó para observar al interior de la casa—. Ustedes deben de ser los abuelos de esta pecosa.

La abuela estaba demasiado sorprendida para responderle, se limitó a asentir con lentitud. El abuelo, por su parte, había bajado el bate al hacer a un lado sus recuerdos y conciliar con uno bastante particular.

—Sí que te pareces a él —dijo en un tono que rozaba el punto más hondo de la incredulidad.

Rust frunció el ceño aún más y ladeó la cabeza sin comprender lo que el abuelo le había dicho.

—¿A quién?

—A tu padre, muchacho, a tu padre.

—Ah... —El vaho de su aliento podría haberse comparado con el humo que echa una locomotora—. Mi viejo, ja. Pero yo estoy más bueno. Así que... ¿lo conocieron?

—Solía venir aquí a menudo y sin avisar, al igual que lo hiciste tú —expuso el abuelo con la actitud paternal que siempre tenía—. Yo tuve responsabilidad en parte, porque le dije que esta era su casa.

—Eso es bueno saberlo —pronunció Rust, sonriente—, porque lo que es de mi viejo, también es mío. Permiso.

El abuelo permitió que Rust entrara como si fuese parte de la familia. Miré a la abuela en busca de algún reproche por la permisibilidad de su marido, pero ella solo se llevó una mano a la frente y negó la cabeza como diciendo «Otra vez...».

El abuelo es así: demasiado caritativo y permisivo, incluso con personas que no conoce. Si un día llegas a la puerta de su casa y le pides alojo, te responderá rápidamente que, en la segunda planta, al fondo del pasillo, hay un cuarto disponible. Durante mucho tiempo, antes de que la familia se extendiera taaanto, invitaba a personas de escasos recursos a almorzar, cenar o quedarse por las noches. Aun así, me sorprendió que hiciera lo mismo con el hijo de la persona que le rompió el corazón a su hija.

Durante el tiempo en que Rust fue en busca de sus cosas y cubrió su moto con una enorme manta impermeable, la abuela y yo reprochamos la decisión del abuelo. Él nos dijo que no podía decirle que no, que ya era demasiado tarde y que Rust se estaba muriendo de frío. Una vez regresó con su casco y una mochila vieja colgada en su hombro, noté que el abuelo llevaba razón: Rust se veía pálido, con las orejas y la nariz roja, y los ojos lagrimosos por el frío.

Al observarlo, me devolvió una mirada profunda. Encontrarme otra vez con sus enormes ojos azules no fue lo mismo que antes, en mi cabeza solo me decía «Es tu hermano, es tu hermano, es tu hermano», una y otra vez. Hice a un lado mis pensamientos y me mantuve distante durante la mayor parte de nuestros silenciosos encuentros.

El abuelo invitó a Rust a beber un té para que entrara en calor. Yo estuve en la sala, con los brazos cruzados mientras escuchaba a la abuela, quien me dijo que me quedara tranquila, que no era necesario contarle nada tan pronto. Una vez Rust acabó la taza de té, lo guiaron hasta su habitación, la cual está a unas puertas de la mía.

Mis alarmas de peligro se encendieron en cuanto mis abuelos volvieron a la cama y yo me encerré en mi cuarto. No hay que ser un genio en lógica para deducir que Rust salió de su habitación durante la madrugada y buscó la mía. Casi sufro de un infarto cuando lo vi asomado entre el umbral y la puerta, con su cabello rubio revuelto, los ojos lobunos y una sonrisa que iba de oreja a oreja.

Me senté en la cama a una velocidad alucinante, lo que llevó a que me golpeara la mollera con la cama superior. El ruido se paseó por toda la casa y la abuela preguntó desde su habitación que qué había ocurrido.

—¡Nada, abu! ¡Me estaba acomodando y me golpeé la cabeza! —le dije acariciando la zona dolorida. Rust se cubrió la boca para no soltar una carcajada. Lo fulminé con la mirada.

—Esta casa tiene paredes muy finas —susurró con una sonrisa y caminó hacia mi cama. Quise encogerme, pero esa clase de estrategia no funcionaría, así que extendí la mano para detenerlo.

—Aléjate —ordené en el mismo tono bajo que él—. No creo que debas quedarte aquí.

—No planeo quedarme toda la vida —debatió con obviedad y fastidio—, solo quiero saber cómo estás.

Se sentó en mi cama y colocó su mano cerca de mí. Me arrinconé, temerosa de que algo más sucediera entre nosotros, porque Rust demostraba tener todas esas intenciones.

—Lo digo en serio, Rust, no puedes quedarte aquí. Ni hablar conmigo ni... n-nada. Se tensó.

—¿Por qué? ¿Hice algo malo? —interrogó—. Llevas más de diez días sin contestar una llamada, tampoco respondes mis mensajes. Creo que me has bloqueado. —Era cierto, lo había bloqueado para no recibir nada más de él y distanciarme. Así, de alguna forma, no dolería tanto cuando le revelara la verdad. Pero no contaba con que aparecería en la puerta de la casa de mis abuelos—. ¿Es porque tu madre nos pilló esa tarde mientras hablábamos?

—Sí... No... En parte —oculté mi cabeza entre mis piernas—. Es difícil de responder.

—¿Ha pasado algo?

Guardé silencio y asentí, sin levantar la cabeza.

Por los movimientos de la cama, supe que se estaba acercando. Levanté la cabeza y hui de su mano, la cual buscaba consolarme.

—Te lo contaré, solo... solo dame algo de tiempo. ¿Puedes?

Retiró la mano y se levantó.

—Bien.

Salió del cuarto sin hacer ruido, un detalle que agradecí.

Esa noche no pude dormir porque me mentalizaba para el momento en que le contaría la verdad a Rust. Estaba nerviosa, ansiosa, me carcomía porque, en el fondo, sabía que no se lo tomaría bien. Tampoco sabía cómo reaccionaría ante mi propuesta. Te había escrito hacía casi una semana y ni siquiera te habías dignado a ver el mensaje.

Aproveché el momento para asomarme por la pequeña ventana de la habitación. Me arrodillé bajo esta, cerré los ojos y comencé a clamar al cielo que necesitaba poner un punto final a ese maldito viaje. Si la luna no me había escuchado cuando le pedí que me devolviera la habilidad, entonces le rogaría que me concediera un último deseo.

A la mañana siguiente, desperté por el olor de unas ricas tostadas acompañadas de chocolate caliente. Mi cuerpo cansado se arrastró por inercia hacia el comedor, donde el abuelo, tío Jess y Rust disfrutaban del desayuno. Necesité frotarme los ojos al ver que los tres charlaban como si se conocieran de toda la vida. Y yo que había creído que el cáustico humor de Rust no podría congeniar con ninguno de ellos.

—Buenos días —saludó la abuela, quien llevaba a la mesa una jarra con chocolate caliente. Ellos no solían tomarlo a menudo, mucho menos para desayunar.

—¿Chocolate caliente? —interrogué en busca de un asiento junto a nuestro nuevo invitado.

—Rust insistió —se excusó la abuela.

—¿Y le hicieron caso?

—Es muy convincente —argumentó esta vez el abuelo.

—Tú mejor que nadie lo debes saber —dijo Rust mientras meneaba las cejas. Sonreí por su gesto infantil y confianzudo, y trajo de regreso la añoranza de aquellos tiempos en los que vivía en la completa igno-rancia.

La voz de mamá resonó en mi cabeza y provocó que evitara el contacto visual con él. Carraspeé; la atmósfera en la mesa se volvió tensa.

La abuela llegó a sentarse y fue quien disipó la pesadumbre de un silencioso momento.

—¿Tu padre sabe que estás aquí? —preguntó.

—Le comenté que me iría por un par de días.

—Se va a preocupar —comenté sin atreverme a levantar la cabeza de mi taza con chocolate.

—Lo hará, esté donde esté —defendió Rust. Era verdad, estuviese en Los Ángeles, en Hazentown o en China, haría preocupar a su padre, pues su personalidad avasalladora lo convertía en un imán para los problemas.

—¿Cómo supiste que estaba aquí? —Carraspeé. Hablarle directa-mente a él se me hacía demasiado incómodo; mucho más con la mirada de mis abuelos encima.

—Se lo pregunté a mi viejo. Le dije: «Eh, ¿recuerdas dónde vivía la roja con la que salías en la uni?» y de ahí me bastó memorizar la direc-ción —respondió—. Fácil.

—Qué idiota...

—Ya. No fue tan así, pero, en cualquier caso, mi viejo me dio la dirección.

—Que vinieras aquí es algo muy impulsivo.

—¿Por qué? —preguntó en tono aniñado. Lo observé de reojo y noté que sus labios estaban muy estirados en señal de reproche—. Si casi soy parte de la familia.

La abuela se echó a reír. Eso calmó un poco el ambiente.

Después del desayuno, me puse a lavar los platos. La verdad es que no me gusta estar en la casa de la abuela y ser una consentida que no hace nada, así que me ofrecí a hacer las tareas domésticas por mucho que mis abuelos se negaran.

Casi terminaba la primera oleada de loza cuando Rust entró a la cocina con algunos platos sucios.

—Oye... —dijo a mi lado, después de dejar la vajilla en la encimera—. ¿Hasta cuándo pretendes evitarme?

Estaba siendo demasiado obvia. De manera lenta, y algo temerosa, me giré para observarle.

—No te estoy evitando.

Y al decirlo, volví a concentrarme en fregar.

—Yo creo que sí. No puedes mirarme por más de cinco segundos porque bajas la cabeza o miras hacia otro lado. Y eso no es todo. —Me tomó por los hombros y me obligó a que me girara. Ambos quedamos de frente, cercanos, a unos escasos centímetros. Rust levantó su dedo índice y frotó mi entrecejo—. Aquí. Tienes el ceño fruncido.

Me sonrojé. Creo que era la primera vez que lo hacía por su causa. Le di un manotazo para que se alejara y me di la vuelta.

—No molestes —gruñí—, tengo que terminar con esto.

—Si estás enojada conmigo, solo dilo y ya. Inspiré hondo y volví hacia él.

—Lo siento. No estoy enojada contigo y lamento si te doy esa impresión. Tú no has hecho nada, Rust, no tienes culpa de lo que pasa.

—¿Qué es lo que pasa?

Su voz denotaba preocupación, y su expresión también. Verlo tan voluble despertó mi sensibilidad, la misma que rechazaba tener hacia él. Bajé la cabeza para huir de su mirada y jugueteé con mis dedos húmedos por el agua.

—No sé si quiero contártelo —balbuceé—. Estoy asustada.

—¿Estás...? —Con ojos paranoicos miró hacia todos lados para luego dar un paso y agacharse en busca de mi expresión—. ¿Estás embarazada?

No esperaba que pensara en esa probabilidad.

—Mejor vete —farfullé y coloqué mi mano en su cara. Él se limpió con rapidez y aprovechó mi ataque para retener mi mano.

—Háblame —pidió con voz severa.

—Tú...

Enfrentarme a una verdad indeseable es más complicado de lo que imaginaba; tener que contársela a alguien involucrado, peor. Rust no es alguien bueno, no es la mejor persona del mundo, tiene más fallos que cosas buenas y sus decisiones lo llevaron por caminos destructivos. Pese a todo, él no merecía tanta mierda en su vida.

—No puedo —solté por fin—. No puedo. No aquí. Necesito algo de espacio y libertad para contártelo.

—Puedes hacerlo mientras me das un tour por la ciudad.

Con lo bien que conozco a Rust, sabía que insistiría hasta conseguir lo que quería, así que me rendí y acepté tomar un paseo por la ciudad.

Actuar con normalidad junto a Rust fue más sencillo de lo que pensé que sería. Hablarle de la ciudad y algunas anécdotas que viví en ella sirvieron para que olvidara nuestra realidad. No caminamos como pareja, no nos mostramos melosos, simplemente avanzamos como dos amigos. La última parada que hicimos fue en el parque Freig Russell, lugar que siempre atrajo mi atención. No sé si te has puesto a observar que, en cada rincón, desde el árbol más pequeño hasta el banco más destrozada, hay una historia. Es un sitio simple, pero con mucho por contar. Recuerdo que, de niña, lo visitaba con mis padres y nos sentábamos en un banco que tenía un corazón grabado con las iniciales «M x C».

Sí, es el banco de la que te hablé al comienzo.

Me gustaba sentarme en él y pasar el dedo por los trazos torpes que posee, preguntarme quién fue la persona que decidió plasmar su amor en ella.

Mi costumbre no desapareció. Estando allí con Rust, fui directamente al banco en busca de aquel corazón. Pasaba mi dedo por la inicial M cuando decidí interrumpir un comentario sarcástico de Rust.

—Tenías razón.

Confuso, se interrumpió en mitad de una frase y me miró.

—¿En qué?

Inspiré hondo y continué lo que ya había iniciado:

—Lo de tu padre y mi madre. Se reencontraron en una reunión de la universidad. Hablaron, se juntaron como amigos y... se acostaron. Tu padre estaba casado.

Apenas me escuchó, se levantó de golpe como si el banco tuviese algún objeto punzante que lo lastimara.

—Lo sabía —murmuró, desconcertado, y miró hacia la nada—. Mierda, ¡lo sabía! Le fue infiel a mamá.

—Sí, Rust, pero... —Estaba demasiado conmocionado como para escucharme. Empezó a pasearse de un lado a otro; hundía sus dedos en su cabello y se rascaba con desesperación—. Pero independiente de que le haya sido infiel, ella optó por dejarte a ti y a tu hermana.

—¿Y si de no haberle sido infiel las cosas cambiaban? —Se volteó a un punto cercano a la alteración.

—Ella también tiene a otra persona, y sabes muy bien que se trata de un viejo alumno. No quiero justificar a tu padre, pero culparlo solo a él por la ruptura es algo absurdo. No olvides que las rupturas son de dos. E, independiente a la pelea entre ellos, tu madre no debió tratarte así.

Se detuvo. Sus hombros, antes tensos, decayeron al tiempo que bajaba los brazos. De pie, quieto, pensativo y acongojado, me pareció que frente a mí no tenía a un hombre, sino a un niño pequeño herido.

—Yo creo que las cosas hubieran funcionado...

—No puede funcionar lo que nunca tuvo que ser —afirmé con seguridad—. Tu padre y mi madre están destinados, sus vidas están entrelazadas, lo demás es solo un intento de consuelo, sobras de un amor que quizá sea el real... Como lo nuestro.

Al escuchar lo último hizo clic. Su semblante inseguro se tornó a uno más confiado. Dio un paso hacia mí y se agachó. De manera imprevista, tomó mi mano y la colocó sobre su pecho, tal cual lo había hecho antes en Sandberg.

—Lo que yo siento por ti es real.

—Rust... —traté de soltarme, pero él no me lo permitió—, en ese encuentro que nuestros padres tuvieron, mi mamá se embarazó... —Mi voz se rompió en tristes intentos de formar una frase contundente. Los sollozos que no pude aguantar se hicieron escuchar con lentitud. Por más que buscara las palabras adecuadas para no soltar la verdad con rudeza, no encontré nada—. Nueve meses más tarde, nací yo... Lo que significa que... —Los ojos de Rust se abrieron con sorpresa y soltó mi mano—. Eso quiere decir que tú y yo...

—Soy tu medio hermano —atajó él y se levantó dando un paso atrás.

—Por eso, en todas las malditas líneas, lo nuestro no funcionaba. Ni funciona. Ni funcionará. —Sequé mis lágrimas. Rust no pudo aguantar más y empezó a patear la papelera que estaba junto al banco—. Tú y yo... Nada.

—¿Él lo sabe? —Se volvió hecho un basilisco.

—Mamá dijo que no.

—Mierda... ¡Mierda! —Otro golpe a la papelera. El ruido hizo eco por todo el parque—. Eres mi hermana... Tú y yo... compartimos sangre. Te besé, te toqué, tuvimos sexo... ¿Qué mierda? ¡¿Es en serio?!

—Sé que es difícil de creer, pero sí.

Yo ya lo había asumido, aunque no en su totalidad. Rust apenas lo masticaba. Verlo alterado, con ganas de romper el mundo era comprensible, porque yo también había experimentado esa impotencia.

—¿No será un invento de tu madre? —inquirió tras frotarse el rostro con las manos. Se había cansado de patear el bote de basura.

—Creí que lo decía para alejarme de ti, pero dijo que no. Es cierto, ella no jugaría con esto.

—No lo haría, claro, pero sí lo ocultó —desdeñó—. ¿De verdad crees que no miente?

—Ojalá así fuera. Créeme. Pensar que viví en una mentira durante tantos años lo hace peor. Esto es jodido. Lo que tuvimos también. Es... es raro, es incorrecto.

—Un carajo que lo es... ¡Mierda!

Tomó aire y se sentó junto a mí. Su estado agitado e inquieto poco a poco se fue tranquilizando. Pasaron muchos minutos hasta que halló el control de sus propias emociones y solo se mantuvo pensativo. Yo, a su lado, lo consolé posando mi cabeza sobre su hombro.

—Podemos seguir con lo nuestro —murmuró de pronto—, mandar a la mierda todo. Intentémoslo.

Sonreí por su ingenuidad. Me pareció adorable. Lástima que mis planes son otros.

—Yo no quiero seguir intentándolo —confesé casi en un suspiro.

—¿Qué quieres decir?

—Este es el fin del viaje.

Se acomodó y me sostuvo por los hombros. Debió de estar preocupado por el tono deprimente con el que le respondí.

—No tomes decisiones apresuradas.

Con movimientos torpes y sin incentivo de nada, lo aparté y dije:

—Creo que por primera vez esta no será mi decisión.

59

Es curioso cómo mi vida se fue al carajo después de perder mi habilidad. Parece que las cosas funcionaban con ella, que me había acostumbrado a cometer fallos y a arreglarlos retrocediendo en el tiempo. Quizá el hecho de no tomarme en serio la vida misma fue el error que cometí desde un principio, pues me dejé seducir por el camino fácil, sin pensar que algún día este momento llegaría. Lo triste es darme cuenta de que, con suerte, tengo recuerdos de lo que era antes de obtener la habilidad, cuando solo era una niña normal. Echo de menos sentirme especial y añoro tener la posibilidad de poder retroceder una vez más, pero no insistiré en esto, ya lo intenté muchas veces.

Antes de decidir escribirte, traté de hablar con la luna para recuperar mi don. Obviamente, no obtuve resultados, así que lo intenté con un deseo diferente:

Que las cosas sigan su curso.

Volver a la normalidad, como desde un inicio debió ser: sin que yo forzara la relación entre mis padres, sin iniciar viajes. Sin, tal vez, existir. Aunque claro, puede que este deseo no se cumpla.

Es ahí donde entras tú.

Tú eres mi última salida, la solución que necesito en caso de que Mǒnn no responda. Así que, tras enterarme de que mi destino con Rust no funcionará jamás, pues en todas las líneas hemos tenido dificultades, decidí empezar este diario y plantear quién soy, qué me ocurre, cómo usar la habilidad y darte los motivos suficientes para convencerte de que dejes las cosas tal cual deben ocurrir.

Yo no tengo chance de cambiar el pasado. Pero tú sí.

Con el diario en proceso, lo único que me quedaba era acordar entregártelo, por eso te escribí:

> Yo: El 14 de febrero, a las 10.00 a. m., te espero
> en el parque Freig Russell. Yo estaré sentada en el banco
> que tiene grabado un corazón con las iniciales M + C.

Pese a no obtener respuesta por tu parte, continué escribiendo con la esperanza de que en algún momento me contestaras que sí. Tú eres parte de mi decisión y supongo que lo eres desde el inicio.

Tengo la convicción de que podré ser escuchada por alguna de las dos en algún momento, aunque la verdad, espero que sea pronto. Este sexto viaje me ha quitado muchas cosas ya. Jugar con el destino me ha pasado factura y ahora solo siento un vacío. Todo lo siento superficial, incluyendo mi felicidad.

Nada me parece real, ni siquiera mi relación con Rust.

Él es genial. Después de que le conté la verdad sobre nosotros y el tipo de relación que tenemos, me ha acompañado. No obstante, estuvo bastante alterado. Llamar a sus estados como «malos» es decir poco. El abuelo trató de apaciguar el humor de perros que cargaba con algunas charlas. Ojalá pudieses conocer a fondo al abuelo, pasar una semana con él es como ir a un retiro espiritual. Da buenos consejos, los cuales, poco a poco, Rust ha ido aceptando.

Por cierto, el patán todavía no se marcha a Los Ángeles. En parte lo entiendo, allá tampoco le queda mucho y, justo cuando mejoraba la relación con su padre, supo que le fue infiel a su madre. No puede volver, se armaría la Tercera Guerra Mundial.

Avanzaba con el diario cuando se arrastró como una serpiente a mi cama y me obligó a hacerle hueco. Yo intento mantener mi distancia, y él aprovecha cualquier oportunidad para acercarse. Supongo que estar cerca es algo a lo que nos acostumbramos, al punto de olvidar que nuestra unión también está compuesta por lazos sanguíneos.

Todos los días, Rust me preguntaba qué planeaba hacer y a qué me refería con que yo no tenía la decisión. No sabía cómo contarle que planeo dejar que las cosas pasen sin forzar nada, mucho menos que, quizás, ese deseo nos borre de la faz de la tierra para siempre, por lo que aplazaba mis respuestas con un «Ya te contaré». Bueno, ese momento llegó aquella noche.

Me encontraba tendida en la cama, boca abajo, con el diario entre mis brazos y dos bolígrafos a la mano: uno rojo y este negro. Escribía el momento en que la puerta se abrió. Con una agilidad admirable, Rust se recostó a mi lado y mantuvo una cercanía que evocó mis adormiladas mariposas en el estómago. Mi pecho dio un vuelco angustiante.

—Ya no tienes escape —dijo—, cuéntame, ¿qué piensas hacer?

Bufé con resignación, pero me tomé mi tiempo para responderle.

—Yo no puedo hacer nada, pero hay alguien que sí.

—¿Quién?

Tú.

¿Cómo empezar a contarle sobre ti? Supuse que a lo único a lo que podía aferrarme era a la palabra «creo».

—Creo que alguien de esta ciudad tiene la misma habilidad que yo, por eso la perdí. Me escribió hace un tiempo, me reveló algunos hechos del futuro y me ayudó en algunas cosas. No sé si es una buena o mala persona, pero... es alguien en quien confío en cierta medida. Creo que tiene la habilidad sin que lo sepa.

No lo niegues, es una buena descripción sobre ti.

—No estoy entendiendo nada.

Resoplé y exhalé mi agotamiento mental. Luego me acomodé mejor a su lado. Hablarle desde una distancia tan limitada formaba en ese pequeño espacio-tiempo un ambiente extraño.

—El 31 de agosto, una tal Sherlyn me escribió un mensaje. Me dijo que éramos algo así como la misma persona. «Yo soy tú», dijo. En realidad, quería decirme que ambas somos parecidas, como dos chicas en una línea temporal diferente. Ella también puede viajar en el tiempo.

—Bien...

Entorné los ojos para examinar su expresión.

—¿No me crees? —inquirí.

—Me parece algo absurdo.

—¿Y no te lo parece tener la habilidad?

—Eso tiene algo de lógica.

Mucha lógica. Claaaaro.

—En fin... Sherlyn me contó algunas cosas de su futuro y el mío. Ella sabía que mataría a Claus.

Por un momento, Rust dejó de respirar y luego soltó el aire que contenía de sopetón, provocando que mi cabello se moviera como si me hubiese golpeado una ventisca.

Enmendó su acto ordenándome el pelo con una delicadeza tímida, procurando no tocarme.

—¿En serio? —curioseó tras volver a acomodarse.

—Sí, pero no dijo cómo. Su información, la mayoría del tiempo, era así: a medias. Supongo que no quiere que rompa el curso de las cosas, solo que siga un camino. Creo que ella obtuvo la habilidad de retroceder el tiempo el día en que yo la perdí, por eso no puedo viajar. Tampoco he podido hablar con la Sherlyn experimentada, pues cuando le escribí a su número, me respondió ella en su fase inexperta.

—Puede que solo esté actuando.

—No lo sé. Quizá. Me gustaría creer que sí, ¿sabes? Todo sería más fácil. Si ella tiene la habilidad, puede impedir muchas cosas, entre ellas...

—Lo que pasó entre mi padre y tu madre —concluyó.

Negué con la cabeza.

—No: impedir que mis padres se conozcan. Dejar que las cosas tomen su curso natural —aclaré.

Se quedó inmovilizado por un instante y luego se apartó. Su reacción me hizo esperar un sermón muy largo en contra de lo que decía, incluso se humedeció los labios.

—¿Y qué pasará con todo lo demás? —pronunció por fin.

—Estará aquí. —Tomé mi diario y se lo enseñé.

Rust enarcó una ceja sin dar crédito a lo que decía.

—¿Tu libreta?

—En realidad es un diario —puntualicé y lo abrí por una página aleatoria—. Se lo entregaré, ella lo leerá y volverá las cosas a la normalidad.

Rust observó la tapa del diario con cierto recelo y, tras meditarlo, le dio vuelta la tapa para leer su inicio:

—«Si estás leyendo esto, significa que todavía existo. No te asustes. No lo tires. No lo regales. Por favor, solo busca. Búscame» —murmuró, momentáneamente inmóvil. Se volvió hacia mí y dijo—: No puedes hacer que lo que sucedió desaparezca, Yionne.

Mi pecho se comprimió.

—Me resulta muy raro que me llames así.

—No trates de desviar el tema —advirtió—. ¿Qué pasará si ella no hace caso a lo que dice el diario? ¿Y si usa sus habilidades para beneficio propio? ¿Qué será de nosotros?

—No hay un nosotros, Rust —zanjé al escucharlo, antes de que continuara haciendo preguntas—. No hay nada de eso. No por ahora, al menos. Me duele tener que decirlo, pero lo necesitamos asumir de una buena vez. —La voz se me quebró lenta y dolorosamente—. Lo que pasó entre nosotros es incorrecto, porque desde sus inicios nunca debió existir. Si todo sigue su curso, ni siquiera existiremos. Lo olvidaremos.

—Yo no quiero olvidar. —Su mirada profunda se clavó sobre mí. Era franca e intimidaba, como cualquier otra verdad echada a la cara. El dolor persistente me instó a evitarlo, pero sus manos me obligaron a seguir mirándolo—. Si pudiera vivir en la ignorancia solo un segundo más, ese tiempo lo viviría contigo. No dejes de intentarlo.

Estábamos cerca. Más cerca que antes.

—Estoy demasiado cansada para eso, Rust. —Me removí—. Perdóname.

—Al menos deja que este último tiempo lo pase contigo —rogó.

Mi respuesta quedó en camino y espera. El abuelo entró al cuarto, cual equipo de S.W.A.T., para pedirnos ayuda con el árbol navideño.

60

Hoy es 14 de febrero.

Te escribo esto desde el banco que te dije.

Ya sé que te cité demasiado temprano para ser un 14 de febrero, pero Rust y yo iremos a comer algo luego.

Estoy nerviosa, lo confieso. No sé si vendrás, no sé si mis planes resultarán. No has respondido a ninguno de mis mensajes, les clavas un enorme «visto». Supongo que estás en un proceso de decisión, al igual que yo lo estuve tantas veces.

Decidir es un desastre. Punto. El grado de responsabilidad que tienes al tomar una decisión se suma a las posibles consecuencias y la incertidumbre de que, si hay algo que no podemos recuperar, es el tiempo. Elegir mal converge en acciones equivocadas que poseen un desenlace fatal, y nadie quiere pagar por las malas consecuencias.

Lo que te pido es algo complejo, difícil de digerir. Es probable que no involucrarte sea un mejor camino para ti, seguro ya pensaste en esa posibilidad, o lo haces ahora. Por favor, no pienses en las consecuencias malas, piensa en que harás lo correcto. No sé qué pasa por tu cabeza en estos momentos, tampoco lo que le sucederá a tu yo más experimentado, solo... ayúdame, ¿sí?

No quiero atravesar por más mierda. Estoy cansada. Y tengo miedo.

¿Y si nada funciona? ¿Y si todo queda igual? Hay demasiadas preguntas que me preocupan. El futuro es tan... atemorizante, no sé qué haría sin la compañía de Rust.

Los pensamientos fúnebres que tuve en mi quinto viaje se están repitiendo. Son constantes, como sombras que no se separan de mí. Si hay algo que me mantiene atada a la Tierra es que Rust está a mi lado. Él y la convicción de que mi plan funcionará.

Ah, por cierto, esto es interesante: llamé a mamá.

Ayer, a la hora de la cena, marqué su número.

Mi ansiedad aumentó a grados altísimos, no pude permanecer quieta en ningún momento. El pitido del buzón daba vueltas en mi cabeza cual tortura maliciosa por la espera.

Tum, tum. El sonido se distorsionaba tras los segundos, mientras lo que había comido hacía solo unos momentos se me revolvía en el estómago.

Estuve a nada de cortar cuando contestó.

Hubo una pausa larga, incómoda, una que exploró en cuestión de segundos todas las posibles cosas que tenía por decirle. Mi respiración se quebró poco a poco, como si fuese atacada por una tormenta gélida y feroz. Jamás me había sentido tan nerviosa ante una situación común. Liquidé el silencio con un tímido «Hola, mamá».

—Onne, creí que nunca llamarías.

—Uhm..., sí, bueno, yo... ah, llamo para saber cómo están Berty y Crush —balbuceé y traté con todas mis fuerzas de no echarme a llorar—. Y también para saber cómo estás tú.

—Los gatos están bien, duermen y juegan, como siempre —sonaba cansada. O tal vez apenada—. Ayer me asusté porque ambos no se despegaban del refrigerador. Estaban atentos, concentrados en la parte interior. Creí que había un ratón. Al final, solo era una lagartija.

—Reímos al mismo tiempo. Al notarlo, transformamos nuestra risa en una tímida—. Y..., yo estoy bien, gracias por preguntar. ¿Cómo estás tú?

—Bien. Gracias. —Más silencio tortuoso. La garganta se me cerró y anunciaba la llegada de un sollozo que no deseaba ser escuchado—. Bueno, eso era todo. Adiós.

—¡Onne! —exclamó antes de cortar—. ¿Cuándo volverás a casa?

Pensé en decirle que pronto, cuando mi enojo apaciguara o qué sé yo. No obstante, lo cierto es que no podía mentirle: yo no pretendo volver a casa. Mis intenciones son otras. Mentirle me partió el alma, así que opté por contarle una verdad a medias.

—Cuando las cosas se hayan solucionado.

Corté.

Quizá no sea la mejor de las despedidas. No fue una charla emotiva, no nos perdonamos ni expresamos lo que sentimos, pero poder tener una conversación normal, en la que no nos gritamos o expresamos con rencor, me hizo sentir tranquila.

Sé que mamá preferiría que siga con ella y que no estoy pensando demasiado al pedirte que las cosas resulten como debieron ser. Mamá me dijo una vez que preferiría sacrificar cualquier cosa por alguien que ama, así que, si tengo en cuenta sus palabras, es lo que yo elijo hacer. Sea para bien o para mal, es el camino que desde un principio fue hecho para ella.

En caso de que aceptes, solo espero que su camino esté lleno de momentos felices.

A veces, los deseos del corazón son egoístas. Tomamos decisiones para no sufrir, porque nadie es tan idiota como para querer salir herido. Sin embargo, a veces preferimos tomar esa opción, porque no queremos hacer daño. Yo tuve que elegir entre ambas, sin saber que, al final, fue en vano.

Si hay algo que trasciende en el tiempo y perdura, eso es el amor. Yo no lo sabía, tampoco lo entendía, pero ahora lo sé.

Ahora la decisión es tuya.

Aquí te dejo mi diario, mi vida, mis palabras y mi existencia. Sabes que puedes obtener un gran poder para que las cosas tomen su curso.

Todo lo que tienes que hacer es decírselo a _____

Epílogo

Te encontré.

No, así no debería empezar.

¿Tal vez con un «Querida Yionne»?

Tampoco, es demasiado para nuestra relación. Y ni siquiera lo entenderías.

Puede que tenga que empezar por algo más informal, con un «hola», tal vez. Pero también se me hace extraño. Sobre todo, por el motivo por el que me he atrevido a ocupar las últimas páginas de tu diario.

Si te escribo esto es porque me pesa la conciencia y necesito pedirte una disculpa.

Verás, el 14 de febrero fui al parque Freig Russell para encontrarme contigo, pero cuando llegué, tú no viniste. Estuve esperándote más de media hora con la esperanza de que aparecieras. Y esperé. Y esperé... Y, pues nada, no llegaste, tal como te había dicho. Lo único que hallé en tu lugar fue una especie de libreta roja que estaba mojándose en el suelo.

Era este diario, el que escribiste para mí. No entendí nada, pero mi curiosidad despertó.

> *Si estás leyendo esto, significa que todavía existo.*
> *No te asustes. No lo tires. No lo regales.*
> *Por favor, solo busca.*
> *Búscame.*

¿Qué se suponía que significaba eso? Me pediste que nos reuniéramos, no que jugáramos al escondite.

Me llevé el diario a casa, le tomé fotografías y, cuando pude, lo comencé a leer. Al terminarlo, muchas cosas fueron difíciles para mí. Sin embargo, acepté tu petición y decidí buscarte.

Tengo que admitir algo: encontrarte fue mucho más fácil que entender lo que ponías en el diario. Tus padres tienen nombres con muchas páginas en Google: él es actor y ella directora de cine. Vaya... Tras investigar, averigüé dónde viven. Tienen una casa enorme en la parte anglosajona de Los Ángeles, con una vista espectacular de la ciudad. Estuve más de media hora tratando de hablar con quien saliera. De no ser por la persona que me acompañaba, por poco me lleva la policía.

Casi en la tarde, una moto aparcó afuera. Dos chicos, protegidos con sus respectivos cascos y con uniformes de colegio, bajaron de ella. Él chico se parecía a tu padre: alto, de buen porte, cabello rubio. Y la chica era alta, delgada y también rubia.

Mellizos, ¿quién lo diría?

Avancé hacia ellos con paso temeroso. Cruzar la calle fue un reto todavía más difícil que viajar a Los Ángeles. Los miré, y ellos a mí. Parecían sorprendidos, a la defensiva. La chica se colocó detrás de su hermano y él la cubrió con su brazo.

«¿Qué se te ofrece?», me dijo él.

Sus ojos eran enormes y azules. Ignoré su pregunta y me enfoqué solo en la chica.

«¿Eres Yionne O'Haggan?», pregunté. Al dirigirme a ella, noté que sus ojos eran como los de él y que su rostro poseía más pecas que las de mi compañero.

«No; soy Yionne Wilson», respondió.

Esta respuesta me hizo sonreír. Tu deseo había sido concedido.

Me quedé quieta. ¿Debí de haberte devuelto el diario? Es tuyo, te pertenece, y mereces que tu otra versión te conozca. Luego me dije que sería demasiado complejo y descarté la idea.

Tu madre salió de casa después. Al parecer, había oído la moto y se preocupó de que sus hijos no entraran en casa. La vi con buen aspecto.

En esta línea temporal, disfrutas de una buena vida. Tenías razón: al no forzar las cosas, tu madre y tú recibieron un destino mejor. Ella parece feliz, casada con un hombre guapo que la ama.

Y tú te ves bien.

Pero lo que para ti resultó felizmente, para mí fue lo contrario.

Perdón, Yionne, aquella vez, cuando ocupaste el cuerpo de tu tía y planeaste dejar todo como estaba, fui yo la que intervino, por eso nada cambió.

Yo soy la responsable.

Tuve que volver y forzar todo otra vez.

En mi vida surgió un problema y necesito resolverlo.

Eres tú o ella.

Agradecimientos

Díselo a la luna tiene un cachito de mi corazón. Ha sido la novela más larga que he escrito y también la que más he tardado. Surgió gracias a un sueño sobre tomar una decisión difícil y de ahí me replanteé las consecuencias de nuestras decisiones. Luego desarrollé la idea y la publiqué. Si bien la historia desde un inicio tenía su final ya planeado, el proceso fue un dolor de cabeza, con todas las fechas, consecuencias y situaciones. Sufrí junto a Onne, reí junto a sus amigas y me encariñé de Rust. A pesar de matar un par de neuronas en el camino, estoy feliz de haberla podido terminar. Sobre todo si fue junto a ustedes, mis lectores. Gracias por la paciencia infinita que siempre me han tenido, por acompañarme en ese laaargo camino y por darle una oportunidad a esta historia que al principio no tenía demasiado sentido (ja, rimó). Ya se lo dije: que la leyeran es mi mejor y más lindo premio.

Naiara Philpotts, no sé por dónde empezar. Bueno, obvio que debía agradecerte, no solo porque aceptaste corregirla en tan poquito tiempo en un momento en que lo necesitaba, sino porque me ayudaste con la edición y fuiste muy honesta al respecto. Gracias por ser tan diligente en lo que haces, echarle ganas a la historia y compartir tu opinión. Como siempre es un placer confiarte mis historias y trabajar contigo. Prometo no cambiarte el nombre nunca más.

Ty querida, gracias por acompañarme en la creación de todas mis historias, por aconsejarme e impedir que me dé cabezazos contra mi escritorio cada vez que me frustro.

Gracias a mis amigos por todos estos años de pesadilla. Son los mejores. Y gracias a mi familia por ser mi apoyo constante.

Y a ti, gracias por darle una oportunidad a esta historia llena de locura. Encontremos juntos ese diario.